Thomas Paul

Das Knochenschiff

Die Fortsetzung von
„Die Knochenwelt"

Inhalt:

Island, 983 nach Christus.

Der Wikinger Leif Thorhallson lebt mit seiner Familie in einem kleinen Dorf an der Küste. Durch einen Fluch wird die gesamte Ernte seiner Sippe vernichtet.
Um im Winter nicht den Hungertod zu sterben, müssen die Wikinger zu einem Raubzug aufbrechen und neue Nahrungsmittel erbeuten. Dabei kommen sie mit ihrem Schiff weit vom Kurs ab und segeln über den Rand des Nordpolarmeers hinaus.

Sie landen im eisigen Niflheim, der Unterwelt der nordischen Mythologie. Doch die Kälte ist nicht die tödlichste Gefahr hier. Denn die Götter haben finstere Pläne mit den Männern und zwingen sie, ihnen Knochen zu opfern. Schon bald ziehen die Wikinger los, um Frauen, Männer und Kinder zu jagen.

Leif versucht alles, die Menschen zu schützen.
Aber dazu muss er jeden töten, den er liebt.
Selbst seine eigene Familie ...

Autor:

Thomas Paul, Jahrgang 1980, lebt und arbeitet in der Nähe von Stuttgart. Er schreibt nicht nur Fantasy-Romane und Thriller für Erwachsene, sondern auch Jugendbücher.

Mehr Infos über seine neuesten Projekte finden Sie auf seiner Homepage und Instagram-Seite.

E-Mail: thomaspaul-autor@web.de
Internet: thomaspaul-autor.de
Instagram: thomas_paul_autor

Thomas Paul

Das Knochen Schiff

Impressum:
© Thomas Paul, 2025
Postanschrift: Thomas Paul, Rechbergstraße 1, 73655 Plüderhausen
Verlag: BoD · Books on Demand GmbH, In de Tarpen 42,
22848 Norderstedt
Druck: Libri Plureos GmbH, Friedensallee 273, 22763 Hamburg
Lektorat: F&F, Stuttgart
Fotos: Pixabay, Shutterstock

Die Deutsche Nationalbibliothek verzeichnet diese
Publikation in der Deutschen Nationalbibliografie;
detaillierte bibliografische Daten sind
im Internet über http://dnb.dnb.de abrufbar.

ISBN: 978-3-7693-2056-5

Für meinen Vater.

**Er starb,
während ich dieses Buch schrieb.**

Schwarz.

Ist das Getreide schwarz geworden?, fragte sich Imke, während sie angestrengt in die Ferne spähte. Vor ihr erstreckte sich ein gelbes, wogendes Meer aus tausenden Kornähren. Beinahe so, als hätte sie keine Gerste, sondern pures Gold angepflanzt. Und bis gerade eben war dieser Anblick vollkommen makellos gewesen. Doch nun gab es am südlichen Rand des Getreidefelds einen sonderbaren, pechschwarzen Fleck.

Vielleicht ist es ein Schatten?, überlegte Imke.

Das klang plausibel, und doch konnte es unmöglich stimmen. Im weiten Umkreis wuchs kein einziger Baum, der diesen Schatten hätte werfen können, und der Himmel war so wolkenlos, als hätte ihn Odin persönlich saubergefegt.

Wenn dieser Fleck kein Schatten ist, was ist er dann?

Imke hängte ihre Sichel, mit der sie das Korn geschnitten hatte, an den Gürtel ihres Kleids. Anschließend richtete sie sich behutsam auf. Ihr Rücken schmerzte, weil sie die letzten Stunden in einer gebückten Haltung verbracht hatte, und der Schweiß brannte wie Essig auf ihrer Stirn. Sie wischte ihn beiläufig ab und legte eine Hand über die Augen, um vom Sonnenlicht nicht geblendet zu werden. Erwartungsvoll sah sie erneut nach Süden und musste feststellen, dass der schwarze Fleck auch von ihrer erhöhten Position aus hervorragend zu sehen war.

Ist er etwa größer geworden?

Imke konnte es nicht mit Gewissheit sagen, aber ihrem Bauchgefühl zufolge hatte sich dieser Fleck durchaus verbreitet. Vor wenigen Augenblicken maß er höchstens einen Schritt im Quadrat, doch nun wirkte er gut doppelt so groß. Und irgendwie auch doppelt so *unheimlich*. Er lag rund vierzig Meter von Imke entfernt zwischen den Kornähren; dunkel und monströs wie ein Bär.

Was ist das nur?

Imke war noch weit davon entfernt, Angst zu empfinden. Teufel, sie hätte sich selbst geohrfeigt, wenn sie auch nur ein nervöses Zucken verspürt hätte! Sie war eine gestandene Wikingerfrau – da brauchte es schon mehr als nur einen schwarzen Fleck, um sie einzuschüchtern. *Viel* mehr. Und doch zog ein Hauch von Unbehagen durch ihre Magengrube, je länger sie den Fleck anstarrte. Denn ein Instinkt sagte ihr, dass er sie ebenfalls belauerte. Als wäre er tatsächlich ein Raubtier, das auf einen günstigen Moment für einen Angriff wartete.

Währenddessen wuchs der Fleck beharrlich an.

Imke konnte es jetzt deutlich beobachten.

Der Fleck dehnte sich nach allen Seiten aus; gleichmäßig und so langsam, dass man es kaum wahrnehmen konnte. Und doch lag in dieser Bewegung etwas Bedrohliches, als würde mitten am Tag eine stockfinstere Nacht über dem Feld aufziehen.

Was ist das nur?, fragte sich Imke noch mal.

Sie klammerte sich hartnäckig an den Glauben, dass der Fleck nur ein Schatten war. Dabei wusste sie es tief im Inneren bereits besser. Wusste, dass hier irgendwas geschah, das womöglich schon bald zu einer Gefahr für sie werden würde.

Übertreib es nicht!, lästerte ihre Vernunft. *Und jetzt kümmere dich um deine Arbeit! Du musst heute noch einiges erledigen, oder?*

Ja, das musste sie. Ihre Zeit war so knapp bemessen, dass sich Imke keine Pause gönnen durfte. Sie würde noch mindestens eine Woche brauchen, um das Feld abzuernten. Und wenn sie den Weissagungen der Dorfältesten glauben durfte, stand ihnen schon bald ein Wetterwechsel bevor. Mit viel Sturm, Regen und Hagel, so wie es typisch für einen Spätsommer in Island war. Da konnte Imke nun wahrlich nicht mehr länger herumtrödeln. Oder einen Fleck anstarren, nur weil er angeblich sie anstarrte.

Also zog Imke wieder die Sichel aus ihrem Gürtel, schwang die gebogene Klinge durch die Luft und trennte eine Handvoll Kornähren ab. *Ratsch!* Sie staunte selbst ein wenig darüber, wie weit sie bereits gekommen war. Hinter ihr lag eine gut zwanzig Meter lange Schneise, die sie wie einen Bergwerksstollen in das Feld getrieben hatte. Und Imke durfte kein einziges Getreidekorn davon verschwenden, um sich und ihre Familie zu ernähren. Denn die Winter waren bitterkalt und zogen sich manchmal bis in den nächsten Sommer hinein. Schon jetzt streckte die kalte Jahreszeit ihre ersten Fühler nach diesem unwirtlichen Land aus und kühlte den Wind so weit ab, als würde er nicht nur Regen und Hagel, sondern bereits die ersten Schneeflocken mit sich bringen.

Imke fröstelte es.

Aber nicht wegen der klammen Luft. *Oh nein!* Wie gesagt, sie war eine Wikingerfrau und von dem Wetter so abgehärtet, dass sie selbst bei eisigen Temperaturen nur ein leichtes Kribbeln auf der Haut spürte. Und dennoch schüttelte sie sich jetzt am ganzen Leib.

Imke ahnte, woher dieses Frösteln kam. Sie stoppte mitten in ihrer Bewegung, aber sie scheute sich ewig davor, sich umzudrehen.

Jetzt stell dich nicht so an! Es ist nur ein Schatten.

Aber es war kein Schatten.

Als Imke erneut nach Süden blickte, war der Fleck noch größer geworden. Er maß jetzt drei Meter im Durchmesser und ragte wie eine Feuerstelle inmitten des Getreides auf. Nur ohne Flammen und Rauch. Trotzdem glaubte Imke, ein verbranntes Aroma zu riechen, das von diesem Fleck ausströmte.

Verdammt, was ist das nur?

Es gab bloß eine Möglichkeit, es herauszufinden. Auch wenn Imke dafür ihren ganzen Mut benötigte. Doch sie erlaubte sich keine Schwäche. Nicht für eine Sekunde! Und so legte sie die Kornähren auf den Boden und marschierte los, zielstrebig auf den Fleck zu. Die ersten Schritte fielen ihr noch recht leicht, doch je näher Imke dieser schwarzen Fläche kam, desto intensiver wurde der Gestank. Allerdings roch er nun nicht mehr verbrannt, sondern eher alt und modrig. Gleichzeitig weitete sich der Fleck noch mal um gut das Doppelte aus und schien sich wie ein gigantisches Maul im Boden zu öffnen.

Durch Imkes Schritte ging ein Ruck, und in ihrem Bauch rumorte nun doch etwas, das sich verdächtig nach Angst anfühlte. Sie hätte umkehren, vielleicht sogar fliehen müssen. Doch Imke krampfte ihre Finger lediglich etwas fester um die Sichel zusammen und ging störrisch weiter. Nebenbei hielt sie Ausschau nach allen Seiten. Sie war allein. Rings um ihr Feld lagen nur grasbewachsene Hügel sowie ein paar Felsbrocken. Nichts Ungewöhnliches, und trotzdem fühlte sich Imke in dieser Einsamkeit plötzlich furchtbar schutzlos.

Nervös richtete sie ihren Blick wieder auf den Fleck.

Er lag jetzt bloß noch fünf Meter entfernt.

Imke zögerte ein wenig. Denn dieser Fleck konnte *nie und nimmer* ein Schatten sein, sondern war ... irgendwas anderes. Etwas Merkwürdiges, Übernatürliches, das sich wie ein böses Omen in dem Feld abzeichnete. Merkwürdig deshalb, weil dieser Fleck eine perfekte kreisrunde Form hatte, als wäre er mit einem Zirkel in die Gerste gemalt worden. Und übernatürlich, weil er etwas mit dem Korn tat. Die Ähren in seinem Inneren hatten sich pechschwarz verfärbt; waren faulig und so trocken geworden, dass sie bei jedem Windhauch knackten. Und dieser Fleck stank wie ein Massengrab erbärmlich nach Verwesung.

Imke setzte vorsichtig einen Fuß vor den anderen und hob die Sichel über den Kopf, um sich notfalls damit zu verteidigen. Noch während sie sich dem Fleck näherte, beobachtete sie, wie diese Fäulnis die nächsten Ähren in der Reihe erfasste und sie binnen eines Wimpernschlags verdorren ließ.

Es war erschreckend.

Nein, falsch. Es war *gespenstisch*.

Das nächste Frösteln lief über Imkes Rücken und brachte sie nun endgültig zum Stillstand. Weiter hätte sie ohnehin nicht gehen können, weil sie bloß noch einen halben Schritt von dem Fleck entfernt war. *Viel zu nahe*, wie ihre Angst meinte. Doch Imke wich nicht zurück. Stattdessen starrte sie gebannt auf den Fleck herab. Wartete darauf, dass er sich noch mehr ausweitete oder gar über sie herfiel. Aber das tat er nicht. Denn auch der Fleck verharrte abrupt in der Bewegung und schien Imke wie ein riesiges schwarzes Auge zu mustern.

Was bist du?

Imke erhielt wieder keine Antwort darauf. Doch irgendein abergläubiger Teil ihres Verstandes war fest davon überzeugt, dass der Fleck es ihr jederzeit hätte sagen können, wenn er es gewollt hätte.

Sie zitterte ihre freie Hand nach vorne und berührte eine schwarze Kornähre mit den Fingerspitzen. Imke rechnete damit, dass sie heiß sein würde. Zu ihrer Verblüffung fühlte sich die Ähre jedoch klirrend kalt an, als wäre der erste Frost über sie hinweggezogen. Und nicht nur das: Sie zerfiel unter der leichten Berührung sofort zu Staub.

Imke zog ihre Hand hastig zurück ... und stutzte.

Schwarz.

Ihre Fingerkuppen hatten sich ebenfalls dunkel verfärbt.

Aus reinem Reflex wischte Imke sie an ihrem Kleid ab, doch als sie ihre Hand danach wieder betrachtete, waren die Fingerkuppen noch immer schwarz. Und nicht nur sie. Fassungslos musste Imke dabei zusehen, wie diese Schwärze millimeterweise über ihre Haut wanderte, bis sie die vorderen zwei Fingerglieder vollständig bedeckte. Als würde auch Imke bei lebendigem Leib faulen. Was natürlich so unglaublich wie unmöglich war. Trotzdem entsprach es nun mal der Wahrheit.

Imke rieb die Hand erneut über ihr Kleid, doch die Fäulnis ließ sich einfach nicht abwischen. Und das versetzte nun selbst eine Wikingerfrau in Unruhe. Panisch steckte Imke die Sichel zurück an ihren Gürtel, griff nach einem Trinkbeutel daneben und schüttete sich das gesamte Wasser aus dem Inneren über die Finger. Doch auch damit ließ sich die Fäulnis nicht stoppen. Sie zog konsequent weiter über Imkes

Finger. Es tat nicht einmal weh. Imke spürte – wenn überhaupt – nur ein unangenehmes Jucken, als würde sie ihre Hand in Brennnesseln tunken.

Sekundenlang stand sie einfach mit dem leeren Trinkbeutel da und verfolgte die Fäulnis dabei, wie sie über ihre Finger wanderte und damit drohte, auf die restliche Hand oder gar auf Imkes *gesamten Körper* überzugreifen. Doch so weit durfte sie es nicht kommen lassen!

Imke warf den Trinkbeutel davon, packte erneut die Sichel und visierte mit ihr die Finger an. Ein innerer Widerstand wollte sie davon abhalten, sich selbst zu verstümmeln. Aber Imke musste es tun, um ihr Leben zu retten – und so biss sie tapfer die Zähne zusammen und presste jede verfügbare Kraft in ihren Arm. Dann ließ sie die Sichel auch schon herabfahren.

Halt! HALT!

Imke stoppte die Sichel. Wenn auch nur wenige Zentimeter vor ihren Fingern.

Ihr Atem ging schwer. Von ihrer Stirn tropfte der Schweiß, und durch ihre Hand peitschte ein heftiger Phantomschmerz, als hätte sie sich gerade tatsächlich die Finger abgehackt. Dabei konnte sich Imke zuerst gar nicht erklären, warum sie überhaupt innegehalten hatte. Bis sie es endlich bemerkte.

Ihre Fingerkuppen sahen noch immer verwest aus und fühlten sich pelzig an, aber die Fäulnis bewegte sich nicht mehr weiter.

Gelobt sei Odin, sie hat aufgehört!

Imkes Erleichterung war nicht von langer Dauer.

Sie hörte im selben Moment ein Rascheln hinter sich. Es klang wie eine gewöhnliche Windböe, die durch das Getreidefeld strich, aber dieses Rascheln trug auch einen fauligen Geruch heran, den Imke inzwischen nur allzu gut kannte. Eigentlich wollte sie gar nicht wissen, was sich in ihrem Rücken abspielte. Aber schließlich drehte sie sich doch um – und prallte zurück.

Nur wenige Meter von ihr entfernt hatte sich ein zweiter Fleck gebildet. Er war kaum größer als eine Tischplatte, aber er weitete sich ebenfalls rasch aus und verwandelte die Gerste in schwarzen Schimmel. Und gleich daneben erschien ein dritter Fleck. Anfangs waren es nur ein paar wenige Kornähren, die sich dunkel verfärbten. Aber diese Fäulnis griff immer schneller um sich, lief in einer irrwitzigen Kettenreaktion von einem Halm zum nächsten, fraß teils meterlange Narben in das Getreide und erzeugte überall in der Umgebung noch mehr Flecken, als würde über dem gesamten Feld ein Regen aus purer

Dunkelheit niedergehen. Bereits nach wenigen Augenblicken war es mit einem bizarren Muster aus Kreisen und Linien durchzogen.

Dieses Schauspiel war so verstörend, dass Imke noch nicht mal ein Entsetzen dabei verspürte. Sie sah einfach reglos dabei zu, wie die Fäulnis sie immer enger einkesselte.

Bis Imke einen Schrei hörte.

»Mama!«

Gleichzeitig erschien auf einem Hügel im Norden ein kleines Mädchen. Seine blonden Haare flatterten hinter ihm her, während es vergnügt durchs Gras hüpfte und mit einem Blumenstrauß winkte.

»Mama, sieh mal, was ich für dich habe!«

Das Mädchen hielt kurz inne, um ein Gänseblümchen zu pflücken. Dann stürmte es auch schon den Hügel herab, auf das Getreidefeld zu. Natürlich hätte es sogleich vor der Fäulnis zurückschrecken müssen, aber die Sonne strahlte ihm direkt ins Gesicht, wodurch das Mädchen die Flecken gar nicht sehen konnte.

Imke wurde ganz elend zumute.

»Merle!« Sie lief nun ebenfalls los und riss beide Arme nach oben, um das drohende Unglück zu verhindern. »Merle, nicht! Bleib von dem Feld weg. Hörst du? *Bleib weg!*«

Eigentlich hätte Merle sie hören müssen, aber irgendwas schien Imkes Geschrei wie ein Kissen zu dämpfen. Vielleicht war es dieselbe bösartige Macht, die gerade das Korn verfaulen ließ. Denn Merle rannte ungehemmt weiter, machte einen Satz über einen Steinbrocken und landete federleicht am Fuß des Hügels. Von da an waren es höchstens noch zehn, zwölf Meter bis zu den ersten Getreideähren.

»Merle, nicht!« Imke wedelte immer hysterischer mit den Armen und preschte quer durch das Feld. Anfangs schlug sie noch mehrere Haken um die schwarzen Flecken, aber sie musste schon bald erkennen, dass sie dadurch niemals rechtzeitig bei ihrer Tochter ankommen würde, um sie zu stoppen. Und so jagte Imke notgedrungen mitten durch die Flecken hindurch. Die fauligen Kornähren zerbröselten unter ihren Schuhen oder verpufften zu einer Wolke aus grauem Staub und ätzendem Gestank. Imke versuchte, die Luft anzuhalten, aber ihr Körper benötigte so viel Sauerstoff, dass sie alle paar Schritte eben doch einen Atemzug machen musste und die Fäulnis dabei tief in ihre Lungen saugte.

Aber darauf achtete sie nicht.

Ihre ganze Sorge galt Merle, die wie ein Kaninchen über den Boden hopste und gleich von dieser Fäulnis verschlungen werden würde.

»*Merle, verdammt!*« Imke kreischte jetzt so laut, dass ihre Stimme wie ein rostiger Nagel durch ihre Kehle kratzte. »*Bleib sofort stehen!*« Endlich!

Merle verlangsamte ihre Schritte. Aber nur, um ein weiteres Blümchen zu pflücken. Danach trippelte sie weiter – und tauchte zwischen den Kornähren unter.

Imke zerbiss einen Fluch auf den Lippen und beschleunigte nun so sehr ihr Tempo, dass sie wie im Tiefflug durch das Feld glitt. Immer wieder hackte sie mit der Sichel auf die Kornähren ein, aber sie konnte bei dieser Geschwindigkeit unmöglich alle beiseiteschlagen. Und so klatschten immer mehr Halme gegen ihren Unterleib; so viele, dass er nach kürzester Zeit mit dunklen Tupfen übersät war.

»Merle!«

Imke wechselte noch einmal die Richtung und umrundete einen Fleck, dann hatte sie Merle erreicht. Sie schlang beide Arme unter die Achseln ihrer Tochter und wirbelte sie so hoch in die Luft, dass sie die Ähren nirgendwo mehr berührte. Merle fand das irre komisch, denn sie kicherte belustigt, schmiegte sich an ihre Mutter und streckte ihr den Blumenstrauß entgegen.

»Mama, schau mal, was ich ...«

»*Bist du wahnsinnig geworden?*«, schimpfte Imke.

Merle konnte mit ihrem entrüsteten Ton nichts anfangen und runzelte irritiert die Stirn. »Es sind doch nur Blumen, Mama.«

»Ich habe dir zugerufen, dass du von dem Feld fortbleiben sollst«, fuhr Imke ihre Tochter an. »Warum bist du trotzdem zu mir gelaufen?«

Jedes andere Mädchen hätte jetzt zu weinen angefangen, doch in Merles Adern floss dasselbe Wikingerblut wie in denen ihrer Mutter, und darum antwortete sie nur trotzig: »Nun gut. Wenn du meine Blumen nicht magst, werde ich sie eben Papa schenken ...«

Sie unterbrach sich selbst.

Dann nämlich, als Merle plötzlich ebenfalls ein Rascheln hörte. Und die Fäulnis roch, die wie ein lähmendes Gas in ihre Nase stieg.

Sie wandte den Kopf – und bemerkte zum ersten Mal die Flecken in dem Getreidefeld. Auch Imke drehte sich ruckartig nach rechts. Sie hatte sich gerade mal eine halbe Minute lang mit ihrer Tochter beschäftigt, aber diese kurze Zeitspanne hatte der Fäulnis gereicht, sie beinahe ringsum einzukreisen. Neben und vor ihr waren die Flecken nun alle nahtlos miteinander verschmolzen und erstreckten sich beinahe bis auf die andere Seite des Felds hinüber; nur hinter Imke war noch ein schmaler, kaum türbreiter Streifen aus gesundem Korn übriggeblieben. Aber auch er ergraute rapide, als würde er im Zeitraffer altern.

»Was geschieht hier?«, flüsterte Merle.

»Ich weiß es nicht, Liebling.« Imke schwang sich mit ihrer Tochter hektisch im Kreis, suchte nach einem Ausweg. Es gab keinen. Der Streifen hinter ihnen war jetzt ebenfalls schwarz geworden, und die Fäulnis selbst rückte unaufhaltsam näher; zog sich zu einer todbringenden Schlinge um die beiden Frauen zusammen. »Ich weiß es einfach nicht«, bekräftigte Imke mit aufkeimender Verzweiflung.

Sie warf erneut einen Blick zu den Hügeln hinüber. Niemand bewegte sich dort, wodurch sich Imke nicht nur einsam, sondern auch schrecklich verloren fühlte. Trotzdem begann sie lauthals zu schreien: »Hilfe! Hört uns jemand? *Wir brauchen Hilfe!*«

Es blieb dabei: Niemand bewegte sich außerhalb des Felds. Niemand kam, um sie zu retten. Vermutlich weil diese teuflische Macht wieder dafür sorgte, dass Imkes Schrei nach wenigen Metern verhallte. So wie sie auch dafür sorgte, dass Imke und Merle unerbittlich eingekreist wurden. Die Fäulnis hatte sich nun vollständig um die beiden geschlossen und fraß sich mit einer quälenden Langsamkeit an sie heran. Noch ungefähr fünf Meter, dann hatte sie Imke und Merle erreicht und würde sie ebenso verwesen lassen wie das Getreide.

Noch vier Meter. Drei. Zwei.

»Hilfe!«, versuchte es Imke ein letztes Mal, wohl wissend, dass es nichts nützte. »So helft uns doch!«

»Mama, ich will hier fort«, quengelte Merle.

»Das will ich auch, Liebling. Aber keine Sorge. Dir wird nichts passieren«, versprach Imke ihr. Gleichzeitig presste sie Merle mit einem Arm noch fester an sich, während sie mit dem anderen wieder die Sichel in die Höhe wirbelte und mit ihr entschlossen auf die Fäulnis zutrat.

»*Verschwinde!*«, brüllte sie. »Was immer du bist ... lass uns in Ruhe oder du wirst mich kennenlernen!«

Ihre Drohung bewirkte nicht das Geringste.

Die Fäulnis glitt unvermindert von einer Ähre zur anderen. Nur das Rascheln änderte seine Tonlage; wurde schneller und dunkler, bis es sich wie ein böses Lachen anhörte.

Noch anderthalb Meter, dann war die Fäulnis da.

Noch anderthalb Meter, dann mussten Imke und Merle sterben.

»Mach die Augen zu, Liebling«, befahl sie ihrer Tochter.

Merle sah sie verwundert an. »Warum, Mama?«

»Tu einfach, was ich sage.« Imke nahm ihrem Befehl sogleich wieder die Schärfe, indem sie Merle einen Kuss gab. »Also schließ die Augen und halt die Luft an. Ich werde dich schon irgendwie hier rausbringen.«

Merle ahnte wohl, dass ihr etwas Schlimmes bevorstand, denn ihr Gesicht füllte sich nun doch mit panischer Angst. Trotzdem tat sie, was Imke ihr aufgetragen hatte: Sie presste die Augen zusammen und vergrub den Kopf in der Brust ihrer Mutter. Um vorbereitet zu sein auf das, was gleich folgen würde.

Imke hätte ihr gerne noch ›ich liebe dich‹ gesagt. Doch die Fäulnis zwang sie zu handeln; war nun bis auf wenige Zentimeter an sie herangekommen, sodass Imke auf dem letzten goldgelben Punkt ihres Felds stand.

Oh Odin!, betete sie. *Schütze wenigstens meine Tochter. Nur meine Tochter.*

Sie ließ ihre Sichel fallen und schlang wieder beide Arme um Merle. Dann rannte sie los.

Mitten hinein in die Fäulnis, sodass sie bei jedem Meter noch mehr vergiftet wurde. Ihre Haut, ihr Fleisch, die Knochen, einfach *alles* an ihrem Körper färbte sich zuerst schwarz und begann praktisch im selben Augenblick zu verwesen. Und trotzdem rannte Imke weiter. Sie achtete kein bisschen mehr auf die Fäulnis, sondern konzentrierte sich voll und ganz auf den Feldrand. Sowie darauf, nicht zu stürzen.

Vergeblich.

Die Beine sackten immer öfter unter ihr weg und gaben dabei Knacklaute von sich, als wären sie bereits so porös wie Strohhalme geworden. Imke spürte, wie sie schwächer wurde. Wie sie starb. Denn die Fäulnis hatte nun ihren gesamten Leib durchdrungen und wanderte Stück für Stück bis zu ihrem Kopf hinauf. Trotzdem quälte sich Imke weiter. Vor ihr lagen noch mehrere hundert verschimmelte Ähren, die sie überwinden musste, um Merle in Sicherheit zu bringen.

Das schaffe ich nicht. Bei Odin ... das schaffe ich NIEMALS!

Imke sah nur noch einen Ausweg.

Sie packte ihre verbliebene Kraft in eine allerletzte Bewegung, indem sie Merle gewaltsam von sich löste und ihre Tochter so weit wie möglich in die Luft schleuderte. Ein entsetzlicher Ruck ebbte dabei durch ihre Glieder, als hätte sich Imke soeben das eigene Herz aus dem Leib gerissen. Aber es lohnte sich, denn ihr gelang es tatsächlich, Merle weit genug nach vorne zu werfen, dass sie knapp hinter den Kornähren ins Gras stürzte.

Gerettet, dachte Imke müde, aber unendlich erleichtert. *Mein kleiner Sonnenschein ist gerettet.*

Sie selbst geriet immer mehr ins Taumeln. Für einen flüchtigen Moment glaubte Imke noch, dass sie ebenfalls das Feld verlassen konnte. Aber dann gaben die Beine vollends unter ihr nach. Sie kippte vornüber ... und verschwand zwischen den Kornähren.

»Mama!« Merle rappelte sich aus dem Gras hoch. Sie hätte beinahe den Fehler begangen und wäre vor lauter Sorge in das Feld zurückgekrochen, aber ein Instinkt bewahrte sie vor diesem Leichtsinn. »Mama?«, rief sie. »Wo bist du?«

Imke gab ihr keine Antwort mehr. Nur das Getreide raschelte unselig vor sich hin.

»Mama?« Merle erhaschte einen Blick auf etwas, das sich zwischen dem Getreide befand. Sie wollte schon mit ihrer Hand danach greifen, aber ihr Instinkt verhinderte auch jetzt, dass sie sich selbst schaden konnte. Stattdessen zog sie ihren linken Stiefel vom Fuß und streifte mit ihm die Kornähren beiseite. »Mama, geht es dir gut?«

Imke lag direkt vor ihr auf dem Boden.

Sie hatte den Mund geöffnet, als würde sie Merle etwas zuflüstern wollen. Doch Imke konnte keinen Ton mehr von sich geben, weil sie vollständig verwest war. Die Kleidung blätterte wie Herbstlaub von ihr ab. Ihre Haare waren aschgrau geworden, die Haut mürbe und rissig, das Gesicht absolut starr. Und ihr gesamter Körper bröselte allmählich wie eine Sandburg auseinander.

»Mama ...?«, hauchte Merle. Eine Träne rollte über ihre Wange. »Bitte, sag doch was.«

Imke gab tatsächlich ein Geräusch von sich. Ein widerliches Knirschen, das sich quer durch ihren Hals fraß. Dann löste sich ihr Kopf von den Schultern, kippte zu Boden und zersplitterte zu einem Scherbenhaufen.

Und das war der Moment, an dem Merle zu kreischen anfing.

1 Leif Thorhallson stand auf der obersten Sprosse einer Leiter und schwang einen Hammer in die Luft, als wollte er einen Blitz aus ihm abfeuern. In Wahrheit peilte er mit dem Werkzeug einen Nagel an, den er mit seiner zweiten Hand gegen einen Dachbalken drückte. Es war ein ausgesprochen großer Nagel; zwei Finger lang und mit einem so breiten Kopf bestückt, dass man ihn unmöglich verfehlen konnte. Trotzdem nahm sich Leif reichlich Zeit, mit dem Hammer auf den Nagel zu zielen, und hielt noch zusätzlich den Atem an, um ja nicht zu zittern. Dann schlug er zu und ...

Ping!

... rammte den Nagel grottenschief in den Balken. So wie die dreißig oder vierzig anderen Nägel zuvor. Leif hatte nicht mitgezählt, wie viele genau es waren; jedenfalls genug, dass er diesen verflixten Balken schon fast aus Metall hätte schmieden können. Denn das Holz war über und über mit den unterschiedlichsten Nägeln bedeckt. Welche, die einfach nur krumm waren. Welche, die sich zu Wellenlinien verbogen hatten. Es gab sogar einen Nagel, der zu einem Knoten verschlungen war. Leif konnte sich nicht erklären, wie er das vollbracht hatte, aber offensichtlich steckte in ihm ein wahrer Künstler. Denn auch der einundvierzigste Nagel ragte wie ein hässliches Ornament aus dem Balken hervor.

Leif gab es ja zu: Er war ein mieser Handwerker. Aber – und das musste er zu seiner Verteidigung betonen – er hatte immerhin genug Ehrgeiz, um sich nicht entmutigen zu lassen. Und so fischte er sofort den nächsten Nagel aus seiner Hosentasche, hielt ihn mit dem Daumen und Zeigefinger fest und begann das Spiel von vorne. Hammer schwingen, anpeilen, zuschlagen.

Ping!

Diesmal streifte er den Nagel nur ganz knapp, sodass der Hammer mit voller Wucht auf seinen Daumen schmetterte.

Bei den Göttern!, fluchte Leif.

Er steckte sich den pochenden Finger zwischen die Lippen, bis der Schmerz halbwegs abgeklungen war. Doch wie gesagt: Er ließ sich deswegen nicht entmutigen, zumal sich die Reparatur keinen Tag mehr aufschieben ließ. Ein Unwetter hatte vorgestern den Balken am Dachgiebel gelockert, und nun drohte er beim nächsten Sturm endgültig abzufallen. Er – und schätzungsweise ein halbes Dutzend anderer Balken mit dazu, die ebenfalls wackelten, und die Leif dringend befestigen musste. Auch wenn er dafür bestimmt noch tausend weitere Nägel benötigen würde.

Vielleicht sollte ich mein GANZES Haus aus Metall schmieden?, überlegte er.

Leif seufzte frustriert, während er einen neuen Nagel aus der Tasche angelte. Jetzt ging er jedoch etwas klüger zu Werke. Statt den Nagel mit roher Gewalt in den Balken zu rammen, wollte Leif ihn nur mit zarten Schlägen ins Holz treiben. Er setzte also den Hammer an, trommelte mit ihm sachte auf den Nagel und ...

Ping!

... rutschte ungeschickt ab, sodass der Nagel aus dem Balken sprang und mit einem dreifachen Salto davonflog.

»*Wuff!*«, ertönte es unter Leif.

Er wandte den Kopf über die Schulter und balancierte sich auf der Leiter aus, die ebenso schief wie der Dachbalken war. Genau genommen wirkte *alles* auf seinem Grundstück so verdreht und verworren, als wäre es von einem Wirbelsturm erschaffen worden. Leif wohnte zusammen mit seiner Familie am Rand eines namenlosen Dorfes; auf einer kleinen Landzunge, die bis ins Meer hinausragte. Sie war eigentlich viel zu schmal, um eine Herde Vieh auf ihr zu halten, und auch entschieden zu felsig, um Ackerbau zu betreiben ... und doch war sie Leifs ganz persönliches Paradies. Mit einem windschiefen Haus in der Mitte. Einem Beet, in dem mehr Unkraut als Gemüse wuchs. Sowie einem Hühnerstall, der bei jedem Windstoß von einer Seite zur anderen gautschte. Was sollte Leif sagen? Er hatte nun mal zwei linke Hände, aber dafür ein umso größeres Herz für seine Frau und die Kinder.

Er sah auf seinen Sohn Sven herab, der durch den Garten tollte. Der Achtjährige hielt ein Holzschwert in der Hand und wirbelte die stumpfe Klinge eifrig durch die Luft. Fenris tänzelte bellend und knurrend um ihn herum. Vermutlich war der Wolfshund in Svens Fantasie ein Drache, gegen den er gerade kämpfte. Dumm nur, dass in ihm derselbe Tollpatsch steckte wie in seinem Vater. Denn Sven hackte das Schwert viel zu ungestüm nach vorne, sodass er sich selbst aus dem Gleichgewicht brachte. Er stolperte über seine eigenen Füße, stürzte zu Boden und hätte sich zu allem Überfluss glatt die Holzklinge in die

Rippen gebohrt, wenn Fenris nicht gewesen wäre. Er stieß den Jungen gerade noch mit dem Kopf zur Seite, sodass Sven unbeschadet ins Gras kippte.

Leif lachte. »Du machst offenbar Fortschritte, was?«

Sven sah zu ihm auf. Ihm klebten Schweißperlen im Gesicht, und unter seinen Lippen kamen so viele Zahnlücken zutage, als hätte er eine wilde Rauferei hinter sich. »Findest du?«, antwortete er. »Wenn das so ist, kann ich ja bald mit einem echten Schwert üben.«

»Nur in deinen Träumen«, vertröstete Leif ihn. »Wir wollen doch nicht, dass du dich verletzt, oder?«

»Das musst du gerade sagen.« Sven nickte bezeichnend zu den verbogenen Nägeln hinauf. »Wenn du so weitermachst, wird noch unser Haus einstürzen.«

»Unsinn.« Leif rüttelte probehalber an dem Balken ... und ließ ihn sogleich wieder los, als sich das sperrige Ding bedenklich nach unten neigte. »Sieht doch ganz gut aus.«

Sven verzog kritisch den Mund, während er sich mit seinem Schwert hochstemmte. »Vielleicht solltest du Onkel Erik fragen, ob er dir hilft«, schlug er vor.

Ja, vielleicht hätte Leif das tun müssen. Aber er wollte sich unter keinen Umständen die Blöße geben und sich wegen einer solchen Lappalie an seinen älteren Bruder wenden, nur um sich dann seinen Spott anhören zu müssen. Ob man's glaubte oder nicht: Leif hatte auch seinen Stolz. Er war schließlich ein Wikinger – und darum kramte er sofort den nächsten Nagel aus der Tasche und klopfte ihn mit viel Herzblut in den Balken.

Sven und Fenris beobachteten ihn dabei, wie er den Hammer mal von links und mal von rechts schwang, als wollte er eine Skulptur aus dem Holz meißeln. Und fast wäre es Leif auch gelungen, den Nagel durch den gesamten Balken zu bohren. Aber eben nur fast. Denn Leif hatte ganz vergessen, dass seine Leiter ebenfalls seit Wochen repariert werden musste. Sie knirschte auf einmal wehleidig und schaukelte durch die vielen Erschütterungen von einem Holm auf den anderen; dann brach die oberste Sprosse entzwei.

Leif sackte in die Tiefe, als hätte sich unter ihm eine Falltür geöffnet. Irgendwie gelang es ihm mit viel Glück, sich gerade noch an einer anderen Sprosse festzuhalten, bevor er sich sämtliche Gräten im Leib gebrochen hätte. Aber dafür donnerte der Hammer wuchtig zu Boden, und die Nägel aus seiner Tasche prasselten wie ein Hagelschauer hinterher.

Genau vor die Füße von Majvi, die soeben unter der Leiter aus der Haustür trat. Sie ließ sich ihren Schreck jedoch nicht anmerken, sondern seufzte lediglich.

Leif lächelte unschuldig auf seine Frau herab. »Na so was!«, meinte er. »Die Zeichen stehen wohl auf Krieg, wenn jetzt schon Nägel vom Himmel regnen ...«

In Majvis Augen flackerte es strafend. Wenn auch nur kurz. »Du kannst froh sein, dass ich mich beim Kochen geschickter anstelle. Sonst wären wir alle längst verhungert.« Sie rümpfte die Nase. »Also kommt rein! Das Essen ist fertig.«

Das ließen sich Sven und Fenris nicht zweimal sagen. Die beiden lieferten sich ein Wettrennen zum Haus und schlüpften durch den Eingang. Majvi zog ihrem Sohn mit einer beiläufigen Bewegung das Schwert aus der Hand, als er an ihr vorbeistürmte, und lehnte es neben den Türrahmen. Auch Leif hangelte sich von der Leiter herunter und landete mit einem satten *Wumms* vor seiner Frau. Mit seinen fast zweieinhalb Metern Größe sowie seiner blonden, zotteligen Mähne bot er ihr eine ehrfurchtgebietende Erscheinung. Aber Leif schmolz in Majvis Nähe unwillkürlich zu einem sanften Riesen zusammen. Denn er beugte sich sofort zu ihr herab und hauchte ihr einen Kuss auf die Lippen, der noch genauso zärtlich wie vor zehn Jahren war, als er sie geheiratet hatte.

»Siehst du?«, sagte er. »Deswegen liebe ich dich.«

»Weil ich eine Suppe kochen kann?«

»Weil du mir nicht böse bist, obwohl ich dir gerade beinahe mit dem Hammer den Schädel zertrümmert hätte.«

»Wenn du dich da mal nicht täuschst.« Majvi zwinkerte ihm neckisch zu. »Sobald unsere Kinder im Bett sind, werde ich dir heute Abend schon noch zeigen, *wie* böse ich sein kann ...«

Leif grinste dreckig. »Dann sollte ich wohl besser mein Kettenhemd anlegen, was?«, scherzte er und bückte sich durch die Tür ins Haus.

Majvi wollte ihm folgen, aber sie stoppte auf der Schwelle, als sie bemerkte, dass jemand fehlte. »Wo ist Runa?«, wunderte sie sich.

Leif streckte den Kopf zurück ins Freie, aber auch er sah nur das, was seine Frau sah: Einen leeren Garten. »Sie war eben noch hier«, beteuerte er ihr. Wobei er mit *eben* meinte, dass er seine Tochter zuletzt vor einer halben Stunde gesehen hatte.

»Ich habe dir doch gesagt, dass du auf sie aufpassen sollst!«, schimpfte Majvi. Und diesmal meinte sie es *wirklich* zornig. Sie marschierte unverzüglich los und hastete im Zickzack über das Grundstück. »Runa, wo steckst du?«

Leif beteiligte sich an der Suche, auch wenn er dabei entspannt blieb. Es passierte schließlich nicht zum ersten Mal, dass seine Tochter verlorenging. Genau genommen war das in letzter Zeit zu einer Marotte von ihr geworden. Allerdings spielte sie heute nicht – wie meistens – mit den Hühnern oder jagte Schmetterlinge hinter der Hütte. Ebenso wenig wie sie im Gemüsebeet saß und in die Ferne träumte. Heute fehlte von ihr einfach weit und breit jede Spur.

»Runa?« Majvi irrte von einer Seite der Landzunge zur anderen. Sie wäre dazwischen beinahe gegen Leif geprallt, der schnurstracks nach vorne zur Klippe ging. Dorthin wo Runa zuletzt gewesen war, obwohl sie ganz genau wusste, dass sie sich niemals – wirklich *absolut niemals* – alleine in diesem Bereich herumtreiben durfte. Denn die Klippe war vom Meerwasser so tückisch glatt, dass man nur allzu leicht von ihr abrutschen konnte.

»Runa?« Auch Majvi hatte inzwischen begriffen, dass es bloß noch einen Ort gab, an dem ihre Tochter stecken konnte – und so hetzte sie hinter Leif her und erreichte zusammen mit ihm den Klippenrand. Ihre Blicke fielen in die Tiefe; ganze zehn Meter bis zum Wasser hinab, das mit einer rauen Brandung gegen die Landzunge klatschte.

Auf einem Felsvorsprung lag ein Schuh.

Runas Schuh.

»Oh nein!«, stöhnte Majvi. Sie glitt in die Hocke und wollte sich an den Abstieg machen, doch Leif hielt sie zurück.

»Was ist denn?«, fauchte Majvi.

Leif antwortete ihr, indem er stumm nach links nickte.

Majvi war dermaßen in Sorgen aufgelöst, dass sie die Geste zuerst gar nicht beachtete. Bis sie eben doch in die angewiesene Richtung sah ... und ihre Angst urplötzlich wieder in Zorn umschlug.

Links gab es eine flache Steinplatte an der Klippe, die wie ein Strand ins Meer ragte. Und genau dort war sie: Runa! Sie hatte sich die Schuhe ausgezogen, ihren Rock bis zu den Knien hochgekrempelt und stand barfuß im seichten Wasser. Vor ihr schwamm ein Boot, das sie aus einem Stück Brennholz geschnitzt hatte. Leif musste neidlos anerkennen, dass Runa der wesentlich bessere Handwerker war. Denn sie hatte das Boot wie ein echtes Wikingerschiff geformt; mit zwei hohen Steven am Bug und Heck sowie einem fingerdicken Stöckchen, das als Mast diente. Und nun ließ sie das Boot zu seiner Jungfernfahrt über die Wellen gleiten und sang so inbrünstig ein Lied dazu, dass sie sich völlig in ihrem Spiel verloren hatte. Dabei war Runa mit ihren zehn Jahren alt genug, um zu wissen, dass der Atlantik selbst bei gutem Wetter lebensgefährlich sein konnte. Eine hohe Welle, ein kurzer Sog – und sie würde hinaus ins Meer gerissen werden.

»*Runa!*«, schrie Majvi aufgebracht.

Ihre Tochter reckte den Kopf nach oben. »Was ist denn?«, fragte sie lammfromm, als wäre nicht das Geringste passiert. Diese Eigenschaft hatte sie übrigens von ihrem Vater geerbt. »Gibt's etwa schon Essen?«

»Für dich gibt es gleich einen Klaps auf den Hintern, junge Kriegerin«, wetterte Majvi. Sie stemmte ihre Fäuste entrüstet in die Taille. »Kannst du mir mal erklären, was du da treibst?«

»Reg dich ab, Mama.« Runa wurde von einer Welle an den Unterschenkeln getroffen und musste beide Arme ausbreiten, um nicht gegen die Felswand geschmettert zu werden. Sie fing sich jedoch geschickt ab, tapste flink durchs Wasser – *Plitsch-Platsch* – und rettete ihr Boot, bevor es von der Strömung davongezerrt wurde. Danach präsentierte sie es stolz ihren Eltern. »Darf ich vorstellen? Das ist die Naglfar. Das Totenschiff der Götter.«

»Mir ist schnuppe, was das ist«, entgegnete Majvi ihr. »Wie oft habe ich dir schon gesagt, dass du hier nicht spielen darfst?«

»Wo hätte ich denn sonst mein Boot testen sollen?«, erwiderte Runa. »In deinem Suppentopf?«

»Werd bloß nicht frech.« Majvi winkte drohend mit dem Finger. »Und jetzt komm aus dem Wasser!«

»Ist ja schon gut«, murrte Runa. Sie zog einen Schuh aus einer Felsspalte, den sie darin festgeklemmt hatte, und watete hinüber zu dem anderen, um auch ihn einzusammeln. »Wie soll ich denn jemals zur See fahren, wenn du mich ständig vom Meer fernhältst?«

»Du musst nicht zur See fahren. Du bist ein Mädchen«, stellte Majvi klar. »Anstatt hier herumzutollen, solltest du mir besser im Haushalt helfen.«

»Vater hat gesagt, ich könnte alles werden, wenn ich mal groß bin. Ich muss nur fest an meine Träume glauben«, antwortete Runa.

Majvis Blick schnellte wie eine Ohrfeige zu Leif herum. »Dann hast du ihr also diesen Floh ins Ohr gesetzt? Und sie dazu ermutigt, ins Wasser zu gehen?«

Leif zuckte verlegen mit den Schultern.

»Lass dir eines gesagt sein: Frauen werden *niemals* zur See fahren, Schiffe bauen, Hosen tragen oder all die vielen anderen unsinnigen Dinge tun, die Männer für richtig halten«, verdeutlichte Majvi ihm.

»Höchstens in tausend Jahren vielleicht«, schränkte Leif ein.

»Leider wirst du das nicht mehr erleben.«

»Wer weiß?«, orakelte Leif. Er küsste Majvi abermals. »Wenn du mich weiterhin so verwöhnst, werde ich bestimmt unsterblich ...«

»*Bäh!*«, spuckte Runa aus. Sie war inzwischen die Klippe nach oben geklettert und drängte sich mit den Ellbogen zwischen ihren Eltern hindurch. »Es ist schon schlimm genug, dass ich jede Nacht mit anhören muss, wie ihr euch im Bett vergnügt – da will ich es nicht auch noch *sehen*!«

Sie stapfte zum Haus davon. Mit ihren Schuhen unterm linken Arm, der Naglfar unter dem rechten, und mit zwei nackten Füßen, die unerschrocken über die spitzigen Steine im Garten tapsten. Als sie an dem Holzschwert vorbeikam, das an dem Türrahmen lehnte, konnte sie der Versuchung einfach nicht widerstehen. Sie legte ihre Habseligkeiten auf den Boden, griff nach der Spielzeugwaffe und wirbelte sie mit einer meisterhaften Parade in die Luft. Nebenbei schweifte ihr Blick zu Majvi herum. *Und ich soll dir nur im Haushalt helfen? Pah!*, feixte sie, ehe sie das Schwert zurück an den Rahmen stellte, ihre Sachen wieder zur Hand nahm und durch die Tür sprang.

»Deine Tochter«, sagte Leif.

»Wohl eher deine *Erziehung*«, nörgelte Majvi. »In vier Jahren müssen wir einen Ehegatten für sie finden. Und wenn du sie weiter wie einen Jungen behandelst, werden wir sie wohl mit einem Troll verheiraten müssen, weil kein Mann in der Lage ist, sie zu bändigen.«

»Habe ich dir eigentlich schon gesagt, dass ich dich noch viel mehr liebe, wenn du gehässig bist?«, lachte Leif.

Majvi wollte etwas erwidern, aber sie kam nicht dazu.

Im Dorf ertönten auf einmal mehrere Schreie.

Von Frauen, die vor irgendwas zurückschraken. Von Kindern, die sich furchtsam in den Häusern verkrochen. Von Hühnern, die aufgeregt gackerten. Sowie von mehreren Hunden, die bellten. Und dann gab es da noch den Schrei eines einzelnen Mannes, der wie ein verheerendes Unwetter durch die Straßen fegte.

»Aus dem Weg! Macht Platz! *Verschwindet, hab ich gesagt!*«

Leif spürte, wie sich Majvi anspannte. Er selbst gab sich alle Mühe, die Fassung zu wahren, und trotzdem schnürte sich auch sein Bauch vor Übelkeit und Unwohlsein zusammen. Denn er kannte diese Stimme. Sie war das Schreckgespenst seiner Kindheit gewesen. Die Peitsche, die ihn jahrelang zu immer besseren Leistungen angespornt hatte. Der Richter, der stets über ihn wachte. Und letztlich war diese Stimme auch der Grund dafür, weshalb Leif mit seiner Familie außerhalb des Dorfes wohnte: Damit er sie nicht von früh bis spät hören musste. Doch jetzt überlegte er ernsthaft, ob er vielleicht noch weiter fortziehen sollte. Am besten hinter den Mond.

Denn diese Stimme bewegte sich präzise in seine Richtung.

»Aus dem Weg, hab ich gesagt!«, donnerte sie wieder.

Gleichzeitig kreischte eine weitere Frau auf. Vermutlich weil sie schroff zur Seite gestoßen wurde. Einen Moment später stürmte ein Mann zwischen den Häusern hervor.

Es war Thorhall, der Stammesfürst des Dorfes.

Der sogenannte *Jarl*, wie er in der Wikingersprache hieß.

Er trug einen Umhang aus Bärenfell, der wie maßgeschneidert für seine riesenhafte Statur war. Auch sonst machte Thorhall seinem Amt alle Ehre. Seine langen Haare waren zwar bereits grau geworden, aber sein Gesicht wirkte noch so frisch wie das eines jungen Kriegers. Und in seinen massigen Pranken steckte eine Kraft, mit der er locker jedem Gegner den Schädel zerquetschen konnte.

Mit erobernden Schritten ließ Thorhall das Dorf hinter sich und marschierte einen Pfad entlang, der hinaus zur Landzunge führte.

Majvi schmiegte sich haltsuchend an Leif. Er erwiderte ihre Berührung, indem er seinen Arm um sie legte und ihr mit einem sanften Druck zu verstehen gab, dass sie sich keine Sorgen machen musste. So ganz stimmte das allerdings nicht. Denn die Aufregung im Dorf hielt an. Aus allen Ecken und Winkeln ertönten noch mehr Schreie, als hätte Thorhall das gesamte Dorf mit Angst verpestet. Und je näher er der Landzunge kam, desto deutlicher bemerkte Leif den unheilvollen Ausdruck, der in den Augen des Stammesfürsten schwelte.

Schließlich hatte Thorhall die Landzunge erreicht. Seine Stiefel bebten so hart über den Felsboden, dass Leif ernsthaft befürchten musste, sein Haus würde unter den Erschütterungen noch schiefer werden.

»Leif!«, rief Thorhall. Es sollte wohl eine Begrüßung sein, auch wenn es eher wie ein Schimpfwort klang.

Leif seufzte verhalten. »Guten Tag, Vater«, erwiderte er mit dem gebotenen Respekt. »Schön, dass du uns besuchen kommst.«

»Spar dir die Floskeln«, gab Thorhall schroff zurück. Er blieb vor seinem Sohn stehen. Obwohl er einen halben Kopf kleiner als Leif war, schien er dennoch aus gebieterischer Höhe auf ihn herabzublicken.

»Du kommst gerade zur richtigen Zeit«, sagte Leif. »Meine Familie und ich wollten eben mittagessen.« Er machte eine einladende Geste auf die Haustür. »Wenn du möchtest, kannst du dich gerne zu uns an den Tisch gesellen.«

»Ich verzichte«, knurrte Thorhall. »Und nun steck dir deine verdammten Höflichkeiten in den Hintern! Die Sache ist ernst.«

»Ist etwas passiert?«, erkundigte sich Majvi.

»Sonst wäre ich wohl kaum hier, oder?«, erwiderte Thorhall, ohne sie eines Blickes zu würdigen.

»Geht es Mutter etwa schlechter?«, befürchtete Leif.

»Mach dir mal um Sigrun keinen Kopf«, wies Thorhall ihn ab. »Sie siecht still und friedlich vor sich hin. So wie die vergangenen sieben Monate.«

Leif quittierte die Nachricht mit einem erleichterten Nicken und straffte sich. »Gut, ich höre: Weshalb bist du dann hier?« Er schielte zum Dorf hinüber, in dem sich jetzt einige Frauen heulend in den Armen lagen oder die Hände in den Himmel warfen, als wollten sie irgendeinen Heiligen in Walhalla um Gnade anflehen. »Hat unser Druide Gunnar etwa wieder mal den Weltuntergang verkündet? Oder ist Olle endlich gestorben?« Olle war der Dorfälteste und siechte – im Vergleich zu Leifs Mutter – bereits seit sieben *Jahren* vor sich hin.

»Nichts dergleichen«, antwortete Thorhall zugeknöpft. Er sah jetzt doch zu Majvi.

Die Wikingerfrau verstand den Befehl, der hinter diesem Blick steckte. Sie löste sich gehorsam von Leif und streichelte ihm kurz über den Oberarm, um ihm noch ein bisschen Glück zu wünschen. Anschließend begab sie sich ins Haus.

Thorhall starrte ihr hinterher, bis sie verschwunden war, bevor er sich zurück an Leif wandte. »Wie geht es mit der Reparatur deines Daches voran?«, wollte er wissen.

»Ich bin beinahe fertig.« Leif winkte auf den Balken, der vor lauter Nägeln wie ein Sternenhimmel glitzerte und sich in den letzten Minuten noch ein Stückchen mehr nach unten geneigt hatte.

Thorhall schob abfällig seine Augenbrauen zusammen. »Wenn du mit dem Hammer bloß so gut umgehen könntest wie mit deiner Streitaxt, hätte ich endlich mal einen Grund, ein bisschen stolz auf dich zu sein«, meinte er. »Und nun lass uns gehen!«

»Gehen?«, stutzte Leif. »Wohin?«

»Das erfährst du früh genug.« Thorhall hielt sich nicht länger mit Erklärungen auf. Er schwang sich kaltschnäuzig herum und stiefelte los.

Leif spielte mit dem Gedanken, ob er seinen Vater einfach ziehen lassen sollte. Aber das wäre äußerst unvernünftig gewesen. Thorhall war kein Mann, dem man widersprach, und er scheute sich auch nicht davor, seine erwachsenen Söhne mit einer Tracht Prügel zu züchtigen, wenn sie nicht spurten. Und wenn Leif auf eines verzichten konnte, dann war es ein blaues, zugeschwollenes Auge. Denn damit würde er sein Dach erst recht nicht mehr vor dem nächsten Unwetter abdichten können ...

Also stapfte er mürrisch hinter seinem Vater her.

»Halt!« Runa sprang aus dem Haus, gerade als die beiden Männer an der Tür vorbeikamen. Ihr Mund war mit Suppe verschmiert und ihre Füße trieften noch vom Meerwasser. Das störte Runa jedoch nicht sonderlich. Sie war eben mehr ein Junge als ein Mädchen, denn sie packte abenteuerlustig das Holzschwert und ließ es noch mal von einer Hand in die andere tänzeln. »Ich will mitkommen.«

»Nein«, wies Thorhall sie ab.

»Aber Großvater, ich ...«

»Ich sagte: *Nein!*« Thorhall fuhr zu Runa herum und starrte zuerst sie, dann das Schwert in ihrer Hand an, als wäre es die reinste Blasphemie, dass ein Mädchen eine Waffe überhaupt *berührte*. »Du wirst dieses Grundstück nicht verlassen, hast du gehört?«

Runa hatte sich an den rauen Ton ihres Großvaters gewöhnt, sodass sie sich nicht mehr davon einschüchtern ließ und ihn nur aufsässig anfunkelte.

»Antworte mir gefälligst!« Thorhall machte einen drohenden Schritt auf sie zu. »Oder muss ich dich erst übers Knie legen, damit du deinen Schnabel aufmachst?«

»Ich denke, sie hat es verstanden«, griff Leif ein. Er lächelte mit sanfter Strenge auf seine Tochter herab. »Nicht wahr?«

Runa hätte natürlich nicken oder ein braves »Ja« murmeln können. Stattdessen rammte sie das Schwert vor Thorhalls Füßen in den Boden und stapfte trotzig davon.

Leif zuckte mit den Schultern, als wollte er sagen: *Ist sie nicht goldig, die Kleine?*

Thorhall fand dieses Verhalten jedoch keineswegs amüsant. Seine Miene bebte vor Wut, und seine Hände zuckten, als würde er Runa im Geiste tatsächlich ein paar Manieren beibringen. Er hielt sich jedoch nicht lange mit ihr auf, sondern widmete sich zügig wieder Leif. »Können wir jetzt los? Oder muss ich mich noch mehr mit deiner missratenen Familie herumplagen?«

»Wir können«, versicherte Leif ihm. Er wollte sich schon brav an die Seite seines Vaters gesellen, aber er stoppte mitten in der Bewegung. »Was meinst du? Sollte ich meine Axt mitnehmen?«

Thorhall sah ihn mit einem Blick an, der Leifs gute Laune endgültig erstickte. »Ja«, sagte er eisig. »Vielleicht solltest du das. Und bete, dass wir heil ins Dorf zurückkommen ...«

2

Selbstverständlich nahm Leif seine Streitaxt *nicht* mit. Erstens hatte er keine Lust, das klobige Ding aus der hintersten Ecke seines Hauses zu kramen. Und zweitens wollte er es nicht übertreiben. Es passierte schließlich nicht zum ersten Mal, dass Thorhall wegen eine Lappalie das ganze Dorf in Aufruhr versetzte. Auch wenn Leif recht schnell erkennen musste, dass heute weit mehr hinter diesem Theater steckte, als bloß ein Wutanfall seines Vaters. *Viel mehr.* Denn die Atmosphäre im Dorf knisterte noch immer vor Angst. Die Frauen hatten zwar aufgehört zu schreien, aber nun standen sie alle in Gruppen beisammen und tuschelten miteinander. Die Mädchen und Jungen weinten neben ihnen, weil auch sie spürten, dass etwas Unheilvolles im Gange war. Und die Tiere scharrten nervös in ihren Gattern oder zerrten an den Ketten, als wollten sie vor irgendwas fliehen. Etwas, das schon bald über sie herfallen würde.

Leif spitzte natürlich die Ohren und versuchte zu erfahren, was vorgefallen war. Er wurde jedoch aus den paar wenigen Wortfetzen nicht schlau, die er aus allen Seiten einfing. Vermutlich wussten die Frauen selbst nichts Genaues, sondern verbreiteten nur irgendwelche Gerüchte oder Halbwahrheiten. Eines stand jedenfalls fest: Thorhall hatte alle wehrfähigen Männer zusammengetrommelt und hinaus auf die Felder geschickt. Denn nirgendwo im Dorf trieb sich noch ein Wikinger herum, der alt oder kräftig genug war, eine Waffe zu führen. Die Schmiede von Halvar war verlassen, ebenso wie die Werkstatt von Arvid, dem Zimmermann. Gleiches galt für die Bäckerstube von Grimar sowie die Gerberei von Norwin, und auch die Fischerboote am Hafen erweckten ganz den Anschein, als hätten die Männer mitten in der Arbeit alles stehen- und liegenlassen. Ja selbst die Sitzbank am Dorfplatz, auf der zumeist Olle den ganzen Tag dahinvegetierte, war verwaist.

Vielleicht hätte ich doch meine Axt mitnehmen sollen, überlegte Leif.

Jetzt war es natürlich zu spät, sie zu holen. Thorhall legte nämlich ein forsches Tempo vor und durchquerte das Dorf auf dem kürzesten Weg. Wobei er keine Rücksicht darauf nahm, was er mit seiner Leibesmasse umkippte oder unter den Stiefeln zermalmte. Leif blieb dicht in seinem Windschatten und hob immer wieder die Dinge auf, die sein Vater zu Boden riss.

Als sie das Dorf schließlich hinter sich ließen und einem Feldweg hinaus ins Umland folgten, schob sich Leif wieder an Thorhalls Flanke. Er wartete eine geraume Weile darauf, dass sein Vater das Wort ergriff; jetzt da sie allein waren und er ungezwungen hätte reden können. Doch Thorhall presste eisern die Lippen zusammen und konzentrierte sich auf alles, was vor ihnen lag.

»Dann mal raus mit der Sprache«, forderte Leif irgendwann. Er zeigte mit dem Daumen zum Dorf zurück. »Was ist hier los? Unsere gesamte Sippe redet schon darüber.«

»Lass die Weiber doch tratschen«, murrte Thorhall. »Besser sie reden über das, was heute vorgefallen ist, als sich über uns das Maul zu zerreißen.«

»Was meinst du damit?«

»Du musst schon blind und taub sein, wenn du das noch nicht selbst bemerkt hast.« Über Thorhalls Miene glitt eine zornige Runzel. »Deine Tochter ist zum Gespött des ganzen Dorfes geworden. Sie ist alt genug, um sich bei der Ernte nützlich zu machen. Stattdessen treibt sie sich faul auf deinem Felsen herum.«

»Sie ist nicht faul«, verteidigte Leif sie. »Runa erledigt zuverlässig ihre Arbeiten im ...«

»Da habe ich etwas anderes gehört«, unterbrach Thorhall ihn. »Und ich musste auch erfahren, dass Runa ziemlich starrköpfig und rebellisch geworden ist. Wovon ich mich gerade selbst überzeugen konnte.«

»Dreimal darfst du raten, von wem sie diese Eigenschaft hat.«

»Die Sache ist nicht lustig!« Thorhall fuhr unvermittelt herum und packte Leif am Kragen. »Ich bin der Jarl unserer Sippe – und ich werde es nicht dulden, dass irgendjemand mich oder meine Familie in Verruf bringt. Wenn du nicht in der Lage bist, deiner Tochter die Flausen aus dem Kopf zu treiben, werde ich es tun.« Seine Stimme wurde dünn und scharf wie eine Gerte. »Und wie du sicherlich aus eigener Erfahrung weißt, kenne ich viele Methoden, ein Kind zu erziehen. Ist es nicht so?«

»Ja, Vater«, sagte Leif kleinlaut. Sein gesamter Rücken war von Thorhalls sogenannten *Methoden* zernarbt.

Thorhall begnügte sich vorläufig mit der Antwort. Er ließ seinen Sohn los und ging zügig weiter. »Du wirst Runa morgen ins Dorf schicken, damit sie sich nützlich machen kann.«

»Ja, Vater.«

»Außerdem wirst du ihr verbieten, jemals wieder ein Schwert anzurühren. Es ziemt sich nicht für ein Weib, sich wie ein Mann zu verhalten.«

»Ja, Vater.«

»Und wenn wir schon dabei sind, solltest du auch Majvi zurechtweisen. Sie hat euren Sohn dermaßen mit ihrer Fürsorge verweichlicht, dass ich jedes Mal kotzen könnte, wenn ich ihn sehe.« Thorhall nahm seine Behauptung wörtlich und spuckte einen grünen, schleimigen Klumpen ins Gras. »Du kannst froh sein, dass dein Bruder Erik bereits für einen würdigen Stammhalter gesorgt hat. Sonst müsste ich mir ernsthaft Sorgen um meinen Nachfolger machen.«

Leif seufzte verhalten, bevor er wieder mal das sagte, womit er die Stimmung am ehesten noch retten konnte: »Ja, Vater.« Insgeheim verabscheute er Thorhall dafür, dass er sich ständig in seine Familie einmischte und über sein Leben herrschte. Eines Tages – das hatte sich Leif geschworen – würde er seinem Vater die Stirn bieten und sich ihm gegenüber behaupten. Aber allmählich zweifelte er immer öfter daran, dass dieser Tag überhaupt jemals kommen würde. Und er genug Mut fand, Thorhall alles heimzuzahlen, was er ihm angetan hatte.

Das Dorf geriet unterdessen hinter einer Kuppe außer Sicht, und der Weg windete sich zwischen den ersten Feldern hindurch. Um diese Uhrzeit hätten dutzende Frauen auf ihnen arbeiten müssen, aber die braunen und gelben Rechtecke wirkten alle so ausgestorben, dass es nahezu gruselig war.

Was Leif automatisch zu der Frage zurückbrachte: »Was ist passiert?«

Er rechnete nicht wirklich damit, dass ihm sein Vater endlich eine Antwort gab. Umso überraschter war er, als Thorhall erklärte: »Um ehrlich zu sein, weiß ich es selbst nicht so recht. Niemand weiß das.«

»Was soll das heißen: Niemand weiß es?«

»Irgendetwas ist auf Baldurs Feld vorgefallen. Etwas ungemein ...« Thorhall suchte nach einem passenden Wort. *Etwas Beängstigendes, Schreckliches, Grausames.* Alle diese Begriffe zogen wie Schatten über sein Gesicht, aber offenbar wurde keiner davon der Wahrheit gerecht. Und so behalf sich Thorhall am Ende damit, nach vorne zu nicken. Zu Baldurs Feld, das bloß noch einen Steinwurf von ihnen entfernt lag.

Dort, auf einem Hügel, standen alle Männer aus dem Dorf versammelt. Die sogenannten *Karlar.* Es waren einfache Bauern, Handwerker oder Fischer, die fleckige Hosen und schlichte Hemden aus gewalktem

Stoff trugen. Und sie alle blickten ähnlich besorgt drein, wie es Thorhall schon die ganze Zeit über tat. Selbst der alte Olle hatte sich den beschwerlichen Weg bis hierher geschleppt und lehnte sich nun halbblind, vierteltaub und achteltot auf seinen Krückstock, um sich an dem zu ergötzen, was sich hinter dem Hügel befand.

Leif scheute sich plötzlich davor, näherzukommen. Denn er spürte es jetzt ganz deutlich: Was immer sich hier zugetragen hatte, war nicht nur beängstigend oder schrecklich, sondern abgrundtief *böse*.

Manchmal blies der Wind einen fauligen Geruch heran, als wäre irgendwo eine ganze Rinderherde verendet. Und ebenso oft flirrten in der Luft einzelne schwarze Staubflocken umher. Leif atmete unwillkürlich flacher und sah seinen Vater stirnrunzelnd an, doch Thorhall äußerte sich mit keiner Silbe dazu. Nun gut, Leif würde ohnehin gleich selbst sehen, wovor sich alle fürchteten ... und irgendwie wünschte er sich dabei immer sehnlicher, er hätte seine Streitaxt doch mitgenommen. Und sei es nur, damit er einen Halt hatte, an den er sich klammern konnte.

Hastig stieg er mit seinem Vater den Hügel hinauf.

»Macht Platz!«, keifte Thorhall, als sie die Männer erreichten.

Die Karlar wichen untertänig beiseite. Eigentlich hätten sie zur Begrüßung die Faust heben müssen, so wie es Brauch war. Doch sie schenkten ihrem Jarl kaum eine Beachtung, sondern starrten nur gebannt auf das Feld hinab.

Thorhall strafte sie jedoch nicht dafür. Weil auch sein Blick sofort von dem gefesselt wurde, was sich unter ihren Füßen ausbreitete.

Die Fäulnis.

Bis gestern war Baldurs Getreidefeld eine Augenweide gewesen, doch nun ähnelte es einem rußschwarzen viereckigen Krater. Nirgendwo auf der riesigen Fläche gab es mehr eine einzige goldene Kornähre. Alle waren faulig geworden, hatten sich in Staub aufgelöst oder lagen wie dürre Knochen übereinander. Und der Boden wirkte so ausgetrocknet wie nach hundert heißen Sommern. Selbst die Luft darüber war zu einer grauen Dunstglocke geworden, die stank und kratzte wie in einer Räucherkammer.

Leif stand eine gefühlte Ewigkeit da und ließ diesen verstörenden Anblick auf sich wirken, bevor er endlich wieder seine Stimme fand. »Bei den Göttern«, schluckte er. »Hat es hier gebrannt?«

Die Männer bedachten ihn mit einem säuerlichen Blick, um ihm zu zeigen, wie dämlich seine Frage war.

Natürlich wusste Leif selbst, dass dieses Feld *unmöglich* gebrannt haben konnte, sonst hätten sie die Flammen und den Qualm bis ins

Dorf gesehen. Und außerdem spürte er es mit jedem Moment ein bisschen intensiver, den er in Gegenwart dieses Feldes verbrachte: Die Präsenz von etwas Bösem, das hier gewütet hatte. Und vielleicht noch immer in der Nähe lauerte.

»Wie gesagt, niemand weiß, was auf dem Feld vorgefallen ist«, wiederholte Thorhall. »Grimars Weib kam vorhin zufällig hier vorbei und hat Imke gefunden. Danach ist sie schreiend ins Dorf gelaufen und hat mich alarmiert.«

»Imke?«, horchte Leif auf. »Was ist mit ihr?«

Thorhall geizte auch jetzt mit einer Erklärung. Er winkte lediglich zum Fuß des Hügels hinab. Mit einer Hand, die so enorm zitterte, dass er sie rasch wieder sinken ließ, bevor die Männer seine Nervosität bemerken konnten.

Leif hatte sich bislang nur auf das Feld konzentriert, wodurch er erst jetzt die beiden Männer entdeckte, die sich unterhalb von ihnen befanden. Einer davon war Erik. Er wirkte mit seinen breiten Schultern und dem kantigen Gesicht wie das jüngere Spiegelbild seines Vaters und ließ keinen Zweifel daran aufkommen, dass er der nächste Stammesfürst werden würde.

Vor ihm kauerte Baldur im Gras. Ihm waren die blonden Haare ins Gesicht gefallen, als hätte er sich einen Brautschleier übergestreift, und darunter sickerten massenweise Tränen hervor. Das ließ selbst Erik nicht kalt. Er legte die Hand auf Baldurs Schulter, um ihn zu trösten. Viel Erfolg hatte er damit jedoch nicht. Baldur schüttelte sich unter immer neuen, noch heftigeren Weinkrämpfen, während er auf das Feld sah. Zu irgendwas, das vor ihm zwischen den Kornähren liegen musste.

Leif ahnte Schlimmes.

Er setzte sich steifbeinig in Bewegung und ging zu dem Feld hinab, obwohl er dieser Fäulnis nicht zu nahekommen wollte. Aber er musste es tun. Sein Mitleid ließ ihm gar keine andere Wahl. Und zudem durfte er seinem Vater gegenüber nicht kneifen; musste ihm beweisen, dass er mindestens so mutig wie Erik war.

Also wagte er sich bis zu seinem Bruder heran und nickte ihm wortlos zu, bevor er sein Augenmerk auf Baldur richtete. Sowie natürlich auf das, was keine anderthalb Meter von ihm entfernt lag: Imke. Zumindest vermutete Leif das, denn allzu viel war von ihr nicht übrig. Mit viel Fantasie konnte er eine Brust, den Ansatz einer Hüfte sowie einen Arm ausmachen, der sich wie eine knorrige Wurzel über den Boden windete. Und irgendwo dazwischen verstreuten sich auch ein paar

Bruchstücke, die vermutlich ein Gesicht ergeben hätten, wenn man sie zusammensetzen würde. Alles andere an Imke war von der Fäule bis zur Unkenntlichkeit zersetzt worden und hatte sich so schwarz wie Kohle verfärbt.

»Furchtbar, nicht?«, meinte Thorhall.

Leif zuckte zusammen. Er hatte gar nicht bemerkt, dass sein Vater neben ihn getreten war.

»Sie muss gerade bei der Ernte gewesen sein, als es passiert ist«, fuhr Thorhall fort. »Ihr Körper ist vollständig verwest. Wie jemand, der jahrelang begraben war.«

Leif kam zu derselben Erkenntnis, obwohl er keinen blassen Schimmer hatte, was sein Vater mit *ES* meinte. Er nickte verstockt ... und schüttelte praktisch gleichzeitig den Kopf. »Aber so etwas ist unmöglich!«, protestierte er.

»Ich weiß. Und trotzdem ist es nun mal passiert«, sagte Thorhall. »Auch wenn ich mir beim besten Willen nicht erklären kann, wie.«

»Vielleicht ist es eine Krankheit?«, spekulierte Erik.

»Unsinn«, behauptete Thorhall sogleich. »Selbst die Kornfäule könnte so etwas niemals in einer derart kurzen Zeit anrichten.«

»Was soll es sonst gewesen sein?«, erwiderte Erik. Seine Stimme war von demselben Jähzorn geschärft wie die seines Vaters. »Etwa ein Furz von Olle?«

»Das habe ich gehört!«, schimpfte der Dorfälteste vom Hügel herab. Er wedelte empört seinen Krückstock in die Luft.

Doch niemand beachtete ihn oder lachte darüber.

»Ich fürchte, es ist schlimmer als das«, sagte Thorhall. In seinem Gesicht schien sich ein Abgrund zu öffnen, als würde er in die leibhaftige Hölle blicken. Er wusste eindeutig etwas, das er unbedingt vor den anderen verheimlichen wollte, aber das ihn innerlich völlig zerrüttete. »Was immer dieses Feld zerstört hat, kann keine natürliche Ursache haben.«

»Wie kommst du darauf?«, erkundigte sich Leif.

»Hast du schon bemerkt, dass sich die Fäulnis nur auf das Feld beschränkt? Alles außerhalb davon ist unversehrt geblieben.«

Leif musste seinem Vater recht zollen. Ihm fiel erst jetzt auf, dass sich die Fäulnis innerhalb einer exakten Grenze bewegt hatte und punktgenau bei den letzten Ähren zum Stillstand gekommen war, ohne einen einzigen Grashalm daneben zu vernichten.

Nein, das ist ganz bestimmt keine Naturgewalt gewesen, dachte Leif. *Es sieht eher aus, als ob ...*

In seinem Kopf bahnte sich ein Gedanke an, der so ungeheuerlich war, dass sich Leif verbissen dagegen wehrte, ihn zu beenden. Doch schließlich sprudelte der Gedanke eben doch aus ihm hervor und jagte einen Schauder bis zu seinem Steißbein hinab: *Es sieht aus, als wäre diese Fäulnis von irgendwas gesteuert worden. Oder von jemandem.*

Leif wollte seine Theorie sofort überprüfen und stiefelte davon.

»Wo gehst du hin?«, rief Erik ihm hinterher.

Leif speiste ihn mit einer Geste ab – *ich bin gleich wieder da* –, während er zuerst ein langes Grasbüschel aus dem Boden rupfte und danach weiter zu einem Strauch ging, der nahe des Feldes wuchs. Dort zupfte Leif einen Zweig ab, der über und über mit saftigen Brombeeren behangen war. Anschließend kehrte er zu den anderen zurück. Erik und Thorhall empfingen ihn mit einem irritierten Stirnrunzeln, doch Leif zeigte ihnen rasch, was er vorhatte. Er sank vor dem Feld in die Hocke, nahm den Zweig und streckte ihn so weit nach vorne, bis er mit der Spitze die Kornähren berührte. Die Fäulnis sprang sofort auf den Zweig über und raste wie ein schwarzes Lauffeuer an ihm entlang. Und bei jeder Beere, die sie dabei erreichte, wurde Leif Zeuge eines morbiden Schauspiels. Denn die Beeren alterten binnen eines Augenblicks; wurden braun und runzelig wie Rosinen, und zerfielen schließlich einfach zu Staub. Leif hielt den Zweig noch so lange fest, bis die Fäulnis beinahe seine Finger erreicht hatte, bevor er ihn fallenließ.

Im nächsten Moment ging er schon zur Gegenprobe über, indem er das Grasbüschel zwischen die Kornähren hielt. Was dann geschah, entsprach ziemlich genau seiner Erwartung. Auch wenn es ihn trotzdem maßlos verwirrte.

Denn das Grasbüschel faulte nicht. Es wurde nicht mal welk oder rollte sich an den Spitzen zusammen. Stattdessen passierte absolut gar nichts! Und das war nach allem, was sich hier zugetragen hatte, schon fast ein kleines Wunder.

Leif strich das Grasbüschel mehrmals über die Kornähren und stocherte mit ihm zuletzt so tief in der verdorbenen Erde umher, bis die Halme umknickten. Aber selbst dadurch blieben sie saftig grün; mal abgesehen von ein paar Staubflocken, die an ihnen klebten.

»Nur die Beeren und das Korn werden faulig«, stellte Leif fest. »Damit wäre es wohl bewiesen.«

»Damit wäre *was* bewiesen?«, fauchte Erik hinter ihm.

»Dass die Fäulnis nicht willkürlich handelt, sondern gezielt auswählt, was sie befällt.« *Als würde sie ein Bewusstsein besitzen,* dachte

Leif. Womit ihm ein zweiter, noch eisigerer Schauder über den Rücken lief.

Thorhall kam zu derselben Schlussfolgerung. »Ja, sie vernichtet alles Essbare«, bestätigte er. Und er klang dabei nicht gerade so, als würde er diese Entdeckung zum ersten Mal heute machen.

»Alles Essbare ... und jedes Lebewesen«, ergänzte Leif. Er warf das Grasbüschel davon und sah erneut zu Imke. Obwohl ihr Kopf weitgehend zu einem Scherbenhaufen zerfallen war, schien in ihrem Gesicht noch immer ein unendlich großer Schrecken, vielleicht auch ein grässlicher Schmerz lebendig zu sein. Eines ihrer Augen starrte wie eine hässliche Pestbeule zu den Männern herüber, und ihre Lippen klafften unnatürlich weit auseinander, als wollte sie ihnen irgendwas mitteilen. Eine Botschaft, eine Warnung, eine düstere Prophezeiung. Etwas, das eigentlich laut genug war, dass Leif es hätte hören müssen. Und dennoch konnte er es nicht verstehen. *Noch* nicht.

»Oh Imke!«, winselte Baldur auf einmal. Er hatte sich bislang kein Stück gerührt, doch nun zuckte seine Hand nach vorne und reckte sich sehnsüchtig seiner Frau entgegen.

»*Nicht anfassen!*« Leif riss Baldurs Arm zurück. »Die Fäulnis würde ebenfalls auf dich übergreifen.«

Offensichtlich hatte Baldur diese Gefahr noch gar nicht bedacht, denn in sein Gesicht platzte ein schockierter Ausdruck. Auch Leif wurde schlagartig bewusst, wie knapp er gerade vor der Schwelle eines grausamen Todes stand. Ein kräftiger Windstoß, ein kleiner Stolperschritt – und er würde kopfüber in das Feld kippen! Er hakte deshalb seine Hand unter Baldurs Achsel, zog ihn vom Boden hoch und wich mit ihm fluchtartig zurück. Der Bauer war allerdings noch viel zu zittrig, um sich auf den Beinen halten zu können, wodurch er sofort wieder ins Gras sackte.

Erik, Leif und Thorhall standen derweil schweigend da und starrten beklommen auf Imke herab. Und je länger sie das taten, desto mehr hatten sie das absurde Gefühl, sie würden gerade ihre eigenen Leichen betrachten.

»Nun gut.« Erik atmete irgendwann tief durch. »Was sollen wir jetzt tun?«

»Ein Opfer!«, rief Olle hinter ihnen. »Wir müssen den Göttern ein Opfer bringen, um die Fäulnis unschädlich zu machen.«

»Du kannst dich ja gerne ins Feld stürzen, wenn du willst«, erwiderte Snorre, ein Fischer aus dem Dorf. »Du bist sowieso schon zu dreiviertel verfault.«

»Ich eigne mich nicht als Opfer, weil ich keine Jungfrau mehr bin«, verkündete Olle stolz. »Und das seit fast einem Jahr!«

Die Männer gaben nun doch ein Lachen von sich. Es dauerte zwar nur eine Sekunde, aber es lockerte die angespannte Stimmung merklich auf.

»Wir werden niemanden opfern«, stellte Thorhall klar. »Ich werde euch sagen, was ihr jetzt tun werdet: Ihr geht unverzüglich ins Dorf zurück, erledigt eure Arbeit und verliert kein Sterbenswörtchen über das, was sich hier zugetragen hat. Schon gar nicht zu euren Weibern.« Seine Stimme donnerte mit einer schonungslosen Härte in die Gesichter der Männer. »Ich möchte nicht, dass ...«

»Vater!«, fuhr Leif dazwischen.

»... in meinem Dorf noch mehr Gerüchte verbreitet ...«

»Vater!«

»Was ist denn, Himmelherrgott?«, zürnte Thorhall. »Siehst du nicht, dass ich den Männern gerade wichtige Anweisungen gebe?«

Leif zeigte mit einer Kopfbewegung auf das Feld hinaus. »Hör doch!«

Thorhall wollte nicht hören. Er war gerade viel zu aufgebracht, um auch nur Leifs Worte zu beachten ... aber plötzlich schlugen auch seine Ohren auf etwas an, das der Wind über das Feld trug. Es war ein Schluchzen. Ähnlich wie das von Baldur, bloß leiser, schwächer, aber dafür um einiges ängstlicher.

Thorhall drehte sich mit seinen Söhnen zu dem Geräusch um.

Die Männer auf dem Hügel reckten ebenfalls die Köpfe. Doch auch sie konnten nicht genau bestimmen, in welcher Richtung dieses Schluchzen ertönte.

»Kommt das vom Dorf?«, fragte Erik.

Thorhall wandte sich nach Süden und fixierte sich auf dieses an- und abschwellende, weinerliche Geräusch. »Nein, ich denke nicht. Es kommt eher von ...«

»Da drüben!«, rief Leif.

Er eilte abermals los und steuerte eine Baumreihe an, die in der Ferne wuchs. Etwa auf halbem Weg dorthin traf er auf einen Stiefel, der herrenlos im Gras lag. Ein *Kinderstiefel*. Seine Spitze war mit schwarzem Staub bedeckt, aber das Leder darunter wirkte unbeschädigt. Leif hielt sich mit dem Fund jedoch nicht lange auf, sondern hastete noch zügiger auf die Bäume zu. Unterwegs legte er immer wieder kurze Pausen ein, um sich neu zu orientieren, obwohl das Schluchzen in diesem Bereich schon laut genug war, dass er es gar nicht mehr verfehlen konnte. Leif ließ sich von ihm vollends bis zum Ziel führen. Er trat hinter die ersten Bäume und stoppte nach wenigen Metern. Denn hier, versteckt zwischen den Wurzeln sowie etlichen Farnen, gab es einen Kaninchenbau im Boden. Ein kaum dreißig Zentimeter breites Loch, das mit Moos und Laubblättern umsäumt war.

Aus dem Inneren starrte Leif ein Mädchen entgegen.

Es war in der Dunkelheit kaum zu erkennen; nur seine Augen glänzten wie blaue Edelsteine und hatten sich vor Angst unnatürlich stark geweitet.

»He«, schnurrte Leif sanftmütig. »Wo hast du dich denn verkrochen?«

Das Mädchen erzitterte vor ihm. Wahrscheinlich wäre es sogar noch tiefer unter die Erde gerutscht, aber das Loch bot ihm nicht genügend Platz dazu.

Leif gab ihm jedoch keinen Anlass, sich zu fürchten. Er lächelte und duckte sich in die Knie, um nicht mehr ganz so einschüchternd wie ein Ungeheuer über dem Mädchen aufzuragen. »Es ist alles in Ordnung«, versicherte er ihm. »Dir kann nichts passieren.«

Das Mädchen spähte auf das Feld hinaus, als wollte es Leifs Behauptung widerlegen.

»Du bist Merle, richtig?«, erkannte er.

Das Mädchen sah zu ihm zurück und forschte in seinem Gesicht. Eigentlich hätte es ihn ebenfalls längst erkennen müssen – schließlich kam es oft auf sein Grundstück, um mit Runa oder Sven zu spielen. Aber Merle war gerade viel zu sehr in ihrer Schockstarre gefangen, um einen klaren Gedanken fassen zu können.

»Du musst keine Angst haben.« Leif streckte ihr seine Hand entgegen. »Komm! Ich werde dich beschützen, versprochen.«

Merle hätte sich durchaus von ihm ködern lassen und wollte schon nach seiner Hand greifen. Doch sie schrak sofort wieder zurück. Thorhall kam nämlich auf den Kaninchenbau zu und warf dabei einen Schatten über Merle, als würde er sie unter einer ewigen Finsternis begraben.

»Was hat das Balg hier zu suchen?«, wetterte er.

»Das ist Merle«, erklärte Leif. »Imkes Tochter. Sie muss sich in dem Loch versteckt haben, als ihre Mutter ... du weißt schon.«

»Worauf wartest du? Hol sie da raus!«, verlangte Thorhall. »Vielleicht kann sie uns erklären, was vorgefallen ist.«

»Ob du's mir glaubst oder nicht, Vater: Das versuche ich gerade.« Leif wandte sich zurück an Merle und lächelte eine Zahnreihe mehr, um für ein bisschen Vertrauen bei ihr zu werben. Und wieder hätte er sie beinahe dazu gebracht, nach seiner Hand zu greifen, wenn Thorhall nicht so ungeduldig gewesen wäre.

»So wird das nichts«, knurrte der Jarl. »Geh beiseite!«

Er gab Leif erst gar nicht die Gelegenheit zu widersprechen, sondern schubste ihn grob davon. Mit derselben Bewegung packte er Merle an den Haaren und zerrte sie rücksichtslos aus dem Kaninchenbau. Merle begann sofort zu kreischen und windete sich in Thorhalls Griff, aber sie hatte gegen ihn natürlich nicht die mindeste Chance. Ihr Schrei war sowieso nicht von langer Dauer. Thorhall hatte sie kaum aus dem Loch befördert, da packte er sie an der Brust und wuchtete sie so rasant in die Höhe, dass Merle glatt die Luft wegblieb.

»Und jetzt rede!«, zischte er. »Was ist hier passiert?«

»Mama«, heulte Merle. »Mama ...«

»Rede endlich, um Odins willen!« Thorhall zog Merle so dicht zu sich heran, als wollte er sie mit Haut und Haaren verschlingen. »Ich habe es satt, danach zu fragen. Warum ist das Feld faulig geworden? Was ist mit deiner Mutter geschehen?«

»Das reicht jetzt.« Leif stemmte sich auf die Beine und zog Merle aus der Hand seines Vaters. Sie klammerte sich sofort mit allen Gliedmaßen an ihm fest. Ihr gesamter Körper bebte, als würden tausende Ängste auf sie einprügeln, und aus Merles Augen quollen so viele Tränen, dass ihr Gesicht pitschnass wurde. »Ist schon gut«, flüsterte Leif, während er über ihren Kopf streichelte. Und an seinen Vater gerichtet, fügte er entrüstet hinzu: »Was sollte das? Siehst du nicht, dass das Mädchen unter Schock steht?«

»Das Balg soll sich nicht so anstellen«, knurrte Thorhall. »Es haben schon mehr Mädchen ihre Mütter verloren, ohne so einen Aufstand zu machen. Und jetzt sag der Kleinen, dass sie mit mir reden soll, bevor ich *richtig* ungemütlich werde.«

Merle schauderte unter der Drohung zusammen, doch Leif besänftigte sie sofort wieder, indem er seine Arme etwas fester um sie legte. »Sie wird uns bestimmt alles erzählen, sobald sie sich beruhigt hat«, war er überzeugt. »Also halt jetzt den Mund!«

Er schob sich so knapp an Thorhall vorbei, dass er ihn mit der Schulter anrempelte. Danach umrundete er in einem möglichst großen Bogen das Feld, damit Merle sich nicht noch mehr fürchten musste. Im Vorbeigehen bückte er sich zu dem verlorenen Stiefel, schüttelte den Staub von ihm ab und steckte ihn zurück an Merles nackten Fuß. Zuletzt trug er sie bis zu ihrem Vater Baldur hinüber. Dieser war mit

Erik bei dem Hügel geblieben und keuchte vor Überraschung, als er seine Tochter entdeckte. Er federte unverzüglich auf die Beine und taumelte Leif sowie dem Mädchen entgegen.

»Merle!«, schrie er. »Merle ... den Göttern sei Dank, du lebst!« Er zog seine Tochter stürmisch an sich, küsste sie auf die Stirn und klappte mit ihr sofort wieder auf den Boden zusammen.

Leif konnte leider nicht mehr für die beiden tun. Er tätschelte Baldur lediglich die Schulter, um ihn zu trösten, ehe er zu seinem Bruder ging.

»So eine verdammte Sauerei«, meinte Erik. Er beobachtete Vater und Tochter dabei, wie sie sich innig umarmten. »Baldur hat letzten Sommer schon seinen Sohn verloren – und jetzt auch noch seine Frau. Ich möchte bloß wissen, wer ihm das angetan hat.«

»Das ist bestimmt Gunnars Werk«, verkündete Norwin auf dem Hügel.

»Ja«, pflichtete Snorre ihm bei. »Dieser verrückte Druide ist daran schuld.«

»Genau meine Meinung«, ergriff nun auch Arvid das Wort. »Dieses Feld ist nicht grundlos faulig geworden. Ich sag's euch, Leute: *Es wurde verhext!*«

Mit dieser tollkühnen Behauptung löste er nun endgültig eine Kettenreaktion aus. Denn alle Männer redeten auf einmal wild durcheinander und stachelten sich mit ihrem Aberglauben gegenseitig immer mehr an. So lange, bis Olle wieder seinen Krückstock nach oben reckte, um die Lösung ihres Problems zu verkünden: »Ein Opfer!«, skandierte er. »Wir müssen unbedingt eine Jungfrau opfern!«

»*Schluss mit diesem Unsinn!*«, ging Thorhall dazwischen.

Die Stimmen auf dem Hügel brachen jäh ab, und sämtliche Blicke flogen scheu zu dem Jarl herum, der sich unter ihnen postiert hatte.

»Habt ihr etwa schon vergessen, was ich euch aufgetragen habe? Ihr werdet kein Sterbenswörtchen mehr über das verlieren, was hier passiert ist. Überlasst es mir und meinen Söhnen, die Sache zu klären. Und nun geht ins Dorf zurück! Kümmert euch um eure Arbeit – und sagt euren Familien, dass sie sich von dieser Gegend fernhalten sollen.« Thorhall wartete genau so lange, bis sein Befehl verklungen war, bevor er donnernd nachsetzte: »Warum steht ihr noch immer wie belämmert hier herum? *Verschwindet endlich!* Oder muss ich euch erst Beine machen?«

Die Männer zierten sich einen langwierigen Moment. Dann lösten sie sich endlich von der unheimlichen Anziehungskraft, die das Feld auf sie ausübte, und trotteten davon. Natürlich hielt sich kein Einziger von ihnen an Thorhalls Anweisung, denn sie alle begannen sofort damit, sich angeregt zu unterhalten und die wildesten Theorien über die Fäulnis zu spinnen. Auch Baldur raffte sich zusammen mit Merle auf. Er warf einen letzten Blick zu seiner Frau, um Abschied zu nehmen, ehe er schwermütig den Heimweg antrat.

Thorhall beobachtete ihn kurz mit ungerührter Miene, ehe er sich wieder seinen Söhnen widmete.

»Hast du das ernst gemeint?«, fasste Leif nach. »Dass wir uns um die Sache kümmern sollen?«

»Sehe ich aus, als würde ich scherzen? Ich bin der Jarl, ihr meine Söhne. Es ist die Pflicht unserer Familie, wieder für Recht und Ordnung in der Sippe zu sorgen.« Thorhall vergewisserte sich, dass alle Männer außer Hörweite waren, bevor er hinzufügte: »Ich fürchte nämlich, dass Arvid und Norwin recht haben. Das hier ist Gunnars Werk. Vermutlich ist mal wieder irgendeines seiner Rituale schiefgelaufen, und nun hat er damit einen Fluch heraufbeschworen. *Verdammt!* Ich habe es schon immer geahnt, dass dieser Wahnsinnige eines Tages durchdrehen wird.«

»Moment!«, bremste Leif ihn. »Wir haben keinerlei Beweise dafür, dass Gunnar wirklich hinter diesem Unglück steckt. Das Feld könnte ebenso gut von einem Troll verwüstet worden sein. Ihr wisst, dass diese Biester hier überall unter der Erde hausen und uns Menschen zuweilen böse Streiche spielen, wenn wir ihnen nicht regelmäßig ein Geschenk vor ihre Höhlen legen ...«

Erik unterbrach ihn mit einem Kopfschütteln. »Vater hat recht. Es *muss* Gunnar gewesen sein. Wenn nur dieses Feld hier betroffen wäre, könnte durchaus ein Troll dahinterstecken, aber nicht bei so vielen.«

»Viele?«, stutzte Leif.

Sein Bruder wechselte mit Thorhall einen Blick, als würde er sich von ihm die Erlaubnis einholen, offen und frei sprechen zu dürfen. »Baldurs Feld ist nicht das einzige, das faulig geworden ist«, gestand er.

»Wie bitte?«

»Es hat noch zwei weitere erwischt«, bestätigte Erik. »Mein Kornfeld in der Nähe des Bachs. Sowie den Rübenacker von Isbert. Und ich könnte wetten, dass es mittlerweile schon ein viertes oder fünftes Feld gibt, das schwarz ist.«

»Warum habt ihr das nicht schon früher gesagt?«, empörte sich Leif.

»Warum wohl?« Thorhall gestikulierte zu dem leeren Hügel hinauf. »Damit es diese Schafe nicht durchs ganze Dorf posaunen. Wir müssen unbedingt eine Panik vermeiden; jetzt, wo der erste Frost vor der Tür steht und es so vieles zu tun gibt.«

»Umso wichtiger ist es, dass wir kein weiteres Feld verlieren. Wir sind auf jedes Getreidekorn angewiesen, um durch den Winter zu kommen«, sagte Erik.

»Scharf erkannt«, stimmte Thorhall ihm zu. »Und genau deswegen werdet ihr Gunnar jetzt unverzüglich einen Besuch abstatten.«

»Um ihn zur Rede zu stellen«, vermutete Leif.

»Um dieses Teufelswerk zu *beenden*«, verdeutlichte Thorhall. »Wir dürfen es nicht zulassen, dass er unsere gesamte Ernte mit seinem heidnischen Zauber vernichtet.«

»Keine Sorge, wir werden die Sache mit dem Druiden regeln. Du kannst dich auf uns verlassen, Vater«, gelobte Erik.

Thorhall hatte keine andere Antwort von ihm erwartet. Er nickte seinem Erstgeborenen zu. Mit einer Bewegung, in der beinahe etwas Mildes, Gütiges mitschwang; etwas, das stets nur Erik zuteil wurde. Weil er nun mal Thorhalls Liebling war und ihn bislang nie enttäuscht hatte.

»Geht sofort los und beeilt euch«, befahl Thorhall. »Ach, und nehmt Haldor mit.«

Seine Söhne stoppten abrupt, gerade als sie zum ersten Schritt ansetzten. »Haldor?«, wunderte sich Leif. »Warum denn ausgerechnet ihn?«

»Damit aus diesem Taugenichts endlich mal ein richtiger Mann wird«, maulte Thorhall. Er seufzte wie über eine alte Kriegswunde, die einfach nicht heilen wollte. »Er soll lernen, sich durchzusetzen und Mut zu beweisen.«

»Keine Sorge, Vater. Wir werden ihn schon abhärten« versprach Erik. Er stupste Leif an und wandte sich mit ihm ein zweites Mal um.

»Da wäre noch etwas«, fiel Thorhall düster ein. »Seid vorsichtig. Ihr wisst, wie tückisch und verlogen Gunnar sein kann – und wie mächtig er ist.«

Ja, das wussten Erik und Leif nur zu gut.

Gerade deswegen scheuten sie sich auch davor, den Druiden zu besuchen. Ihn und sein Krähennest, das schon für so manchen leichtsinnigen Besucher zur Todesfalle geworden war.

3 Es war nicht schwer, Haldor zu finden. Er lebte so einsam und abgeschottet wie ein Mönch, und bewegte sich zumeist keine zehn Schritte von seinem Zuhause fort. Erik und Leif mussten deshalb nicht lange nach ihm suchen, als sie zurück ins Dorf kamen, sondern begaben sich geradewegs hinunter zum Hafen. Eigentlich war er die reinste Platzverschwendung, denn in seinem Becken ankerten selten mehr als drei Boote. Zwei davon waren nur mickrige Nussschalen, mit denen die Männer Fischfang betrieben; lediglich das dritte Boot war ein echtes Wikingerschiff, das seiner Bezeichnung alle Ehre machte. Ein stattliches Konstrukt aus Holz und Metall; geschaffen um Raubzüge zu begehen oder bis zum europäischen Festland zu segeln. Auch wenn Thorhall es zumeist nur dazu benutzte, um ihre befreundeten Sippen zu besuchen.

Im Augenblick dümpelten alle Boote friedlich im Wasser und zerrten an ihren Leinen, mit denen sie an den Stegen vertäut waren. Snorre kümmerte sich soeben mit vier Männern um eines davon. Sie schrubbten den Rumpf sauber, reparierten die Netze und unterhielten sich dabei angeregt über das, was sie auf dem Feld gesehen hatten.

Als Erik und Leif über den Holzsteg marschierten, verstummten die Männer jedoch und sahen respektvoll zu den Brüdern herum. Eine Reaktion, die Leif nur allzu gut von ihnen kannte, aber die ihn trotzdem maßlos störte. Weil die Dorfbewohner in ihm denselben Tyrannen sahen, wie in seinem Vater. Und das, obwohl Leif seit Jahren alles daransetzte, sich von Thorhall zu distanzieren. So wie jetzt, zum Beispiel. Denn er nickte den Männern freundlich zu, während er an ihnen vorbeischritt.

Erik verhielt sich dagegen schon mehr wie sein Vater. Er strafte die Fischer mit purer Arroganz und würdigte sie keines Blickes, als wären sie nur ein wertloses Stück Treibgut.

Zusammen mit Leif steuerte er die Fischhalle an, die unmittelbar an den Hafen grenzte. Äußerlich unterschied sie sich kaum von den anderen Häusern im Dorf; abgesehen von der Tatsache, dass sie auf Pfählen im Wasser ruhte. Aber aus ihrem Inneren wehte ein Geruch nach Pökelsalz, Fisch und vergorenen Eingeweiden, der einem wahrlich den Atem rauben konnte. Vermutlich war das der Grund, warum Haldor von Thorhall hierher verbannt wurde – an einen Ort, an dem sonst niemand leben wollte. Denn für Thorhall war Haldor bloß ein Versager. Für die Dorfbewohner ein Aussätziger. Und Erik sah in Haldor nur einen Schwächling und Tollpatsch; jemand, der nie eine Frau bekommen oder Kinder zeugen würde, und der es absolut nicht verdient hatte, echtes Wikingerblut in sich zu tragen. Für Leif hingegen war Haldor einfach ein Bruder. Jemand, den er seit der Geburt beschützt hatte und bedingungslos liebte.

»Dann wollen wir mal«, sagte Erik, als er mit Leif die Fischhalle erreichte. Er holte einmal tief Luft und trat durch das Eingangstor.

Die beiden Brüder fanden sich dahinter in einem Raum wieder, wie er typisch für ein Fischerdorf war. Durch die gesamte Längsachse erstreckten sich zwei Werkbänke, an denen etliche Frauen und Mädchen hantierten. Vor ihnen lag die gesamte Beute, die die Fischer am frühen Morgen gefangen hatten; bergeweise Dorsche, Heringe und Kabeljaue. Routiniert nahmen die Frauen die Fische aus, pökelten sie und hängten sie zum Trocknen an Holzstangen entlang der Wände. Die Luft innerhalb der Halle war noch um einiges beißender, als es der Gestank draußen angedeutet hatte. Die Frauen waren jedoch längst geruchsblind geworden. Sie schwangen ihre Messer in präziser Hast über die Fischbäuche, pulten mit den Fingern durch Gedärme und Blut oder rieben die Schuppen von den Häuten, ohne ein einziges Mal das Gesicht dabei zu verziehen. Stattdessen plapperten sie munter durcheinander. Und natürlich gab es auch hier nur ein Thema, das heute alle Gespräche beherrschte.

»Das Feld soll so schwarz wie eine Pestbeule gewesen sein«, behauptete eine Frau.

»Ich habe gehört, dass Imke noch gelebt hat, als die Männer sie fanden, und kopflos über den Boden gekrochen ist«, eine andere.

»Ja, richtig. Und Baldur soll sie eigenhändig erschlagen haben, um sie von ihrem Leid zu erlösen«, führte eine dritte Frau diese hanebüchene Geschichte zu Ende.

Tja, was sollte Leif dazu sagen? Ein Raum, in dem sich über zwanzig Frauen befanden, war nun mal das beste Treibhaus für die wildesten Gerüchte.

Die Frauen unterbrachen jedoch ihr Geschwätz, als sie die Brüder am Eingang entdeckten, wodurch es schlagartig still in der Halle wurde. Nur das Meerwasser plätscherte unter dem Holzboden emsig gegen die Pfähle, und die gepökelten Fische baumelten an den Stangen umher, als würden sie zurück in den Atlantik springen wollen.

»Lasst euch von uns nicht stören, Myladys«, flötete Erik so höflich wie ein britischer Edelmann. »Wir sind nur ein bisschen auf Brautschau hier.«

Einige Frauen – besonders die jüngeren – kicherten verlegen, und auch die älteren fühlten sich von dem hohen Besuch geschmeichelt.

Wer hätte ihnen das verdenken können? Erik und Leif waren vor ihrer Hochzeit mit Abstand die begehrtesten Junggesellen im Dorf gewesen und hatten nahezu alle Frauen im Bett beglückt. Und was Erik anbelangte, hatte sich daran bis heute nicht viel geändert.

Er ließ das Tor hinter sich zufallen und schlängelte sich mit Leif durch den Raum. »Wie ich sehe, habt ihr euch für uns hübsch gemacht«, bemerkte er. Sein Finger wanderte ungeniert über die zarten Kurven einer jungen Frau. »Und ihr riecht anregend. Wie nennt ihr den Duft? Frische Meeresbrise?«

Zugegeben, es war ein plumper Witz, und dennoch belohnten ihn die Frauen mit einem weiteren Kichern. Was Erik darin bestärkte, sofort zu einer zweiten Frau zu gehen. Diese war zwar schon etwas reifer, aber trotzdem noch recht ansehnlich. Besonders mit dem üppigen Busen, der halb aus ihrem Kleid quoll. »Ich werde am späten Nachmittag übrigens in der Waffenkammer sein«, flüsterte Erik ihr verheißungsvoll ins linke Ohr. »Allein«, hauchte er ihr danach ins rechte. »Voller Begierde«, wisperte er ihr zuletzt so dicht in den Nacken, dass die Frau beinahe Hitzewallungen davon bekam. »Nur falls du dich nach ein paar Zärtlichkeiten sehnen solltest ...«

»Das reicht jetzt!«, fuhr Leif dazwischen, bevor Erik die Frauen mit seinem Liebesgeflüster vollends in Ekstase versetzen konnte. Er zog seinen Bruder am Oberarm mit sich. »Du alter Charmeur.«

»Ich weiß gar nicht, was du hast«, erwiderte Erik. Er streckte immer wieder die Hände nach den Brüsten und Pobacken aus, die sich in seiner Nähe befanden. »Ist dir eigentlich schon mal aufgefallen, dass wir in unserem Dorf erheblichen Frauenüberschuss haben? Mindestens zwölf dieser Schönheiten werden für immer einsam bleiben, weil es für sie keinen Ehemann gibt. So was können wir doch nicht verantworten! Immerhin sind wir die Anführer dieser Sippe und müssen uns um sie kümmern.«

»Du wirst unserem Vater von Tag zu Tag ähnlicher«, bemängelte Leif.

»Und du wirst von Tag zu Tag mehr zu einem Spießer.« Erik streichelte einer Frau im Vorbeigehen betörend über die Wange. »Seit du verheiratet bist, hast du dich mit keinem anderen Weib mehr vergnügt. Oder täusche ich mich da?«

»Ich liebe Majvi nun mal«, erklärte Leif einsilbig, wenn auch ehrlich.

»Lieben«, spuckte Erik aus, als würde er über eine Geisteskrankheit reden. »Ich liebe mein Eheweib Wiebke auch. Und trotzdem begehrt es mich manchmal nach einer fremden Haut. So wie deine, zum Beispiel.« Er lächelte auf eine Frau herab, die am Ende der Werkbank stand, als würde er sie ins nächste Bett entführen wollen. Vermutlich hätte er das sogar getan – wollüstig, wie er war –, wenn Leif ihn nicht so rigoros mit sich gezerrt hätte. »Dann arbeitet mal fleißig weiter«, rief Erik, während er hinter seinem Bruder herstolperte. »Und lauft nicht weg. Ich bin gleich zurück ...«

Die Frauen kicherten wieder. Einige winkten ihm auch hinterher, bevor sie wieder dazu übergingen, die Fische zu pökeln.

Leif bugsierte Erik unterdessen in den hinteren Bereich der Halle und ließ ihn erst los, als sie bei einer Treppe anlangten, die hinauf zum Dachboden führte. Hier, dicht unter dem Gebälk und eingepfercht zwischen jeder Menge Staub sowie dem Fischgestank, fristete Haldor ein trostloses Dasein. Seine Wohnstätte war die reinste Schikane. Ihre Decke hing so tief, dass kein erwachsener Mann aufrecht darin stehen konnte, und besaß nur einen winzigen Kamin, der die Temperatur im Winter gerade mal knapp über dem Gefrierpunkt hielt. Und es war düster. So düster wie an einem wolkenverhangenen Tag im November, wodurch sich Haldor in seinem Zuhause wie ein Nachtschattengewächs fühlen musste. Die einzige Lichtquelle war ein handbreites Loch unterhalb des Giebels, durch das ein dünner Sonnenstrahl in den Dachboden fiel und ihn in eine unwirkliche Atmosphäre tauchte. Fast so, als befände sich dieser Raum nicht in Island, sondern auf einem Basar im fernen Orient.

Der Dachboden platzte nämlich vor Büchern, Schriftrollen und bizarrem Kleinod schier aus allen Nähten und beherbergte das gesamte Wissen des Dorfes. Leif war es ein Rätsel, wie Haldor all diesen Plunder hier anhäufen konnte. Aber dieses Sammelfieber war mitunter eines jener Talente, die seinen Bruder so einzigartig machten. Denn er gehörte zu den wenigen Menschen im Dorf, die lesen und schreiben konnten, und die hohe Kunst der Mathematik beherrschten. Zu Ruhm und Ehre hatte Haldor es damit allerdings nie gebracht, und so saß er meist den ganzen Tag an einem Schreibpult. Vor ihm stapelten sich so viele Schriftstücke, dass nur sein Haarschopf dahinter hervorblitzte, und seine Nase steckte in einem dicken Buch, das vermutlich mehr wog als Haldor selbst. Denn er wirkte im Vergleich zu seinen Brüdern zwergenhaft klein, leichenblass und spindeldürr. *Eine Missgeburt*, wie Thorhall ihn unlängst beschimpft hatte. Und ja: Haldor war keineswegs eine Schönheit. Auf seinem Gesicht wollte einfach kein Bart wachsen, aber dafür hing es voller Pusteln. Sein rechtes Bein mündete in einen Klumpfuß, und auf seinem Rücken erhob sich ein kleiner Buckel, der verantwortlich dafür war, dass Haldor auf dem Heiratsmarkt ein ewiger Ladenhüter blieb.

Mal ganz im Vertrauen gesagt: Aus Haldor würde *niemals* ein richtiger Mann werden; egal, wie oft ihn seine Brüder mit zu einem Ausflug nahmen. Und deshalb empfand es Leif mehr und mehr als Zumutung, dass Haldor sie zu Gunnar begleiten sollte. Denn bei dem Druiden würde er höchstens als Zutat in einem Zaubertrank enden ...

»Haldor?«, rief Erik, obwohl er seinen Bruder natürlich längst entdeckt hatte. »Wo steckst du?« Er wühlte durch einen Schrank, kippte Bücher um, rückte Gläser beiseite und zerknitterte mehrere Schriftrollen, als würde er Haldor ernsthaft in einem Regal vermuten.

»*Nicht anfassen!*«, kam eine knabenhafte Stimme hinter dem Pult hervor.

Erik lächelte – und stieß aus reiner Boshaftigkeit ein Buch zu Boden.

Haldor ahndete seine Tat mit einem empörten Blick. Jedenfalls gab er sich reichlich Mühe dazu, auch wenn seine Augen eher so verschüchtert wie die eines Hundewelpen glänzten.

Erik beachtete ihn sowieso nicht. Er schob sich an dem Pult vorbei, trat an eine Brüstung heran und blickte auf die Fischhalle hinab. Besonders auf die Dekolletees der Frauen, die er von hier oben aus bestens bewundern konnte. »Warum brütest du eigentlich schon wieder über deinen Büchern, obwohl du dich da unten mit den Weibern amüsieren könntest?«

»Weiber?«, stutzte Haldor.

»Sag bloß, dir ist noch nie aufgefallen, dass du hier der Hahn im Korb bist.« Erik drehte sich um und musterte das Buch auf dem Schreibpult. »Was liest du da eigentlich schon wieder? Etwa eine Geschichte von diesem Odeus?«

»Odysseus«, korrigierte Haldor ihn.

Erik zuckte gleichgültig mit den Schultern. »Ist doch völlig unwichtig, wie dieser Kerl hieß. Was kümmern mich irgendwelche Griechen, die seit tausend Jahren mumifiziert sind?«, lästerte er. Trotzdem näherte er sich dem Pult und musterte die aufgeschlagene Seite. Sie war von Kopf bis Fuß mit Buchstaben und Zeichnungen illustriert. Aber selbst das konnte Erik nicht mal ein anerkennendes Nicken abringen. Stattdessen rümpfte er nur die Nase. »Nun sag schon! Was ist das für ein Käse?«

»Das sind die Aufzeichnungen von Hipparchos.«

»Sag ich doch: Wieder ein Grieche, der mumifiziert ist.«

»Hipparchos zählt zu den bedeutendsten Astronomen der Antike«, erklärte Haldor, während sein Finger zärtlich über das speckige Pergament strich. »Er hat den Nachthimmel erforscht und jedes Sternenbild darin genauestens kartografiert. Den Großen Wagen, den Skorpion, den Schützen.« Haldor zeigte auf eine entsprechende Skizze, bevor er mit einem Blick zu Erik aufsah, als wäre er über beide Ohren verliebt. »Ist das nicht faszinierend?«

Erik runzelte abfällig die Stirn. »Ehrlich, du brauchst dringend ein Weib«, meinte er. »Damit du mal etwas erlebst, statt immer nur darüber zu lesen. Hast du überhaupt eine Ahnung, wie sich die Brust einer Frau anfühlt?«

»Eine ...?«

»Du weißt schon. Diese zwei Euter, die die Weiber besitzen, damit wir Männer ihnen nicht ständig in die Gesichter starren müssen.«

»Nun ich ...«

»Und was ist mit küssen? Wann hast du zuletzt deine Lippen auf den Mund einer Frau gepresst und ihr deine Zunge so tief in den Rachen geschoben, bis sie würgen musste?«

»Nun ich ...«, stotterte Haldor weiter, während ihm die Schamesröte wie ein Sonnenbrand ins Gesicht stieg.

Erik wusste natürlich, welche Wirkung seine vulgären Fragen auf Haldor hatten, und darum triezte er ihn mit voller Absicht weiter. »Was ist mit dem Geschlechtsakt?«, wollte er wissen. »Hast du es endlich mal geschafft, deinen kleinen Wurm zwischen den Schenkeln einer Frau zu versenken?«

»Ich ... also ...«, stammelte Haldor. Er fühlte sich von Erik so bedrängt, dass seine Augen ein feuchtes, hilfloses Glitzern bekamen.

»Gegenfrage, Erik«, mischte sich Leif ein. »Wann hast du denn zuletzt ein Buch gelesen?«

»Es war ja klar, dass du den Winzling verteidigst!«, maulte Erik. »Aber irgendwann wird er lernen müssen, das selbst zu tun. Nicht wahr, Bruderherz?« Er schenkte Haldor ein weiteres, überaus sardonisches Lächeln. »Was für ein Glück, dass du zwei fürsorgliche Brüder hast, die dir das Kämpfen beibringen. Und vielleicht auch das Sterben ...«

»Kämpfen?«, wunderte sich Haldor.

»Und sterben«, bekräftigte Erik. »Vergiss das Sterben nicht.«

Womit er Haldor nun vollends aus dem Konzept brachte. Sein Blick irrte nervös zwischen Erik und Leif umher. »Was meint ihr damit?«

»Du wirst mit uns einen Ausflug machen«, eröffnete Erik ihm.

»Ausflug?« Haldor schielte zu dem Loch unterhalb des Giebels hinüber. Eine Gänsehaut lief ihm vom Buckel bis hinunter zu seinem Klumpfuß, als wäre die Welt da draußen voller Klingen und paarungswilliger Frauen. »Ein Ausflug wohin?«

»Zu Gunnar«, erklärte Leif. »Du hast doch sicherlich gehört, was auf Baldurs Feld passiert ist, oder?« Er nickte bezeichnend in die Fischhalle hinunter; zu den Frauen, die gerade wieder lautstark über Imke sprachen.

»Ja, ich habe davon erfahren. Eine gruselige Sache«, bestätigte Haldor. Er schüttelte heftig den Kopf. »Aber macht euch keine falschen Hoffnungen. Selbst ich kann mir nicht erklären, was es mit der Fäulnis auf sich hat. In keinem meiner Bücher wird etwas Derartiges erwähnt.«

»Deshalb sollen wir ja zu Gunnar«, sagte Leif. »Um den Druiden zu befragen.«

»Sehr richtig. Und du wirst uns dabei begleiten.« Erik klatschte seine Hand so wuchtig auf Haldors Schulter, dass er ihm beinahe sämtliche Knochen zertrümmert hätte. »Also raff deinen Kadaver vom Stuhl hoch! Wir haben es eilig.«

»Ich kann nicht mitkommen.«

»Warum nicht?«

Haldor sah auf das Buch herab, danach zu Leif, und schließlich huschte sein Blick fieberhaft von einem Schrank zum nächsten; ständig auf der Suche nach einer Ausrede. Dabei war seine Nervosität schon Grund genug, um hierzubleiben. Denn er zitterte so stark, dass er sich beim besten Willen nicht auf seine Beine stemmen konnte.

Erik duldete jedoch keine Verzögerung mehr. Er schaufelte Haldor mit einem Griff aus dem Stuhl und stellte ihn wie eine Puppe auf den Boden. »Jetzt reiß dich zusammen! Das ist ein Befehl von Vater – und du willst ihn doch sicherlich nicht verärgern, oder?«

»Ich ...«

»Na, siehst du«, schloss Erik. Er hämmerte seine Hand abermals auf Haldors Schulter, sodass dieser einen Schritt nach vorne stolperte. »Das wird bestimmt spannend. Und wenn wir nachher als strahlende Helden ins Dorf zurückkehren, werden mir die Frauen alle um den Hals fallen. Leif wird bestimmt mit einem Jubelgesang begrüßt – und für dich gibt's ein ordentliches Wikingerbegräbnis, kleiner Bruder.«

Haldors rote Wangen wurden schlagartig wieder so weiß, als hätte man ihm einen Eimer Milch über den Kopf geschüttet.

»Ich seh schon. Du hast dich schon passend fürs Sterben gekleidet«, bemerkte Erik. »Dann können wir ja los. Bis zu Gunnar ist es
ein weiter Weg.« Er drängte sich an Haldor vorbei, zurück zur Treppe.
»Ach, und nimm dein Schwert mit«, wies er ihn noch beiläufig an.

»Mein Schwert?« Haldor sah in die hinterste Ecke seiner Schreibstube. Dort lehnte tatsächlich ein Schwert. Eines, das mit so vielen
Spinnweben verhangen war, als hätte Haldor eine Braut samt Schleier
von ihrer Hochzeit entführt – und dann einfach vergessen. »Damit ich
das Kämpfen lerne?«, vermutete er.

»Nein.« Erik zwinkerte seinem Bruder zu. »Damit mal wieder jemand den Boden pflügt ...«

4 Was das Pflügen anbelangte, hatte Erik übrigens keinen Scherz
gemacht. Als Haldor mit seinen Brüdern die Fischhalle verließ,
humpelte er ihnen nur schwerfällig hinterher. Erstens, weil er sich mit
seinem Klumpfuß kaum bewegen konnte und bei jedem Schritt um
sein Gleichgewicht bangen musste. Und zweitens, weil das Schwert
so unhandlich war, dass Haldor es wie einen Pflug hinter sich herzog
– und dabei mit der Spitze eine Furche in den Boden kratzte. Er hätte
bloß noch Saatkörner in sie streuen müssen, um das längste Getreidefeld von Island anzupflanzen.

Leif konnte ihm das Schwert leider nicht abnehmen, denn er musste bereits selbst genug Ballast mit sich herumschleppen. Er machte mit
Erik einen Abstecher in die Waffenkammer und deckte sich dort mit
allem ein, was sie für einen Besuch bei Gunnar benötigten. Erik entschied sich für das größte Schwert, das es gab, und steckte sich dazu
noch zwei Äxte in den Gürtel. Leif blieb dagegen bescheiden und
wählte einen Dolch sowie einen Wikingerschild. Das musste genügen.
*Und falls nicht, kann ich im Ernstfall noch immer Haldors Schwert
benutzen. Sofern es bis dahin nicht so stumpf wie ein Löffel geworden
ist*, fand er sarkastisch.

Danach gingen die drei Brüder los.

Sie folgten zunächst dem Weg, der hinaus auf die Felder führte.
Wie sich zeigte, hielten sich alle Dorfbewohner an Thorhalls Befehl,
denn nirgendwo trieb sich mehr jemand auf den Getreideflächen und
Rübenäckern herum. Somit konnten Erik, Haldor und Leif unbeobachtet an der ersten Kreuzung nach rechts abbiegen. Auf einen Pfad, der
an der Küste entlang gen Nordosten führte und so verwildert war, dass
man ihn zwischen den Gräsern und Moosflechten kaum mehr ausfin-

dig machen konnte. Ein untrügliches Zeichen dafür, wie selten sich jemand zu Gunnar wagte. Und wie wenig Menschen von ihm zurückkamen.

»Es ist lange her, dass ich den Druiden gesehen habe«, fiel Erik ein. Er hatte sich das Schwert auf die Schulter gelegt und marschierte zügig voran. Offenbar konnte er es kaum erwarten, ein Blutbad anzurichten.

»Ja, Gunnar war ewig nicht mehr im Dorf«, bemerkte Leif. »Sieben oder acht Jahre, mindestens.«

»Es sind wohl eher zehn«, verbesserte Erik ihn. »Erinnerst du dich an seinen letzten Besuch? Er tanzte dabei im tiefsten Winter nackt durch die Straßen und fantasierte von der Götterdämmerung.«

»Ragnarök«, nickte Leif. »Ich sehe es bildhaft vor mir. Olle war damals erst zu einem Achtel tot, sodass er dem Druiden sofort hinterhergetanzt ist und ihn zu einem Opfer angefeuert hat. Gunnar machte daraufhin Jagd auf alle Jungfrauen im Dorf. Ich glaube, einige davon haben noch heute Prellungen an den Schienbeinen, weil sie bei ihrer Flucht über jeden Gegenstand gestolpert sind, den es in den Straßen gab.«

»Gunnar hätte sie trotzdem erwischt und ihnen die Herzen aus der Brust gerissen, wenn Thorhall ihn nicht vertrieben hätte«, führte Erik die Geschichte nahtlos fort. »Seitdem hat sich Gunnar nie wieder bei uns blicken lassen. Im Dorf wird gemunkelt, er wäre inzwischen gestorben und würde bloß noch als Geist durch sein Krähennest spuken.«

»Jetzt hört schon auf!«, klagte Haldor hinter ihnen. Gefolgt von einem *Kling-Kling*, als seine Schwertspitze über einen Stein holperte ... und danach die nächste Furche in den Boden pflügte. »Bei euren Gruselgeschichten wird mir ganz flau zumute.«

»Oh, es gibt noch viel mehr Geschichten über Gunnar«, fiel Erik ein. »Noch weitaus *unheimlichere*.«

Haldor schnitt ein Gesicht, das vor Aufregung förmlich schwitzte. »Welche Geschichten denn?«

»Sag bloß, du kennst sie nicht? Das kommt davon, weil du dich nur mit toten Griechen beschäftigst – statt mit dem, was vor deiner Haustür geschieht.«

»Ich interessiere mich nun mal nicht für unser Dorfleben.« Haldor seufzte betrübt. »Es interessiert sich ja auch niemand im Dorf für mich.«

»Nun, dann dürfte dir die Geschichte von der hässlichen Frieda gefallen«, meinte Erik.

»Die hässliche Frieda?« Haldor musste seine Waffe inzwischen mit beiden Händen umklammern, denn der Pfad wurde zunehmend steiniger, wodurch die Schwertspitze immer hektischer über die vielen Unebenheiten hüpfte.

»Frieda hat vor langer Zeit in unserem Dorf gelebt«, erklärte Leif. »Sie soll potthässlich gewesen sein. Mit einer krummen Nase, fauligen Zähnen und so vielen Warzen im Gesicht, dass einem übel wurde, wenn man sie ansah.«

»Richtig«, griff Erik wieder ein. »Deshalb ist Frieda aus lauter Verzweiflung zu Gunnar gegangen, um sich von ihm in eine hübsche Frau verzaubern zu lassen.«

»Und?«, forschte Haldor wissbegierig. »Hat es geklappt?«

»Allerdings«, bejahte Erik. »Frieda wurde wunderschön. Als sie nach etlichen Stunden ins Dorf zurückkam, hatte Gunnar ihr den Kopf einer Katze auf die Schultern gehext und so viele weiße Federn auf ihrem Körper wachsen lassen, dass sie wie ein Schwan im Sonnenlicht strahlte.«

»Ihr wollt mich veralbern, oder?«, schimpfte Haldor.

»Das würden wir niemals wagen«, gelobte Erik scheinheilig. »Und außerdem solltest du froh sein, dass unser Vater die Mutprobe abgeschafft hat.«

»Welche Mutprobe?«

»Bis vor dreißig Jahren musste jeder Jüngling aus dem Dorf Gunnar besuchen und einen Gegenstand aus seinem Krähennest stehlen. Als Beweis für seinen Mut.«

»Und? Wie viele haben diese Mutprobe überlebt?«

»Alle. Bis auf einer.«

»*Alle?*«, hakte Haldor überrascht nach.

»Ja, weil kein Jüngling so mutig war, bis zu Gunnars Hütte zu gehen. Sie haben alle auf halber Strecke kehrtgemacht und sind feige nach Hause gelaufen – bis auf einen.« Erik warf den Kopf in den Nacken und dachte scharf nach. »Ich glaube, er hieß Helge. Er soll ein aufgewecktes Kerlchen gewesen sein, wenn auch ein bisschen hager und klein. Vielleicht hat er sich deshalb bis zum Krähennest gewagt, weil er der ganzen Sippe beweisen wollte, was für ein tapferer Kerl in ihm steckt.«

»Nun sag schon«, quengelte Haldor, als Erik von sich aus nicht weitersprach. »Was ist diesem Helge zugestoßen?«

»Er hat angeblich gewartet, bis Gunnar schlief. Dann wollte er sich in seine Hütte schleichen. Aber als er die Tür öffnete, sind hunderte

Krähen über ihn hergefallen und haben ihm nicht nur die Augen aus dem Kopf gepickt, sondern auch die Haut und das Fleisch von seinen Knochen gefressen ...«

Klong!, machte das Schwert zur Abwechslung. Dann nämlich, als Haldor ruckartig stehenblieb und seinen Bruder fassungslos anstarrte. »Im Ernst?«

»Oh ja«, behauptete Erik. »Der Legende nach soll Helge noch heute in Gunnars Garten liegen und den Krähen als Armenfutter dienen. Ist es nicht so, Leif?«

Keine Antwort.

»Leif?« Erik drehte sich um und runzelte die Stirn.

Leif hatte sich unbemerkt ein Stück entfernt und stand nun unter einem Apfelbaum, der seine Wurzeln in die letzte Grasfläche getrieben hatte, die es hier draußen an der Felsküste noch gab.

»Leif?« Erik gesellte sich zu ihm. »Du hast dir wohl ein Bäumchen gesucht, um zu pinkeln, was?«, feixte er beim Näherkommen. Er hätte beinahe wieder über seinen plumpen Witz gelacht, doch dann bemerkte er, wie angespannt sein Bruder war. »Was hast du?«, fragte er alarmiert.

»Vater hatte recht«, sagte Leif. Er nickte ins Gras. »Dieser Fluch weitet sich unaufhaltsam aus.«

Erik begriff sofort, was sein Bruder meinte.

Zwischen den Wurzeln des Baumes lagen zehn Vögel sowie drei Eichhörnchen. Alle waren ähnlich verwest wie Imke; mit Körpern, die sich zu Staub aufgelöst hatten und so bestialisch stanken, dass Erik sofort zurückwich. Womit er sich unbewusst das Leben rettete, denn nur einen Moment später fiel ein schwarzer Apfel von dem Baum herab und zerplatzte genau an der Stelle, an der Erik eben gestanden hatte. Er hob den Kopf und entdeckte in dem Geäst noch mehr Äpfel, die ganz haarig und weiß vom Schimmel geworden waren.

Erik verzog angewidert das Gesicht. »So eine verfluchte Scheiße.«

»Ich würde es eher als Katastrophe bezeichnen«, meinte Leif. »Ich habe auf dem ganzen Weg hierher keinen einzigen Beerenstrauch oder ein Krautbüschel gesehen, das nicht von der Fäulnis befallen war. Und wenn mich nicht alles täuscht, ist jetzt auch das Getreidefeld von Arvid schwarz geworden.«

»Bist du sicher?«

Leif sah zu Erik herum. Und zwar mit einer so ernsten Miene, dass sie sich für seine Glaubwürdigkeit verbürgte. »Ich *bin* mir sicher.«

»Dann befällt dieser Fluch also wirklich nur die essbaren Dinge.

Das Getreide, die Beeren, ja selbst die Tiere«, schlussfolgerte Erik. »Wenn das in diesem Tempo so weitergeht, verdirbt uns die ganze Ernte, bevor wir Gunnar aufhalten können.«

»Falls er wirklich etwas damit zu tun hat«, merkte Leif an.

»He, Leute«, meldete sich Haldor auf einmal. »Seht doch!«

Erik und Leif folgten seinem ausgestreckten Zeigefinger.

Der Pfad schlängelte sich vor ihnen mehrere hundert Meter an der Felsküste entlang und wurde zu beiden Seiten von Sträuchern gesäumt. Bis vor wenigen Minuten waren sie alle noch saftig grün gewesen und hatten teils reife Früchte getragen. Doch nun verwelkten sie zusehends, als würde ihnen irgendwas erbarmungslos jegliche Flüssigkeit entziehen; so lange, bis sich die Sträucher in eine schwarze Todesspur verwandelt hatten, die eindeutig hinaus zum Krähennest führte.

»Und du bist immer noch überzeugt davon, dass Gunnar nichts mit diesem Fluch zu tun hat?«, murmelte Erik sarkastisch.

Leif wollte den Druiden trotzdem nicht verurteilen. Nicht, bevor er alle Fakten kannte oder zweifelsfreie Beweise hatte. Und genau deshalb ging er mit seinen Brüdern weiter. Langsam und so vorsichtig, als müssten sie sich an einem Drache vorbeischleichen. Denn links und rechts lagen noch mehr Tierkadaver am Wegesrand. Bei den meisten handelte es sich um Vögel, die mitten im Flug vom Himmel gestürzt sein mussten. Daneben gab es jedoch auch massenhaft Mäuse, Wiesel sowie drei Kaninchen, die grausam verendet waren.

»Haltet euch von allem fern, was schwarz ist«, befahl Leif seinen Brüdern. »Damit ihr euch nicht ansteckt.«

Klong!, machte Haldors Schwert erneut, weil es ihm vor lauter Schreck aus der Hand rutschte. »Anstecken?«, zauderte er. »Du meinst, so wie bei einer Krankheit?«

»Du hast es erfasst. Also hör auf, durch die Gegend zu taumeln.« Erik schnipste das Schwert mit dem Stiefel vom Boden hoch, fing es mit einer Hand auf und warf es Haldor zu. »Und vergiss deine Waffe nicht! Sie wird noch irgendwann dein Leben retten.«

Das Schwert würde wohl eher zu Haldors Tod werden. Er fing es nämlich mit einer so linkischen Bewegung, dass er sich die Klinge beinahe in die Brust gerammt hätte. Immerhin hielt er sich dabei auf seinem Klumpfuß, wodurch er unverzüglich wieder Leif folgen konnte. Erik übernahm dagegen den Schluss ihres kleinen Kreuzzugs, um seinen Brüdern die nötige Rückendeckung zu geben.

Wenig später kamen sie zu einem haushohen Felsen, der wie ein Leuchtturm an der Küste aufragte. Früher hatte dieser Felsen die letzte

Grenze markiert, bis zu der man sich gefahrlos an Gunnars Hütte heranwagen konnte. Heute galt diese Regel jedoch nicht mehr, denn die Fäulnis wütete sowohl davor als auch dahinter.

So wie jetzt, zum Beispiel.

Platsch!

Nur unweit von Leif entfernt stürzte eine Möwe auf den Boden herab. Ihr Gefieder war so grau und trocken geworden, dass sie beim Aufprall wie eine Vase in mehrere Stücke zerbarst.

»Bei den Göttern«, keuchte Haldor. »Habt ihr das gesehen?«

»Wir sind ja nicht blind«, gab Erik zurück. »Und nun geh weiter!«

Haldor quälte sich einen allerletzten Schritt vorwärts, dann blieb er endgültig stehen und rammte das Schwert in eine Felsspalte im Boden. »Das ist doch Wahnsinn!«, empörte er sich. »Ich werde mich keinen Fuß mehr von der Stelle rühren.«

»Hör auf, dir in die Hosen zu machen«, schimpfte Erik.

»Ich mache mir nur Sorgen, das ist alles.«

»Unser Ausflug ist wohl ein bisschen spannender, als die alten Geschichten über Odeus, was?«, neckte Erik seinen Bruder.

»Wie oft denn noch? Der Mann hieß Odysseus«, verbesserte Haldor ihn. Er wandte sich an Leif, weil er sich von ihm mehr Vernunft erhoffte. »Sag du auch mal was dazu! Wir werden alle sterben, wenn wir weitergehen.«

»Nun, dann sollten wir dich vielleicht vorschicken, damit unser Verlust nicht allzu tragisch ist«, merkte Erik an.

»Kannst du nicht einmal ernst bleiben?«, ärgerte sich Haldor. »Du weißt, wie ich das meine. Warum nehmen wir uns nicht ein Fischerboot im Dorf und fahren zu Gunnars Hütte, um sie erst mal vom Wasser aus zu erkunden?«

»Weil das viel zu lange dauern würde. Und zudem sind wir bereits da«, antwortete Leif. Auch er hatte innegehalten und wies auf etwas, das Erik und Haldor aufgrund des hohen Felsens nicht sehen konnten. Das änderte sich jedoch, als die beiden zu Leif aufschlossen.

Da lag es!

Das Krähennest.

Es trug seinen Namen nicht zu unrecht, denn es erinnerte mit seiner eigenwilligen Form in der Tat an die Behausung einer Krähe. Seine Wände waren kreisrund geformt und aus etlichen Baumstämmen erschaffen, die alle wie riesige Zweige miteinander verflochten waren. Leif wollte sich gar nicht vorstellen, welche dämonischen Kräfte Gunnar einst beschwören musste, um seine Hütte ausgerechnet hier zu errichten. Sie ruhte nämlich an der äußersten Kante einer Bucht, in der das Meerwasser brodelte und toste und sich in schaumweißen Strudeln im Kreis drehte. Beinahe so, als wäre der Atlantik an dieser Stelle ebenfalls von einem Fluch befallen worden. Eigentlich hätte das Krähennest längst hinab ins Wasser stürzen müssen; so schief und wackelig, wie es war. Stattdessen trotzte es seit Jahrzehnten jedem Sturm und war zum Inbegriff allen Schreckens in der Region geworden.

Für gewöhnlich nisteten hunderte Krähen in dem Dach und umschwärmten Gunnars Hütte so dicht, als läge sie unter einem schwarzen Nebel verborgen. Aber nicht heute. Denn auch die Krähen lagen tot und verwest rings um die Hütte verstreut. Womit dieses Gebäude nicht nur ausgestorben wirkte, sondern auch seine Stimme verloren hatte. Denn nirgendwo ertönte mehr das markante »Rah-Rah« eines Vogels oder das hektische Schlagen eines Flügels. Stattdessen lauerte da nur eine bleierne Stille, die sich mit unsichtbaren Klauen um die Hütte geballt hatte ... und vielleicht jederzeit etwas Furchtbares anrichten konnte, wenn man sie störte.

»Gunnar hat nicht mal seine eigenen Haustiere verschont«, bemerkte Erik. Er nahm vorsorglich sein Schwert von der Schulter und hielt es kampfbereit in seiner rechten Hand.

»Ja, sieht wohl so aus«, musste Leif zugeben, auch wenn er trotz allem nicht daran glauben mochte. Dennoch packte auch er seinen Dolch etwas strammer und hielt den Wikingerschild vor seine Brust.

Haldor wollte ihm nacheifern und das Schwert in die Höhe stemmen, aber es sackte nach nur einem Meter zurück zu Boden. *Klong!*

Leif beachtete seinen tollpatschigen Bruder nicht weiter, sondern fokussierte sich voll und ganz auf das Krähennest. Dann ging er darauf zu. Es hätte wenig Sinn gemacht, sich anschleichen zu wollen. Haldor schnaufte hinter ihm wie ein Blasebalg, und auch Leif hatte das irrationale Gefühl, seine Atemzüge würden in einer ohrenbetäubenden Lautstärke über die Küste hallen.

Je näher er dem Krähennest kam, desto deutlicher spürte er eine Essenz des Bösen, die diesen Ort umgab. Als wären nicht nur die Pflanzen und Tiere von diesem Hexenzauber verseucht worden, sondern auch die Luft, die Felsen, einfach *alles*, was die Götter auf diesem Teil der Erde erschaffen hatten.

Was geht hier bloß vor?, rätselte Leif.

Noch zwanzig, dreißig Schritte, dann würde er es wissen.

Das Krähennest kam in Reichweite. An seiner Vorderseite gab es einen Garten, der alles beherbergte, was Gunnar für seine fragwürdigen Rituale benötigte. Exotische Kräuter, giftige Pilze, Knollen und Wurzeln. Daneben gab es etliche Käfige, in denen Gunnar massenhaft Hühner, Frettchen und Ratten züchtete; teilweise um sie zu essen, größtenteils jedoch, weil auch sie die Zutaten für seine Heiltränke und Tinkturen waren. Umringt wurde das Grundstück von einem brusthohen Zaun, an dem hunderte Krähenschädel an einer Schnur hingen und im Wind baumelten, als würden sie noch leben.

»Eines muss ich diesem verrückten Kauz lassen: Er gibt sich große Mühe, seinen Gästen einen unvergesslichen Empfang zu bieten«, flüsterte Erik.

Nervös, dachte Leif. *Ist mein Bruder etwa nervös?*

Er hätte beinahe darüber gelacht. Denn die Vorstellung, dass Eriks Puls auch nur einen Takt schneller schlagen könnte, war völlig grotesk. Und trotzdem krampfte Erik seine Hand immer fester um den Schwertgriff zusammen, während er durch einen Rundbogen in Gunnars Garten trat. Auch Leif spannte sich bis zum Zerreißen an und musste mit aller Macht seine Aufregung niederringen, die wie eine Stichflamme durch seine Brust loderte.

In dem Garten war nämlich nichts mehr so, wie es sein sollte.

Alle Käfige waren leer. Ihre Türen standen offen, und auf dem Boden darunter klebte Blut. Es war im weiten Umkreis über das Gras verspritzt, sammelte sich in großen Pfützen in den Vertiefungen und tropfte wie roter Honig von den Pflanzen herab. Das meiste Blut führte jedoch in langen Bahnen auf den Eingang der Hütte zu.

»Bei den Göttern«, stöhnte Haldor wieder. Er schlug sich eine Hand vor den Mund, um seine Übelkeit zu unterdrücken. Sein Adamsapfel hüpfte jedoch munter auf und ab und pumpte immer mehr Galle durch seinen Hals. »Was hat Gunnar getan? *Was hat er bloß ...?*«

»Sei still!«, zischte Erik.

Er wechselte mit Leif einen Blick.

Dann durchquerten die Brüder den Garten.

Sie mussten große Schritte machen, damit sie nirgendwo in das Blut oder auf eine tote Krähe traten. Oder gar auf die Leiche eines Jungen. Sie lag einfach mitten im Weg und war bereits vollständig skelettiert. Die Vögel hatten ihre Knochen stark zerkratzt, und ihr rechter Arm streckte sich noch der Tür entgegen – so wie damals, als dieser Junge in Gunnars Hütte schleichen wollte, um seine Mutprobe zu bestehen.

Erik machte einen Schulterblick zu Haldor. *Siehst du? Was habe ich dir über Helge erzählt?*

Haldor stockte bei dem Anblick der Atem, und seine Füße tapsten bloß noch so leise wie die einer Wühlmaus über den Boden, um ja kein Aufsehen zu erregen.

Unterdessen erreichte Leif die Tür. Sie war aus dicken Holzbohlen gezimmert und mit allerlei Runen verziert, die wohl böse Geister abhalten sollten. Leif legte behutsam sein Ohr gegen sie und lauschte. Er hätte gerne behauptet, dass es in der Hütte ebenfalls totenstill war. Aber er hörte durchaus etwas darin. Etwas, das vielleicht eine Stimme oder ein Gesang sein mochte, aber immer wieder von einem tollwütigen Fauchen unterbrochen wurde.

»Gunnar?«, rief Erik. Er klopfte mit dem Schwertknauf gegen die Tür.

Das Pochen hallte durch das gesamte Krähennest. Laut genug, um jedes Ungeziefer darin aufzuscheuchen. Nur Gunnar zeigte sich davon unbeeindruckt und fuhr mit seinem Gesang störrisch fort.

Erik klopfte noch aufbrausender gegen die Tür. »Gunnar, du alte Zecke! Komm sofort raus! Wir wissen, dass du da drin bist.«

»Vielleicht solltest du ihn nicht beleidigen«, flüsterte Haldor. Er sah abermals auf das Skelett herab. »Du könntest ihn sonst wütend machen.«

»Genau das ist mein Plan«, erwiderte Erik. Er stieß sein Schwert jetzt so gewaltsam gegen die Tür, dass sie im Rahmen bebte. »*Gunnar!* Beweg deinen Arsch hier raus! Wir müssen reden.«

Das Einzige, was aus dem Inneren kam, war ein Schwall Blut.

Er sickerte unter der Türschwelle hindurch, als hätte Gunnar direkt dahinter einen Menschen enthauptet. Erik und Leif wichen gerade noch rechtzeitig beiseite, bevor die rote Pampe über ihre Stiefel fließen konnte, und tauschten einen zweiten Blick miteinander.

Das sieht nicht gut aus, fand Leif.

Ganz meine Meinung, pflichtete Erik ihm mit einem Kopfnicken bei.

Und Haldor spendierte noch ein *Klong* dazu, indem er sein Schwert nun endgültig fallenließ.

Leif hatte endlich Erbarmen mit ihm. Er hob das Schwert auf und balancierte es geübt in seiner Hand aus; gleichzeitig drückte er Haldor seinen Dolch in die lahmen Finger und bedeutete ihm, dass er sich zurückhalten sollte. Was sein Bruder natürlich bereitwillig tat. Er wankte drei, vier Körperlängen nach hinten ... und blieb ausgerechnet in der tiefsten Blutlache stehen, die es in dem Garten gab. *Platsch!* Was sollte man dazu noch sagen? Heute war einfach nicht Haldors Glückstag.

Leif dagegen legte seine Hand auf den Türknauf und machte sich auf alles gefasst, was ihn in der Hütte erwarten konnte.

»Gunnar?«, schrie Erik. »Wir kommen jetzt rein.«

Die einzige Antwort des Druiden bestand aus einem weiteren Rinnsal Blut, das über die Türschwelle ins Freie strömte.

»Das heißt wohl, dass wir eintreten sollen«, meinte Erik.

»Es heißt wohl eher, dass uns gleich jede Menge Ärger droht«, korrigierte Leif seinen Bruder. Dann gab er der Tür einen Stoß und betrat zusammen mit Erik das Krähennest.

5 Leif musste zu seiner Schande gestehen, dass er noch nie in Gunnars Hütte war. Er kannte ihr Inneres nur von den Gruselgeschichten, die sich die Dorfbewohner erzählten – und irgendwie fühlte er sich jetzt, als wäre er in genau einer solchen Geschichte gelandet. Es begann schon damit, dass in dem Krähennest eine schier undurchdringliche Dunkelheit herrschte. Eine, die sich so erdig und stickig anfühlte, als wäre sie aus Torf gefertigt worden. Nur ringsum an den Wänden flackerten mehrere Kerzen, aber statt ein wenig Licht zu verbreiten, erzeugten sie nur massenhaft viele Schatten, die wie Fledermäuse durch den Raum huschten. Mit knapper Not konnte Leif etliche Schränke erkennen, in denen allerlei Gläser und Keramikbehälter standen. Sowie tausende Kristalle, die an Bindfäden von der Decke hingen und in den buntesten Farben schillerten, als hätte sich in ihrem Inneren eine kosmische Energie entzündet. Und damit schufen diese Kristalle die perfekte Kulisse für das, was sich unter ihnen abspielte.

Gunnar saß dort auf dem Boden.

Splitternackt.

Wobei Leif im ersten Moment daran zweifelte, ob diese Gestalt vor ihm wirklich Gunnar war. Er hatte ihn zuletzt vor vielen Jahren gesehen, und schon damals war der Druide ein Schreckgespenst mit wirren Haaren und pockennarbigem Gesicht gewesen. Doch nun wirkte Gunnar endgültig, als wäre er aus der leibhaftigen Hölle gekrochen. Er saß im Schneidersitz inmitten einer riesigen Blutlache und wippte ekstatisch hin und her, sodass sich rings um seine Schenkel rote Wellen bildeten. Auch sein Körper war über und über mit Blut beschmiert. Seine Augen hatten sich so weit verdreht, dass bloß noch das Weiße von ihnen zu sehen war, und seine Zähne wirkten wie die eines Dämons – lang, spitzig und ebenfalls voller Blut.

»... muss sie töten ...«, rief er wie von Sinnen. »Oh Odin! Ich muss sie alle töten!«

Er tunkte beiläufig seine Finger in die Blutlache und malte mit ihnen irgendwelche Zeichen in sein Gesicht. Vermutlich handelte es sich dabei um Runen, aber seine Haut war so nass geworden, dass die Schriftzeichen sofort zerliefen. Das störte Gunnar jedoch nicht sonderlich, denn er wippte daraufhin noch hektischer vor und zurück und sang sich zusehends in Trance.

»Sie rufen uns! Sie sind ganz nah! Oh Odin, ich muss sie alle töten ... muss sie töten ...«

Erik und Leif hatten auf der Türschwelle innegehalten und starrten ihn fassungslos an. Dabei war Gunnar noch nicht mal die bizarrste Figur, die es in dem Krähennest gab. Überall in der Blutlache zuckten die Frettchen und Ratten aus den Käfigen umher. Keines der Tiere besaß mehr einen Kopf. Gunnar hatte sie alle abgeschnitten – vielleicht auch abge*bissen* –, denn die Schädel lagen wie haarige Perlen in seinem Schoß. Die enthaupteten Körper hingegen liefen unermüdlich um Gunnar im Kreis, als würden sie wie Puppen von einer teuflischen Macht gesteuert werden. Auch die Hühner flatterten durch die Hütte und gackerten lautstark. Und das, obwohl der Druide ihnen die Herzen aus dem Leib gepult hatte.

»Oh Odin!«, setzte er von neuem an. Er reckte seine Hände flehend dem Himmel entgegen. »Ich kann sie hören. Sie rufen uns!«

»Wovon spricht dieser Irre da?«, wollte Erik wissen.

»Ich habe keine Ahnung«, antwortete Leif. »Aber wenn du mich fragst, hat er nun endgültig den Verstand verloren.«

Erik kam zum selben Urteil. Seine Augen wurden schmal und hart vor Zorn, dann marschierte er entschlossen auf den Druiden zu und wirbelte sein Schwert zu einem tödlichen Hieb nach oben. »Du verdammter Hexer!«, schrie er. »Ich habe schon immer gewusst, dass du uns nur Ärger bereitest. Aber jetzt hast du es eindeutig übertrieben.«

»Sie rufen uns ... rufen uns alle ...«, murmelte Gunnar wie besessen weiter.

Was Erik umso wütender machte. Seine Stiefel platschten durch die Blutlache und zertraten mehrere Frettchen. Gleichzeitig wischte er mit der Hand durch die Luft, um die Hühner zur Seite zu schlagen. Einige von ihnen fauchten entrüstet oder wedelten mit ihren Flügeln, bevor sie gegen die Wand klatschten.

Aber selbst das konnte Gunnar nicht von seinem Wahn abbringen.

Im Gegenteil, das Weiße in seinen Augen verstärkte sich und wurde so hell, so lodernd und alles durchdringend, als hätte sich in seinem Schädel eine Sonne entzündet. Und nicht nur das. Denn mit diesem gespenstischen Leuchten schien sich in dem Krähennest auch irgendwas unsagbar Mächtiges, Verheerendes zusammenzubrauen. Etwas, das die Atmosphäre hier drin wie eine Gewitterwolke zum Knistern brachte ... und sich vielleicht gleich auf Erik entladen würde.

Leif wollte seinen Bruder noch warnen, aber er reagierte zu spät.

Erik hätte sowieso nicht auf ihn gehört; eigensinnig und impulsiv, wie er war. Er packte Gunnar kurzerhand am Hals und zerrte ihn so weit in die Höhe, dass die Beine des Druiden einen halben Meter über dem Boden baumelten. »Jetzt sag schon!«, brüllte Erik. »Was treibst du hier? Warum hast du die Felder verflucht und Imke getötet?«

Ohne es zu ahnen, lieferte er Gunnar damit ein Stichwort. Denn der Druide sang sofort wieder los: »... töten ... muss sie alle töten ...«

Erik schüttelte ihn. »Komm endlich zu dir! Was hast du getan?«

»... sie rufen uns ... rufen uns alle ...«

»Rede! Was hast du getan?«

»... muss sie töten ...«

»Mach dein Maul auf, du Bastard!« Erik schüttelte ihn erneut so brutal, dass Gunnars Zähne klapperten.

»... *muss sie alle töten* ...«, wiederholte der Druide inbrünstig. Nebenbei hob er abermals seine blutige Hand. Erik ließ es jedoch nicht zu, dass der Druide ihn berührte, und blockte seinen Arm mit dem Schwert ab. Dabei wollte Gunnar nur ein weiteres Zeichen in sein eigenes Gesicht malen.

»Was ist das für ein Fluch, den du über unser Dorf verhängt hast?«, fasste Erik nach. Er wartete einen Augenblick lang vergeblich auf eine Antwort, dann gab er Gunnar eine Ohrfeige. Stark genug, dass die Schläfe des Druiden aufplatzte. Aber statt ihn dadurch zur Besinnung zu bringen, schien das zusätzliche Blut diesem Ritual eher noch eine scharfe Würze zu geben. Denn die Frettchen, Hühner und Ratten hetzten jetzt noch tollkühner durch die Hütte oder gaben einige sonderbare Laute von sich.

»Du wirst diesen Irrsinn sofort beenden, hast du verstanden?« Erik setzte seine Schwertspitze an Gunnars Kehle. »Andernfalls wirst du sterben. Ich schwöre es bei allem, was heilig ist!«

»... muss sie töten ...«

»Gut, du hast es so gewollt«, schloss Erik grimmig. In seinem Arm staute sich so viel Kraft an, dass sein Lederwams knirschte. Es hätte bloß noch ein letzter Ruck gefehlt, um die Schwertklinge durch Gunnars Hals zu bohren.

Doch Leif ließ es nicht zu. Er drückte den Arm seines Bruders mitsamt dem Schwert nach unten. »Das reicht, Erik.«

»Das reicht eben nicht! Dieser Hexer hat unsere Ernte vernichtet und Imke getötet.«

»... getötet ...«, plapperte Gunnar wie ein Echo nach.

»Genau richtig«, grollte Erik. »Und dafür wirst du büßen.« Er wollte das Schwert abermals an Gunnars Kehle setzen – und wieder hielt Leif ihn davon ab.

»Sei nicht so voreilig. Noch ist seine Schuld nicht bewiesen«, mahnte er.

»*Nicht bewiesen?*«, entrüstete sich Erik. »Sieh dich hier um!« Er rahmte das Blut und die untoten Tiere in eine anklagende Geste. »Die ganze Hütte *stinkt* geradezu nach einem Schuldbekenntnis. Wie viele Beweise brauchst du denn noch, um endlich zu begreifen, dass Gunnar hinter alledem steckt?«

Zugegeben, Leif konnte die vielen Indizien nicht leugnen ... und doch passte hier irgendwas nicht zusammen. Gunnar hatte schon immer verrückte Dinge getan. Er führte Selbstgespräche mit den Felsen, versuchte manchmal, wie eine Krähe zu fliegen, oder las die Zukunft aus den Eingeweiden eines Tieres. Doch meistens blieb Gunnar recht friedlich und verdiente sich sein Geld damit, jemandem ein Heilkraut zu verkaufen oder einen Liebeszauber zu bewirken. Mehr nicht. Aber dieser Fluch war etwas völlig anderes und überstieg die Fähigkeiten eines Druiden um ein Vielfaches.

»Ich verstehe das nicht. Warum hätte Gunnar das alles tun sollen?«, wunderte sich Leif. »Er ist von der Ernte ebenso abhängig wie wir. Ohne ausreichend Fleisch und Getreide würde selbst er den kommenden Winter nicht überleben.«

»Du willst wissen, warum er das getan hat? Weil er verrückt ist, ganz einfach.«

»... muss sie töten ...«

»Siehst du?«, schloss Erik. »Und deshalb werden wir ihn jetzt bestrafen.«

»Wir werden gar nichts«, stellte Leif klar. »Nur der Ältestenrat darf über Gunnar richten.«

»Ich scheiß auf den Rat! Du weißt, wie die Ältesten über diesen Quacksalber entscheiden werden – also warum sollten wir ihn mühselig ins Dorf schleppen, wenn wir die Sache gleich hier regeln können?«

»Weil du vielleicht alles verschlimmern würdest, wenn du ihn jetzt hinrichtest«, gab Leif zu bedenken.

»Ich werde ihn bestimmt nicht hinrichten. Diese Aufgabe überlasse ich schön jemand anderem«, erklärte Erik.

Leif ahnte, worauf er hinauswollte. »Kommt gar nicht infrage. Ich werde Gunnar kein Haar krümmen. Schon gar nicht ohne die Zustimmung des Rates.«

»Ich denke auch nicht an dich.« Erik wandte den Kopf zur Tür und funkelte seinen kleinen Bruder an, der draußen stehengeblieben war.

»*Ich?*«, keuchte Haldor bestürzt.

»Das ist nicht dein Ernst, oder?«, empörte sich Leif.

»Es ist sogar mein *voller* Ernst.« In Eriks Gesicht blitzte es verschlagen, wenn nicht gar böswillig. »Du hast doch gehört, was Vater uns aufgetragen hat. Wir sollen aus Haldor endlich einen richtigen Mann machen. Und richtige Männer können nicht nur saufen und vögeln, sondern auch *töten*. Es wird also Zeit, dass unser Bruder seine Unschuld verliert.«

Mit diesen Worten stapfte Erik aus dem Krähennest. Gunnar zappelte in seinem Würgegriff, als wäre er selbst zu einem Frettchen geworden. Trotzdem plapperte er munter weiter – »*muss sie töten!*« – und zeichnete dabei irgendwelche Symbole mit den Fingern ins Leere.

Haldor stolperte sofort nach hinten, als sein Bruder auf ihn zustürmte. Er konnte sich mit seinem Klumpfuß jedoch nicht schnell genug bewegen, um zu entkommen. Und so kostete es Erik nur wenige Schritte, bis er ihn eingeholt hatte.

»Los jetzt! Worauf wartest du?« Erik streckte Gunnar nach vorne, sodass der Druide direkt vor Haldor in der Luft schwebte. »Töte ihn.«

»... töten ...«, gluckste der Druide, als wäre das alles nur ein Spiel.

Haldor starrte Gunnar furchtsam an. »Ich kann nicht.«

»Und ob du das kannst«, beharrte Erik. »Stich ihm ins Herz. Schneide ihm die Kehle durch. Oder schlage ihm die verdammte Rübe vom Hals. Tu, worauf du Lust hast – aber töte ihn!«

»Ich kann nicht.« Haldor setzte seinen verkrüppelten Fuß erneut nach hinten. »Es tut mir leid.«

»Wag es bloß nicht, davonzulaufen«, drohte Erik ihm. In seinem Gesicht zuckte ein Muskel, als wäre darin ein Geduldsfaden gerissen. »Und jetzt nimm den Dolch und sei wenigstens einmal in deinem Leben ein richtiger Mann.«

»... töten ...«, trällerte Gunnar. Was sich fast schon wie eine Aufforderung anhörte.

Trotzdem konnte sich Haldor nicht dazu überwinden, den Dolch zu heben. Er stand nur hilflos da, bibberte am ganzen Leib und vergoss eine Träne.

»Hör auf, zu flennen!«, schimpfte Erik. »Was bist du nur für ein jämmerlicher Versager? Es ist ja schon peinlich genug, dass ich mit dir verwandt bin – aber dass du jetzt nicht mal den Mumm hast, einen wehrlosen Mann zu töten, empfinde ich als echte Beleidigung für unsere Familie.«

»Erik ... bitte versteh doch«, schluchzte Haldor. Er versuchte wirklich, ein echter Mann zu sein und sich seine Tränen zu verkneifen. Aber über seine bartlosen Wangen flossen immer mehr davon und platschten zu Boden. »Ich kann ... das nicht tun.«

»Willst du, dass ich zornig werde? *Willst du das?*«

»Erik, wir sollten ihn nicht dazu zwingen, wenn er ...«

»Misch dich da nicht ein, Leif!«, fauchte Erik. »Du kannst Haldor nicht ewig bemuttern. Er muss lernen, wie er sich selbst versorgen und verteidigen kann. Sonst werden wir uns noch im Greisenalter mit ihm herumplagen müssen. Und da wir gerade davon sprechen: Wie alt warst du, als du deinen ersten Menschen getötet hast?«

»Dreizehn«, verriet Leif. »Und es war Notwehr. Damals, als ein paar Vagabunden über unser Dorf hergefallen sind und es plündern wollten.«

Erik überging die Anmerkung. »Ich war fünfzehn, als ich zum ersten Mal einem Mann das Lebenslicht ausgeblasen habe«, erzählte er. »Und unser Bruder ist jetzt wie alt? Achtundzwanzig?«

»Fast dreißig«, schniefte Haldor.

»Ach Gottchen! Mir kommen gleich selbst die Tränen«, lästerte Erik. »Hast du das gehört, Leif? Er ist fast *dreißig*! In seinem Alter haben Männer schon ganze Armeen abgeschlachtet. Aber ich könnte wetten, dass unser Bruder noch nicht mal eine Maus erschlagen hat.« Er betrachtete Haldor mit einer Härte, als wollte er ihn noch mehr drangsalieren. Doch dann geschah das genaue Gegenteil: Eriks Miene weichte plötzlich so weit auf, dass man ihm beinahe schon ein bisschen Mitleid hätte unterstellen können. »Nun gut«, meinte er. »Wir wollen mal nicht so streng mit ihm sein.«

Haldor machte sich sofort falsche Hoffnungen. Vielleicht hätte er auch dankbar genickt oder schüchtern gelächelt.

Doch Erik ließ es nicht dazu kommen. Er schwang sich herum, rammte Gunnar mit dem Rücken gegen die Tür des Krähennestes und zückte die beiden Äxte aus seinem Gürtel.

»Halt!«, rief Leif. »Was hast du ...« *vor?*

Womms!

Erik schlug die erste Axt unter Gunnars rechter Achsel in die Tür. Ihre Klinge ritzte eine lange Wunde in die Haut des Druiden, aber er gab keinen einzigen Schmerzschrei von sich. Dafür bemerkte er sofort das Blut, das aus der Wunde quoll.

Oh!, freute er sich. *Neue Tinte!*

Gunnar wollte schon die Finger danach ausstrecken, um noch mehr Zeichen in sein Gesicht zu malen ... aber dann grub sich die zweite Axt unter seine linke Achsel und nagelte ihn vollends an der Tür fest. *Und zwar kerzengerade*, wie Leif mit einem leichten Anflug von Neid feststellen musste.

Da hing Gunnar nun.

Wie ein frisch gewaschenes Hemd an der Trockenleine.

Dem Druiden gefiel diese Position offensichtlich. Er kicherte fröhlich und schlenkerte die Arme auf und ab, als wollte er tatsächlich wie eine Krähe davonfliegen.

Erik winkte Haldor mit einer Geste zu sich. »Worauf wartest du? Bring diesen Hexer zum Schweigen!«

Haldor schniefte herzergreifend. »Bitte ... kannst du das nicht selbst erledigen?«

»Jetzt stell dich nicht so an! Ich habe Gunnar für dich fixiert. Dir kann gar nichts passieren. Siehst du?« Erik gab dem Druiden einen Schubs. In der Tat: Er war wirklich so stramm an der Tür befestigt, dass er sich von selbst nicht mehr befreien konnte. »Und nun komm her!«

Haldor schüttelte heftig den Kopf, sodass ihm die Tränen aus dem Gesicht spritzten. Er wollte den Dolch fallenlassen, aber Erik war mit einem Satz bei ihm und ballte die Hand um die dürren Finger seines Bruders zusammen.

»Du wirst ihn jetzt töten, hast du verstanden?«, befahl Erik. »Andernfalls werde ich es Vater sagen. Und ich muss dir bestimmt nicht erklären, *wie* ungehalten er dann sein wird, oder?«

»Warum tötest du Gunnar nicht und behauptest Vater gegenüber, ich sei es gewesen?«, schlug Haldor ihm vor. *So wie es ein wahrer Bruder tun würde.*

»Du musst dir deine Lorbeeren schon selbst verdienen«, erwiderte Erik. Gleichzeitig zerrte er Haldor auf Gunnar zu. »Aber falls es dich beruhigt: Ich werde dir dabei helfen, deinen ersten Mord zu begehen. Es ist ganz einfach. Glaub mir, ich kenne mich damit aus.« Er richtete Haldors Hand zusammen mit dem Dolch auf Gunnars Kehle.

»... töten ...«, säuselte der Druide unermüdlich.

»Du musst mit voller Kraft zustoßen. Und die Luft anhalten, damit du nicht zitterst.« Eriks Stimme wurde so beschwörend wie die eines Lehrmeisters. »Der menschliche Körper ist verdammt zäh. Selbst die schärfste Klinge kann ihn kaum auf Anhieb durchdringen.«

»Erik, bitte ... ich will das nicht.«

»Sieh ihm in die Augen. *Sieh ihn an!* Du wirst das Gesicht deines ersten Opfers niemals vergessen.«

Haldor zwang sich, in Gunnars blutverschmierte Fratze zu blicken.

»So ist es gut«, schnurrte Erik. »Und nun spann deinen Arm an. Komm schon!« Er tätschelte neckisch Haldors Schulter. »Irgendwo unter deiner zarten Haut wird doch ein Muskel versteckt sein, oder?«

Haldor verkrampfte alles, was er in seinem Körper aufbieten konnte. Wenn auch nicht, um sich gegen seinen Bruder zu wehren, sondern um die Sache schnellstens hinter sich zu bringen. Damit er endlich seine Ruhe hatte.

»Ist das alles?«, spöttelte Erik, als sich Haldors Bizeps wie ein Pickel in die Höhe wölbte. »Da hat ja mein Weib noch mehr zu bieten. Aber nun gut, das muss reichen. Und nun – stich zu!«

Haldor kniff die Augen zusammen, als wollte er sich zurück in seine Schreibstube wünschen.

»Hast du nicht gehört?« Erik rüttelte an Haldors Hand. »Du sollst zustechen.«

Im nächsten Moment gab es einen Schlag.

Allerdings kam er nicht von Haldor, sondern von Leif. Er holte blitzschnell mit dem Schwert aus und strich die Klinge so knapp an seinen Brüdern vorbei, dass der Luftzug ihre Haare aufwirbelte. Dann prallte sie funkenschlagend gegen den Dolch und fegte ihn davon. Erik und Haldor blinzelten dem Dolch verdutzt hinterher, während er durch den halben Garten kreiselte und schließlich im Gras steckenblieb.

Nur leider hielt Eriks Überraschung nicht lange an, und so tobte er bereits in der nächsten Sekunde los: »Bist du jetzt auch irregeworden?« Er schubste Haldor von sich fort und baute sich streitlustig vor Leif auf. »Was sollte das?«

»Du hast gehört, was Haldor gesagt hat«, erklärte Leif. »Er möchte Gunnar nicht töten. Und ich finde, wir sollten das respektieren.«

»Das hast du nicht zu entscheiden!«, keifte Erik. »Ich bin der Älteste von uns, also liegt die Befehlsgewalt bei mir.«

»Die Befehlsgewalt liegt bei dem Stärkeren«, stellte Leif richtig. Er presste die Schwertklinge mit drohender Kraft auf Eriks Brust.

»Wenn du willst, kannst du dich gerne mit mir im Wettstreit messen. Dann werden wir ja sehen, wer von uns hier das Sagen hat. Aber lass gefälligst unseren Bruder aus dem Spiel. Ihm sind andere Aufgaben im Leben bestimmt, als zu morden.«

Eriks Augen zuckten vor Zorn, und für einen langwierigen Moment erweckte er den Anschein, als würde er die Herausforderung annehmen. Aber er tat es nicht. Vielleicht aus Vernunft. Vielleicht weil er seinen eigenen Bruder nicht verletzen wollte. Aber ganz sicher auch, weil er befürchten musste, dass er gegen Leif im Schwertkampf verlieren würde.

»Das werde ich Vater melden«, grollte er.

»Tu, was du nicht lassen kannst«, gab Leif kühl zurück. »Du warst schon immer gut darin, zu petzen und dich bei Thorhall einzuschmeicheln.«

Erik starrte ihn widerspenstig an und ließ ihn dabei dieselbe Verachtung spüren, die er sonst nur Haldor gegenüber zeigte. »Von mir aus«, schnaubte er. »Wie du willst. Wenn ihr beide es nicht fertigbringt, unser Dorf vor Gunnars Zauber zu beschützen, werde ich es eben tun.«

»... töten ...«, sang der Druide in den höchsten Tönen.

Und genau diesen Wunsch erfüllte Erik ihm jetzt.

Der Wikinger riss sein Schwert herum – und enthauptete Gunnar mit einem einzigen Hieb! Aus seinem Hals sprudelte eine Blutfontäne, und seine Finger scharrten in einem letzten Reflex über die Tür und schmierten ein krakeliges Symbol auf das Holz. Dann sackte der Körper des Druiden in sich zusammen und blieb schlaff an den beiden Äxten hängen. Gleiches galt für die untoten Tiere, die sich durch das Krähennest jagten. Die Frettchen und Ratten gerieten augenblicklich ins Taumeln, sobald Gunnars magische Kräfte versiegten, und kippten leblos um. Auch die Hühner stürzten allesamt zu Boden ... und verwesten blitzschnell mit den anderen Kadavern, bis bloß noch Schimmel und Staub von ihnen übrig war.

Gunnars Kopf hingegen schaffte es ein beachtliches Stück weiter.

Er sprang von den Schultern, als wäre er von einem Katapult abgeschossen worden, und flog geradewegs auf Haldor zu. Gunnar hätte ihm glatt einen Kuss auf die Lippen gestempelt, wenn Haldor nicht die Hände vor sein Gesicht geschlagen hätte. So bekam er von Gunnar nur einen leichten Kinnhaken, bevor der Kopf des Druiden ins Gras polterte. Seine Lippen schmatzten noch einmal auf und zu und trällerten ein letztes stummes »*Töten!*«. Dann lag er still.

Im Gegensatz zu Haldor.

Der Bücherwurm drohte an seinem eigenen Entsetzen zu ersticken und wurde noch bleicher, als er es schon die ganze Zeit über gewesen war. Würgend brach er in die Knie und spuckte sein Frühstück quer durch den Garten.

Erik schnaubte nur verächtlich darüber. »Damit hat der Spuk ein Ende«, erklärte er.

Das wird sich zeigen, dachte Leif finster.

6 Die drei Brüder kehrten zu viert ins Dorf zurück. Erik schritt den anderen stolz voraus und ließ sich ausgiebig für seine Heldentat feiern. In den Straßen hatten sich nämlich zahlreiche Einwohner versammelt, und sie alle applaudierten lautstark oder jubelten frenetisch, als die Brüder nach Hause kamen. Einige Frauen drückten Erik und Leif sogar einen Kuss auf die Wange, um ihnen zu ihrem Erfolg zu gratulieren. Auch Haldor hätte sich endlich mal wie ein Sieger fühlen können, wenn ... tja, wenn ihm nicht noch immer speiübel gewesen wäre. Denn er hielt sich fortwährend den Bauch, war grüner als ein Kohl und übergab sich an jeder Hausecke – womit er sich natürlich wieder zum Gespött des ganzen Dorfes machte.

Und Gunnar?

Nun, der Kopf des Druiden steckte wie ein Bratapfel auf der Spitze von Eriks Schwert und sorgte überall für großes Staunen, während die Brüder mit ihrer makaberen Trophäe durch das Dorf zogen. Obwohl Gunnar gerade mal seit einer Stunde tot war, wirkte sein Kopf schon erheblich runzelig und faulig. Seine Augen glänzten allerdings noch immer in einem gruseligen Weiß, und seine Lippen klappten bei jeder Bewegung auf und zu, als würde der Druide das Dorf fortwährend mit seiner schwarzen Magie verhexen wollen.

So ein Triumphzug war natürlich ganz nach Eriks Geschmack. Er hielt regelmäßig inne, verbeugte sich theatralisch und berauschte sich an der Ehrfurcht, die ihm von der gesamten Sippe zuteil wurde. Leif hingegen machte sich nicht viel aus Ruhm, und er hütete sich auch davor, allzu ausgelassen zu feiern. Stattdessen nickte er nur höflich in die Runde oder bedankte sich für die Glückwünsche. Sein Gesicht blieb dabei jedoch so düster, dass es inmitten all der Euphorie wie ein Schmutzfleck wirkte. Und es verfinsterte sich jedes Mal ein bisschen mehr, sobald er wieder zu Gunnar sah. Weil Leif zunehmend befürchten musste, dass er mit seinen Brüdern einen unverzeihlichen Fehler begangen hatte.

Auch Thorhall strahlte vor Stolz, als seine Söhne den Dorfplatz erreichten. Wobei der größte Teil seiner Vaterliebe natürlich Erik galt – wem auch sonst? Thorhall kam seinem Erstgeborenen freudig entgegen und herzte ihn so innig, als hätte Erik ganz Island erobert. Leif bekam von seinem Vater immerhin ein anerkennendes Nicken. Danach hätte Thorhall einfach zwei Meter weitergehen müssen, um auch Haldor zu begrüßen, aber er würdigte seinen jüngsten Sohn keines Blickes. Vielleicht übersah er ihn auch, weil Haldor bis dahin bloß noch auf allen vieren über den Boden kroch und den letzten Tropfen Galle aus der Kehle würgte.

»Nun erzählt schon!«, fieberte Thorhall ungeduldig. »Wie ist es gelaufen?«

Erik hielt ihm Gunnars Kopf entgegen. »Wir haben die Sache geregelt, Vater«, verkündete er in einer Lautstärke, die ringsum auf dem Dorfplatz zu hören war und sofort für den nächsten Jubel sorgte. »Der Druide wird uns keinen Ärger mehr bereiten.«

»Hervorragend«, lächelte Thorhall. »Ich wusste, dass ich mich auf dich verlassen kann.«

Dich.

Erik fühlte sich natürlich geadelt, weil Thorhall sein Lob ausschließlich an ihn richtete. »Das war meine leichteste Übung, Vater. Du weißt, dass ich alles tun würde, um unsere Sippe zu beschützen.«

»Habt ihr das gehört?«, rief Thorhall. Er legte Erik den Arm um die Schulter und drehte sich mit ihm einmal im Kreis, damit jeder Dorfbewohner sie bewundern konnte. »Das ist mein Sohn. Euer künftiger Jarl.«

»*Jarl! Jarl! Jarl!*«, hallte es aus der Menge, begleitet von über hundert Fäusten, die in die Höhe zuckten. Sowie natürlich dem Krückstock von Olle.

»Wir haben übrigens noch etwas anderes zu feiern«, meldete Leif. Er rahmte Haldor in eine würdevolle Geste. »Mein Bruder hat endlich seinen Mann gestanden und den ersten Schlag gegen Gunnar geführt, um Erik und mich zu verteidigen. Ohne ihn wäre der Kampf nicht so glimpflich für uns ausgegangen.«

Mit seinem Märchen erreichte Leif genau das, was er bezwecken wollte: Nämlich eine grenzenlose Verwunderung. Die Dorfbewohner bemaßen Haldor mit einem Blick, als würden sie plötzlich keinen Krüppel, sondern einen Krieger vor sich sehen. Sehr zum Ärger von Erik natürlich. Es kam für ihn beinahe einer Demütigung gleich, als sich die Aufmerksamkeit der Frauen und Männer auf Haldor verlagerte. Auch Thorhall wirkte über die Nachricht lange nicht so zufrieden, wie er es hätte sein müssen, sondern ließ nur etwas Skeptisches, Misstrauisches in seiner Miene anklingen.

»Ist das wahr?«, vergewisserte er sich bei Haldor.

Worauf dieser sogleich ein weiteres »*Whäää!*« aus seiner Kehle würgte – was sich alles andere als heldenhaft anhörte.

»Natürlich ist das wahr«, behauptete Leif. »Habe ich recht, Erik? Haldor hat uns gerettet.«

Sein Bruder verweigerte ihm sekundenlang eine Auskunft. In seinem Inneren schwelte noch immer derselbe Zorn wie vorhin beim Krähennest; ein Zorn voller Rivalität und gekränkter Eitelkeit. Er hätte jetzt natürlich alles richtigstellen und Leif einen Lügner nennen können. Aber Erik war klug genug, um zu wissen, dass er damit nur unnötig seinen Vater verärgert hätte. Und so musste er zähneknirschend zugeben: »Ja, Haldor hat uns wohl gerettet.«

Seine Antwort löste in Thorhall zwar trotzdem keine Begeisterung aus, aber er segnete Haldors Tat zumindest mit einem strammen Kopfnicken ab. »Nun gut. Das freut mich zu hören«, sagte er reserviert.

»Findest du nicht, dass Haldor ein bisschen mehr Anerkennung verdient hat?«, bemängelte Leif. Er reckte seine Faust nach oben, während er Thorhall scharf im Blick behielt. »*Jarl!*«, rief er.

»*Jarl! Jarl! Jarl!*«, wiederholten die Dorfbewohner.

Thorhall fühlte sich von Leif zutiefst brüskiert, und auch Erik zierte sich eine kleine Ewigkeit, Haldor seine Ehre zu erweisen. Aber letztlich blieb den beiden gar nichts anderes übrig, als eben doch die Faust zu heben und ein halbherziges »*Jarl!*« zu murmeln.

Haldor hörte schlagartig auf zu würgen und hob verblüfft den Kopf zu all jenen Menschen, die ihm gerade zum ersten Mal ein bisschen Anerkennung schenkten. Es hätte der schönste Augenblick in seinem Leben sein können. Und vielleicht wäre eine Frau sogar bereit gewesen, ihn zum Dank zu küssen.

Doch dann gab es einen gellenden Schrei.

Thorhall und seine Söhne wandten sich zu der Straße um, die aus dem Dorf führte. Die anderen Bewohner folgten ihrem Beispiel und reckten irritiert die Köpfe hin und her, um eine freie Sicht zu erhaschen. Sie mussten sich einen zähen Moment gedulden, bis sie erfuhren, woher dieser Schrei kam.

Zwischen den Häusern stolperte Frauke hervor.

Die Bäuerin gehörte bereits zum älteren Semester, und dennoch hetzte sie mit einer jugendlichen Schnelligkeit durch die Straße und gestikulierte dabei wild mit den Armen. Ihre grauen Haare wehten wie Spinnweben hinter ihr her, und ihr Gesicht war mit einer Angst beladen, die Leif heute leider schon viel zu oft sehen musste. Eine Angst, die ihm klarmachte, dass Frauke gleich die nächste Hiobsbotschaft verkünden würde.

»Wir sind verflucht! *Wir sind alle verflucht!*«, kreischte sie. Ihre Hände zuckten nach links und rechts, um sich eine Bresche durch die Menschenmenge zu schlagen. Dabei gaben die Dorfbewohner schon ihr Bestes, der alten Frau auszuweichen ... und trotzdem stieß Frauke den einen oder anderen grob davon. Im Taumelschritt erreichte sie schließlich den Dorfplatz und schleppte sich so lange weiter, bis sie bei Thorhall und seinen Söhnen angekommen war. Hier verließen sie ihre Kräfte. Sie stürzte vor dem Jarl herab und landete stöhnend auf den Knien.

»Du närrisches Weib!«, schimpfte Thorhall. »Was fällt dir ein, hier so einen Aufstand zu machen?«

Frauke konnte ihm nicht antworten, so gerne sie es getan hätte. Sie war völlig außer Atem geraten und schnappte hektisch nach Luft, aber der Brand in ihren Lungen schien dadurch eher noch größer als kleiner zu werden. »Die Felder«, stieß sie irgendwann hervor. »Oh Thorhall ... unsere Felder!«

»Was ist mit ihnen?«

»Sie sind *verflucht!*«

»Das wissen wir doch bereits.« Thorhall zog Frauke unwirsch am Oberarm in die Höhe. »Und nun halt dein Maul, bevor ich es dir ...«

»Du verstehst nicht.« Frauke vollführte mit ihren Händen eine Geste, als wollte sie den Weltuntergang beschwören. »Ich rede nicht bloß von Baldurs Feld, sondern von allen. Hörst du, Thorhall? *ALLE Felder wurden verflucht!*«

Die euphorische Stimmung im Dorf kippte schlagartig.

Viele Frauen schrien nun ebenfalls auf. Andere murmelten ein Gebet oder bekreuzigten sich wie die Christenmenschen, um das Unheil abzuwenden. Auch den Männern lief ein Schauder über den Rücken, und die Kinder begannen der Reihe nach zu wimmern oder klammerten sich furchtsam an ihre Eltern. Es hätte bloß noch gefehlt, dass der alte Olle wieder ein Opfer verlangte.

Thorhall dagegen schob verärgert seine Augenbrauen zusammen. »Was willst du damit sagen: Alle Felder wurden verflucht?«, hakte er bei Frauke nach.

»Ich bin vorhin hinaus zu meinem Rübenacker gegangen ...«

»Wie konntest du das wagen? Ich habe doch befohlen, dass niemand das Dorf verlassen darf.«

»... und da habe ich sie gesehen«, fuhr Frauke fort, ohne Thorhalls Einwurf zu beachten. »Die Fäulnis ... sie hat alles vernichtet! Die Gerste, den Hafer, den Roggen, die Rüben und den Kohl. Von unserer Ernte ist nichts mehr übrig. *Wir wurden alle verflucht!*«

Die Frauen ringsum schrien daraufhin noch lauter. Selbst die Männer erzitterten unter einer Angst, die ihnen wie ein Peitschenhieb in den Rücken fuhr.

»Schweig endlich!« Thorhall hob erzürnt die Faust. Er hätte Frauke mit einem einzigen Hieb ins Grab schmettern können, aber er schubste sie bloß zur Seite, sodass sie erneut zu Boden sackte. »Wag es ja nie wieder, einen solchen Unsinn zu reden – oder ich werde dich eigenhändig an einen Baum nageln.«

»Ich rede keinen Unsinn«, jammerte Frauke. »Du kannst selbst hinaus zu den Feldern gehen und dich davon überzeugen, dass ich recht habe.«

Mehrere Dorfbewohner fühlten sich von ihr sogleich dazu angestachelt, sich ein eigenes Bild von der Katastrophe zu machen, und liefen los.

»*Ihr bleibt hier!*«, rief Thorhall sie zurück. Er hätte den Frauen und Männern ebenso gut einen Holzpflock durch den Leib rammen können, denn sie verharrten noch auf der Stelle und sahen scheu zu ihm herum. »Ich bin derjenige, der entscheidet, was getan wird. Ist das klar?«

Thorhall wartete auf keine Zustimmung. Als Stammesfürst brauchte er auch keine. Sein Wort war Gesetz und Urteil in einem, und so wandte er sich zügig zu Haldor um und zog ihn schroff auf die Beine. »Du wirst jetzt rüber in die Kornkammer laufen«, wies Thorhall ihn an. Nebenbei nestelte er einen klobigen Schlüssel unter seinem Umhang hervor und knallte ihn gegen Haldors Brust.

»K-Kornkammer?«, japste sein Sohn vor Übelkeit und Schmerz zugleich.

»Sieh nach, ob unsere Vorräte verdorben sind.« Thorhall gab ihm einen Stoß, sodass Haldor linkisch davonstolperte. »Und beeil dich!«

»Das ist nicht nötig«, meldete sich Halvar, der Schmied.

Er drängte sich zwischen den Frauen und Männern hindurch und blieb mitten auf dem Dorfplatz stehen. In den Händen hielt er einen prall gefüllten Getreidesack. »Frauke sagt die Wahrheit. Die Fäulnis hat nun auch unsere Vorräte befallen.« Um es allen zu beweisen, schüttete Halvar den gesamten Inhalt des Sacks auf den Boden. Jeder rechnete damit – nein, *hoffte* –, dass aus ihm goldgelbes Getreide prasseln würde. Doch was da aus dem Sack rieselte, erinnerte eher an winzig kleine Kohlestücke.

Und diese Tatsache konnte selbst Thorhall nicht mehr leugnen. Er starrte fassungslos auf die Getreidekörner herab, die vor ihm qualmten und stanken. »Was hat das zu bedeuten?«, wollte er von Erik wissen. Mit einer Stimme, durch die jetzt ebenfalls eine leichte Angst wehte. »Ich dachte, ihr hättet den Fluch beendet?«

Erik suchte zuerst Rat bei Gunnar, indem er den Kopf des Druiden hilfesuchend anstarrte. Doch dieser konnte ihm beim besten Willen keine Erklärung mehr liefern, und so wanderte sein Blick rasch zu Leif weiter. Aber sein Bruder starrte auch nur bestürzt auf das Korn herab. »Ich versichere dir, Vater: Wir haben den Fluch beendet«, gelobte Erik. »Gunnar muss unsere Ernte wohl verhext haben, bevor wir ihn ...«

Durch das Dorf hallte ein weiterer Schrei.

Es war ein gänzlich anderer als der von Frauke. Hysterisch, schrill und spitz. Ein Schrei nicht vor Angst, sondern aus *Schmerz*. Er raste wie eine Druckwelle von einem Haus zum nächsten ... und in jedem einzelnen davon entfachte er noch mehr, noch qualvollere Schreie. Dutzende, vielleicht auch hunderte. So viele, bis das gesamte Dorf von einem bizarren Chor erfüllt war.

Die Tiere, begriff Leif.

Alle Hühner, Kühe, Schweine und Pferde schlugen in ihren Ställen plötzlich auf irgendwas an, das sie zuerst in Panik versetzte, und ihnen bereits eine halbe Sekunde später unsägliche Schmerzen zufügte. Sie begannen wie verrückt zu gackern, zu muhen und wiehern, oder gaben noch weitaus grässlichere Laute von sich. Welche, die Leif nie zuvor von einem Tier gehört hatte, und die irgendwie so klangen, als hätte der Tod eine Stimme bekommen. Auch die Katzen und Hunde witterten Gefahr. Sie bleckten ihre Zähne, bellten, fauchten und rannten im Zickzack davon. Doch keinem gelang die Flucht.

Denn im nächsten Moment geschah etwas mit ihnen.

Leif konnte es vom Dorfplatz aus nicht genau erkennen, aber dafür deutlich genug hören, dass er es in seiner Fantasie bildhaft vor sich sah.

Die Tiere zerrten an ihren Ketten, hämmerten mit den Hufen gegen die Gatter, irrten tobsüchtig durch ihre Käfige und Ställe. Und immer mehr von ihnen sanken kraftlos zusammen, während sie bei lebendigem Leib von der Fäulnis zersetzt wurden. Schon bald kringelten sich aus den Häusern schwarze Staubwolken hervor, und die Luft bekam ein säuerliches Aroma, als würde selbst sie verwesen.

Mehr brauchte es nicht, um auch die Dorfbewohner in Panik zu versetzen. Sie schwangen sich hektisch von einer Seite zur anderen und belauschten die vielen Schreie, die sich immer mehr zu einem ohrenbetäubenden Lärm steigerten. Dann liefen sie los. Die Frauen, Männer und Kinder stoben wie ein Vogelschwarm auseinander und flohen in alle Richtungen. Wer Glück hatte, der bekam noch ein Familienmitglied zu fassen und zerrte es mit sich. Aber die meisten hatten eben *kein* Glück und verloren ihre Liebsten in dem Gewirr aus Armen, Beinen und bleichen Gesichtern. Immer wieder schrie eine Mutter nach ihrem Kind oder suchte ein Vater und Ehemann verzweifelt nach einem Angehörigen. Und als wäre das nicht schon verheerend genug, stießen die Bewohner nahezu bei jedem Schritt zusammen oder stolperten über ein Hindernis. Aber auch ihnen gelang es nicht, sich bis zum Dorfrand zu retten. Denn aus den Häusern wankten zahlreiche Tiere hervor und versperrten ihnen den Weg. Schweine, die fleckig wie eine wandelnde Seuche geworden waren. Hühner, die qualmten, als würden sie lichterloh brennen. Pferde, die buchstäblich so weiß wie Schimmel wirkten. Und Kühe, die Stück für Stück zu einem schwarzen Gerippe zerfielen.

Es war, als hätte die Apokalypse damit begonnen, jegliches Leben in diesem Dorf zu vernichten.

»Bei den Göttern«, krächzte Thorhall. »Was geschieht hier?«

Erik zuckte ahnungslos mit den Schultern.

Was Thorhall sofort wieder wütend machte.

»Beruhigt euch!«, befahl er. Gleichzeitig trat er einigen Frauen und Männern entgegen und streckte die Hände nach ihnen aus, um sie aufzuhalten. Doch die Bewohner schlugen allesamt einen Haken nach links und rannten an ihm vorbei. »Wo lauft ihr denn hin? *Bleibt gefälligst hier!*« Obwohl Thorhalls Gebrüll wie ein Erdbeben auf dem Dorfplatz wütete, kam es gegen die Aufregung nicht mehr an, und so wandte er sich schnell wieder zu seinen Söhnen um. »Jetzt steht nicht so dämlich da. Macht irgendwas!«

Erik tat, was er am besten konnte: Er riss sein Schwert nach oben, als würde er die Fäulnis ernsthaft damit erschlagen wollen. Dumm nur, dass Gunnars Kopf dabei von der Klinge rutschte und quer durch die Menge flog. Er kegelte gleich drei Frauen und zwei Männer von den Füßen, ehe er auf dem Boden landete. Von dort rollte der Kopf bis zu Olle hinüber und fegte ihm den Krückstock aus der Hand, sodass der Alte ein wirres Tänzchen auf seinen Beinen vollführte.

Thorhall bekam von dem Missgeschick nichts mit. Stattdessen vergriff er sich erneut an Haldor. »Dasselbe gilt für dich. Mach dich nützlich!«

»Nützlich?« Haldor sah auf seine Hände herab, als hätte er keine Ahnung, was er mit ihnen anstellen sollte.

»Du willst doch immer so schlau sein, oder?« Thorhall grub seine Finger tief in Haldors Brust. »Also sag mir, welcher Zauber hier am Werk ist – und wie man ihn beenden kann!«

»Ich weiß es nicht, Vater. Von so einem Fluch habe ich noch nie gelesen.«

Thorhall schubste ihn verächtlich davon und richtete sich zuletzt an Leif, um auch von ihm eine Hilfe einzufordern. Leif hätte seinen Vater natürlich zu gerne unterstützt, aber ehe es dazu kam, traf ihn ein weiterer Schrei im Nacken. Eigentlich unterschied er sich kein bisschen von den vielen anderen Kreischlauten, die überall in den Straßen ertönten. Und trotzdem kam es Leif so vor, als hätte soeben sein eigenes Herz aufgeschrien und ihn völlig taub vor Entsetzen gemacht.

»Majvi«, begriff er. »*Verdammt ... Majvi!*«

Seine Frau war mit den Kindern zuhause geblieben, weil sie die Feierlichkeiten im Dorf ebenso wenig mochte wie Leif. Und trotzdem wurde auch sie offenbar von der Fäulnis attackiert, denn sie kreischte in einem spitzigen, völlig überdrehten Ton auf. Kreischte um ihr Leben.

Leif ließ seinen Vater stehen und rannte nun selbst wie von Sinnen los. Der Dorfplatz war menschenleer geworden, aber die Straßen dafür umso voller. Und in jeder einzelnen spielten sich dramatische Szenen ab. Überall irrten die Bewohner umher und versuchten, ihre Nahrungsmittel zu retten. Leif erhaschte aus dem Augenwinkel mehrere Männer, die sich einen Getreidesack über die Schulter geworfen hatten, um sie aus dem Dorf zu schleppen. Und das, obwohl alle Säcke bereits mit schwarzen Flecken besprenkelt waren. Die Frauen hingegen tunkten ihr Gemüse und das Obst in Wassereimer, als wollten sie die Fäulnis abwaschen, und die Kinder klopften mit Strohbündeln auf die Tiere, um sie irgendwie von dem Schimmel zu befreien.

Leif kümmerte sich nicht um sie. Seine gesamte Sorge galt seiner Familie, denn von der Landzunge gellten unaufhörlich mehrere Schreie herüber. Nicht nur von Majvi, sondern auch immer öfter von Runa und Sven.

»Haltet durch ... ich bin gleich da!«

Leif stürmte noch schneller durch das Dorf. Ihm gelang es nicht immer, den Bewohnern auszuweichen, und so stieß er etliche Frauen beiseite oder kippte zusammen mit einem Mann zu Boden. Aber er raffte sich sofort wieder auf und hastete weiter. Der Weg bis zu seinem Zuhause war ihm noch nie so lang vorgekommen wie in diesem Moment. Und als er schließlich die Landzunge erreichte, musste er betroffen feststellen, dass die Fäulnis sein Grundstück bereits weitgehend verwüstet hatte. Die Pflanzen in den Beeten waren allesamt verdorrt, und die Hühner im Stall verendet. Einige zuckten noch vor sich hin oder röchelten ihre letzten Atemzüge aus dem Hals. Aber die meisten wirkten schon so mumifiziert, als wären sie vor Jahren gestorben.

Doch all diese Dinge waren für Leif nur wertloser Beifang, den er mit einem Blick aufschnappte und gleich wieder vergaß. Stattdessen eilte er im unverminderten Tempo auf sein Haus zu. Aus dem Inneren kamen die Schreie seiner Familie.

»Majvi!«

Leif duckte sich durch die offene Tür ... und wäre beinahe gegen seine Frau geprallt, die soeben mit Runa und Sven ins Freie sprang.

»Den Göttern sei Dank!«, stöhnte Leif erleichtert. »Ihr seid unverletzt.«

Majvi, Runa und Sven nahmen ihn gar nicht zur Kenntnis, sondern wankten immer weiter rückwärts von dem Haus davon. Ihnen folgte nämlich jemand aus dem Inneren. Jemand, den Leif zuerst gar nicht erkannte, obwohl er ihn wie ein drittes Kind großgezogen hatte.

Fenris?, überlegte er. *Ist das Fenris?*

Schon möglich. Was da aus dem Haus trat, mochte bis vor kurzem durchaus ein Hund gewesen sein. Doch nun war er – wie alles andere – zu einer albtraumhaften Kreatur geworden. Eine, die nicht einmal böse war, aber die einen so großen Schrecken ausstrahlte, dass Leif es kaum ertragen konnte. Denn auch Fenris war von der Fäulnis befallen worden. Sein Fell wies zahlreiche Löcher auf, unter denen brandiges Fleisch und dunkelgraue Knochen hervorblitzten. Sein Schwanz und die Ohren hatten sich wie Pergamentpapier zusammengekräuselt, und sein übriger Körper wirkte fast schon mumifiziert. Nur seine Augen schimmerten noch in einem matten Blau und starrten voller Angst und Schmerz zu seinem Herrchen auf, um einen einzigen Wunsch an ihn zu richten: *Hilf mir! Oh bitte ... HILF MIR!*

Gleichzeitig machte Fenris einen Schritt vorwärts.

Seine rechte Vorderpfote blieb an der Türschwelle hängen und brach mit einem ekelhaften *Ratsch* ab. Doch Fenris bemerkte den Verlust nicht einmal. Er torkelte nur ein bisschen auf seinen übrigen drei Beinen umher und humpelte einen weiteren Schritt vorwärts. Und noch einen. Und noch einen, obwohl jede Bewegung die pure Hölle für ihn war.

»Geht zurück!«, befahl Leif seiner Familie.

»Was ist mit ihm, Vater?«, heulte Sven.

»Ich weiß es nicht«, antwortete Leif. Und das war das Schlimmste überhaupt. Von etwas angegriffen zu werden, von dem Leif nicht mal einen Namen kannte – und gegen das er seine Familie unmöglich beschützen konnte.

Fenris quälte sich unterdessen beharrlich auf ihn zu. *Hilf mir!*, fiepte er verzweifelt, während nun auch sein linkes Vorderbein trocken knirschte. *Bitte mach, dass es aufhört.*

Leif konnte ihm nur noch auf eine Weise helfen.

Er trat vor und hob das Schwert.

»Es tut mir leid«, murmelte er. Dann zerteilte er Fenris mit einem sauberen Hieb in zwei Hälften.

Die Fäulnis kam deswegen jedoch nicht zur Ruhe. Als Fenris nach links und rechts zur Seite klappte, zerplatzte sein Körper zu einer Staubwolke und bildete auf dem Boden etliche schwarze Flecken, die sich rasch ausbreiteten. Selbst das gewöhnliche Gras färbte sich dabei dunkel, obwohl es an Baldurs Feld von der Fäulnis verschont geblieben war. Doch jetzt nicht mehr. Jetzt befielen die Flecken einfach *alles*, was sie berührten. Manche davon glitten zu einem Beerenstrauch hinüber und ließen auch ihn verwelken. Andere Flecken schlängelten sich zum Haus, um darin die Vorräte ungenießbar zu machen. Die meisten Flecken strömten jedoch wie finstere Tentakel auf Leif und seine Familie zu.

»Zurück!«, schrie er. Gleichzeitig hob er abermals das Schwert, auch wenn er sich damit schrecklich hilflos vorkam. Aber was hätte er sonst tun sollen, um sich und seine Familie zu verteidigen?

»Ist das Gunnars Fluch?«, erkundigte sich Majvi.

»Ich weiß es nicht«, wiederholte Leif hitzig. Er drängte seine Familie unerbittlich zurück, hinaus auf die Klippe. Und die Fäulnis wiederum kroch ihnen ebenso unerbittlich hinterher. Immer wieder spalteten sich ein paar dünnere Linien von ihr ab und wanderten bis zu den Beeten und dem Hühnerstall hinüber; ständig auf der Suche nach einer Pflanze oder einem Lebewesen, das sie noch verderben konnten. Doch die Fäulnis selbst wich kein bisschen von ihrem Kurs ab und bewegte sich mit einem leisen, unseligen Rascheln vorwärts.

»Vater, halt!«, meldete Runa.

Leif ignorierte seine Tochter und schob sie störrisch weiter.

»*Halt!*«, riefen nun auch Majvi und Sven.

Erst jetzt wandte Leif den Blick und erkannte, dass sie die Klippe erreicht hatten. Hier war ihre Flucht zu Ende ... vielleicht zusammen mit ihrem Leben. Das schien auch die Fäulnis zu spüren. An ihrer Vorderseite bildeten sich mehrere spitzige Zacken – ähnlich einem hungrigen Gebiss –, die sich langsam in einem Halbkreis um die Familie krümmten.

»Vater, ich habe Angst«, weinte Sven. Er drängte sich dicht an Leif heran. Auch Runa klammerte sich an sein Wams. Nur Majvi wahrte im Angesicht des Todes die Haltung, obwohl auch sie am ganzen Leib zitterte.

»Vater«, flehte Runa inbrünstig. »Jetzt tu doch was!«

Das Traurige daran war: Leif konnte nichts mehr tun. Außer eines, vielleicht.

»Schnell!« Er berührte Majvi am Oberarm, um ihre Aufmerksamkeit zu gewinnen. »Nimm die Kinder und kletter mit ihnen die Klippe hinunter.«

Majvi sah ihn verstört an. »Die Klippe?«

»Ihr müsst ins Wasser.« Leif hatte keine Zeit für ausführliche Erklärungen. Er drückte Majvi und Sven einfach in die Knie und bedeutete ihnen, dass sie nach der Felskante greifen sollten. Runa dagegen hatte bereits selbst verstanden, dass sie wohl nur im Meer vor der Fäulnis sicher war. Sie schwang sich geübt mit den Beinen über die Klippe und machte sich an den Abstieg. Ihr Bruder folgte ihr, so gut er konnte, und auch Majvi rutschte halb in die Tiefe. Sie stoppte jedoch sogleich wieder, als sie auf dem ersten Felsvorsprung stand, und streckte die Hand nach Leif aus.

»Komm! Worauf wartest du?«

Leif antwortete ihr nicht sofort. Er stand unbewegt da, hielt das Schwert erhoben und sah auf den Boden herab. Die Fäulnis hatte sich ihm bis auf zwei Meter genähert und strömte wie eine ölige Flüssigkeit voran. Ein Grashalm nach dem anderen runzelte sich zusammen, wurde braun, dann trocken und zerfiel am Ende zu Staub. Es hätte keine halbe Minute mehr gedauert, bis es Leif ähnlich ergangen wäre. Aber dann ... kam die Fäulnis aus einem unerfindlichen Grund ins Stocken, als wäre ihr der Schwung ausgegangen. Sie rollte noch über vier, fünf Grasbüschel hinweg und überzog sie mit einem Flaum aus grauem Schimmel, ehe sie vollends zum Stillstand kam.

»Leif!«, wiederholte Majvi. Sie rüttelte an seinem Hosenbein. »Komm schon, wir müssen ins Wasser.«

»Ich glaube, es hat aufgehört«, murmelte er.

»Aufgehört?« Majvi wusste zuerst nicht, was er damit meinte. Das änderte sich jedoch, als sie den Kopf über die Felskante reckte.

Ihr bot sich ein grausiges Bild. Aus dem Garten war eine öde Wüste geworden. Nirgendwo wiegte sich mehr ein Blatt im Wind, nirgendwo summte eine Biene umher oder duftete es nach Blumen und frischem Gras. Und die Fäulnis selbst war überall verharrt und lag jetzt bloß noch wie ein gigantischer Schatten über der Landzunge.

Leif blieb dennoch wachsam.

Er stocherte mit der Schwertspitze mehrmals in dem verdorrten Gras umher. *Nichts.* Die Fäulnis wirkte so tot, als hätte sie sich selbst vergiftet. Das ermutigte Leif dazu, sofort ein weiteres Experiment zu wagen – so wie bereits auf Baldurs Feld. Er sank in die Hocke und streckte den Zeigefinger nach der Fäulnis aus.

»Was machst du?«, zischte Majvi nervös.

»Vielleicht eine große Dummheit«, erwiderte Leif.

Noch bevor seine Frau dagegen protestieren konnte, berührte er mit seiner Fingerspitze den schwarzen Boden. Das Gras fühlte sich rau wie Stroh an und eigenartig kalt. Als wäre ein Wintersturm über die Halme gefegt. Mehr aber auch nicht. Als Leif seinen Finger zurückzog, war er vollkommen unversehrt und lediglich mit ein paar Staubkrümeln beklebt.

Majvi machte dieselbe Entdeckung. »Wie ist das möglich?«, fragte sie.

»Ich habe nicht die geringste Ahnung.« Leif rieb seine Fingerkuppen aneinander, schnüffelte an ihnen und zuckte vor dem widerlichen Geruch zurück. »Ich nehme an, dass der Fluch seine Aufgabe erfüllt hat und deshalb versiegt ist.«

»Was denn für eine Aufgabe?«

»Uns in eine große Not zu stürzen.« Leif sah nachdenklich zum Dorf hinüber.

Offensichtlich hatten auch die anderen Bewohner erkannt, dass die Fäulnis verebbt war. Aus den Straßen drangen zwar noch immer einzelne Schreie hervor, aber die Panik war einem stumpfen Entsetzen gewichen. Jetzt liefen die Frauen und Männer benommen durch die Gegend oder sanken wimmernd auf die Knie herab. Und sie alle versuchten irgendwie zu begreifen, was eben passiert war – und welche Folgen die Fäulnis für sie hatte.

Leif erging es ähnlich. Er konnte unmöglich abschätzen, wie hoch der Schaden war. Aber ein Instinkt ließ ihn wissen, dass es im weiten

Umkreis kein einziges Getreidekorn, kein Tier, ja noch nicht einmal eine winzige Erdbeere mehr gab, die man noch essen konnte. Und was das für sie alle bedeutete, musste Leif seiner Frau nicht erläutern. Majvi ahnte von selbst, dass der Fluch wohl erst der Anfang eines viel größeren Unglücks war, das ihnen nun bevorstand.

Und da so eines bekanntlich selten allein kam, stürmte gerade auch noch Thorhall aus dem Dorf ...

Mit seinen Stiefeln schien er jedes Mal eine kleine Explosion auszulösen, sobald er auf eine schwarze Fläche trat und dabei jede Menge Staub aufwirbelte. Nach kürzester Zeit erreichte er die Landzunge und marschierte zielstrebig bis zur Klippe hinaus. Sein Blick tastete einmal gründlich über Leif, und ganz kurz – wirklich *ganz* kurz – glomm darin etwas Besorgtes auf.

»Geht es dir gut?«, wollte er von seinem Sohn wissen.

Leif hatte es nicht eilig, ihm zu antworten. Er zog zuerst Majvi über den Klippenrand nach oben und half ihr dabei, sich aufzurichten. Anschließend bückte er sich zu Runa, um auch sie zurück in den Garten zu wuchten. »Ich bin in Ordnung«, beruhigte er seinen Vater. »Und falls es dich interessieren sollte: Deine Enkel und deine Schwiegertochter sind auch wohlauf.«

Thorhall würdigte Majvi und die Kinder lediglich mit einem Seitenblick, der fast schon einer Beleidigung gleichkam. »Die Fäulnis ist vorbei«, berichtete er.

»Ich weiß.« Leif hob zuletzt Sven über die Klippe und stellte ihn neben sich. Der Junge konnte sich kaum auf seinen wackeligen Beinen halten und schniefte ununterbrochen vor sich hin. Leif hätte ihn in jeder anderen Situation hinter sich geschoben, um ihn vor Thorhall zu verbergen, aber heute ließ er diese Albernheiten bleiben. Weil er jede Wette einging, dass es gerade im Dorf noch mehr Jungen und Männer gab, die bittere Tränen vergossen.

Bei dem Gedanken spähte er abermals zu den Häusern hinüber.

»Wurde jemand verletzt oder getötet?«, fragte er.

Thorhall falzte die Lippen. »Das wird sich bald herausstellen. Einige Leute sind schwer gestürzt oder haben sich Platzwunden zugezogen. Aber soweit ich das beurteilen kann, müssen wir heute kein Wikingerbegräbnis abhalten.«

»Heute vielleicht nicht. Aber das wird nicht lange so bleiben«, sinnierte Leif. Er sah zu Thorhall zurück und ließ ihn an seinen Befürchtungen teilhaben. »Wie steht es mit unserer Ernte? Mit den Vorräten? Dem Vieh? Was hat die Fäulnis uns zum Leben gelassen, Vater?«

Über Thorhalls Miene schien sich eine Dämmerung auszubreiten, die nicht unheilvoller hätte sein können. Allein das genügte schon, um Leif ahnen zu lassen, wie prekär ihre Lage war – und wie viele Begräbnisse sie in den kommenden Wochen wohl abhalten mussten.

»Auch das kann ich schwer beurteilen«, gab Thorhall zu. »Wir müssen jedenfalls mit dem Schlimmsten rechnen.«

»Mit dem Schlimmsten?«, fasste Majvi nach. Sie legte ihre Arme um Runa und Sven und presste die beiden an ihre Taille. »Was meinst du damit?«

Thorhall war nicht gewillt, ihr eine Auskunft zu geben. Schon gar nicht im Beisein ihrer Kinder. »Wir reden später«, speiste er sie schroff ab. »Ich werde die Männer zu einem *Thing* in die Dorfhalle einberufen. Dort können wir frei reden.«

»Hältst du diese Geheimniskrämerei für vernünftig?«, erwiderte Runa schnippisch. »Diese Sache geht uns alle etwas an, also sollten auch alle an der Versammlung teilnehmen. Findest du nicht, Großvater?«

»Überlass diese Entscheidung mir. Das Thing darf nur von Männern besucht werden. Und jetzt mach dich nützlich! Auf eurem Hof gibt es doch sicherlich irgendwas zu putzen oder aufzuräumen.« Thorhall wandte sich übergangslos wieder an Leif und zeigte mit dem Finger auf ihn, als würde er seine folgenden Worte wie mit einem glühenden Stück Eisen in sein Gedächtnis brennen wollen. »Die Dorfhalle. Bei Sonnenuntergang. Und wage es bloß nicht, zu spät zu kommen!«

»Natürlich nicht, Vater«, seufzte Leif ergeben.

Thorhall nickte herrisch. Danach schwang er sich herum und machte sich daran, auch die anderen Männer mit seiner Einladung zu beglücken. Um ihnen am Abend in geselliger Runde das mitzuteilen, was ohnehin schon jeder wusste: Nämlich, dass ihr Dorf dem Untergang geweiht war.

7 Pünktlich zur Abenddämmerung verließ Leif sein Haus. Und zwar mit demselben Unbehagen wie immer, wenn Thorhall alle Männer in die Dorfhalle rief. Denn häufig arteten diese Versammlungen in einen Streit, mitunter sogar in eine wilde Schlägerei aus. Und am Ende mussten oft die Frauen eingreifen, damit sich die Männer in ihrem Übermut nicht gegenseitig die Schädel zertrümmerten. Dabei sollte das Thing eigentlich genau *das* verhindern. Es war eine alte Tradition der Wikinger, dass alle volljährigen Männer einmal im Monat zusammentrafen, um Rat zu halten oder einen Disput zu schlichten. Doch heute war es anders. Heute kam es Leif so vor, als müsste er gleich in einem Totengericht sitzen und darüber entscheiden, wer von ihnen diese Notlage überleben durfte und wer sterben musste – und darum blieb er ewig vor seinem Haus stehen, um dieses unangenehme Treffen so lange wie möglich hinauszuzögern.

»Es wird alles gut werden«, ermutigte Majvi ihn.

Leif hatte gar nicht bemerkt, dass seine Frau hinter ihn getreten war. Und es überraschte ihn auch kein bisschen, dass sie wohl seine Gedanken gelesen hatte. Majvi war nun mal seine Seelenverwandte und wusste oft besser, was ihn bewegte, als Leif selbst. »Deine Zuversicht möchte ich haben«, klagte er. »Du musst auch nicht bis Mitternacht bei meinem Vater sitzen und dir seine pathetischen Reden anhören.«

Majvi verzog ihre Lippen zu einem Lächeln, das Mitleid und Spott zugleich ausdrückte. »Du wirst das schon schaffen, ganz sicher. Es ist wichtig, dass du gehst. So wie ich die anderen Männer kenne, werden sie alles billigen, was Thorhall ihnen vorschlägt. Insbesondere Erik. Er hat seit Jahren keine eigene Meinung mehr und plappert bloß noch das nach, was dein Vater von ihm hören will. Du hingegen bist der Einzige, der Thorhall ein bisschen Einhalt gebieten und dafür sorgen kann, dass er das Richtige tut.«

»Ich weiß«, sagte Leif zerknirscht. »Genau das macht die Sache ja so anstrengend. Thorhall ist kein Mann, der sich von klugen Argumenten überzeugen lässt.«

Majvi kräuselte abermals die Lippen. Jetzt allerdings ohne Mitleid, aber dafür mit doppelt so viel Spott. »Vielleicht solltest du doch Runa mitnehmen. Damit sie dir beistehen kann.«

»Besser nicht«, erwiderte Leif im selben Tonfall. »Sie würde meinen Vater vor allen Männern bloßstellen und ihn mit ihrem Sturkopf in die Verzweiflung treiben.«

»Genau so gefällst du mir schon besser: sarkastisch und kämpferisch.« Majvi tätschelte ihm die Brust. »Aber nun solltest du aufbrechen, bevor Thorhall wütend wird.«

»Kann ich dich und die Kinder denn alleinlassen?« Leif sah besorgt ins Haus.

Sven saß am Esstisch und hielt eine Holzfigur in der Hand, allerdings ohne mit ihr zu spielen. Er litt noch viel zu sehr unter den traumatischen Erlebnissen des Tages und trauerte Fenris nach. Runa dagegen hatte die Fäulnis sowie den Tod ihres Hundes komplett verdrängt.

Nun tänzelte sie mit dem Holzschwert um die Feuerstelle und feilte an ihrer Kampftechnik. Und was sie da mit der Klinge vollführte, war aller Ehren wert und hätte ausgereicht, so manchen Wikinger schwer zu verletzen.

Vielleicht sollte ich sie tatsächlich mit zum Thing nehmen, überlegte Leif.

»Wir kommen schon klar«, versicherte Majvi ihm. Sie stellte sich auf die Zehenspitzen und gab Leif einen Kuss. »Ich werde für dich einen Stein ins Wasser legen, damit er schön kalt ist, bis du nach Hause kommst.«

»Einen Stein?«

»Um deine Blessuren zu kühlen. Nach dem letzten Thing war dein Gesicht so geschwollen, als wärst du von hundert Bienen gestochen worden. Das wird heute sicherlich nicht anders sein.«

Leif brummte missmutig. »Du verstehst es wirklich, mich aufzuheitern.«

»Nur Mut, mein tapferer Krieger«, neckte Majvi ihn. »Ich werde dich dafür nach allen Regeln der Kunst verwöhnen, wenn du zurückkommst.«

»Du meinst, wir beide nackt am Kaminfeuer?«

»Sofern du dafür noch genügend Kraft hast. Immerhin bist du schon Mitte dreißig, da solltest du besser mit deinen Energien haushalten. Besonders wenn du mich bis zum Morgengrauen glücklich machen willst.«

Obwohl Leif gerade absolut keinen Sinn für Humor hatte, konnte er sich Majvis Charme einfach nicht entziehen. Ihre verträumten Augen, die Sommersprossen, die roten Haarlocken ... all das bezirzte ihn so sehr, dass er Majvi jetzt am liebsten gepackt und ins Bett entführt hätte. Das würde er heute Nacht garantiert auch noch tun, egal wie müde er nach Hause kam. Aber zuerst ...

Pföööhn!

Aus dem Dorf hallte ein Hornstoß.

Es war eine Aufforderung für die Männer, ihrer Pflicht nachzukommen.

Leif seufzte genervt und verabschiedete sich von Majvi.

Dann stapfte er widerwillig los, hinüber ins Dorf. Die Bewohner waren den ganzen Nachmittag fleißig gewesen, hatten alle fauligen Lebensmittel eingesammelt und sie zusammen mit den Tierkadavern im Meer entsorgt. Nun glänzten die Straßen wieder so sauber, als wäre nicht das Geringste passiert. Die bedrückte Stimmung war jedoch geblieben und hing wie geschmolzenes Glas in der Luft. Denn aus keinem der Häuser vernahm Leif mehr ein Gelächter oder eine fröhliche Musik. Stattdessen zeigte ihm jeder Blick in die Wohnstuben nur Frauen und Kinder, die um die Feuerstellen saßen und inständig hofften, dass ihre Männer und Väter mit guten Nachrichten von dem Thing zurückkehrten.

Leif wünschte sich, dass er nur halb so zuversichtlich hätte sein können.

Er beschleunigte sein Tempo und schob sich zwischen mehreren Häusern hindurch. Allerdings nahm er nicht den direkten Weg zur Halle, sondern machte einen Abstecher zur Nordseite des Dorfes. Hier hatte sich nicht nur Thorhall einen kleinen Palast errichtet; nein, auch Erik war gleich nebenan mit seiner Familie sesshaft geworden. Leif überkam jedes Mal ein bisschen Neid, sobald er das Haus seines Bruders betrachtete. Denn im Vergleich zu seiner brüchigen Hütte auf der Landzunge, war dieses Gebäude hier kerzengerade, absolut wetterfest und mit so vielen Metallplatten ummantelt, als würde es eine Rüstung tragen.

Leif gab sich keine Mühe, höflich an die Tür zu klopfen. Es hätte Ihn sowieso niemand gehört. Im Inneren des Hauses herrschte nämlich ein solcher Lärm, als würde Erik mit seiner Familie ein eigenes Thing abhalten. Also trat Leif einfach durch den Eingang ... und hielt unmittelbar auf der Schwelle inne.

Seine Schwägerin Wiebke stand keine drei Meter von ihm entfernt und schwang gerade so energisch eine Axt in die Höhe, dass Leif instinktiv den Kopf einzog. Dann ließ Wiebke die Klinge auch schon herabfahren und spaltete gekonnt ein Holzstück, um damit das Kaminfeuer anzuheizen. Mit ihrer kräftigen Statur, den Zottelhaaren sowie dem kantigen Gesicht war sie alles andere als eine Schönheit. Und doch passte sie zu Erik und seinem derben Charakter wie kaum eine andere Frau im Dorf.

Gleiches galt übrigens für ihren Sohn Tinus.

Er war ebenso muskulös wie Erik und noch viel arroganter als sein Großvater Thorhall. Wenn auch nicht so intelligent. Dabei hätte Tinus mit seinen vierzehn Jahren schon etwas reifer sein müssen. Immerhin würde er bald heiraten, seine eigene Familie gründen und eines Tages mal selbst der Jarl dieses Dorfes werden.

Im Moment maß er sich mit Erik im Ringkampf.

Vater und Sohn balgten sich durchs halbe Haus, schmetterten ihre Fäuste gegen die Brust des anderen und schnauften wie zwei Eber. Tinus' Gesicht war schon ganz rot vor Anstrengung geworden, und auf Eriks Stirn glitzerte der Schweiß. Doch keiner der beiden dachte daran, sich geschlagen zu geben, und so fielen sie nach jeder Atempause sofort wieder übereinander her. Die beiden hätten sich glatt ins Feuer gestoßen, wenn Wiebke nicht so überaus fürsorglich gewesen wäre. Sie fing die Raufbolde mit der Axt ab – und gab ihnen eine schallende Ohrfeige.

»Jetzt ist es genug!«, schimpfte sie. »Ihr werdet euch noch ernsthaft wehtun, wenn ihr nicht aufpasst.«

»Das ist doch der Sinn und Zweck dieser Übung«, rechtfertigte sich Erik. »Tinus soll lernen, was Schmerzen sind. Damit er sie im Ernstfall besser ertragen kann. Nicht wahr?« Er boxte seinem Sohn gegen die Schulter.

»So ist es, Mutter«, bestätigte Tinus. Er rieb sich einen Blutstropfen von seiner aufgeplatzten Lippe. »Und Vater muss lernen, dass ich ihm allmählich überlegen bin. Richtig?« Er stieß Erik seinen Ellbogen mit voller Wucht in die Leiste.

»Ihr werdet euren Unterricht auf morgen verschieben müssen«, erwiderte Wiebke unbeeindruckt. Sie nickte zur Tür. »Ihr habt Besuch.«

Vater und Sohn drehten sich zu Leif um.

»Guten Abend, Onkel«, grüßte Tinus ihn. Blasiert und spröde, so wie es auch sein Großvater immer zu tun pflegte. »Schön, dass du dich mal wieder bei uns blicken lässt.«

Erik war da schon etwas umgänglicher und erübrigte für Leif ein knappes Lächeln. »Ist es etwa schon so spät?«, wunderte er sich.

Als hätte er es beschworen, ertönte in der Ferne das zweite *Pföööhn.* Ungeduldiger als das erste und mit einer Drohung beladen, die selbst den härtesten Wikinger nicht kaltließ. Denn beim dritten Hornstoß – das wusste jeder – würde es eine saftige Strafe für jeden geben, der bis dahin nicht beim Thing war.

»Nun geht schon!« Wiebke gab ihren Männern einen Stoß. »Bevor Thorhall euch *beiden* zeigt, was Schmerzen sind.«

Erik wollte sich zu ihr beugen und ihr einen Kuss geben, doch Wiebke blockte ihn schroff ab. »Lass dieses alberne Getue! Wenn du mir deine Liebe beweisen willst, dann sieh zu, dass wir morgen etwas zum Essen haben.«

»Versprochen, mein Herz.«

Wiebke wollte ihm für den Kosenamen noch eine Ohrfeige geben. Erik ergriff jedoch rechtzeitig die Flucht und verließ zusammen mit Tinus und Leif das Haus.

»Und wehe, ich muss euch nachher wieder aus der Dorfhalle retten! Dann werde ich euch an den Haaren bis nach Hause ziehen, das schwöre ich!«, rief Wiebke ihnen nach. Sie ließ die Axt so schwungvoll auf ein weiteres Holzstück niederfahren, dass der Schlag bis unters Dach hallte.

Ja, das war nun mal Wiebke. Manchmal wunderte sich Leif nicht, warum Erik in fremden Betten wilderte und sich dort jene Zärtlichkeiten holte, die er zuhause nicht bekam.

Schweigend zogen die drei Männer los.

Für Tinus war es erst das dritte Thing, an dem er teilnehmen durfte. Entsprechend aufgeregt fieberte er jetzt der Versammlung entgegen. Ganz zur Freude seines Vaters natürlich. Denn Erik legte seinem Sohn stolz den Arm um die Schulter, während er gemeinsam mit ihm zur Dorfhalle schritt.

Auch das erfüllte Leif mit einem leichten Neid. Vor allem deshalb, weil ihm diese Ehre frühestens in sechs Jahren zuteilwerden würde, wenn er mit Sven zum Thing gehen durfte. *Oder vielleicht auch nie*, dachte er schwermütig. *Je nachdem, wie hart der Winter wird. Und wie gesund meine Familie bleibt, so ganz ohne Nahrung.*

Pfooóhn!

Rechtzeitig zum dritten Hornstoß erreichten sie die Dorfhalle.

Sie war das größte Gebäude in dieser Siedlung; ein irdisches Walhalla, das aus mannsdicken Baumstämmen bestand und zehn Meter in den Himmel ragte. Ihre Wände waren kunstvoll mit Wikingerschilden geschmückt. Darüber reckte sich die Krone einer riesigen Esche aus dem Gebäude hervor und verlieh ihm mit seinen Blättern ein natürliches Dach, sodass sich selbst beim schwersten Unwetter kaum ein Regentropfen ins Innere verirrte.

Thorhall stand vor dem Eingang. Er hielt noch das Horn in der Hand, mit dem er die Männer zu sich gerufen hatte, und wurde von jedem begrüßt, der an ihm vorbeischritt. Auch Erik, Leif und Tinus zollten ihm ihren Respekt, indem sie Thorhall zunickten. Anschließend traten sie durch ein breites Tor in die Halle.

Dahinter eröffnete sich ihnen eine bizarre Welt, die in der Tat an das legendäre Walhalla erinnerte. Links und rechts standen Eichentische, die von zahlreichen Saufgelagen fleckig und zerkratzt waren. An den Innenwänden hingen weitere Wikingerschilde. Alle davon waren kunstvoll bemalt und erzählten von großen Schlachten und wilden Abenteuern aus längst vergangenen Tagen. Dazwischen brannten mehrere Fackeln und verströmten einen orangefarbenen Dunst in der Umgebung. Prunkstück der Halle war jedoch die Esche. Ihr Stamm erhob sich wie ein Turm in dem Raum, und ihre Wurzeln hatten den Boden im weiten Umkreis völlig zerwühlt.

Für gewöhnlich wartete gleich neben dem Eingang ein Fass Met auf die vielen durstigen Kehlen, die sich hier versammelten. Und meistens verließen die Männer das Thing erst, wenn das Fass bis auf den letzten Tropfen ausgetrunken war.

Heute blieben die Trinkhörner jedoch leer, weil die Fäulnis den Met ungenießbar gemacht hatte. Und auch sonst wirkte die Stimmung hier drin ebenso vergoren wie im Rest des Dorfes. Statt sich angeregt miteinander zu unterhalten oder zu singen, herrschte unter den Männern ein Schweigen, das so drückend wie bei einer Hinrichtung war. Sie hatten sich dicht an dicht auf die Sitzbänke gepfercht und starrten apathisch vor sich hin. Rund dreißig Väter und Großväter sowie fast ebenso viele Söhne. Ihre Gesichter waren zu betrübten Masken erstarrt, in denen sich bloß noch das Fackellicht bewegte. Und sie alle teilten sich gerade eine Angst, die wie eine Seuche ihre Gedanken befallen hatte und ihnen jegliche Hoffnung raubte.

Leif nickte einmal in die Runde, während er mit Erik und Tinus die Halle durchquerte. Sie setzten sich ganz vorne auf die Sitzbank, an der die Männer einen Platz für die Söhne des Jarls freigelassen hatten.

Auch Olle wurde die Ehre zuteil, als Dorfältester in der ersten Reihe zu sitzen. Er hatte sich eigens für diesen Anlass seine schlohweißen Haare zu Zöpfen geflochten und pulte sich gerade das Schmalz aus den Ohren. Damit er bloß noch halb so taub war und dem Gespräch gleich besser folgen konnte.

Thorhall schloss unterdessen den Eingang und marschierte danach würdevoll zwischen den Männern hindurch.

»*Jarl!*«, rief Arvid und riss dabei seine Faust in die Höhe, um den Stammesfürsten willkommen zu heißen. Alle anderen Männer stimmten sofort in diesen Gruß mit ein, indem sie skandierten: »*Jarl! Jarl! Jarl!*«

Leif blieb dagegen stumm, weil er es für anmaßend hielt, dass sein Vater sich ständig wie ein König feiern ließ.

Kurz darauf erreichte Thorhall eine niedrige Empore, die vor der Esche errichtet war. Er stieg die drei Stufen bis zu ihrer Oberseite hinauf und hob gebieterisch die Hand, um die Männer verstummen zu lassen. Nebenbei graste sein Blick einmal über die vielen Gesichter. »Sind alle hier?«, wollte er wissen.

Die Männer drehten die Köpfe zu ihren Söhnen, Neffen, Schwägern und Vätern, um eine kurze Bestandsaufnahme zu machen. Bis Snorre feststellte: »Haldor fehlt.«

»Haldor, natürlich«, seufzte Thorhall, als würde ihn ein Eiterzahn plagen. »Wer auch sonst?«

Im selben Moment knarrte das Tor einen Spaltbreit auf, und Haldor hetzte über die Schwelle. Mit einem Arm voller Pergamentrollen sowie einem Gesicht, das vor Hektik regelrecht dampfte. »Ich bin ... schon hier«, keuchte er, während er das Tor hinter sich zuwarf und durch die Halle humpelte. »Ich musste noch ...«

Wumms!

Haldor blieb mit seinem Klumpfuß an einer Wurzel hängen und flog der Länge nach zu Boden.

Die Männer lachten so laut darüber, wie in den guten alten Zeiten, als in dieser Halle noch gefeiert wurde. Thorhall würgte die Schadenfreude jedoch mit einer zweiten Handbewegung sofort wieder ab und starrte missbilligend auf seinen Sohn nieder. »Du bist zu spät«, tadelte er ihn. »Der dritte Hornstoß ist bereits verklungen.«

»Bitte entschuldige, Vater«, japste Haldor. Er sammelte die Pergamentrollen ein, die er bei seinem Sturz verloren hatte, und richtete sich umständlich auf. »Du hast mir doch die Anweisung gegeben, dass ich die Karten aus meiner Schreibstube holen ...«

»Erspar mir deine Ausflüchte«, schimpfte Thorhall. »Ich dulde es nicht, dass jemand die Gesetze des Things bricht.«

»Aber ...«

»Du bist zu spät, so einfach ist das.« Thorhalls Mundwinkel kräuselten sich. Manch einer hätte diese Mimik für einen Ausdruck von Zorn gehalten, aber Leif wusste es besser. Wusste, dass es eher eine sadistische Belustigung war, die Thorhall gerade verspürte. »Dir ist doch klar, was das bedeutet. Oder?«

Haldor schluckte. »Ja, Vater. Das ist es«, murmelte er.

»Worauf wartest du dann noch?« Thorhall winkte ungeduldig durch die Halle.

Haldor zierte sich einen Moment lang, obwohl ihm natürlich bewusst war, dass er seiner Strafe nicht entgehen konnte. Anschließend legte er die Pergamentrollen auf den Boden zurück und ging mit wackeligen Knien auf die linke Sitzbank zu. Auch die Männer dort wussten, was das bedeutete – und zögerten keine Sekunde, ihren Teil zu dieser Strafe beizutragen. Der erste Mann verpasste Haldor sofort eine schallende Ohrfeige. *Klatsch!* Und kaum war dieser helle, fleischige Knall verstummt, landete bereits die nächste Hand in Haldors Gesicht.

Von da an schritt er einen Mann nach dem anderen ab und kassierte von jedem eine Ohrfeige – *Klatsch! Klatsch! Klatsch!* –; so viele, bis Haldors Wangen vor Schmerzen pochten und aus seiner Haut einzelne Blutstropfen sickerten. Dabei hatte er gerade mal die Hälfte überstanden. Als er nämlich das Ende der linken Sitzbank erreicht hatte, taumelte er zur rechten hinüber, um auch dort gepeinigt und gedemütigt zu werden. *Klatsch! Klatsch! Klatsch!*

Olle leistete natürlich ebenfalls seinen Beitrag. Da seine alten Hände so weich wie Katzenpfoten geworden waren, zog er Haldor seinen Krückstock über den Kopf. Danach schmetterten Erik und Tinus ihre Hände aus beiden Seiten auf Haldors Ohren, sodass sein Schädel ungesund knackte.

Schließlich taumelte Haldor zum letzten Mann in der Reihe.

Zu Leif.

Seine Schläfen waren bis dahin bereits dick geschwollen und nässten beinahe mehr, als es seine Augen taten. Trotzdem reckte er Leif demütig den Kopf entgegen, um die Strafe endlich hinter sich zu bringen.

Leif wollte ihm allerdings nicht wehtun. Aber hier ging es nun mal nicht nach ihm, sondern einzig nach dem Gesetz des Things. Und zudem war er zum Brennpunkt aller Blicke in der Halle geworden. Jeder gaffte ihn an, jeder lechzte förmlich danach, dass er seinen eigenen Bruder quälte ... und so sah sich Leif dazu genötigt, Haldor eben doch eine Ohrfeige zu geben. Wenn auch eine, die sich eher wie ein grobes Streicheln anfühlte.

»Stärker!«, verlangte Thorhall prompt.

Leif schlug ein zweites Mal zu.

»Stärker!«

Leif hatte genug von dieser Farce. Er hätte Haldor bewusstlos prügeln können, und sein Vater wäre trotzdem nicht zufrieden damit gewesen. Deshalb packte er Haldor am Arm, zog ihn neben sich auf die Sitzbank und sah trotzig zu Thorhall hinauf. Sein Vater starrte erbost zu ihm zurück, doch er äußerte sich nicht dazu. Er pumpte seine Brust lediglich mit Luft voll, um irgendwie die Fassung zu wahren, bevor er sich den wichtigen Dingen des Abends widmete.

»Nun gut«, begann er mit dröhnender Stimme. »Ich spare mir das Vorspiel und komme gleich zur Sache. Ihr wisst, weshalb wir hier sind. Ich darf wohl mit Fug und Recht behaupten, dass unsere Lage so ernst ist wie niemals zuvor. Denn wir sind alle dem Tode geweiht.«

Obwohl diese Nachricht nun wirklich nichts Neues mehr war, ging ein erregtes Raunen durch die Männer.

»Die Fäulnis hat unsere gesamten Vorräte vernichtet. Das Getreide, Gemüse und Obst ist ausnahmslos verdorben. Selbst die Dorsche und Heringe in der Fischhalle stinken so erbärmlich, dass nicht mal mehr die Fliegen sie anrühren. Dieser Fluch hat sogar die Beeren, Pilze und Kräuter im Wald nicht verschont. Oder um es kurz zu sagen: Nirgendwo im weiten Umkreis gibt es mehr etwas Essbares. Glaubt mir, ich habe die letzten Stunden damit verbracht, alles genauestens zu überprüfen. Es ist einfach nichts mehr da.« Thorhall legte eine wohl bemessene Pause ein, ehe er hinzufügte: »Das alles haben wir bekanntlich Gunnar zu verdanken.«

Er winkte hinter sich.

Der Kopf des Druiden war an die Esche genagelt worden und starrte mit seinen weißen, unheimlichen Augen in die Menge. Natürlich diente er nur dazu, um die Männer einzuschüchtern und fügsam zu machen. Für das, was Thorhall offensichtlich mit ihnen plante.

»Es wäre reine Zeitverschwendung, wenn wir darüber spekulieren würden, warum Gunnar uns verflucht hat«, sagte der Jarl. »Was geschehen ist, lässt sich nun mal nicht rückgängig machen. Und außerdem hat der Druide bereits seine gerechte Strafe erhalten.«

Die Männer nickten trübsinnig.

»Wir müssen dankbar sein, dass die Fäulnis versiegt ist, und bis auf Imke niemanden getötet hat. Aber das wird nicht lange so bleiben.« Thorhalls Miene füllte sich mit finsteren Schatten, als würde er den Männern einen Ausblick auf ihre eigene Zukunft gewähren wollen. »Wir ihr wisst, steht der Winter bevor. Die paar wenigen Tage bis zum Wetterwechsel reichen nicht, um die Felder neu zu bestellen und eine Ernte einzubringen. Mal abgesehen davon, dass auch unser Saatgut schimmelig geworden ist. Schon nächste Woche können die Temperaturen fallen, und in spätestens einem Monat versinkt unser Dorf unter einer meterhohen Schneedecke. Sobald die Kälte erst mal da ist, steht uns eine Hungersnot von katastrophalen Ausmaßen bevor. Eure Frauen und Kinder werden bis zum Julfest bereits so abgemagert sein, dass sie qualvoll verenden. Und selbst die Stärksten von euch werden unter diesen Bedingungen wohl kaum das nächste Frühjahr erleben ...«

»Was sollen wir also tun?«, rief Leif, um diese Schwarzmalerei abzukürzen.

»Liegt das nicht auf der Hand?«, erwiderte Thorhall. »Wir müssen uns neue Nahrungsmittel beschaffen. Genug, um unsere Sippe durch den Winter zu bringen.«

»Und du glaubst, das würde etwas nützen?«, hakte Leif skeptisch nach. »Was, wenn wir mit einem Schiff voller Fleisch und Getreide zurück ins Dorf kommen – und auch diese Nahrungsmittel von der Fäulnis befallen werden?«

Thorhall hatte scheinbar mit dieser Frage gerechnet, denn er konterte sie sogleich auf eindrucksvolle Weise: Er trat an die Rückseite der Empore heran und holte von dort einen Dorsch hervor. Ein Prachtexemplar von gut einem Meter Länge und ganz ohne einen einzigen Fleck.

Die Männer rissen verblüfft die Augen auf.

»Wie ihr seht, haben wir von der Fäulnis nichts mehr zu befürchten«, sagte Thorhall. »Snorre hat diesen Dorsch vor über drei Stunden gefangen, und seitdem lag er zwischen den fauligen Lebensmitteln, ohne selbst zu verderben. Wir dürfen deshalb zurecht annehmen, dass der Fluch vorbei ist.« Thorhall ließ den Dorsch achtlos zu Boden fallen und seufzte. »Allerdings geben die Fischgründe nicht mehr genügend her, damit wir von ihnen leben können. Die Dorsche und Heringe ziehen sich bekanntlich über die Wintermonate in die wärmeren Gewässer nach Süden zurück. Wir müssen uns also andere Nahrungsquellen erschließen.«

»Du willst zu unseren Nachbarn segeln, richtig?«, begriff Halvar. »Zu Björn Edmundson und seiner Sippe. Um von ihnen einen Teil ihrer Ernte abzukaufen?«

»Nein, nicht zu Björn. Er besitzt selbst kaum genug, um seine Inzucht durchzufüttern; da wird er uns ganz bestimmt keinen einzigen Getreidesack verkaufen«, erklärte Thorhall. »Ich würde es deshalb vorziehen, nach Vik zu segeln. Die Stadt ist groß und betreibt regen Handel mit den Briten und Germanen. Damit bietet sie uns alles, was wir benötigen.«

»Und wie sollen wir uns das leisten?«, warf Leif ein. »In unserem Dorf gibt es über hundertfünfzig Menschen. Um sie alle durch den Winter zu füttern, müssen wir ... wie viel Getreide kaufen? Zehn Tonnen? Fünfzehn?«

»Mindestens zwanzig«, meldete sich Norwin von der anderen Seite der Halle.

Leif nickte. »Da hörst du es, Vater. Zwanzig Tonnen Getreide! So etwas können wir nie und nimmer bezahlen. Nicht mit den paar armseligen Münzen, die wir besitzen.«

»*Bezahlen*«, wiederholte Thorhall, als wäre dieses Wort unwürdig für einen Wikinger. »Wie kommst du bloß auf den närrischen Gedanken, dass ich die Nahrungsmittel *bezahlen* werde?«

Leif wurde es heiß und kalt zugleich. »Du ... du willst ...?« Er brach sein Gestotter ab und schüttelte entrüstet den Kopf. »Bitte sag mir, dass das nicht dein Ernst ist!«

»Es ist sogar mein *voller* Ernst. Wir werden tun, was unsere Ahnen schon getan haben. Was uns im Blut liegt. Weshalb wir geboren wurden, und wofür man uns überall in der Welt fürchtet.« Thorhalls Augen glitzerten im Fackellicht wie die eines Tieres, das nach langer Zeit endlich mal wieder Blut lecken durfte. »Wir werden uns einfach holen, was wir begehren. Ohne Rücksicht auf das Leben anderer. So wie es ein wahrer Wikinger zu tun pflegt. Habe ich recht, Männer?«

Es dauerte einen zähen Moment, bis die Väter und Söhne begriffen, was Thorhall mit seiner Kampfrede meinte. Und es gab nicht wenige unter ihnen, die dabei dasselbe Unwohlsein verspürten wie Leif. Ganz einfach, weil die meisten nur Bauern oder Handwerker, aber keine Krieger waren. Doch dann reckte Arvid wieder die Faust in die Höhe und stimmte ein »*Jarl!*« an. Eines, das zwar nicht mehr ganz so inbrünstig wie vorhin bei der Begrüßung klang, aber trotzdem von eiserner Entschlossenheit geprägt war. Und auch jetzt fielen nach und nach alle anderen Männer in diesen Schlachtruf mit ein, um Thorhall ihre Unterstützung zu bekunden. »*Jarl!*«, hallte es von links. »*Jarl!*«, von rechts; so laut, dass die Stimmen bis hinauf zur Baumkrone der Esche dröhnten und sich dort zu einem Donnergrollen vereinten. Natürlich ganz nach Thorhalls Geschmack, denn auf seinen Lippen bahnte sich ein Lächeln an.

»Halt!«, schrie Leif. »*Halt!*«

Er schnellte von der Sitzbank hoch und trat vor die Empore. Mit seiner riesenhaften Statur gewann er natürlich sofort die Aufmerksamkeit der Männer und brachte sie abrupt zum Schweigen.

»Seid ihr euch eigentlich im Klaren darüber, was das bedeutet?«, empörte er sich. »Seid ihr das *wirklich*? Ihr wollt ernsthaft zu Piraten werden? Diebstähle und Morde begehen, um an Nahrungsmittel zu gelangen?«

»Dich hat niemand nach deiner Meinung gefragt, Leif«, zürnte Thorhall.

»Das hier ist das Thing. Hier darf jeder Mann frei sprechen. So steht es im Gesetz – und daran muss sich jeder halten. Selbst du«, erinnerte Leif seinen Vater. Und an die Männer gerichtet, fuhr er fort: »So ein Raubzug ist der helle Wahnsinn! Es ist eine halbe Ewigkeit her, dass jemand aus unserer Sippe gekämpft oder gar eine komplette Stadt überfallen hat.«

Leif spürte, dass seine Worte allein nichts bewirken konnten, weil die meisten Männer enorm unter dem Einfluss von Thorhall standen. Und so trat er auf Snorre zu, packte seine Arme und hielt sie vor das Gesicht des Fischers. »Sieh dir deine Hände an! Würdest du mit ihnen einen Familienvater niederschlagen? Und was ist mit dir, Tjure?« Leif ging im fliegenden Wechsel zu dem nächsten Mann, um auch seine Hand in die Höhe zu reißen. »Würdest du es fertigbringen, eine Frau damit zu erstechen, wenn sie ihr Getreide verteidigen will?« Leif ließ auch Tjure los, noch ehe dieser etwas darauf erwidern konnte, und schwang sich zu den übrigen Männern herum. »Was ist mit euch allen? Wäre einer von euch imstande, eine andere Sippe abzuschlachten? Das Blut von Kindern zu vergießen? Ihre Schreie auf ewig in euren Träumen zu hören ...?«

»*Das reicht jetzt!*« Thorhall stampfte mit dem Fuß auf die Empore. »Bevor du dich hier weiter als Wohltäter aufspielst, solltest du uns eine Frage beantworten: Würdest du lieber deine eigene Familie hungern und sterben lassen?«

Leif spürte, wie jeder einzelne Mann in der Halle auf eine ehrliche Antwort von ihm wartete. »Wir finden eine andere Lösung«, sagte er ausweichend.

»Welche Lösung soll das sein?«, meldete sich Erik. Auch er erhob sich von der Sitzbank und trat auf eine Wurzel, sodass er sich eine halbe Kopflänge über Leif erhob. »Sollen wir etwa darum beten, dass die Götter uns ein neues Kornfeld oder eine Viehherde vom Himmel werfen?«

Die Männer lachten verhalten.

»Wir könnten unser Dorf über die Wintermonate verlassen und nach Süden segeln«, schlug Leif vor.

»Nach Süden. Hört, hört«, lästerte Erik. »Und was hoffst du, dort zu finden? Abgesehen von einem Sonnenstich, natürlich.«

Die Männer lachten noch amüsierter.

»Ruhe«, sagte Leif schlicht. »Ich erhoffe mir im Süden ein bisschen Ruhe und Frieden. Es soll an der Küste von Andalusien einsame Buchten geben, in denen wir überwintern können. Das Klima dort ist sehr milde, und die Wälder sind reich an Pflanzen und Tieren, mit denen wir uns versorgen können. Haldor hat viel darüber gelesen. Das stimmt doch, oder?« Er sah auffordernd zu seinem jüngeren Bruder.

Haldor massierte sich gerade die wunden Schläfen. »Ja«, druckste er heraus. »Ja, ich habe darüber ...«

»Genug jetzt von diesem Unsinn!«, gebot Thorhall ihm. »Mich interessiert nicht, was du in einem deiner Bücher gelesen hast. *Und nun räum hier gefälligst auf!*« Er gestikulierte auf den Dorsch.

»Ja, Vater.« Haldor duckte sich untertänig von der Sitzbank, sammelte den Fisch ein und trug ihn zurück hinter die Empore. Dumm nur, dass der Dorsch so glitschig wie nasse Seife war und Haldor nahezu bei jedem Schritt aus den Händen flutschte.

Thorhall rollte darüber nur genervt die Augen, ehe er sich wieder mit Leif befasste. »Du verlangst also von uns, dass wir wie Schiffbrüchige an einem gottverlassenen Strand hausen?«

»Nur solange der Winter andauert«, schränkte Leif ein. »Im Frühjahr kehren wir in unser Dorf zurück und machen da weiter, wo wir gestern aufgehört haben.«

»Darauf verzichte ich«, spuckte Erik aus. »Ich bin ein Wikinger und kein Nomade! Ich will den Winter über an meinem eigenen Kamin sitzen – und mich nicht ein halbes Jahr lang in einem fremden Land verstecken müssen.«

»Sehr richtig, mein Sohn«, stimmte Thorhall ihm zu. Er stieg von seiner Empore herunter und trat Leif entgegen. »Mal abgesehen davon, dass unsere Familien eine solche Reise wohl kaum überstehen würden. Nehmen wir zum Beispiel dein Weib Majvi. Sie ist so zierlich, dass du sie an den Schiffsmast binden müsstest, damit sie von der rauen See nicht davongeblasen wird.«

Die nächsten Lacher ertönten von den Sitzbänken. Und diesmal konnte Leif sie nicht mehr so leicht ignorieren, denn sie waren mit so viel Häme gespickt, dass es ihn bis in seine Seele hinein schmerzte.

»Wir werden nicht feige davonlaufen, damit unser Dorf in die Hände irgendwelcher Diebe gerät«, stellte Thorhall klar. Er blieb vor Leif stehen und traktierte ihn mit all seiner Strenge. »Nicht solange ich der Jarl unserer Sippe bin.«

»Das hast du nicht allein zu entscheiden«, konterte Leif. »Sondern die Mehrheit von uns allen.«

»Keine Sorge. Ich werde euch schon abstimmen lassen, sobald die Zeit reif dafür ist.« Thorhall zeigte ihm die Zähne. »Deine Redezeit ist zu Ende, mein Sohn. Und nun setz dich wieder hin! Du hast uns lange genug mit deinen kruden Vorschlägen belästigt.«

Leif widersetzte sich noch einen Moment lang seinem Vater. Denn nur hier – beim Thing – konnte er ihm gefahrlos die Stirn bieten, ohne eine Strafe befürchten zu müssen. Schließlich musste er jedoch einsehen, dass es keinen Sinn hatte, gegen diesen Sturkopf ankommen zu wollen. Er schob sich so eng an Thorhall vorbei, dass er ihn mit der Schulter anrempelte, und setzte sich mürrisch zurück auf die Bank.

Thorhall kümmerte sich nicht weiter um ihn. Er schürzte lediglich die Lippen, ehe er mit seiner Rede fortfuhr. »Ich will es mal zusammenfassen: Wir können uns keine Nahrungsmittel kaufen und schon gar nicht riskieren, mit unserer Sippe wochenlang gen Süden zu segeln. Wir haben also gar keine andere Wahl, als uns mit Gewalt das zu holen, was die Fäulnis uns genommen hat. *Haldor?*«, fauchte er. »Die Karte!«

»Ja, Vater.« Haldor wankte zu den Pergamentrollen, die er mitgebracht hatte. Er zog die größte aus dem Stapel und breitete sie über den Boden aus. Vielleicht hätte er sie besser auf einen Tisch legen sollen, denn das gute Stück bekam auf den vielen Wurzeln sogleich einen Riss.

Die Männer lehnten sich dennoch neugierig nach vorne und ließen sich weiter von Thorhalls Propaganda berieseln. Nur Leif blieb auf Abstand, auch wenn er durchaus den einen oder anderen Blick auf die Karte warf. Und das lohnte sich allemal. Denn sie war ein Meisterwerk ihrer Art; mit aufwendigen Details versehen und so bunt koloriert, als würde man aus dem Himmel auf ganz Island herabblicken.

»Wie ihr sehen könnt, müssen wir gar nicht mal so weit reisen«, erklärte Thorhall.

Die Männer nickten bedächtig. Sie konnten in der Tat mit einem einzigen Blick erkennen, dass die gesamte Südküste Islands voller Dörfer und Städte war, und noch dazu von einem grünen Band aus Feldern und Viehweiden überzogen wurde. Praktisch wie eine Schatzkammer ohne Schloss und Riegel, die geradezu danach *schrie*, geplündert zu werden.

»Mit einem geringen Aufwand werden wir so viele Nahrungsmittel erbeuten, dass wir den ganzen Winter über in unserer Dorfhalle ein Festgelage abhalten können«, sagte Thorhall mit einer Stimme, als würde er den Männern ein betäubendes Gift in die Ohren träufeln wollen. »Stellt euch das mal vor! Met in Hülle und Fülle. Spanferkel, die über unserem Feuer brutzeln. Kandierte Äpfel und Honigkuchen, bis euch schlecht wird.«

Offenbar sahen einige Männer diese Köstlichkeiten bereits bildhaft vor sich, denn sie leckten mit den Zungen über ihre Lippen oder rieben sich ihre hungrigen Bäuche. Leif hingegen verspürte einen bitteren Zorn, weil er natürlich wusste, dass Thorhall gerade nur die halbe Wahrheit sagte. Denn die meisten Männer in dieser Halle würden nicht lebend von diesem Raubzug heimkehren – und höchstens in Walhalla ein Festgelage abhalten!

»Wir werden jedoch nicht nur Nahrungsmittel stehlen«, führte Thorhall seine verlogene Rede fort. »Denkt nur daran, wie viele Reichtümer uns dabei in die Hände fallen. Kostbare Felle. Waffen. Jede Menge Gold und Juwelen sowie ...«

»*Jungfrauen!*«, warf Olle dazwischen.

»Und Jungfrauen«, bestätigte Thorhall. »Blonde, hübsche Weiber. Genug, dass ihr endlich mal wieder euren Spaß haben könnt.« Er strich mit seiner Fußspitze in einem Halbkreis über die Karte. »All das liegt genau vor unserer Haustür. Wir müssen es uns nur holen, und schon sind wir unsere Sorgen los.«

Thorhall witterte natürlich, dass er die Männer nun endgültig für sich gewonnen hatte. In seinen Augen blitzte es verschlagen, während er zuerst die vielen Gesichter vor sich betrachtete und danach zu Leif blickte. *Sieh her und lerne, wie man ein wahrer Herrscher ist. Mit List und Trug und schonungsloser Härte.*

»Und nun frage ich euch, ehrenwerte Karlar«, rief Thorhall durch die Menge. »Was haltet ihr von meinem Vorschlag? Seid ihr bereit, eure Familien zu schützen? Wollt ihr mit mir in See stechen und reiche Beute machen?« Er reckte seine Faust in die Luft – womit er für seinen eigenen Plan mit einem klaren *Ja* stimmte.

Die Dorfhalle ertrank unter einer atemlosen Spannung. Niemand redete noch. Niemand lachte. Keiner hustete oder ruckte auf seinem Platz umher. Aber dafür flogen umso eifriger zahlreiche Blicke von links nach rechts, während die Männer stumm miteinander Kriegsrat hielten. Und das, obwohl ihre Entscheidung längst gefallen war.

Erik streckte schließlich als Erster seine Faust nach oben. »*Jarl!*«, verkündete er.

»*Jarl!*«, pflichtete Tinus ihm sogleich bei, indem er ebenfalls die Faust hob.

Seine Zustimmung gab den übrigen Männern den nötigen Anstoß, all ihre Bedenken und Skrupel zu vergessen. Denn auch sie hoben nacheinander die Fäuste, um ihre Entscheidung zu bekunden.

»*Jarl!*«, riefen Arvid, Norwin und Snorre wie aus einem Mund.

»*Jarl!*«, kam es von Tjure.

»*Jarl!*«, flötete Olle, wobei er mit dem Krückstock wild durch die Luft fuchtelte.

»*JARL!*«, dröhnte es von allen übrigen Männern im Chor. Laut genug, dass ihre Stimmen bis hinaus ins Dorf hallten, um auch die Frauen und Kinder wissen zu lassen, dass sie soeben zu einem Urteil gekommen waren. »*JARL! JARL! JARL!*«

Selbst Haldor blieb nichts anderes übrig, als zaghaft die Hand zu heben, nachdem er sich von seinem Vater einen scharfen Blick eingefangen hatte.

Erik und Thorhall standen derweil inmitten des Jubels und ließen sich von den Männern ausgiebig feiern.

Nur in einer Ecke blieb es still.

Denn Leif verweigerte seinem Vater eisern die Faust und schwieg verbissen, weil er sich an diesem Irrsinn nicht beteiligen wollte. Stattdessen schweifte sein Blick zu Gunnars Kopf hinüber. Die weißen Augen des Druiden flackerten, als würde er Thorhall und die anderen Männer selbst im Tode noch beobachten. Und irgendwie glaubte Leif auch, dass Gunnar dabei dieselben Worte murmelte, die er in seinem Krähennest ständig von sich gegeben hatte: *Sie rufen uns! Sie sind ganz nah! Oh Odin ... ich muss sie alle töten ... muss sie töten ...*

Leif hatte bis jetzt keine vernünftige Erklärung dafür gefunden, was dieses Gestammel bedeuten sollte. Vielleicht hatte es ja auch gar keinen Sinn; vielleicht war Gunnar wirklich nur verrückt gewesen. Und trotzdem rotierten die Worte des Druiden unaufhörlich wie ein Schwungrad durch Leifs Kopf und quälten ihn mit Fragen, auf die es einfach keine Antworten gab. Er wusste nur eines mit erschreckender Klarheit: Nämlich dass sein Vater und die anderen Männer soeben eine schicksalhafte Entscheidung getroffen hatten. Eine, die das Leben ihrer Sippe für immer verändern würde. *Und das nicht unbedingt zum Guten*, wie Leif befürchten musste.

»*JARL! JARL! JARL!*«, wiederholten die Männer währenddessen.

Sie hätten vermutlich so lange damit weitergemacht, bis ihre Kehlen ganz heiser geworden waren. Thorhall erlöste sie jedoch davon, indem er ihnen mit einem Handzeichen gebot, wieder still zu sein. »Gut, dann wäre das beschlossen«, stellte er zufrieden fest. »Ich verspreche euch, ihr werdet es nicht bereuen. In Kürze wird es uns besser gehen als jemals zuvor.«

»Und wann sollen wir zu dieser Bluttat aufbrechen?«, erkundigte sich Leif.

Thorhall lächelte ihn nur wölfisch an.

Das genügte, um Leif alles zu sagen, was er wissen musste.

8 An diesem Abend kehrte Leif zum ersten Mal ohne Blessuren und Vollrausch von einem Thing zurück nach Hause. Und dennoch fühlte er sich so lädiert, als hätte er ordentlich Prügel bezogen oder ein halbes Fass Met getrunken. Majvi, Runa und Sven wollten natürlich sofort wissen, zu welcher Entscheidung die Männer gekommen waren. Leif erzählte ihnen bloß das Nötigste – und selbst das löste die unterschiedlichsten Reaktionen bei seiner Familie aus. Angst und Empörung auf der einen Seite, aber auch ein bisschen Zuversicht auf der anderen. Genug jedenfalls, dass sie noch stundenlang miteinander redeten, bis sie alle von der Müdigkeit in einen erholsamen Schlaf gezerrt wurden.

Außer Leif.

Er lag bis weit nach Mitternacht in seinem Bett und quälte sich mit seinen rastlosen Gedanken. Inzwischen war es still geworden; nur der Wind rüttelte am Dach, und das Meer brandete geruhsam mit seinem Wellenschlag gegen die Klippe. Runa und Sven schliefen auf der anderen Seite des Hauses hinter einem Vorhang aus Tierfellen, der sie vor der Zugluft schützte. Das Feuer im Kamin war bereits abgebrannt, sodass bloß noch die Glut ein samtiges Licht durch den Raum hauchte. Auch Majvi hatte sich eng in ihr Bettzeug gekuschelt und wärmte Leif mit ihrem nackten Körper. Ihre Haare kitzelten auf seiner Wange, ihr Atem floss in honigzarten Schüben über seine Brust. Und jedes Mal, wenn Majvi mit ihrer weichen Haut die seine berührte, jagte ein erregtes Kribbeln durch Leifs Unterleib. Er hätte sich in diesem Moment unendlich glücklich fühlen können. Tief in seinem Inneren tat er das auch. Mehr noch: Er dankte den Göttern dafür, dass sie ihm eine so wunderbare Familie geschenkt hatten. Aber gleichzeitig bereitete ihm genau *das* immer größere Sorgen. Weil ihm plötzlich bewusst wurde, wie vergänglich dieses Glück war.

Er drehte den Kopf zu Majvi und betrachtete sie im Feuerschein. Sie wirkte so verletzlich, dass er sie am liebsten noch enger in die Arme schließen und nie wieder loslassen wollte. Aber das würde er leider tun müssen. Schon bald. *Und vielleicht*, dachte er trübselig, *werde ich sie niemals wiedersehen. Weil ich nicht zurückkehren werde.*

»Woran denkst du?«, fragte Majvi auf einmal. Sie öffnete ihre blauen, bezaubernden Augen, die alles verkörperten, was Leif so innig liebte.

»An vieles«, sagte er knapp. »Aber nichts, was dich ängstigen müsste.«

So leicht ließ sich Majvi jedoch nicht beschwichtigen. Sie löste sich aus seiner Umarmung und setzte sich neben ihm auf. Ihre Haare fielen bei der Bewegung wie tausend rote Küsse auf ihre Brüste herab. Ein Anblick, der in Leif sofort ein weiteres Kribbeln hätte auslösen müssen. Doch irgendwie hatte er sich viel zu tief im Labyrinth seiner eigenen Gedanken verrannt, um noch auf Majvis Reize zu achten.

»Ist es wegen des Raubzugs?«, mutmaßte sie.

»Unter anderem«, meinte Leif verschlossen.

»Du solltest dir keinen Kopf darum machen. Die Sache wird sicherlich nur halb so schlimm, wie du es befürchtest.«

»So wie ich meinen Vater kenne, wird dieser Raubzug eher *doppelt* so schlimm. Und außerdem – warum sollte ich mir keinen Kopf darum machen? Ich werde dich und die Kinder für mindestens eine Woche alleinlassen müssen.« *Oder gar für immer.*

»Wir werden schon klarkommen«, war Majvi überzeugt. »Und du wirst es auch. Du hast einen starken Willen, bist klug und besonnen, und kannst deine Streitaxt besser führen als alle anderen Männer im Dorf.« Sie lächelte zynisch. »Die Einzigen, die sich also Sorgen machen müssen, sind höchstens deine Gegner ...«

»Vielleicht hast du recht«, musste Leif einräumen. Deswegen hellte sich seine Miene jedoch nicht auf. Geschweige denn seine Laune.

»Dich beschäftigt noch etwas anderes, richtig?«, erkannte Majvi.

»Vielleicht«, wiederholte Leif zugeknöpft.

Majvi hob fragend ihre Augenbrauen. Es war nur eine harmlose Geste; keine, die Leif in irgendeiner Weise unter Druck setzte. Dennoch fühlte er sich dazu verpflichtet, Majvi zu antworten. Weil sie nun mal ein Recht auf die Wahrheit hatte.

»Es ist wegen Gunnar«, eröffnete er ihr.

»Was soll mit ihm sein?«

»Ich suche ständig nach einem Grund, warum er uns verflucht haben sollte.«

»Weil er den Verstand verloren hat.«

»Möglich, ja. Aber Gunnar war trotz allem kein Dummkopf. Wir haben ihm jeden Monat reichlich Essen gespendet, damit er uns wohlgesonnen ist und das Dorf vor bösen Geistern beschützt. Ihm muss doch klargewesen sein, dass er von uns kein einziges Huhn mehr bekommt, wenn er unsere Ernte vernichtet. Also warum hätte er dieses Risiko eingehen sollen? Warum wollte er uns angeblich vernichten?«

»Die Wahrheit kennen wohl nur die Götter«, meinte Majvi.

»Ich denke, nicht nur sie«, orakelte Leif.

Worauf Majvi natürlich sofort die nächste fragende Grimasse schnitt.

»Thorhall«, erklärte Leif ihr. »Bis heute Abend dachte ich ernsthaft, dass ich ihn und seine Marotten bestens kennen würde. Aber das war ein Irrtum, denn ich habe ihn noch nie so euphorisch erlebt wie vorhin in der Dorfhalle.«

»Willst du damit behaupten, Thorhall hätte was mit der Fäulnis zu tun?«

»Ich weiß es nicht«, sagte Leif nach reiflicher Überlegung. »Versteh mich nicht falsch, Majvi: Ich will meinem Vater nichts Böses unterstellen. Er ist der Jarl unserer Sippe. Seine Aufgabe ist es, uns zu führen und zu beschützen. Aber irgendwie werde ich ...«

»... den Verdacht nicht los, dass ihm die Fäulnis wie gerufen kommt«, führte Majvi den Satz nahtlos fort. So war das nun mal bei Seelenverwandten. Der eine begann einen Gedanken, der andere beendete ihn.

Leif nickte. »Thorhall plant offenbar schon seit Längerem einen Raubzug. Wie ich vorhin erfahren habe, hat er unser Schiff vor vier Wochen von Snorre heimlich instandsetzen lassen, damit es seetauglich ist. Und angeblich lagern in der Hütte am Hafen neue Riemen, Segel und Tauwerk. Ich könnte jetzt natürlich so naiv sein und glauben, dass diese Vorbereitungen nur ein großer Zufall sind. Aber so wie die Dinge liegen, muss ich eher befürchten, dass mein Vater ein ungeheuerliches Verbrechen begangen hat. Und wir alle Teil einer Intrige sind.«

»Würdest du ihm das wirklich zutrauen? Dass er sich mit dunklen Mächten einlässt, um alle hier zu betrügen und zu täuschen?«

»Er ist nun mal Thorhall«, sagte Leif säuerlich. »Mein Vater hat sich schon immer zu großen Taten berufen gefühlt – und das ist jetzt seine allerletzte Gelegenheit im Leben, sein krankhaftes Ego zu befriedigen. Bislang hat ihm der nötige Anlass dazu gefehlt, auf Raubzug zu gehen. Aber mit der Fäulnis hat sich alles geändert. Einen besseren Vorwand hätte er sich gar nicht wünschen können, um endlich seine Ziele zu erreichen. Denn falls wir Erfolg haben, wird mein Vater so viele Schätze erbeuten, dass er sich noch mehr Schiffe, Waffen und wehrfähige Männer leisten kann. Und damit würde er erheblich viel Macht über die anderen Sippen gewinnen und könnte sie alle unterjochen.« Leif verzog den Mund zu einem bitteren Strich. »So zumindest ist sein Plan. Nur leider wird diese Reise anders verlaufen, als er sich das vorstellt. Wie du weißt, überschätzt Thorhall sich gerne in dem, was er tut.«

Majvi nickte versonnen, weil auch sie schon oft diese Erfahrung machen musste. »Und was hast du jetzt vor?«

Leif sah zu dem Vorhang, hinter dem seine Kinder schliefen – und die zum Mittelpunkt all seiner Sorgen geworden waren. »Ich habe mir überlegt, ob wir fliehen sollen«, verriet er.

»*Fliehen?*« Majvi hatte bis jetzt erstaunlich ruhig geklungen, aber dieses eine Wort machte sie nun doch ein wenig nervös. »Du willst hier ernsthaft alles aufgeben, was wir uns erschaffen haben?«

»Es wäre nur ein Haus, das wir zurücklassen müssten. Und nicht einmal ein besonders schönes. Unsere Ernte ist sowieso verdorben, das Vieh tot, und dieser karge Felsen ist nichts, was ich vermissen würde. Also was hält uns noch hier?«

»Unsere Sippe«, antwortete Majvi schlicht.

»Wir sind nicht für sie verantwortlich.«

»Und ob wir das sind. In unserer Gemeinschaft kümmert sich jeder um den anderen.«

»In Friedenszeiten mag das durchaus stimmen. Aber wenn es spitz auf hart kommt, wird jeder Mann zuerst dafür sorgen, dass seine Familie überlebt, bevor er sich für die anderen opfert«, erwiderte Leif. »Die meisten Dorfbewohner würden es also verstehen, wenn wir unser Glück in der Ferne suchen.«

»Und was ist mit Haldor? Ohne dich verliert er den einzigen Freund, den er hat«, gab Majvi zu bedenken.

»Dann nehmen wir ihn eben mit. Er wäre ohnehin eine große Bereicherung für uns. Haldor beherrscht sechs Sprachen und käme in einer Großstadt viel besser zurecht, als in diesem biederen Dorf. Wir könnten noch heute Nacht alles zusammenpacken und losziehen. Mit Snorres Fischerboot kämen wir locker bis nach Vik. Dort steigen wir auf das erste Handelsschiff, das gen Süden segelt, und werden schon in drei Wochen auf dem Festland sein.« Leif tastete nach Majvis Hand und drückte sie so fest wie damals, als er ihr seinen Treueschwur bei der Hochzeit geleistet hatte. »Stell dir das mal vor! Wir könnten exotische Länder bereisen. Unter Palmen schlafen. Und nachts ewig am Strand liegen und in die Sterne schauen, ohne frieren zu müssen.«

»Du alter Romantiker«, seufzte Majvi. Sie ließ sich in der Tat kurz von seinen Träumen inspirieren und bekam dabei einen sehnsüchtigen Glanz in die Augen. Aber dann trübte sich ihr Gesicht wieder ein und wurde noch ernster, als es davor schon war. »Wir würden nicht weit kommen«, urteilte sie. »Thorhall würde uns jagen und an einen Baum nageln, so wie alle Verräter und Verbrecher. Du kennst ihn doch. Nichts ist ihm heiliger als die Gesetze der Wikinger.«

»Und mir ist meine Familie heilig.« Leif streichelte mit den Fingern über Majvis Oberkörper und verfolgte die betörenden Rundungen, die es an ihr gab. »Du weißt, dass ich alles tun würde, um dich und unsere zwei Kinder zu schützen. Selbst wenn ich dafür gegen die gesamte Sippe kämpfen müsste.«

»Drei«, verbesserte Majvi ihn.

Nun war es Leif, der irritiert seine Augenbrauen hob. »Drei?«

Majvi nahm seine Hand und legte sie auf ihren flachen Unterbauch, während sie abermals seinen Blick suchte. »Drei Kinder«, lächelte sie.

Es dauerte einen langwierigen Moment, bis Leif diese wunderbare Nachricht begriff. Aber dann war seine Freude umso größer, denn er lächelte warmherzig zurück und streichelte sachte über Majvis Bauch. Noch konnte er das neue Leben darin unmöglich fühlen, aber er spürte sehr wohl die Verantwortung, die mit ihm einherging.

»Vielleicht wird es ein mutiges Mädchen, so wie ich? Oder ein Junge, der ebenso tollpatschig beim Handwerk ist wie sein Vater?«, überlegte Majvi. Offenbar spürte auch sie bereits die enorme Verantwortung für ihr ungeborenes Kind, denn ihr Lächeln verblasste merklich. »Das werden wir jedoch nur erfahren, wenn du mit den Männern auf Raubzug gehst. Denn ohne Nahrung wird es unser drittes Kind niemals geben.«

Leif musste ihr widerwillig zustimmen. »Wenn das so ist, werde ich mein Bestes versuchen, um dich und die Kinder durch den Winter zu bringen«, versprach er.

»Du wirst es nur *versuchen*?«, fragte Majvi mit gespielter Entrüstung. Sie kniff ihm in den Oberarm. »Jetzt sei mal nicht so bescheiden! Du könntest dir bei deiner Größe ruhig ein bisschen mehr Zuversicht leisten.«

»Ich werde es versuchen«, wiederholte Leif einsilbig.

Majvi spitzte die Lippen und beugte sich so tief über ihn, dass ihre Haare bis auf sein Gesicht herabfielen. »Ich muss wohl dein Selbstbewusstsein aufbessern, was?« Sie gab ihm einen weiteren Kuss; so feurig und begierig, dass es Leif ganz schwindelig davon wurde.

»Ich habe eher den Eindruck, du willst jetzt ein *viertes* Kind zeugen«, scherzte er.

»Ich hätte nichts dagegen«, flüsterte Majvi ihm ins Ohr. »Schließlich habe ich dich ja gewarnt, dass du mich heute Nacht noch glücklich machen musst.«

Und genau das tat Leif. Er schlang seine Arme um Majvi, wirbelte sie mit einer stürmischen Drehung zurück aufs Bettlaken und glitt über sie. Majvi stöhnte, während er sie küsste, sie begehrte, sie inniger liebte als jemals zuvor. Ihre Körper bewegten sich in einem ekstatischen Tanz über diese große Spielwiese aus Fell und Wolle, und ihre Leidenschaft erfüllte schon bald das gesamte Haus mit einer fiebrigen Hitze, die Majvi und Leif immer enger miteinander verschmelzen ließ. So lange, bis sich ihre Lust in einem wunderbaren Feuerwerk entlud und die beiden erschöpft einschliefen.

Für Leif sollte es die letzte friedliche Nacht auf Erden sein.

Der Ärmste wusste nur nichts davon.

9 Als Leif am nächsten Morgen sein Haus verließ, spannte sich eine blutrote Dämmerung über den Atlantik. Besser hätten die Götter den Himmel kaum färben können, um Leif und seine Sippe auf das einzustimmen, was ihnen heute bevorstand. Die Sonne selbst war nur als winziger feuriger Bogen über der Wasserlinie zu sehen, aber ihr Licht strahlte schon jetzt hell genug, um die letzten Reste der Nacht wie eine schwarze Bettdecke von den Häusern zu ziehen und die Bewohner aus ihren Träumen zu kitzeln.

Leif ging jedoch nicht sofort ins Dorf. Stattdessen schlenderte er durch seinen verwüsteten Garten, bis nach vorne zur Klippe. Er kam morgens oft hierher und setzte sich an ihren Rand, um die ersten Sonnenstrahlen zu genießen und Kraft für den Tag zu sammeln. Ein wahrhaft magischer Moment. Denn um diese Uhrzeit war es noch friedlich still; lediglich das Wasser plätscherte gegen die Felsen. Heute verlor diese Magie jedoch ihre beruhigende Wirkung. Denn über dieser Morgenröte lag ein sonderbarer kalter Schatten, der sich nach Leid und Tod anfühlte.

Bloß gut, dass Leif dafür passend gekleidet war. Er hatte seine Bauernkleider gegen schwere Stiefel, eine Fellhose sowie ein Kettenhemd getauscht, und sich zum krönenden Abschluss einen Helm auf den Kopf gesetzt.

Ein ungewohnter Anblick.

Leif hatte seine Kriegstracht zuletzt vor zehn Jahren getragen und sie nur nachlässig gepflegt, wodurch sein Kettenhemd etwas rostig aussah. Auch sein Helm müffelte nach Moder und Staub, obwohl Leif ihn vorhin gründlich mit einem Tropfen Spucke poliert hatte. *Was für eine Schande!*, wie er selbst zugeben musste. Denn dieser Helm war ein Meisterwerk seiner Art. Aus Stahl gefertigt und mit zwei Hörnern bestückt, die wie Reißzähne in die Höhe standen. Er war ein Geschenk von Thorhall gewesen, nachdem Leif bei seinem ersten Kampf viel Tapferkeit bewiesen hatte. Seit damals lag der Helm jedoch unberührt in der hintersten Ecke einer Truhe, zumal er schrecklich klobig war und mit seinen rauen Kanten an den Schläfen drückte. Doch nun trug Leif ihn ausnahmsweise gerne. Weil dieser Helm vielleicht darüber entscheiden würde, ob er heil nach Hause kam – oder eben nicht.

»Du hast das Wichtigste vergessen«, sagte jemand.

Leif drehte sich um.

Hinter ihm stand Majvi. Sie hatte sich einen langen Mantel über die Schultern geworfen, ihn aber nicht zugeknöpft, sodass ihr nackter Körper verführerisch unter dem Fell hervorblitzte. Ihre Haare waren zerzaust, und auf ihren Wangen lag noch eine dezente Röte, die Majvi immer dann bekam, wenn Leif ihr einen Höhepunkt bescherte. Doch Majvi war nicht allein gekommen. Sie stützte sich mit dem rechten Arm auf eine monströse Streitaxt und flirtete Leif dabei mit einem Lächeln an, als würde sie ihn zurück ins Ehebett locken wollen.

Er stemmte sich vom Boden hoch und ging zu ihr. »Was würde ich nur ohne dich machen?«

»Dich mit leeren Händen in eine Schlacht stürzen«, antwortete Majvi trocken.

»Dann hast du mir gerade offenbar das Leben gerettet.« Leif zog Majvi an sich und küsste sie. »Danke übrigens«, flüsterte er ihr zu.

»Für die Axt?« Majvi winkte ab. »Nicht der Rede wert. Das Ding musste sowieso mal wieder an die frische Luft. Und die vielen Spinnen daran auch.«

»Ich meine für die letzte Nacht. Dank dir fühle ich mich viel zuversichtlicher.«

»Meine Worte haben wohl ein echtes Wunder bewirkt.«

»Es waren eher deine Lippen. Und dein entzückender Hintern.«

Neben Majvi und Leif ertönte ein leidgeplagtes Stöhnen. »Ihr könnt es einfach nicht lassen, was? Wegen euch habe ich die halbe Nacht kein Auge zubekommen!«

Runa erschien in der Haustür und starrte ihre Eltern vorwurfsvoll an. Majvi und Leif lösten sich zwar aus ihrer Umarmung, aber sie verspürten keine Scham, weil ihre Tochter sie belauscht hatte. Das waren sie hinlänglich gewohnt, und zudem war Runa alt genug, um zu wissen, wie Wikingerbabys entstanden.

Neben ihr tapste auch Sven ins Freie. Er trug noch sein Nachthemd, rieb sich die Schlafkätzchen aus den Augen und hatte eine so quirlige

Frisur, als wäre er von einem Orkan gekämmt worden. Immerhin hatte er sich ebenfalls bewaffnet und zog sein Holzschwert müde hinter sich her.

»Guten Morgen«, grüßte Leif seine Sprösslinge. »Fühlt ihr euch gerüstet für den Tag?«

»Ich habe Hunger«, klagte Sven.

»Eure Mutter wird euch nachher bestimmt eine Suppe kochen.«

»Womit denn? Aus Luft und Meerwasser?«, wetterte Runa.

Leif wollte etwas erwidern, aber ein Hornstoß kam ihm zuvor.

Pföööhn!, gellte er in voller Lautstärke durch das Dorf, um selbst den schwerhörigen Olle aus den Federn zu scheuchen. Dabei waren die meisten Bewohner mittlerweile schon auf den Beinen. Zwischen den Häusern kamen gerade die ersten Arbeiten des Tages in Gang. Und das, obwohl es kaum etwas zu tun gab; jetzt da niemand mehr das Getreide ernten oder ein Tier versorgen musste. Trotzdem huschten die Frauen geschäftig durch die Straßen, und vom Hafen her hallten vereinzelt die Stimmen von Snorre sowie die der anderen Fischer herüber, die soeben das Schiff abfahrbereit machten. Ganz zu schweigen von den Hornstößen natürlich, die in immer kürzeren Abständen durch das Dorf dröhnten, um die Männer zu rufen.

Pföööhn! PFÖÖÖHN!

»Irgendwann werde ich meinem Vater das Horn dorthin stecken, wo er es bloß noch als Darmflöte benutzen kann«, grollte Leif.

»Ein imposanter Gedanke«, fand Majvi. »Aber dafür wirst du die hier benötigen.« Sie drückte ihm die Streitaxt in die Hände. Wofür sie sich gewaltig anstrengen musste, denn diese Axt war selbst für Leif fast eine Nummer zu groß. Allein ihr Stiel überragte jeden Mann um eine Kopflänge und war dicker als so mancher Oberarm, und ihre Klinge bestand aus zwei halbmondförmigen Schneiden. Einmal geschwungen konnte diese Axt eine ganze Horde Angreifer niedermetzeln – und darum war sie die perfekte Waffe für einen Raubzug.

»Ach, und wenn du schon dabei bist, solltest du das hier deinem Bruder zurückgeben.« Majvi griff unter ihren Mantel und förderte Haldors Schwert daraus hervor.

Leif nahm es jedoch nicht entgegen. »Behalte es – für den Ernstfall«, wies er Majvi an. »Immerhin wirst du in den nächsten Tagen allein mit den Kindern sein, da könnte sich diese Klinge noch als Lebensretter erweisen.«

»Wir sind nicht allein. Einige Männer werden hierbleiben und uns beschützen. Und zudem sind wir Wikingerfrauen nicht aus Wolle gestrickt.« Majvi zwinkerte Leif verschwörerisch zu. »Ich werde mir schon zu helfen wissen, wenn es brenzlig wird.«

Leif ließ sich davon nicht beruhigen und noch viel weniger aufmuntern. Durch sein Gesicht gruben sich immer mehr Sorgenfalten, und auch in seinem Inneren machte sich ein Widerstand breit, der sich wie ein grässlicher Muskelkater anfühlte. Er wollte nicht gehen. Nicht für eine Sekunde! Und trotzdem musste er es tun, weil er nur so seine Familie durch den Winter bringen konnte.

»Ihr werdet wachsam sein«, belehrte er Majvi. »Eine Frau soll immer ihren Blick aufs Wasser, eine andere auf die Küste gerichtet halten, damit ihr nicht von einer Diebesbande überrascht werden könnt. In der Nacht werdet ihr euch in der Dorfhalle verbarrikadieren. Und falls ihr in Schwierigkeiten geraten solltet, möchte ich, dass du mit den Kindern zum Schwarzen Maul gehst. Du erinnerst dich an die Höhle, die ich dir im Wald gezeigt habe? Die aussieht wie das Maul eines Ungeheuers? Sie wird euch ein sicheres Versteck bieten, wenn ...«

»Ich weiß, was ich zu tun habe.« Majvi lächelte wieder. In ihrer Haltung lag so viel Ruhe und Stärke, dass sich Leif beinahe für seine eigene Nervosität schämte. »Und du solltest im Gegenzug darauf achten, dass du mit den anderen Halunken nicht über den Rand der Welt segelst.«

»Vielleicht sollte ich das, ja. Isbert wird nämlich das Ruder bedienen. Er schielt so stark, dass uns *alles* passieren kann ...«

Majvi und Leif hielten andächtig inne, sahen sich an, spürten den Abschied wie eine Welle auf sich zurasen. Sie hätten sich noch so vieles sagen können, aber sie wussten beide, dass jedes Wort und jede Zärtlichkeit diese Situation bloß noch schlimmer gemacht hätte. Und darum gab sich Leif irgendwann einen Ruck und wandte sich seinen Kindern zu.

»Spar dir deine Predigt, Vater«, winkte Runa ab, bevor er einen Ton von sich geben konnte. »Ich weiß, was du sagen willst. Wir sollen dir keine Schande bereiten, fleißig sein und auf Mutter hören. Habe ich recht?«

»Besser hätte ich es nicht ausdrücken können«, nickte Leif. »Und du Sven musst deine Schwester und deine Mutter beschützen. Vergiss nicht: Solange ich fort bin, bist du der Mann im Haus.«

Runa schnalzte abfällig mit der Zunge. »Soll das ein Scherz sein? Der Pimpf kann nicht mal aus dem Bett krabbeln, ohne dabei über seine eigenen Füße zu stolpern.« Sie riss Majvi mit einer diebischen Bewegung das Schwert aus der Hand. Es war natürlich erheblich größer und schwerer als das Spielzeug aus Holz; trotzdem ließ Runa das Schwert so rasant durch die Luft kreisen, dass die Klinge in der Morgenröte wie ein Feuerschweif glänzte. »Es wäre besser, wenn ich uns beschützen würde.«

»Ja, vermutlich wäre es das«, musste Leif zugeben. »Du solltest nur darauf achten, dass dein Großvater nichts davon erfährt. Er ist nicht allzu begeistert darüber, dass du den Jungs im Dorf mit deinen Kampfkünsten das Fürchten lehrst.«

Ach, und da Leif gerade von ihm sprach ...

Pföööhn!

Thorhall posaunte wieder mal seine ganze Ungeduld durchs Dorf.

»Wenn ich es mir recht überlege, sollte ich meinem Vater die Tröte in den Hals schieben, damit er daran erstickt«, seufzte Leif. Trotzdem konnte er sich diesem Aufruf nicht länger verweigern. Er straffte sich, schulterte die Axt und nickte seiner Familie zu. »Wünscht mir viel Blut und Gedärm«, sagte er.

Runa und Sven taten etwas viel Besseres, als diesen alten Schlachtruf zu wiederholen. Sie sprangen vor, legten ihre Arme um Leif und drückten sich eng an ihn. Leif erwiderte die Umarmung jedoch bewusst nicht, weil er auch diesen Abschied so nüchtern und knapp wie möglich halten wollte. Sonst glaubte er am Ende *wirklich*, dass er niemals zurückkommen würde! Also schob er seine Kinder nach wenigen Augenblicken konsequent von sich fort und verließ steifbeinig sein Zuhause.

Nicht umdrehen!, ermahnte er sich bei jedem einzelnen Schritt.

Er hätte sonst kein zweites Mal den Mut gefunden, seine Familie zu verlassen. Und so hielt er seinen Blick starr nach vorne gerichtet, während er alles hinter sich ließ, was er liebte und je in seinem Leben erschaffen hatte. Ein furchtbares Gefühl. Eines, als würde sein Herz wie auf einer Streckbank immer weiter in die Länge gezogen werden.

Sein einziger Trost war, dass es jedem im Dorf so erging.

Überall vor den Häusern spielten sich ähnliche Szenen ab. Es gab Frauen, die ihre Männer umarmten. Söhne, die ihren Vätern ein letztes Versprechen geben mussten. Töchter, die weinten. Und in der Luft hing ein Hauch von Schwermut und Ungewissheit, als würde selbst das Dorf um all die vielen Männer trauern, die in die Ferne ziehen mussten – und teilweise nur auf ihrem Schild nach Hause kommen würden.

Leif wollte sich davon nicht verrückt machen lassen. Denn Majvi hatte vollkommen recht: Er war klug und besonnen und wusste sich zu verteidigen. Außerdem trug er ein kleines süßes Geheimnis mit sich, das ihn zusätzlich motivierte. Jetzt, da er wusste, dass er zum dritten Mal Vater werden würde.

Am Hafen ging es zu wie in einem Ameisenbau.

Die meisten Männer hatten sich dort bereits versammelt und trafen die letzten Vorbereitungen zum Auslaufen. Auch sie waren in voller Kampfmontur gerüstet – mit Kettenhemden, Helmen und so vielen Klingen, dass sie bei jeder Bewegung klirrten. Einige Männer hatten sich sogar die Haare blau und rot gefärbt, um furchterregender auszusehen. Dabei wirkte ihr Schiff schon einschüchternd genug. Es war an einem langen Holzsteg vertäut und vom Bug bis zum Heck eine einzige Kriegswaffe. An seinem Mast blähte sich ein gestreiftes Segel im Wind. Entlang der Reling reihten sich mächtige Schilde so eng aneinander, dass dazwischen bloß noch die Riemen hindurchpassten. Und am Vordersteven hing ein Drachenschädel aus Holz und bleckte seine Zähne, um jeden Gegner in Angst und Schrecken zu versetzen.

Leif ließ sich von dieser Maskerade jedoch nicht täuschen. Im Gegenteil, durch seine Glieder jagte ganz kurz ein feiger Impuls, der ihn beinahe dazu gebracht hätte, umzukehren. Er blieb jedoch standhaft und setzte seinen Weg fort, zumal er seinen Vater nicht gleich am frühen Morgen verärgern wollte.

Thorhall war ohnehin schon wieder auf Krawall gebürstet.

Er marschierte wie ein Feldherr auf dem Holzsteg entlang und überwachte streng die Arbeiten auf dem Schiffsdeck. »Zieh das Seil fest, Olaf!«, schrie er. »Und Tjure, sorg dafür, dass die Ladung nicht verrutschen kann! Herrgott Isbert, jetzt mach dich an dem Segel nützlich und straff es! Du siehst doch, dass es lose ist – auch wenn du schielst.« Thorhall hätte wohl noch mehr Männer mit seiner Liebesrede beglückt. Er stoppte jedoch plötzlich, als er am Bug ein Gesicht entdeckte, das *überhaupt nicht* auf ein Kriegsschiff passte: »Olle? Was zum Henker hast du hier zu suchen?«, wetterte er.

Der alte Mann lehnte wie ein wandelndes Skelett an der Reling und grinste mit all seinen Zahnlücken. Er hatte sich einen zerbeulten Helm auf den Kopf gesetzt und seinen Krückstock gegen eine uralte Axt getauscht, die bloß noch von Bindfäden zusammengehalten wurde. »Ich werde euch begleiten. Was dachtest du denn?«, trällerte er. »So ein Abenteuer wäre genau das Richtige für einen Jungspund wie mich ...«

»Das kommt gar nicht infrage. Du brauchst doch mittlerweile Stützräder, um deine Axt zu schwingen.« Thorhall packte den Alten kurzerhand am Kragen, zerrte ihn aus dem Schiff und stieß ihn davon.

»Und jetzt verschwinde! Mach dich anderweitig nützlich. Opfere irgendwas an die Götter. Oder stirb endlich.«

Olle wankte davon und gluckste vergnügt. »Dann werde ich mich eben um eure einsamen Frauen kümmern und sie im Bett beglücken ...«

Thorhall sah ihm übellaunig nach, aber er verlagerte sein Augenmerk recht schnell auf Leif, der soeben zu ihm kam. »Da bist du ja endlich«, maulte er. »Wo hast du gesteckt? Ich hätte dich schon vor einer Stunde hier brauchen können.«

»Ich habe mich verabschiedet«, erklärte Leif.

Thorhall sah zu der Landzunge hinüber, die vom Hafen aus ansatzweise zu erkennen war, und rümpfte die Nase. Er sagte jedoch nichts dazu. Stattdessen dirigierte er Leif sowie alle anderen Männer, die soeben den Hafen erreichten, mit einem herrischen Wink auf das Schiff. »An Bord mit euch! Wir wollen ablegen.«

Leif schwang sich über die Reling. Er war schon seit Monaten nicht mehr auf hoher See gewesen, und entsprechend ungewohnt fühlte es sich an, auf dem Schiff zu stehen. Die Holzplanken knarzten unter seinem Gewicht, der Rumpf schwankte seicht im Wellengang, und irgendwie schien auch der Salzgeruch auf dem Deck viel intensiver als an Land zu sein. Womit Leif endgültig bewusst wurde, dass es nun kein Zurück mehr für ihn gab – und er vielleicht nie wieder einen Fuß auf heimischen Boden setzen würde.

»Sind wir vollzählig?«, fragte Thorhall.

»Es sind alle da«, berichtete Erik. Er hatte sich für diesen feierlichen Anlass ganz besonders herausgeputzt. Sein Kettenhemd war tadellos sauber und saß so perfekt, als wäre es mit ihm verwachsen. Und das Sonnenlicht tanzte wie ein Heiligenschein auf seinem Helm und blendete jeden, der ihn anblickte.

Thorhall ging trotzdem auf Nummer sicher und zählte alle Männer durch, die sich vor ihm versammelt hatten. Er stutzte am Ende ... und musterte die Männer ein zweites Mal, weil er ein Gesicht auf dem Deck vermisste.

Snorre erging es ähnlich. »Haldor fehlt mal wieder«, bemerkte er.

»Natürlich. Wer auch sonst?«, seufzte Thorhall.

Gleichzeitig ertönte aus der Fischhalle ein dünnes Stimmchen: »Wartet! *Bitte ... wartet auf mich!*«

Eines musste man Haldor lassen: Er hatte ein Talent dafür, einen spektakulären Auftritt hinzulegen. Denn im selben Moment platzte das Tor an der Fischhalle aus seinen Angeln, und Haldor torkelte über die Schwelle. Er hatte sich ebenfalls eine Rüstung angezogen, auch wenn ihm alles davon viel zu groß war. Das Kettenhemd flatterte wie ein Frauenkleid um seine dürren Knochen, und der Helm schaukelte bedenklich auf seinem Kopf umher, sodass Haldor ihn mit einer Hand festhalten musste. Mit der anderen umklammerte er wieder eine zusammengerollte Karte, die er hektisch durch die Luft wedelte.

»Wartet!«, keuchte er. »Ich bin schon da ...«

Alle Männer beobachteten Haldor bei seinem Watschelgang und rechneten unwillkürlich damit, dass er wieder der Länge nach hinfallen würde. Aber Haldor vollbrachte ein echtes Wunder, denn er kam unbeschadet bei dem Schiff an.

Thorhall verzichtete diesmal darauf, ihn für sein Zuspätkommen zu bestrafen. In Haldors Gesicht hätte es sowieso keinen Platz mehr für ein weiteres Veilchen gegeben. Es blühte noch immer von blauen und grünen Flecken wie eine Blumenwiese und war so dick geschwollen, dass Haldor kaum aus seinen Augen sehen konnte. Und zudem war es schon Strafe genug, dass Haldor bei dieser Reise überhaupt teilnehmen musste. Bei seinem empfindlichen Magen würde er die nächsten Tage nichts anderes tun, als die Fische zu füttern.

»Entschuldige Vater«, japste er aus der Kehle. »Ich konnte ... meinen Helm nicht gleich finden und ...«

»Erzähl mir keine Märchen. Scher dich an Bord!«

»Jawohl, Vater.« Haldor wollte mit einem Spagat auf das Schiff übersetzen, aber er verfehlte die Reling um einen halben Meter und wäre kopfüber ins Wasser geplumpst, wenn Leif nicht wieder den Schutzengel für ihn gespielt hätte. Er bekam Haldor mit einer Hand unter der Achsel zu fassen und wuchtete ihn neben sich auf das Deck.

Sehr zum Ärger von Thorhall. Ihm wäre es wohl lieber gewesen, wenn Haldor im Hafenbecken ertrunken wäre. Dann hätte er sich ein Begräbnis für ihn gespart.

Aber was nicht ist, kann ja noch werden, dachte Leif bissig. Er wollte sich nicht ausmalen, wie oft er seinen Bruder bei dieser Reise noch retten musste. Denn Haldor würde mit seinem Klumpfuß für jede feindliche Klinge zur leichten Beute werden.

Thorhall postierte sich derweil breitbeinig auf dem Holzsteg und starrte auf seine Männer herab. Rund dreißig Seelen, denen die Aufregung wie ein zweiter Bart aus den Gesichtern spross, und die sich nun voll und ganz in die Führung ihres Jarls ergaben.

»Seid ihr startklar?«, erkundigte sich Thorhall.

»Die Waffen sind verladen«, meldete Norwin.

»Werkzeuge ebenso«, berichtete Halvar.

»Frischwasser ist an Bord«, rief Tjure.

»Das Ruder läuft freigängig«, meinte Isbert. Er schielte dabei, als würde er einen Schmetterling auf seiner Nasenspitze betrachten.

Snorre bildete den Abschluss, indem er resümierte: »Wir sind bereit zum Auslaufen.«

»*Dann los!*« Thorhall sprang auf die Reling, zückte ein Schwert von seinem Gürtel und kappte damit eines der Seile, mit denen das Schiff am Steg vertäut war. Erik und Norwin ahmten es ihm nach, indem sie die übrigen Seile lösten. Es waren die letzten Nabelschnüre, die sie noch mit der Heimat verbanden, und deshalb verspürte Leif immer mehr Wehmut, als die Seile nacheinander ins Wasser platschten. Gleichzeitig schoben mehrere Männer die Riemen über die Reling hinaus und setzten zu einem ersten Ruderschlag an.

»*Leif!*«, schrie jemand.

Alle Männer wandten die Köpfe.

Es lohnte sich, denn sie bekamen einen Augenschmaus geboten, den sonst nur Leif bewundern durfte. Aus dem Dorf lief nämlich Majvi zum Hafen. Der Mantel wehte lose um ihren nackten Körper und klappte immer wieder bis zu ihren Schenkeln auseinander. Ihr Haar schillerte wie rote Seide im Morgenlicht, und auf ihren Wangen glänzten etliche Tränen, während sie leichtfüßig über den Holzsteg rannte.

»Majvi!«

Bevor Leif begreifen konnte, was er tat, stürmte auch er los. Er ließ seine Axt fallen, war mit einem Satz auf der Reling und sprang von dort zurück auf den Steg, obwohl ihr Schiff bereits drei Meter davon entfernt war. Was für ein Glück, dass Leif so große Stiefel hatte, denn er kam gerade noch mit der Spitze auf dem Rand zum Stehen und lief Majvi entgegen. Sie war dermaßen in Fahrt, dass sie nicht mehr rechtzeitig bremsen konnte und mit voller Wucht in seine Arme prallte.

»Majvi, was ist denn?«, wunderte er sich.

Seine Frau antwortete ihm nicht gleich. Sie schluchzte auch nicht. Eigentlich gab sie für einen zeitlosen Moment überhaupt kein Geräusch von sich, sondern vergrub nur ihr Gesicht in seinem Kettenhemd und klammerte sich mit zittrigen Händen an ihm fest, um noch einmal seine Nähe zu spüren. Erst dann wühlte sie ihren Kopf aus seiner Brust hervor und sah mit feuchten Augen zu ihm auf. »Ich musste herkommen«, erklärte sie ihm. »Um dir Lebewohl zu sagen.«

»Wir werden uns bald wiedersehen«, versprach Leif ihr.

Majvi nickte, auch wenn sie insgeheim ebenso wenig daran glaubte wie Leif. »Du hattest recht«, flüsterte sie ihm zu. »Vielleicht hätten wir letzte Nacht fliehen sollen. Wir könnten jetzt schon weit fort von hier sein. In Sicherheit.«

»Leif!«, schrie Thorhall ungehalten. Und das zurecht. Denn das Schiff trieb in der Strömung unaufhaltsam davon. »Schick dein Weib nach Hause und komm her! Wird's bald?«

Doch Majvi ließ Leif nicht los. Nicht bevor sie ihm das gesagt hatte, was ihr auf der Seele brannte. »Du wirst kein Risiko eingehen und nur dann kämpfen, wenn es unbedingt nötig ist. Hast du verstanden?«, ermahnte sie ihn.

»Ich schwöre es.« Leif rieb ihr eine Träne von der Wange.

»*Leif*! Bei den Göttern von Asgard, beweg deinen Arsch an Bord!«

Majvi sorgte auch jetzt dafür, dass sich Leif nicht von der Stelle rühren konnte. Sie legte ihm eine Hand auf die Brust; dort wo sein Herz in einem erregten Takt schlug. »Versprich mir, dass du kein Leid über andere bringen wirst. Du bist ein guter Mensch. Ein Bauer, Familienvater und treusorgender Ehemann.« Sie schüttelte eindringlich den Kopf und starrte ihm dabei fest in die Augen; starrte bis tief in sein Gewissen, um dort einen Appell zu verankern, den Leif selbst in ferner Zukunft niemals vergessen sollte: »Aber du bist kein Mörder. Schwöre mir, dass du dich immer für das Gute einsetzen wirst.«

»*Leif*! Ich werde das Schiff nicht zurückrudern lassen!«

»Ich schwöre es.« Leif küsste Majvi auf die Stirn und befreite sich gleichzeitig mit bestimmender Kraft aus ihrer Umarmung. Es fühlte sich scheußlich an, das zu tun, aber es war nun mal notwendig. Denn das Schiff dümpelte bereits fünf, sechs Meter weit vom Steg entfernt im Hafenbecken.

»*Leif*!« Thorhall stand am Heck und sah mit seinem zornesroten Gesicht ganz so aus, als hätte er Feuer gefangen. »Wenn du nicht sofort herkommst, werde ich dich windelweich prügeln!«

Darauf konnte Leif nun wirklich getrost verzichten.

Er sprintete los und musste den gesamten Holzsteg ausnutzen, um möglichst viel Anlauf zu nehmen. Und selbst das wäre beinahe zu wenig gewesen, denn mit dem bleischweren Kettenhemd und dem Helm flog er ungefähr so grazil wie ein Hinkelstein durch die Luft. Er stieß sich mit vollem Elan von dem Steg ab, streckte die Beine vor – und schrammte so knapp mit dem Hintern über die Reling, dass es sich tatsächlich so anfühlte, als hätte er eine Tracht Prügel bekommen. Immerhin landete er unbeschadet auf dem Deck und kam wankend zum Stehen.

Seine Kameraden bejubelten ihn für seinen heldenhaften Sprung.

Und sie waren nicht die Einzigen.

Aus den Straßen traten alle Bewohner hervor, die im Dorf bleiben würden, und versammelten sich entlang der Hafenmauer. Die Frauen. Die Alten. Die Kinder. Sowie eine Handvoll Männer, die zusammen mit den Jünglingen ihre Sippe beschützen sollten. Unter ihnen war auch Tinus. Er winkte seinem Vater Erik mit einem Schwert zu. Auch die Frauen und Kinder hoben reihum ihre Hände, schrien ihren Männern und Vätern ein paar letzte Grüße hinterher, weinten oder klatschten Beifall. Und Olle stöckelte ungeniert durch die Menge und hob mit seiner Axt die Röcke der jungen Frauen nach oben, um sich den schönsten Hintern auszusuchen ...

Majvi indes stand ganz am Ende des Holzstegs. Sie raffte mit den Händen ihren Mantel zusammen, damit der Wind ihn nicht mehr aufblasen konnte. Ein Lächeln umschmeichelte ihre Lippen, aber die Tränen auf ihren Wangen überschatteten es sogleich wieder. Denn es waren äußerst große Tränen. Welche, die stumm Lebewohl sagten.

Leif blieb ewig an der Reling stehen und prägte sich jedes Detail an Majvis Gesicht ein. *Die Augen. Die Sommersprossen. Das rotgelockte Haar.* Von diesem Moment würde er noch in tausend Jahren träumen. Aber auch das konnte Leif jetzt noch nicht ahnen. Ebenso wenig, dass gerade für ihn und seine Kameraden eine Reise begann, die schon bald zu einem Albtraum werden würde.

10 Das Dorf fiel rasch hinter den Wikingern zurück. Bereits nach wenigen Minuten wurde es von einer Felsklippe verdeckt, die wie ein Riesenfuß ins Meer ragte. Und nur kurze Zeit später verschwand die gesamte Bucht jenseits des Horizonts. Für Leif war das keineswegs eine neue Erfahrung. Er half Snorre und den Männern gelegentlich beim Fischfang, sodass er sich eine geraume Weile einreden konnte, dass sie noch vor Sonnenuntergang nach Hause segeln würden. Doch je einsamer die offene See wurde, desto stärker begriff Leif, dass er jetzt nicht mehr länger ein Bauer, sondern ein Pirat war. Und deshalb verhielt er sich fortan auch wie ein solcher. Sein Blick wurde schärfer, misstrauischer, ja geradezu feindselig, während er pausenlos die Umgebung überwachte.

Isbert steuerte unterdessen ihr Schiff an der Küste entlang nach Südwesten – obwohl er so enorm schielte, dass er alles dreifach sah.

In der Ferne wechselten sich Felshänge, verlassene Strände und finstere Wälder ab und verstärkten die Einsamkeit, bis sie sich fast wie

Heimweh anfühlte. Immerhin wehte der Wind günstig und bescherte den Wikingern ein volles Segel, wodurch ihr Schiff schneller als ein Pferd durch die Dünung raste. Sein Rumpf brach die meisten Wellen, ohne dabei sonderlich zu schaukeln, und der Bug spritzte zuweilen eine hohe Gischt bis zu dem Drachenkopf hinauf. Fast so, als würde dieses hölzerne Monster kein Feuer, sondern Wasser speien.

Die Männer machten sich derweil an Deck nützlich und bereiteten alles für den Ernstfall vor. Viele saßen auf den Ruderbänken und schliffen ihre Schwertklingen. Andere kontrollierten die Takelage oder schöpften das Spritzwasser mit Eimern aus dem Rumpf. Alle übrigen Männer brachten die Bogen und Pfeile in Position oder legten Enterhaken bereit. Jedem von ihnen stand die Aufregung noch immer ins Gesicht geschrieben, aber Thorhall sorgte dafür, dass die Moral an Bord für keinen Augenblick sank. Er marschierte unermüdlich über das Deck, beaufsichtigte die Arbeiten und hielt die Männer mit seinen Parolen bei Laune.

»Nun gut«, rief er irgendwann. »Ihr alle wisst, weshalb wir hier sind. Und ihr wisst auch, was für uns auf dem Spiel steht. Ich gebe es offen zu: Wir besitzen nicht viele Klingen. Und wir werden uns Feinden stellen müssen, denen wir zahlenmäßig weit unterlegen sind. *Aber*«, hob Thorhall betont an, »wir haben etwas, das uns unbesiegbar macht. Das uns alle verbindet und uns die Stärke gibt, selbst dann noch zu kämpfen, wenn es aussichtslos erscheint: unseren Zusammenhalt. *Seht euch an, Männer!* Jeder Bruder von euch wird im Kampf zu eurem Schutz werden. Jeder Onkel, Neffe und Vater zu eurem zweiten Schwert, mit dem ihr euch verteidigen könnt. Solange ihr das nicht vergesst, kann euch nichts geschehen – und ihr werdet wohlbehalten heimkehren. Reich und so sattgefressen, dass ihr bloß noch träge auf dem Rücken liegen könnt, während eure Weiber euch verwöhnen ...«

Die Männer stießen ein derbes Gelächter aus.

Thorhall gönnte ihnen den Spaß, ehe sich seine Miene drastisch abkühlte und sein Blick streng über die vielen Köpfe peitschte. »Um eines klarzustellen: Ich erwarte von jedem Einzelnen absolute Treue und blinden Gehorsam«, fuhr er fort. »Wer im Kampf zurückweicht oder gar einen Kameraden im Stich lässt, den werde ich persönlich an den Mast nageln.«

Leif wusste, dass das keine leere Drohung war. Der komplette Schiffsmast war voller Löcher, in denen schon über zwanzig Feiglinge an rostigen Nägeln gezuckt hatten, bis sie elendig verblutet waren.

»Mir ist natürlich bewusst, dass ihr außer Übung seid«, sagte Thorhall.

»Ich nicht, Vater«, meinte Erik sogleich. Er lehnte an der Reling und hatte sich sein Schwert wieder mal lässig über die Schulter geworfen. »Meine Klinge durfte schon gestern bei Gunnar das erste Blut kosten.«

»Das werden eure Klingen auch«, versprach Thorhall den anderen Männern. »Aber es wäre töricht, wenn wir gleich zu Anfang einen Überfall auf Vik wagen würden. Die Stadt ist gut befestigt und wird von mindestens hundertfünfzig Männern bewacht. Deshalb habe ich mir zunächst ein leichtes Ziel ausgesucht. Eines, um eure Knochen aufzuwärmen und eure Mordlust zu wecken. Wenn uns die Götter weiter dieses traumhafte Wetter schenken, werden wir dieses Ziel schon zur Mittagszeit erreichen.« Thorhall wandte den Kopf zu seinem jüngsten Sohn. »Haldor, die Karte!«

»Ja, Vater.« Haldor hatte bislang auf dem feuchten Boden gesessen und sich den Bauch massiert, weil sich bei ihm die erste Übelkeit bemerkbar machte. Er strampelte sich jedoch sogleich auf die Beine und stakste in die Mitte des Decks, damit alle Männer ihn sehen konnten. Nebenbei nestelte er an der Karte herum und rollte sie umständlich auf. Eine dumme Idee. Er hatte die Karte kaum geöffnet, da riss eine Windböe sie aus seinen Händen und fegte sie ins Wasser.

Haldor blinzelte seine leeren Finger perplex an, ehe er beschämt zu Thorhall sah. »Verzeihung«, murmelte er.

Thorhall verzieh ihm natürlich *nicht*. Wahrscheinlich würde sich vorher das Meer rosa färben, bevor er jemals Gnade walten ließ. »Du bist und bleibst ein elendiger Tollpatsch«, schimpfte er.

»Bitte entschuldige, Vater. Ich habe nicht bedacht, dass ...«

»Jetzt geh schon los und hol die Karte!«

Haldors Augen quollen vor Entsetzen aus den Höhlen. »Ich soll ...?«

»Geh schon! Oder muss ich dir nachhelfen?«

»Nein, Vater. Das ist nicht nötig.« Haldor ergab sich in sein Schicksal und trippelte zur Reling. Er hätte sich kopfüber ins Wasser gestürzt – und wäre mit seiner Rüstung wie ein Anker darin untergegangen –, wenn Leif ihn nicht gestoppt hätte.

»Wir brauchen die Karte nicht«, erklärte er. »Du hast sie oft genug studiert, um sie nachzeichnen zu können.« Er zog einen Dolch aus seinem Gürtel, hielt ihn Haldor entgegen und spendierte seinem Bruder noch ein aufmunterndes Lächeln dazu. »Dann beweise uns jetzt, *wie* gut dein Gedächtnis ist.«

Haldor nickte dankbar und machte sich sogleich ans Werk. Er nahm den Dolch, ging in die Mitte des Decks zurück und kniete sich nieder. Anschließend begann er, mit der Klingenspitze die Karte frei aus seinen Erinnerungen heraus in die Holzplanken zu ritzen. Die Männer sahen ihm fasziniert dabei zu. Selbst in Thorhalls Gesicht stahl sich eine immer größere Bewunderung, je mehr Kerben sein Sohn in das Holz schnitzte. Von der Dolchklinge flogen kleine und große Späne davon, und manchmal splitterte eine Planke auch so sehr, dass Haldor die Stelle umständlich glattschleifen musste. Trotzdem entstand nach und nach eine detaillierte Karte von der Südküste Islands. Vielleicht nicht ganz maßstabsgetreu und auch leicht verzerrt, und doch enthielt sie alle wichtigen Punkte. Eine Karte, die der Wind ganz bestimmt nicht mehr fortblasen konnte. Es sei denn, er nahm das ganze Schiff mit.

Irgendwann setzte sich Haldor auf. Mit einem Schoß voller Holzspäne sowie einem Gesicht, das vom Schweiß glänzte. Aber – und das war das Wichtigste – er wirkte rundum zufrieden mit seiner Arbeit. Und das zählte bei ihm gleich doppelt, weil er solche Sternstunden nur äußerst selten erleben durfte.

Leif nickte ihm stolz zu. *Gut gemacht.*

Thorhall dagegen kniff verärgert das Gesicht zusammen. Vielleicht weil er gerade daran denken musste, dass Haldor längst auf dem Meeresgrund liegen könnte. »Verschwinde!« Er stieß seinen Sohn grob beiseite und stellte sich selbst vor die Karte. Womit er natürlich die Aufmerksamkeit der Männer zurückeroberte.

»Wie ihr sehen könnt, stehen uns mehrere Möglichkeiten offen«, verriet Thorhall ihnen. Gleichzeitig zeigte er mit der Stiefelspitze auf einige markante Punkte an der Karte. »Wir könnten rüber in die weiße Bucht fahren, zu Harald und seiner verlausten Sippe. Vermutlich werden sie gerade wieder irgendeine Orgie feiern. Aber Haralds Felder sind nicht sonderlich ertragreich, und seine Fässer so trocken wie die Lustgrotte meiner Frau.« Thorhall bewegte seinen Stiefel nach Süden, zu einer kleinen Inselgruppe, die Haldor dort ins Holz geschnitzt hatte. »Wir könnten natürlich auch runter zu den Westmännerinseln fahren. Ihre Einwohner leben von der Jagd auf Seehunde. Soweit ich weiß, sind ihre Dörfer nur mäßig befestigt – und die paar Wachen das reinste Fallobst, wenn man nur kräftig genug auf sie einschlägt.«

Die Männer kraulten nachdenklich ihr Kinn oder zupften an ihren Bärten, während sie überlegten, für welches Ziel sie sich entscheiden sollten.

Bloß gut, dass Thorhall diese Wahl bereits für sie getroffen hatte, denn er eröffnete ihnen sogleich: »Eigentlich ist es gar nicht nötig, uns derart anzustrengen. Unsere Beute wird nämlich von selbst zu uns kommen.« Er tippte mit dem Fuß auf eine Stelle an der Karte, die den Atlantik symbolisierte. »Wir werden uns in der Nähe von Vik auf die Lauer legen und warten, bis ein Handelsschiff den Hafen verlässt. Voll beladen mit den feinsten Waren aus ganz Island, die nach Britannien gebracht werden sollen. Aber sie werden ihr Ziel nie erreichen.«

Die Männer hoben die Blicke. Und in allen funkelte es plötzlich so verschlagen wie in den Augen von Thorhall.

»Ich sehe schon«, bemerkte der Jarl. »Ihr teilt eure Ansicht mit mir. Deshalb frage ich euch: Seid ihr bereit für euren ersten Kampf?«

»*Jarl!*«, grölten die Männer im Chor.

»Wollt ihr rauben und brandschatzen?«

»*Jarl!*«

»Wollt ihr Bäuche aufschlitzen und Schädel einschlagen?«

»*Jarl!*«

»Wollt ihr wahre Wikinger sein?«

»*Whäää!*«, machte Haldor, weil ihm die Übelkeit nun endgültig durch die Kehle schoss. Er sprang auf die Beine und hinkte so fahrig zur Reling, dass er nun doch beinahe aus dem Schiff gestürzt wäre. Dann spuckte er auch schon bittere Galle ins Wasser.

Erik, Leif und alle anderen sahen ihm verdutzt dabei zu.

»Habt ihr noch Fragen?«, erkundigte sich Thorhall. Er klatschte in die Hände, als die Männer die Köpfe schüttelten. »Dann macht euch an die Arbeit!«

Die Männer wussten, was zu tun war, und nahmen alle nötigen Handgriffe vor, um sich für einen Überfall auf hoher See zu wappnen. Währenddessen segelten sie weiter an der Küste entlang, zielstrebig auf Vik zu. Genau genommen hieß die Stadt Vik-i-Mýrdal – was so viel wie *Bucht am sumpfigen Tal* bedeutete. Sie lag am südlichsten Zipfel von Island und markierte den wichtigsten Handelspunkt der ganzen Region, obwohl die Stadt nicht einmal sonderlich groß war. Sie bestand nur aus zweihundert Häusern, ein paar Tavernen sowie einem verwinkelten Hafen. Aber dafür war sie mit dutzenden Wachtürmen und hohen Wehrmauern bestens gegen Eindringlinge geschützt.

Die Wikinger trafen pünktlich zur Mittagszeit dort ein.

Allerdings blieben sie der Stadt weit genug fern, dass sie nicht entdeckt werden konnten. Stattdessen lenkten sie ihr Schiff auf den Atlantik hinaus und kreuzten über das offene Meer, um nach einer lukrativen Beute Ausschau zu halten. Das größte Risiko dabei war, dass sie von einem Handelsschiff aus weiter Ferne gesichtet wurden, und die Besatzung Alarm schlagen konnte. Um das zu verhindern, holten die Männer das Segel ein und klappten den Mast nach hinten, sodass er wie eine übergroße Angel über das Heck hinausragte. Mit dem flachen Rumpf allein fiel das Wikingerschiff zwischen den Wellen kaum auf. Doch ohne den Wind hing jetzt alles von der bloßen Muskelkraft ab, um das Schiff zu steuern. Erik, Leif sowie gut die Hälfte aller anderen Männer stemmten sich deshalb auf den Ruderbänken in die Riemen und manövrierten das Schiff durch die Strömung. Ihre Kameraden behielten derweil den Horizont im Blick; ständig auf der Suche nach einem verdächtigen Schatten, der sich dort am Himmelsblau abzeichnete.

Sie mussten sich lange gedulden.

Die Stunden kamen und gingen, ohne dass sich auf der glänzenden Wasserfläche etwas regte. Und die anfängliche Begeisterung schlug schon bald zu einer leichten Unruhe um, die ebenso quälend wie der Hunger war. Jeder liebäugelte schon damit, diese sinnlose Warterei abzubrechen und vielleicht doch zu Haralds Sippe zu fahren.

Aber dann ...

»Da drüben!«, meldete Norwin plötzlich. Er wies mit dem Finger auf einen Punkt, der sich knapp neben der Bugspitze befand.

Sein Schrei war der reinste Befreiungsschlag für die Männer und riss sie abrupt aus ihren trübsinnigen Gedanken. Sie wandten die Köpfe in die bezeigte Richtung und fokussierten sich auf alles, was sich dort bewegte. Und das war zunächst enttäuschend wenig. Der Atlantik wogte von einer Seite zur anderen, und darüber schwebten lediglich ein paar Möwen. Das änderte sich jedoch einen Moment später, als hinter einem Wellenkamm ein winziger Strich auftauchte.

Eine Mastspitze.

»Es geht los«, erkannte Thorhall sofort. »Ihr wisst, was ihr zu tun habt. Lasst uns ein bisschen Verstecken spielen ...«

»Jarl!«, riefen die Männer, bevor sie über das Deck schwärmten.

Sie hatten bereits im Vorfeld aus dem Laderaum zwanzig Fässer geholt. Jedes davon war aus leichtem Basaltholz gefertigt, damit es selbst bei rauem Seegang schwimmen konnte. Im Inneren enthielten die Fässer eine Mischung aus Moos, Stroh und Tannenreisig. Noch ein Schuss Wasser dazu, damit alles richtig schön qualmte – und schon konnten die Männer die Fässer anzünden und ins Wasser setzen.

Das reichte in der Tat, um sich mitten auf dem Atlantik zu verstecken.

Es dauerte nämlich nicht lange, bis aus den Fässern weißblaue Rauchsäulen blakten, die achtzig Meter hoch in den Himmel stiegen. Und sie alle zogen sich rasch zu einer künstlichen Nebelbank über dem Wasser zusammen, so wie es sie häufig zu dieser Jahreszeit hier draußen gab. Breit und dicht genug, um das Wikingerschiff restlos zu verbergen ...

Die Männer mussten bloß noch darauf warten, dass ihnen ihre Beute direkt in die Falle lief. Sie holten dazu die Riemen ein, griffen nach ihren Waffen und nahmen die Schilde zur Hand. Danach postierten sie sich entlang der Reling und versanken in einer angespannten Stille. Lediglich das Wasser plätscherte noch gegen den Rumpf, und das Boot knarzte taktvoll, als würde es die letzten Minuten bis zum Angriff herunterzählen.

»Eines musst du mir mal erklären, Vater«, flüsterte Leif. Er war neben Thorhall und Erik am Bug in Stellung gegangen und starrte in die Rauchschwaden hinaus. Der Wind hielt die meisten von ihnen fern, aber immer wieder verirrte sich eben doch eine Qualmwolke in ihre Richtung, sodass sie unangenehm in der Nase kitzelte oder in den Augen brannte. »Seit wann genau planst du schon diesen Raubzug?«

»Was meinst du?«, murrte Thorhall.

»Ich habe gehört, dass du dich bestens auf diese Reise vorbereitet hast. Und das nicht erst, seit die Fäulnis über uns gekommen ist. Nicht wahr?«

»Falls du irgendwas andeuten willst, spuck es aus.«

»Wir wissen beide, dass du schon seit Jahren davon träumst, deine Macht zu erweitern. Nur leider hat sich bislang für dich keine Gelegenheit dazu ergeben.« Leif beobachtete Thorhalls Gesicht aus dem Augenwinkel und wartete darauf, dass ein verräterischer Muskel darin zuckte. Doch die Miene seines Vaters war zu einem undurchdringlichen Panzer geworden. »Da stellt sich mir also zwangsläufig die Frage: Hast du etwa irgendwas getan, um deinen Plänen auf die Sprünge zu helfen?«

Leif sprach nur so laut, wie es unbedingt sein musste. Trotzdem löste seine Frage eine Welle der Entrüstung aus. Denn nicht nur Thorhall sah daraufhin verärgert zu ihm herum; auch Erik schnitt ein empörtes Gesicht.

»Wie kannst du es wagen?«, zischte Thorhall. »Willst du mir etwa unterstellen, ich hätte ein Verbrechen begangen? Oder gar die Fäulnis mutwillig beschworen?«

»Ich will nur die Wahrheit wissen, sonst nichts«, erwiderte Leif kühl. »Wenn ich hier schon meinen Kopf für dich riskieren muss.«

»Du kennst die Wahrheit.«

»Ich kenne nur das, was ich mir aus den Beweisen zusammenreimen kann. Und zudem kenne ich dich, Vater. Es wäre nicht das erste Mal, dass du Kapital aus einer Notlage schlagen würdest. Oder nichts unversucht lässt, um mit einer kleinen List deinen Willen durchzusetzen.«

»Vorsicht, mein Sohn«, knurrte Thorhall. »Ich weiß deine Offenheit zu schätzen, aber du solltest den Bogen nicht überspannen. Wir sind hier nicht beim Thing, bei dem ich dir deine Kritik ungestraft durchgehen lasse.«

»Du hast verdammt recht: Ich bin dein Sohn«, erwiderte Leif gepresst. »Und als solcher habe ich ein Anrecht darauf zu erfahren, was hier vorgeht. Also warum hast du unser Schiff bereits vor Wochen aufrüsten und die Brandfässer anfertigen lassen?«

»Es war eine reine Vorsichtsmaßnahme.«

»Und das soll ich dir glauben?«

»Wir leben in gefährlichen Zeiten. Die Christenmenschen breiten sich wie die Seuche in unseren Gefilden aus; da hielt ich es für angebracht, gewisse Maßnahmen zu unserem Schutz zu treffen.«

»Was auch völlig legitim ist«, stimmte Leif ihm zu. »Aber warum hast du es *heimlich* getan?«

»Ich wollte niemanden beunruhigen«, rechtfertigte sich Thorhall. »Du weißt doch, wie hysterisch die Leute in unserem Dorf sind. Ein falsches Wort – und alle glauben, dass uns der Himmel auf den Kopf fallen wird.« Thorhall rümpfte die Nase. »Aber das kannst du natürlich nicht verstehen. Du bist viel zu bescheiden geworden, seit du mit Majvi und den zwei Bälgern auf der Landzunge wohnst. Denn im Gegensatz zu dir habe ich noch Ziele im Leben und gebe mich nicht damit zufrieden, Hühner zu züchten oder Gemüse anzupflanzen.«

Leif musste kurz die Zähne zusammenbeißen, damit ihm nichts Böses über die Lippen rutschte. »Dann verrate mir bloß noch eines: Wie viele Leben willst du opfern, um deine Ziele zu erreichen? Dir muss doch klar sein, dass du die meisten Männer mit deinem Wahnsinn in den Tod treiben wirst. Und womöglich deine eigenen Söhne mit dazu ...«

Wahnsinn, hallte es in Thorhalls Gesicht nach. So deutlich, dass Leif nicht erstaunt gewesen wäre, wenn sein Vater ihn jetzt für diese Beleidigung geschlagen hätte. Und ja: Alle Zeichen an Thorhall standen auf Angriff. Seine Augen zogen sich zu eisigen Schlitzen zusammen, seine Zähne waren gebleckt, die Hände geballt. Er hätte seinem Zorn bloß noch freien Lauf lassen müssen ... doch einen winzigen Moment, bevor es dazu gekommen wäre, meldete sich abermals Norwin.

»Das Schiff ist da!«, rief er gedämpft.

Thorhalls Zorn versiegte abrupt, während er immer angestrengter in den Rauch sah. Die blauweißen Schwaden waren noch immer so dicht wie ein Vorhang und bauschten sich zu einer turmhohen Wand über dem Wasser auf. Aber im Gegensatz zu vorhin war dieser Rauch jetzt keineswegs mehr leer. Aus seinem Inneren drang ein mattes Plätschern hervor, sowie das Ächzen und Knarren eines Rumpfs. Und da waren Stimmen. Dutzende Stimmen. Einige unterhielten sich in der Wikingersprache miteinander; die meisten anderen benutzten jedoch einen Dialekt, wie er im Frankenland oder in Germanien gängig war. Eines hatten diese Stimmen jedoch gemeinsam: Sie klangen überaus nervös. Vermutlich hatte sich der Steuermann des Schiffes von dem Rauch täuschen lassen und ihn wirklich für eine harmlose Nebelbank gehalten, die er einfach durchqueren konnte. Doch nun mussten er und seine Kameraden feststellen, dass dieser Nebel verdächtig nach Feuer stank.

Aber für die Besatzung war es zu spät, jetzt noch zu wenden. Oder gar zu entkommen.

»Na bitte«, raunte Erik. Er krampfte seine Finger um den Schwertgriff zusammen, weil er es kaum mehr erwarten konnte, den ersten Gegner damit zu enthaupten. »Das riecht nach einer fetten Beute.«

Was das betraf, konnte Leif ihm nicht widersprechen.

Irgendwo in dem Rauch zeichneten sich nämlich die Konturen von etwas Großem, Kantigem ab. Etwas, das sich wie ein Walfisch behäbig durch das Wasser bewegte. Noch ergaben all diese Linien und Rundungen keinen Sinn und verschwammen in dem Rauch wie die Bilder eines wirren Traums. Doch dieser Schatten kam beständig näher, glitt genau auf die Wikinger zu ... und würde in einer knappen Minute zu einem Schlachtfeld werden.

Leif packte seine Axt nun ebenfalls etwas fester. Gleichzeitig musste er intensiv an Majvi denken. Besonders an das, was sie ihm auf dem Holzsteg gesagt hatte: *Du bist kein Mörder. Schwöre mir, dass du dich immer für das Gute einsetzen wirst.*

»Ich schwöre es«, flüsterte Leif. Leise genug, dass es nur sein Gewissen hörte.

Trotzdem konnte ihn dieses Versprechen nicht davor bewahren, dass er vielleicht gleich etwas Grausames tun musste. Und sei es nur, um sein eigenes Leben zu schützen.

11 Eine Kogge.

In dem Rauch erschien eine Kogge, wie sie zumeist von den Germanen benutzt wurde. Ein Segelschiff, das doppelt so groß wie das der Wikinger war, aber nur mäßig bewaffnet. Sein Rumpf wirkte bauchig und gedrungen, und ragte zwei Stockwerke hoch über dem Wasser auf. Aus seiner Mitte erhob sich ein Mast mit einem strahlend weißen Segel. An seiner Spitze gab es einen winzigen Korb, in dem ein einzelner Mann stand. Er hatte sich weit über die Brüstung gelehnt und versuchte von seiner erhöhten Position aus, irgendwas in dem Qualm zu erkennen. Manchmal rief er seinen Kameraden eine Anweisung zu, die unter ihm über das Deck streunten. Grob geschätzt handelte es sich dabei um fünfzig Männer. Die meisten davon waren nur einfache Seeleute, die weder Kettenhemd noch Waffe trugen. Nur auf dem Achterdeck, neben dem Kapitän, hatten sich drei Soldaten postiert. Ihre Rüstungen glänzten manchmal im trüben Sonnenlicht – was sie natürlich zur Zielscheibe für die Wikinger machte.

Arvid, Norwin und Snorre zückten sofort Pfeil und Bogen, spannten die Sehnen und nahmen jene Männer ins Visier, die ihnen gleich am meisten Widerstand bieten konnten. Sie geduldeten sich allerdings damit, zu schießen.

Denn noch war das Schiff nicht nahe genug.

Seine Besatzung hatte die Fahrt verlangsamt, um gegen kein Hindernis zu rammen. Nun forschten die Seeleute immer misstrauischer in den Rauch hinaus, weil sie längst begriffen hatten, dass er nicht natürlichen Ursprungs war. Denn vereinzelt polterten die Brandfässer gegen den Rumpf oder spuckten mehrere Flammen in die Höhe, die selbst in dem beißenden Qualm bestens zu sehen waren.

Noch hundert Meter, dann würde die Kogge aus dem Rauch stoßen – und genau in den Fängen der Wikinger landen.

Thorhall hob seine Hand zu einem stummen Signal. *Haltet euch bereit!*

Die Wikinger kletterten lautlos auf die Reling, winkelten ihre Waffen an, schützten sich gegenseitig mit den Schilden. Es war genau so, wie Thorhall es vorhin bei seiner Ansprache von ihnen verlangt hatte: Sie verschmolzen alle zu einer Einheit und verließen sich blind auf den Mann neben ihnen. Nur Haldor tanzte mal wieder aus der Reihe. Auch er stellte sich an die Reling und zitterte den Dolch nach vorne, den er von Leif bekommen hatte. Seine Finger waren jedoch so glitschig vom Schweiß geworden, dass ihm die Waffe aus der Hand rutschte und auf die Holzplanken polterte. Der Schlag hallte bis zu der Kogge hinüber.

Die Wikinger fuhren mit wütenden Grimassen zu Haldor herum.

Und Thorhall hätte seinen schusseligen Sohn jetzt wohl endgültig zum Fischfutter gemacht, wenn ihm nicht ein Schrei in die Quere gekommen wäre.

»Kapitän!«, rief eine Stimme aus dem Rauch. »Da vorne ist etwas!«

Thorhall und die anderen Wikinger konzentrierten sich wieder auf die Kogge und beobachteten den Mann im Mastkorb dabei, wie er hektisch gestikulierte. Der Kapitän spähte daraufhin noch angestrengter nach vorne. Der Rauch hatte ihm dermaßen die Sicht getrübt, dass er anfangs nicht erkennen konnte, was sein Kamerad im Mastkorb meinte. Doch dann erhaschte er den schwarzen Umriss eines Schiffes vor sich. Den Drachenkopf am Bug. Sowie dreißig Wikinger, die zum Rauben und Morden bereitstanden ... und plötzlich fuhr dem Kapitän der Schreck wie ein Fausthieb ins Gesicht. Er riss die Augen fassungslos auf und schrie irgendwas, das Leif und die anderen nicht verstehen konnten. Die Seeleute auf der Kogge taten es dafür umso besser, denn im nächsten Moment brach unter ihnen das Chaos aus. Sie prallten hektisch von der Reling zurück und tasteten nun selbst nach den paar wenigen Waffen, die sich auf dem Deck befanden.

Thorhall wollte das natürlich unbedingt verhindern.

Er senkte die Hand, um das Zeichen zum Angriff zu geben.

»Los! *Los jetzt!*«

Darauf hatten die Wikinger nur gewartet.

Arvid, Norwin und Snorre schossen ihre Pfeile ab. Sie sirrten hoch in die Luft – und trafen alle ihr Ziel. Die Soldaten auf dem Achterdeck zuckten noch kurz unter einem tödlichen Schmerz zusammen, bevor sie neben dem Kapitän auf den Boden sackten. Dieser starrte seine Männer perplex an, aber die Wikinger ließen ihm nicht genügend Zeit, um Angst zu verspüren oder die Flucht zu ergreifen. Denn sie feuerten sofort die nächsten Pfeile von ihren Bogen.

Einer davon galt dem Mann im Mastkorb und durchschlug seine Brust. Er würgte einen Schwall Blut aus der Kehle und kippte in die Tiefe. Vermutlich wäre er auf das Deck geschlagen, wenn er sich nicht mit einem Bein in der Takelage verfangen hätte. So blieb der Mann einfach in luftiger Höhe hängen und baumelte reglos über seinen Kameraden umher.

Der zweite Pfeil fällte einen Mann am Bug von den Füßen; der dritte verpasste dem Kapitän einen Kopfschuss und schleuderte ihn hart auf die Planken.

Von nun an war die Kogge führerlos.

Und dadurch eine umso leichtere Beute.

»Gut so«, lobte Thorhall. »Aber jetzt lasst uns mit dieser Braut auf Tuchfühlung gehen!«

Die Wikinger wussten, was er meinte. Zehn von ihnen griffen wieder nach den Riemen und steuerten ihr Schiff mit kraftvollen Ruderschlägen auf die Kogge zu. Sie brachten es neben der Steuerbordseite in Position und zogen rechtzeitig die Riemen ein, als die beiden Schiffe zusammenstießen. Grimar, Ragnar und Tjure schwangen sofort drei Enterhaken in die Höhe und befestigten sie an der Reling der Kogge, damit sie nicht abtreiben konnte. Die anderen Wikinger streckten ihre Hände aus, um das Schiff gleich zu entern.

»Blut und Gedärm!«, schrie Thorhall.

»*Blut und Gedärm!*«, jubelten seine Männer.

Dann stürzten sie sich wie eine Welle aus Klingen und gehörnten Helmen über die Reling und jagten alles, was sich auf der Kogge bewegte. Binnen weniger Sekunden vermischten sich siebzig, achtzig Körper zu einem brutalen Gerangel miteinander. Schwerter prallten klirrend zusammen. Äxte hämmerten gegen Schilde und zerhackten sie teils zu Holzsplittern. Pfeile prasselten in einem verheerenden Hagelschauer auf das Deck. Das Gebrüll und der heiße Atem der Männer brachten die Luft regelrecht zum Kochen. Und immer wieder sackte einer von ihnen blutend oder sterbend auf die Bretter herab ... nur um dort von den anderen Kämpfern niedergetrampelt zu werden.

Obwohl die Wikinger in der Unterzahl waren, drängten sie ihre Gegner nahezu mit spielerischer Leichtigkeit zurück. Besonders Erik führte sein Schwert mit gnadenloser Hand, während er bis zum Achterdeck marschierte. Thorhall verstrickte derweil mehrere Männer in einen Nahkampf und trieb sie mit seinen Paraden immer mehr in die Enge. Isbert dagegen sah mit seinen Schielaugen manche Seeleute so oft, dass er zumeist mit seiner Axt ins Leere stocherte, als würde er gegen Geister kämpfen. Aber auch er landete manchmal einen Glückstreffer und fällte etliche Männer von den Stiefeln. Arvid, Norwin und Snorre behielten dagegen ihre Posten auf dem Wikingerschiff und legten unentwegt mit ihren Pfeilen auf alle Feinde an, die ihnen ins Schussfeld liefen.

Nur Leif bewegte sich nicht.

Er war zwar ebenfalls auf die Kogge geklettert, aber statt sich in das Schlachtgetümmel zu stürzen, hielt er sich an das, was er Majvi versprochen hatte. Er stand weit abseits der Männer und vermied es, noch mehr Blut zu vergießen. Es gab ohnehin niemanden, der sich mit ihm anlegen wollte. Wer konnte den Seeleuten das verdenken? Leif bot ihnen nun mal mit der Streitaxt und seiner massigen Statur eine furchteinflößende Erscheinung. Dabei lag in seinem Gesicht noch nicht mal ein böses Funkeln.

Im Gegenteil.

Er wirkte eher bestürzt über das, was sich vor ihm abspielte, obwohl er kaum Einzelheiten davon erkennen konnte. Denn der Wind hatte dummerweise die Richtung gedreht und blies nun den Rauch zurück über die Kogge, sodass sich die blauweißen Schwaden immer mehr wie Bettlaken zwischen den Männern aufspannten und sie zu formlosen Schemen verwischten. Trotzdem spürte Leif deutlich, wie die Mordlust an Deck immer mehr zur Raserei wurde, und alle Männer bloß noch blind auf jeden einschlugen, der ihnen vor die Klinge lief.

Diese Idioten, dachte er. *Sie werden sich noch selbst umbringen!*

Neben ihm stöhnte jemand.

Leif riss instinktiv die Axt nach oben, aber er senkte sie gleich wieder, als er Haldor entdeckte. Sein Bruder strampelte sich gerade an der Reling der Kogge empor. Offenbar versuchte er das schon seit einer geraumen Weile, denn seine Hände hatten sich an dem rauen Holz ganz wundgerieben. Es wäre ihm auch jetzt nicht gelungen, sich auf das Handelsschiff zu zappeln, wenn Norwin ihm keinen Klaps auf den Hintern gegeben hätte. Mit dem zusätzlichen Schwung konnte Haldor endlich seine Beine über die Reling wuchten und sich träge auf das Deck der Kogge rollen.

Ausgerechnet in eine Blutlache, die dort über die Planken floss.

Haldor fuhr angeekelt hoch und begann zu würgen. Wahrscheinlich hätte er sich erneut übergeben, wenn Leif ihn nicht grob an der Schulter gepackt hätte. So verschluckte sich Haldor bloß an seiner eigenen Übelkeit, während er erschrocken zu seinem Bruder aufsah. Er hielt ihn wohl in dem Rauch für einen Feind, denn er schwang sofort den Dolch in die Höhe, um sich zu verteidigen.

Leif fing die Klinge ab, bevor sein Bruder ihm damit den Bart stutzen konnte. »Entspann dich«, sagte er. »Ich bin es.«

»Leif«, bemerkte Haldor. Zuerst erleichtert, dann verwirrt. »Was machst du hier? Solltest du nicht Köpfe abschlagen und Herzen durchbohren?«

»Dasselbe könnte ich dich fragen. Was hast du auf der Kogge zu suchen?«

»Ich muss meine Pflicht erfüllen«, erklärte Haldor.

»Du musst gar nichts.«

»Aber Vater wird mich bestrafen, wenn ich mich vor dem Kampf drücke.«

Passend in dem Moment hob Thorhall mitten in dem Getümmel seine Faust und rammte sie einem Seemann so brachial ins Gesicht, dass er Fleisch und Knochen darin zerschmetterte. Haldor erzitterte, als hätte ihn der Hieb am eigenen Leib getroffen. Gleichzeitig ballte er seine Hand noch fester um den Dolch zusammen und schnitt eine Grimasse, die wohl entschlossen und mutig wirken sollte, obwohl sie in Wahrheit nur panische Angst widerspiegelte.

»Sei unbesorgt. Vater wird dich nicht bestrafen«, versicherte Leif ihm.

»Selbstverständlich wird er das. Du hast doch gehört, was er uns angedroht hat. Er wird jeden Feigling an den Mast nageln. Darauf kann ich verzichten!« Haldor wollte sich schon in den Kampf stürzen, aber Leif stoppte ihn nach einem halben Schritt.

»Was soll das?«, fauchte Haldor.

»Du wirst jetzt auf unser Schiff zurückgehen und dort warten.«

»Werde ich nicht. Ich muss kämpfen.«

»Womit denn kämpfen? Mit dem winzigen Dolch? Oder mit deinen butterzarten Muskeln?« Leif schlug ganz bewusst diesen verletzenden Ton an, um Haldor zur Vernunft zu bringen. »Du kannst keinen einzigen Schwerthieb parieren, ohne dabei zu sterben.«

»Das ist mir egal«, sagte Haldor trotzig. »Jeder Tod ist mir inzwischen lieber als eine weitere Demütigung von Vater. Wenn ich nicht kämpfe, bin ich als Wikinger wertlos, verstehst du?«

»Bist du nicht. Du hast andere Fähigkeiten. Welche, die uns noch sehr nützlich sein werden«, war Leif überzeugt. Er spähte über die Schulter und musterte die vielen Schemen, die sich unverändert in dem Rauch bewegten. Gerade hackte einer seiner Kameraden mit dem Schwert auf einen Mann ein, der flehend die Hände erhoben hatte und um Gnade winselte. »Außerdem werden wir keine Unschuldigen niedermetzeln«, stellte Leif klar. »Wir sind nicht hier, um zu morden. Wir werden uns einfach die Nahrungsmittel aus dem Laderaum nehmen, mehr nicht. Deshalb will ich, dass du zurück auf unser Schiff gehst und dort wartest, bis der Kampf vorüber ist.«

Haldor hätte sich tatsächlich am liebsten unter einer Ruderbank verkrochen. Aber sein Blick konnte einfach nicht von Thorhall ablassen, der alle paar Sekunden wie ein Racheengel in dem Qualm auftauchte und dafür sorgte, dass Haldor seine Drohung nicht vergaß. »Ich kann nicht«, sagte er gepresst. »Es tut mir leid.«

Er wollte abermals loslaufen – und wieder blockte Leif seine Bewegung ab. »Jetzt werd endlich vernünftig«, forderte er.

»Lass mich!«

»Begreifst du denn nicht, dass ich dich nur schützen will?«

»Du kannst mich nicht vor Vater schützen. *Und jetzt lass mich kämpfen!*« Haldor schüttelte sich in Leifs Griff, aber ihm fehlte natürlich die nötige Kraft, sich zu befreien.

»Du wirst jetzt zurückgehen«, wiederholte Leif streng.

»*Lass mich!*«

Leif sah sich zum Äußersten gezwungen. Er wollte seinen Bruder einfach hinunter auf das Wikingerschiff werfen, aber daraus wurde nichts. Haldor fuchtelte plötzlich den Dolch zu ihm herum. Die Klinge streifte nur sanft über sein Kettenhemd; trotzdem ließ Leif seinen Bruder reflexartig los und taumelte zur Seite – so wie Haldor das geplant hatte. Denn er stieß sich augenblicklich von der Reling ab und humpelte auf den Kampf zu.

»Haldor, nicht!« Leif streckte wieder die Hand nach ihm aus, doch seine Finger griffen um Haaresbreite ins Leere.

Haldor achtete nicht länger auf ihn. Die Angst vor Thorhalls Strafe trieb ihn unerbittlich weiter; mitten in diesen tollwütigen Fleischwolf aus Äxten und Klingen hinein.

»*Verdammt!*«, schimpfte Leif. Er zerbiss noch einige Flüche mehr auf den Lippen, während er seinem Bruder nachlief. Auch wenn er ihm nicht schnell genug folgen konnte, um ihn einzuholen. Denn Haldor tänzelte trotz seiner Behinderung erstaunlich schnell durch die Menge und war schlank genug, dass ihn die Waffen einfach verfehlten. Leif prallte dagegen ständig mit irgendwelchen Männern zusammen, die entweder Freund oder Feind waren – und die er jedes Mal umständlich beiseiteschubsen musste, damit er weitergehen konnte. Manchmal blieb ihm auch gar nichts anderes übrig, als doch seine Axt zu benutzen, um eine Klinge abzuwehren.

»Haldor?«

Er drehte sich einmal im Kreis. Rings um ihn herum tummelten sich zahllose Männer, die auf ihren Füßen wankten oder vor Erschöpfung und Schmerzen keuchten. Seine Stiefel platschten abwechselnd durch Blut und Erbrochenes oder stießen gegen leblose Körper am Boden. Und der Rauch nebelte ihn so dicht ein, dass er stellenweise kaum noch die berühmte Hand vor Augen sehen konnte, geschweige denn seinen Bruder ausfindig machen.

»Haldor?« Leif schwang sich von links nach rechts und hielt immer verzweifelter Ausschau nach einem bekannten Gesicht. »Wo steckst du?«

Nebenbei blockte er mit der Axt zwei Schwerthiebe eines Seemannes ab, bevor er seinen Gegner einfach zu Fall brachte. Danach stiefelte Leif über den Mann hinweg und gelangte zur Backbordreling der Kogge. Es hätte ihn nicht überrascht, wenn Haldor dort ins Wasser geplumpst wäre – ungeschickt, wie sein Bruder war. Doch als Leif nach unten spähte, entdeckte er nur ein paar Frauen und Händler, die gerade von der Kogge davonschwammen.

Mist. Leif drehte sich um. *Wo steckt er?*

Wie es der Zufall wollte, taumelte soeben ein Wikinger an ihm vorbei. Leif griff beherzt zu und fischte den Mann aus dem Rauch. Leider hatte er den schlechtesten Fang gemacht, den er sich vorstellen konnte. Denn ihm starrten zwei grottenschiefe Augen entgegen.

»Isbert«, erkannte Leif. »Hast du Haldor gesehen?«

»Haldor?« Der Steuermann schielte ziellos durch die Gegend. »Nein, habe ich nicht.«

Diese Antwort hätte sich Leif ja denken können! Er nahm seine Hand von Isbert, worauf sich der Steuermann sofort mit dem nächsten Gegner bekämpfte. Wenn auch mit einem, den es gar nicht gab. Denn Isbert wirbelte seine Axt mal wieder nur in die leere Luft und wurde dabei so stürmisch nach vorne gerissen, dass er ein unfreiwilliges Tänzchen über das Deck machte.

Leif richtete sich derweil zur vollen Größe auf und blickte von einem Schemen zum anderen. *Erik. Ragnar. Tjure.* Er konnte auch jetzt keinen einzigen Kameraden klar und deutlich in dem Rauch sehen, aber er erkannte sie sehr wohl anhand ihrer Bewegungen und Keuchlaute. *Olaf. Grimar. Thorhall.* Sie alle duellierten sich mit den letzten Seeleuten, die bis jetzt überlebt hatten. Und dazwischen wälzten sich immer mehr Verletzte über den Boden oder kauerten Leichen in ihren Blutlachen. Welche, die Rüstungen trugen. Welche, die in Hemden und Pluderhosen steckten. Und irgendwo gab es auch eine zierliche Leiche mit einem viel zu großen Kettenhemd ...

Plötzlich wurde es auch Leif furchtbar übel.

»Haldor!«

Er wankte steifbeinig auf die Leiche zu. Unterwegs verteilte er ein paar grobe Fausthiebe, um sich einen Pfad durch die Menge zu schlagen; dann ließ er sich neben dem Toten auf die Knie fallen – und stöhnte erschüttert, als er das blonde Haar vor sich sah. *Das darf nicht wahr sein. Bitte Odin, das darf einfach nicht wahr sein!* Er wagte es kaum, den Toten an der Schulter zu berühren und ihn auf den Rücken zu drehen. Aber am Ende musste er es natürlich doch tun, wenn er Gewissheit haben wollte.

Es war nicht Haldor.

Vor Leif lag ein Schiffsjunge, keine vierzehn Jahre alt. Abgeschlachtet von einem Axthieb, der ihm von der Brust bis zum Bauchnabel den halben Körper aufgeschlitzt hatte. Seine Augen standen offen und zeugten von einem grässlichen Schmerz, den er bei seinem Tod verspürt haben musste, und aus seiner Wunde quoll unablässig Blut.

Leif ertappte sich dabei, dass er trotz allem erleichtert darüber war … ehe er kurz darauf irritiert den Kopf hob.

Wenn Haldor nicht hier ist, wo steckt er dann?

Vor ihm schimmerten die Konturen einer Treppe durch den Rauch, die unter Deck führte. Ein Mann wankte soeben über die oberste Stufe. Leif hätte ihm keine Beachtung geschenkt, wenn der Mann nicht einen verkrüppelten Fuß hinter sich hergezogen hätte.

Haldor, bemerkte Leif. *Was hat dieser Dummkopf vor?*

Er konnte es sich nicht erklären. Aber er ahnte natürlich, dass es böse für seinen Bruder enden würde – und deshalb schnellte Leif sofort hoch und rannte ihm nach. Obwohl er nur einen Augenblick benötigte, um die Treppe zu erreichen, konnte er Haldor nicht mehr sehen. Als er bei der obersten Stufe ankam, fiel sein Blick lediglich in einen düsteren Raum hinab, in dem sich absolut nichts regte. Leif beging jedoch nicht den Fehler, einfach leichtsinnig nach unten zu stürmen. Er tastete sich mit der Axt nur Stück für Stück in die Tiefe und misstraute jedem Schatten in seiner Nähe.

»Haldor?«, flüsterte er. »Wo bist du?«

Leif musste den Kopf einziehen, damit er mit seinem Helm nicht an einem Querbalken hängenblieb. Schließlich hielt er nach der untersten Stufe inne. Vor ihm erstreckte sich ein Laderaum, der im scharfen Kontrast zu allem stand, was sich darüber an Deck abspielte. Denn der Kampflärm drang nur gedämpft durch die dicken Holzplanken, und statt Rauch gab es hier unten ein schummeriges Halbdunkel. Das Sonnenlicht sickerte bloß durch ein paar Ritzen von draußen herein und plätscherte wie Milch über Fässer, Kisten und Jutesäcke, die hier zuhauf lagerten.

»Haldor?«

Leif forschte mit allen Sinnen durch den Raum. Neben der Treppe gab es mehrere Käfige, in denen Hühner gackerten und Ferkel grunzten – und zwar ganz ohne einen Schimmelfleck am Leib. Ein Anblick, der Leif durchaus schmeichelte; nach allem, was er zuhause erleben musste.

Lange ließ er sich davon jedoch nicht ablenken.

Er blickte kurz die Treppe hinauf zu seinen Kameraden, dann drang er behutsam in den Laderaum vor. Die Schatten links und rechts befeuerten sein Misstrauen noch mehr, sodass er die Axt ständig von einer Seite zur anderen richtete, um sich gegen einen Angriff zu schützen. Und jedes Mal, wenn über ihm ein Mann zu hart auf das Deck stampfte, puffte eine Staubwolke in den Laderaum herab und erzeugte noch mehr Bewegungen, die Leif nervös machten.

»Haldor, jetzt komm schon! Wo steckst du?«

Vor ihm raschelte etwas.

Begleitet von einem metallischen Klirren.

Leif kannte das Geräusch und sah sich gewarnt. Er verlagerte seinen Griff an der Axt, um gleich einen schnellen Stoß mit ihr ausführen zu können, und setzte seine Stiefel möglichst sanft auf den Boden, damit das Holz nicht knarrte.

Vor ihm kam eine Lücke zwischen zwei Kisten in Sicht. Dazwischen bewegte sich eine Gestalt, spannte sich an, hielt sich zum Sprung bereit.

Vergiss nicht: Du bist kein Mörder, ermahnte Majvi ihn.

Leif blieb nur zu hoffen, dass er sich gleich daran halten konnte.

Die Lücke lag jetzt genau vor ihm.

Das Rascheln war darin verstummt, aber dafür drang ein gehetztes Atmen aus dem Dunkeln hervor. Eines, das an eine Katze erinnerte, die in die Enge getrieben worden war.

Leif hielt sich bereit, packte die Axt mit ganzer Kraft. Dann schnellte er überfallartig vor und stieß seine Waffe um die Ecke.

Er hätte beinahe eine Frau erschlagen, die in der Lücke kauerte. Sie hielt in der einen Hand ein fingerlanges Messer; mit der anderen presste sie einem Säugling den Mund zu, damit er nicht schreien konnte. Leif stoppte die Axtklinge gerade noch, bevor sie die Mutter und ihr Kind zweigeteilt hätte. Die Frau schrak unter dem Angriff dennoch zusammen und prallte mit dem Rücken nach hinten gegen einen Holzsparren.

»Bitte«, winselte sie mit einem germanischen Akzent. »Verschont meine Tochter ... nur meine Tochter ...«

»*Schssst*«, machte Leif besänftigend. Er senkte die Axt, um seine guten Absichten zu unterstreichen. »Ich will Euch nichts tun.«

Damit irritierte er die Frau mehr, als dass er sie beruhigte. »Nichts tun?«, stutzte sie. »Gehört Ihr denn nicht zu diesen Wilden?«

Wilden.

Die Bezeichnung machte Leif endgültig bewusst, was aus ihm und seinen Kameraden geworden war. Was sie hier taten. Und dass es dafür keine Entschuldigung gab.

»Doch, ich gehöre zu ihnen«, bekannte sich Leif. Er machte einen Schulterblick zur Treppe. Bislang hatte sich kein anderer Wikinger in den Laderaum gewagt, aber das würde nicht ewig so bleiben. Schon jetzt huschten seine Kameraden verdächtig nahe an den Stufen entlang – und es war nur eine Frage der Zeit, bis sie hier herunterkommen und jeden Zeugen ermorden würden, den sie entdeckten.

»Versteckt Euch so gut, Ihr könnt«, wies Leif die Frau an. »Am besten dort, wo es weder etwas Essbares noch etwas Wertvolles gibt, damit Euch meine Leute nicht finden. Und verhaltet Euch leise, bis wir fort sind. Habt Ihr verstanden?«

Die Frau nickte, obwohl ihr Stirnrunzeln besagte, dass sie *rein gar nichts* verstand. Trotzdem wusste sie Leifs Gutmütigkeit zu schätzen. Sie raffte sich hastig mit ihrer Tochter auf und schlüpfte zwischen den Kisten hervor. »Danke«, flüsterte sie. »Mögen die Götter Euch behüten.«

»Wartet!«, sagte Leif, gerade als die Frau an ihm vorbeilaufen wollte. »Habt Ihr meinen Bruder gesehen? Ein junger Mann, hager wie ein Bettelknabe und ...«

Seine Frage erübrigte sich in derselben Sekunde, als aus dem Achterbereich des Laderaums ein schrilles Heulen kam.

Die Frau erkannte, dass sie Leif nicht mehr antworten musste. Sie nickte ihm deshalb nur zu – *danke noch mal* –, bevor sie sich irgendwo ein sicheres Plätzchen suchte.

Leif konnte sich nicht länger um sie kümmern. Denn Haldor hatte sich nicht etwa das Schienbein angeschlagen oder war vor einer Ratte erschrocken, sondern steckte in ernsthaften Schwierigkeiten. Aus dem Halbdunkel kamen nämlich noch mehr Geräusche – und nicht alle stammten von Haldor. Irgendwo trampelten auch die Stiefel einer zweiten Person über den Boden. Jemand murmelte etwas Feindseliges, und schließlich gab es ein helles *Ping*, als eine große Klinge gegen eine wesentlich kleinere prallte.

Leif hastete wieder los.

Im Slalom schlängelte er sich an mehreren Fässern vorbei und kappte mit der Axt ein Seil, das sich quer durch den Raum spannte. Schließlich erreichte er einen weiteren Kistenstapel, hinter dem sich ein ungleicher Kampf abspielte. Haldor stand in der Ecke und wirbelte den Dolch so ungestüm durch die Luft, dass sein Schultergelenk knackte. Wirklich viel konnte er damit jedoch nicht ausrichten. Vor ihm baute sich ein Seemann auf und attackierte ihn mit einem Schwert. Einmal gelang es Haldor, die Klinge von sich abzufälschen, doch beim zweiten Mal rettete ihn nur ein linkischer Tapser davor, einfach aufgespießt zu werden. Er stolperte über einen Holzbalken, kippte zu Boden und wollte sogleich wieder den Dolch in die Höhe winkeln, aber bis dahin raste die Schwertklinge erneut auf ihn herab.

Mitten in sein Herz.

Jedenfalls hätte sie genau das getan, wenn Leif nicht gewesen wäre. Er rammte seinen Ellbogen zwischen die Schulterblätter des Seemannes und trat ihm gleichzeitig mit dem Stiefel in die Kniekehle. Der Mann stieß ein mattes »Uff« aus und brach zusammen. Leif verpasste ihm noch einen Fausthieb gegen den Hinterkopf, um ihn vollends außer Gefecht zu setzen. Danach bückte er sich zu Haldor und riss ihm den Dolch aus der Hand.

»Kannst du mir mal verraten, was das sollte?«, schimpfte er.

»Ich ... ich habe ...«, stotterte Haldor.

»Willst du unbedingt sterben?« Leif war drauf und dran, ihm eine Ohrfeige zu geben. Stattdessen zog er Haldor mit einem Ruck auf die Füße und hielt ihn lange genug fest, bis er sich ausbalanciert hatte. »Ich hätte dich wirklich für klüger gehalten.«

»Ich musste es tun«, rechtfertigte sich Haldor. »Ich habe den Seemann in den Laderaum verfolgt, weil ich dachte, ich könnte ihn niederstechen. Um endlich meinen ersten Mord zu begehen. Wie soll ich denn sonst jemals ein richtiger Wikinger werden?«

»Du bist schon ein Wikinger. Hör auf, dir ständig von Vater etwas anderes einreden zu lassen.« Leif streifte Haldor eine verschwitzte Haarsträhne aus dem Gesicht. »Es kommt nicht darauf an, wie viele Menschen du tötest oder wie viele Frauen du ins Bett bekommst. Es ist dein Verstand, der dich zu einem wahren Mann macht. Und was den betrifft, bist du von uns allen der stärkste und männlichste Wikinger überhaupt.«

»Erik und Vater würden das bestimmt anders sehen«, sagte Haldor nüchtern. Sein Blick sank auf den Seemann am Boden herab. »Vielleicht sollte ich ihn trotzdem töten?«, sinnierte er. »Um zu wissen, wie es sich anfühlt.«

»Scheußlich«, meinte Leif. »Glaub mir, so ein Mord ist bei weitem nicht so heroisch wie die Skalden es in ihren Liedern besingen. Darum solltest du nicht länger so besessen davon sein, jemanden zu töten, nur weil du dich Vater gegenüber beweisen willst.«

»Soll ich stattdessen bis an mein Lebensende den Dorfnarr spielen?«

»Deine Zeit wird irgendwann kommen, in der du etwas Großes, Einmaliges vollbringst.« Leif lächelte zuversichtlich. »Du musst nur die Augen offenhalten, damit du deine Chance im richtigen Moment ergreifen kannst. Und das wirst du, davon bin ich überzeugt.«

In Haldors Gesicht schlug sich ein zweiflerischer Ausdruck nieder. Einfach deshalb, weil er schon viel zu viele Enttäuschungen erdulden musste, um jetzt noch an sich selbst glauben zu können. »Meinst du das ernst?«, hakte er nach.

»Ja, das meine ich. In dir steckt mehr, als du dir zutraust«, bestätigte Leif ihm. Er legte eine andächtige Pause ein und seufzte matt. »Doch nun sollten wir dich schleunigst zurück auf unser Schiff ...«

»*Leif?*«, rief Thorhall plötzlich von der Treppe her. »Bist du hier unten?«

»Wir sind hier, Vater«, gab sich Leif zu erkennen.

Thorhall marschierte daraufhin hörbar durch den Laderaum und bog wenig später um den Kistenstapel. An seinem Schwert klebten Haut- und Fleischfetzen. Sein Kettenhemd war rot betupft, und auch sein Gesicht glänzte vor Blut, als hätte er manche Männer mit den bloßen Zähnen totgebissen. Womit sich Thorhall übrigens rundum wohlfühlte, denn er strahlte eine Zufriedenheit aus, die er zuletzt in seiner Hochzeitsnacht empfunden hatte.

»Da bist du«, sagte er, als er seinen Zweitgeborenen entdeckte. »Was treibst du hier unten?«

»Haldor und ich haben den Seemann verfolgt, als er fliehen wollte«, schwindelte Leif. Er nickte auf den Bewusstlosen am Boden.

Womit er seinem Vater die gute Laune gleich wieder verdarb. Denn Thorhall bemerkte Haldor erst jetzt und verzog missfällig das Gesicht.

»Haldor hat wieder viel Mut bewiesen – so wie bei Gunnar«, behauptete Leif. »Der Seemann hat mich in die Enge getrieben. Ich konnte mich mit meiner Streitaxt kaum gegen ihn wehren, aber Haldor hat mich gerettet.«

»So?«, machte Thorhall skeptisch. »Hat er das?«

Auch Haldor blinzelte verdutzt. *Habe ich das?*

Leif nickte und tätschelte seinem Bruder anerkennend die Schulter. »Er hat den Seemann mit einem einzigen Hieb niedergeschlagen.«

Thorhall witterte die Lüge. Selbstverständlich witterte er sie. Er konnte jede Lüge und Feigheit so gut riechen wie ein Jagdhund ein Kaninchen. Und Haldor *stank* mit seinem Angstschweiß regelrecht wie jemand, der auf ganzer Linie versagt hatte. Doch Thorhall ging nicht darauf ein. *Nicht jetzt.* Stattdessen wandte er den Kopf und betrachtete die Fässer und Kisten, die sich wie braune Juwelen in dem Laderaum verteilten.

Leif schloss sich seinem Blick an und stellte fest, dass es auffallend still an Bord geworden war. Nur die Kogge ächzte noch wie ein riesiger Sarg, mehr nicht. Und an Deck ertönte kein Kampflärm mehr, sondern das feixende Gelächter der Wikinger.

»Klingt, als hätten wir gewonnen«, bemerkte Haldor.

»Erstaunlich, was deinem Spatzenhirn alles auffällt«, murrte Thorhall. »Ach, und wenn du beim nächsten Mal einen Gegner niederschlägst, dann töte ihn gefälligst auch! Damit er nicht mehr zur Gefahr werden kann.« Er rammte sein Schwert in den bewusstlosen Seemann am Boden, um ihn nach Walhalla zu schicken. Danach zog er die Klinge aus dem Körper, rieb sie grob an einem Jutesack sauber und wies mit ihr anschließend zur Treppe hinüber. »Jetzt steht nicht so unnütz da. Schwingt eure lahmen Knochen nach oben!« In Thorhalls Augen trat ein lüsternes Glitzern, bei dem er jetzt eindeutig wie ein Piratenkapitän wirkte. »Ich will meine Beute zählen ...«

12 Als Haldor und Leif hinter ihrem Vater zurück an Deck stiegen, erkannten sie die Kogge kaum wieder. Ihre Kameraden hatten ganze Arbeit geleistet und das Schiff mit Blut, Leichen sowie hunderten Holz- und Metallsplittern verziert. Das Segel hing in Fetzen vom Mast herab, und im Rumpf steckten mehr Pfeile, als man mit einem Blick zählen konnte. Über diesem schwimmenden Friedhof lachte die Sonne ungetrübt vom Himmel, denn der Rauch hatte sich komplett verzogen und waberte in der Ferne bloß noch als hauchfeiner Dunst über dem Wasser umher.

Soweit Leif das beurteilen konnte, hatten nicht viele Besatzungsmitglieder der Kogge überlebt. Erik sowie drei andere Wikinger trieben gerade eine Handvoll Seeleute am Bug zusammen. Grimar und Ragnar klapperten unterdessen die Leichen ab und stellten sicher, dass wirklich alle tot waren. Norwin hielt derweil die Stellung auf dem Wikingerschiff und überwachte das Meer, falls sie unerwarteten Besuch bekommen sollten. Und Arvid stand an der Backbordreling und machte sich einen Spaß daraus, mit seinem Bogen auf jene Menschen zu schießen, die von der Kogge ins Wasser gesprungen waren und davonschwimmen wollten.

»Erik!« Thorhall dirigierte seinen Erstgeborenen mit einem Wink zu sich. »Nun lass hören! Was gibt es zu berichten?«

»Nicht vieles, Vater.« Erik rahmte die wichtigsten Punkte an Deck mit einer Geste ein. »Wie du sehen kannst, haben sich uns ein paar Männer ergeben. Die anderen sind entweder tot oder geflohen; vielleicht haben sich auch einige versteckt. Das Schiff selbst ist weitgehend intakt.«

Thorhall quittierte die Meldung mit einem strammen Nicken. »Gibt es Verletzte zu beklagen?«

»Ein paar Kameraden haben Platzwunden und Schnitte erlitten. Isbert ist schon dabei, sie wieder zusammenzuflicken.« Erik winkte auf den Steuermann, der sich – zu ihrem Pech – auch noch als Krankenpfleger nützlich machte. Gerade stopfte er mit einer krummen Nadel sowie einem Stück Garn eine Wunde an Halvars Schulter. Der Schmied musste dabei ganz schön die Zähne zusammenbeißen, denn Isbert stocherte die Nadel so ziemlich überall hin. Teilweise sogar in Halvars Gesicht, obwohl es dort überhaupt nichts zu nähen gab ...

»Außerdem hat es Hakon erwischt«, sagte Erik. Er zeigte auf die Leiche eines Wikingers, die wie ein Fremdkörper zwischen den ermordeten Seeleuten lag. Sein Helm sah zerbeult aus. Seine Hand krampfte sich noch um eine Streitaxt, und in seiner Brust schillerten drei Stichwunden, die beinahe bis zum Rückgrat reichten.

»Hakon«, sagte Thorhall. Mit einem Bedauern, das kaum dazu ausgereicht hätte, eine Zahnlücke zu füllen. »Ein ehrenwerter Mann.«

»Das war er«, bestätigte Erik. »Er und seine Frau Valla haben erst vorigen Monat einen Sohn bekommen.« Auch seine Trauer war so knapp bemessen, dass sie sich bereits nach einem Atemzug schon wieder verflüchtigte. »Ich werde Arvid und Snorre anweisen, seinen Leichnam auf unser Schiff zu bringen, damit wir ihn zuhause standesgemäß bestatten können.«

»Nein«, entschied Thorhall. »Wir können ihn nicht mitnehmen.«

»Du willst ihn hierlassen?«, mischte sich Leif ein.

»Wir müssen. Auf unserem Schiff gibt es nicht genug Platz für unnötigen Ballast.«

»*Unnötiger Ballast?*«, empörte sich Leif. »Hakon war ein Mitglied unserer Sippe. Er hat es verdient, dass wir ihn zu seiner Familie bringen und ...«

»Halt mir keine Vorträge«, unterbrach Thorhall ihn. »Wir befinden uns auf einem Raubzug; da brauchen wir jede verfügbare Lücke auf unserem Schiff, um die Beute unterzubringen. Vergiss nicht: Ein Getreidesack mehr oder weniger kann darüber entscheiden, ob unsere Familien heil durch den Winter kommen oder nicht. Und da wir gerade davon sprechen ...«, setzte Thorhall scharf nach, als Leif etwas erwidern wollte, »... mach dich endlich nützlich und hol mit den Männern die Ladung an Deck. Andernfalls wird noch ein Platz mehr in unserem Schiff frei werden.«

Leif verwünschte Thorhall in Gedanken, aber er sah sich gut darin beraten, seinen Vater nicht zu provozieren. Also begab er sich mit Haldor sowie fünfzehn anderen Männern zurück in den Laderaum und machte sich daran, die Fässer, Kisten und Säcke an Deck zu bringen. Erik war sich als Erstgeborener zu fein dazu, selbst mit anzupacken. Er verharrte lieber an Thorhalls Seite und inspizierte mit ihm alles, was die Männer vor ihnen anhäuften. Viel war es nicht. Um ehrlich zu sein, erwies sich die Ladung als reine Enttäuschung, denn nur die wenigsten Kisten enthielten etwas Nahrhaftes. Oft fanden die Wikinger in ihnen bloß Tierfelle oder Geschirr. Ähnlich ernüchternd fiel auch die Bilanz bei den Fässern aus. Die meisten waren mit Trinkwasser gefüllt, und in den Säcken befand sich nur eine magere Mischung aus Gerste und Weizen. Aber die würde Thorhalls Sippe ebenso wenig satt machen, wie die paar Ferkel und Hühner, die Haldor an Deck trieb.

»Ist das alles?«, fragte Thorhall. Er schaufelte eine Handvoll Getreide aus einem Sack und schleuderte es ungehalten über das Deck. Zur Begeisterung der Hühner natürlich, die sich sofort daranmachten, die Körner aufzupicken.

»Mehr konnten wir im Laderaum nicht finden«, bestätigte Leif.

»Habt ihr wirklich jeden Winkel an Bord durchsucht?«

»Ich versichere dir, Vater: Mehr ist nicht hier.« Leif deutete auf die Treppe, die hinab in den Rumpf führte. »Du kannst dich gerne selbst überzeugen, wenn du mir nicht glaubst.«

Thorhall schob verärgert seine Augenbrauen zusammen und stapfte zu den gefangenen Seeleuten hinüber, die auf dem Boden saßen. »Wer von euch hat hier den höchsten Rang?«, wollte er von ihnen wissen.

Ein Mann in der Menge straffte sich und ließ in seiner Haltung etwas anklingen, das mehr Trotz als Furcht ausdrückte. Und das, obwohl Thorhalls Schwert nur einen Meter von seinem Kopf entfernt in der Luft schwebte. »Ich bin Nerdis Dunarson, der Schiffmeister«, stellte er sich vor. »Und mit wem habe ich die Ehre?«

»Mein Name tut nichts zur Sache«, erklärte Thorhall.

»Wir werden trotzdem in Erfahrung bringen, wer Ihr seid. *Und dann gnaden Euch die Götter!*«, zürnte Nerdis. »Euch ist hoffentlich bewusst, welches Verbrechen Ihr begangen habt? Wir sind im Auftrag von Fürst Sverrir, dem Herrn von Vik, unterwegs. Wenn er erfährt, dass Ihr sein Schiff gekapert habt, wird er Euch und Eure Sippe bis auf den letzten Mann hinrichten.«

»Ist das so?«, erwiderte Thorhall ungerührt. »Nun, dann werde ich diesem aufgeblasenen Wicht eine Botschaft senden, die er niemals vergessen wird.«

Noch während er das sagte, riss er Nerdis auf die Füße und zerrte ihn zu dem Schiffsmast hinüber. Dort rammte er ihn mit dem Rücken so wuchtig gegen das Holz, dass sich Nerdis den Kopf wund schlug und für einen Wimpernschlag ohnmächtig wurde – und dafür musste er sogar dankbar sein. Denn die kurze Bewusstlosigkeit betäubte ihn, während Thorhall sein Schwert durch die Brust des Schiffmeisters bohrte. Langsam und vorsichtig, um keine lebenswichtigen Organe zu verletzen; und doch tief genug, dass die Klingenspitze die Wirbelsäule mit einem hässlichen Knacken durchtrennte und Nerdis fest an den Mast nagelte. Die Schmerzen rissen den Schiffmeister sogleich wieder aus seinem Dämmerschlaf. Er kreischte auf und versuchte, die Klinge aus seinem Leib zu ziehen. Aber seine unteren Extremitäten waren vollkommen gelähmt, und seine Arme schlenkerten ebenfalls nur noch ziellos umher.

Leif und die übrigen Wikinger wohnten dem *Hlut* – wie das Pfählen in ihrer Sprache genannt wurde – mit unbewegten Mienen bei. Diese Art der Hinrichtung fand zumeist bloß bei Verbrechern statt, die besonders abscheuliche Dinge getan hatten. Aber Thorhall benutzte sie gelegentlich auch bei kleineren Delikten, weshalb sich sogar Haldor an diesen Anblick gewöhnt hatte und nicht ganz so bleich aus der Wäsche sah, wie man das von ihm hätte erwarten können.

Thorhall ließ Nerdis eine ganze Weile an der Klinge zappeln, ehe er sich ihm bis auf wenige Zentimeter näherte. »Wenn ich dich von deinem Leid erlösen soll, wirst du mir jetzt verraten, wo ihr die übrigen Vorräte versteckt habt«, raunte er ihm zu.

»Vor ... räte?«, presste Nerdis aus der Kehle, zusammen mit einem Blutspritzer.

»Du weißt, wovon ich rede. Sverrir schickt immer ein Schiff pro Woche in den Süden; voll beladen mit allem, was seine Bauern und Handwerker erwirtschaftet haben. Also«, setzte Thorhall von neuem an, während er einen Dolch von seinem Gürtel nahm und auch ihn millimeterweise in Nerdis' Brust bohrte. Zuerst nur durch sein Lederwams, dann durch das Hemd darunter, und schließlich berührte die Klinge den Schiffmeister an der nackten Haut, sodass er wie elektrisiert zusammenzuckte. »Wo sind die Vorräte? In einem Geheimfach? Unter einem doppelten Boden? Versteckt hinter einer Wand im Rumpf?«

»Nichts dergleichen. Wir haben ... nur das geladen, was Ihr bereits gefunden ...«

Nerdis brach ab, als sich die Dolchklinge nun ebenfalls zwischen seine Rippen grub.

»Wo sind die Vorräte?«, fasste Thorhall nach. Er winkelte die Klinge in der Wunde hin und her, um Nerdis ganz betrunken vor Schmerzen zu machen. Der Schiffmeister blähte die Backen auf und versuchte, abermals zu schreien, aber die Luft in seiner Lunge war viel zu dünn geworden. Und so drang aus seinem Hals nur ein ersticktes Gurgeln sowie ein weiterer Blutspritzer.

»An deiner Stelle würde ich anfangen zu reden. Sonst wird es noch schlimmer für dich«, drohte Thorhall ihm. »Der letzte Mann, den ich gepfählt habe, hatte am Ende elf Klingen im Körper. Und ich versichere dir: Das willst du nicht erleben.«

Nerdis bewegte die Lippen, aber es kostete ihn mehrere Atemstöße, bis er endlich seine Stimme wiedergefunden hatte. »Wir haben ... keine Vorräte versteckt. Ich schwöre es.«

»Es nützt dir gar nichts, uns die Wahrheit zu verheimlichen«, ärgerte sich Thorhall. Er platzierte den Daumen auf dem Griff des Dolchs, um die Klinge immer tiefer in das Fleisch des Schiffmeisters zu drücken. »Wir werden die Vorräte so oder so finden, selbst wenn wir dazu diesen Kahn in seine Einzelteile zerlegen müssen. *Und nun sag schon! Ich bin es leid, danach zu fragen. Wo sind sie? WO?*«

»Vater, das reicht.«

»Misch dich nicht ein, Leif!«, wetterte Thorhall. »Ich weiß schon, was ich tue.«

»Die ... Zwerge«, stammelte Nerdis auf einmal.

»Die Zwerge?«, meldete sich Erik. Bei ihm löste dieses Wort dasselbe Unbehagen aus, wie bei allen anderen Männern. »Was ist mit ihnen?«

Nerdis sah zu ihm herum, aber es war fraglich, ob er Erik überhaupt noch bewusst wahrnehmen konnte. Sein Gesicht wirkte vor Qual wie verwüstet und färbte sich zunehmend grau, als würde der Tod einen ersten Schatten über ihn werfen. Trotzdem flackerte plötzlich etwas Ängstliches in seiner Miene; etwas, das seinen folgenden Worten nicht nur die nötige Glaubwürdigkeit verlieh, sondern auch eine unheilvolle Betonung. »Bei den Zwergen am Schwarzstrand ... ist irgendwas im Gange. Etwas Großes ... Seltsames«, berichtete er.

»Was meinst du mit *seltsam*?«, fasste Thorhall nach.

»Niemand weiß ... etwas Genaues darüber. Die Zwerge sind vor einigen Tagen nach Vik gekommen und haben für eine horrende Summe fast alle Vorräte dort aufgekauft. Deshalb gibt es auf unserem Schiff nicht mehr viel, das wir in den Süden bringen können.«

»Wie viele Vorräte denn?«

»Achtzig Tonnen Getreide, fast ebenso viel Obst und Gemüse. Sowie massenhaft Vieh und über zweihundert Klafter Holz«, zählte Nerdis auf.

»Willst du uns verarschen?«, wetterte Erik. »Wozu sollten die Däumlinge das tun? Sie bunkern doch selbst schon genug Vorräte und Holz in ihrer Festung.«

»Das haben ... wir uns auch gefragt«, stöhnte Nerdis. Seine Stimme war brüchig geworden und setzte manchmal sogar ganz aus, wodurch die Wikinger ihm jedes Wort von den Lippen ablesen mussten. »Es wird gemunkelt, dass die Zwerge ... irgendwas entdeckt haben. Sie bereiten wohl eine große Reise vor. Eine, für die sie dutzende Schiffe brauchen. Die Maschinen in ihrer Burg laufen Tag und Nacht, und ihre Hexenmeister vollziehen in den Türmen allerlei Beschwörungen, die oftmals bis nach Vik zu sehen sind. Sie leuchten in grellen, gespenstischen Farben ... beinahe wie Polarlichter.« Nerdis suchte Thorhalls Blick. »Bitte, Ihr müsst ... mir glauben.«

»Ich glaube dir«, sagte Thorhall.

Gleichzeitig stieß er den Dolch noch tiefer unter die Rippen des Schiffmeisters. Nerdis verkrampfte sich kurz, als die Klinge sein Herz durchbohrte. Dann schlich sich endlich ein wohltuender Frieden in sein Gesicht, und er sank tot in sich zusammen.

Auf dem Deck kehrte eine nachdenkliche Stille ein. Bis auf die übrigen Seeleute, die ein Gebet für ihren toten Meister murmelten oder vor Entsetzen zu heulen anfingen.

Erik war irgendwann der Erste, der das Schweigen brach. »Glaubst du ihm wirklich, Vater? Was er über die Zwerge berichtet hat, meine ich?«

»Es gibt keinen Grund, warum ich es nicht sollte.« Thorhall beobachtete das Blut, das aus Nerdis' Wunden sickerte, als würde es ihm noch mehr Dinge über die Halblinge erzählen. »Die Zwerge waren schon immer ein durchtriebenes Volk. Ich würde zu gerne wissen, was sie in ihrer Festung aushecken. Oder was sie gefunden haben.«

Die anderen Wikinger nickten zustimmend, weil auch sie dieselbe Neugier verspürten.

»Und wie geht es nun weiter?«, erkundigte sich Isbert.

»Wir sollten uns mit dem begnügen, was wir erbeutet haben, und nach Hause fahren«, meinte Leif.

»Begnügen? Mit den wenigen Körnern?« Thorhall trat gegen einen Getreidesack, worauf dieser umkippte und seinen Inhalt in eine Blutlache verschüttete. »Diese lächerlichen Vorräte reichen niemals, um unsere Sippe zu versorgen. Und in spätestens vier Wochen stehen wir wieder mit leeren Bäuchen da.«

»Dann werden wir die Nahrungsmittel eben rationieren«, sagte Leif.

»Darauf kann ich verzichten«, schimpfte Thorhall. Womit er den meisten Wikingern aus der Seele sprach, denn viele nickten abermals oder murrten ein verhaltenes »*Jarl*« in ihre Bärte. Was Thorhall erst recht in seiner Meinung bestärkte. »Ich werde bestimmt nicht den ganzen Winter über an einem Hühnerknochen nagen oder eine wässrige Suppe löffeln. Ich will Fleisch, ich will Brot und genug Met, um mich ordentlich zu besaufen.«

»*Jarl!*«, riefen die Wikinger nun etwas lauter.

»Dann sollten wir dem nächsten Schiff auflauern, das hier vorbeikommt«, sagte Erik. Er hatte wieder mal seine Schwertklinge auf die Schulter gelegt und ließ sie locker auf- und abwippen.

»Endlich mal ein Vorschlag, der vernünftig ist«, lobte Thorhall.

»Bei den anderen Schiffen wird es nicht besser aussehen«, gab Leif zu bedenken. Er zeigte auf Nerdis. »Ihr habt doch gehört, was der Mann gesagt hat. Die Zwerge haben fast alle Vorräte von Vik aufgekauft. Wenn überhaupt, dann müssten wir schon die ganze Stadt plündern, um den Winter über sorgenfrei leben zu können.«

»Ich hätte nichts dagegen«, fand Erik. »Was denkt ihr, Männer?«

»*Jarl!*«

»Wozu?«, ärgerte sich Leif. »Um noch mehr Blut zu vergießen? Oder weitere Männer aus unserer Sippe zu verlieren?«

Die Wikinger hatten Hakon offenbar schon vergessen, doch nun blinzelten sie betroffen zu ihrem toten Kameraden hinüber.

»Wir können unmöglich einen Angriff auf Vik wagen«, appellierte Leif an sie. »Das Risiko wäre zu groß. Denkt an eure Frauen! An eure Kinder! An eure Höfe und an die Leben, die wir ...«

»*Schluss damit!*«, fuhr Thorhall dazwischen.

»Es ist mein gutes Recht, meine Meinung kundzutun.«

»Deine Meinung interessiert hier niemanden.« Thorhall stocherte seinen Finger gegen Leifs Brust, als würde er auch ihm einen Dolch zwischen die Rippen rammen. »Und jetzt sei still! Ich will kein Wort mehr von dir hören. Sonst wirst du ebenfalls an dem Mast enden. Ist das klar?«

Leif wollte auch diese Warnung ignorieren, so wie er es schon mit den vielen tausend anderen zuvor getan hatte. Aber irgendein Instinkt ließ ihn wissen, dass Thorhall gar nicht mal so unrecht hatte. Dass er eines Tages wirklich an einem Holzmast zappeln würde, wenn er nicht achtgab. Und so kniff Leif seine Lippen zu einem weißen, trotzigen Strich zusammen.

Ganz folgenlos blieb sein Protest jedoch nicht, denn in Thorhalls Miene zogen durchaus die einen oder anderen Bedenken auf. »Wir sollten allerdings nichts überstürzen«, beschloss er. »Am besten, wir schicken einen Spähtrupp nach Vik, der die Verteidigungsanlagen erkundet. Falls es sich lohnt, die Stadt anzugreifen, werden wir es tun. Falls nicht, können wir immer noch runter zu den Westmännerinseln fahren und dort unser Glück versuchen.« Thorhall sah einmal durch die Menge. »Irgendwelche Einwände?«

»Warum überfallen wir nicht die Zwerge?«, fragte Haldor plötzlich.

Besser hätte er die Wikinger wohl kaum schockieren können. Baldur, Isbert und Snorre fuhr sämtliche Farbe aus den Gesichtern. Auch die übrigen Männer rangen entsetzt nach Luft, und selbst Erik verlor dermaßen die Fassung, dass ihm die Kinnlade nach unten klappte.

»Die Zwerge überfallen?«, keuchte er. »Bist du von Sinnen?«

Haldor spürte natürlich, wie ihm die Entrüstung der Wikinger entgegenschlug. Aber statt unterwürfig den Kopf zu senken, reckte er zum ersten Mal selbstsicher das Kinn in die Höhe. Eine Haltung, die beinahe noch schockierender als sein Vorschlag war. »Warum sollten wir es nicht wagen?«, meinte er. »Da die Zwerge alles aufgekauft haben, müssen ihre Vorratskammern zum Bersten voll sein.«

»Ja, und ihre *Folter*kammern auch«, schimpfte Snorre. »Und zwar mit allen Geräten, die einem Mann die Hölle auf Erden bereiten können.«

»Stimmt«, nickte Tjure. »Mich würden keine zehn Pferde auch nur in die Nähe der Zwergenburg bringen.«

Er löste damit ein wahres Chaos unter den Wikingern aus. Alle begannen miteinander zu diskutieren oder schüttelten die Köpfe. Und es gab nicht wenige Männer, die zu frösteln anfingen, weil sie sich gegenseitig die verrücktesten Spukgeschichten über die Zwerge erzählten.

»Hört mir zu!«, rief Haldor. »Hört mir nur einen Moment lang zu ...«

»Sei still!« Erik gab ihm einen Schlag gegen den Hinterkopf, sodass Haldors Helm bis zur Nasenspitze nach vorne klappte.

»Nein, wirklich«, beharrte Haldor. Er schob den Helm umständlich aus seinem Gesicht. »Mir ist bewusst, wie gefährlich es ist, sich mit den Zwergen anzulegen. Aber es gibt eine Möglichkeit, wie wir ...«

»*Gefährlich?*«, entrüstete sich Snorre. »Du meinst wohl *selbstmörderisch*! Die Zwerge haben die größte Armee von ganz Island ... fünf , womöglich sogar über siebentausend Krieger.«

»Wir müssen sie auch nicht in einem offenen Kampf besiegen«, machte Haldor beflissen weiter. »Wir können sie mit einer List austricksen, um unbeschadet in ihre Burg zu gelangen.« Er musste einsehen, dass er die Wikinger damit nicht überzeugen konnte, und so wandte er sich an denjenigen, der bei dieser Entscheidung das letzte Wort hatte: »Bitte, Vater. Vertrau mir. Vertrau mir nur ein einziges Mal. Ich habe alles über die Zwerge gelesen, was je über sie geschrieben wurde; kenne ihre Bräuche, ihre Sprache und insbesondere ihre Schwachstellen.«

Thorhall sah ihn berechnend an. Mit Augen, die zu engen Schlitzen geworden waren, und Backenmuskeln, die sich spannten und lockerten. Es widerstrebte ihm sichtlich, Haldor zu vertrauen. Weil er nun mal kein richtiger Mann war, sondern bloß ein Krüppel, ein Versager, ein absoluter Niemand. Und doch hatte sich Haldor mit seinem Appell ein wenig Respekt bei seinem Vater erworben.

»Nun gut«, gab Thorhall nach. »Wenn du überzeugt davon bist, dass du die Zwerge überlisten kannst, sollst du deine Chance bekommen.«

»*Was?*«, rief Erik. »Vater, das ist Irrsinn!«

»Für dich gilt dasselbe wie für Leif«, sagte Thorhall rau. »Ich will kein Widerwort hören. Von *niemandem*. Mein Entschluss steht fest – und ihr alle werdet ihn befolgen. Ist das klar?«

»*Jarl!*«, bellten die Wikinger. Wenn auch so gezwungen, als hätte man ihnen gegen das Schienbein getreten.

»Danke, Vater«, freute sich Haldor. »Ich verspreche dir, du wirst es nicht bereuen.«

»Das hoffe ich.« Thorhall hob drohend den Finger. »Andernfalls wirst du noch vor Leif an einem Mast hängen. *Und nun vorwärts!* Packt die Beute zusammen und macht unser Schiff klar. Ich will bis zur Abenddämmerung am Schwarzstrand sein.«

Die Wikinger zerstreuten sich an Deck und schnappten sich das Erstbeste, was ihnen in die Finger geriet. Die Vorräte, die Waffen, ja selbst die polierten Knöpfe und Gürtelschnallen der Toten. Erik warf sich gleich drei Säcke auf den Rücken; Tjure und Snorre krallten sich so viele Ferkel, wie sie unter ihre Achseln und Kettenhemden stopfen konnten. Haldor mühte sich derweil mit den Hühnern ab und zerrte sie mit knapper Not mit sich, auch wenn er dabei von Kopf bis Fuß mit Federn bepudert wurde. Und Isbert dachte doch wirklich, er würde zwei randvolle Fässer tragen; dabei griff er meterweit daneben und stolzierte nur mit den leeren Händen zu ihrem Schiff zurück.

»Was ist mit der Kogge?«, erkundigte sich Erik.

»Was soll mit ihr sein?« Thorhall zog gerade sein Schwert sowie den Dolch aus Nerdis, worauf der tote Schiffmeister von dem Mast herunter auf die Holzplanken rutschte. »Wir haben keine Verwendung für sie. Die Kogge ist zu groß und schwerfällig, als dass wir sie für unsere Raubzüge benutzen könnten. Außerdem müssen wir unsere Spuren verwischen. Ich gebe es ungern zu, aber Nerdis hatte recht. Wenn Fürst Sverrir erfährt, was wir mit seinen Leuten getan haben, könnte es ungemütlich für uns werden. Also verbrennt das Schiff!«

»Und was ist mit den Überlebenden?«

Thorhalls Blick erfasste die Seeleute, die ihn flehend ansahen. Sein Herz blieb davon jedoch vollkommen unberührt. »Sorgt dafür, dass sie bluten, und werft sie ins Wasser. Das wird die Haie anlocken«, sagte er. »Die armen Tierchen werden bestimmt ebenso hungrig sein wie wir ...«

13 Die Wikinger verließen die Kogge so, wie sie das Schiff betreten hatten: bei Feuer und Rauch. Als sie weiter nach Westen segelten, ging die Kogge hinter ihnen in Flammen auf und trieb für die nächste halbe Stunde wie ein Scheiterhaufen am Horizont umher, ehe sie auseinanderbrach und im Atlantik versank. Leif blieb nur zu hoffen, dass die Frau im Laderaum rechtzeitig von Bord fliehen konnte. Zusammen mit ihrer jungen Tochter. Aber um ehrlich zu sein machte er sich darüber am allerwenigsten Sorgen. Seine Ängste verlagerten sich vielmehr auf all jene Dinge, die sich vor ihm an der Küste befanden.

Und das nicht zu unrecht.

Denn in diesem Teil von Island trieben sich die sonderbarsten Fabelwesen herum, denen selbst die stärksten Wikinger tunlichst aus dem Weg gehen sollten. Feen zum Beispiel, die einen Mann mit ihrem Zauber in einen hundertjährigen Schlaf versetzen konnten. Trolle, die nur darauf warteten, dass sie einen Leckerbissen in ihre Höhlen ziehen durften, um ihn dort bei lebendigem Leib zu verspeisen. Oder Kobolde, die in den finsteren Wäldern hausten und jeden Eindringling in den Wahnsinn trieben. Aber keines dieser Wesen war so durchtrieben und gefährlich wie die Zwerge. Es gab unzählige Geschichten über sie, und trotzdem waren die Halblinge bis heute ein einziges Mysterium geblieben. Was vor allem daran lag, weil sie sich nur selten in der Öffentlichkeit blicken ließen. Sie verschanzten sich zumeist das ganze Jahr über in ihrer Burg, entwickelten neue Kriegsmaschinen oder tranken so viel Bier, dass jeden Abend etliche Zwerge bei einem Saufgelage platzten. So jedenfalls erzählten es die Legenden.

Die größte Leidenschaft der Zwerge war jedoch der Bergbau.

Die Zwerge hatten gewaltige Stollen unter ihrer Festung in die Erde getrieben. Manche davon waren angeblich so tief, dass man ein Kind in sie hineinwerfen konnte – und es erst auf dem Boden aufprallte, wenn es ein Greis geworden war. Stollen, in denen es unvorstellbare Schätze gab. Diamanten, so groß wie Äpfel. Gold, so strahlend, dass man davon blind wurde, wenn man es ansah. Und flüssiges Silber, das wie Wasser aus dem Gestein sprudelte.

Der Gedanke, diese Schätze zu stehlen, hatte durchaus seinen Reiz. Und Leif wäre kein richtiger Wikinger gewesen, wenn er dabei nicht ebenfalls ein diebisches Jucken in seinen Fingern verspürt hätte.

Es war jedoch unmöglich, die Zwerge zu berauben.

Tausende Männer hatten es schon versucht, und tausende waren kläglich daran gescheitert. Eben weil die Mauern der Zwergenburg unbezwingbar waren, und die Halblinge erbitterte Krieger, die ihre Reichtümer mit Streithämmern und Hexenzaubern verteidigten. Und darum zweifelte Leif zurecht daran, dass es ihm und seinen Kameraden gelingen würde, auch nur einen einzigen Fuß in diese geheimnisvolle Festung am Schwarzstrand zu setzen. Wie auch? Sollten sie etwa eine Handvoll Edelsteine vor dem Burgtor verstreuen und darauf hoffen, dass sich die Zwerge beim Einsammeln im hohen Gras verliefen? Oder ein paar Mausefallen für diese Winzlinge aufstellen? Leif hätte noch viele weitere verrückte Ideen aufzählen können, wie sie in die Burg gelangen konnten. Und doch wäre jede davon absolut selbstmörderisch gewesen – so wie Snorre es vorhin bezeichnet hatte. Denn die Zwerge verstanden keinen Spaß, wenn es um ihre Schätze ging, und sie machten erst recht keine Gefangenen.

Jeder Mann in Island wusste das.

Nur Haldor ließ sich davon nicht abschrecken.

Vielleicht lag es ja daran, dass er neuerdings seine Abenteuerlust entdeckt hatte und nun ein bisschen übermütig wurde. Vielleicht wollte er aber auch endlich seine Chance nutzen und etwas Einmaliges, Großes vollbringen. Was es auch war, Haldor schien von seinem Plan vollauf überzeugt zu sein und konzentrierte sich so intensiv auf seine Vorbereitungen, dass er auf der gesamten Fahrt zum Schwarzstrand kein einziges Mal mehr würgte.

Er hatte sich aus dem Laderaum des Wikingerschiffs allerlei Utensilien besorgt. Ein Segeltuch. Ein Bündel Seile. Kerzenwachs. Ein Bottich voller Pech sowie die Nadel und das Nähgarn von Isbert. *Weiberkram*, lästerten die Wikinger. Und tatsächlich: Eine Weile sah es so aus, als würde sich Haldor ein Kleid schneidern wollen. In Wahrheit tat er jedoch etwas grundlegend anderes. Haldor saß auf der hintersten Ruderbank und verlor sich stundenlang in seiner Arbeit. Er nähte und knüpfte, schnitt und bastelte mit Feuereifer an irgendwas herum, und tunkte überdies seine eigenen Haarspitzen in das zähflüssige Pech, um mit ihnen etwas auf das Segeltuch zu pinseln. Etwas, das praktisch nur aus Klecksen und Kreisen bestand, aber das Haldor mit einer Leidenschaft erfüllte, als hätte er sich bis über beide Ohren verliebt.

Die Männer schüttelten darüber zwar die Köpfe, aber sie ließen ihn zufrieden. In der Hoffnung, dass aus den vielen Stoffbahnen, Seilen und Farbklecksen irgendwann etwas werden würde, das ein ganzes Zwergenvolk überlisten konnte.

Immerhin – und das war der einzige Lichtblick des Tages – gab es für die Männer endlich etwas zum Essen. Grimar, der Bäcker, bereitete einen Brei aus den erbeuteten Nahrungsmitteln zu. Nicht gerade ein Gaumenschmaus, aber er stopfte wenigstens die Löcher in den Bäuchen der Männer und stärkte ihre Moral. Um sie auf das einzustimmen, was vor ihrem Boot immer bedrohlichere Ausmaße annahm.

Der Schwarzstrand.

Er kam pünktlich zur Abenddämmerung in Sicht und erstreckte sich wie eine zweite Nacht über die Südküste.

Der Anblick wühlte in Leif und seinen Kameraden sofort wieder die traumatischen Erinnerungen an die Fäulnis auf. Denn wie es der Name schon andeutete, war der Schwarzstrand genau das: schwarz. Er zog sich kilometerweit am Ufer entlang und reichte an einigen Abschnitten bis tief ins Landesinnere hinein, als hätte der Fluch auch hier gewütet und jegliches Leben von der Küste radiert. In Wirklichkeit wusste Leif natürlich, dass die Farbe von dem Vulkangestein herrührte. Und trotzdem kam ihm dieser schwarze Küstenstreifen wie ein böses Omen vor. Eines, das ihm und seinen Kameraden suggerierte, dass es hier nichts als Tod und Verderben für sie gab – und sie sich besser von diesem Ort fernhalten sollten.

Natürlich gingen die Männer trotzdem an Land, obwohl ihre Wunden von dem ersten Raubzug noch gar nicht aufgehört hatten zu schmerzen, geschweige denn zu bluten. Aber Thorhall hatte ihnen lange genug eine Schonfrist gewährt; jetzt dirigierte er sie in eine kleine Bucht, die aufgrund der hohen Felsklippen von den Zwergen nicht eingesehen werden konnte. Im Nu vertäuten die Männer ihr Schiff mit Holzpflöcken am Strand und packten alles zusammen, was sie für einen Überfall benötigten. Auch Haldor war bis dahin mit seiner Bastelarbeit fertig und stand mit zwei dicken Bündeln unter den Achseln zum Abmarsch bereit. Seine Haare waren von dem Pech noch immer verklebt, und auch sein Gesicht war so dreckbesudelt, als hätte er sich eigens für diesen Anlass geschminkt. Aber keiner der Männer spöttelte darüber. Sie waren alle viel zu angespannt und belauerten die Felsklippen mit Blicken, die vor Aberglauben und Furcht beinahe überquollen.

Auch Leif verspürte ein großes Unbehagen, während er von dem Schiff herab auf die verkrustete Erde stieg. Der Boden knirschte unter seinen Füßen, als würde er über Knochen laufen, und der Wind peitschte ihm feindselig entgegen und ließ ihn in jedem Augenblick wissen, dass er hier unerwünscht war.

»Bleibt dicht zusammen«, wies Thorhall seine Männer im Flüsterton an, obwohl die Wellen ein donnerndes Echo in der Bucht erzeugten.

Aber man wusste ja nie.

Es wurde gemunkelt, dass die Zwerge alle Steine am Schwarzstrand verzaubert hatten, um mit ihrer Hilfe jeden Eindringling hören und sehen zu können. Und manche Felsen waren angeblich sogar in der Lage, sich in gefräßige Monster zu verwandeln, wenn man ihnen zu nahekam.

»Asgar«, raunte Thorhall zu dem ältesten Mann in ihrer Truppe. »Du bleibst hier und bewachst unser Schiff. Melde dich, falls du etwas Verdächtiges bemerkst. Die anderen kommen mit mir.«

Haldor spazierte tatfreudig los ... und stolperte gleich beim ersten Schritt über seinen Klumpfuß, sodass er der Länge nach zu Boden platschte.

»Sorgt dafür, dass dieser Zappelfisch leise bleibt!«, wies Thorhall seine Männer an. »Bevor ich dafür sorge, dass er nie wieder einen Laut von sich gibt.«

Leif griff seinem Bruder unter die Arme und nahm ihm bei dieser Gelegenheit den Großteil seiner Last ab. Es war für Haldor auch so schon schwierig genug, mit seiner Behinderung über dieses unebene Terrain zu wanken.

Die Wikinger zogen los. Sie duckten sich in einer Karawane aus Äxten, Schwertern und Helmen aus der Bucht und folgten einem verschlungenen Pfad zwischen den Felsen hindurch. Die Nacht war ihr Verbündeter und maskierte sie zu flachen Schatten, die sich kaum von der Umgebung abhoben. Nur hier und da mussten sie einen Bogen um einzelne weiße Flecken machen, die das Sternenlicht auf den Boden träufelte, aber ansonsten liefen die Männer nirgendwo Gefahr, entdeckt zu werden. Jedenfalls hofften sie das. Wirklich sicher konnten sie allerdings nicht sein, und darum waren ihre Sinne bis aufs Äußerste geschärft. Alles am Strand sah friedlich aus und bewegte sich kein Stück, und dennoch wirkte jeder Winkel so beklemmend, dass die Wikinger des Öfteren innehielten oder ihre Waffen in die Dunkelheit stocherten, weil sie dachten, dass dort jemand lauerte.

Bereits nach kurzer Zeit waren sie da.

Vor ihnen – am Rand einer steilen Klippe – stand sie.

Die Zwergenburg.

Wobei sie alles andere als *zwergenhaft* war. Ganz im Gegenteil, sie erhob sich drohend und gewaltig wie ein Gott über dem Strand und ragte mit ihren höchsten Zinnen vierhundert Meter in den Himmel hinauf. Vielleicht auch ein Stückchen darüber hinaus. Ihre Fundamente ruhten im Wasser und wurden von weißer, schäumender Gischt umspült, die ihr einen natürlichen Schutz boten. Denn der einzige Weg ins Innere führte über eine massive Zugbrücke sowie durch ein noch massiveres Tor. Darüber erhob sich ein Irrgarten aus Mauern und Türmen, die alle aus dem schwarzen Vulkangestein gefertigt waren und stellenweise einen Panzer aus Metallplatten trugen. Aber viel beeindruckender als die Höhe dieser Festung war ihre *Tiefe*. Wer vor ihr stand, der spürte unweigerlich die vielen Stollen, die sich wie Wurzeln durch den Boden gruben und diesem Bauwerk einen Hauch von Unendlichkeit verliehen. Als würden ihre Fundamente bis zum Anbeginn der Zeit hinabreichen.

Die Wikinger blieben gebannt stehen und kamen sich in Gegenwart dieses Monuments lächerlich winzig und schutzlos vor.

Thorhall bedeutete ihnen jedoch recht schnell, dass sie hinter einem Felsen in Deckung gehen sollten. Er selbst robbte mit Erik etwas näher an die Burg heran. Leif gesellte sich zu ihnen, nachdem er die Bündel von Haldor abgelegt hatte, und glitt neben seinem Vater in die Hocke. Zusammen studierten sie aufmerksam die Burg. Hinter den meisten Fenstern blakte ein roter Feuerschein umher und verstärkte die bedrohliche Ausstrahlung dieses Bollwerks. Und entlang der Wehrgänge reihten sich dutzende Umrisse aneinander, die verdächtig nach schwer bewaffneten Soldaten aussahen.

»Es scheint, als würden diese Winzlinge die Nacht durchmachen, um alles für ihre Reise vorzubereiten«, fand Erik.

»Ja, sie stehen wohl kurz vor dem Aufbruch«, stimmte Thorhall ihm zu. »Wir sind gerade rechtzeitig gekommen. Einen Tag später, und wir hätten bloß noch Krümel und Staubflusen in ihrer Burg gefunden.«

»Ich möchte bloß wissen, wohin die Zwerge wollen.« Erik deutete zu einer Bucht hinüber, die am Rand der Festung lag. In ihr trieben fünfzehn Schiffe im Wasser. Sie alle waren natürlich für Zwerge maßgeschneidert und hatten eine recht eigenwillige Form, die mit ihren Ecken und Kanten an hölzerne Edelsteine erinnerte. Und trotzdem konnte selbst die Dunkelheit nicht verbergen, dass die Schiffe allesamt für eine lange Fahrt gerüstet waren. An ihren Masten hingen neue Segel, ihre Rümpfe wirkten frisch gestrichen, und auf ihren Decks stapelten sich Unmengen an Brennholz. Genug um ein Höllenfeuer damit zu entfachen und den ganzen Nordpol aufzutauen.

»Schon komisch«, fuhr Erik fort. »Die Zwerge sind nicht dafür bekannt, dass sie große Entdecker und Weltenbummler sind. Es soll einige von ihnen geben, die ihr ganzes Leben lang niemals einen einzigen

Fuß aus ihrer Burg setzen. Also warum haben sie so viele Schiffe gebaut?«

»Wir werden sie fragen«, sagte Thorhall. »Sofern einer von ihnen überlebt, wenn wir sie niedergeschlagen haben.«

»Sie sind so still«, murmelte Leif auf einmal.

»Was meinst du?«, fasste Thorhall nach.

Leif spielte mit einer Kopfbewegung auf die Burg an. »Die Zwerge. Sie scheinen alle wach zu sein, aber sie verhalten sich auffällig still. Das ist gar nicht ihre Art. Für gewöhnlich hämmern sie so laut in ihren Bergwerken, dass es bis in die Turmspitzen dröhnt. Aber jetzt ...« Leif ließ seinen Satz in einem ratlosen Schulterzucken ausklingen. Mehr war auch nicht nötig, denn die Stille sprach für sich. Aus keinem der Fenster drang ein einziger Laut nach draußen; kein Stampfen, kein Poltern, kein schallendes Gelächter oder ein schräger Gesang. Stattdessen pulsierten nur die Fackellichter hinter den Fenstern. Aber selbst sie schienen auf Zehenspitzen über die Wände zu gleiten, um ja kein Geräusch von sich zu geben.

»Vielleicht halten die Zwerge eine Versammlung ab«, meinte Erik.

»Oder bürsten sich die Haare«, spöttelte Thorhall.

Vielleicht fürchten sie sich aber auch vor etwas in ihrer eigenen Burg, ergänzte Leif in Gedanken. Sein Blick schweifte unablässig über die Mauern und misstraute jedem einzelnen Schatten. Kaum ein Mensch hatte je diese Burg betreten – und diejenigen, die es tun durften, waren danach entweder nie wieder zurückgekehrt oder so begeistert gewesen, dass ihnen alles andere auf dieser Welt wie ein grauer Kerker erschien. Aber nun kam es Leif so vor, als hätte diese Burg ihre gesamte Magie ausgehaucht und wäre von etwas befallen worden, das nicht unbedingt tot aber auch nicht mehr lebendig war.

»Ich zähle vierunddreißig Wachen«, meldete Erik. »Plus vier oder fünf, die sich oben auf dem Bergfried versteckt halten.«

»Ich komme auf siebenundvierzig«, berichtete Thorhall. Er sah zu Leif, um auch von ihm eine Schätzung zu hören. Doch Leif hielt sich aus diesem Ratespiel raus. Die Wachen zählen zu wollen, wäre genauso unsinnig gewesen, wie Fledermäuse in der Nacht zu beobachten. Sie kamen und gingen wie im Flug, und waren niemals wirklich zu sehen. Letztlich spielte es auch keine Rolle, wie viele Zwerge sich dort oben herumtrieben. Ein einziger würde schon genügen, um Alarm zu schlagen und den gesamten Strand in ein Kriegsgebiet voller Halblinge zu verwandeln.

»Hat jemand von euch eine Ahnung, wie wir da reinkommen?«,

fragte Erik. Er betrachtete eingehend das geschlossene Tor sowie die Zugbrücke, die nach oben geklappt war. »Ohne einen Rammbock und eine zwanzig Meter lange Leiter werden wir den Eingang niemals aufbrechen können.«

»Was kümmert mich das?«, schnauzte Thorhall ihn an. »Diese Aufgabe wird Haldor erledigen, so wie er es mir versprochen hat. Und da wir gerade davon sprechen ... wo steckt unser Geistesblitz überhaupt?«

Leif drehte sich zu den Wikingern um und bezeigte Haldor mit einem Wink, dass er herkommen sollte. Sein Bruder setzte sich sofort in Bewegung und stöckelte über den Strand.

»Dann lass mal hören!«, befahl Thorhall, kaum dass Haldor bei ihnen eingetroffen war. »Wie genau sollen wir in die Burg gelangen?«

Haldor musterte ehrfürchtig die Mauern, und ganz kurz sah es so aus, als würde er an seinem eigenen Vorhaben zweifeln. Aber dann verriet er: »Wir werden die Zwerge betäuben, damit wir uns unbemerkt an ihnen vorbeischleichen können.«

»Betäuben? Womit? Deinen Socken?«, lästerte Erik.

»Mit dem Mond«, erwiderte Haldor. »Ich habe gelesen, dass der Vollmond eine lähmende Kraft auf die Zwerge ausübt. Bei seinem Anblick werden sie so verzückt, dass sie alles andere um sich herum vergessen.«

»*Mit dem Mond?*«, zürnte Thorhall. »Du blödes Rindvieh! Wir haben Neumond – da gibt es nur die Sterne am Himmel, sonst nichts.« Er wollte schon nach Haldor greifen und ihn schütteln, doch sein Sohn konnte ihn gerade noch mit einer Handbewegung besänftigen.

»Ich weiß, Vater. Deshalb habe ich ja unseren eigenen Mond mitgebracht.«

Thorhall blinzelte verdutzt. »Du hast – was?«

»Gib mir einen Moment«, bat Haldor. »Ich werde es dir zeigen.«

»Du hast genau zehn Wellenschläge am Strand, bevor ich dir den Hals umdrehe.«

Zehn Wellenschläge waren für Thorhalls Verhältnisse schon fast großzügig. Trotzdem durfte Haldor keinen Augenblick zögern. Er hinkte zu den Wikingern zurück und machte sich eiligst daran, mit ihrer Hilfe seine List vorzubereiten. Zuerst stellte er ein Holzbrett auf den Boden und platzierte auf ihm mehrere Fackeln, die er mithilfe eines Feuersteins entzündete. Danach bedeutete er den Wikingern, dass sie das bemalte Segeltuch über die Flammen halten sollten; hoch genug, dass es nicht Feuer fing, aber auch so tief, dass sich die aufsteigende heiße Luft darunter sammeln konnte.

Bis dahin waren schon mehr als zehn Wellenschläge vergangen. Aber darauf achtete niemand.

Selbst Thorhall beäugte seinen Sohn mit regem Interesse. Erst recht, als er erkannte, was Haldor konstruiert hatte: einen Ballon! Mithilfe der heißen Luft breitete sich über den Fackeln allmählich ein fünf Meter großer Ballon aus, der nach kürzester Zeit so leicht wurde, dass die Wikinger ihn loslassen konnten, weil er von selbst in der Luft schwebte. Die Sensation an ihm war jedoch nicht, dass er fliegen konnte, sondern was Haldor auf seine Hülle gemalt hatte: Krater und dunkle Ebenen, die eine bizarre Landschaft zeigten. Und die Flammen ließen den Ballon von innen heraus in einem gelben, nahezu mystischen Schein flackern, sodass er in der Tat wie ein Zwilling des Mondes aussah. Klein und nicht ganz rund, aber doch so täuschend echt, dass es plötzlich gar nicht mehr so utopisch erschien, die Zwerge damit abzulenken.

Irgendwann hatte sich der Ballon so weit aufgebläht, dass er langsam mitsamt dem Holzbrett und den Fackeln in die Höhe stieg. Haldor hielt ihn an einem Seil fest und steuerte ihn mit gezielten Bewegungen hinter dem Felsen hervor.

Die Wikinger beobachteten ihn fasziniert dabei.

Keiner von ihnen hatte je einen Ballon gesehen – und nur die wenigsten Männer hätten es für möglich gehalten, dass etwas Menschengemachtes überhaupt fliegen konnte. Und darum zollten sie Haldor nun ihren ganzen Respekt, indem sie ihm anerkennend zunickten. Haldor erübrigte für sie jedoch keinen Blick. Er fokussierte sich voll und ganz auf seinen Ballon und steuerte ihn hinaus auf den Strand. Inzwischen schwebte der künstliche Mond gut sieben, acht Meter über dem Boden und fügte sich fast nahtlos in den Sternenhimmel ein, als würde er gerade wirklich seine Bahn über das nächtliche Firmament ziehen.

Haldor bewunderte seine Erfindung am allermeisten. Seine Augen glühten vor Stolz, und sein Lächeln wirkte so befreiend, dass es Leif beinahe zu Tränen rührte. Es sah ganz so aus, als hätte sein Bruder tatsächlich die Chance ergriffen und etwas Einmaliges vollbracht.

Zumindest so lange, bis der Ballon immer mehr Auftrieb entwickelte und Haldor aus den Stiefeln hob. Der Gute bemerkte das anfangs gar nicht und schmachtete unverändert seine Erfindung an. Erst als seine Füße den Bodenkontakt verloren, keuchte Haldor erschrocken und zappelte mit den Beinen, um den Ballon zurück in die Tiefe zu ziehen. Bei den ersten Versuchen gelang ihm das noch recht gut, aber dann wurde der Ballon von einer Windböe hinaus aufs Meer geblasen.

Und damit drohte Haldor, gleich der erste Bruchpilot der Geschichte zu werden ...

»Was macht dieser Dummkopf da?«, flüsterte Erik.

Die anderen Wikinger fragten sich dasselbe, während sie Haldor dabei zusahen, wie er abwechselnd über den Strand geschleift oder ins Wasser getunkt wurde.

»Helft mir!«, prustete er. »Der Ballon zieht mich fort ... er zieht mich ...«

Schwupps – und schon tauchte Haldor erneut ins Wasser. Womit er sich natürlich das gesamte Ansehen wieder verspielte, das er sich bei seinen Kameraden erworben hatte. Die Wikinger lachten hämisch, als Haldor einen Augenblick später von dem Ballon erneut in die Höhe gezogen wurde. Und zwar so rasant, dass der Luftzug ihn beinahe komplett trockenföhnte.

Leif wollte ihm zur Hilfe eilen, doch Haldor kam endlich selbst auf die Idee, dass er das Seil loslassen sollte. Er stürzte mit rudernden Armen zurück ins Wasser und wurde von einer Welle geradewegs in Leifs Arme gespült. Der Ballon hingegen setzte seinen Flug ungehindert fort und gondelte behäbig aufs offene Meer hinaus. Die Fackeln in seinem Inneren brannten hell genug, dass er selbst noch in mehreren hundert Metern Entfernung deutlich zu sehen war. Besonders für die Zwerge. Denn die Burg erweckte ganz den Eindruck, als würden überall an ihr kleinwüchsige Gestalten auftauchen ... und sofort beim Anblick des wunderschönen Himmelskörpers erstarren.

»Hat es geklappt?«, fragte Erik. Er musterte die Fenster und Wehrgänge, konnte aber nichts Genaues an ihnen ausloten.

»Das werden wir gleich wissen.« Thorhall schleuderte Haldor seine geballte Ungeduld entgegen. »Jetzt tropf hier nicht wie ein undichter Eimer am Strand herum! Geh los und sieh nach, ob die Zwerge betäubt sind.«

Haldor riss die Augen so weit auf, dass ihm das Wasser aus dem Gesicht spritzte. »Ich soll ...?«

»Du hast mich richtig verstanden«, bekräftigte Thorhall. »Es war dein Plan, hierherzukommen – also gebührt dir auch die Ehre, die Burg zu stürmen. Ich möchte, dass du zum Ostturm gehst. Er ist der einzige an der Festung, der nicht im Wasser steht. Du wirst an ihm bis zu dem Wehrgang nach oben klettern und dich an den Zwergen vorbei ins Innere schleichen, um das Tor für uns zu öffnen.«

»Ist das dein Ernst?«, ärgerte sich Leif. »Wie soll Haldor denn mit seiner Behinderung an der Mauer hochkommen?«

»Ihm wird schon etwas einfallen. Er will schließlich ein echter Mann werden, oder?«

»Aus ihm wird höchstens eine Leiche, wenn er den Zwergen begegnet.«

Thorhall hob die Schultern, als würde er genau darauf hoffen. Er gab Haldor einen Stoß zwischen die Schulterblätter. »Worauf wartest du? Blut und Gedärm!«

Haldor wurde aschfahl im Gesicht, als hätte er gerade wirklich all sein Blut und Gedärm verloren. Er wollte schon missmutig losziehen, doch Leif hielt ihn zurück und schüttelte den Kopf.

»Lass gut sein«, sagte er. »Du musst das nicht tun.«

Leif bedachte seinen Vater mit einem verwünschenden Blick, bevor er sich selbst auf den Weg zur Burg machte. Natürlich war er keineswegs versessen darauf, in dieses Gemäuer einzudringen. Schon gar nicht allein. Aber außer ihm hätte sich sowieso kein anderer Mann freiwillig dafür gemeldet – selbst Erik nicht –, und außerdem wollte Leif die Sache schnellstens hinter sich bringen. Um genauso schnell nach Hause zu kommen. Oder nach Walhalla. Je nachdem, wie gastfreundlich die Zwerge waren.

Und so duckte er sich im Schleichgang auf die Burg zu.

Sie hatte schon aus der Ferne mächtig und unbezwingbar gewirkt. Doch nun schien sie bei jedem Meter, den Leif ihr näherkam, um das Doppelte anzuwachsen. Umso irrwitziger klang es deshalb, dass Leif den Ostturm hinaufklettern sollte. Er war zwar im Vergleich zu seinen Artgenossen recht klein und schmiegte sich wie eine dürre Säule an die Festungsmauer, aber er reichte immer noch drei Schiffslängen in die Höhe und war überdies mit giftigen Stacheln bewehrt. Viele von ihnen waren kaum größer als ein Brotmesser, aber an ihren Spitzen klebte eine tödliche Mixtur, die die Hexenmeister in ihrer Küche gebraut hatten. Eine leichte Berührung, ein unachtsamer Moment – und schon würde Leif einen grausamen Tod sterben. Wenigstens wäre er dabei in guter Gesellschaft. Denn der Vorgarten der Burg war gespickt mit den Skeletten all der vielen Männer, die sich in den letzten Jahren schon an den Zwergen bereichern wollten.

Leif tastete sich bis zu einem Felsbrocken heran und sondierte von dort noch einmal die Lage.

Bislang hatten ihn die Zwerge nicht bemerkt. Sie verweilten unverändert auf den Wehrgängen und träumten zu dem Mond hinüber. Allzu lange würde ihre Betäubung jedoch nicht mehr anhalten, denn der Ballon war ein gehöriges Stück abgedriftet und würde bei der nächsten Windböe endgültig zwischen den Sternen am Himmel verschwinden.

Leif umrundete den Felsbrocken und lief weiter.

Halt!, schrie plötzlich ein Instinkt in ihm.

Da hätte er doch beinahe einen Stolperdraht übersehen, der sich über den Boden spannte. Und dahinter wurde es keineswegs sicherer. Im Sternenlicht schillerten noch mehr Drähte, die beim kleinsten Kontakt eine Falle auslösen konnten. Leif verfluchte die Zwerge dafür, während er behutsam weiterging und mit hohen Schritten über die Drähte stakste, vollends bis zum Ostturm hinüber. Er presste sich mit dem Rücken gegen seine Mauer, ruhte sich aus, spürte das unermessliche Gewicht der Burg, als würde ein komplettes Gebirge gegen seine Schulterblätter drücken.

Worauf habe ich mich da bloß eingelassen?, dachte er. Es sollte übrigens nicht das letzte Mal sein, dass er sich diese Frage stellte.

Sein Blick schlich an der Mauer hinauf. Es rührte sich auch weiterhin kein einziger Zwerg dort oben. Und doch wusste Leif intuitiv, dass ihm nicht mehr viel Zeit blieb.

Also vorwärts!

Leif schob die Streitaxt in seinen Gürtel und wischte sich den Schweiß von den Händen. Dann machte er sich an den Aufstieg. Der Ostturm bestand aus metergroßen Steinblöcken, die alle so glatt wie Glas waren. Die Fugen dazwischen boten Leif jedoch genügend Haltepunkte, an denen er sich nach oben hangeln konnte. Das untere Drittel ging ihm noch recht leicht von der Hand, aber je höher er kam, desto stärker zerrte die Schwerkraft an ihm, und desto mehr Muskeln in seinen Armen und Beinen verkrampften sich.

Irgendwann hielt er inne und entlastete nacheinander seine Gliedmaßen. Nebenbei sah er nach unten, obwohl er sich vorgenommen hatte, genau *das* nicht zu tun. Der Boden lag über fünfzehn Meter entfernt. Allemal genug, um sich bei einem Sturz den Hals zu brechen. Und auch weit genug, dass Leif nicht mehr ohne Risiko umkehren konnte.

Also vorwärts!, forderte er unerbittlich von sich selbst.

Er tastete nach der nächsten Fuge über sich, zog sich eine Armlänge in die Höhe – und rutschte ab! Leif begann sofort zu fallen. In wilder Panik kratzten seine Hände über die Mauer, suchten irgendwo nach Halt, und in seinem Bauch breitete sich ein hohles Kribbeln aus, das sich rasend schnell zu einer bitteren Übelkeit steigerte. Er machte sich schon darauf gefasst, gleich auf den Boden zu schlagen ... aber dann verhakten sich seine Finger unerwartet in einer weiteren Fuge.

Leif stoppte so jäh, dass sein Schultergelenk knackte und ein heißer Schmerz bis hinab in seine Fußsohlen rollte. Doch er schrie nicht. Es wäre fatal gewesen, wenn er auch nur gestöhnt hätte, denn aus dem Augenwinkel sah er, wie einige Schatten auf den Wehrgängen verdächtig zuckten.

Seht weg! Nun seht schon weg!

Er hätte einfach warten müssen, bis sich die Zwerge wieder beruhigt hatten. Aber seine Finger drohten damit, ein zweites Mal abzurutschen, wodurch sich Leif sofort erneut in die Höhe quälte. Allein der erste Meter war eine Tortur sondergleichen, und die folgenden vier, fünf brachten ihn an die Grenzen seiner Kräfte. Und gerade als er glaubte, er hätte das Schwierigste überstanden, hämmerte sein Helm gegen ein Hindernis über ihm.

Klong!

Leif sah irritiert nach oben. Keine Handspanne von seinem Gesicht entfernt ragten die vergifteten Metallstacheln aus dem Gemäuer. Eine tödliche Grenzlinie.

Ich habe doch gewusst, dass mir mein Helm eines Tages noch das Leben retten wird!

Leif ruhte sich einen Atemzug lang aus, dann schwang er sich mit neuem Elan an den Stacheln vorbei. Er musste sich ganz schön drehen und krümmen, um sie zu überwinden. Ihre Spitzen verhakten sich so manches Mal in seinem Kettenhemd oder ritzten ihm die Fellhose auf, und beinahe hätte er sich einen Stachel in den Oberschenkel getrieben, wenn Leif nicht zufällig sein Bein angewinkelt hätte.

Schließlich ließ er die Stacheln hinter sich. Ein letzter Klimmzug, dann hatte er den Wehrgang des Turms erreicht.

Geschafft!

Er war viel zu erschöpft, um noch einen Blick für die Zwerge zu verschwenden. Stattdessen krallte er seine Fingerspitzen in die Brüstung des Wehrgangs, rollte sich über sie hinweg auf die andere Seite ... und hätte dort beinahe einem Zwerg einen unfreiwilligen Kuss gegeben. Der Halbling war einfach da, direkt vor Leifs Gesicht.

Durch seinen Körper peitschten hunderte Reflexe. Er sprang linkisch auf die Beine, taumelte rückwärts und zerrte so vehement an seiner Streitaxt, dass er gegen die Brüstung kippte. Am Ende gelang es ihm schließlich doch, die Axt aus seinem Gürtel zu reißen und sie in die Luft zu schwingen.

Er musste den Zwerg allerdings nicht mehr töten.

Das hatte schon jemand anderes getan.

Was zum Henker ...?

Leif rang seine Aufregung nieder und wagte sich zaghaft zu dem Zwerg nach vorne, der mit dem Rücken an der Brüstung lehnte. Er war ein typischer Halbling; rund anderthalb Meter groß, mit bulliger Statur und krausem Haar, das an den Wangen nahtlos in einen Bart überging. Mit der Knollennase und den Knopfaugen wirkte er recht drollig, aber seine Rüstung ruinierte diesen Eindruck sogleich wieder. Denn der Zwerg war mit Helm, Kettenhemd und Brustharnisch übermäßig stark gepanzert, und dazu mit einer Armbrust bewaffnet.

Trotzdem konnte ihm nichts davon das Leben retten.

Irgendjemand hatte dem Zwerg einen Dolch in die Kehle gerammt. Seine Finger klammerten sich noch um den Griff, weil er sich bis zuletzt gegen seinen Mörder gewehrt hatte. Auf seinem Oberkörper glänzte getrocknetes Blut. In seinem Gesicht war eine Angst konserviert, die fast schon den Hauch von Wahnsinn an sich hatte. Und dieser Zwerg *stank*. Ja, er stank so verdorben wie die Fäulnis, und seine Haut wirkte überdies so schrumpelig wie die eines Apfels, der zu lange in der Sonne gelegen hat.

Er muss schon seit mindestens drei Tagen tot sein, wusste Leif. Er führte diese Erkenntnis logisch fort und gelangte zu einem Gedanken, der ihn maßlos verstörte: *Aber wenn dieser Zwerg schon so lange hier liegt, ohne dass sich jemand um seine Leiche gekümmert hat, würde das bedeuten ...*

Leif hob den Kopf und sah den Wehrgang hinunter.

Ihm zeigte sich eine gespenstische Szene.

Überall kauerten weitere Zwerge auf dem Boden; zehn, zwölf, vermutlich sogar über zwanzig Wachen. Und auch sie waren tot, starrten mit schreckensgroßen Augen ins Leere, hatten die Lippen zu einem Schrei gebleckt. Vielleicht weil sie eine letzte Warnung ausstoßen wollten, bevor sie getötet worden waren.

Nein, nicht getötet, begriff Leif.

Er sah zu dem Zwerg zurück, der neben ihm lag, und betrachtete den Dolch in seiner Kehle. Das war weder die Waffe eines Wikingers noch die eines Christenmenschen, sondern der Dolch eines Zwergs.

Selbstmord, dachte Leif betroffen. *Die Zwerge haben sich alle selbst getötet. ABER WARUM?*

Wenige Meter von ihm entfernt gab es eine halbrunde Öffnung, die ins Innere der Burg führte. Unmittelbar hinter dem Eingang brannte eine Fackel an einem Wandhaken. Eigentlich hätte sie längst erlöschen müssen, aber die Zwerge hatten sie wohl mit einer magischen

Substanz getränkt, sodass sie wesentlich länger brannte. Ihre Flamme blakte geruhsam vor sich hin und schrieb mit ihrem Licht eine blutrote Einladung auf die Wände. *Komm!*, lautete sie. *Tritt ein. Finde heraus, was hier geschehen ist ... wenn du den Mut dazu hast.*

Leif misstraute dem Fackellicht. Und er misstraute dieser abgrundtiefen Stille noch viel mehr, die aus dieser Öffnung hallte. Er wollte nicht ins Innere, wollte nicht sehen, was ihm die Fackel zu zeigen hatte. Aber er musste. Schließlich konnte er nicht ewig hier draußen bleiben oder gar an dem Turm wieder nach unten klettern. Und so raffte er sich widerwillig auf und betrat die Zwergenburg. Ohne zu ahnen, dass er in ihr etwas finden würde, das für immer sein Leben prägen sollte.

14. Weit kam Leif in der Burg nicht. Als er sich durch die Öffnung in einen Korridor bückte, blieb er gleich beim ersten Schritt mit seinem Helm an der niedrigen Decke hängen. Auch seine Schultern verkanteten sich zwischen den Wänden, wodurch Leif ruckartig zum Stehen kam. *Vielleicht hätte doch besser Haldor hierherkommen sollen*, überlegte er. *Mit seinem knabenhaften Körper ist er ohnehin schon ein halber Zwerg.*

Leif zog den Kopf ein, glitt in die Hocke und drehte sich seitwärts, um sich so dünn wie möglich zu machen. Trotzdem kam er nur schleppend voran und hatte mit jedem Meter mehr das Gefühl, er würde durch einen Flaschenhals kriechen. Neben ihm brannte die Fackel an dem Wandhaken und übergoss ihn mit ihrem zuckenden Licht. Leif überlegte, ob er sie mitnehmen sollte, aber er verwarf den Gedanken sogleich wieder. In regelmäßigen Abständen brannten nämlich weitere Fackeln an den Wänden und wiesen ihm zuverlässig den Weg. Außerdem hatte Leif schon genug damit zu kämpfen, seine sperrige Axt durch dieses ewig lange Nadelöhr zu zwängen.

Der Korridor führte gut zwanzig Meter kerzengerade in die Burg hinein und machte am unteren Ende einen Bogen nach rechts. Dahinter waberte ebenfalls ein Feuerschein über die Wände, und dennoch kam es Leif absurderweise so vor, als würde es hier drin immer dunkler werden. Vielleicht weil der Tod bereits überall auf die Wände abgefärbt hatte. Auch die Luft roch eigenartig, fast säuerlich, als wäre sie von lauter Pestkranken ausgeatmet worden. Und es war still. So abartig still, dass Leif sein eigenes Blut in den Ohren rauschen hörte. Nirgendwo redete ein Zwerg, klapperte eine Maschine, ächzte ein

Stück Holz. Da war nur diese Stille, die sich wie ein kilometerlanges Leichentuch durch die Burg spannte.

Hallo, ist jemand zuhause? Hat jemand Lust auf einen Schwert- kampf? Will jemand bluten? Oder seinen Kopf verlieren? Die Wikin- ger sind da!, hätte Leif am liebsten gerufen. Er verkniff sich allerdings jedes Wort. Denn so wie's aussah, gab es hier niemanden mehr, der ihm antworten konnte.

Leif robbte bis ans Ende des Korridors und bog um die Ecke. Un- mittelbar dahinter gab es eine Wendeltreppe, die sich in einem en- gen Radius nach unten schraubte. Auf der obersten Stufe lag noch ein Zwerg. Er steckte in einer ähnlichen Rüstung wie seine Kamera- den. Und auch er hatte Selbstmord begangen und sich in sein eigenes Schwert gestürzt. Über den beiden Wunden an Brust und Rücken kreis- ten die Fliegen, aber selbst sie verhielten sich auffallend still. Weil auch sie offenbar spürten, dass irgendwas Teuflisches, Unheilvolles über diese Burg hergefallen war. Etwas, das die Zwerge in den kollek- tiven Selbstmord getrieben hatte.

Die Wände des Treppenhauses waren blutverschmiert, als hätten die Zwerge ein paar letzte Grüße auf sie geschrieben, während sie vor je- mandem fliehen mussten. Denn diese roten Linien erzählten eine grau- envolle Geschichte. Erzählten davon, dass sich die Zwerge mehrmals zu ihrem Verfolger umgedreht hatten. Dass sie auf die Stufen gestürzt waren, sich wehrten, um ihr Leben bettelten. Und die Blutspuren er- zählten auch, dass die Zwerge letztlich wohl keinen anderen Ausweg mehr sahen, als sich selbst zu ermorden.

Aber diese Wände verrieten Leif noch etwas anderes.

Denn zwischen den roten Schlieren gab es auch mehrere faustdicke Krater in dem Gemäuer. Sie waren ebenso schwarz wie das Vulkan- gestein und deshalb nur schwer zu erkennen, und doch magnetisierten sie sofort Leifs Aufmerksamkeit. Er stieg über den toten Zwerg hin- weg, trat auf einen Krater zu und betastete ihn mit den Fingerspitzen. Das war keine Kerbe von einem Axthieb oder einer Schwertklinge, sondern von ... nun von einer anderen Waffe. Eine, die mit der Energie eines Blitzes durch dieses Treppenhaus geschossen sein musste und dabei wie ein Irrlicht von einer Seite zur anderen gezuckt war.

Was vollkommen unmöglich ist, wusste Leif. *Es sei denn, irgendein Hokuspokus der Hexenmeister ist außer Kontrolle geraten ...*

Er mahnte sich jetzt erst recht zur Vorsicht. Denn er konnte den Verdacht nicht abschütteln, dass diese Burg lange nicht so ausgestor- ben war, wie es ihm die Stille weismachen wollte. Irgendwas lauerte hier. Etwas, das so schrecklich fremd und bösartig war, dass sich Leif beinahe auch in seine Axtklinge stürzen wollte. Nur um diesem namenlosen Etwas nicht begegnen zu müssen.

Er konnte sich kaum noch dazu überwinden, weiterzugehen.

Trotzdem arbeitete er sich von Stufe zu Stufe abwärts; einzig und allein getragen von der Hoffnung, dass dort unten alles nur halb so schlimm war. Doch der Gestank bewies ihm etwas anderes. Aus der Tiefe wehte ein Duft herauf, der nicht bloß von ein bisschen Blut oder einem Zwergenfurz stammen konnte. Nein, das waren eindeutig die Fäulnisgase unzähliger Körper, die im Inneren der Burg verwesen mussten.

Das Ende der Treppe kam in Sicht.

Leif drosselte seine Schritte, bis er sich bloß noch so langsam wie ein Schlafwandler bewegte, und streckte die Axt nach vorne. Auch wenn er längst nicht mehr daran glaubte, dass er seine Waffe in dieser Burg benutzen musste. Schon gar nicht gegen die Zwerge.

Dann bückte er sich unter einem Rundbogen hindurch. Tief genug, dass sein Helm diesmal nirgendwo streifte. Beim nächsten Schritt fand er sich an einem Ort wieder, der so strahlend schön wie in einem Märchen war. Und zugleich so entsetzlich, als wären hier alle Albträume dieser Welt wahrgeworden.

Vor ihm breitete sich eine Halle von kolossaler Größe aus. Leif vermochte es nicht zu schätzen, wie groß genau sie war, und er zweifelte auch stark daran, dass man ihre Dimensionen mit einer Maßeinheit beziffern konnte. Denn diese Halle besaß nahezu ihre eigene Atmosphäre und musste sich bis weit über die Grenzen dieser Burg hinaus erstrecken, obwohl das physikalisch natürlich unmöglich war. Aber wer wusste schon? Die Zwerge hatten schon viele Wunder vollbracht. Und diese Halle war unbestritten das größte davon. Ihr Boden lag rund achtzig Meter unterhalb von Leif und war mit purem Gold beschlagen, das wie ein gelber Spiegel jede Kleinigkeit hier drin reflektierte. Darüber spannte sich ein Gewölbe aus Rippenbögen und Kuppeln in schwindelerregender Höhe durch die Halle. Von ihm hingen gewaltige Kronleuchter herab, an denen Myriaden von Kerzen brannten und einen künstlichen Sternenhimmel dort oben schufen. Die Wände waren mit roten und gelben, blauen und grünen Edelsteinen verziert, die die Zwerge zu einem einzigartigen Relief verarbeitet hatten. Manche davon zeigten heroische Szenen aus einer Schlacht oder einen geselligen Abend bei Bier und Spanferkeln, so wie es die Zwerge liebten. Und zwischen all diesem Prunk und Protz verlief ein Labyrinth aus Brücken und Treppen, auf denen das Leben durch die Burg pulsiert sein musste.

Aber jetzt nicht mehr.

Jetzt war diese Halle zu einer Leichenkammer geworden.

Denn genau hier waren sie.

Die Zwerge. Hunderte. Tausende. Alle, die es gab.

Und sie waren ausnahmslos tot.

Die meisten von ihnen hatten sich erhängt und baumelten an Stricken von den Brücken- und Treppengeländern herab. Andere waren vom höchsten Punkt der Halle in die Tiefe gesprungen und verzierten nun den Boden mit ihren zerschmetterten Körpern. Und einige – wenige – hatten den Mut gefunden, sich ebenfalls die eigenen Dolche und Schwerter in den Leib zu stoßen. Die Alten. Die Jungen. Die Männer, Frauen, ja sogar die Kinder.

»Bei Odin!«, krächzte Leif.

Er hatte nie etwas für die Halblinge übrig gehabt, aber diese Entdeckung erschütterte ihn bis ins Mark. Vermutlich stand er eine kleine Ewigkeit nur da und saugte diesen entsetzlichen Anblick in sich auf. Denn als er irgendwann weiterging, fühlten sich seine Beine pelzig und sein Rücken steif an, als wäre er stundenlang auf der Stelle verharrt.

Behutsam watete er durch das Leichenfeld.

Die Zwerge hatten sich oft so eng aneinandergeklammert, dass Leif kaum seine Stiefel zwischen sie setzen konnte. Manchmal ließ es sich auch nicht vermeiden, dass er einen Toten mit dem Fuß beiseiteschieben oder gar auf ein Bein oder eine Hand treten musste. Aber das nahm Leif kaum noch bewusst wahr. Das Entsetzen hatte ihn vollständig betäubt und führte seinen Blick über die vielen Gesichter, die den Boden wie ein abartiges Mosaik pflasterten. Die meisten davon waren schon ganz grau und faulig geworden, und doch wirkten sie so verzweifelt, als würden die Zwerge noch immer leben.

Verzweifelt?, rätselte Leif. *Warum sollten sie verzweifelt gewesen sein? Weil sie keine Edelsteine mehr in ihren Minen fanden? Weil ihnen die Lieder beim Trinken und Feiern ausgegangen waren? Oder sie sich nicht mehr ständig auf die Zehenspitzen stellen wollten, um über einen Grashalm blicken zu können?*

Nein.

Der Grund für dieses Gemetzel war ein anderer.

Leif stieg eine breite, geschwungene Treppe bis zum Boden der Halle hinab und entdeckte auch dort diese rußschwarzen Krater. Sie klafften in kurzen Abständen in den Mauern oder zierten die Säulen mit langen Rußspuren. Einige hatten sogar das Gold am Boden vorübergehend zum Schmelzen gebracht, sodass es wie Kerzenwachs verformt war.

Was immer den Zwergen eine solche Todesangst eingejagt hat, muss hier unten begonnen haben.

Leif musterte einen Krater nach dem anderen. Sie führten bis in den hinteren Bereich der Halle und bogen dort zwischen zwei mächtigen Säulen hindurch nach rechts in einen Nebenraum ab. Irgendwas Rotes blitzte darin auf. Ein Licht, das viel zu hell – und auch viel zu unheimlich – war, als dass es von einer Fackel stammen konnte.

Was ist das? Ein Kristall, der leuchtet? Ein Polarlicht? Oder irgendein Zauber?

Leif wusste es nicht. Aber was immer dieses rote Flackern auch war, es setzte jeden Nerv in ihm unter Spannung und flößte ihm eine Angst ein, wie er sie seit dem Kindesalter nicht mehr erdulden musste.

Er nahm seine Axt jetzt wieder etwas fester und machte sich bereit, einem Gegner gleich den Schädel einzuschlagen. Nebenbei beobachtete er unentwegt das Licht. Es kam und ging in einem schnellen Rhythmus, ähnlich einem Gewitterleuchten, und projizierte dabei krude Schatten auf die Wände. Welche, die seltsame – wenn nicht gar *monströse* – Ausmaße besaßen und die Umrisse von irgendeinem buckeligen Ding zeigten, das gerade durch den Nebenraum streifte.

Leif zögerte noch einen Moment, dann ging er auf dieses sonderbare Licht zu. Er konnte gar nicht anders. So beängstigend und bedrohlich es auch war, so sehr fühlte sich Leif von ihm angezogen. Als besäße dieses Licht eine eigene Schwerkraft, vielleicht auch eine eigene Stimme, mit der es ihn zu sich rief.

Komm zu mir!, bezirzte es ihn. *Hilf mir! Bitte!*

Tief in seinem Inneren wusste Leif, dass er nicht auf diesen Lockruf hören durfte. Doch sein Körper sah das anders und verfiel mit jedem Schritt ein bisschen mehr dieser fremdartigen und zugleich unglaublich vertrauten Stimme. Als käme sie nicht von dem Licht, sondern aus seinem Herzen; als wäre sie seit seiner Geburt schon immer ein Teil von ihm gewesen. Er achtete jetzt kaum noch darauf, wohin er seine Stiefel setzte. Bei nahezu jeder Bewegung trat er auf einen Körper oder platschte durch eine Blutlache, und einmal kickte er aus Versehen ein totes Zwergenkind achtlos davon. Doch Leif registrierte sein Missgeschick gar nicht, sondern ging zielstrebig auf das Licht zu.

Komm!, sang es. *Komm zu mir! Bitte!*

Und das tat Leif. Er hatte absolut keine Kontrolle mehr über das, was seine Beine, seine Arme, ja selbst seine Gedanken taten, sodass er bloß noch willenlos durch die Gegend tapste.

Komm endlich!

Vermutlich wäre Leif jetzt einfach losgerannt ...

... wenn aus dem Leichenfeld nicht eine Hand gezuckt wäre!

Sie fuhr wie ein Gebiss um seinen rechten Stiefel zusammen und hielt ihn eisern fest, sodass Leif beinahe ins Stolpern geraten wäre. Seine Anspannung entlud sich in einem wilden Reflex. Er fegte die Axt herum und wollte die Hand von sich fortschlagen, aber dann erkannte er einen Zwerg neben sich, der blutüberströmt und seltsam verkrümmt war, aber in dessen Augen ein schwacher Lebensfunke brannte. Und diese Augen waren es auch, die Leif schlagartig wieder zur Besinnung brachten.

Gleichzeitig klappte der Zwerg den Mund auf und gab ein unartikuliertes Stöhnen von sich. »N-Nicht ... dorthin«, stammelte er.

Leif starrte fassungslos auf ihn herab. Nach seinem Verständnis hätte der Zwerg seit Tagen tot sein müssen, doch der Halbling war mit störrischer Kraft am Leben geblieben. Und sei es nur, um einen törichten Mann vor einem Fehler zu bewahren. Denn der Zwerg wandte den Kopf. Träge und unendlich qualvoll, weil jede noch so kleine Bewegung ein Feuerwerk voller Schmerzen in ihm entzündete. Trotzdem konnte ihn das nicht daran hindern, zu dem roten Licht zu starren, das unverändert in dem Nebenraum tobte. Der bloße Anblick ließ seinen Körper heftig zucken. Selbst jene Gliedmaßen, die gelähmt waren.

»N-Nicht dorthin«, wiederholte er. »Das Licht ist ... b-b-b ...«

Zwischen den Lippen des Zwergs quoll Blut hervor, sodass er seinen Satz nicht beenden konnte.

Leif war regungslos über ihm stehengeblieben, doch nun sank er neben dem Zwerg herab, legte seine Axt beiseite und streckte beide Hände vor. Sie waren groß genug, dass sie beinahe den kompletten Brustkorb des Halblings wie eine Bettdecke einhüllten ... und leider war das auch so ziemlich das Einzige, was Leif für ihn tun konnte. Denn der winzige Körper fühlte sich so zerbrochen an, als bestünde er nur aus Scherben.

Der Zwerg windete sich noch stärker über den Boden. Allerdings nicht vor Schmerzen, sondern weil er weitmöglichst von diesem Licht fortkommen wollte.

»*Schssst*«, machte Leif besänftigend. »Es ist alles gut.«

Er fand seine Worte schrecklich albern, angesichts dessen, dass er gerade mitten zwischen tausenden Leichen saß. Und doch flößten sie dem Zwerg genau die Ruhe ein, die Leif mit ihnen beabsichtigt hatte, denn der Halbling entspannte sich merklich. Gleichzeitig rollten seine Augen zu Leif herum ... und weiteten sich erstaunt. Offensichtlich erkannte der Zwerg erst jetzt, dass Leif ein Mensch war. Doch Leif gab ihm keinen Grund, sich zu fürchten. Nicht jetzt, wo der Zwerg so dringend ein bisschen Beistand nötig hatte.

»*Schssst*«, machte er erneut und so friedfertig, wie er konnte. »Ich werde dir nichts tun.«

»Wer ...?«

»Du willst wissen, wer ich bin? Ich heiße Leif Thorhallson.«

»Und ich bin Wilbur ... D-D-D ...«

Leif schüttelte den Kopf, um dem Zwerg zu bezeigen, dass er sich nicht anstrengen sollte. Doch Wilbur machte störrisch weiter, weil es nun mal zur Tradition eines jeden Zwergs gehörte, dass er sich vorstellte. Selbst jenen, die ihn fressen oder töten wollten.

»Ich bin Wilbur ... Donnerschild«, stöhnte er seinen Satz zu Ende. »Vom Clan der Erzschürfer und Minengräber.«

»Es freut mich, dich kennenzulernen«, sagte Leif aufrichtig. Er schmückte seine Antwort mit einem zweiten Lächeln, ehe er einen ernsten Ton anschlug. »Wilbur, was ist hier passiert?«

Seine Frage versickerte irgendwo zwischen der Angst und den Schmerzen des Zwergs. Und zudem wurde Wilbur bereits im nächsten Moment schon wieder von dem Licht umgarnt, denn er schielte abermals zu dem Nebenraum hinüber. Als würde auch er die imaginäre Stimme hören, die von dem roten Pulsieren ausging. *Komm! Komm zu mir!* Doch anders als Leif ließ er sich von ihr nicht ködern. Ganz im Gegenteil, Wilbur zuckte erneut zusammen und setzte alles daran, irgendwie zu fliehen. Auch wenn er dabei kaum einen Zentimeter weit von der Stelle kam.

»Beruhig dich.« Leif presste seine Hände etwas fester auf den Zwerg und beugte sich tief zu ihm herab, um seinen Blick einzufangen. »Was ist hier passiert?«, fasste er nach. »Warum haben sich alle Zwerge umgebracht?«

Er hätte genauso gut einen glühenden Schürhaken in Wilburs Kopf rammen können, denn seine Frage wühlte die finstersten Erinnerungen in dem Zwerg auf. »Er ist ... gekommen«, berichtete Wilbur. »In jeder Nacht ... und hat sie gestohlen ...«

»Wen meinst du?«

»Durak.«

»Wer ist Durak? Gehört er zu eurem Clan?«

»Er ist b-b-b ...« Wilbur brachte das Wort – *böse?* – wieder nicht über die Lippen. Dafür spritzte ein weiterer Schwall Blut aus seinem Hals und ergoss sich in seinen Bart. »Er hat sie alle gestohlen ...«

»Was denn gestohlen? Eure Edelsteine? Das Gold?«

»... unsere K-K-K ...«

»Wilbur?«

»... wir konnten nichts gegen ihn ausrichten ... er ist zu mächtig geworden ...«

»Wilbur? Bleib wach, hast du verstanden?« Leif spürte, wie der Puls des Zwergs allmählich versiegte. Wenn auch nicht die Angst. Sie trommelte fortwährend wie ein eigener Herzschlag durch den Körper des Halblings und schüttelte ihn durch. »Was genau hat Durak getan?«

»Tür ... andere Welt.« Die Worte des Zwergs wurden von immer mehr, immer *größeren* Blutblasen verschluckt, die ihm aus der Kehle quollen. Trotzdem schaffte er es irgendwie mit viel Willenskraft, seine Hand endlich von Leifs Stiefel zu lösen und den Finger auf das rote Licht zu richten. »Er wollte unsere Knochen holen ... wir konnten ihm nicht entkommen ...«

Wilburs Blick irrte durch die Halle. Zu all den Leichen, die über ihm wie abartige Girlanden an den Brüstungen hingen oder neben ihm den Boden zierten. Gleichzeitig steigerten sich seine Schmerzen zur puren Agonie. Sein Atem wurde flacher, sein Puls setzte mehrmals aus, und selbst die Angst flimmerte jetzt bloß noch in kurzen, abgehackten Schüben in seinem Gesicht umher.

»*Schsssst*«, machte Leif wieder. Er hätte gerne mehr für den Zwerg getan, auch wenn er wusste, dass nicht einmal Odin den Halbling noch hätte retten können.

»Wir ... mussten uns umbringen«, brabbelte Wilbur, beinahe wie im Delirium. »Sonst wären wir ebenso wahnsinnig wie Durak geworden und hätten ... hätten ...«

Seine Lippen bewegten sich weiter, aber aus seiner Kehle drang bloß noch ein unartikuliertes Stöhnen. Gleichzeitig trübten sich seine Augen ein und wurden so matt wie Kieselsteine. Er starrte abermals zu dem Nebenraum hinüber. Das rote Licht flammte ein letztes Mal darin auf, dann erlosch es abrupt. Sein Schrecken hielt jedoch an und ließ Wilbur bis zu seinem letzten Herzschlag nicht los.

»Er ist so unglaublich ... böse«, nuschelte er noch.

Dann lag Wilbur still.

Leif kniete eine geraume Weile über ihm. Er fühlte sich unendlich verwirrt, weil die Worte des Zwergs pausenlos durch sein Gedächtnis hallten, ohne einen Sinn für ihn zu ergeben. *Was meinte er damit, Durak wollte die Knochen der Zwerge holen? Und was hat es mit dieser ominösen Tür auf sich? Oder dieser anderen Welt?* Leif kam nicht dahinter, und irgendwie war er auch ganz froh darüber. Weil er spürte, dass die Wahrheit ihn zutiefst schockieren würde.

Plötzlich loderte das Licht erneut in dem Nebenraum auf.

Und mit ihm auch diese verführerische Stimme.

Komm zu mir!

Diesmal widerstand Leif ihr jedoch. Er nahm sich kurz die Zeit und schloss Wilburs Augen. Danach griff er nach seiner Axt, stemmte sich hoch und zog sich von dem Licht zurück. Er war jedoch nicht mutig genug, ihm den Rücken zuzukehren, wodurch er sich jeden Meter umständlich mit den Stiefeln ertasten musste, um nicht wieder auf einen Zwerg zu treten. Am Ende konnte Leif es nicht beziffern, wie lange er brauchte, um die riesige Halle zu durchqueren. Irgendwann hatte er die Toten jedenfalls hinter sich gelassen und sich weit genug von dem Licht entfernt, dass es keine unmittelbare Bedrohung mehr für ihn darstellte.

Erst dann wagte es Leif, sich umzudrehen.

Im Stechschritt eilte er vollends durch die Halle, ohne noch einen Gedanken an die Reichtümer oder Vorräte zu verschwenden, die es hier zu erbeuten gab. Er wollte einfach so schnell und weit wie möglich von diesem Spukschloss fortkommen. Also begab er sich auf dem kürzesten Weg zum Eingangsbereich der Burg und steuerte das Tor an. Er steckte seine Axt zurück in den Gürtel und machte sich mit beiden Händen an der Mechanik zu schaffen, mit der man die Zugbrücke herunterfahren konnte. Nacheinander löste er mehrere Sicherungsbolzen und legte ebenso viele Hebel um, worauf sich eine große Winde in Bewegung setzte. Sie klapperte wie ein Mühlrad, während sich von ihr zwei Eisenketten abrollten und die Zugbrücke in die Tiefe senkten.

Mach schon! Nun mach schon!

Leif sah regelmäßig über die Schulter ... und jedes Mal rechnete er fest damit, dass dieses Licht direkt hinter ihm sein könnte. Aber es bewegte sich kein bisschen von der Stelle, sondern warf nur allerlei Schatten auf die Wände. Und schon die waren gespenstisch genug, sodass Leif immer nervöser von einem Bein aufs andere trat.

Nun mach schon!

Die Ketten rasselten noch einen gefühlten Kilometer von den Winden, dann hämmerte die Zugbrücke auf die Straße vor der Burg. *Endlich!* Leif hastete zu dem Tor hinüber, schob einen dicken Riegel aus den Metallösen und zerrte zuletzt mit seinem vollen Körpergewicht an den beiden Flügeln. Sicherlich wären zehn Zwerge nötig gewesen, sie zu öffnen. Leif mobilisierte jedoch genug Kraft in sich, dass er es allein schaffte.

Unendlich träge knarrte das Tor auf.

Leif wartete nicht, bis es komplett geöffnet war, sondern quetschte sich durch den engen Spalt ins Freie. Er blieb mit den Schultern an den beiden Torflügeln hängen, sodass er weit vornüberkippte und sich mit den Fingerspitzen auf der Zugbrücke abfangen musste, um nicht auf dem Boden zu landen. Von da an lief er weiter, immer weiter, um alles hinter sich zu lassen, was er in der Burg erlebt hatte. Bis auf die Stimme. Sie verfolgte ihn auf Schritt und Tritt – *komm zu mir, bitte!* – und übte eine immer stärkere Anziehungskraft auf ihn aus. Fast so, als hätte dieses Licht einen Teil von ihm als Geisel genommen und zu sich in den Nebenraum gezerrt.

Zu all dem Bösen, das dort hauste.

15 Leif rannte von der Burg davon. Er wäre beinahe an den Drähten hängengeblieben und hätte eine Falle ausgelöst, mit denen die Zwerge ihren Vorgarten gesichert hatten. Und vermutlich wäre er auch mehrmals gestürzt, wenn er sich nicht ständig mit seiner Axt ausbalanciert hätte. Aber das bekam er gar nicht bewusst mit. Seine Angst hatte sich zu einem grauen Tunnel um ihn geschlossen und machte ihn blind und taub für alles, was sich außerhalb seines Kopfes abspielte. Und darum war es letztlich nur seinen Reflexen zu verdanken, dass er bei den vielen Stolperschritten nicht ernsthaft zu Schaden kam. Irgendwann erreichte er schließlich den Strand und taumelte auf seine Kameraden zu. Erik, Thorhall und die anderen Männer hatten ihn natürlich längst bemerkt und eilten ihm auf halber Strecke entgegen.

»Da bist du ja endlich«, grollte Thorhall. »Warum hat das so lange ...«

»*Zurück!*«, schrie Leif. »*Bleibt zurück!*«

Er wedelte mit den Händen, um seinen Appell zu unterstreichen. Und tatsächlich: Die Wikinger stoppten und hoben alarmiert ihre Waffen, weil sie befürchteten, dass gleich eine Zwergenhorde aus der Burg stürmen würde. Doch hinter Leif blieb es vollkommen leer und friedlich; nur das Tor knarrte unselig, während es wie von Geisterhand noch ein Stück weit aufschwang.

Trotzdem brüllte Leif erneut: »*Zurück!*«

Natürlich wich Thorhall nicht zurück. Ganz im Gegenteil, er stapfte sogleich wieder los und runzelte irritiert die Stirn. »Was bist du denn so schreckhaft? Du siehst aus, als hättest du einen Geist ...«

»*Zurück, hab ich gesagt!*« Leif hatte seinen Vater erreicht und wollte ihn am Oberarm mit sich ziehen. Doch Thorhall schlug seine Hand erzürnt davon.

»Jetzt krieg dich wieder ein!«, verlangte er. »Was ist denn bloß in dich gefahren? Und wo sind die Zwerge?«

»Das willst du gar nicht wissen.« Leif schielte beklommen zu der Burg zurück. Er konnte das rote Licht vom Strand aus unmöglich sehen, aber dafür hörte er diese verlogene Stimme umso besser, die beständig nach ihm rief. *Komm zu mir! Bitte!*

»Lass uns gehen, Vater«, drängte er. »Wir schweben in größter Gefahr.«

»Was denn für eine Gefahr?«

»Besser, du weißt es nicht. Es ist zu entsetzlich«, wiegelte Leif ihn ab. Er wollte seinen Vater ein zweites Mal mit sich ziehen, aber Thorhall drohte ihm mit dem Zeigefinger und marschierte danach noch zügiger auf die Burg zu. Erik folgte ihm dichtauf. Die anderen Wikinger zögerten etwas länger, aber sie waren ihrem Jarl natürlich treu ergeben – und außerdem wollte keiner von ihnen die einmalige Chance verpassen, einen Blick in das Heiligtum der Zwerge zu werfen, sodass die Männer letztlich ebenfalls zu der Festung stürmten.

»Jetzt versteht doch!«, rief Leif ihnen nach. »Wir müssen gehen. *Sofort!*«

Niemand achtete auf ihn. Selbst Haldor pilgerte neugierig über die Zugbrücke und betrat hinter den Wikingern die Burg. Erst dort blieben die Männer stehen, blickten ungläubig durch die Halle ... und verstanden allmählich, was Leif ihnen sagen wollte. Auch wenn sie es völlig *falsch* verstanden.

»Da juckt mir doch der Sack!«, staunte Thorhall. »Du hast alle Zwerge im Alleingang niedergemetzelt? Respekt, mein Sohn. Das hätte ich dir gar nicht zugetraut.«

Leif kam widerwillig in die Burg zurück. Er hätte sich zwischen seinen Kameraden ein bisschen sicherer fühlen können, aber durch seine Glieder strömte sofort dieselbe Nervosität wie vorhin. »Glaub mir, Vater: Ich war das nicht. Die Zwerge haben sich selbst umgebracht.«

»Selbst?«, zweifelte Erik. »Warum hätten sie das tun sollen?«

Leif hielt sich nicht lange mit Erklärungen auf. Zumal ihm seine Kameraden sowieso nicht geglaubt hätten, was er von Wilbur erfahren musste. »Ist das wichtig?«, kürzte er die Sache ab. »Irgendeinen triftigen Grund werden die Halblinge schon gehabt haben. Und nun lasst uns gehen.«

»Nicht so hastig«, bremste Thorhall ihn. »Wir werden bestimmt nicht abreisen, ohne die Vorräte mitzunehmen. Sowie alles andere, was wertvoll ist.« Er liebäugelte mit den Edelsteinen an den Wänden, die in sämtlichen Spektralfarben glitzerten.

»Jetzt begreif doch endlich, Vater: Wir dürfen uns hier keinen Augenblick länger aufhalten.« Leif machte eine ausladende Geste mit der Axt. »*Diese Burg ist verflucht worden!*«

»Red keinen Unsinn«, ärgerte sich Thorhall. »In dieser Burg gibt es so viele Nahrungsmittel, dass wir unsere Sippe die nächsten Jahre damit durchfüttern können.« Über sein Gesicht huschte ein verschlagener Ausdruck, während er noch mal durch die Halle blickte. »Wenn ich es mir recht überlege, sollten wir vielleicht sogar mit unseren Familien hierherziehen und diese Festung in Besitz nehmen.«

»Bist du jetzt völlig übergeschnappt?«, protestierte Leif.

»Worüber regst du dich so auf? Die Zwerge brauchen diese fürstliche Hütte nicht mehr. Also warum sollten wir uns nicht in ihr einquartieren?« Thorhall ließ diesen Gedanken eine ganze Weile in seinem Kopf aufblühen, bevor er sich abrupt zu den Wikingern umdrehte. »Jetzt schlagt hier keine Wurzeln!«, donnerte er sie an. »Geht los und plündert, was ihr tragen könnt! Und falls ihr irgendwo ein lebendiges Zwergenweib findet – lasst die Finger von ihren haarigen Titten, verstanden?«

Sein Scherz lockerte die Anspannung der Männer ungemein. Sie lachten schweinisch, während sie sich in kleine Gruppen aufteilten und nach allen Seiten ausschwärmten. Arvid, Norwin sowie drei weitere Männer duckten sich durch eine halbrunde Öffnung in der Wand. Grimar, Halvar und Tjure stiegen dagegen eine Treppe nach oben, um die höher gelegenen Stockwerke zu durchsuchen. Isbert wollte ihnen folgen, aber er verfehlte mit seinen Schielaugen die Stufen um etliche Meter und wankte dafür nach rechts in einen Lagerraum. Auch Haldor wurde von dem Forscherdrang gepackt und tappte so weit in die Halle hinein, wie es ihm sein Mut erlaubte. Die übrigen Wikinger stapften an ihm vorbei durch das Leichenfeld – und keiner von ihnen benahm sich in irgendeiner Weise pietätvoll oder leise. Schon bald hallten aus allen

Ecken und Winkeln die Geräusche von Türen, die mit Fußtritten aufgebrochen wurden, oder Möbeln, die unter einem Axthieb zerbrachen. Und immer wieder löste sich ein erhängter Zwerg von der Brüstung und platschte wie Fallobst in die Tiefe, nachdem die Männer seine Taschen nach Wertsachen durchsucht hatten.

Diese verdammten Tölpel!, schimpfte Leif. Er harrte mit Erik und Thorhall am Eingang aus und beobachtete die Leichenfledderei mit stumpfem Zorn.

»Schon merkwürdig«, meinte Erik. »Die Zwerge haben über ein Dutzend Schiffe seetüchtig gemacht und halb Vik aufgekauft, um sich für eine lange Reise zu rüsten – und nun bringen sie sich einfach um?« Er schüttelte den Kopf. »Was macht das für einen Sinn?«

»Es sollte keine Reise, sondern eine Flucht werden«, verbesserte Leif ihn. »Die Zwerge hatten bloß keine Zeit mehr, sie anzutreten.«

»Eine Flucht? Wovor?«

Leif blickte unwillkürlich zu dem Nebenraum hinüber. Das rote Flackern darin war wieder erloschen. Wenn auch nur, um sich vielleicht auf die Lauer zu legen. »Ich habe keine Ahnung, wovor die Zwerge fliehen wollten«, antwortete er auf Eriks Frage. »Ich weiß nur, dass es ihnen eine Heidenangst bereitet hat.«

Thorhall lachte abfällig. »Das ist bei den Halblingen ja nichts Neues. Sie haben sich selbst vor den Mäusen in ihren Kellern gefürchtet.«

»Bist du wirklich blauäugig oder tust du nur so?«, zürnte Leif. Er winkte abermals durch die Halle. »Sieh dich hier um! Dir muss doch selbst auffallen, dass in dieser Burg irgendwas nicht mit rechten Dingen zugeht. Etwas, das uns auch in den Tod treiben wird, wenn wir nicht schleunigst von hier fortsegeln.«

»Jetzt scheiß dir wegen der Zwerge nicht in die Hose. Jeder weiß, wie abergläubig diese Winzlinge waren. Vermutlich haben sie gerochen, dass wir kommen, und sich in den Selbstmord gestürzt, um unseren Klingen zu entgehen.« Thorhall grinste, bis seine Eckzähne unter den Lippen aufblitzten, und auch Erik fand diese Theorie wohl irre komisch. Denn seine Mundwinkel zuckten ebenfalls amüsiert.

Leif hingegen ließ sich von diesem Leichtsinn nicht anstecken. Ganz einfach, weil er Wilburs Worte nicht vergessen konnte: *Er wollte unsere Knochen holen. Wir konnten ihm nicht entkommen.* Leif hatte noch immer keine Ahnung, was der Zwerg ihm damit sagen wollte. Aber dafür nahm er jetzt umso stärker eine böse Macht wahr, die ringsum in den Wänden schwelte und womöglich nur auf einen günstigen Moment wartete, um über ihn und seine Kameraden herzufallen.

»Ihr könnt meinetwegen bis zum nächsten Frühjahr durch diese Gruft stöbern, aber ich werde jetzt zurück zu unserem Schiff gehen«, beschloss er.

»Das wirst du nicht«, stellte Thorhall klar. »Wir werden jede verfügbare Hand brauchen, um die Vorräte zu tragen.«

Leif klappte den Mund auf, um seinem Vater zu sagen, dass sie nichts – aber auch wirklich *gar nichts* – aus dieser Burg mitnehmen durften. Das übernahm jedoch schon ein anderer für ihn.

»*Jarl!*«

Norwin kehrte mit seiner Gruppe in die Halle zurück. Er war höchstens zehn Minuten lang fortgewesen, aber diese kurze Zeitspanne hatte ausgereicht, sein Gesicht mit einem grenzenlosen Schrecken zu verwüsten. »*Jarl!*«, stöhnte er noch mal, während er auf Thorhall zuwankte.

»Was soll das Geschrei? Ich bin nicht schwerhörig«, wetterte der Stammesfürst.

»Die Vorräte«, berichtete Norwin aufgeregt. Er pumpte immer mehr Luft in seine Brust, aber er bekam trotzdem kaum einen vernünftigen Ton aus der Kehle. Deshalb behalf er sich damit, auf Arvid und die anderen Männer zu zeigen, die hinter ihm aus der Öffnung wankten und einen Getreidesack mit sich schleppten.

Leifs Bauch rumorte, weil er sich schon denken konnte, was seine Kameraden entdeckt hatten. Und er sollte recht behalten.

Als die Männer den Sack öffneten und ihn umdrehten, prasselten aus seinem Inneren schwarze Getreidekörner hervor. Sie alle zerplatzten auf dem Boden zu Staub und verströmten sofort dieses faulige Aroma, das die Männer zuhause bereits zu fürchten gelernt hatten, aber das sie jetzt noch viel mehr erschütterte. Besonders Thorhalls gute Laune verkehrte sich schlagartig ins Gegenteil. Er starrte einen Augenblick lang bestürzt auf das Getreide herab, bevor er zu den Männern aufsah.

»Was hat das zu bedeuten?«, wollte er wissen.

»Die Fäulnis«, erklärte Norwin. »Sie hat auch bei den Zwergen gewütet.«

»Was redest du da?«

»Du kannst es gerne selbst überprüfen. Wir waren unten in der Vorratskammer. In ihr lagert mehr Essen, als man sich vorstellen kann – ein ganzes Königreich voller Met, Fleisch, Getreide und Süßspeisen. Aber alles davon ist ungenießbar geworden.« Norwin ließ seine Erzählung kurz bei Thorhall wirken, weil er offenbar eine ganz bestimmte

Reaktion von ihm erwartete. Als diese jedoch ausblieb, fasste er nach: »Verstehst du? Es gibt in dieser Burg nichts Essbares mehr!«

Thorhall bemühte sich zumindest, es zu verstehen. Diese Nachricht war jedoch so irritierend, dass er sie einfach nicht in ihrem vollen Umfang begreifen konnte. »Das kann nicht sein«, murmelte er. »Seid ihr sicher?«

»Norwin sagt die Wahrheit«, rief Halvar hinter ihnen. Auch der Schmied kam mit den anderen Männern von ihrem Streifzug zurück. Mit Gesichtern, in denen sich derselbe Schrecken wie bei Norwin widerspiegelte. »Wir haben die Küche gefunden. In ihr raucht und stinkt alles, was essbar gewesen ist«, berichtete er. »Und da wäre noch etwas ...«

»Rede, verdammt!«, fuhr Thorhall ihn an.

Halvar ließ sich von ihm nicht hetzen. Er tauschte zuerst mit Leif einen vielsagenden Blick, bevor er erklärte: »Im Ostflügel der Burg gibt es eine Krypta. Wie ihr wisst, haben die Zwerge ihre Toten nicht verbrannt, wie wir es tun, sondern sie in Grüften eingemauert. Wenn ich die Spuren richtig deute, hat es hier schon vor dem Selbstmord ungewöhnlich viele Todesfälle gegeben. In der Krypta wurden über dreihundert frische Gräber angelegt, die keine Woche alt sind. Und auf dem Boden liegen fünfzig, sechzig tote Zwerge, die ... nun, die ...«

»Irgendwas ist mit ihren Körpern geschehen«, sprang Tjure ein, als Halvars Stimme versagte. »Keiner von ihnen hat mehr einen Knochen im Leib, obwohl sie alle unverletzt sind.«

Thorhall schnitt eine Grimasse, als würde er die Männer für verrückt erklären wollen. Er mäßigte sich jedoch, weil auch er allmählich einsehen musste, dass hier irgendwas nicht stimmte.

»Ich habe es dir gesagt, Vater. Diese Burg ist verflucht«, meinte Leif. Sein Blick fiel durch das Tor hinaus in die Nacht, die so leblos wirkte, als wäre ganz Island von einem namenlosen Unheil befallen worden. »Ich kann mir nicht erklären, wer hinter alledem steckt. Aber eines steht fest: Gunnar kann es unmöglich gewesen sein. Ebenso wenig die Hexenmeister der Zwerge. Hier geht irgendwas anderes – weit Größeres – vor. Etwas, das unaufhaltsam über das Land zieht und alles vernichtet, was es berührt. Es hat unser Dorf sowie die Zwerge erwischt, vielleicht auch viele andere Sippen, die entlang der Küste siedeln. Und womöglich ist das alles nur der Anfang von etwas noch viel Schlimmerem ...«

Leif sah zu seinem Vater zurück.

Thorhall funkelte ihn widerspenstig an, weil er sich noch immer sträubte, das Offensichtliche zu erkennen. Die anderen Wikinger hingegen glaubten Leif. Sie nickten zustimmend, während sich ihre Mienen mehr und mehr verdüsterten. Ein Gesicht vermisste Leif allerdings in der Menge. Er sah von links nach rechts und wieder zurück, doch es blieb dabei. Ein Gesicht fehlte.

»Wo steckt Haldor schon wieder?«, wunderte er sich.

Er erntete für diese Frage nur ein Kopfschütteln und Schulterzucken. Leif gab sich nicht weiter mit seinen Kameraden ab. Er stürmte an ihnen vorbei und durchmaß im Laufschritt die Burghalle.

»Haldor?«, schrie er.

Das Echo trug seine Stimme bis zum Deckengewölbe hinauf, aber von dort hallte nur wieder diese grässliche Stille zu ihm zurück.

»Haldor?«

Leif schwang sich einmal im Kreis, musterte die Zwerge am Boden und lauschte in jeden Winkel. Er konnte seinen Bruder nirgendwo hören oder sehen, aber das war nicht weiter tragisch. Denn genau genommen gab es hier nur einen Ort, zu dem Haldor mit seinem Klumpfuß gehen konnte ...

Oh nein.

Leif drehte sich zu dem Nebenraum um, der sich hinter den beiden Säulen an der Wand verbarg. Das rote Licht flackerte darin wieder auf. Heller als jemals zuvor, und auch so heiß, als würde es soeben einen Menschen verbrennen.

»*Haldor!*«

Leif vergaß jegliche Vorsicht und stürmte los. Er brachte noch bei der ersten Bewegung seine Axt in Schwung und flog in weiten Sätzen über die Leichen hinweg. Mit jedem Meter, den er sich dem Licht näherte, nahm es an Intensität und Hitze zu, bis es sich wie das Sonnenlicht in Leifs Blick ätzte und ihm die Tränen in die Augen schwemmte. Zu allem Übel wäre er auch noch in einer Blutlache ausgerutscht, aber dann hetzte er atemlos zwischen den beiden Säulen hindurch ... und stoppte jäh. Denn ihm bot sich ein Bild, das er so nicht erwartet hatte. Eines, bei dem er nicht einmal sagen konnte, ob es ihn eher schockierte oder erleichterte.

Vor ihm erhob sich ein Raum, der die Ausmaße des Wikingerschiffs hatte und ebenso prunkvoll verziert war wie der Rest dieser Burg. Und auch er war zu einem Friedhof für rund vierzig Zwerge geworden. Es handelte sich dabei ausnahmslos um Soldaten, die in Rüstungen steckten und mit Streithämmern bewaffnet waren. In einem Punkt unterschieden sich diese Männer jedoch von den anderen Zwergen: Keiner von ihnen hatte sich selbst umgebracht. Sie alle waren von einem übermächtigen Feind getötet worden. Ihre Körper wiesen dieselben verkohlten Krater auf, wie es sie auch im Boden und entlang der Wände gab. Einige Zwerge lagen noch dazu in so obskuren Haltungen da, als wären sie wie Puppen durch die Gegend geschleudert worden. Mit verdrehten Gliedmaßen und Köpfen, die sich zu blutrotem Brei aufgelöst hatten.

Leif fragte sich, welche Waffe solche grausamen Verletzungen anrichten konnte ... und kam im selben Moment zu dem Schluss, dass er es besser niemals erfahren wollte.

Und noch etwas war in diesem Raum anders: Auf seinem Boden gab es eine dicke, glitzernde Schneedecke!

Schnee? Hier? Mitten in einer Burg?

Leif war darüber so erstaunt, dass ihm das Wichtigste beinahe entgangen wäre. Das rote Licht war nämlich wieder verschwunden. An den Wänden blakten jetzt nur drei Fackeln vor sich hin und hielten die Dunkelheit gerade weit genug fern, dass Leif bis zur Stirnseite des Raums blicken konnte. Zu Haldor. Sein Bruder stand dort bis zu den Knöcheln im Schnee versunken und starrte die leere Wand vor sich an. Manchmal hob er dabei die Finger und tastete mit ihnen über das Gemäuer, als würde er nach etwas suchen, das bis gerade eben dort zu sehen gewesen war und sich nun mitsamt dem Licht aufgelöst hatte.

»Haldor?«

Leif ging zu ihm. Er hätte die Axt eigentlich senken können, aber dieser Raum ließ seine Nervosität einfach nicht zur Ruhe kommen. Die Luft stank nach beißendem Ozon und war überdies frostig kalt, als würde hier drin bereits tiefster Winter herrschen. Und noch etwas alarmierte Leif: In dem Schnee gab es zahlreiche Fußabdrücke. Die der Zwerge. Welche von Haldor. Sowie die Abdrücke irgendeines fremden Wesens, das wie ein Geist direkt in die Stirnwand gelaufen sein musste. Denn die Abdrücke führten genau auf das Gemäuer zu.

»Haldor?«, fragte Leif noch mal.

Sein Bruder reagierte nicht auf ihn. Selbst dann nicht, als Leif direkt neben ihm stehenblieb. Haldor strich unablässig mit dem Finger über die Wand und befühlte jede Kante, jeden Kratzer, jede hauchzarte Rundung, als würde er diese Unebenheiten wie Runen lesen können.

Leif sah ihm eine geraume Zeit dabei zu und wagte es nicht, ihn zu stören.

»Haldor?«, flüsterte er irgendwann wieder.

Noch immer keine Reaktion. Haldor schien vollkommen weggetreten zu sein.

Leif legte ihm eine Hand auf die Schulter.

Die Berührung war leicht, fast zärtlich. Trotzdem schrak Haldor unter ihr zusammen und fuhr mit einem Keuchen herum. Sein Blick jagte zu Leif hinauf; mit Augen, die ebenfalls rot schimmerten ... ehe sie langsam wieder ihre altbekannte kristallblaue Farbe annahmen. Aber es dauerte noch ewig, bis Haldor seinen Bruder erkannte und wieder Fuß in der Wirklichkeit fasste.

»Leif ... wo kommst du denn her?«

»Ich habe mir Sorgen um dich gemacht. Was treibst du hier?«

»Ich ... ich wollte ...« Haldor blinzelte benommen durch den Raum und schien sich auf einmal selbst zu fragen: *Ja, genau: Was treibe ich hier eigentlich?*

Leif sah ihn tadelnd an. »Es ist gefährlich, alleine durch die Burg zu streunen. In den Korridoren und Räumen kann es überall Fallen geben.«

»Ich war vorsichtig«, sagte Haldor noch immer so schleppend, als befände er sich im Fieberwahn. Er schielte zu der Wand neben sich und kämpfte sichtlich gegen den Impuls an, sie wieder berühren zu wollen.

Leif folgte seinem Blick. »Hast du hier irgendwas gesehen?«

»Was denn gesehen?«

Ein rotes Licht. Oder jemanden, der durch den Schnee gestapft sein muss. Jemand, der mächtig genug ist, vierzig gepanzerte Zwerge zu ermorden. Leif hätte Haldor offen danach fragen können, aber er tat es nicht. Weil er immer mehr daran zweifelte, dass sich sein Bruder an das erinnern konnte, was er in den letzten Minuten getan hatte.

»Vergiss es«, sagte Leif deshalb nur. Er legte Haldor noch mal die Hand auf die Schulter und drängte ihn von der Wand fort. »Lass uns zu den anderen gehen. Hier ist es nicht sicher.« *Und viel zu unheimlich.*

»Ja«, stimmte Haldor ihm zu. »Du hast recht.«

Leif bugsierte ihn vor sich her, aus dem Raum. Haldor drehte sich unterwegs noch mehrmals um und versuchte einen Blick auf die Stirnwand zu erhaschen, bevor er mit Leif um die Ecke bog und zurück zu den Wikingern ging. Die beiden Brüder hätten sich keinen schlechteren Zeitpunkt dafür aussuchen können, denn sie platzten dort mitten in eine hitzige Diskussion. Thorhall hatte sich vor seinen Männern aufgebaut und warf seine Fäuste streitsüchtig in die Luft, während er sich immer mehr in Rage brüllte. Laut genug, dass ihn vermutlich sogar die Zwerge im Jenseits hörten.

»Wie könnt ihr es wagen, euch meinen Befehlen zu widersetzen?«, schrie er. »Ich bin euer Jarl! Es ist eure verdammte Pflicht, mir zu gehorchen. Also nehmt gefälligst diese Burg auseinander! Durchkämmt alle Räume, brecht sämtliche Türen auf, lasst keinen Winkel unerforscht. Hier muss es noch irgendwo etwas Essbares geben.«

»Gibt es nicht«, erwiderte Halvar. Die anderen Männer nickten beipflichtend, worauf der Schmied bekräftigte: »Ich werde in dieser Burg nichts mehr anrühren oder gar irgendwas davon mit nach Hause nehmen.«

»Und ob du das wirst«, konterte Thorhall. »Die Vorräte der Zwerge sind unsere einzige Möglichkeit, den Winter zu überstehen.«

»Wie oft denn noch?«, rebellierte jetzt auch Snorre. Er kickte den schwarzen Staub auf dem Boden in Thorhalls Richtung. »Es gibt hier keine Vorräte mehr. Und selbst wenn, würde ich nichts davon essen wollen. Wer weiß, was es sonst mit uns und unseren Familien anrichtet?«

Die übrigen Männer nickten wieder oder murmelten etwas Zustimmendes.

Thorhall wusste zum ersten Mal in seiner ganzen Amtszeit nicht, was er darauf erwidern sollte – abgesehen von einer weiteren Drohung vielleicht. In seiner Not wandte er sich an Erik. Doch sein Erstgeborener verweigerte ihm ebenfalls den Gehorsam und senkte scheu den Blick. Damit war der Skandal perfekt.

Thorhall knirschte mit den Zähnen und starrte seine Männer vernichtend an. »Von mir aus«, grollte er. »Wenn ihr nicht genug Mumm in den Knochen habt, werde ich eben selbst die Burg durchsuchen. Aber erwartet ja nicht, dass ich die besten Fundstücke mit euch teile!«

Er boxte sich zwischen seinen Männern hindurch und stürmte auf die nächstliegende Treppe zu. Kurz bevor er sie erreichte, traf ihn jedoch ein Schrei im Nacken.

»*Jarl!*«

Thorhall verdrehte die Augen, als wäre er es inzwischen leid, mit diesem Titel angesprochen zu werden. Er stoppte jäh und wandte sich zum Burgtor um.

Über die Zugbrücke hetzte Asgar auf ihn und die Wikinger zu. Er musste den beschwerlichen Weg von der Bucht bis hierher regelrecht *geflogen* sein, denn der Schweiß tropfte in öligen Fäden von seiner Stirn herab, und seine Wangen glühten vor Anstrengung so rot, dass man es selbst durch seinen buschigen Vollbart sehen konnte. Aber darauf achtete niemand. Alle Wikinger konzentrierten sich nur auf Asgars Augen, die panisch geweitet waren und schon die nächste Hiobsbotschaft ankündigten.

»*Jarl!*«

Endlich hatte er die Burg erreicht und taumelte in die Halle. Er wäre ungebremst gegen Norwin und Snorre gelaufen, wenn ihn nicht auf dem letzten Meter die Kräfte verlassen hätten, sodass er auf die Knie sackte. »*Jarl!*«, presste er noch mal aus der Kehle. »Bei den Göttern ... wir sind dem Tode geweiht!«

»Seid ihr jetzt alle übergeschnappt?«, fauchte Thorhall. Er machte kehrt und marschierte wutgeladen auf Asgar zu. »Was ist hier los? Warum bewachst du nicht unser Schiff, so wie ich es dir aufgetragen habe?«

Asgar wollte es ihm erklären, aber er musste erst zigmal nach Atem schnappen, bis er seine Stimme wiedergefunden hatte. »Du hast mir aufgetragen, dass ich mich melden soll, sobald etwas passiert. Und das ist es«, berichtete er.

»*Was* ist passiert?«

»Die Vorräte«, stöhnte Asgar. »Das Getreide, die Ferkel, die Hühner ... einfach *alles*, was wir auf der Kogge erbeutet haben, wurde von der Fäulnis vernichtet!«

Die Nachricht fuhr den Wikingern wie eine Dolchklinge zwischen die Rippen. Sie keuchten erschüttert und prallten zurück.

»Was redest du da?«, fasste Thorhall nach.

»Ich schwöre, es ist die Wahrheit«, gelobte Asgar. »Die Fäulnis kam ganz plötzlich. Ich hätte sie in der Dunkelheit gar nicht bemerkt, wenn die Ferkel und Hühner nicht aufgekreischt hätten. Sie sind bei lebendigem Leib verwest, so wie die Tiere in unserem Dorf. Ich wollte ihnen helfen, aber ich konnte nichts tun ... musste fliehen ... sonst hätte die Fäulnis auch mich erwischt.« Zum Beweis hob Asgar seine Hände. Sie waren von schwarzem Staub bepudert und verströmten denselben Gestank, den die Wikinger nur allzu gut kannten.

»Das ist unmöglich. Die Fäulnis ist vorbei«, behauptete Thorhall wider alle Vernunft. Er sah zu seinen Männern. »Erinnert euch an gestern Abend! An den Fisch, den ich euch in der Dorfhalle gezeigt habe. Er war kein bisschen verwest.«

»Dann ist die Fäulnis eben zurückgekommen«, sagte Leif. »Und sie wird noch mehr Opfer fordern, wenn wir nicht schleunigst von hier fortgehen.«

Thorhall klappte den Mund auf, um ihm zu widersprechen, aber er tat es nicht. Weil er allmählich die Wahrheit akzeptieren musste, so schwer es ihm fiel.

»Bitte, Vater.« Leif trat auf Thorhall zu und berührte ihn eindringlich am Oberarm. »Es ist vorbei. Lass uns nach Hause segeln.«

»Um zu hungern und zu sterben?«

»Nichts dergleichen«, erwiderte Leif. Laut genug, dass ihn alle Männer bestens hören konnten. »Wir werden das tun, was ich dir von Anfang an geraten habe: Wir packen alles Notwendige zusammen und segeln mit unseren Familien in den Süden.«

»Zur Hölle damit!«, maulte Thorhall störrisch. »Ich werde nicht zum Nomaden.«

»Das musst du auch nicht.« Leif zeigte auf die kunstvollen Reliefs an den Wänden. »Soweit wir wissen, befällt die Fäulnis nur die Nahrungsmittel, aber nicht die Edelsteine oder das Gold. Wir werden so vieles davon aus der Burg mitnehmen, dass wir uns im Süden ein eigenes Königreich kaufen können, wenn wir wollen. Mit riesigen Viehherden und Feldern, auf denen das ganze Jahr über Getreide wächst.« Leif ließ seine Stimme zu einem verschwörerischen Flüstern abflauen, während er dicht an seinen Vater heranrückte. »Wolltest du das mit diesem Raubzug nicht von Anfang an?«, raunte er ihm zu. »Reich und mächtig werden? Genau das kannst du, wenn du jetzt ein einziges Mal auf mich hörst.«

Thorhall antwortete ihm nicht. Er verschanzte sich nur hinter einer starren Maske und sah seine Männer an. Alle von ihnen erwiderten seinen Blick mit einer stillen Hoffnung und beteten darum, dass ihr Jarl endlich zur Vernunft kam. Doch Thorhall ließ sich von ihnen nicht unter Druck setzen und leistete trotzig Widerstand.

Leif straffte sich deshalb irgendwann, um seinem Vater die alles entscheidende Frage zu stellen: »Also, was hältst du von meinem Vorschlag ...?«

16 Am Ende fiel es Leif erstaunlich leicht, seinen Vater davon zu überzeugen, dass sie die Heimreise antreten sollten. Wenn man es genau bedachte, blieb Thorhall gar keine andere Wahl, als dem Vorschlag zuzustimmen. Sonst hätte er sich den Zorn seiner Männer aufgeladen oder gar eine Meuterei riskiert. Und zudem war es genau so, wie Leif es behauptet hatte: Im Endeffekt bekam Thorhall das, was er am meisten begehrte. Denn die Schatzkammern der Zwerge waren üppig gefüllt – und kein Goldbarren, kein Silbertaler und erst recht kein Juwel darin wies einen einzigen Schimmelfleck auf, sodass sich die Wikinger nach Herzenslust daraus bedienen konnten. Sie karrten zehn Kisten Gold, fünf Truhen voller Diamanten und so viel Silber aus der Burg, dass sie eine funkelnde Spur hinter sich herzogen, weil immer wieder ein Klumpen Edelmetall oder ein wertvolles Steinchen aus ihren Taschen plumpste. Als sie bei ihrem Schiff ankamen, warfen sie alle verdorbenen Nahrungsmittel sowie jeden überflüssigen Gegenstand ins Wasser, um möglichst viel Ballast loszuwerden. Trotzdem mussten sie eine Kiste Gold am Strand zurücklassen, um ihr Schiff nicht zu überladen. Für Thorhall war dieser Frevel natürlich kaum zu ertragen. Wenn es nach ihm gegangen wäre, hätte er lieber einige Männer zurückgelassen, aber er schwieg sich darüber aus. Sonst hätte es *wirklich* eine Meuterei gegeben. Und womöglich einen toten Stammesfürsten mit dazu ...

Pünktlich bei Tagesanbruch stachen sie in See.

Der Wind war ihnen gewogen und blies ihr Segel stark genug auf, dass die Wikinger nur selten zu den Riemen greifen mussten. Eigentlich hätten sie das gute Wetter und die reiche Beute zum Anlass nehmen und sich auf ihre Heimkehr freuen können. In Wahrheit saßen sie jedoch mit matten Gesichtern auf den Ruderbänken und träumten ins Leere. Wer konnte ihnen das verdenken? Sie hatten gemordet, hatten einen Kameraden verloren und viele schreckliche Dinge gesehen. Nun wollte jeder bloß noch schnellstens zu seiner Familie und alles vergessen, was sie erleben mussten. Deshalb verschwendete auch niemand einen Blick für den Schatz, der zwischen den Ruderbänken funkelte, als wäre ihr Schiff zu einer schwimmenden Edelsteinmine geworden.

Bis auf Thorhall.

Er kniete stundenlang vor den Kisten, zählte pedantisch die Goldstücke und hielt jeden Edelstein ins Sonnenlicht, um sich von dem roten, grünen oder weißen Glitzern bezirzen zu lassen. Gut möglich, dass er sich im Geiste bereits einen Palast baute oder sich von einem Dutzend nackter Sklavinnen im Milchbad verwöhnen ließ.

Er hat tatsächlich bekommen, was er wollte, dachte Leif. Er lehnte mit dem Rücken am Vordersteven und beobachtete seinen Vater, wie er raffgierig von Kiste zu Kiste zog, als wäre er dem Goldfieber verfallen. Leif hätte sich zu gerne an den Glauben geklammert, dass sich Thorhall mit seinem Reichtum begnügen und von nun an etwas friedlicher werden würde. *Aber das wird er nicht*, wusste Leif. *Er hat Blut geleckt und wird schon bald nach einer Möglichkeit suchen, wie er uns in den nächsten Raubzug hetzen kann. Um noch mächtiger und reicher zu werden ...*

»He, lass das!«

Haldors Stimme schnitt durch Leifs Gedanken.

Als er den Blick wandte, entdeckte er eine Möwe, die im Heck des Schiffes gelandet war. Sie watschelte an den Ruderbänken entlang und pickte die paar wenigen Getreidekörner auf, die noch zwischen den Holzplanken steckten. In rascher Folge schluckte sie das erste und zweite Körnchen ihren Hals hinunter, bevor sie mit großem Appetit zum dritten und vierten stakste.

»Lass das!«, schrie Haldor noch mal. Er trampelte auf die Möwe zu und klatschte in die Hände, um sie zu vertreiben. Der einzige Haken an der Sache war nur, dass sich die Möwe nicht vertreiben *ließ*. Sie beäugte Haldor kurz mit einem abschätzigen Blick und kam wohl zu dem Urteil, dass sie von diesem Hänfling nichts befürchten musste. Statt also die Flucht zu ergreifen, krähte sie Haldor nur ein spöttisches »*Rah-Rah!*« entgegen, bevor sie nach einem weiteren Getreidekorn schnappte.

»Nicht!« Haldor hatte die Möwe erreicht und schubste sie mit der Stiefelspitze zur Seite, sodass sie das Korn wieder verlor.

»*Rah-Rah!*«, beschwerte sie sich. Gleichzeitig flatterte sie über Haldors Klumpfuß und stocherte abermals mit dem Schnabel nach dem kleinen Leckerbissen.

»Lass das, du wirst dich vergiften!« Haldor wedelte und strampelte nun mit allen Gliedmaßen, um die Möwe zu verscheuchen. Viel Erfolg hatte er auch damit nicht. Die Möwe tauchte einfach unter seinem Stiefel hindurch, packte das Korn und warf es sich trotzig in den Rachen.

»*Rah!*«, schnatterte sie noch einmal, bevor sie davonflog.

Haldor sah ihr erstaunt hinterher.

Auch Leif fühlte sich von dieser Beobachtung zutiefst irritiert. Er kam zu seinem Bruder und behielt dabei die Möwe so lange im Blick, bis sie in der Ferne verschwunden war. Während der ganzen Zeit machte er sich darauf gefasst, dass sie gleich schwarz werden oder einfach tot ins Wasser stürzen würde. Doch die Möwe drehte putzmunter ihre Bahnen über dem Atlantik und ließ sich von den Windböen das Gefieder kitzeln.

»Sie scheint einen robusten Magen zu haben«, bemerkte Haldor.

»Oder sie ist klüger als wir«, entgegnete Leif ihm.

»Wie meinst du das?«

Leif sank in die Hocke und studierte die restlichen Getreidekörner, die auf dem Deck verstreut lagen. Zu seiner Überraschung waren sie nicht faulig, sondern so leuchtend gelb, dass sie sich kaum von den Goldstücken unterschieden.

»Du meine Güte«, staunte Haldor, als er dieselbe Entdeckung machte. »Diese Körner müssen wohl von der Fäulnis verschont geblieben sein.«

»Ich versichere dir, sie wurden es nicht«, erwiderte Leif. »Du hast doch selbst gesehen, wie verwest die Nahrungsmittel letzte Nacht waren, als wir sie von Bord geholt haben. Dasselbe galt sicherlich auch für diese Getreidekörner hier. Aber irgendwann im Laufe der letzten Stunden muss etwas mit ihnen passiert sein, ohne dass wir es bemerkt haben.«

Haldor nickte ... und schüttelte fast gleichzeitig den Kopf. »Und das wäre?«

Leif kam ein Gedanke, der viel zu absurd und ungeheuerlich klang, um wahr zu sein. Und trotzdem musste es sich genau so zugetragen haben. »Ich nehme an, die Nahrungsmittel sind wieder genießbar geworden.«

»*Alle* Nahrungsmittel?«, hakte Haldor ungläubig nach.

»Ich vermute es.«

»Das kann ich mir nicht vorstellen.«

»Glaub mir, es ist so. Die Fäulnis scheint nur vorübergehend alles Essbare in Moder und Schimmel verwandelt zu haben. Doch nun hat sie wohl endgültig ihre Wirkung verloren.« Leif wollte seine Behauptung sogleich beweisen. Er pickte nun selbst mit zwei Fingern ein Getreidekorn vom Boden – und steckte es sich in den Mund.

»*Nicht!*«, keuchte Haldor.

Er war beileibe nicht der Einzige, der so erschrocken reagierte. Alle anderen Männer setzten ebenfalls zu einem Schrei an und sprangen halb von den Ruderbänken, um Leif von seiner Dummheit abzuhalten. Aber er ließ sich nicht beirren und schob das Korn mit der Zunge einmal von seiner linken Backe in die rechte, bevor er es zerbiss.

Die Wikinger starrten ihn an, als hätte er mutwillig eine Biene verschluckt. Und sie alle rechneten natürlich damit, dass ihm gleich die Augen aus den Höhlen platzen oder ihm die Kehle vor lauter Beulen zuschwellen würde.

Aber das geschah nicht.

Leif kaute einfach auf dem Korn herum, bis es sich in seinem Mund zu einem pappigen Brei aufgelöst hatte. Ganz ohne Schmerzen, ohne dabei selbst zu schimmeln, ja sogar ohne zu würgen oder sich zu übergeben.

»Und?«, forschte Haldor.

»Das Getreide schmeckt normal«, berichtete Leif. Er steckte sich ein zweites Korn zwischen die Zähne, um sich Gewissheit zu verschaffen. Und auch bei ihm entfaltete sich sofort der vertraute mehlige Geschmack in seinem Mund.

Haldor traute der Sache dennoch nicht und behielt Leif argwöhnisch im Auge. »Soll das heißen, wir hätten die Nahrungsmittel gar nicht entsorgen müssen?«

»Falsch«, korrigierte Leif ihn. »Wir hätten überhaupt nicht zu diesem Raubzug aufbrechen müssen, sondern uns einfach einen Tag gedulden. Dann wäre uns viel erspart geblieben ...«

Haldor runzelte die Stirn, während er sich etwas zu erklären versuchte, auf das es einfach keine logische Antwort gab. »Was bedeutet das alles? Ich meine, was macht es für einen Sinn, zuerst alle Nahrungsmittel zu verderben – und sie nur wenig später wieder essbar zu machen?«, hakte er schließlich nach.

Leif rollte ein weiteres Getreidekorn zwischen seinen Fingerspitzen hin und her. »Es bedeutet, dass wir getäuscht wurden.«

»Getäuscht? Wozu?«

»Damit wir genau das tun, was jemand von uns wollte«, orakelte Leif. »Die Fäulnis sollte offenbar keine Hungersnot verursachen, sondern uns dazu bringen, das Dorf zu verlassen.«

»Jemand? Wen meinst du damit?«

Leif wollte keine voreiligen Schlüsse ziehen und schwieg sich über Haldors Frage aus. Stattdessen wandte er sich zu den Männern um, die offenbar alle einen ähnlichen Verdacht hegten. Erik sah Leif mit einer Miene an, in der sich eine ungeheuerliche Erkenntnis anbahnte. Auch Arvid, Snorre und Norwin verfolgten einen Gedanken, der sie zunehmend misstrauisch machte. Und sie alle starrten kurz darauf zu Thorhall, der von diesem Ereignis gar nichts mitbekommen hatte, weil er unverändert sein Gold anschmachtete.

Leif sah sich in der Pflicht, seinen Vater nun endlich zur Rede zu stellen; herauszufinden, was Thorhall *wirklich* über die Fäulnis wusste oder gar mit ihr zu schaffen hatte. Doch ehe es dazu kam, entdeckte Leif noch etwas anderes. Sein Blick flog zu einer markanten Felsklippe an der Küste hinüber, die für die Wikinger zum Symbol ihrer Heimat geworden war. Denn hinter dieser Klippe lag ihr Dorf. Meistens drehten dort etliche Möwen ihre Runden am Himmel. Doch jetzt stiegen über der Klippe mehrere Rauchsäulen auf. Welche, die viel zu groß waren, als dass sie von ein paar Kaminfeuern stammen konnten.

»*Nein*«, stöhnte Leif. Ihm wurde auf einmal so schwindelig vor Sorge, dass er sich kaum noch auf den Füßen halten konnte. Trotzdem gelang es ihm irgendwie, sich vom Deck hochzustemmen und zwischen den Männern hindurch zum Bug zu laufen.

Die Wikinger wandten nun selbst die Köpfe – und begriffen schlagartig, was diese dunklen Vorzeichen zu bedeuten hatten. Eben weil es verdammt *viel* Rauch war, der da unaufhörlich in die Höhe quoll. Zwanzig, dreißig rußschwarze Wolken, die sich wie die Saugrüssel eines Tornados um sich selbst drehten und am Himmel eine riesige Dunstglocke schufen, die nahezu von einem Ende der Bucht bis zum anderen reichte.

»Scheiße«, fluchte Thorhall. Er ließ die Goldstücke aus seinen Fingern gleiten und trat neben Leif an den Bug heran. »Was ist das?«

»Was denkst du denn?«, wetterte Leif. Er lehnte sich weit über die Reling hinaus und kniff die Augen zusammen, um Näheres zu erkennen. Doch die Klippe verdeckte alles, was hinter ihr lag, und spannte Leifs Geduld gehörig auf die Folter. »Worauf wartet ihr?«, schrie er seinen Kameraden zu. »Fangt an zu rudern!«

»Ihr habt meinen Bruder gehört«, pflichtete Erik ihm bei. Er stapfte über das Deck und schubste die Männer nacheinander auf die Ruderbänke nieder. »Bewegt euch! Stemmt euch in die Riemen! Vorwärts! *Vorwärts!* Es geht hier um unsere Familien!«

Eine Peitsche hätte die Wikinger nicht besser antreiben können. Die Männer nahmen ihre Positionen ein und ruderten so eisern, wie sie es sonst nur bei einem schweren Sturm taten. Ihr Schiff beschleunigte daraufhin noch mehr, bis sich das Wasser in einer weißen Gischt am Bug brach und so scharf über die Reling spritzte, als wäre es mit Glasscherben bestückt.

Trotzdem war das für Leifs Empfinden nicht schnell genug.

Er stand zusammen mit Erik und Thorhall am Bug und fieberte dem Moment entgegen, in dem ihr Schiff endlich die Klippe umrundet hatte. Es schien ewig zu dauern. Sekunden, die zu gefühlten Minuten wurden. Und Minuten, die sich zu einer quälenden Ungewissheit ausdehnten.

Schließlich war es soweit.

Hinter der Klippe kamen die Fischhalle und der Holzsteg in Sicht, von dem die Wikinger gestern Morgen mit ihrem Schiff abgelegt hatten.

Beide brannten lichterloh.

Aus dem Erdgeschoss der Halle schlugen gelbe und rote Feuerspeere empor und sprengten das Gebäude nach und nach auseinander. Haldors Schreibstube unter dem Dach war zu einem Glutnest geworden, das pulsierte und zischte, und von dem brennende Papierschnipsel in die Luft stoben. Auch auf dem Steg tanzten große und kleine Flammen wie wahnwitzige Kobolde umher und brachten die Luft vor Hitze zum Flirren. Selbst die beiden Fischerboote, die an ihm vertäut waren, hatten Feuer gefangen und zerfielen allmählich in ihre Bestandteile.

»*Nein*«, wiederholte Leif erschüttert.

Seinen Kameraden erging es kein bisschen anders.

Denn mit jedem Ruderschlag förderten sie noch mehr Grausamkeiten hinter der Klippe zutage. Die Häuser. Die Ställe. Die Dorfhalle. *Nichts davon existierte mehr!* Die Heimat der Wikinger war zu einem Moloch aus Hitze und beißendem Qualm geworden. In einigen Gebäuden tobte noch eine höllische Feuersbrunst, aber die meisten Häuser waren bereits zu Ruinen verkohlt. Aus dem Dorfplatz war ein Krater voller Trümmer und verbrannter Erde geworden. Durch die Straßen fegte eine siedend heiße Luft, und immer wieder puffte eine weitere Rauchwolke mit einer solchen Urgewalt in den Himmel, dass sie tausende Ascheflocken mit sich riss. Aber nirgendwo in diesem zuckenden Rot und wabernden Schwarz bewegte sich mehr eine Menschenseele. Niemand schrie. Niemand weinte, rief nach Hilfe oder irrte umher. Das Dorf war komplett entvölkert und totenstill geworden. Bis auf das Feuerprasseln, natürlich.

»Das verstehe ich nicht«, stammelte Thorhall. »Was ist hier passiert?«

»Was soll es daran nicht zu verstehen geben?«, erwiderte Erik. Er nickte auf die Reste dessen, was bis gestern der Mittelpunkt ihres Lebens gewesen war. »Kommt dir diese Handschrift nicht bekannt vor? Während wir die Kogge und die Zwergenburg geplündert haben, wurde auch unser Dorf überfallen.«

»Das ist eine Strafe der Götter«, murmelte Baldur, der ganz vorne auf einer Ruderbank saß; wenn auch ohne zu rudern. Seine Hände krallten sich nur starr an den Riemen, während er wie paralysiert zum Ufer blickte.

Unterdessen ließen die Wikinger die Klippe endgültig hinter sich, sodass sie eine freie Sicht auf das ganze Ausmaß der Zerstörung bekamen. Und das war mehr, als sie verkraften konnten. Viele Männer schlugen die Hände über ihren Köpfen zusammen, murmelten ein Gebet oder winselten wie kleine Kinder. Denn nichts – aber auch wirklich *gar nichts* – an dem Dorf war unversehrt geblieben. Dort wo bis gestern Thorhalls Haus gestanden hatte, thronte nun ein monströser Rauchpilz inmitten der Ruinen. Um Eriks Heim stand es nicht besser; einzig die Metallplatten an der Außenfassade hatten der Hitze getrotzt und hingen noch an Ort und Stelle. Alles andere dagegen war zu Asche und schwarzen Holzstücken zerfallen. Und schließlich passierte das, wovor sich Leif am meisten gefürchtet hatte: Vor ihm riss plötzlich eine Rauchschwade auseinander und gewährte ihm einen Blick auf die Landzunge am Rande des Dorfes.

»*Oh nein!*«, keuchte er.

Bis zu diesem Zeitpunkt durfte er noch hoffen, dass sein Grundstück verschont geblieben war. Doch nun musste er erkennen, dass die Flammen auch hier alles vernichtet hatten. Aus seinem Haus blakte der Rauch wie aus einem Ofenschlot. Weite Teile seines Gartens schienen in der Hitze regelrecht geschmolzen zu sein. Und irgendwo in dieser albtraumhaften Kulisse lagen auch die Skelette von drei Gestalten auf dem Boden ...

Der Anblick traf Leif wie ein Leberhaken.

»*Majvi!*«

Um seine Vernunft war es geschehen. Er schleuderte seinen Helm auf das Deck, ließ die Streitaxt fallen und zerrte sich zuletzt das Kettenhemd vom Leib; dann stürzte er sich mit einem Kopfsprung in den Atlantik. Erik und Thorhall schrien ihm etwas hinterher, aber Leif ignorierte sie ebenso wie alles andere. Er spürte weder das kalte Wasser noch die raue Strömung, die ihn permanent in die Tiefe ziehen wollte. Vermutlich holte er nicht einmal richtig Luft. Aber all das war im Moment nur zweitrangig für ihn. Denn die Sorge um seine Familie verlieh ihm eine übermenschliche Energie und trieb ihn immer schneller, immer impulsiver voran.

Nein! Nein! NEIN!

Leif konnte es nicht beziffern, wie viele Schwimmzüge er machen musste oder wie viel Salzwasser er verschluckte. Irgendwann warf ihn eine Welle jedenfalls gegen die Felsen der Landzunge. Mit eiserner Kraft hakte er seine Finger an ihnen fest und kletterte zur Oberseite hinauf. Sein Körper war bis dahin völlig ausgelaugt und zu einem einzigen Muskelkrampf geworden, aber Leif gestattete sich keine Pause. Er wankte sofort los, durch die Rauchschwaden, auf sein Haus zu.

»Majvi!«, schrie er. »Runa! Sven!«

Vor ihm tauchten die drei Skelette am Boden auf.

Leif stoppte jäh und fand eine ewig lange Sekunde nicht genügend Mut, sich der Wahrheit dort vorne zu stellen. *Bitte Odin, lass es nicht meine Familie sein. Hörst du? NICHT MEINE FAMILIE!*

Sie war es nicht.

Was da auf dem Boden lag, waren nur ein paar Holzsparren, die sich vom Dach gelöst hatten und einem menschlichen Gerippe zum Verwechseln ähnlich sahen.

Deswegen war Leif jedoch keineswegs erleichtert. Im Gegenteil, er spürte immer intensiver, dass hier etwas Furchtbares geschehen war ... und so stiefelte er hektisch weiter und duckte sich durch die Tür in sein Haus. Noch auf der Schwelle traf ihn eine Salve aus Hitze und Rauch ins Gesicht. Leif begann zu husten und verlor sofort die Orientierung, weil seine Augen tränten. Das konnte ihn jedoch nicht davon abbringen, sich mitten in diese Flammenhölle hineinzuwagen. Er erkannte sein eigenes Haus nicht wieder. Alles hier drin schien ständig in Bewegung zu sein oder glühte in den heißesten Farben. Und vom Dach rieselten unablässig Ascheflocken wie schwarzer Schnee herab und sammelten sich auf dem Boden zu einem knöcheltiefen Morast.

»Majvi!« Leif stakste mühsam voran und schirmte sein Gesicht mit einem Arm vor der Hitze ab. Mit dem anderen stieß er einen Holzbalken aus dem Weg und rempelte dahinter gegen etwas, das früher mal sein Esstisch gewesen sein mochte, aber jetzt zu einem Stück Kohle zerfallen war. »Runa! Sven! Wo seid ihr? Kann mich einer von euch hören?«

Leif hätte eigentlich stehenbleiben müssen, damit er sich in dem Chaos zurechtfinden konnte, aber die Panik zerrte ihn unerbittlich durch diesen riesigen Scheiterhaufen. Unterwegs schaufelte er manchmal ein Trümmerteil beiseite und förderte dabei zahlreiche Dinge hervor, die eine schmerzhafte Erinnerung durch seinen Kopf jagten. Irgendwo stieß er zum Beispiel auf ein versengtes Stück Metall. *Das ist der Kochkessel von Majvi.* Daneben lag ein zerbrochenes Holzschiffchen. *Die Naglfar von Runa.* Und keine anderthalb Meter dahinter steckte ein spitziges Gebilde im Boden. *Das Holzschwert von Sven. Aber wo ist meine Familie?*

Leif stürmte noch blindwütiger voran, ohne darauf zu achten, wohin er trat oder gegen welchen Gegenstand er prallte. Aber die Schmerzen waren für ihn ebenso belanglos geworden wie alles andere. Für ihn zählte bloß noch seine Familie. Er musste sie finden, retten, beschützen.

Irgendwie!

Auch wenn er immer stärker von dem ohnmächtigen Gefühl bedrängt wurde, dass für seine Frau und die Kinder jede Hilfe zu spät kam.

Leif erreichte die Stelle, an der sein Ehebett gestanden hatte. Jetzt lag es unter einem Großteil des Daches verschüttet, das an dieser Stelle eingestürzt war. Die Balken stapelten sich meterhoch aufeinander, und in den Lücken dazwischen wütete eine fast tausend Grad heiße Glut. Nichts und niemand hätte unter diesem Trümmerberg überleben können, und trotzdem begann Leif damit, sich durch die Balken zu wühlen. Ständig darauf gefasst, gleich ein Gesicht zu finden, das von den Flammen bis auf den Totenschädel kahlgefressen worden war.

Aber auch diese Angst erwies sich als Hirngespinst.

Majvi und die Kinder sind nicht hier, dämmerte es Leif. Er hielt kurz inne und rieb sich die Tränen aus den Augen. Ihm war von dem stickigen Qualm ganz schummerig geworden, und sein Körper fühlte sich so weich an, als würde er gleich wie Brotteig zerlaufen. *Aber wenn meine Familie nicht hier ist ... wo steckt sie dann?*

Sein Blick fiel auf einen Spalt in der Wand, den jemand offenbar mit einer Axt oder einem Schwert in das Holz gehackt hatte.

Ein Fluchtweg, begriff Leif. *Majvi konnte sich mit den Kindern ins Freie retten, als das Haus angezündet wurde.*

Er hätte aus dieser Entdeckung neue Hoffnung schöpfen können, wenn da nicht das viele Blut gewesen wäre, das an dem Spalt schillerte. *Viel zu viel Blut.* Wahrscheinlich mehr als eine Frau und zwei Kinder besaßen.

Leif schlüpfte durch den Spalt ins Freie und lief zum Dorf hinüber, um auch dort im Zickzack durch die Gegend zu irren. Die Ruinen türmten sich neben ihm zu einer engen Schlucht auf, und gelegentlich entdeckte Leif den verstümmelten Körper einer Frau oder den eines Kindes darin.

»Majvi?« Leif hätte längst begreifen müssen, dass er von seiner Familie keine Antwort erhalten würde. Dennoch konnte er einfach nicht stillbleiben; musste weiter nach ihnen rufen, um nicht wahnsinnig zu werden. »Runa? Sven?«

Er war übrigens nicht der Einzige, der schrie.

Vom Hafen her ertönten die Stimmen seiner Kameraden. Offenbar hatten sie irgendwo eine Stelle gefunden, an der sie mit dem Schiff anlegen konnten, und nun streunten auch sie wie besessen durch die Ruinen, um nach ihren Liebsten zu suchen. »Wiebke?«, hallte es irgendwo von rechts aus dem Qualm. »Freyda?«, kam es aus der Nähe der Dorfhalle. »Merle?«, kreischte Baldur, gefolgt von einem verzweifelten Schrei. Vielleicht weil er tatsächlich fündig wurde und gerade vor der Leiche seiner Tochter zu Boden sackte.

Leifs Suche ging dagegen weiter.

Aus einem Instinkt heraus bewegte er sich nach Norden durch das Straßengewirr. Bald ließ er die größten Rauchschwaden und Trümmer hinter sich und gelangte auf den Weg, der zu den Feldern führte. Und siehe da: Vor ihm glitzerten neue Blutspuren auf dem Boden. Es waren nicht mehr ganz so viele wie an dem Spalt in seinem Haus, und doch fühlte sich Leif sofort von ihnen angesprochen.

Du hast es geschafft. Nicht wahr, Majvi?, dachte er. *Du bist mit den Kindern zum Schwarzen Maul geflohen, so wie ich es dir aufgetragen habe. Du hast dich mit ihnen in der Höhle versteckt. Und nun wartest du dort auf mich.*

Leif hastete noch schneller voran, denn jeder weitere Blutstropfen schürte seine Hoffnung ein bisschen mehr. Die Spur bog nämlich an einer Kreuzung nach links ab und wandte sich zielsicher einem Wald zu, in dem das Schwarze Maul lag – versteckt hinter den Bäumen, und so unzugänglich, dass ein Wikinger mit seiner Rüstung kaum dorthin gelangen konnte.

Du bist deinen Verfolgern entkommen, richtig Majvi?

Leifs Hoffnung zerplatzte allerdings im nächsten Moment, als vor ihm der Fetzen eines Kleids in Sicht kam. *Majvis* Kleid.

Das ist nicht gut. Gar nicht gut!

Leif hob den Fetzen auf und strich mit dem Daumen über den grob gewebten Wollstoff. Ja, es bestand kein Zweifel: Der Fetzen gehörte zu Majvis Kleid und war mit roher Gewalt von ihrem Ärmel gerissen worden. Vermutlich als ein Wikinger sie daran festhalten wollte.

Aber sie konnte sich befreien und weiterlaufen, schlussfolgerte Leif. Wenn auch nicht lange.

Nur wenige Meter hinter dem ersten Fetzen lag ein zweites Stoffstück von Majvis Kleid. Zusammen mit einem blonden Haarbüschel. *Hier ist es zu einem Kampf gekommen. Aber scheinbar konnte sich Majvi wieder losreißen und mit den Kindern ihre Flucht fortsetzen.*

Leif eilte weiter, während er von seiner Angst und der Hoffnung immer stärker hin- und hergebeutelt wurde. Er kam zu einem flachen Hügel, über den der Weg einen Buckel machte. Rechts flatterte noch ein Haarbüschel im Gras umher. Und nur zehn, zwölf Schritte dahinter ...

Da sind sie! Bei Odin, da sind Majvi, Runa und Sven!

Sie waren alle tot.

Unter Leif schien sich ein bodenloser Abgrund zu öffnen. Er wollte sich übergeben, schreien, auf das Schicksal einprügeln, das ihm seine Familie geraubt hatte. Und ganz besonders wollte er sich abwenden, um den grässlichen Anblick nicht sehen zu müssen. Doch er konnte es nicht; musste sich diesem Albtraum stellen. Das war er seiner Familie schuldig.

Mit tauben Schritten wankte Leif los.

Seine Beine drohten damit, einfach zu versagen. Sein Kopf wummerte vor Entsetzen, und in seinem Brustkorb breitete sich eine Leere aus, als hätte sein Herz einfach aufgehört zu schlagen. Aber mehr als das spürte er eine immense Wut in sich aufsteigen, die ihn innerlich völlig verzehrte.

Denn seine Familie war nicht einfach nur getötet worden.

Die Mörder hatten sie überdies auch geschändet.

Majvi kauerte mitten auf dem Feldweg. Das Kleid hing in blutigen Bahnen von ihrem Leib herab. Ihre Augen standen offen. Augen, mit denen sie Leif jeden Tag begehrt und im Feuerschein hunderte Male geliebt hatte. Doch jetzt lag in ihnen nur eine grenzenlose Angst, die Majvi bei ihrem Tod verspürt haben musste. Und sie hatte alles andere als einen *leichten* Tod gehabt. Ihre Beine waren weit gespreizt, und ihr nackter Unterleib mit dem Dreck von zahllosen Männern besudelt, die sich an ihr vergangen hatten. Ihre Hände lagen auf dem Bauch; vermutlich weil sie bis zu ihrem letzten Atemzug das ungeborene Leben darin schützen wollte. Ein kleines Stück davon entfernt klaffte eine Wunde in ihrer Brust; passend zu einer Schwertklinge, die ihr Herz in zwei Teile zerschnitten hatte, nachdem die Männer mit ihr fertig gewesen waren.

Dieselbe Klinge hatte auch Runa und Sven getötet.

Die beiden lagen unmittelbar neben Majvi.

Sven hatte sich an seine Mutter geklammert. Runa dagegen hielt Haldors Schwert in der Hand, mit dem sie sich wohl bis zuletzt gewehrt hatte. Immerhin musste sie keine Misshandlung erdulden, aber dafür war sie zusammen mit ihrem Bruder enthauptet worden. Rings um ihre Hälse glänzte massenhaft Blut auf dem Boden, und aus den offenen Wunden ragten die Nackenwirbel wie dicke Maden hervor. Ihre Köpfe fehlten jedoch spurlos, weil sie irgendein Barbar als Trophäe mitgenommen hatte.

Nein! Nein! Nein!, betete Leif unaufhörlich. *Ich flehe dich an, Odin: LASS DAS NICHT WAHR SEIN!*

Er konnte sich nicht länger auf den Beinen halten. Sein Körper sackte jäh zusammen, als hätte auch ihn ein Schwerthieb getroffen. Und so platschte Leif mit den Knien voran in das Blut seiner Familie, stützte sich mit den Händen auf Majvi ab und begann bitterlich zu weinen.

17 Leif kehrte erst am späten Abend ins Dorf zurück. Als Witwer. Als Vater, der keine Kinder mehr hatte. Als gebrochener Mann, der weder Durst noch Hunger verspürte und keinerlei Lebensmut mehr besaß. Er war körperlich wie seelisch ebenso ausgebrannt wie die Häuser und hatte die vergangenen Stunden damit verbracht, um seine Familie zu trauern. Hatte ihre Leichen in Tücher gehüllt, um sie vor Wildtieren zu schützen. Und er hatte einen Scheiterhaufen auf einer Felsklippe errichtet, um Majvi und die Kinder bei Tagesanbruch einzuäschern. So wie es die Tradition verlangte. Zwischendurch hatte Leif immer wieder seine Familie berührt, hatte geschrien und getobt, bis er sich irgendwann so krank vor Verzweiflung fühlte, als hätte er zehn Seuchen auf einmal durchlitten. Und die elfte Seuche – ein grenzenloser Hass – wütete selbst jetzt noch in seinem Inneren und begleitete ihn durch das Dorf.

Das Feuer war bis dahin erloschen und der Rauch hatte sich verzogen. Nur der beißende Gestank nach tausend verkohlten Dingen hing noch wie ein Todesengel in der Luft, und die Stille klebte zwischen den Ruinen, als wäre sie zu Glas erstarrt. Das weitaus Schlimmere waren jedoch die Leichen, die überall die Straßen säumten. Leifs Kameraden hatten die meisten Toten aus den Trümmern geborgen und sie entlang der Häuser aufgebahrt. Viele Frauen und Kinder waren sogar mit Edelsteinen geschmückt, um diesem Bild ein klein wenig seinen Schrecken zu nehmen.

Eigentlich wollte Leif sie gar nicht ansehen, aber letztlich betrachtete er die Gesichter neben sich eben doch. Zu seinem Erstaunen waren die wenigsten Einwohner verbrannt. Wenn überhaupt, so gab es an ihren Körper nur ein paar einzelne rußschwarze Flecken, aber dafür umso mehr Blutspritzer und Stichwunden.

Leif entdeckte die kleine Merle, die mit geschlossenen Augen in der Asche ruhte. Daneben lagen Wiebke, seine Schwägerin. Sigrun, seine Mutter. Und irgendwo in dieser grausigen Ahnenreihe sah Leif auch seinen Neffen Tinus. Den Spuren zufolge hatten er und alle anderen Männer, die im Dorf geblieben waren, tapfer gegen die Angreifer gekämpft. Trotzdem waren sie alle gestorben. Niemand hatte überlebt. Niemand konnte diesem Massaker entrinnen. Selbst der alte Olle war jetzt nicht mehr halbtot, sondern ganz. Und er schien als Einziger zufrieden damit zu sein, denn auf seinen Lippen glänzte ein mattes Lächeln, als wäre er von einer wunderhübschen Jungfrau ins Jenseits geküsst worden. Alle anderen Männer starrten dagegen mit schmerzverzerrten Mienen in die Nacht, und ihre Körper wiesen oft mehr Verletzungen auf, als nötig gewesen wären, um sie zu töten.

Leif ahnte, weshalb.

Diese Bastarde sind überaus brutal vorgegangen, um keine Zeugen zurückzulassen, wusste er. *Wer immer SIE auch waren ...*

Irgendwann gelangte er schließlich zum Dorfplatz.

Seine Kameraden saßen dort im Kreis. Keiner von ihnen redete ein Wort oder rührte sich. Sie starrten alle nur trübsinnig in ein Lagerfeuer, das in ihrer Mitte brannte. Als würden ihnen die Flammen wie ein Orakel weissagen, was sie jetzt tun sollten. Aber sie konnten nichts tun. Denn egal, wie viele Gebäude sie wieder aufbauten oder welche Raubzüge sie begingen – vom heutigen Tag an würde nichts mehr so sein, wie es mal war. Stattdessen würden sie mit der Gewissheit leben müssen, dass sie einen unverzeihlichen Fehler begangen hatten. Dass sie ihren Frauen und Kindern in der größten Not nicht beistehen konnten. Und sie mussten auch mit der bitteren Erkenntnis leben, dass es absolut keine Macht auf dieser Welt gab, die diesen schweren Verlust rückgängig machen konnte.

Leif hatte sich eigentlich vorgenommen, sich neben die übrigen Männer zu setzen, um mit ihnen zu trauern. Als er jedoch Thorhall sah, verlor er die Fassung – und auch jeglichen Respekt. Sein Vater hatte einen Stuhl aus den Ruinen gezogen und ihn auf mehrere Holzstücke gestellt, sodass er eine halbe Körperlänge über den anderen Männern thronte. Nun saß er dort oben auf einem Bärenfell und hielt einen Goldbarren in den Fingern, als gäbe es für ihn nur eine einzige Frage: Nämlich was er sich am besten für dieses Edelmetall kaufen sollte.

Leifs Hass schoss wie ein siedend heißer Dampf durch seine Adern. Gleichzeitig rannte er los. Die Männer hörten ihn natürlich kommen und sahen seinen Schatten durch das Feuerlicht huschen, aber keiner reagierte anfangs auf ihn. Das änderte sich erst, als Leif geradewegs auf Thorhall zustürmte. Auf den letzten Metern sammelte er seine gesamte Kraft und packte sie in die rechte Faust, bis sie beinahe zu platzen drohte.

»*Du Schwein!*«, stieß er durch die Zähne. »*Das ist alles deine Schuld!*«

Dann schmetterte er seine Faust auf Thorhall herab. Sie zertrümmerte ihm die Nase, brach seinen Schädel, trieb ihm seine widerliche Arroganz aus den Knochen.

So jedenfalls hatte Leif das geplant.

Doch kurz bevor er Thorhall niederschlagen konnte, warf sich Erik in den Fausthieb und blockte ihn ab. Mit derselben Bewegung schnürte er seinen Arm um Leifs Brust und riss ihn zu Boden.

»Lass mich!«, kreischte Leif. Er winkelte die Faust herum und zielte mit ihr auf Erik, doch sein Bruder wusste auch diesen Angriff zu stoppen, indem er Leif den Ellbogen zwischen die Rippen stieß. Leif röchelte, als ihm die Luft aus den Lungen wich und ein spitziger Schmerz durch seinen Oberkörper fuhr. Trotzdem rollte er sich sofort zur Seite und versuchte, sich abermals auf Thorhall zu werfen. Doch Erik knebelte ihn mit beiden Händen, sodass Leif immer wieder zurück auf den Boden sackte, kaum dass er sich ein Stück weit aufgerichtet hatte.

»Beruhig dich«, verlangte Erik.

»Ich werde mich erst beruhigen, wenn dieser Drecksack für seine Verbrechen gebüßt hat!«

»Beruhig dich«, wiederholte Erik. Er unterstrich seine Forderung, indem er noch mehr Druck auf Leif ausübte, um ihm den Atem abzuklemmen.

Aber selbst das konnte Leif nicht mäßigen. Er sah bei jedem Wimpernschlag den missbrauchten Leichnam von Majvi und seine enthaupteten Kinder vor sich ... und diese Bilder stoben wie ein heißer Funkenregen durch seinen Verstand und machten ihn rasend. Er schleuderte seine Fäuste immer wilder durch die Gegend, rammte die Knie in Eriks Leib, schnaubte und grunzte wie ein tollwütiges Tier.

»Leif!« Erik hatte immer größere Mühe, die vielen Attacken seines Bruders zu parieren. »Jetzt beruhig dich, bevor ich dich fesseln muss.«

»Du beschissener Verräter!«, spuckte Leif ihm entgegen. »Warum hilfst du unserem Vater? Er hat uns gezwungen, unsere Familien zurückzulassen. Und nun sind sie alle tot. *Ermordet!* Und wofür? Weil dieses Schwein reich und mächtig werden wollte!«

Sein Appell ging an Erik keineswegs spurlos vorüber.

Weder an ihm noch an den anderen Männern.

Nahezu jeder wandte den Blick zu Thorhall, und es gab keinen, in dessen Miene es nicht auch hasserfüllt oder zornig blitzte. Doch keiner der Männer verlor ein Wort darüber oder wagte es, Partei für Leif zu ergreifen. Selbst Eriks Wut verkümmerte sogleich wieder, kaum dass er zu seinem Vater gesehen hatte.

»Ich weiß, wie du dich fühlst«, sagte er an Leif gerichtet. »Aber es nützt uns gar nichts, wenn wir uns jetzt gegenseitig umbringen.«

»Vater hätte den Tod verdient«, zischte Leif. Sein Blick flog zu Thorhall herum, der dieser Szene amüsiert beiwohnte. »Ich habe es dir gleich gesagt!«, schrie Leif ihn an. »Wir hätten in den Süden segeln sollen, dann würden unsere Familien noch leben.«

»Niemand konnte wissen, dass so etwas passiert«, meinte Erik.

»Natürlich konnten wir das. Nerdis hat uns davor gewarnt.«

»Nerdis?«

»Der Schiffmeister der Kogge«, erinnerte Leif seinen Bruder. »Er hat gesagt, dass Fürst Sverrir uns bestrafen wird, weil wir sein Schiff überfallen haben.«

»Sverrir hat unser Dorf nicht zerstört«, antwortete Thorhall. Es war das erste Mal überhaupt, dass er in dieser Runde etwas sagte – und er tat es mit einer so abgebrühten Stimme, als würde er keinerlei Reue oder Trauer empfinden. Nicht einmal für seine Ehefrau oder seine Enkel.

Leif runzelte die Stirn. »Wer sollte unsere Familien sonst ermordet haben?«, wunderte er sich.

»Björn Edmundson«, verkündete Thorhall. In seiner Hand blitzte etwas Metallisches auf. Etwas, das er mit einer lässigen Bewegung in die Luft schnipste, sodass es neben Leif auf dem Boden landete. Es war eine Gürtelschnalle. Ein kunstvolles Stück Arbeit; aus Silber gegossen und mit aufwändigen Gravuren verziert, die einen Bären mit Adlerflügeln zeigte. Das Familienwappen von Björn und seiner Sippe.

»Ich habe die Schnalle in den Trümmern gefunden«, berichtete Thorhall. »Björn und seine Männer müssen demnach letzte Nacht in unser Dorf eingefallen sein. Den Spuren zufolge haben sie es aus zwei Seiten angegriffen, um die Wachen schnellsten zu überwältigen. Danach haben sie Jagd auf unsere Familien gemacht und die Häuser angezündet, um ihre Spuren zu verwischen. Bis auf die Gürtelschnalle, die einer von Björns Männer beim Kampf verloren hat.«

Leif kräuselte ein zweites Mal irritiert die Stirn. »Warum sollte Björn das getan haben? Er gehört zu unseren engsten Verwandten. Einige unserer Frauen stammten von seiner Familie ab; so wie viele unserer Töchter einen Mann aus seiner Sippe geheiratet haben.«

»Warum wohl?«, sagte Thorhall. »Ich nehme an, dass die Fäulnis auch seine Ernte vernichtet hat.«

»Trotzdem ergibt das keinen Sinn«, beharrte Leif. »Warum hat Björn uns nicht einfach um Hilfe gebeten? Oder uns auf dem Raubzug begleitet?«

»Weil er schon immer ein Feigling war. Und ein hinterhältiger Betrüger«, lästerte Thorhall. »Vermutlich hat er einen Späher zu uns geschickt und erfahren, dass wir mit dem Schiff davongesegelt sind. Daraufhin hat Björn wohl beschlossen, die Situation auszunutzen. Um leichte Beute in unserem Dorf zu machen, ohne ein großes Risiko eingehen zu müssen.« Thorhall presste seine Lippen zu einem grimmigen Strich zusammen, ehe er hinzufügte: »Aber er wird diesen Frevel teuer bezahlen, das schwöre ich.«

»Du willst dich an ihm rächen?«, dämmerte es Leif.

»Wäre das etwa nicht in deinem Sinne?«, erwiderte Thorhall. Er stemmte sich würdevoll aus seinem Stuhl und bezeigte Erik, dass er Leif loslassen sollte. Was dieser auch bereitwillig tat, sodass sich Leif umständlich auf die Beine wuchten konnte. Erik blieb jedoch in seiner Nähe und hielt sich bereit, falls sein Bruder noch einmal seine Manieren vergaß.

Thorhall trat derweil auf Leif zu und taxierte ihn mit einem eindringlichen Blick. »Björn hat dir alles genommen, was du geliebt hast. Wenn du also jemanden töten willst, solltest du mit ihm anfangen.«

Was das betraf, konnte Leif ihm nicht widersprechen. Sein Hass hatte ihn dermaßen in Rage versetzt, dass er durchaus bereit gewesen wäre, viele abscheuliche Dinge zu tun, um ein bisschen Frieden für seine Seele zu finden.

»Genau genommen *müssen* wir sogar Blutrache an Björn und seiner Sippe verüben«, fuhr Thorhall fort. »So verlangen es die Gesetze. Wer einer anderen Sippe schadet, wird umgehend für dieses Verbrechen sühnen müssen.«

Die Männer riefen ein leises »*Jarl!*«. Was daran lag, weil sich alle noch viel zu erschöpft und traumatisiert fühlten. Jetzt war einfach nicht die Zeit, um Rachepläne zu schmieden oder sich blindwütig in den nächsten Kampf zu stürzen, sondern um die Toten zu ehren. Auch das war ein Gesetz der Wikinger.

»Wir können uns nicht an Björn rächen«, gab Baldur zu bedenken. »Du vergisst, dass seine Sippe doppelt so groß ist wie unsere. Er hat mindestens dreißig Männer mehr, mit denen er sich verteidigen kann. Und zudem wird er inzwischen seine Wachen verdoppelt und den Zaun an seinem Dorf verstärkt haben, weil er damit rechnet, dass wir ihn angreifen werden.«

Thorhall wischte diese Argumente unbekümmert beiseite. »Und wenn schon! Wir dürfen Björn mit seiner Tat nicht davonkommen lassen. Was denkst du, würde deine Tochter Merle von dir halten, wenn du ihren Tod einfach so hinnimmst?«

Baldur wich der Frage aus, indem er den Kopf senkte.

»Was würden *alle* eure Familien davon halten, wenn ihr sie nicht rächen wollt?«, rief Thorhall durch die Runde. Worauf auch die anderen Männer bedrückt die Köpfe senkten ... und sich dadurch erst recht zum Opfer für Thorhalls Parolen machten. »Ja, ich gebe es zu: Viele von uns werden bei dem Angriff auf Björns Dorf sterben. Aber es wird ein *guter* Tod sein. Der Tod eines Ehemannes und Vaters, der Gerechtigkeit wollte. Und außerdem besitzen wir einen Vorteil, der uns womöglich den Sieg bescheren wird.«

Thorhall wartete, bis die Männer neugierig zu ihm blickten. »Wie ihr wisst, sind unsere Nahrungsmittel wieder genießbar geworden, weil die Fäulnis nur eine Täuschung war. Und wir müssen zurecht annehmen, dass Björn es auch weiß. Sonst hätte er mit seinen Männern nicht unsere Felder geplündert und alles Essbare mitgenommen. Abgesehen von ein paar armseligen Rüben, die noch auf den Äckern wachsen ...«

»Soll das etwa unser Vorteil sein?«, murrte Halvar. »Rüben?«

»So ist es«, bestätigte Thorhall. »Björn und seine Männer werden in den nächsten Tagen ihren Raubzug gebührend feiern und ein opulentes Festmahl zubereiten. Genau *das* wird ihr Untergang sein. Wir werden uns vor ihrem Dorf auf die Lauer legen und warten, bis alle Männer betrunken sind. Dann können wir sie umso leichter überwältigen.«

»Und was dann?«, fragte Leif.

»Was meinst du?«

»Wie stellst du dir unsere Zukunft vor, nachdem wir unsere Rache verübt haben?«, wollte Leif wissen. »Wir schlagen Björn und seinen Männern die Köpfe ab, missbrauchen ihre Frauen, jagen ihre Kinder ins Meer ... und was *dann*?«

»Wir werden unser Leben fortführen und das tun, was du vorgeschlagen hast«, erklärte Thorhall pragmatisch. »Wir segeln in den Süden und kaufen uns ein großes Stück Land, um dort eine neue Siedlung zu gründen.«

»Und du denkst, das wäre einfach so möglich?«

»Warum sollte es das nicht sein? Wir haben genug Schätze, um uns alles zu kaufen, was wir ...«

»*Schätze?*«, wetterte Leif. »Zum Teufel mit deinen Schätzen! Kein Gold und kein Edelstein auf dieser Welt kann mir Majvi und die Kinder zurückbringen. Hörst du, Vater? *Keiner!*«

Leif bemerkte aus dem Augenwinkel, wie einige Männer nickten.

Thorhall dagegen fehlte – wie so oft – das nötige Feingefühl, um auf seine Männer zu achten. Deshalb zuckte er nur gleichgültig mit den Schultern. »Wir werden andere Frauen finden und Kinder mit ihnen zeugen.«

Leif musste sich beherrschen, dass er seinem Vater für diese Aussage nicht doch den Schädel einschlug. Und diesmal hätte ihn Erik bestimmt nicht zurückgehalten, denn sein Bruder ballte gerade ebenfalls vor Entrüstung die Hände.

»Ist das dein Ernst?«, fragte Leif. »Du willst, dass wir unsere Familien mit anderen Frauen und Kindern ersetzen?«

»So ist das Leben, mein Sohn: Grausam, hart und gemein«, urteilte Thorhall. »Unsere Väter und Großväter mussten schon ähnliche Schicksale verkraften und einen Neuanfang wagen, um unsere Sippe in die nächste Generation zu führen. Und auch wir werden neuen Mut schöpfen müssen. Andernfalls können wir uns gleich hier und jetzt in unsere Schwerter stürzen und ebenso feige aus dem Leben treten, wie es die Zwerge getan haben.«

»Vielleicht wäre das sogar das Beste«, meinte Leif.

Baldur nickte, um seine Solidarität zu bekunden.

Er war nicht der Einzige, der sich auf Leifs Seite stellte. Fast alle Männer nickten ebenfalls oder murmelten ein verhaltenes »*Ja*« in ihre Bärte.

»Seid ihr von Sinnen?«, zürnte Thorhall. »Ihr wollt Selbstmord begehen, nur weil eure Familien tot sind? Ist euch klar, was das bedeutet?« Er machte einen wuchtigen Schritt auf die Männer zu. »Wenn ihr euch das Leben nehmt, werdet ihr niemals nach Walhalla kommen. Ihr werdet niemals mit den anderen Kriegern dort feiern und an Odins Tafel speisen. Stattdessen werden eure Seelen einfach im Nichts verschwinden.«

»Leif hat recht«, meinte Halvar. »Wir können unsere Familien nicht ersetzen. Genau betrachtet *will* ich es gar nicht. Und lieber ende ich nach meinem Tod in der Vergessenheit, als mich hier im Leben noch einen Tag länger herumquälen zu müssen.«

Die Männer stimmten auch ihm mit einem Kopfnicken zu.

Sehr zum Ärger von Thorhall natürlich. »Es ist unfassbar, was ich von euch hören muss! Wie kann man nur so sentimental sein? Ihr seid

Wikinger, verflucht!«, schimpfte er. »Aber wisst ihr was? Tut meinetwegen, was ihr für richtig haltet. Erstecht euch. Erhängt euch. Oder werft euch von der nächsten Klippe ins Meer. Ich werde mich jedenfalls nicht von meinen dusseligen Gefühlen in den Tod treiben lassen. Ich werde kämpfen! Ich werde Björn den Schädel abhacken und ihn auf die Bugspitze unseres Schiffes stecken. Und dann werde ich nach Süden fahren und mir ein Leben in purem Luxus gönnen. Wer mich dabei begleiten will, ist herzlich eingeladen. Wer nicht, kann mir gestohlen bleiben. Also entscheidet euch!«

Thorhall stapfte davon.

Zumindest hatte er das vor.

Doch plötzlich meldete sich eine weitere Stimme. Leise und piepsig, als hätte ein kleiner Junge versehentlich einen Ton von sich gegeben. Aber was diese Stimme zu sagen hatte, dröhnte wie ein Donnerschlag über die Männer hinweg und brachte selbst Thorhall dazu, mitten im Schritt zu stoppen: »Vielleicht gibt es eine Möglichkeit, unsere Familien zu retten ...«

Auf dem Dorfplatz herrschte für wenige Augenblicke ein verdutztes Schweigen. Selbst das Lagerfeuer schien den Atem anzuhalten. Dann drehten sich alle Männer gemeinsam zu der Stimme um.

Haldor saß hinter ihnen auf einem verbrannten Holzbalken; gerade an der Grenze zwischen dem Feuerschein und der Dunkelheit. Natürlich sahen alle Männer in ihm nur das, was sie seit Jahren in Haldor sahen – einen Krüppel. Aber jetzt war da noch etwas anderes an ihm. Etwas, das Leif schon in der Zwergenburg an seinem Bruder bemerkt hatte: Eine seltsame, vielleicht sogar unheimliche Macht, die Haldors Blick innewohnte. Eine Macht, die so scharf wie eine Pfeilspitze war und sich in jeden einzelnen Wikinger zu bohren schien.

»Was redest du für einen Unsinn?«, fuhr Thorhall ihn an.

»Ich rede keinen Unsinn, Vater«, antwortete Haldor. Und zwar mit einem Selbstbewusstsein, das er nie zuvor gehabt hatte. »Es gibt sehr wohl eine Möglichkeit, wie wir unsere Familien zurückbekommen können.«

»Schluss!«, fauchte Thorhall. »Ich will kein Wort mehr davon hören.«

»Aber wir wollen es«, sagte Leif. Obwohl er nicht wirklich an Haldors Versprechen glaubte, pochte auf einmal eine neue Hoffnung in seiner Brust. Er nickte seinem jüngeren Bruder zu. »Von welcher Möglichkeit sprichst du? Wie können wir unsere Familien von den Toten zurückholen?«

Haldor antwortete ihm nicht gleich. Er kletterte zuerst in aller Ruhe von dem Balken herunter und schob sich zwischen den Männern hindurch in die Mitte des Kreises. Dort stand er lange einfach nur da und starrte auf die erwartungsvollen Gesichter herab, die ihn umringten. Mit Augen, die unnatürlich groß wirkten, und in denen sich ein rotes Licht widerspiegelte. Eines, das nicht unbedingt von dem Feuer herrührte, sondern an dieses bösartige Flackern erinnerte, das Leif in der Zwergenburg gesehen hatte.

»Wie ihr wisst, war mir niemals das Glück vergönnt, eine eigene Familie zu gründen«, begann Haldor nach einiger Zeit. »Um ehrlich zu sein, habe ich euch alle stets um euer Leben beneidet. Von einer Frau geliebt zu werden. Kinder großzuziehen. Niemals allein sein zu müssen. Doch jetzt bin ich zum ersten Mal froh darum, dass ich kein Ehemann und Vater sein durfte, weil mir dadurch ein großer Schmerz erspart geblieben ist.«

»Komm zum Punkt«, knurrte Thorhall.

»Trotzdem habe auch ich heute meine Familie verloren«, fuhr Haldor fort, ohne sich von seinem Vater hetzen zu lassen. »Meine Nichte und meine beiden Neffen wurden getötet. Ebenso meine Mutter sowie meine zwei Schwägerinnen. Aber das alles können wir rückgängig machen.«

»*Wie denn, verdammt?*«, forschte Thorhall.

Haldor sah ihn geheimnisvoll an. »Indem wir nach Asgard segeln«, eröffnete er ihm.

»Asgard? In die Welt der Götter? *Zu Odin?*« Thorhalls Stimme steigerte sich mit jedem Wort ein bisschen mehr in ein schrilles Kreischen. »Bist du bescheuert?«

»Ich weiß, wie ungeheuerlich das klingt«, sagte Haldor. »Aber die Götter sind nun mal die Einzigen, die unsere Familien zurück ins Leben holen können.«

»Das ist doch Irrsinn!«, schimpfte nun auch Erik. »Nach Asgard segeln ... wie stellst du dir das vor? Das wird nie klappen.«

»Und ob es das wird. Ich habe darüber gelesen.«

»Oh Mann, er hat darüber gelesen!«, spöttelte Thorhall. Er verdrehte die Augen und schüttelte den Kopf. »Das ist doch nur wieder ein dummes Märchen.«

»Ist es nicht«, versicherte Haldor ihm. »Es gibt zahlreiche Berichte von anderen Wikingern, die eine solche Reise unternommen haben – und erfolgreich damit waren. Einar Ivarson ist vor über hundert Jahren mit seiner ganzen Sippe nach Asgard gereist, als die Pest in seinem Dorf wütete. Und alle Frauen und Männer kamen gesund von den Göttern zurück. Eine ähnliche Erfahrung hat auch Erlendur Gustavson gemacht. Er verlor seine Frau im Kindbett und wollte ohne sie nicht mehr leben. Also ist er mit einem brüchigen Fischerboot bis nach Asgard gefahren. Die Götter waren von seiner Trauer so überwältigt, dass sie ihm seine Frau zurückgegeben haben. Die beiden sollen bis heute in Grünland glücklich vereint sein ...«

Haldor ließ seinen Blick über die Gesichter der Männer gleiten. In jedem davon schimmerte es fasziniert – wie bei jeder guten Geschichte, die man sich am Lagerfeuer erzählt. Auch Leif ließ sich immer mehr von der Hoffnung beflügeln, die Haldor mit seiner Erzählung in ihm entfachte. Auch wenn bei ihm recht schnell wieder die Ernüchterung einsetzte. Eben weil es nur eine *Geschichte* war. Nichts als ein bisschen Aberglaube und Träumerei.

»Selbst wenn wir nach Asgard wollten, wie kämen wir dorthin?«, fragte Isbert. »Kein Meer auf dieser Welt führt zu den Göttern.«

»Doch, das tut es«, entgegnete Haldor ihm. Und zwar mit einer Weisheit, die über jeden Zweifel erhaben war. »Es gibt eine geheime Route im Nordpolarmeer, die uns direkt zu den Göttern bringen wird.«

»Sicherlich hast du dafür einen Beweis«, sagte Thorhall. »Ein Buch, eine Karte, *irgendwas*.« Natürlich wusste er die Antwort darauf; immerhin lag Haldors Schreibstube in Schutt und Asche.

Doch Haldor hatte bereits gestern auf dem Schiff demonstriert, welches ausgezeichnete Gedächtnis er besaß. Und dass er keineswegs auf seine Bücher und Karten angewiesen war, weil er sie alle auswendig kannte. »Keine Sorge, Vater. Ich weiß, wo wir diese Route finden. Vertrau mir.«

»*Vertrauen?* Etwa so wie bei den Zwergen, als du beinahe mit deinem Mond davongeflogen wärst?«

»Meine List hätte funktioniert, wenn die Zwerge nicht schon tot gewesen wären. Oder etwa nicht?«, erwiderte Haldor. Er ließ seinen Vater eiskalt stehen und wandte sich zurück an die Männer. »Mir ist bewusst, dass so eine Reise riskant ist. Aber sollten wir es nicht wenigstens versuchen? Was habt ihr denn dabei zu verlieren – wenn ihr euch sowieso das Leben nehmen wollt?«

Die Männer hingen gebannt an seinen Lippen. Sie waren so verzweifelt, dass sie mittlerweile alles getan hätten, um ihre Familien wiederzusehen. Und Leif war einer von ihnen. Er konnte sich noch immer nicht erklären, woher Haldor auf einmal sein Selbstbewusstsein nahm oder was ihn dazu befähigte, trotz seiner Fistelstimme so überzeugend zu klingen. Aber was es auch war – es wirkte. Denn Leif glaubte in jedem einzelnen Moment ein bisschen mehr an das, was sein Bruder ihm versprach, obwohl er tief in seinem Inneren wusste, dass er es nicht tun sollte. Aber – *verdammt!* – hier ging es um seine Familie. Wenn er also nicht bereit war, alles für sie zu opfern, waren Majvi und die Kinder endgültig tot.

»Was haltet ihr davon?«, fragte Haldor. »Wer ist dafür, nach Asgard zu segeln?«

»Jetzt ist es genug!«, fuhr Thorhall dazwischen. »Wie kannst du dich anmaßen, meine Männer abstimmen zu lassen? Dieses Recht obliegt einzig und allein mir.«

»Aber Vater, ich ...«

»*Verschwinde!* Lass dich heute Nacht ja nicht mehr hier blicken!« Thorhall verlieh seinem Gebrüll ein bisschen Nachdruck, indem er mit ringenden Fäusten auf Haldor zustürmte. Er hätte ihn mit Leichtigkeit quer über den Dorfplatz prügeln können – wenn Erik nicht gewesen wäre. Er hämmerte Thorhall die Hand gegen die Brust und stoppte ihn.

»Das reicht, Vater«, sagte er bestimmend. »Wir haben bislang stets auf dich gehört, aber jetzt hör zur Abwechslung mal auf uns.« Er wies mit dem Kopf auf die Männer, die alle noch ganz versonnen im Feuerschein saßen und sich ihren Hoffnungen hingaben. »Lass uns wählen, was wir tun wollen. Es ist unser gutes Recht.«

Thorhall starrte ihn verwünschend an.

Doch Erik ging nicht weiter auf ihn ein. Stattdessen gab er Haldor ein Zeichen. Es war das erste überhaupt für seinen Bruder, das nicht mit Hohn oder Spott geschwängert war. *Mach weiter!*

Und das tat Haldor. Er postierte sich so nahe am Feuerlicht, dass er bloß noch aus gelben und roten Farben zu bestehen schien. Gleichzeitig kreiste sein Blick erneut durch die Runde. »Ihr habt meinen Bruder gehört. Jeder von euch hat das Recht, frei zu wählen«, rief er. »Deshalb frage ich euch noch mal: Wer ist dafür, nach Asgard zu fahren? Die Götter zu besuchen? Sie um Hilfe zu bitten? Dann meldet euch!« Haldor reckte seine Faust nach oben, um für seinen eigenen Vorschlag zu stimmen.

Schweigen.

Bange Gesichter.

Unentschlossene Hände, die manchmal ein Stück in die Höhe zuckten und sich dann wieder ängstlich senkten.

Die Männer fällten diese Entscheidung keineswegs leichtfertig. Und das zurecht. Eine solche Reise würde alles übersteigen, was sie jemals zuvor getan hatten, und sie bis an ihre körperlichen Grenzen führen. Vermutlich sogar ein Stück darüber hinaus. Leif rang wohl von allen Männern am stärksten mit seiner Angst, der Vernunft und ganz besonders mit seiner Sehnsucht. Er musste an Majvi denken. An ihre Augen, ihre Fröhlichkeit, an ihr Lachen. Und er dachte an seine Kinder. An Runas freche Art. An Sven, der ihm so ähnlich wie ein jüngerer Zwilling gewesen war. Die Vorstellung, dass Leif seine Frau nie wieder berühren oder mit seinen Kindern durch den Garten tollen durfte, zerriss ihm schier das Herz. Gleichzeitig fürchtete er sich aber auch ungemein davor, zu den Göttern zu segeln. Ihnen gegenüberzutreten. Sich womöglich mit ihnen streiten oder bekämpfen zu müssen. Aber was wäre Leif für ein Ehemann und Vater gewesen, wenn er nicht alles getan hätte, um seine Familie zu retten? Er musste sich dieser Herausforderung einfach stellen; ganz gleich, welche Mühe es ihn kostete oder wie lange es dauerte. Sonst würde er keine Ruhe mehr finden und sich bis zum Ende seines erbärmlichen Lebens mit Selbstvorwürfen quälen.

Also ballte Leif die Hand und reckte sie entschlossen in die Höhe. Womit er eine folgenschwere Entscheidung traf. Nicht nur für sich, seine Familie und alle anderen Männer. Sondern eine, die noch in tausend Jahren auf der Welt zu spüren sein sollte.

»*Jarl!*«, willigte er ein. »Besuchen wir die Götter.«

Auch die anderen Männer trafen ihre Wahl.

Und es überraschte niemanden, welche das war.

18 Es war für Leif keineswegs eine neue Erfahrung, seine Heimat zu verlassen. Mal abgesehen von ihrem Raubzug, hatte er seinen Vater schon oft begleitet, wenn er die anderen Stammesfürsten besuchte. Und in seiner Jugend durfte er sogar mit seinem Großvater bis hinunter nach Spanien und an die Nordküste Afrikas segeln, wo er viele exotische Kulturen kennengelernt hatte. Doch heute war es anders. Heute kam es Leif nicht mehr wirklich so vor, als würde er seine Heimat verlassen. Denn genau betrachtet hatte er gar keine mehr. Ohne seine Familie und sein Haus fühlte sich dieser Ort für ihn so unbedeutend wie jeder andere karge Felsen an, den es in Island gab. Und darum konnte Leif es am Ende kaum erwarten, dieser verbrannten Bucht den Rücken zu kehren.

So wie ihm erging es auch den anderen Männern.

Sie hätten alle die verbleibende Nacht dazu nutzen müssen, sich auszuruhen. Doch keiner von ihnen wollte sich mit Albträumen durch den Schlaf quälen, und so saßen sie einfach trübsinnig am Lagerfeuer, ehe sie sich im Morgengrauen an die Arbeit machten. Sie luden zuerst alle Edelsteine und Goldstücke aus ihrem Schiff, die sie von den Zwergen erbeutet hatten, und versteckten sie in einer Felsspalte. Natürlich mit der Absicht, dass sie eines Tages hierher zurückkehren und den Schatz holen würden. Danach sammelten die Männer alle brauchbaren Dinge im Dorf ein und verfrachteten sie auf ihr Schiff. Werkzeuge, zum Beispiel, aber auch sämtliche Beeren, Getreidekörner und Rüben, die sie auf ihren Feldern noch finden konnten. Was ehrlich gesagt nicht viel war und schon bald dazu führen würde, dass sie während ihrer Reise enorm hungern mussten. Dennoch waren die Männer bereit, diese Tortur in Kauf zu nehmen, um jene zu retten, die niemals hätten sterben dürfen.

Zuletzt luden die Wikinger das Wichtigste überhaupt auf ihr Schiff: die Toten.

Im Nachhinein erwies es sich als Glücksfall, dass Leif seine Familie noch nicht verbrannt hatte. Denn so konnte er Majvi, Runa und Sven unbeschadet bis hinunter zum Hafen tragen. Auf ihrem Schiff gab es nur einen niedrigen Laderaum, in dem selbst ein Kind kaum aufrecht hätte stehen können. Trotzdem gelang es den Männern, die Toten so eng zu stapeln, dass sie selbst den alten Olle mitnehmen konnten – obwohl der ganz bestimmt nicht aus dem Jenseits zurückkehren wollte. Ihr Schiff sank durch das hohe Gewicht zwar äußerst tief ins Wasser, und doch zweifelten die Wikinger keine Sekunde daran, dass es sie sicher ins Nordpolarmeer bringen würde.

Pünktlich zur Mittagsstunde machten sie sich auf den Weg zu den Göttern.

Haldor hatte ihnen versichert, dass er die geheime Route nach Asgard kennen würde. Eine Route, die vermutlich zur einen Hälfte aus Seemannsgarn bestand und zur anderen aus irgendwelchen Gerüchten. Aber sie war nun mal der einzige Anhaltspunkt, den die Wikinger besaßen – und darum folgten sie ihr mit fanatischer Entschlossenheit. Zuerst drei Tagesreisen an der Ostküste von Island entlang, und danach hinaus auf den offenen Atlantik, konstant nach Norden.

Die erste Woche verlief ohne große Vorkommnisse.

Die Männer erledigten ihre Arbeiten, ruderten bei einer Flaute, setzten bei Wind das Segel und schliefen in Etappen. Kaum einer von ihnen verlor in dieser Zeit ein überflüssiges Wort, und jeder ging dem jeweils anderen weitmöglichst aus dem Weg, obwohl es auf dem Schiff nun wahrlich nicht viel Platz gab. Wer eine freie Hand entbehren konnte, der warf ein Netz ins Wasser, um die Vorräte aufzustocken. Sie konnten die gefangenen Fische zwar nicht kochen, aber manchmal war so ein Biss in kaltes Fleisch die reinste Wohltat und hielt die Männer nicht nur bei Kräften, sondern auch bei Laune.

Ab und zu stiegen sie auch hinunter in den Laderaum, wenn die Sehnsucht nach ihren Familien zu übermächtig wurde. Die kühle Salzluft sorgte dafür, dass die Verwesung der Toten nur langsam voranschritt, sodass die Männer oft eine Stunde neben ihren Frauen und Kindern ausharren konnten, ohne von dem Gestank benebelt zu werden. Und jeder von ihnen – egal wie stark und kriegerisch er auch war – rieb sich bei seiner Rückkehr an Deck hastig über die feuchten Augen, damit niemand seine Tränen bemerkte.

Am Morgen des zehnten Tages sichteten die Wikinger die Küste von Grünland. Der Herbst hatte hier bereits seine ersten Zeichen gesetzt und die Strände mit einem frostigen Häubchen überzogen. Auch der Wind bekam ein arktisches Klima und fegte mit scharfen Klauen über das Wasser. Am Horizont kräuselten sich immer wieder einzelne Rauchschwaden in den Himmel und markierten jene Buchten, in denen sich ein Wikingerdorf befand. Thorhall hätte seinen Männern befehlen können, bei einer befreundeten Sippe zu ankern, um frisches Trinkwasser an Bord zu nehmen und sich Vorräte zu besorgen. Doch er ließ diese Chance ungenutzt verstreichen. Es wäre einfach zu mühsam gewesen, den Dorfbewohnern von ihren traumatischen Erlebnissen zu berichten. Außerdem befürchteten die Wikinger zurecht, dass sie kein zweites Mal den Mut aufbringen würden, die Götter zu besuchen, wenn sie jetzt eine Rast einlegten.

Also segelten sie weiter.

Fort von Grünland. Fort von dem letzten Außenposten der menschlichen Zivilisation. Und damit auch fort von der bekannten Welt. Konsequent in das einsame, unerforschte Nordpolarmeer hinauf. Schon bald blieben selbst die höchsten Berggipfel von Grünland hinter ihnen zurück. Ebenso wie das gute Wetter. Die Tage wurden kürzer, dunkler, trister. Während sich die Wikinger im Süden noch regelmäßig in der Sonne aufwärmen konnten, lag der Himmel nun fortwährend unter einem grauen Wolkenband vergraben. Wenn die Männer Glück hatten, blieb es wenigstens trocken und gerade windig genug, um ihr Schiff voranzutreiben. Aber meistens hatten sie eben kein Glück. Meistens regnete es tagelang in Strömen; mit Tropfen, die sich so hart wie

Stahlkugeln anfühlten. Passend dazu mauserten sich auch die Windböen immer öfter zu ausgewachsenen Stürmen, die binnen kürzester Zeit das Schiff mit Raureif überzogen und jeden Atemzug an Deck zu einer eisigen Qual machten. Und die Wellen brachten das Schiff oft so weit vom Kurs ab, dass Isbert ewig am Ruder hantieren musste, um ihn wiederzufinden.

Nach dreieinhalb Wochen auf See polterte die erste Eisscholle gegen ihren Rumpf. Eine von vielen Schollen, die hier oben wie riesige Glasscherben im Wasser trieben und das Meer in ein tückisches Labyrinth verwandelten. Es wäre zu riskant gewesen, unter diesen Bedingungen mit vollem Segel zu fahren, wodurch die Wikinger fortan zu ihren Riemen greifen mussten, um das Schiff durch die Wasserstraßen zu manövrieren. Viel kniffliger wurde es allerdings bei den Eisbergen, die vermehrt vor ihrem Bug auftauchten. Die weißen Riesen dümpelten zwar nur behäbig im Atlantik umher, aber das Wasser in ihrer Nähe bildete tückische Strudel, die alles in die Tiefe zerrten, was in ihre Strömung geriet.

Von jetzt an konnten sich die Wikinger keine Ruhephase mehr erlauben und mussten rund um die Uhr wachsam bleiben. Wozu sie jedoch kaum mehr imstande waren. Nach vier Wochen auf See fühlten sie sich bis ins Mark durchgefroren und ausgehungert, und ihre gesamte Zuversicht war einer gereizten Stimmung gewichen.

Leif hielt es deshalb für notwendig, mit Erik und Thorhall ein ernstes Wort zu wechseln. Die beiden standen gerade am Bug und starrten aufs Wasser hinaus. Thorhall benutzte dabei einen Kristall – einen sogenannten *Cordierit* –, mit dessen Hilfe man bei bewölktem Himmel den Stand der Sonne bestimmen konnte. Je näher man den Cordierit ins Licht hielt, desto stärker leuchtete in seinem Inneren ein Feuerwerk aus grünen, roten und violetten Farben.

Und der Cordierit glitzerte gerade besonders bunt.

Demnach waren sie also auf Kurs. Metergenau.

Zufrieden wirkte Thorhall deswegen jedoch nicht. Er empfing Leif mit einer Miene, die bitter und vergoren wie Essig wirkte. »Halt bloß den Mund«, murrte er. »Ich weiß, was du sagen willst.«

»Wenn das so ist, solltest du dich gleich ans Werk machen.« Leif zeigte mit dem Daumen über seine Schulter. »Es ist längst überfällig, dass du ein Wort an die Männer richtest.«

Thorhall sah zu den vielen betrübten Gesichtern, die sich auf dem Deck tummelten. Die Moral der Männer war so tief gesunken, dass Thorhall schon eine Ankerkette gebraucht hätte, um sie wieder zu heben. Und zudem schien er allmählich selbst nicht mehr an seine eigenen Parolen zu glauben, denn er verzog missmutig die Lippen. »Wir werden mehr als ein paar aufmunternde Worte brauchen, wenn wir in dieser Einöde überleben wollen«, befürchtete er.

»Wahrscheinlich hast du recht«, musste Leif ihm beipflichten. »Schade, dass Olle nicht mehr lebt. Er hätte bestimmt wieder lautstark ein Opfer gefordert, um unsere Situation zu verbessern.«

»Wir könnten vermutlich unsere halbe Mannschaft opfern, und es würde nichts mehr nützen.« Thorhall sah wieder aufs Wasser hinaus und überflog dieses eintönige Dunkelblau, das ihre Aussicht seit nunmehr einem Monat prägte. »Wir werden bald ans Schelfeis stoßen«, wusste er. »Und ich bezweifle stark, dass es dort einen Zugang nach Asgard gibt. Ich habe es euch gleich gesagt: Diese Route ist ein Märchen und führt uns höchstens in den sicheren Tod. Wenn wir nach Süden gesegelt wären, könnten wir längst an einem warmen Palmenstrand sitzen und mit nackten Weibern ein Fass Met trinken.«

»Wir müssen Geduld haben«, beschwichtigte Leif ihn.

»Sag das nicht mir, sag es unseren Männern«, grollte Thorhall. »Wenn ich es mir recht überlege, solltest vielleicht eher du eine Rede an sie halten. Mit deinem ruhigen Gemüt könntest du sie wohl am besten aufheitern.«

Leif wäre durchaus bereit gewesen, Thorhalls Vorschlag zu befolgen. Aber auch er wusste, dass Worte allein – selbst wenn sie noch so eloquent waren – nichts mehr bewirken konnten. Was sie brauchten, war ein Zeichen. Ein Wunder. Eine Botschaft der Götter, dass sie auf dem richtigen Weg waren. Aber vor dem Bug gab es nichts dergleichen. Nur Wasser, das einfach kein Ende nehmen wollte, und Eis, das sich immer enger wie ein weißes Gebiss um sie schloss.

»Wir sollten umkehren«, meldete sich Erik auf einmal. Womit er das aussprach, woran jeder insgeheim dachte.

»Wir können nicht umkehren«, wusste Leif. »Unsere Vorräte sind beinahe erschöpft. Und abgesehen von den paar Eisschollen, die wir aus dem Meer fischen, haben wir keinen Tropfen Süßwasser mehr an Bord.« Er schüttelte den Kopf. »Uns bleibt also gar nichts anderes übrig, als weiterzufahren – und zu beten, dass wir da draußen irgendwas finden.«

»Da gibt es nichts«, war Thorhall überzeugt. »Und zudem werden wir in diesem Klima nicht mehr lange durchhalten. In spätestens einer halben Woche sind wir so entkräftet, dass keiner mehr von uns rudern kann. Und wenige Tage später wird aus diesem Schiff ein Massengrab.«

»Bevor das geschieht, werde ich meinen kleinen Bruder im Meer versenken. Ich schwöre es euch!«, wetterte Erik. »Ich könnte mich selbst ohrfeigen, dass ich mich von ihm zu dieser Irrfahrt überreden ließ. Ehrlich, ich fühle mich allmählich wie dieser Odeus ... Odysseus ... oder wie immer dieser staubige Grieche hieß.«

Vielleicht war es nicht Haldor, der uns zu dieser Reise verführt hat, sondern jemand anderes, dachte Leif.

Es war jetzt ein Monat her, als sie auf dem Dorfplatz gesessen und über diese Reise abgestimmt hatten. Und seitdem war keine Minute vergangen, in der Leif nicht daran denken musste, wie unheimlich dieses rote Funkeln in Haldors Augen gewesen war. Leif redete sich selbst heute noch ein, dass er sich dieses Licht nur zusammenfantasiert hatte. Aber das stimmte nicht. Irgendwas war damals auf dem Dorfplatz geschehen. Irgendwas hatte Haldor fremdgesteuert, ihn benutzt. Etwas, das in der Zwergenburg von ihm Besitz ergriffen hatte und womöglich noch immer wie ein Parasit in ihm wohnte.

Leif sah unwillkürlich zu seinem Bruder hinüber.

Haldor verkörperte den einzigen Ruhepol an Bord. Denn im Gegensatz zu seinen Kameraden lief er nicht rastlos umher oder ließ trübsinnig die Schultern hängen. Stattdessen saß er auf der hintersten Ruderbank und vertiefte sich in eine Karte, die er auf ein Stück Pergament gezeichnet hatte. Eigentlich gab es an ihr absolut nichts Neues zu entdecken, und trotzdem hastete Haldors Blick pausenlos über diese grobe Skizze und folgte irgendwelchen Linien, die ihn völlig vereinnahmten, ihm etwas mitteilten, ihm vielleicht sogar eine Anweisung gaben. Sein Gesicht blieb dabei stets so ausdruckslos wie das einer Leiche. Aber manchmal – wirklich nur *manchmal* – glühte in seinen Augen ein roter Schimmer auf, sodass Leif wieder inständig hoffen musste, dass er sich dieses Funkeln nur einbildete.

»Wir sollten uns einen Notfallplan zurechtlegen«, sagte Erik. Er schielte misstrauisch zu seinen Kameraden. »Bevor es zu einer Meuterei kommt.«

»Was sollte das für ein Plan sein?«, erwiderte Thorhall. »Willst du die Männer etwa vorsorglich fesseln? Oder unsere Waffen im Meer versenken, damit uns niemand massakrieren kann?« Er schüttelte verärgert den Kopf. »Niemand wird hier meutern, weil alle inzwischen begriffen haben, in welcher ausweglosen Lage wir uns befinden. Und nun hört gefälligst auf, euch zu beklagen!« Thorhall rahmte seine beiden Söhne in einen strengen Blick. »Es war schließlich eure Entscheidung, diese Reise anzutreten. Oder irre ich mich da?«

Erik und Leif wichen ihrem Vater beschämt aus.

Thorhall entspannte sich jedoch schnell wieder, indem er einmal tief durchatmete. »Vielleicht haben wir ja Glück und treffen bald auf eine Herde Robben, die wir jagen können. Dann würden wir zumindest keinen Hungertod sterben.«

»Und wenn nicht?«, nörgelte Erik. »Wenn uns das Eis einschließt? Oder uns ein Sturm auf den Grund des Meeres reißt?«

»Das wird nicht passieren«, behauptete Leif. Er sah erneut zu Haldor; sah wieder das Funkeln in seinen Augen. Es glühte jetzt immer stärker, immer machtvoller auf, je weiter sie in den Norden kamen. »Wir müssen nichts weiter tun, als den Kurs zu halten und weiterzufahren. Ich denke, das hier ist eine Prüfung, die uns die Götter auferlegt haben. Wenn wir nur lange genug durchhalten und unsere Entschlossenheit beweisen, werden sie uns zu sich holen.«

»Was macht dich da so sicher?«, wollte Erik unleidlich wissen.

»Gar nichts«, verriet Leif ihm. »Aber Haldor scheint voll und ganz überzeugt davon zu sein, dass wir bald am Ziel sind.«

Er – oder das, was ihn befallen hat.

19 Es wurde dunkel.

Hier oben im Norden gab es eigentlich gar keine richtige Dämmerung, die gemächlich von einem Horizont zum anderen kroch. Stattdessen raste die Nacht wie ein schwarzer Komet über den Himmel und erstickte alles unter einer bleischweren Finsternis. Für Leif sollte es an diesem Abend das letzte Mal sein, dass er die Sonne sah. Natürlich konnte er das zu diesem Zeitpunkt nicht wissen, und trotzdem befiel ihn eine leichte Wehmut.

Er lehnte ewig am Vordersteven und hielt seinen Blick nach Westen gerichtet. Um Abschied von den letzten Lichtstrahlen zu nehmen, die dort durch die Wolken sickerten. Bereits einen Moment später herrschte über dem Atlantik eine Dunkelheit, die so klirrend kalt war, dass Leif selbst unter seinem dicken Fellmantel erbärmlich fror. Er hätte sich gerne an der Zuversicht gewärmt, dass morgen alles besser für ihn werden würde. Aber inzwischen war er viel zu nüchtern und verbittert, um noch an Wunder zu glauben. Denn letztlich hatte er sich bereits damit abgefunden, dass er schon bald in einer eisigen Polarnacht einschlafen und nie wieder aufwachen würde. Um ehrlich zu sein, freute er sich sogar schon auf jenen Moment, an dem sein Leben vorbei war – und damit auch sein gesamtes Leid.

Schließlich wandte er sich ab und stapfte über das Deck, um sich ein windstilles Plätzchen für die Nacht zu suchen. Seine Auswahl war nicht gerade üppig. Die meisten Männer hatten sich bereits schlafen gelegt und sich unter dutzenden Fellen vergraben. Viele schnarchten lautstark, andere husteten oder klapperten mit den Zähnen. Und so mancher Wikinger schluchzte heimlich eine Träne in seinen Mantel. Auch Erik döste irgendwo in der Menge. Nur Isbert hielt am Ruder wacker die Stellung. Thorhall leistete ihm Gesellschaft und übernahm die erste Schicht der Nachtwache.

Leif stakste zwischen seinen Kameraden hindurch. Bis auf eine einzige Öllampe, die am Mast brannte, war es auf dem Deck stockdunkel, sodass er sich jeden Schritt mit den Stiefeln ertasten musste, um auf niemanden zu treten. Als er ungefähr das halbe Schiff überquert hatte, bemerkte er Haldor neben sich. Sein Bruder hatte sich ebenfalls in mehrere Felle gewickelt; nur sein Kopf ragte unter einem braunen Zipfel hervor. Er schlief, so wie alle anderen. Und träumte offenbar von irgendwas, das ihn enorm aufwühlte. Denn seine Augen zuckten hektisch unter den Lidern umher und schienen dabei erneut wie die eines Dämons rot zu leuchten.

Leif spürte plötzlich ein Misstrauen an sich nagen. Eines, das er noch nie für Haldor empfunden hatte – und auch nicht empfinden *wollte* –, aber das er einfach nicht ignorieren konnte. Er musste endlich wissen, was mit Haldor los war. Musste wissen, was sich in seinem Inneren versteckte. Bevor er noch mehr an seinen eigenen Sinnen zweifelte oder gar den Verstand verlor.

Ein flüchtiger Blick zu Isbert und Thorhall bewies ihm, dass er unbeobachtet war. Anschließend sank er neben Haldor herab. Streckte die Hand nach ihm aus. Zögerte, lauerte. Dann nahm er das linke Augenlid seines Bruders zwischen die Fingerspitzen und hob es sachte an.

Blau.

Leif atmete erleichtert aus.

Seine Augen sind blau. So wie es sein muss.

Er ließ das Augenlid wieder sinken und wollte sich zurück auf die Beine stemmen. Gleichzeitig schoss jedoch Haldors Hand unter den Fellen hervor und krallte sich in Leifs Bein. Es war die Hand eines Toten; mit löchriger Haut, madigem Fleisch und Blutadern, die sich wie dunkelblaue Würmer darin bewegten.

Die Fäulnis!, schrillte Leif in Gedanken. *Sie hat Haldor befallen!*

Er wollte die Hand von sich fortschlagen, aber ihre spitzigen Finger bohrten sich bei jeder Gegenwehr nur noch tiefer in seinen Oberschenkel. Leif ließ sich absichtlich nach hinten kippen, um sich aus Haldors Griff zu winden. Was ihm auch gelang. Aber seltsamerweise stürzte er dabei viel weiter, als normal gewesen wäre. Er hätte nach einem halben Meter auf das Deck knallen müssen. Aber da kam kein Deck! Ebenso wenig eine Ruderbank, eine Reling oder gar Wasser. Stattdessen fiel Leif immer weiter und weiter; zwei, vier, vermutlich über zehn Meter in die Tiefe. Er wollte schon anfangen zu schreien ... aber dann landete er ganz unverhofft eben doch.

Und zwar im Gras.

Gras?

Leif rollte sich herum und orientierte sich neu. Er konnte auch weiterhin in der Dunkelheit kaum etwas sehen, aber er bemerkte sofort, dass sich seine Umgebung radikal verändert hatte. Das Schiff, die Wikinger, ja selbst das Nordpolarmeer waren fort. Dafür lag er jetzt mitten in saftig-weichen Grasbüscheln. Irgendwo hinter ihm klatschten Wellen gegen eine Felsklippe. Links zeichneten sich die Konturen eines Hühnerstalls ab, rechts wuchsen Bohnen und Zwiebeln in einem Gemüsebeet. Leif kannte all diese Dinge, und doch waren sie ihm mittlerweile so fremd geworden, dass es einen langwierigen Moment dauerte, bis er wusste, wo er war.

Ist das mein Garten?

Natürlich konnte es *unmöglich* sein Garten sein; schließlich befand sich Leif über dreißig Tagesreisen von ihm entfernt. Und zudem war der Garten von der Fäulnis sowie dem Feuer komplett verwüstet worden. Trotzdem belehrten ihn seine Sinne eines Besseren. Denn aus allen Seiten strömten immer mehr Gerüche und vertraute Umrisse auf ihn ein und bestätigten ihm das, was er kaum zu hoffen wagte.

Ich bin zuhause.

Leif richtete sich verblüfft auf. Tatsächlich. Er stand auf seiner Landzunge. Ein warmer Spätsommerwind küsste ihm das Gesicht. Statt einen dicken Mantel trug er nur ein dünnes Hemd sowie eine Wollhose am Leib. Und da waren hunderte Geräusche, die er so lange nicht mehr gehört hatte, dass sie ihm ebenfalls fremd und unwirklich erschienen.

Stimmen. Gelächter. Musik.

Leif wandte den Kopf zum Dorf.

Es war unversehrt.

Die vierzig, fünfzig Häuser standen wie eine Schafherde dicht an dicht in der Bucht beisammen. Ihre Fenster und offenen Türen waren mit einem heimeligen Kaminfeuer beseelt. Auf den Straßen tratschten die Frauen miteinander oder riefen nach ihren Kindern, um sie ins Bett zu schicken. Die Männer tummelten sich derweil am Hafen, erzählten sich von ihren Arbeiten oder rissen derbe Witze. Und über allem lag ein solcher Frieden, dass er nahezu heilig wirkte. Ein Frieden, wie es ihn wohl nur im Jenseits gab.

Oder in einem Traum.

Leif wollte sich in den Arm kneifen, um sich Gewissheit zu verschaffen, ob er sich das alles gerade nur zusammenfantasierte. Doch er wagte es nicht. Weil dieser Traum einfach zu schön war, als dass Leif jemals wieder aus ihm erwachen wollte.

»*Wuff!*«, kam es plötzlich hinter dem Hühnerstall hervor. Zusammen mit einem vierbeinigen Schatten, der dort um die Ecke sprang und auf Leif zustürmte.

»Fenris?«

»*Wuff!*«

»Fenris!« Leif sank in die Hocke und breitete die Arme aus. Einen Moment später prallte sein Hund gegen ihn, sodass er beinahe zurück ins Gras gekippt wäre. Fenris begrüßte ihn mit seiner kalten Hundeschnauze, leckte ihm übers Gesicht und wedelte mit dem Schwanz. Auch Leifs Freude kannte keine Grenzen. Er wuschelte seinem Hund durchs Fell und genoss für eine Weile das wunderbare Gefühl, dass er tatsächlich wieder zuhause war – in einer Zeit vor der Fäulnis, der Trauer, dem ganzen Horror der letzten Wochen.

Aber es kam noch besser.

»Leif?«, rief eine Stimme. »Komm zu mir!«

Er schrak hoch und entdeckte noch etwas anderes in der Dunkelheit. Etwas, das bis vor wenigen Minuten nur in seinen Erinnerungen existiert hatte, aber jetzt unmittelbar vor ihm stand: sein Haus! Es war vollkommen intakt. Nur der lose Dachbalken, den Leif reparieren wollte, hing schräg vom Giebel herab. Die Tür darunter schwang in der Zugluft auf und zu. Jedes Mal, wenn sie ein Stück nach innen knarrte, ergoss sich ein roter Feuerschein über die Schwelle. Begleitet von einem Geruch nach frischem Essen. Dem Kichern von zwei Kindern. Sowie dieser honigsüßen Stimme, die eigentlich hätte tot sein müssen.

»Leif? Komm zu mir, bitte!«

»*Majvi!*« Leif schob Fenris davon, federte auf die Beine und rannte los.

Sein Hund winselte.

Leif bemerkte allerdings erst drei oder vier Schritte später, dass es ein recht ängstliches Winseln war; eines, das ihn womöglich warnen sollte. Aber bereits beim fünften Schritt entglitt ihm dieser Gedanke schon wieder und er hetzte unvermindert auf sein Haus zu.

»*Majvi!*«

Er platzte schwungvoll durch den Eingang ... und stoppte jäh.

Sein Haus war dunkel und leer.

Im Kamin brannte kein Feuer, ebenso wenig wie im Kochtopf ein Essen blubberte. Auch auf dem Tisch standen weder Becher noch Teller für das Abendessen bereit. Und nirgendwo tollten Runa und Sven umher. Dabei hätte Leif schwören können, dass sein Haus gerade voller Leben gewesen war.

»Majvi, bist du hier?«

Leif wollte sich erneut in Bewegung setzen, aber Fenris hielt ihn davon ab. Der Hund war ihm bis zur Tür gefolgt und winselte erneut. Und diesmal klang es *eindeutig* ängstlich. Leif schenkte ihm jedoch nur einen verwirrten Seitenblick, ehe er sich wieder auf das konzentrierte, was vor ihm lag.

»Majvi?«

Er ging los und tastete sich durch sein Haus. Es war empfindlich kühl hier drin geworden, und die Dunkelheit hatte die Konsistenz von zähem Schlamm, sodass Leif bei jeder Bewegung ein bisschen mehr Kraft aufwinden musste, um voranzukommen. Er umrundete die Betten seiner Kinder. Sie waren ebenso leer wie alles andere hier drin. Kurz darauf streifte er mit den Fingerspitzen über die zerkratzte Oberfläche des Esstisches. Jede Kerbe in ihr fühlte sich so echt an, dass Leif immer stärker daran zweifelte, ob dieses Erlebnis gerade wirklich nur ein Traum war oder doch die Realität.

Neben ihm kam seine Streitaxt in Sicht. Ihre Klingen schimmerten wie zwei silberne Halbmonde im Dunkeln.

Leifs Finger zuckten automatisch in ihre Richtung, aber er verbat es sich, die Waffe zu nehmen. Denn noch war er überzeugt, dass er sie nicht brauchte; dass sich gleich alles zum Guten wenden würde.

»Majvi?«

Er erreichte den Kamin sowie den Kochtopf. Auch hier gab es keinen Hinweis darauf, wo seine Familie sein könnte. Und auch sonst war es sonderbar still geworden. Die Stimmen und das Lachen aus dem Dorf hatten sich zerstreut; nur Fenris winselte unablässig an der Tür, weil er sich vor einem roten Licht fürchtete. Ja, richtig: An der Stirnwand des Hauses – dort wo Leifs Ehebett stand – leuchtete plötzlich ein grelles Licht auf, fast wie ein Blitz. Es skizzierte ein gruseliges Schattenspiel über die Wände und verwandelte jedes Möbelstück in eine hässliche Fratze voller Reißzähne und finsterer Augen. Wenn auch nicht lange. Bereits nach einer Sekunde erlosch das Licht wieder, aber bis dahin hatte es natürlich Leifs Aufmerksamkeit geweckt. Zusammen mit seinem Misstrauen.

»Majvi?«

Das Licht knisterte von neuem durch die Dunkelheit.

Hier!, signalisierte es Leif. *Ich bin hier! Komm zu mir! Bitte!*

Und Leif kam. Wenn er klar bei Sinnen gewesen wäre, hätte ihm auffallen müssen, dass er dieses Licht schon einmal gesehen hatte – und es zutiefst böse war. Aber Leif konnte gar nicht anders, als diesem zuckenden Rot zu folgen. Ihm und seiner verführerischen Stimme. *Komm zu mir! Hilf mir!* Sie raubte ihm seinen Willen und drängte ihm im Gegenzug ihren eigenen auf; ein Wille, der so sanft wie der Händedruck einer Frau war, aber auch so unnachgiebig, als wäre Leif in eiserne Ketten gelegt worden.

Noch konnte er nicht genau erkennen, woher dieses Licht kam. Vor dem Ehebett war ein Vorhang gespannt, der Majvi und Leif stets ein bisschen Privatsphäre beschert hatte. Aber das Licht befand sich eindeutig dahinter. Und es war stark genug, um den Vorhang zu durchdringen und einen Schatten auf ihn zu werfen, der wie ein Mensch aussah, aber sicherlich keiner war, sondern ... irgendwas anderes. Etwas mit einem verschrobenen Kopf sowie riesigen Krallenhänden.

Leif wünschte sich, er hätte doch seine Axt mitgenommen. Aber er konnte jetzt unmöglich mehr umkehren und sie holen, weil die Stimme des Lichts einfach zu übermächtig war.

Komm zu mir!

Er erreichte den Vorhang und schob sich durch einen Spalt auf die andere Seite. Dahinter erwartete ihn ein ganz anderes Klima. Die Luft war merklich wärmer und von einem Geruch erfüllt, den Leif allenfalls in einer Schmiede erwartet hätte – rauchig, schwefelig und von einem Aroma durchwoben, das an versengtes Metall erinnerte. Leifs Blick fiel unweigerlich auf das Bett. Es war völlig zerwühlt. So wie es häufig der Fall war, wenn sich Leif mit Majvi darin vergnügt hatte. Doch ansonsten war das Bett leer.

Aber nicht der Platz daneben.

Dort kniete jemand auf dem Boden.

Eine Frau, die nur dann sichtbar wurde, wenn dieses Licht in ihren

Händen aufflackerte. Es war tatsächlich ein Blitz, der das halbe Haus in ein rotes, wirres Stroboskop tauchte.

Leif sehnte sich immer stärker nach seiner Axt. Um trotzdem nicht wehrlos zu sein, ballte er seine Hand zur Faust und wagte sich nur sehr behutsam auf die Frau zu. Wenn es nach ihm gegangen wäre, hätte er längst gestoppt. Doch es ging nun mal nicht nach ihm. Sein Körper tat bloß noch das, was diese verlogene Stimme ihm befahl.

Komm näher! Noch näher! KOMM DIREKT INS LICHT!

»Majvi?«, flüsterte Leif. Und das zurecht.

Denn das Licht enthüllte an der Frau rotblonde Haare sowie einen schlanken, grazilen Körper. Dinge eben, die Leif schrecklich vermisst hatte. Aber dieses Licht zeigte ihm noch etwas anderes. Neben Majvi lagen allerlei Knochen auf dem Boden. *Menschenknochen*, die zu einem ringförmigen Gebilde angeordnet waren. Die Arm- und Beinknochen ganz unten, die Rippen und Wirbel darüber; so wie es ein Maurer tun würde, um ein Gebäude zu errichten. Und Majvi war mit ihrer Konstruktion keineswegs fertig. Sie feuerte aus ihren Händen laufend weitere Blitze ab, um einen neuen Knochen zu bearbeiten; dann platzierte sie ihn schließlich auf den Ring.

Es war ein skelettierter Finger.

Leif stoppte jetzt doch. Wenn auch viel zu spät.

Er stand nun direkt im Rücken seiner Frau.

»Majvi?«, hauchte er über ihre Schulter. »Ist alles in Ordnung?«

Was für eine dämliche Frage! Natürlich war hier *überhaupt nichts* in Ordnung. Denn Majvi schien von dem Licht ebenso versklavt worden zu sein wie Leif. Ihre Hände huschten sofort wieder von links nach rechts, als würden sie von einem Puppenspieler gesteuert werden, und zerrten dabei an einem weiteren Knochen herum, der in ihrem Schoß lag. Und während sie das taten, peitschten aus ihren Fingern noch mehr Blitze hervor. So viele, dass sie sich zu einem wahren Gewitter bündelten und eine feurige Hitze verströmten. Schließlich war Majvi fertig, sodass sie auch diesen Knochen passgenau auf die anderen betten konnte.

Es war ein Totenschädel.

Der Schädel eines Kindes.

Gleichzeitig versiegte das Licht in Majvis Schoß. Wirklich dunkel wurde es deswegen jedoch nicht. Die Blitze hatten die Luft so enorm mit ihrer teuflischen Energie aufgeladen, dass sie überall glühte und flackerte. Gerade hell genug, dass Leif erkennen konnte, wie Majvi etwas von sich fortschob.

Es war Runa.

Das Mädchen wirkte eingefallen und schlaff; wie ein Kissen, aus dem man die Füllung entwendet hatte.

Was auch geschehen ist, dachte Leif. Sein Blick schweifte noch mal zu dem Knochenring. Er hatte absolut keine Ahnung, was hier vor sich ging, aber er begriff genug, um zu verstehen, was Majvi getan hatte. Erst recht, als Leif auch seinen Sohn Sven entdeckte. Der Junge lag nur wenige Meter entfernt im Halbdunkel und wirkte ähnlich schlaff – ähnlich *knochenlos* – wie seine Schwester.

Leif spürte, wie das Entsetzen in seiner Kehle klopfte.

Langsam sah er zu Majvi zurück. Sie kauerte unverändert in einer Sitzhaltung vor ihm, hielt den Kopf gesenkt und röchelte schwer. Wie ein Tier, das seine Beute erlegt hatte.

»Majvi?«, flüsterte Leif. »Was hat das zu bedeuten?«

»Ich musste es tun«, schluchzte seine Frau. Sie sah auf ihre Hände herab. Vermutlich weil sie es selbst nicht fassen konnte, was sie mit ihnen angerichtet hatte. »Sie hat mich dazu gezwungen.«

»Ich verstehe nicht.«

»Das wirst du. Schon bald.« Majvi warf den Kopf zu Leif herum. Ihre Haare kringelten sich verspielt über die Schultern, aber ihr Gesicht darunter war zu einem Heer aus Schatten geworden. »Die Göttermacht wird auch dich in Versuchung führen. Dich und die anderen Männer.«

»Majvi, ich ...«

»Aber du wirst ihr nicht gehorchen. Hörst du, Leif? *Du nicht.*« Majvi schnellte überfallartig auf die Füße und legte ihre Hand auf Leifs Brust. Eine Hand, deren Haut ebenfalls faulig und löchrig geworden war, und unter der sich die Knochen wie das Gestänge einer Maschine bewegten. »Vergiss nicht, was ich dir bei deiner Abreise gesagt habe. Du bist ein guter Mensch, kein Mörder. Du wirst gegen die Göttermacht ankämpfen und tun, was nötig ist, um viele andere zu retten.«

Leif war von Majvis Hand viel zu schockiert, um auf ihre Worte zu achten.

»Versprichst du mir das?«, fasste seine Frau nach.

Ihre Hand, stammelte Leif in Gedanken. *Was ist mit ihrer Hand passiert? Was hat sie mit unseren Kindern gemacht? WAS GEHT HIER VOR?*

»Leif!« Majvi grub ihre Finger brutal in seine Rippen, als wollte sie die Antwort aus ihm herauspressen. »Versprichst du es mir?«

»Ich ... verspreche es.«

Majvi forschte in seinen Augen, um sicherzugehen, dass er seinen Schwur ernst meinte. »Ich liebe dich«, sagte sie. »Auch das darfst du niemals vergessen. Denkst du, das wird dir gelingen?«

»Natürlich«, gelobte Leif ihr.

»Gut«, schloss Majvi. Sie hätte erleichtert darüber sein können, aber stattdessen bekam ihr Gesicht einen ungeduldigen Schliff. »Und nun wach auf und halte dich an das, was ich dir gesagt habe.«

»Majvi, ich ...«

»Wach auf!« Majvi versetzte Leif einen Stoß. Und zwar mit einer solchen Kraft, als hätte ihn ein Pferd getreten. Er strauchelte im Rückwärtsgang von ihr davon und griff mit den Händen nach dem Vorhang. Doch kurz bevor er ihn zu fassen bekommen hätte, gab Majvi ihm einen zweiten Rammstoß – und dem war Leif nicht mehr gewachsen. Er kippte hintenüber und landete hart auf den Schulterblättern. Seine Augen ertranken förmlich unter dutzenden Tränen, als ein heißer Schmerz durch seinen Körper jagte. Trotzdem wollte er sich sofort wieder aufrichten, aber Majvi ließ ihm keine Zeit dazu. Sie fiel rasend schnell über ihn her, setzte sich rittlings auf seinen Bauch und rang ihn schonungslos nieder.

Gleichzeitig geschah etwas mit ihrem Gesicht.

Unter Majvis Kleid strömten neue Blitze hervor. Statt jedoch in ihre Hände zu wandern, flossen sie hinauf zu ihrem Kopf und begannen damit, auch an ihm den Schädelknochen freizulegen. Majvis Haut überzog sich mit einem Netz aus roten, leuchtenden Linien und wurde so transparent wie Milchglas; dann schälte sie sich langsam von den Knochen ab.

»Es tut mir leid«, sagte Majvi. In ihrer Stimme lag keinerlei Schmerz, aber dafür ein umso größeres Bedauern. »Ich hätte Runa, Sven und mich retten können, aber wir sind zu spät aus dem Dorf geflohen. Björn und seine Männer haben uns nachts im Schlaf überrascht und bis hinaus auf die Felder gejagt. Ich konnte nichts gegen sie tun; konnte unsere Kinder nicht beschützen. Es waren einfach zu viele Männer ... viel zu viele.« Sie lächelte bitter, obwohl das zwischen den Blitzen in ihrem Gesicht kaum mehr auffiel. »Kannst du mir das jemals verzeihen?«

Natürlich, wollte Leif wieder sagen. *Dich trifft keine Schuld.*

Stattdessen schrie er einfach nur.

Er kreischte so laut, dass seine Ohren klingelten, seine Kehle brannte, sein Kopf dröhnte. Und doch war es nicht laut genug, um diesem furchtbaren Anblick zu entfliehen. Denn die Blitze zerfraßen Majvi unerbittlich und legten immer mehr Knochen unter ihrer Haut frei.

Leif setzte alles daran, sie von sich fortzustoßen, doch Majvi schien Tonnen zu wiegen und erstickte jede Bewegung von ihm mit ihrem bloßen Gewicht.

»Es tut mir leid«, beteuerte sie Leif noch einmal. »So unendlich leid.«

Dann drückte sie ihre Hand auf seinen Mund. Vielleicht um ihn zum Schweigen zu bringen; vielleicht aber auch, weil sie seinen Totenschädel für ihr makaberes Bauwerk erbeuten wollte.

Leif schrie trotzdem weiter, obwohl aus seinem Mund bloß noch ein gedämpftes Röcheln kam. Währenddessen wurden die Blitze über ihm länger, heißer, feuriger. Sie rasierten jetzt nicht nur die Haut von Majvis Körper, sondern schnitten auch das gesamte Haus in viele kleine Bahnen, als wäre es nur auf eine Leinwand gemalt worden. Das Bett, der Vorhang und die Wände lösten sich nach und nach auf, und dahinter kamen ganz andere Dinge zum Vorschein. Ein Mast. Eine Reling. Sowie ein Schiffsdeck. Ab hier klang dieser bizarre Albtraum vollends aus und entließ Leif zurück in die Wirklichkeit. Das Einzige, was blieb, war die Hand auf seinem Mund. Allerdings gehörte sie jetzt nicht mehr Majvi, sondern einem Mann, der besorgt auf Leif herabblickte.

»Beruhig dich«, sagte Erik. »Du bist gestürzt und warst bewusstlos.«

Bewusstlos?, stutzte Leif, indem er seine Augenbrauen zusammenschob.

»Nicht lange. Ein paar Minuten, höchstens.« Erik bedeutete ihm, still zu sein, und zeigte zur Begründung auf die schlafenden Männer. Danach nahm er seine Hand von Leifs Mund und nickte ihm zu. »Geht es dir gut?«

Leif litt noch viel zu sehr an den Nachwirkungen seines Traums, sodass er Erik nur eine ehrliche Antwort geben konnte: »Nicht wirklich, nein.«

»Du wirst mir trotzdem folgen müssen.«

»Folgen?« Leif bemerkte schlagartig, wie angespannt sein Bruder war. »Stecken wir etwa in Schwierigkeiten?«

Erik hielt sich nicht mit Erklärungen auf, sondern machte bloß eine knappe Kopfbewegung, die so ziemlich *alles* bedeuten konnte. Anschließend erhob er sich und stieg über die Männer hinweg, nach vorne zum Bug. Leif raffte sich umständlich auf die Beine und schloss sich seinem Bruder an, so schnell er konnte. Wie sich herausstellte, waren sie nicht allein hier. Norwin und Thorhall standen ebenfalls neben dem Vordersteven und beobachteten etwas am Horizont. Leif blickte in dieselbe Richtung, aber ihm bot sich nur ein altbekanntes Bild: Endloses Wasser, das sich in der Dunkelheit kaum vom Himmel abgrenzte und lediglich von einem Eisberg im Nordosten unterbrochen wurde.

»Was gibt es denn?«, erkundigte sich Leif.

»Da vorne ist etwas.« Thorhall wollte die Hand heben und auf die betreffende Stelle zeigen, doch das erübrigte sich im gleichen Moment.

Leif erkannte nämlich von selbst, was sein Vater und die anderen entdeckt hatten: Polarlichter! Nichts Ungewöhnliches für die Wikinger – und erst recht nichts, was sie hätte ängstigen dürfen. Schließlich gehörten Polarlichter für sie zum Alltag und zauberten in vielen Winternächten ein buntes Spektakel an den Himmel über Island. Neu an *diesen* Lichtern war allerdings, dass sie nicht am Himmel erschienen, sondern im Wasser ...

Rund einen Kilometer vor dem Schiff glühte ein Licht unter der Meeresoberfläche auf. Anfangs war es nur schwach und von einer gräulichen Farbe, die manchmal ins Weiße oder Silberne überging. Und eine Zeitlang wirkte dieses Licht kaum größer als das Wikingerschiff. Es trieb einfach wie ein Ölfleck im Wasser dahin, wurde mal dunkler, mal heller und verschwand zwischendurch auch ganz.

Leif verlor schon beinahe das Interesse daran und wollte sich wieder schlafen legen.

Aber dann geschah es. So jäh und unvermittelt, als hätte jemand den Atlantik in Brand gesetzt. Das Licht im Wasser änderte noch stärker seine Farbe. In das eintönige Grau mischten sich rote und blaue sowie einige grüne Töne, die stellenweise sogar einen Stich ins Gelbliche hatten. Und mit jeder Farbe, die neu hinzukam, weitete sich das Polarlicht aus. Seine Ränder bewegten sich nach Ost und West und zerflossen zu langen Schlieren, bis sie von einem Horizont zum anderen reichten und eine flirrende Linie in das Wasser malten. Allerdings – und auch das war neu – verblasste dieses Polarlicht nicht gleich wieder. Es waberte beständig im Wasser umher und schien von einer übernatürlichen Energie befeuert zu werden, die aus den Tiefen des Meeres emporstieg.

»Was ist das?«, staunte Leif.

»Das fragst du noch?« Thorhall gab einen humorlosen Lacher von sich. »Die Götter scheinen dich wohl erhört zu haben und uns wirklich ein Zeichen zu schicken. Um uns zu signalisieren, dass wir auf dem richtigen Weg nach Asgard sind.«

Leif nickte ergriffen, auch wenn er trotz allem nicht an dieses Wunder glaubte.

»Wir sollten Haldor wecken«, meinte Norwin. »Vielleicht kann er uns sagen, was es mit diesem Phänomen auf sich hat.«

»Wir müssen ihn nicht wecken«, entgegnete Erik ihm. »Und ich fürchte, er ist gerade auch nicht viel schlauer als wir.« Er wies mit dem Kinn über das Schiffsdeck.

Jeder wusste auf Anhieb, was er damit meinte.

Haldor lehnte nur einen Steinwurf von ihnen entfernt an der Reling und beobachtete ebenfalls das Farbenspiel in der Ferne. Er sah gerade in der Tat nicht allzu schlau aus, sondern wirkte eher benommen. Als wäre auch er aus einem bösen Traum erwacht. Und zwar aus einem, der seit dem Besuch in der Zwergenburg angehalten hatte.

Unterdessen trieb die Strömung ihr Schiff beharrlich auf die Polarlichter zu.

Leif wollte sich gar nicht vorstellen, was passierte, wenn sie diese bunten Flecken erreichten. Dabei sahen die Lichter zunächst in keiner Weise bedrohlich aus. Sie changierten bloß in allen Regenbogenfarben und strahlten in ihrem innersten Punkt heller als der schönste Sommertag. Und genau dort geschah irgendwas. Leif konnte lange Zeit nicht erkennen, was es war, weil er sich von den Farben viel zu geblendet fühlte. Aber je näher ihr Schiff den Lichtern kam, desto deutlicher schlich sich ein tiefes, mächtiges Rauschen in seine Ohren.

Ein Rauschen wie von einem ...

Leif beendete den Gedanken nicht. Stattdessen wich er hastig von der Reling zurück. »Wir sollten wenden«, sagte er nervös.

»Wenden?«, fragte Thorhall. »Wozu?«

»Frag nicht lange, Vater. Weck einfach die Männer und gib ihnen den Befehl, nach den Riemen zu greifen.« Leif trat einen weiteren Meter nach hinten. Denn mittlerweile konnte er dieses Rauschen nicht mehr nur hören, sondern vereinzelt schon *sehen*.

So wie ihm erging es auch Erik. Er stocherte seinen Zeigefinger nach vorne und wies auf einen bestimmten Punkt inmitten der Farben. »Scheiße«, fluchte er. »Was ist das?«

»Das Ende der Welt«, bemerkte Leif.

Treffender hätte er es wohl kaum bezeichnen können.

Im Zentrum der Polarlichter – dort wo das Weiß so grell und rein wie die Sonne war –, klaffte nämlich ein langer Spalt im Wasser, als hätte jemand mit einer Axt eine Kerbe in das Meer gehackt. Leif vermochte nicht zu schätzen, wie tief dieser Spalt war, aber vermutlich reichte er weit genug nach unten, dass man sein Ende nicht einmal erahnen konnte. Ein Spalt, der womöglich aus der Menschenwelt bis hinab in eine völlig andere Dimension führte, jenseits von Zeit und Raum.

Und er verbreiterte sich immer mehr.

Anfangs war er nur so schmal, dass ein Mann locker von einer Seite zur anderen hätte springen können, aber bereits eine Sekunde später wurde aus dem Spalt ein beachtlicher Graben, in den immer mehr Wassermassen hineinstürzten. Natürlich nicht ohne Folgen. Das Meer wurde unruhig und kräuselte sich entlang des Grabens zu meterhohen Wellen, Strudeln und schaumiger Gischt. Auch die Polarlichter explodierten förmlich und feuerten immer längere Schlieren durchs Wasser, als wollten sie den gesamten Atlantik einfärben.

Aber keiner der Wikinger achtete mehr darauf.

Was vor allem daran lag, weil der ungeheure Sog allmählich ihr Schiff erfasste. Es begann auf den Wellen zu schaukeln und drehte sich sachte von einer Seite zur anderen, obwohl Isbert mit aller Macht dagegensteuerte. Doch mit dem Ruder allein konnte er nichts mehr bewirken.

Das musste auch Thorhall einsehen. Er zerbiss einen Fluch auf den Lippen, während er sich herumwarf und brüllend über das Deck stürmte. »Aufwachen! Habt ihr gehört, ihr lahmen Säcke? *Wacht auf!*« Er trat mit dem Stiefel gegen alle Bäuche und Köpfe, an denen er vorbeikam, um die Wikinger aus dem Schlaf zu reißen. »Jetzt bewegt eure Ärsche! An die Riemen!«

Die Männer stöhnten gequält oder murmelten etwas Verärgertes, um sich über die Ruhestörung zu beschweren. Aber ihnen genügte ein einziger Blick auf das Spektakel am Horizont, um den Ernst der Lage zu begreifen. Im Handumdrehen wühlten sie sich aus ihren Fellen, rutschten auf die Ruderbänke und tunkten die Riemen zu einem kräftigen Hieb ins Wasser. Thorhall marschierte derweil bis zum Heck weiter, um sich gemeinsam mit Isbert gegen das Ruder zu stemmen.

»Nun strengt euch an!«, schrie er. »Wir müssen hier weg, bevor uns die Strömung in die Tiefe reißt!«

Das hätte er den Männern nicht extra sagen müssen. Sie zogen schon jetzt mit Leibeskräften und zunehmender Panik an den Riemen, um das Unmögliche irgendwie zu schaffen. Vergeblich. Denn der Graben dehnte sich rasend schnell zu einem breiten Abgrund aus. Das Meer rauschte wie bei einem gigantischen Wasserfall über seine Kante und ergoss sich in die unergründliche Tiefe, und es riss dabei alles mit sich, was nicht fest verankert war. Selbst der Eisberg konnte sich gegen diesen brutalen Sog nicht wehren. Er dümpelte bloß noch wie ein Eis*würfel* im Wasser auf und ab, während er zu dem Abgrund trieb ... und dann einfach in ihm verschwand.

Dasselbe Schicksal würde auch gleich dem Wikingerschiff blühen, wenn die Männer es nicht endlich wendeten.

»Kommt schon! Wir müssen unseren Ballast loswerden.« Leif stieß Erik und Norwin mit dem Ellbogen an, um sie aus ihrer Starre zu reißen; danach vergriff er sich an allem, was das Schiff träge machte. Er packte zuerst ein Wasserfass und kippte es über die Reling, bevor er sich zu einer Werkzeugkiste bückte, die neben einer Ruderbank stand. Eine von *vielen* Werkzeugkisten, die es an Bord gab – und jede davon war randvoll mit allerlei Plunder, der sicherlich einen Zentner wog.

»Bist du von Sinnen?«, schrie Thorhall. »*Nicht das Werkzeug!*«

Leif stellte sich taub. Was nützten ihnen die Hämmer und Sägen, wenn sie gleich ertrunken waren? Also wuchtete er die Kiste ebenfalls über die Reling und ließ sie ins Wasser plumpsen, nur um sofort eine zweite Kiste zu packen, in der allerlei Ersatzteile für das Schiff aufbewahrt wurden. Womit er Thorhall nun erst recht erzürnte. Sein Vater tobte in voller Lautstärke weiter und wollte schon loslaufen, um Leif von dieser frevelhaften Tat abzubringen. Aber er konnte Isbert am Ruder nicht alleinlassen, sonst hätte der Steuermann endgültig die Kontrolle über das Schiff verloren. Thorhall wäre sowieso nicht schnell genug gewesen, denn Leif benötigte nur eine rasche Bewegung, um auch die Ersatzteile ins Wasser zu werfen.

Erik und Norwin eiferten ihm nach, so gut sie konnten, und schickten alles baden, was nicht fest auf dem Deck verankert war. Sie mussten allerdings schon bald erkennen, dass die paar wenigen Habseligkeiten nicht genügten, um das Schiff spürbar leichter zu machen. Wahrscheinlich hätten sie dazu alle Leichen aus dem Laderaum holen müssen – und selbst dann hätten sie das Unglück wohl kaum mehr abwenden können. Denn mittlerweile bewegte sich das Schiff bloß noch in eine Richtung, ungeachtet dessen, was die Wikinger taten: nämlich auf den Abgrund zu.

Und der Sog wurde noch stärker. Er packte das Schiff in einen feuchten Zwinger und zerrte es mit einer irrwitzigen Geschwindigkeit durchs Wasser. Sein Bug tauchte oft so tief in eine Welle ein, dass der Drachenkopf gar nicht mehr zu sehen war ... und wurde praktisch im selben Moment von einer anderen Welle wieder so weit in die Höhe geworfen, dass sich das Schiff beinahe senkrecht aufbäumte. Leif stürzte dabei auf alle viere herab und hatte das obskure Gefühl, er würde sich auf dem Rücken eines wilden Hengstes befinden. Alles bebte unter ihm oder neigte sich zur Seite, und die Gischt fauchte wie ein tosender Orkan über seinen Kopf hinweg und raubte ihm die Luft zum Atmen.

»*Festhalten!*«, brüllte Erik.

Als ob Leif das nicht selbst gewusst hätte! Er kroch hastig zur Reling und wickelte beide Arme um einen Holzbalken. Aber selbst der fühlte sich nicht mehr so stabil an, wie Leif sich das von ihm gewünscht hätte. *Nichts* auf dieser verdammten Nussschale war mehr stabil! Jede einzelne Planke verbog sich unter der Gewalt des Wassers, ächzte und knarrte oder drohte schlichtweg damit, nächstens zu zerbersten. Und der Sog wurde immer erbarmungsloser und riss das Schiff mit einer unersättlichen Gier mit sich, sodass es sich zu allem Übel auch noch zu drehen begann. Es tänzelte mal links, mal rechts herum über die Wellen und stellte sich oft dermaßen quer, dass es fast gekentert wäre.

»*Leif!*« Erik torkelte auf seinen Bruder zu und sackte neben ihm auf die Knie herab. »*Wir müssen das Schiff aufgeben!*«

Obwohl Erik aus voller Kehle brüllte, konnte Leif ihn kaum verstehen. Das Wasserrauschen war ohrenbetäubend laut geworden und ließ alles an Bord wie die Membran einer Trommel erzittern.

Wir können das Schiff nicht aufgeben, dachte Leif. *In dem eiskalten Wasser würden wir keine fünf Minuten überleben. Und zudem ist es dafür zu spät.* Er musste Erik das allerdings nicht umständlich erklären. Eine flüchtige Geste über die Reling genügte, um seinen Bruder wissen zu lassen, dass sie nun unwiderruflich verloren waren.

Der Abgrund!

Er lag jetzt keine sieben Schiffslängen mehr entfernt.

Leif verspürte bei dem Anblick eine morbide Faszination, aber erstaunlich wenig Angst. Ganz einfach deshalb, weil dieser Abgrund viel zu gigantisch, ja nahezu göttlich war. Er durchzog wie ein feuchter Grand Canyon das Meer und reichte teilweise bis zum Horizont hinüber. Die Polarlichter säumten seine Kanten unverändert mit den buntesten Farben, aber selbst sie konnten nicht darüber hinwegtäuschen, wie stygisch und finster der Abgrund dahinter war. Und damit markierte er zweifellos das Ende der Welt – so wie Leif es vorhin gesagt hatte.

Wir werden sterben, begriff er.

Er sah zu Erik. Sein Bruder hatte die Augen geschlossen und schien sich weit, weit fort von hier zu wünschen. Den anderen Männern erging es ähnlich. Keiner von ihnen ruderte mehr. Alle klammerten sich bloß noch an die Riemen, damit sie nicht von Bord geschleudert wurden, oder hatten sich tief zwischen den Ruderbänken verkrochen. Einige murmelten ein Gebet, andere pressten ebenfalls die Augen zusammen oder wandten die Köpfe von diesem bodenlosen Nichts ab, das sie gleich verschlingen würde. Irgendwo kauerte auch Haldor und prustete Meerwasser aus dem Mund. Isbert zappelte noch immer vehement an dem Ruder umher, aber er konnte es einfach nicht mehr bändigen, weil es von der Strömung unablässig von einer Seite zur anderen geworfen wurde. Und schließlich entdeckte Leif in dem Chaos seinen Vater. Thorhall lag mitten auf dem Deck und starrte zu ihm herüber, um einen letzten Gedanken mit ihm zu tauschen.

Das war's, wussten beide.

Dann erreichte ihr Boot den Abgrund und stürzte in die Tiefe.

Hinab zu den Göttern. Hinab in eine andere Welt.

20 *Kälte.*

Das Erste, was Leif irgendwann spürte, war eine Kälte, wie er sie noch nie erlebt hatte. Und er wusste, wovon er sprach. In seiner Heimat herrschte acht Monate im Jahr tiefster Winter, in denen es fast ununterbrochen schneite. Doch diese Kälte hier war anders. Aggressiver, bösartiger und so dicht gepackt, dass sie wie Glas auf Leifs Körper drückte. Es war eine Kälte, die man mit keiner Zahl beziffern konnte, weil sie jenseits von jeder messbaren Temperatur lag. Und sie fühlte sich so rein und intensiv an, als wäre sie seit der Schöpfung noch nie von einem einzigen Sonnenstrahl durchbrochen worden.

Wind.

Das zweite, was Leif spürte, war ein eisiger Wind. Auch er übertraf alle Stürme, die es je in Island gegeben hatte; ein Wind, der sich wie ein Bärengebiss in Leif vergrub, an ihm zerrte und bis in die tiefste Muskelfaser hinein lähmte.

Wasser.

Das dritte, was sich langsam in sein Bewusstsein schlich, war eine Brandung, die hinter ihm gegen irgendein Ufer rauschte. Und an dieses eine Geräusch knüpften sich noch Dutzend weitere. Da gab es die Stöhnlaute etlicher Männer sowie ebenso viele Schritte, die ziellos durch die Gegend torkelten. Holz, das knirschte, und Metall, das klirrend gegen ein anderes Metall schlug. Binnen kürzester Zeit baute sich um Leif eine Kulisse auf, wie er sie eigentlich nur in einer Schlacht erwartet hätte.

Keuchend schrak er hoch.

Noch bevor er seine Augen öffnen konnte, griff er neben sich und suchte nach seiner Streitaxt, um sich zu wehren. Eine Hand hielt ihn jedoch zurück und drückte ihn an der Schulter auf den Boden nieder.

»Entspann dich«, sagte eine dazugehörige Stimme. »Wir sind außer Gefahr.«

Ist das Erik? Thorhall? Norwin?

Leif blinzelte zu dem verschwommenen Fleck hinauf, der über ihm kniete, aber er konnte einfach kein Gesicht darin erkennen. Und so blieb ihm nichts anderes übrig, als sich an das zu halten, was die Stimme ihm geraten hatte: Er entspannte sich, schloss noch mal die Augen und atmete die eisige Luft ein, bis sie in seine Stirnhöhlen stach. Als er einen neuen Anlauf wagte und nach oben blickte, starrte Erik auf ihn herab. Mit einem blutigen, zerschundenen Gesicht, das in der Tat so aussah, als käme sein Bruder aus einer Schlacht.

»Was ist ... passiert?«, stammelte Leif.

»Wir sind gesunken ... gestürzt ... irgendwo wieder aufgetaucht.« Erik zuckte mit den Schultern, als ihm die Erklärungen ausgingen. »Vielleicht sind wir auch gestorben und in der Hölle wieder erwacht.«

Leifs Augen wurden groß. *Gestorben?*

Erik machte eine Kopfbewegung zur Seite.

Eigentlich war Leif noch viel zu schwach, um irgendwas anderes zu tun, außer zu frieren und zu keuchen. Aber die Neugier verleitete ihn dazu, den Kopf eben doch ein klein wenig zu drehen und sich dem zu stellen, was ihn umgab.

Eis. Nebel. Schnee.

Leif fand sich in einer unwirtlichen Welt wieder, die sehr wohl einer Hölle ähnelte. Keine aus Feuer und kochender Lava, sondern eine Hölle, die wie maßgeschneidert für eine Horde Wikinger war. Mit einem Strand voller Eissplitter sowie einem Meer, das so rau, wild und ungezähmt wirkte, als bestünde es nicht aus Wasser, sondern aus flüssigem Zorn. Rechts von Leif erhob sich eine Eisklippe, die wie ein riesiger Schiffsbug ins Meer ragte. Die Wellen donnerten gegen ihre Flanken, als wollten sie die Klippe in Stücke reißen. Links wimmelte es dagegen nur so von Holzplanken, Fässern und Kisten, die von der Brandung an Land gespült wurden. Dazwischen erhaschte Leif immer mal wieder vereinzelt ein paar Wikinger. Welche, die sich gerade mit letzter Kraft aus dem Wasser schleppten. Welche, die durch die Gegend wankten, die schrien oder ihren Kameraden halfen. Aber auch welche, die leblos auf dem Eis lagen und in der Kälte so steinhart geworden waren, dass sich nicht mal mehr die Haare an ihnen bewegten. Über all diesem Elend spannte sich ein pechschwarzer Himmel, an dem unzählige Sterne funkelten; so groß und rund wie Goldtaler. Mittelpunkt dieses nächtlichen Firmaments war ein gigantischer Mond, der so nah schien, als könnte man ihn mit der ausgestreckten Hand berühren, und der mit seinem blauen Licht das Eis überall glitzern ließ.

»Wo ... sind wir?«, stotterte Leif. Er konnte in der Kälte kaum sprechen, kaum atmen, geschweige denn vernünftig denken. Und seine Zähne klapperten überdies so heftig zusammen, dass er sich beinahe die eigene Zunge abgebissen hätte.

»Ich weiß es nicht«, gestand Erik. »Aber wo immer uns die Götter auch hingebracht haben, wir müssen wohl mitten aus den Sternen in diese Welt gefallen sein.«

»Wie meinst du das?«

»Ich werde es dir gleich zeigen. Aber zunächst musst du dich umziehen.« Erik zupfte an Leifs pitschnassem Mantel, der in der Kälte allmählich sperrig wie eine Rüstung wurde. »Sonst holst du dir wirklich noch den Tod.«

Leif ließ sich von seinem Bruder auf die Beine helfen. Er musste jede Stütze in Anspruch nehmen, die er bekommen konnte, denn sein Körper hatte jegliche Spannung verloren und schüttelte sich unentwegt.

Erik schleppte ihn derweil zu mehreren Kisten hinüber, die nebeneinander am Ufer standen. Ihre Deckel waren geöffnet, und in jeder Kiste lagen etliche rote Mäntel. Anders als gewohnt bestanden sie jedoch nicht aus Fellen, sondern waren aus Stoff gewebt, der dick wie Schafswolle war, aber so leicht wie Seide wirkte.

»Hier, nimm den.« Erik fischte einen Mantel aus den Kisten und streckte ihn seinem Bruder entgegen.

Leif runzelte verwirrt die Stirn. »Diese Mäntel gehören nicht zu unseren Sachen«, bemerkte er.

»Nein, tun sie nicht«, bestätigte Erik.

»Aber wenn sie nicht von uns stammen ... von wem dann?«

»Ich kann es mir nicht erklären. Diese Kisten standen wohl schon hier, bevor wir Schiffbruch erlitten haben. Als hätte jemand gewusst, dass wir an dieser Stelle an Land gespült werden und dringend trockene Kleider brauchen.« Erik drückte Leif den Mantel in die klammen Hände. »Und genau deshalb solltest du ihn jetzt anziehen. Deine Lippen sind schon ganz blau.«

Das war ja wohl die Untertreibung des Jahrhunderts!

Leifs Lippen waren nicht nur blau, sondern nahezu vereist. So wie der Rest von ihm. Er konnte seine Gelenke mittlerweile bloß noch mit roher Gewalt krümmen, und seine Finger waren so taub wie Holzprothesen geworden. Irgendwie gelang es ihm dennoch, sich aus seinem alten Mantel zu pellen und in den neuen zu schlüpfen. Er versprach sich keine allzu große Besserung davon, doch er wurde angenehm überrascht. Nachdem er den Mantel zugeknöpft hatte, staute sich binnen kürzester Zeit ein behagliches Wärmepolster unter dem Stoff an; eines, das sich wie ein kleiner Frühling um seinen Körper schmiegte und ihn allmählich von innen heraus auftaute. Es dauerte jedoch erheblich länger, bis seine Gliedmaßen aufhörten zu schlottern und die Kälte ihn endlich aus ihrem Klammergriff entließ.

»Fühlt sich gut an, nicht?«, sagte Erik.

Leif fiel erst jetzt auf, dass sein Bruder einen ähnlichen roten Mantel trug. Er und die meisten anderen Männer, die sich am Strand tummelten. »Ich verstehe das nicht«, klagte Leif. »Warum sollte jemand für uns diese Mäntel bereitgelegt haben?«

»Glaub mir, das ist nicht das einzige Rätsel, das mich beschäftigt. Geschweige denn das größte.« Erik legte Leif die Hand auf die Schulter und bedeutete seinem Bruder mit sanftem Druck, dass er ihm folgen sollte.

Was Leif bereitwillig tat. Eigentlich fühlte er sich noch viel zu schwach dazu, auch nur einen Fuß vor den anderen zu setzen. Aber seine Neugier hielt an und verlieh ihm genau jene Kraft, die er brauchte, um sich schließlich doch von der Stelle zu bewegen.

»Baldur! Tjure!«, schrie Erik den Männern zu, die ihnen am nächsten standen. »Kümmert euch um die Verletzten und bringt ihnen die roten Mäntel, damit sie sich aufwärmen können. Und holt alles aus dem Wasser, was ihr finden könnt. Wir werden es sicherlich noch brauchen«, fügte er mit einer dunklen Vorahnung hinzu.

Die beiden Wikinger nickten gehorsam, obwohl sie bereits selbst wussten, was zu tun war.

Erik gab sich nicht länger mit ihnen ab. Er führte Leif vom Strand fort und kletterte mit ihm eine steile, schneebedeckte Anhöhe hinauf. Der eisige Wind hatte sie so schlüpfrig gemacht, dass die Brüder oft auf allen vieren kriechen mussten, um nicht gleich wieder in die Tiefe zu rutschen. Hinter der Anhöhe erwartete sie ein Wald, wie Leif ihn ebenfalls noch nie zuvor gesehen hatte. Und das sollte bei ihm was heißen! Er war schon durch viele Wälder gestreift. Welche, in denen es verfluchte Sümpfe gab. Welche, in denen Kobolde ihr Unwesen trieben oder von denen behauptet wurde, dass es in ihnen spuken würde. Aber dieser Wald hier war so radikal anders, dass Leif es kaum in Worte fassen konnte.

Es begann schon damit, dass seine Bäume blattlos und eisverkrustet waren; mit Wurzeln, die wie braune Tentakel den Boden durchpflügten, und Stämmen, die so zerfurcht aussahen, als hätten irgendwelche Kreaturen ihre Krallen an ihnen gewetzt. Die meisten Bäume waren massiv wie Eichen und knorrig wie Olivengewächse, aber Leif ging jede Wette ein, dass sie einer ganz anderen Gattung angehörten; einer, die es gar nicht auf der Erde gab. Und nun standen sie wie monströse Skelette hier. Halb begraben unter der Dunkelheit. Umgeben von hauchzarten Nebelschwaden, und so starr, dass sie selbst bei den stärksten Windböen nicht knarrten oder mit den Ästen wippten.

Aber dafür war dieser Wald von einer seltsamen Energie beseelt. Eine Energie, die Leif bereits bei den Polarlichtern im Wasser gespürt hatte. Sie war nicht wirklich böse oder gefährlich, aber so fremdartig, dass sich Leif zunehmend von ihr bedroht fühlte.

Das hielt ihn jedoch nicht davon ab, Erik zu folgen. Wohin genau, das konnte Leif nur raten. Vorausgesetzt, dass der Mond im Süden stand – so wie auf der Erde –, bewegten sie sich gerade nach Norden. Leif hielt es aber auch für möglich, dass sie nach Osten oder Westen gingen. Oder in eine fünfte, bislang unbekannte Himmelsrichtung, die es in dieser bizarren Welt gab.

Je weiter sie das Meer hinter sich ließen, desto mehr Spuren fanden Erik und Leif von ihrem Schiffbruch, den sie erlitten hatten. Der Wald musste nämlich erst vor kurzem von einer Flutwelle überschwemmt worden sein, die sich aus dem Landesinneren bis zur Küste ergossen hatte. Viele Bäume waren unter den Wassermassen zermalmt oder entwurzelt worden. Auf dem Boden trieben Äste in Pfützen und kleinen Seen umher, und der Schnee war teilweise so durchnässt, dass er wie ein pappiger Brei unter den Stiefeln schmatzte. Dazwischen lagen immer wieder einzelne Holzplanken, die nur allzu gut bezeugten, mit welcher Wucht das Wikingerschiff in diese Welt gestürzt sein musste. Denn selbst die dicksten Planken waren wie Grashalme umgeknickt oder mitsamt den Nägeln vom Rumpf gesprengt worden.

Und schließlich fand Leif das, was er befürchtet hatte.

»Jarno ...«

Er blieb betroffen stehen, als er einen Kameraden auf dem Boden entdeckte. Tot. Ertrunken. Vielleicht auch erschlagen von den Hindernissen, gegen die Jarno von der Flutwelle geschleudert worden war.

Sein Körper wirkte ebenso zerknickt wie die Holzplanken, und seine linke Gesichtshälfte war von einem scharfen Gegenstand vom Schädel abrasiert worden.

Ein Sekundentod, wusste Leif. *Immerhin ...*

Eriks Anteilnahme hielt sich dagegen in Grenzen. Er bemaß Jarno lediglich mit einem grimmigen Seitenblick, während er seinen Weg ungehemmt fortsetzte.

Leif musste mit einem Sprint zu ihm aufholen, um den Anschluss nicht zu verpassen ... nur um wenige Meter später erneut ins Stocken zu geraten. Denn Jarno war nicht der einzige Tote, den sie zu beklagen hatten. Rechts starrte ihnen ein zweites blutverschmiertes Gesicht aus dem Unterholz entgegen. *Ragnar*, erkannte Leif. Der tote Wikinger klemmte in gut vier Metern Höhe in einer Astgabel. Zumindest der größte Teil von ihm, denn irgendein Hindernis hatte ihm beide Beine vom Leib abgetrennt. Vermutlich war es dasselbe gewesen, mit dem auch Jarno Bekanntschaft gemacht hatte. Ähnlich verhielt es sich mit Olaf, der links im Wald kauerte. Er musste mit dem Rücken gegen einen Baumstamm geprallt sein und sich dabei sämtliche Knochen im Leib zertrümmert haben, denn sein Körper war wie ein Pergamentpapier zusammengefaltet. Seine Augen standen offen und spiegelten jenen Schmerz wider, den er bei seinem Tod verspürt haben musste, und die Kälte war bereits dabei, ihn in einen eisigen Sarg zu zimmern. Entlang seiner Arme und Beine wuchsen Eiskrusten, und sein Gesicht hatte bereits eine so frostig-weiße Farbe angenommen, als wäre es aus Marmor gemeißelt worden.

»Bei den Göttern«, murmelte Leif erschüttert.

Er sah zu Erik und wartete darauf, dass sich sein Bruder endlich zu diesem Grauen äußern würde. Doch Erik verlor kein Wort darüber.

Was nicht weiter tragisch war.

Denn kaum hatten sie die Leichen hinter sich gelassen, kamen vor ihnen die Stimmen etlicher Männer in Hörweite. Zusammen mit dem Klappern von Werkzeugen und – wie sollte es auch anders sein? – dem Gebrüll von Thorhall.

Erik und Leif umrundeten einen Felsbrocken und gelangten dahinter auf eine Lichtung. Spätestens hier dämmerte es Leif, was Erik damit gemeint hatte, als er sagte: *Wir müssen mitten aus den Sternen gefallen sein.* Die Lichtung erinnerte nämlich an einen Meteoritenkrater, der mit brutaler Wucht in den Boden gestampft worden war. Der Schnee in ihrem Inneren hatte sich ebenfalls zu einem weißen Morast aufgeweicht, und die Bäume am Rand waren zerdrückt oder pulve-

risiert worden, als hätte jemand den halben Atlantik über ihnen aus-
gekippt. So etwas Ähnliches musste wohl auch geschehen sein, denn
ziemlich genau im Herzen dieser Lichtung lag das Wikingerschiff.

Leif genügte ein einziger Blick auf dieses hölzerne Ungetüm, um
zu verstehen, dass sie nach aller Logik gar nicht mehr hätten leben
dürfen. Denn ihr Sturz in diese Welt musste nicht nur brutal, sondern
geradezu *bestialisch* gewesen sein. Und Leif verstand im selben Ge-
dankengang auch, dass sie niemals wieder mit diesem Schiff in See
stechen würden. Es hatte sich mit dem Heck ganze acht Meter tief in
den Schnee gebohrt und ragte mit dem Bug in einem steilen Winkel in
die Höhe. Der Drachenkopf am Vordersteven war unbeschädigt geblieben und fletschte noch immer seine hölzernen Zähne. Alles andere lag
dagegen in Trümmern. Der Kiel war an mehreren Stellen gebrochen.
Die Planken entlang des Rumpfs standen wie die Borsten eines Pin-
sels nach allen Seiten ab, und aus den Löchern hingen die Leichen der
Frauen und Kinder ins Freie. Auch auf dem Deck befand sich nichts
mehr an seinem Platz, und schon gar nicht an einem Stück. Die Mastspitze war abgebrochen, das Segel in Fetzen gerissen, die Riemen und
Ruderbänke fehlten gänzlich. Lediglich die Schilde hingen noch an
der Reling und verkörperten jene Stärke, die das Schiff einst besessen
hatte.

Im Moment wirkte es allerdings eher wie ein riesiger Ameisenhü-
gel. Zehn, zwölf Wikinger kletterten über das Wrack und sammelten
alles ein, was ihnen die Fluten gelassen hatten. Zwei weitere Männer
nahmen die Fundstücke entgegen und ordneten sie neben dem Schiff
zu mehreren Haufen an. Die Fässer und Kisten rechts, die Seile, Waffen und Werkzeuge links. Und dazwischen alles andere, was zersplittert war und sich nicht mehr eindeutig zuordnen ließ, aber das sich
vielleicht noch als lebenswichtig erweisen konnte.

Thorhall beaufsichtigte die Arbeiten und trieb die Männer dazu an,
ja nicht nachlässig zu werden. »Was ist mit dem Metallstück am Bug?
Und dem Seil, das sich an der Reling verfangen hat?«, schrie er. »Habt
ihr denn keine Augen im Kopf? Klettert gefälligst da hoch und holt
es!«

Die Männer gehorchten ihm, ohne zu murren. Sie wirkten noch viel
zu benommen von dem, was ihnen widerfahren war, sodass ihre Handgriffe wie die eines Schlafwandlers erfolgten.

Leif registrierte beiläufig, dass alle Männer auf der Lichtung ebenfalls diese roten Mäntel trugen. Einschließlich Thorhall. Der edle, sei-
dene Stoff verstärkte sein herrisches Auftreten noch zusätzlich, und

auch sonst machte Thorhall einen rundum gesunden Eindruck und strotzte nur so vor Kraft.

Als Erik und Leif zu ihm kamen, bemaß er seine Söhne mit einem Blick, der wohl Erleichterung ausdrücken sollte, aber so kalt wie diese Welt blieb. »Leif ... du lebst«, stellte er fest.

»Ja, Vater. Ich lebe. Allerdings bin ich mir unsicher, ob das eine gute oder schlechte Nachricht ist.« Leif betrachtete unaufhörlich das Wrack und studierte jeden Riss, jeden zerbrochenen Balken und alle beschädigten Planken, um aus ihnen den Ablauf dieses Unglücks zu rekonstruieren. So wirklich schlau wurde er aus den Schäden allerdings nicht. Im Gegenteil, je eingehender er das Schiff musterte, desto mehr kam er zu der Erkenntnis, dass sie alle mausetot und platt wie eine Flunder hätten sein müssen, nachdem sie buchstäblich vom Himmel gefallen waren.

Und dennoch standen sie hier.

Als hätte irgendeine Macht ihre schützende Hand über sie gehalten.

»Was genau ist mit uns passiert?«, erkundigte sich Leif.

»Ist das nicht offensichtlich?«, antwortete Thorhall. »Die Götter haben uns wohl direkt vom Nordpolarmeer in diesen Wald gebracht.«

»Das muss ein ziemlich wilder Ritt gewesen sein«, fand Erik. Er legte seinen Kopf in den Nacken und spähte zu den Sternen hinauf, als gäbe es zwischen ihnen noch irgendwo einen gezackten Spalt zu sehen. Doch der Himmel wirkte vollkommen unversehrt und so plan wie schwarzer Samt. »Schade, dass wir bewusstlos waren und das Beste verpasst haben ...«

Leif nickte, obwohl er innerlich vielmehr den Kopf schüttelte. Weil er trotz allem nicht daran glauben wollte, dass man einfach so durch einen Spalt im Meer in eine andere Welt fallen konnte. Selbst nicht mithilfe der Götter. »Von unserer Ausrüstung ist nicht mehr viel übrig, was?«, bemerkte er.

Thorhalls Miene bekam eine säuerliche Note. »Wir müssen noch eine genaue Bestandsaufnahme machen, was die Fluten uns gelassen haben. Aber ein Gefühl sagt mir, dass es nicht genug ist, um hier zu überleben. Schon gar nicht bei dieser Saukälte.«

Leif nahm auch diese Antwort mit einem Nicken zur Kenntnis, ohne sich wirklich mit ihr zu befassen. »Gibt es Verletzte?«, fragte er.

Thorhall falzte abschätzig die Lippen. »So einige, ja. Aber niemand hat eine Wunde erlitten, die man nicht mit einer Salbe und reichlich Spucke behandeln könnte. Die meisten Männer haben sich nur ordentlich den Kopf gestoßen und eimerweise Wasser verschluckt.«

»Und wie viele haben wir verloren?«

»Auch das müssen wir noch klären«, sagte Thorhall. »Jarno, Olaf, Ragnar und Vermund sind jedenfalls tot.« Er wies auf einen weiteren Körper, der leblos am Rand der Lichtung lag und allmählich von einem fingerdicken Raureif überzogen wurde. Vermund war ein Zimmermann gewesen, und darum wog sein Verlust gleich doppelt so schwer. Zumal die Wikinger in dieser Welt jede tüchtige Hand brauchen würden.

»Außerdem ist Snorre verschollen«, fuhr Thorhall fort. »Wahrscheinlich wurde er von der Flut bis zum Strand gespült – so wie die meisten Männer – und ist im Meer ertrunken.«

Leif quittierte auch diese Antwort mit einem Nicken, während er zum Schiff zurücksah. Insbesondere zu den Leichen, die aus dem Rumpf quollen. Die meisten von ihnen waren noch in Felle eingewickelt, doch einige Frauen und Kinder hingen auch halbnackt ins Freie, als wären sie wie Säuglinge bei der Geburt im Mutterleib steckengeblieben.

»Majvi«, murmelte Leif. Er wollte auf das Wrack zulaufen und nach seiner Frau sowie den Kindern suchen, doch Thorhall hinderte ihn daran.

»Ihnen geht es gut«, versicherte er Leif. Er musste im selben Atemzug erkennen, dass seine Erklärung nicht ganz der Wahrheit entsprach, und darum korrigierte er sich: »Jedenfalls scheinen die Toten alle vollzählig zu sein. Sie sind nur verrutscht und haben sich ineinander verkeilt. Im Laderaum sieht es aus, als wäre ein ganzer Friedhof durcheinandergewürfelt worden.«

Leif gab sich damit nicht zufrieden und wollte trotzdem zu seiner Familie gehen, aber Thorhall ließ es nicht zu.

»Wir werden uns zu gegebener Zeit um die Toten kümmern. Aber zuerst haben die Lebenden Vorrang.« Thorhalls Blick verschärfte sich. »Ich möchte, dass du mit Erik ein Lager im Wald errichtest. Hast du verstanden?«

»Sollten wir uns nicht besser im Schiff einquartieren?«, meinte Erik.

»Es eignet sich nicht als Lager, weil wir alle darin nicht genügend Platz finden. Und zudem ...«, jetzt flog auch Thorhalls Blick in den Sternenhimmel hinauf, »... behagt mir die Vorstellung nicht, dass uns hier jederzeit eine weitere Flutwelle auf den Kopf stürzen könnte. Darum möchte ich, dass ihr beide losgeht und nach einem geeigneten Lagerplatz sucht. Besonders nach einem, der trocken und windstill ist. Nehmt zwei Männer mit und sammelt so viel Brennholz, wie ihr finden könnt. Wir müssen ein Feuer entfachen und uns aufwärmen, bevor wir noch krank werden.«

»Du kannst dich auf uns verlassen, Vater«, versprach Erik. Er stieß Leif mit dem Ellbogen an. »Komm, lass uns gehen.«

Doch Leif bewegte sich nicht vom Fleck. Sein Blick hastete dafür umso lebhafter über jeden einzelnen Mann in der Nähe. Von Halvar zu Isbert, von Arvid zu Norwin, von Grimar zu all den vielen anderen bärtigen und zerzausten Gesichtern. Selbst zu denen, die sich gerade vom Strand her zur Lichtung schleppten. Baldur und Tjure hatten sich jeweils den Arm eines Kameraden um die Schultern gelegt und hinkten mit ihnen zwischen den Bäumen hervor. Abgesehen von Snorre und den vier Toten waren nun alle Männer da.

Bis auf einen.

»Haldor«, dämmerte es Leif. Er ging seine Kameraden noch mal der Reihe nach durch, aber es blieb dabei: »Wo ist Haldor?«

Die Frage kam ihm wie ein schlechter Scherz vor, weil er sie in letzter Zeit viel zu oft stellen musste. Trotzdem war Leif gerade keineswegs nach Lachen zumute.

Thorhall schob missbilligend die Augenbrauen zusammen. »Woher soll ich das wissen?«, murrte er. »Irgendwo wird sich der Bengel schon herumtreiben. Er – oder seine Leiche.«

Leif war viel zu aufgeregt, um seinem Vater diesen herzlosen Kommentar zu verübeln. Er schob sich an ihm vorbei und lief um das Schiffswrack. »Haldor? *Haldor?*«, rief er mal in den Wald, mal zu den Männern. »Hat einer von euch meinen Bruder gesehen?«

Er erntete von den Wikingern nur ein Kopfschütteln oder ratloses Schulterzucken. Leif gab deswegen jedoch nicht auf. Er vollendete seine Runde um das Schiff und untersuchte dabei jeden verdächtigen Umriss in der Dunkelheit, der einem Menschen ähnelte. Doch Haldor war nirgendwo zu sehen.

Dafür vielleicht zu hören.

Leif stoppte abrupt und richtete den Kopf in den Wind.

In der Luft hing eine ferne, sonderbare Schwingung. Vielleicht war es tatsächlich ein Schrei oder ein anderer menschlicher Laut; vielleicht hörte Leif dieses Geräusch aber auch nur, weil er es in seiner Fantasie hören *wollte*.

»Seid mal ruhig!«, rief er den Männern auf der Lichtung zu.

Die Wikinger unterbrachen ihre Arbeiten ... und fingen praktisch sofort wieder damit an, als sie sahen, wie die Ungeduld in Thorhalls Gesicht überschäumte.

»Jetzt seid verdammt noch mal ruhig!«, forderte Leif mit Nachdruck.

Es gelang ihm tatsächlich, die Männer ein zweites Mal zu stoppen. Und jetzt spitzten auch sie die Ohren. Denn aus dem Wald drang ab und zu ein weinerlicher, weit entfernter Schrei. Einer, den Leif ganz bestimmt nicht nur in seiner Fantasie hörte.

»Klingt, als würde sich unser Nesthäkchen gerade die Eier abfrieren«, lästerte Halvar.

»Wohl eher die Titten«, meinte Norwin, worauf alle Männer in ein feixendes Gelächter ausbrachen.

Leif strafte sie mit einer wüsten Grimasse dafür, bevor er loslief und sich anhand der Schreie orientierte, um Haldor zu finden. Auf der gegenüberliegenden Seite der Lichtung gab es einen schmalen Pfad, der von dem Mondlicht recht gut ausgeleuchtet wurde. Er führte in einem langgestreckten Bogen durch den Wald und mündete nach wenigen hundert Metern in eine Weggabelung, an der sich zwei weitere Pfade kreuzten. Die Spitze des Schiffsmastes steckte zufällig genau an ihrem Schnittpunkt im Boden und ragte wie ein Holzpfahl in die Höhe. Zusammen mit Haldor. Der Tollpatsch hatte sich mit seinem Gürtel an der Pfahlspitze verfangen. Nun hing er kopfüber und mit knallroten Wangen von ihr herunter. Die Hose war ihm so weit von den Hüften gerutscht, dass sein nackter Arsch zu sehen war, und der Pfahl selbst gautschte wie ein Wackelzahn in seinem Fundament umher, während sich Haldor aus seiner misslichen Lage zu befreien versuchte. Er zappelte mit allen Gliedmaßen und nestelte an seinem Gürtel herum, aber seine Bemühungen führten nur dazu, dass er sich noch mehr in seinen eigenen Klamotten verheddert.

»*Hilfe!*«, schrie er. »Hört mich jemand? *So helft mir doch!*«

»Ich bin schon da«, beruhigte Leif ihn, als er die Weggabelung erreichte.

»Dich schickt der Himmel«, schluchzte Haldor. Er presste zwei Tränen aus den Augenwinkeln, die ihm sogleich auf der Haut gefroren. »Ich habe schon befürchtet, ich müsste an diesem Pfahl verenden.«

Leif wollte ihn sofort befreien, doch seine Hände erlahmten auf halber Strecke. Dann nämlich, als er die beiden anderen Pfade etwas gründlicher in Augenschein nahm, die von der Weggabelung abzweigten. Der rechte davon war beklemmend dunkel und führte wohl zum Strand zurück. Der zweite Pfad dagegen windete sich wie eine dürre Narbe zwischen den Bäumen hindurch. Fort von der Küste, nach Norden, immer tiefer ins Ungewisse hinein.

An seinem Ende thronte ein Schatten.

Ein schwarzes Monstrum, das keine klar benennbare Form besaß, aber dafür zwei Augen hatte, die im Mondlicht aufblitzten. Vielleicht weil sich in ihrem Inneren etwas abgrundtief Böses entzündete.

Einen Moment später war der Schatten verschwunden. Einfach so, als wäre auch er nur ein Produkt von Leifs blühender Fantasie gewesen.

»Leif!«, quengelte Haldor. Seine Hose lockerte sich noch mehr, sodass er ein weiteres Stück an dem Pfahl nach unten sackte.

»Bin schon da«, wiederholte Leif. Es dauerte jedoch eine kleine Ewigkeit, bis er sich endlich von dem Anblick des Pfads lösen konnte. Sowie natürlich von dem Schrecken, den dieser unheimliche Schatten in ihm entfacht hatte. Er stellte sich auf die Stiefelspitzen und machte sich daran, Haldor zu befreien.

»Bitte sei ... *vooorsichtig*«, heulte sein Bruder noch, dann war es bereits passiert: Die Gürtelschnalle sprang auf und blieb zusammen mit seiner Hose an dem Pfahl hängen. Haldor indes klatschte halbnackt in den Schnee und tauchte bis zu den Ohrenspitzen darin unter.

Leif fischte ihn aus der weißen Pracht und stellte ihn auf die Beine. Haldor bibberte natürlich am ganzen Leib und klapperte dabei wie ein Windspiel mit sämtlichen Gliedmaßen. Seine Haare klebten ihm in einer wirren Mähne im Gesicht, und sein Wams war bereits so steifgefroren, dass es bei jeder Bewegung wie eine frische Brotkruste knackte.

Jemand lachte.

Die beiden Brüder drehten sich um und erkannten Erik und Thorhall, die zusammen mit den anderen Männern zur Weggabelung kamen. Und sie alle betrachteten spöttisch Haldors Schambereich. Auch wenn es dort aufgrund der Kälte kaum etwas zu sehen gab.

»Mal ehrlich, Bruder: Bei dem kleinen Zipfel wundert es mich nicht, dass du Jungfrau geblieben bist«, neckte Erik ihn.

Haldor schoss noch mehr Blut in die Wangen. Gleichzeitig tastete er an seine Knie, um die Hose zurück an ihren Platz zu ziehen. Er bemerkte jedoch viel zu spät – und natürlich zur Schadenfreude der Männer –, dass seine Hose noch immer an dem Pfahl baumelte. Also beeilte er sich, sie irgendwie zu erreichen. Er dehnte seinen Arm in die Länge, hüpfte mehrmals auf und ab, und versuchte zuletzt an dem glatten Holz nach oben zu klettern. Nach einem Meter verließen ihn jedoch schon die Kräfte, sodass er mit einem schrillen Quietschen zurück zu Boden rutschte.

Leif beendete die Peinlichkeit schließlich, indem er die Hose von dem Pfahl nahm und sie Haldor in die klammen Finger drückte.

»D-Danke«, schnatterte sein Bruder mit den Zähnen.

Vielleicht hätte Leif ihm auch dabei helfen sollen, die Hose anzuziehen, denn Haldor war so ungelenkig wie eine Vogelscheuche geworden. Ehe sich Leif jedoch besinnen konnte, wanderte sein Blick erneut den Pfad hinunter. Denn: Der Schatten war wieder da! Er hatte sich zwischen den Bäumen in Stellung gebracht und magnetisierte jeden Gedanken in Leifs Kopf. Im selben Moment tappte er auch schon los und ging auf diese seltsame Erscheinung zu. Haldor – oder war es Erik? – rief ihm etwas hinterher, aber seine Stimme ging in Leifs Bewusstsein ebenso unter wie alles andere.

Er behielt den Schatten fest im Blick, obwohl er ihn kaum von der Dunkelheit unterscheiden konnte. Denn die Bäume standen neben dem Pfad dicht an dicht beisammen und türmten sich hoch genug auf, um Leif komplett von dem Mondlicht abzuschirmen. Nur die Sterne streuten hier und da ein kümmerliches Funkeln auf den Schnee. Gerade hell genug, dass Leif nicht allzu nervös wurde. Trotzdem umfing ihn schon bald das Gefühl, einsam und schutzlos zu sein. Auch wenn Erik, Thorhall und die anderen Wikinger keine dreißig Meter von ihm entfernt standen und sich gerade darüber lustig machten, wie sich Haldor in seine Hose zwängte.

Leif blendete ihre Stimmen konsequent aus.

Denn der Schatten vereinnahmte ihn immer stärker, als hätte er eine unsichtbare Pranke um Leif zusammengeballt.

Leif war ihm deutlich nähergekommen.

Oder der Schatten ihm.

Noch zehn, zwölf Meter, und sie würden sich treffen.

Kratsch! Kratsch!, machte der Schnee unter Leifs Stiefeln. Die Knacklaute hallten zwischen die Bäume und kamen in einem schaurigen Echo aus der Ferne zurück ... und jedes einzelne Knacken schien noch hundert weitere Schatten in dem Wald zu beschwören. Welche mit Krallen. Welche mit Zähnen. Welche mit Buckeln und Fangarmen. Und sie alle huschten in fliegender Hast durch die Dunkelheit; ständig auf der Suche nach einer Beute, die sie gleich verschlingen konnten.

Leif blendete jedoch alles aus, was sich neben ihm abspielte. Er konzentrierte sich nur auf den Schatten vor ihm.

Noch sieben, acht Meter, dann hatte er ihn erreicht.

Er stoppte, wartete, belauerte diesen schwarzen Koloss, der da links am Wegesrand saß. Die Dunkelheit verwehrte es Leif, irgendwelche

Details zu erkennen. Bis auf die beiden schlitzförmigen Augen, die in gut vier Metern Höhe wie schwarze Edelsteine funkelten. *Und was ist mit einem Maul? Hat dieses Ding auch ein Gebiss?* Leif erforschte die Umrisse mit all seinen Sinnen; suchte nach Lippen, Zähnen oder einer Zunge. Aber falls es irgendwas davon gab, dann sah er es wieder nur in seiner Fantasie.

Bis auf die Augen.

Sie waren echt, ganz sicher. Und noch schmaler geworden; wie die einer Katze, die zum Sprung ansetzt, um gleich über eine Maus herzufallen.

Leif bemerkte erst jetzt, dass er weder seinen Helm noch die Streitaxt bei sich trug. Um nicht völlig wehrlos zu sein, zog er seinen Dolch aus dem Gürtel. Er ließ die Klinge mehrmals im Sternenlicht glänzen und gab dem Schatten ausreichend Zeit, sich zurückzuziehen. Was jedoch nicht geschah. Dann wagte sich Leif vollends auf ihn zu ... und berührte ihn mit der Dolchklinge.

Der Schatten war nur ein Felsbrocken, der halb versunken im Schnee lag, und an dem zwei Eiszapfen wie große Augen schillerten.

Leif zog den Dolch verdutzt zurück und fühlte sich sekundenlang, als hätte man ihn aus einem Fiebertraum gerissen. Seine Sinne schlugen plötzlich wieder auf alles an, was er bis eben ignoriert hatte. Er bemerkte die kahlen Äste ringsum, die wie riesige Klauen gekrümmt waren. Hörte ein weiteres Knacken im Wald, das unmöglich ein Echo sein konnte. Und er spürte natürlich die Einsamkeit, die ihn stärker frösteln ließ, als es die Kälte je vermocht hätte. Eine Einsamkeit, die sich allmählich zu einem hohlen Schmerz in ihm ausdehnte.

Leif wollte zurückgehen.

Gleichzeitig sah er jedoch, dass der Pfad keineswegs an dem Felsen endete, sondern in einer engen Kurve an ihm vorbeiführte. Neugierig trat Leif um das Hindernis. Dahinter setzte sich der Pfad in einer geraden Linie fort, als hätte ihn jemand vor Urzeiten in den Wald geschlagen, um ein Straßennetz zu erschaffen. Leifs Blick reichte allerdings noch viel weiter. Von der Biegung aus eröffnete sich ihm eine uneingeschränkte Sicht auf eine Gebirgskette, die sich im Norden erhob. Sie war drohend und mysteriös in ihrer ganzen Art; ein eisiger Olymp aus Gletschern und kilometerlangen Felswänden. Ihre Gipfel reichten nahezu bis in die Sterne hinauf, und an ihren Hängen standen zahllose Höhlen offen, in denen es so unvorstellbar kalt sein musste, dass in ihnen vermutlich sogar das heißeste Feuer zu Eis erstarrte.

Kratsch!

Leif schrak zusammen, als ein Schritt in seinen Rücken fuhr. Er wollte den Dolch herumreißen, aber gleichzeitig packte eine Hand seinen Oberarm und hielt ihn fest.

»Was treibst du hier?«, wetterte Thorhall. »Habe ich dir nicht gesagt, dass du mit deinem Bruder nach einem Lagerplatz suchen sollst?«

»Ich komme gleich«, gelobte Leif.

»Das will ich hoffen«, sagte Thorhall unversöhnlich. »Ach, und diese Dinge hier solltest du besser bei dir tragen, bevor du das nächste Mal alleine durch die Gegend irrst.« Er winkte tadelnd mit Leifs Helm sowie mit seiner Streitaxt, die er beide in der Hand hielt.

Leif staunte nicht schlecht darüber. »Woher hast du ...?«

»Das Schicksal meint es wohl gut mit dir. Deine Sachen haben sich wie durch ein Wunder auf dem Schiffsdeck verkeilt, sodass sie nicht davongespült werden konnten. Du solltest in Zukunft besser auf sie achtgeben.« Thorhall nickte dozierend auf die Axt. »Davon könnte dein Leben abhängen.«

»Das ist mir bewusst, Vater.« Leif setzte sich den Helm auf den Kopf und nahm die Axt dankend entgegen. Danach hätte er sofort Thorhalls Befehl ausführen müssen, aber er konnte sich dem Gebirge in der Ferne einfach nicht entziehen und spähte ein weiteres Mal zu den finsteren Gipfeln. »Die Götter müssen sich geirrt haben, als sie uns zu sich holten«, sagte er zu seinem Vater. »Diese Welt ist nie und nimmer Asgard.«

»Scharf erkannt, mein Sohn.« Thorhall sah über die Schulter, um sicherzustellen, dass sie allein waren. »Ich habe noch nicht offen mit unseren Männern darüber gesprochen – und das werde ich wohl auch nicht tun müssen, weil sich alle bereits von selbst denken können, wo wir gelandet sind. Diese Kälte, das Eis, die Dunkelheit. Nach unserem Glauben gibt es nur einen Ort, auf den all diese Dinge zutreffen.« Er knebelte Leif mit einem Blick, in dem sich eine böse Vorahnung abzeichnete. »Du weißt, von welchem Ort ich spreche. Nicht wahr?«

»Ja, Vater«, bestätigte Leif. »Ich weiß, welchen Ort du meinst.«

21 Niflheim.

Leif wusste offengestanden nicht viel über dieses sagenumwobene Reich der nordischen Mythologie. Wenn Gunnar bei ihnen gewesen wäre, hätte der Druide ihnen sicherlich mehr darüber erzählen können. Auch Haldor hatte bestimmt schon alles gelesen, was jemals über die Unterwelt geschrieben worden war. Doch Leif kannte eben nur jene Legenden, die wohl jeder Mensch in Island schon mal gehört hatte. Legenden, die höchstens einen Funken Wahrheit enthielten, aber zum größten Teil bloß aus Aberglauben bestanden. Eine dieser Legenden besagte, dass Niflheim angeblich zwischen den Wurzeln der Weltesche Yggdrasil lag. Dass es von Göttern erschaffen wurde, die aus Asgard fliehen mussten. Und dass alle Diebe und Mörder nach ihrem Tod hierherkamen, um bei klirrender Kälte und ewiger Dunkelheit für ihre Taten büßen zu müssen.

Für Leif waren das bis heute eben nur Spukgeschichten gewesen, nichts weiter. Doch jetzt stand er wirklich mittendrin in dieser mystischen Welt. Und ein ungutes Gefühl wollte ihm einreden, dass er Niflheim bald besser kennen würde, als jeder andere Mensch vor ihm.

Was Leif jedoch nicht verstand, war, warum die Götter sie ausgerechnet hierher verbannt hatten. Vielleicht um sie tatsächlich zu bestrafen. Vielleicht waren Leif und seine Kameraden aber auch irgendwo auf ihrer Reise falsch abgebogen und irrtümlich in Niflheim gestrandet. Vielleicht steckte aber auch ein anderer Grund hinter alledem; einer, der sich Leif noch nicht erschlossen hatte, und den er womöglich nie erfahren würde.

Eines stand jedenfalls fest: Sie waren in dieser Welt dem Tode geweiht, wenn sie einen winzigen Fehler machten – und deshalb beeilten sich Erik und Leif umso mehr, ein Lager zu errichten. Sie wählten dazu eine Stelle im Wald aus, die in einer flachen Kuhle lag. Zu allererst versuchten die beiden Brüder natürlich, ein Feuer zu entfachen. Wie sich jedoch zeigte, eigneten sich die Bäume in Niflheim nicht als Brennmaterial. Ihr Holz war von einer seltsamen Konsistenz; brüchig wie Glas und so nass, dass man es unmöglich anzünden konnte. Aus der Not heraus mussten die Brüder deshalb auf die paar wenigen Trümmerstücke ihres Schiffs zurückgreifen, die halbwegs trocken geblieben waren. Und *wenig* bedeutete in diesem Fall, dass ihr Lagerfeuer lächerlich klein war. Viel zu klein, um alle Männer vor dieser grässlichen Kälte zu schützen.

In der nächsten Stunde hielten sie sich ohnehin mit ihrer eigenen Muskelkraft warm. Sie schleppten sämtliche Fässer und Kisten vom Schiffswrack zum Lager und stapelten sie dort zu einer flachen Mauer aufeinander. Somit nahmen sie dem Wind ein klein wenig seinen Biss und errichteten überdies einen Schutz gegen alles, was im Wald auf sie lauern mochte. Außerdem hängten sie ihre nassen Fellmäntel auf ein Seil, das sie einmal rings um das Lager spannten. Auch wenn die Klamotten in dieser Kälte natürlich nicht wirklich trockneten, sondern eher zu Eisplatten gefroren.

Baldur und Tjure wurde indes die Aufgabe zuteil, ihre toten Kameraden aus dem Wald zu bergen und sie zu den anderen Leichen auf die Lichtung zu bringen. Norwin machte sich derweil mit drei weiteren Männern daran, nach dem vermissten Snorre zu suchen. Sie fanden ihn auch in einem abgelegenen Teil des Waldes – verletzt, aber lebend – und schleppten ihn mit vereinten Kräften zum Lager.

Nun saßen die Wikinger um das Feuer versammelt und starrten in die Flammen, um ihre Gedanken zu sortieren und sich auszuruhen. Mit den roten Mänteln am Leib ähnelten sie sich in dem Schummerlicht so sehr, dass man sie kaum voneinander unterscheiden konnte. Isbert war gerade dabei, Snorres Wunden mit Nadel und Garn zu nähen. Abgesehen von den beiden bewegte sich jedoch lange Zeit nur das Feuer und verzehrte ein Holzscheit nach dem anderen. Und damit auch irgendwie ein bisschen das Leben der Männer selbst. Denn sie alle wussten, dass sie jämmerlich erfrieren würden, sobald das letzte Holzstück verbrannt war.

»Wir brauchen einen Plan«, sagte Thorhall irgendwann. Er saß auf einer Kiste, um sich wieder mal über seinen Männern zu erheben. Auch wenn er dadurch kaum einen Wärmestrahl von dem Feuer abbekam. »Unsere Vorräte reichen unter diesen Bedingungen höchstens für zwei Tage. Danach werden wir ziemlich schnell unsere Kräfte verlieren und nicht mehr in der Lage sein, uns selbst zu helfen.« Sein Blick kreiste durch die Runde. »Irgendwelche Vorschläge?«

»Wir müssen das Schiff reparieren«, meinte Halvar pragmatisch.

»Wir können es nicht reparieren«, erwiderte Norwin. »Hast du dir das Wrack schon mal angesehen? Es hat mehr Löcher, als man zählen kann. Um sie alle zu stopfen, bräuchten wir einen ganzen Wald.«

»Was für ein Zufall, dass wir mitten in einem sitzen«, sagte Halvar zynisch.

»Die Bäume eignen sich nicht für den Schiffsbau«, meldete sich jetzt auch Tjure. »Genau genommen eignen sie sich für *gar nichts*. Sie sind viel zu spröde, als dass man sie sägen oder in Form biegen könnte.«

»Trotzdem bestehen die Bäume aus Holz«, beharrte Halvar. »Und Holz kann nun mal schwimmen. Wir könnten den Laderaum unseres Schiffes mit den Bäumen füllen und ihm dadurch genügend Auftrieb verschaffen, damit es wieder seetauglich wird.«

»Es dürfte schwierig werden, das Schiff zur Küste zu transportieren«, merkte Baldur an. »Wir müssten eine riesige Schneise in den Wald schlagen, Felsen beiseiteschleppen, den Boden begradigen. Aber bei dieser Kälte und den wenigen Vorräten ...« Er ließ seinen Satz in ein deprimiertes Kopfschütteln ausklingen. Die anderen wussten auch so, wie unmöglich es war, einen solchen Kraftakt zu vollziehen.

»Dann nehmen wir das Schiff eben auseinander«, meinte Halvar störrisch. »Wir haben es aus lauter Einzelteilen gebaut, also werden wir es doch auch in handliche Stücke zerlegen und am Strand wieder zusammensetzen können.«

»Selbst wenn uns das gelingen würde, bevor wir erfroren oder verhungert sind ... was nützt uns das?«, merkte Norwin an. Er gestikulierte in die Richtung, in der die Küste lag. »Keiner von uns kennt dieses Meer dort draußen. Es ist rau, es ist dunkel und barbarisch kalt. Bei dem Seegang würde es keine halbe Woche dauern, bis unser waidwundes Schiff zerbricht. Und zudem ist nicht mal bewiesen, dass dieses Meer in unsere Heimat führt. Es könnte ebenso gut hinter dem Horizont über einen weiteren Abgrund ins Nichts stürzen.«

»Trotzdem. Das Meer ist nun mal die einzige Möglichkeit, von hier fortzukommen«, erwiderte Halvar. »Oder willst du etwa zu Fuß durch diese eisige Welt marschieren?«

Der Spott traf Norwin wie eine Ohrfeige. »Natürlich nicht. Aber ich kann mir wahrlich etwas Besseres vorstellen, als auf diesem unbekannte Meer zu segeln.«

»Wir sind vom Wasser hierhergebracht worden, also werden wir wohl am ehesten mithilfe des Wassers zurück nach Hause gelangen.« Halvar hätte seine Erklärung einfach so stehenlassen können, und niemand hätte ihm widersprochen. Er setzte aber noch verletzend hinzu: »Was willst du sonst tun? Hier sitzenbleiben und Trübsal blasen?«

Norwin gaffte den Schmied über das Lagerfeuer hinweg an. »Jedenfalls werde ich mich nicht wieder auf so ein hirnrissiges Abenteuer einlassen. Es ist ein reines Wunder, dass die meisten von uns bis jetzt überlebt haben. Beim nächsten Mal dürfen wir allerdings nicht mehr auf ein solches Glück hoffen.«

»*Glück?*«, äffte Snorre. Er winkte mit der Hand abfällig durch die Gegend, obwohl er eigentlich mit seinen Verletzungen viel zu schwach dafür war. »Seht euch um! Wir sind in Niflheim gelandet. Das würde ich nicht unbedingt als *Glück* bezeichnen.«

Die Männer nahmen ihn beim Wort und blickten in den Wald hinaus. Bislang hatte keiner von ihnen diesen unheilvollen Namen – Niflheim – laut ausgesprochen. Und die Tatsache, dass Snorre dieses Tabu nun gebrochen hatte, sorgte dafür, dass sich alle Männer furchtsam schüttelten und für die nächste Minute in ein weiteres bedrücktes Schweigen versanken.

»Wir sollten einen Spähtrupp losschicken«, meldete sich Leif auf einmal.

»Einen Spähtrupp?« Norwin schüttelte irritiert den Kopf. »Wozu?«

»Um das Gebiet zu erkunden.«

»Wozu?«, wiederholte Norwin aufbrausend. »Hier gibt es nichts als Eis, Schnee und Bäume.«

»So?«, fragte Leif skeptisch. »Was macht dich da so sicher?«

»Weil wir in Niflheim sind. In dieser Welt lebt niemand.«

»Und was ist mit den Mänteln?«, merkte Leif an.

»Den ...?«

»Eure neuen Mäntel, schon vergessen?« Leif zupfte an dem roten Stoff, den er am Leib trug. Kaum zu fassen, aber die Männer hatten offenbar wirklich vergessen, womit sie sich seit Stunden vor der Kälte schützten. Denn sie alle senkten die Köpfe und betrachteten ihre Mäntel mit einem Stirnrunzeln, als würden sie sich ernsthaft fragen, woher sie diese edlen Kleidungsstücke hatten. »Irgendjemand wusste, dass wir in diesem Wald Schiffbruch erleiden würden«, belehrte Leif seine Kameraden. »Und derselbe Jemand war auch so freundlich und hat uns diese Mäntel hinterlassen. Folglich dessen muss hier also jemand leben. Findet ihr nicht?«

Leifs Argumentation war so stichhaltig, dass sie keine Widerrede mehr zuließ. Dennoch starrte Norwin ihn protestierend an, ohne allerdings etwas zu sagen.

»Wer sollte hier leben?«, meldete sich dafür Baldur. »Die Götter?«

»Ich weiß es nicht«, bekannte sich Leif. »Aber wer es auch ist, meint es offenbar gut mit uns. Deshalb klingt es nur logisch, dass wir einen Spähtrupp losschicken sollten. Zwei, drei Mann, die sich in der Gegend umsehen und nach unserem Gastgeber suchen.«

»Warum kommt er nicht zu uns?«, merkte Snorre säuerlich an.

»Er wird schon seine Gründe haben«, meinte Leif. Er widmete sich Thorhall, der sich während ihrer Diskussion erstaunlich ruhig verhalten hatte. »Was denkst du, Vater?«

Thorhall reagierte nicht sofort. Er hatte sich den Mantelkragen und seinen Helm so tief ins Gesicht geschoben, dass dazwischen bloß noch seine Augen zu sehen waren. Und in beiden arbeitete es angestrengt.

»Von mir aus«, segnete er den Vorschlag nach einer Weile ab. »Schicken wir jemanden los, der das Gebiet erkundet.«

»Und wer soll diese ehrenvolle Aufgabe übernehmen?«, wollte Grimar wissen.

Thorhalls Blick wanderte durch das Nachtlager, um einen geeigneten Kandidaten auszusuchen. Dabei stand von vorne herein fest, auf wen seine Wahl fallen würde. Schließlich gab es nur einen Mann in der Gruppe, der entbehrlich war: »Haldor«, verkündete er.

Die Männer drehten sich geschlossen um.

Haldor saß zwischen zwei Kisten, fernab des Feuers. Er hatte die Knie angewinkelt, die Kapuze des Mantels über seinen Kopf geschlagen und die Arme um den Oberkörper gekrallt, damit er sich notdürftig wärmen konnte. Sein Verstand war dennoch ein bisschen eingefroren, denn es dauerte einen langwierigen Moment, bis ihm dämmerte, was Thorhall eben gesagt hatte. »*Ich?*«, keuchte er fassungslos.

»Jetzt frag nicht so dumm!«, zürnte Thorhall. »Selbstverständlich wirst du gehen. Oder kannst du uns etwa bei der Reparatur des Schiffes helfen?«

»Nein«, musste sich Haldor bekennen. »Aber ich kann mit meinem Klumpfuß auch unmöglich ...«

»Dann wäre das beschlossen«, sagte Thorhall.

»Gar nichts ist hier beschlossen«, erwiderte Leif. Er stemmte sich mit seiner Axt in die Höhe. »Haldor hat recht. Er würde mit seiner Behinderung nicht weit kommen. Ich werde gehen.« Er machte eine Pause, in der Hoffnung, dass sich ihm ein paar Männer anschließen würden. »Notfalls auch allein.«

»Du wirst schön hierbleiben«, befahl Thorhall.

»Ich kann euch bei der Reparatur ebenso wenig helfen wie Haldor.« Leif winkte mit seinen Händen. »Ich bin nur ein mieser Handwerker und würde mehr Schaden anrichten als gutmachen. Und zudem bin ich ohnehin der Einzige, der diplomatisch genug ist, ein Gespräch mit den Göttern zu führen, ohne dabei gleich einen Streit anzuzetteln.«

»Das kannst du dir aus dem Kopf schlagen!«, rief Erik. Er wühlte sich ebenfalls aus dem Schnee und postierte sich entschlossen vor seinem Bruder. »Ich werde es bestimmt nicht zulassen, dass du die Götter triffst und dir den ganzen Ruhm einheimst.« Er straffte sich. »*Ich* werde das Gebiet erkunden.«

»Es geht mir nicht um den Ruhm«, stellte Leif klar. »Für diese Aufgabe braucht es einen klugen Kopf. Jemand, der besonnen ist und sich nicht leicht reizen lässt.«

»Ich bin der Ältere von uns – also obliegt mir die Ehre, die Götter zuerst zu treffen.« Erik richtete sich übergangslos an Thorhall. »Bitte, Vater. Du kannst mir dieses Privileg nicht verwehren.«

Thorhall wirkte keineswegs begeistert darüber, dass sich Erik für diesen Irrsinn meldete. Er nagte an seiner Unterlippe und suchte verbissen nach einem Grund, wie er seinen Erstgeborenen im Lager halten konnte. Letztlich blieb ihm jedoch gar nichts anderes übrig, als Eriks Wunsch zu billigen. Weil es sonst zu auffällig gewesen wäre, dass er seinen wichtigsten Sohn schützen wollte. »So sei es«, verkündete er. »Aber Ivar und Tjure werden dich begleiten.«

Die zwei benannten Wikinger fuhren empört hoch. »Warum ausgerechnet wir?«, wollte Ivar wissen. Und Tjure ergänzte: »Wir wären bei der Reparatur viel nützlicher.«

Ja, dachte Leif sarkastisch. *Und zudem seid ihr die besten Schwertkämpfer von uns allen – und damit die perfekte Leibgarde für meinen edlen Bruder.*

»Es hat euch beide nicht zu interessieren, warum ihr meinen Sohn begleiten sollt«, fauchte Thorhall. »Ihr werdet euch meinem Befehl fügen. Ist das klar?«

Ivar und Tjure verweigerten ihm eine Antwort. Stattdessen starrten sie Erik unablässig an und warteten darauf, dass er ihre Hilfe ablehnen würde. Doch er sagte nichts dazu und wich sämtlichen Blicken im Lager geschickt aus.

»*Ist das klar?*«, fasste Thorhall nach.

»Wenn du es wünschst«, knurrte Ivar widerwillig.

Tjure strapazierte Thorhalls Geduld etwas länger, indem er seine Zähne zusammenbiss. Aber schließlich nickte er mürrisch.

»Dann ist es entschieden«, schloss Thorhall. »Wir werden jetzt bis Tagesanbruch schlafen und danach unsere Arbeiten erledigen, solange Erik, Ivar und Tjure das Gebiet erkunden.«

»Wohin wollt ihr überhaupt gehen?«, fragte Leif seinen Bruder.

»Dieser schmale Küstenstreifen lässt uns keine große Wahl«, erklärte Erik. »Im Süden, Osten und Westen würden wir nach kürzester Zeit auf das Meer stoßen, weshalb wir nur nach Norden können. Hinauf in die Berge, um uns von dort eine bessere Aussicht zu verschaffen. Vielleicht entdecken wir ja etwas, das man vom Boden aus nicht erkennen kann.«

Leif spähte in den Wald. Er konnte die Berge trotz ihrer gewaltigen Ausmaße unmöglich zwischen den Bäumen sehen, aber er spürte sie wie ein Tiefdruckgebiet. Ihr Gewicht, ihre Kälte und insbesondere diese bösartige Aura, die ihnen innewohnte. Es war dieselbe Aura, die er bereits vorhin auf dem Pfad wahrgenommen hatte. Eine Aura, die nichts Menschliches besaß und so mächtig war, als käme sie direkt von den Göttern.

Vielleicht weil sie in den Bergen schon auf uns warten, dachte Leif.

22 Es war schon erstaunlich: Da mussten die Wikinger bis nach Niflheim reisen, damit Thorhall einmal im Leben barmherzig zu ihnen war. Seine Männer rechneten es ihm jedenfalls hoch an, dass er ihnen eine Pause gönnte. Und es gab keinen von ihnen, der nicht jede Minute davon auskostete, um zu schlafen oder seine Wunden zu pflegen. Die Sache hatte nur einen Haken: In Niflheim gab es keinen Tagesanbruch. Stattdessen blieb es in dieser Welt einfach nur dunkel. Ewig dunkel. Am Horizont zeigte sich keine Sonne, kein wärmender Lichtstrahl, absolut gar nichts. Selbst der Mond bewegte sich nicht einen lausigen Meter von der Stelle; nur die Sterne schwirrten wie Glühwürmchen über den Himmel.

Leif musste sich deshalb auf andere Hilfsmittel verlassen, um die Zeit zu messen. Auf seinen Hunger, zum Beispiel. Auf seinen Drang, pinkeln zu müssen. Oder aber auf das Gefühl, dass irgendwas Seltsames mit ihm passierte, je länger er in Niflheim ausharrte. Etwas, das Leif nicht in Worte fassen konnte, weil es viel zu fremdartig und verstörend war, aber das immer stärker Besitz von ihm ergriff. Als gäbe es hier ein Energiefeld, das seinen Körper mit einer dunklen, übersinnlichen Kraft auflud.

Aus diesem Grund sträubte er sich lange davor, zu schlafen. Er lehnte ewig an einer Kiste und hielt sich hartnäckig wach. Weil er sich fürchtete, wieder zu träumen. Von seinem Zuhause. Von Majvi. Den Knochen. Sowie von seinen verstümmelten Kindern. *Ich musste es tun,* hörte er seine Frau sagen. *Die Göttermacht wird auch dich bald in Versuchung führen. Dich und die anderen. Aber du wirst ihr nicht gehorchen. Hörst du, Leif? Du nicht.* Leif rätselte stundenlang, welche Macht seine Frau gemeint haben könnte – und ob sie vielleicht etwas mit dieser sonderbaren Energie zu tun hatte, die hier allgegenwärtig war.

Am Ende schlief er natürlich trotzdem ein.

Und das, ohne zu träumen, ohne zu frieren oder etwas anderes zu empfinden. Ein Schlaf, der sich wie ein kleiner Tod anfühlte. Leif wäre am liebsten für immer dortgeblieben ...

»Steh auf!«

... wenn ihm eine Faust nicht einen unsanften Morgenkuss gegen die Schulter gegeben hätte.

»Leif, steh auf!«

»Bin ... schon wach.« Leif hob träge den Kopf und blinzelte durch die Gegend, um sich neu zu orientieren.

Das Lager war verlassen. Im Schnee klafften noch die Abdrücke der Männer. Das Feuer war ausgebrannt, die Asche zu grauem Eis erstarrt, und die kalte Luft kratzte auf der Haut wie ein ungeschliffenes Stück Metall. Aber nichts an diesem Morgen traf Leif so hart wie Thorhalls zweiter Faustschlag.

»Steh auf! Du hast lange genug geschlafen.«

Leif grummelte einen Fluch in seinen Bart, aber er erfüllte seinem Vater immerhin den Wunsch und raffte sich hoch. Zu seinem Erstaunen hatte ihn der rote Mantel warmgehalten, sodass er sich lediglich einmal strecken musste, um seine Gliedmaßen aufzutauen.

»Wo sind die Männer?«, erkundigte sich Leif.

»Sie tun, was ich ihnen befohlen habe.« Thorhall gestikulierte zu der Lichtung hinüber, auf der das Schiff lag. Er hätte zufrieden darüber sein können, dass die Arbeiten angelaufen waren, und dennoch wirkte sein Gesicht auffällig düster.

»Ist etwas passiert?«, erkundigte sich Leif.

Sein Vater machte eine zweite Geste, die alles Mögliche bedeuten konnte; dann drehte er sich wortlos um und stapfte davon.

Leif seufzte leidgeplagt. *Das fängt ja gut an.* Um seinen Vater jedoch nicht zu reizen, angelte er seine Axt sowie den Helm aus dem Schnee und hastete ihm nach. Anders als gedacht, steuerte Thorhall jedoch nicht die Lichtung an. Stattdessen folgte er dem dunklen Pfad, den Leif bereits gestern bemerkt hatte. Sicherlich war dieser Pfad nur deshalb so finster, weil die Bäume hier eng beieinanderstanden und das Mondlicht komplett abschirmten. Und dennoch konnte sich Leif nicht gegen den Eindruck wehren, dass diese fremdartige Energie in diesem Bereich erheblich stärker war.

Thorhall verlor auf dem gesamten Weg kein einziges Wort.

Und Leif wiederum vermied es, ihn anzusprechen.

Nach wenigen Minuten war ihr Schweigemarsch sowieso vorbei. Der Pfad mündete in die Weggabelung. Ivar und Tjure standen auf ihr zum Abmarsch bereit. Sie hatten sich mit ihren Schwertern bewaffnet und sich überdies einen Wikingerschild auf den Rücken gespannt. Außerdem hielten sie jeweils eine Fackel in der Hand, die sie aus einem

Stück Holz sowie mehreren Segeltüchern konstruiert hatten – und damit waren sie für ihren Erkundungsmarsch bestens gerüstet.

Gerade amüsierten sich die beiden über die Zirkusnummer, die Erik und Haldor vor ihnen veranstalteten. Haldor saß mit gegrätschten Beinen auf der Schulter seines Bruders und versuchte, eine kleine Holzplanke an dem Pfahl zu befestigen. Er hielt sie mit der einen Hand fest und zitterte mit der anderen einen Hammer in die Luft. Natürlich mit mäßigem Erfolg, denn er verfehlte mit dem klobigen Werkzeug jedes Mal den Nagel und traf dafür umso öfter seine eigenen Finger.

»Oh Mann!«, spöttelte Ivar. »Du nagelst so miserabel wie ich in meiner Hochzeitsnacht.«

»Mit dem einzigen Unterschied, dass du dabei was getroffen hast. Sonst wärst du niemals Vater geworden«, merkte Tjure an.

Die beiden prusteten daraufhin vor Lachen.

Erik hätte gerne mitgelacht, aber er musste schwer darum kämpfen, auf dem unebenen Boden nicht das Gleichgewicht zu verlieren. »Jetzt streng dich an!«, zischte er zu Haldor nach oben. »Sonst werde ich auf *deinen* Rücken klettern und es selbst erledigen.«

»Ich ... bemühe mich ja.« Haldor wuchtete den Hammer erneut so weit in die Höhe, bis sein Arm zu schlottern anfing. Er zielte flüchtig auf den Nagel, der halb aus der Holzplanke ragte, und – *Ping!* – versenkte ihn grottenschief in dem Pfahl.

Schlechter hätte es Leif auch nicht hinbekommen.

»Fertig«, trällerte Haldor. Er ließ den Hammer fallen.

Eine dumme Idee, denn er wäre glatt auf Eriks Stiefel gelandet, wenn dieser nicht einen linkischen Satz nach hinten gemacht hätte. Zur Belustigung von Ivar und Tjure, selbstverständlich. Die beiden bogen sich noch mehr vor Lachen, als die Brüder ungelenkig durch den Schnee stolperten. Allerdings erlosch ihre gute Laune pünktlich in dem Moment, als Thorhall auf die Weggabelung trat. Ivar verschluckte sich beinahe an der letzten Strophe seines Gelächters, und Tjure versteifte mitten in seiner gekrümmten Haltung und sah verschüchtert zu dem Stammesfürsten hoch.

»Was ist hier los?«, erkundigte sich Thorhall. »Habt ihr nichts Sinnvolleres zu tun, als hier herumzualbern?«

»Wir *haben* etwas Sinnvolles getan, Vater.« Haldor wartete, bis Erik ihn von den Schultern genommen und in den Schnee gestellt hatte. Anschließend winkte er stolz auf die Holzplanke, die an dem Pfahl hing. In sie waren mehrere Runen eingraviert.

NIFLHEIM, entzifferte Leif.

»Was soll das sein?«, fragte Thorhall unleidlich.

»Ein Willkommensgruß. Für den Fall, dass uns jemand aus den Bergen besuchen möchte.« Haldor lächelte. Es war das Lächeln eines Jungen, der gerade sein erstes Handwerk vollendet hatte – und sich nun ein bisschen Lob erhoffte. »Ich könnte auch einen Wegweiser anfertigen, der zum Lager führt und ... und ...« Haldor verlor den Faden, als er bemerkte, dass es in der Miene seines Vaters zornig blitzte.

»Wenn du noch einen einzigen Nagel für diesen Schwachsinn vergeudest, wirst *du* es sein, der an diesem Pfahl hängt«, zürnte Thorhall. »Habe ich mich verständlich ausgedrückt?«

»Ja, Vater.«

Thorhall schubste Haldor aus dem Weg und trat auf Erik zu. Eigentlich hätte er auch ihn maßregeln müssen – immerhin hatte Erik seinem Bruder bei diesem *Schwachsinn* geholfen –, aber natürlich genoss Erik einen lebenslangen Welpenschutz.

»Hast du alles Wichtige eingepackt?«, wollte Thorhall stattdessen von ihm wissen.

»Wir sind bereit.« Erik zeigte auf das Schwert an seinem Gürtel. Danach bückte er sich zu einem weiteren Schild, der auf dem Boden lag. Ein mächtiger Schutzpanzer; gut anderthalb Meter im Durchmesser, und mit einem Metalldorn versehen – dem sogenannten *Schildbuckel* –, mit dem man jedem Gegner locker die Knochen zertrümmern konnte.

Thorhall wirkte deshalb jedoch keineswegs beruhigt. Im Gegenteil, sein Gesicht füllte sich mit immer größeren Sorgenfalten. »Du wirst wachsam sein«, wies er Erik an. »Einer von euch wird stets ein Auge nach hinten offenhalten; ein zweiter die Flanken sichern, damit ihr nicht von einem Angriff überrascht werdet.«

»Das machen wir«, versprach Erik.

»Bleibt auf dem Pfad, solange ihr könnt, und achtet auf den Schnee am Boden. Man weiß nie, ob sich darunter ein Abgrund verbirgt.«

»Ich bin Isländer, Vater. Ich kenne mich mit Schnee aus.«

»Ihr werdet euch unter keinen Umständen trennen. Es sei denn, ihr müsst fliehen oder werdet verletzt. Und verhaltet euch so leise wie möglich.«

Erik rollte genervt die Augen. »Ich weiß, was ich zu tun habe. Das hier ist nicht mein erster Spähtrupp, den ich anführe.«

»Nein, ist es nicht«, musste Thorhall zugeben. Er seufzte, um den Abschied noch ein klein wenig hinauszuzögern. Vielleicht hätte er Erik sogar umarmt, aber er wollte die Sache nicht dramatischer gestalten, als sie war, und so entließ er seinen Sohn letztlich mit einem schlichten Kopfnicken.

Erik erwiderte den Gruß, bevor er mit Ivar und Tjure loszog.

»Ach, Erik?«, rief Thorhall ihm nach, sodass die drei Männer nach wenigen Metern noch mal innehielten und ungeduldig über die Schulter blickten. Thorhall ließ sich deswegen allerdings nicht hetzen. Er leckte sich über die spröden Lippen, während er seinen Erstgeborenen eindringlich anstarrte. Mit einem Blick, in dem eine stumme Warnung lag. »Solltet ihr da draußen jemanden treffen, haltet euch zurück. Ihr werdet nur beobachten, nicht verhandeln oder euch gar in einen Kampf verwickeln lassen.«

»Versprochen.« Erik bewegte den Kopf, um seinem Vater zu bedeuten: *Hast du sonst noch einen neunmalklugen Ratschlag für uns?*

Den hätte Thorhall sicherlich gehabt, aber er ließ es dabei bewenden und schickte Erik widerwillig mit einem Wink davon. Darauf hatte sein Sohn nur gewartet. Er marschierte zügig weiter, als würde er die paar wenigen Sekunden aufholen wollen, die er durch den Stopp verloren hatte. Ivar und Tjure stärkten ihm den Rücken. Mit erobernden Schritten stapften die drei Männer den Pfad in nördlicher Richtung hinunter und bogen an seinem Ende um den großen Felsbrocken, ohne sich noch einmal zu den anderen umzudrehen.

Haldor, Leif und Thorhall sahen ihnen lange nach. Selbst dann noch, als die Fackellichter im Dunkeln verschwunden und die Schritte der Männer verebbt waren.

»Erik wird schon zurechtkommen«, war Leif überzeugt. Er musterte seinen Vater aus dem Augenwinkel; insbesondere seine Runzeln, die sich wie schwarze Narben immer tiefer in seine Stirn gruben. »Du musst dir keine Sorgen machen.«

»Ich mache mir keine Sorgen um Erik. Jedenfalls nicht *nur*.«

»Sondern?«, fasste Leif nach.

Anfangs sah es ganz so aus, als würde Thorhall ihn wieder ignorieren wollen. Er starrte noch eine geraume Weile den Pfad hinunter und spielte offenbar mit dem Gedanken, ob er Erik zurückrufen sollte. Dann wandte er jedoch den Kopf und schenkte Leif einen unheilvollen Blick.

»Vater, was hast du?«, fragte er alarmiert.

»Folgt mir«, bedeutete Thorhall seinen Söhnen. Und an Haldor appellierte er noch zusätzlich: »Verhalte dich ja unauffällig! Wir werden es den anderen Männern nicht ewig verheimlichen können, aber ich will sie nicht beunruhigen, solange wir nicht wissen, womit wir es zu tun haben.«

Es.

Haldor und Leif stolperten immer wieder über dieses eine unscheinbare Wort. Und beide stellten sich dabei dieselbe Frage: *Was meint Thorhall mit ES?*

Umso neugieriger schlossen sie sich ihrem Vater an und folgten ihm durch den Wald. Sie schlugen einen weiträumigen Bogen um die Lichtung, damit sie die Aufmerksamkeit der Wikinger nicht erregten, und ließen wenig später auch das Nachtlager hinter sich zurück. Von dort drangen sie immer tiefer in das schaurige Dickicht vor, sodass sich Haldor und Leif jeden Meter umständlich mit ihren Händen erkämpfen mussten. Ihr Vater bewegte sich dagegen etwas geschickter durch das Unterholz; wohl deshalb, weil er den Weg schon kannte. Er folgte nämlich seinen eigenen Fußstapfen, die er vor nicht allzu langer Zeit in den Schnee gestempelt hatte, und die in Schlangenlinien nach Süden führten. Zum äußersten Punkt der Küste.

»Als ich vorhin aufgewacht bin, habe ich beschlossen, einen Rundgang zum Strand zu machen«, berichtete Thorhall beiläufig. »Ich wollte nachsehen, ob die Brandung noch mehr Wrackteile von unserem Schiff angespült hat. Dabei habe ich mich verlaufen ... und es zufällig entdeckt.«

Es.

Da war schon wieder dieses Wort, das Haldor und Leif immer größere Rätsel aufgab. Lange mussten sie sich jedoch nicht mehr gedulden, um zu erfahren, was ihr Vater damit meinte. Sie kamen ihrem Ziel nämlich näher. Der Wald lichtete sich vor ihnen, sodass der Mond immer leichteres Spiel hatte, blaue Flecken auf den Boden zu malen und den drei Wikingern den Weg ins Freie zu weisen. Wenig später traten sie zwischen den Bäumen hervor, auf eine Eisklippe hinaus. Es war dieselbe Klippe, die Leif bereits gestern bemerkt hatte. Denn links lag jener Strand, an dem er nach dem Schiffbruch erwacht war; ein schmaler, zerklüfteter Streifen aus Eiskristallen, auf dem selbst jetzt noch einzelne Holzstücke verteilt lagen. Die Klippe selbst war ein beeindruckendes Massiv, das sich bis weit ins Meer hinein erstreckte. Haldor und Leif wären beinahe der Versuchung erlegen, zu der Spitze nach vorne zu laufen, um von ihr einen atemberaubenden Blick über die Küste zu gewinnen. Aber Thorhall hielt sie davon ab und bugsierte seine Söhne nach rechts.

»Ich habe keine Ahnung, wie es hierhergekommen ist«, erklärte er ihnen. »Aber es kann nicht allzu lange vor uns hier gestrandet sein.«

Es. Es. Es. Verdammt, Vater! Was meinst du damit?

Leif war drauf und dran, ihn das endlich zu fragen. Er konnte sich die Mühe jedoch sparen, als Thorhall schließlich den Rand der Klippe erreichte und auf das zeigte, was er entdeckt hatte.

Unter ihnen lag ein zweiter Strand. Auch er war mit Eissplittern bedeckt, und auch hier peitschten die Wellen mit rauen Schlägen gegen die Küste von Niflheim. Der gravierende Unterschied bestand nur darin, dass dieser Strand keineswegs leer war. Im Schatten der Klippe lag ein Schiff in der Dünung. Ein *halbes* Schiff, um genau zu sein. Sein Heck fehlte spurlos; war entweder von der Brandung ins Meer gerissen oder in winzige Stück zerschreddert worden. Der Bug würde dem Wellengang ebenfalls nicht mehr lange standhalten und wippte wie ein toter Pottwal in der Strömung auf und ab. Das Wasser griff diebisch durch den aufgerissenen Rumpf ins Innere und zerrte allerlei Fässer, Kisten und andere Gegenstände aus dem Laderaum ins Freie. Der Mast darüber war mehrfach gebrochen und hing mit seiner Spitze kopfüber bis auf das Deck herab, und auch die Reling baumelte lose an ihrer Halterung umher.

Die eigentliche Sensation war jedoch nicht das Schiff, sondern wem es gehört hatte.

Leif erkannte die bauchige Form des Rumpfs sofort wieder. Das sollte er auch; schließlich hatte er ähnliche Schiffe erst vor wenigen Wochen gesehen. Vertäut und reisefertig am Schwarzstrand.

Er hob verblüfft seine Augenbrauen. »Die Zwerge?«, staunte er.

Thorhall zuckte mit den Schultern und drückte damit so ziemlich alle Emotionen aus, die dieses Wrack in ihm hervorrief: Erstaunen, Verwirrung sowie ein beträchtliches Maß an Furcht.

Furcht, wovor?, rätselte Leif. *Nur weil dieses Schiff von den Zwergen stammt?*

Er hätte seinen Vater natürlich sofort darauf angesprochen.

Doch Thorhall entging seiner Frage, indem er zu einer Stelle an der Klippe marschierte, die in einem steilen Winkel abwärts zum Strand führte. Seine Söhne schlossen sich ihm an. Leif hätte es nicht gewundert, wenn Haldor auf der Klippe geblieben wäre. Doch sein Bruder glühte förmlich vor Neugier, sodass er sich weder von seinem Klumpfuß noch von seiner Angst zurückschrecken ließ und erstaunlich sicher über die Felsen und Eisflächen in die Tiefe kletterte.

Langsam näherten sich die Männer dem Wrack.

Leif ertappte sich dabei, wie er seine Streitaxt ein wenig kräftiger packte. Und auch Thorhalls Hand schwebte verdächtig tief über dem Schwertknauf an seinem Gürtel, obwohl ihnen von dem Wrack keinerlei Gefahr drohte. Es schaukelte nur träge von einer Seite zur anderen, knarrte leise und zerbröselte bei jedem Wellenschlag ein bisschen mehr. Und doch fühlte sich Leif in seiner Gegenwart schrecklich unwohl. Als würde ihm dieses Holzgerippe mit jedem Ächzlaut etwas zubrüllen; etwas, das Leif nur in seinem Unterbewusstsein hören konnte ... aber das ihm allmählich dieselbe Furcht einflößte wie seinem Vater.

»Jetzt wissen wir, wohin die Zwerge segeln wollten«, stellte Haldor fest. »Und wozu sie die vielen Vorräte aus Vik gekauft haben: Um eine Reise nach Niflheim zu machen. Vermutlich weil sie hier nach neuen Edelmetallen schürfen wollten.«

»Ich bezweifle, dass die Zwerge freiwillig nach Niflheim gekommen sind«, erwiderte Leif.

»Was macht dich da so sicher?«

»Die Zwerge waren zwar goldsüchtig, aber nicht dumm.« Leif überflog den Strand sowie die Uferböschung, die bis zum Wald hinaufführte. Nirgendwo gab es Fußspuren; nirgendwo ein Anzeichen dafür, dass die Zwerge es überhaupt an Land geschafft hatten. »Niemand würde sich freiwillig nach Niflheim wagen, selbst wenn es hier ganze Berge aus Diamanten und Gold gäbe. Und außerdem ...«

Leif brach ab, als er von einer Flut aus Erinnerungen überschwemmt wurde. Er musste an die Zwergenburg denken. An die toten Halblinge. An Wilbur, den letzten Überlebenden. An seine Worte. Seine Warnung. Sowie an die Verzweiflung, die den Zwerg bis in den Tod hinein begleitet hatte.

»Außerdem ...?«, forschte Haldor.

»Außerdem sah es in der Burg nicht so aus, als hätten sich die Zwerge für eine Reise nach Niflheim gerüstet. Sonst hätten sie sich mehr Mäntel und Werkzeuge beschafft, damit sie in dieser eisigen Welt auf Schatzsuche gehen können.« Leif brütete kurz über seinen eigenen Gedanken und gelangte dabei zu demselben Verdacht, den er bereits in der Burg gehabt hatte. Ein Verdacht, der sich jetzt immer mehr erhärtete und nur eine logische Schlussfolgerung zuließ: »Ich denke, dass die Zwerge das genaue Gegenteil wollten: Nämlich so weit wie möglich von Niflheim fliehen.« *Vor etwas, das ihnen in dieser Welt enorme Angst bereitet hat*, fügte Leif im Stillen hinzu.

»Und trotzdem ist mindestens ein Schiff von ihnen hier gelandet«, meinte Haldor. »Warum?«

»Mich schert es nicht, warum diese Stinkmorcheln hier waren«, murrte Thorhall. »Mich interessiert vielmehr, was aus ihnen geworden ist. Die Zwerge waren verdammt zäh. Manche von ihnen sollen wochenlang ohne Nahrung ausgekommen sein und die tiefsten Minusgrade locker überdauert haben. Aber soweit ich das beurteilen kann, scheint keiner von ihnen mehr zu leben.«

»Vielleicht sind sie ertrunken«, mutmaßte Haldor. »Oder von einem Schneesturm verschüttet worden.«

»Ja, einige von ihnen vielleicht. Aber nicht alle.«

»Wie kommst du darauf, Vater?«

Thorhall stoppte unvermittelt. Er hätte ohnehin nicht mehr weitergehen können, denn sie hatten das Schiffswrack nun beinahe erreicht. Es stand höchstens noch zwölf Meter von ihnen entfernt im Wasser und sang unverändert dieses gespenstische Lied mit all seinen Ächz- und Knirschlauten. Und damit schuf es das passende Geräusch für das, was Thorhall seinen Söhnen zu sagen hatte. »Hört mir zu!«, befahl er ihnen. »Hört mir *gut* zu! Ihr werdet über dieses Wrack kein Sterbenswörtchen zu den anderen Männern verlieren. Habt ihr verstanden?«

»Du wirst es ihnen nicht ewig verheimlichen können«, gab Leif zu bedenken. »Die Männer werden das Schiff früher oder später genauso durch Zufall finden, wie du es getan hast.«

»Ja«, pflichtete Haldor ihm bei. »Und warum sollten wir überhaupt ein solches Geheimnis daraus machen? Was ist denn an diesem Wrack so besonders, dass die anderen nichts davon erfahren dürfen?«

Thorhall ließ die beiden nicht mehr länger im Ungewissen, woher seine Furcht kam. Er lenkte ihr Augenmerk mit einer Geste auf das Schiff.

Eigentlich hatten Haldor und Leif an ihm schon alles Wichtige entdeckt. Doch nun bemaßen sie dieses hölzerne Geripppe viel misstrauischer und achteten auf alles, was daran nicht ins Bild passte – und ebenfalls ein wenig Angst in ihnen auslöste. Der Bug, die zerkratzten Holzplanken, die Löcher im Rumpf, der zerbrochene Mast, die Reling. Alles davon erinnerte Leif an ihr eigenes Schiff. Bis auf eine Kleinigkeit, die er erst beim dritten oder vierten Blick bemerkte.

Die Löcher!

Sämtliche Löcher in dem Zwergenschiff besaßen eine gleichmäßige Form und Größe, und waren noch dazu wie Halbmonde im Kreis angeordnet.

Leif tauschte mit seinem Vater einen Blick.

Verstehst du es jetzt?, fragte Thorhall ihn stumm.

Nein, noch nicht ganz. Aber allmählich ahnte Leif, was seinen Vater so krank vor Sorge machte. Er steckte seine Streitaxt in den Boden, ging auf das Wrack zu und trat so weit ins Wasser, bis seine Stiefel beinahe vollständig darin untergingen. Die Kälte durchdrang augenblicklich seine Füße mit einem tauben Schmerz, aber Leif ertrug es, ohne zu klagen. Währenddessen lehnte er sich mit dem Oberkörper zu einem Loch nach vorne, das in der Steuerbordseite klaffte, und spähte ins Innere. So wie's aussah, hatte das Meer bereits das meiste aus dem Laderaum geplündert; nur ein paar leere Kisten und Stoffreste trieben noch darin umher. Von den Zwergen fehlte auch hier jegliche Spur. Es gab keine Leichen, keine Körperteile, nicht mal Blut. Und doch ging von diesem Wrack ein immer größerer Schrecken aus.

Einer, den Leif regelrecht *berühren* konnte.

Seine Finger strichen über den Rand des Lochs. Das Zwergenschiff war mit drei Schichten Holz beplankt gewesen – was es nahezu unzerstörbar machte –, und dennoch hatte etwas mit brutaler Wucht die dicke Panzerung durchbrochen. Leif tastete über mehrere Kuhlen, die es im Rumpf gab. Sie besaßen ein auffälliges Muster, das Leif von seinem Hund Fenris kannte. Nur dass dieses hier zigmal größer war.

»Sind das ... Bissspuren?«, dämmerte es Haldor. Er war bei Thorhall geblieben, und dennoch erkannte selbst er, was diese Löcher in Wirklichkeit waren. »Bissspuren, wovon? Einem Hai?«

Falls es einer gewesen ist, muss er ... wie groß gewesen sein?, überlegte Leif. *Zehn Meter? Zwanzig? Oder doch eher dreißig?*

»Glaub mir, mein Sohn: Das war kein Hai«, sagte Thorhall.

»Was soll es sonst für ein Tier gewesen sein?«

»Muss ich dir das wirklich erklären?« Thorhall vereinnahmte Haldor mit seiner dunklen Miene. »Es gibt nur ein Wesen, das groß genug ist, ein komplettes Schiff zu versenken.«

Haldor verschluckte sich beinahe an dem Entsetzen, das seinen Hals heraufsprudelte. »Du ... du meinst ...?«

»Genau das meine ich«, nickte Thorhall.

Leif wusste natürlich, worauf sein Vater anspielte. Er überflog nacheinander alle Löcher an dem Wrack und las aus ihnen eine Geschichte, wie sie gruseliger wohl kaum hätte sein können. Eine Geschichte, die von einem Drache erzählte, der offenbar das Zwergenschiff wie ein Hühnchen zerrupft hatte. Zusammen mit den Halblingen ...

Irgendwann drehte sich Leif zu seinem Vater um und teilte mit ihm eine Sorge, die Thorhall wohl seit Stunden quälte. Denn was den Zwergen zugestoßen war, konnte jederzeit auch ihnen passieren.

»Ihr werdet nicht darüber reden, verstanden?«, wiederholte Thorhall eindringlich. »Besonders du nicht, Haldor. Du wirst dein geschwätziges Maul halten, egal wie verlockend es sein mag, über dieses Schiff zu sprechen.«

»Ja, Vater.«

»Keiner unserer Männer muss erfahren, dass sich in diesem Gebiet ein Ungeheuer herumtreibt. Und wenn wir Glück haben, zerfällt dieses Wrack in den nächsten Stunden, bevor unsere Männer es finden. Und nun kommt! Wir müssen unser Schiff reparieren, damit wir schnellstens von hier fortsegeln können.« Thorhall schwang sich so zügig herum, dass sein Mantel wie ein roter Flügel durch die Luft flatterte, und ging zur Klippe zurück.

Haldor hatte es nicht eilig, ihm zu folgen. Er sah seinem Vater lediglich hinterher und konnte dabei nicht aufhören, sich beklommen zu schütteln.

»Du hast ihn gehört«, sagte Leif, als er aus dem Wasser stapfte und zu seinem Bruder kam. »Wir sollten unseren Kameraden auf der Lichtung helfen.«

»Allmählich verstehe ich, warum Vater nicht begeistert davon war, dass Erik in die Berge geht«, murmelte Haldor. Er schielte zu dem Wald hinauf. Die Bäume, die Felsen und ewige Dunkelheit darin hatten schon die ganze Zeit über unheimlich gewirkt, doch jetzt strahlte all das noch etwas Gefährliches, Wildes aus. Ganz einfach deshalb, weil dieser Wald offensichtlich das Jagdrevier eines riesigen Monstrums war. »Was denkst du, werden Ivar, Tjure und Erik bei den Bergen finden?«

»Ich weiß es nicht«, gestand Leif. »Und wenn du einen guten Ratschlag von mir hören willst: Wir sollten es uns nicht einmal vorstellen.«

23 Es gab drei Dinge, die Erik von seinem Vater gelernt hatte. Erstens: Streng zu sein und keine Nachsicht walten zu lassen. Mit niemandem. Nicht einmal mit sich selbst. Zweitens: Stärke zu zeigen, egal wie viel Mühe es einen kostete oder wie schwach man sich fühlte. Und drittens: Sich stets einen kleinen Vorteil zu verschaffen, auch wenn man dazu andere betrügen musste. Erik hatte diese Lektionen so sehr verinnerlicht, dass er sie mittlerweile blind beherrschte. Und gerade eben beherzigte er den dritten Punkt ganz besonders. Er hatte sich nämlich keineswegs zu dieser Erkundungstour gemeldet, weil es ihm um den Ruhm ging, sondern weil er sich in der Tat einen Vorteil verschaffen wollte. Um seine Macht in der Sippe zu festigen.

Sein Vater Thorhall würde sicherlich sterben, bevor er das sechzigste Frühjahr erlebte. Und damit würde es zu einem Kampf um seine Nachfolge kommen. Von Haldor hatte Erik nichts zu befürchten, aber Leif war für ihn ein gefährlicher Rivale und genoss großen Respekt bei den Männern. Die meisten von ihnen würden lieber Leif zum neuen Stammesfürsten wählen, sobald Thorhall abgetreten war. Deshalb musste Erik jetzt dringend seine Führungsstärke beweisen. Denn falls es ihm gelang, Kontakt zu den Göttern von Niflheim aufzunehmen, würde das sein Ansehen enorm steigern und ihm die Unterstützung der Männer garantieren.

Allerdings war Erik keineswegs blauäugig oder lebensmüde. Er wusste sehr genau, wann es taktisch klug war, mutig zu sein, und wann er sich besser im Hintergrund halten sollte. Während er sich also mit Ivar und Tjure von der Weggabelung entfernte, ließ sich Erik mit einem Trick hinter seine beiden Begleiter zurückfallen. Um sie quasi als lebenden Schutzschild für alles zu benutzen, was in der Dunkelheit auf sie lauern mochte. Zugegeben, das war nicht gerade die feine Art – und schon gar nicht ehrenhaft –, aber hier ging es schließlich um Eriks Sicherheit. Da hielt er es durchaus für rechtens, seine eigenen Kameraden zu betrügen.

Ivar und Tjure bemerkten ohnehin nichts davon.

Die beiden waren tapfere Männer, keine Frage, aber sie zählten nicht unbedingt zu den hellsten Köpfen in der Sippe. Ihnen war es nämlich noch gar nicht aufgefallen, dass Erik seit einer Stunde in einem großen Abstand hinter ihnen lief ... und immer weiter zurückfiel, je mehr sich der Wald verdunkelte. Und je intensiver das Gefühl wurde, dass sie hier nicht mehr allein waren.

Erik wusste nicht, seit wann genau er dieses Gefühl hatte. Es streunte jedenfalls schon eine geraume Weile durch seine Eingeweide. Lange Zeit hatte Erik ihm jedoch keine Beachtung geschenkt und es als Spinnerei abgetan. Aber allmählich konnte er sich dieses Gefühl nicht mehr als Einbildung schönreden oder es ignorieren. Denn es weitete sich zusehends zu einer Bedrohung aus und warnte ihn davor, dass jemand ganz in ihrer Nähe durch das Unterholz schlich.

Aber wer?

Erik forschte angestrengt zwischen die Bäume. Die Dunkelheit hatte den Wald fest im Griff und gab absolut nichts von dem preis, was sich in ihm befand. Deshalb sah sich Erik gut darin beraten, sich zur Vorsicht noch ein weiteres Stück hinter Ivar und Tjure zurückfallen zu lassen.

Seinen Kameraden fiel auch das nicht auf.

Sie trotteten zehn Meter vor ihm über den Pfad, der in einer schnurgeraden Linie zu den Bergen führte. Ihre Fackeln blakten in der zugigkalten Luft und warfen rote Flecken auf die Bäume, und ihre Stiefel mahlten verräterisch laut durch den Schnee. *Kratsch! Kratsch!* Aber selbst das Echo drang selten weiter als einen Steinwurf in den Wald hinein, ehe es verstummte.

Erik gefiel das nicht. Überhaupt nicht.

Er hätte sich niemals eingestanden, dass er sich fürchten würde. *Niemals!* Und er würde auch ganz bestimmt nicht kneifen oder gar feige davonlaufen. Hier ging es schließlich um seine Zukunft als Stammesfürst; da musste er stark bleiben. Aber – *verdammt!* – er konnte nun mal den Verdacht nicht abschütteln, dass er immer mehr von einer namenlosen Gefahr bedrängt wurde. Irgendjemand beobachtete sie. Oder jagte sie bereits. Und das, obwohl auch weiterhin niemand zu sehen war. Erik drehte sich jetzt sogar in regelmäßigen Abständen um und sah den Pfad zurück. Ständig darauf gefasst, dass jemand hinter ihm stehen würde. *Doch da war niemand!* Trotzdem wirkte der Wald lange nicht so tot wie gedacht. Als würden durch sein Inneres die Seelen zahlloser Kreaturen geistern.

»*Pst!*«, machte Ivar auf einmal.

Seine Stimme traf Erik mit einer solchen Härte, dass er automatisch nach seinem Schwert griff. Er konnte es gerade noch verhindern, die Klinge aus dem Gürtel zu ziehen, aber leider nicht, dass er erschrocken herumwirbelte. Ivar und Tjure hatten vor ihm innegehalten ... und wirkten nun doch ein wenig irritiert darüber, dass Erik so weit von ihnen entfernt war.

Er legte sofort einen kurzen Sprint ein, um sich zu ihnen zu gesellen. »Was gibt es?«, erkundigte er sich leise, aber so schroff, dass er den Männern ebenso gut die Faust ins Gesicht hätte schmettern können.

Ivar und Tjure deuteten nach vorne. *Sieh doch!*

Eriks Blick flog den Pfad hinunter. Ungefähr dort, wo sich das Mondlicht und die Dunkelheit zu einem grauen Dunst miteinander vermischten, ragte eine Wölbung im Schnee auf. Sie unterschied sich kaum von den vielen anderen Unebenheiten, die es hier gab. Bis auf die Tatsache, dass etwas Silberfarbenes an ihrer Seite glänzte.

»Was ist das?«, raunte Tjure.

»Frag nicht so dämlich. Sieh nach!«, fuhr Erik ihn an.

»Ich soll ...?«

»Du hast mich schon richtig verstanden. Oder willst du, dass ich mir die Hände schmutzig mache? *Der Sohn des Jarls?*«, betonte Erik.

»Nein, natürlich nicht«, beteuerte Tjure ihm. Er starrte noch kurz den silbernen Gegenstand an, als würde er ihn mit seinen Gedanken forthexen wollen. Dann duckte er sich darauf zu.

Erik und Ivar beobachteten ihn aus sicherer Entfernung. Und beide warteten insgeheim darauf, dass gleich etwas Schlimmes passierte.

Doch Tjure erreichte unbeschadet sein Ziel, kniete sich davor nieder und streckte die Hand nach dem Silberstück aus. Er hätte es locker berühren können, aber seine Finger gerieten wenige Zentimeter davor ins Stocken. Dann nämlich, als Tjure etwas anderes im Schnee entdeckte. Etwas, das einen jähen Impuls durch seinen Körper jagte und ihn zurück auf die Beine katapultierte. Er hätte dabei fast sein Gleichgewicht verloren, aber er konnte sich gerade noch ausbalancieren. Danach drehte er sich zu Erik und Ivar um. Sein Gesicht war trotz des Fackellichts auffallend bleich geworden. *Kommt her!*, bedeutete er den beiden mit einem hektischen Wink. *Das müsst ihr euch ansehen!*

Erik lief mit Ivar los und achtete natürlich auch jetzt darauf, sich hinter seinem Kameraden zu halten. Als er bei Tjure ankam, trat der Wikinger bereitwillig zur Seite, um ihm eine freie Sicht auf das zu gewähren, was im Schnee lag.

Es war eine Metallplatte.

Fingerdick, aus Stahl geschmiedet, mit Nieten verstärkt.

Erik sank in die Hocke und hob die Platte auf. Sie war gerade mal so groß wie seine Handfläche und an den Seiten hoffnungslos verbogen, weil sie mit roher Gewalt von irgendwas abgerissen worden war. »Das ist der Teil einer Rüstung«, erkannte Erik. Er stutzte, als er mit dem Daumen über eine Gravierung rieb. »Eine Zwergenrüstung. Seht ihr das Emblem mit dem Hammer und der Krone? Das ist das Zeichen der Zwerge vom Schwarzstrand.«

Ivar und Tjure sahen vieles. Nur nicht das Metallstück. Ihre Blicke versteiften sich auf etwas ganz anderes und bekamen dabei immer mehr einen schockierten Ausdruck.

Erik hatte zuerst keine Ahnung, was sie so entsetzte. Aber dann nahm auch er die Wölbung am Boden etwas gründlicher in Augenschein – und konnte ebenfalls kaum dem Drang widerstehen, zurückzuweichen. Denn aus der Schneedecke starrte ihm ein Gesicht entgegen! Eines, das nur schemenhaft zu erkennen war – mit Zottelhaaren, einer Knollennase sowie zwei stechend blauen Augen –, aber das trotzdem wie die Ausgeburt eines Albtraums wirkte.

»Heilige Makrele«, stöhnte Ivar. »Was ist das?«

Erik legte die Metallplatte neben sich und machte sich daran, mit der Hand den Schnee von der Wölbung zu wischen. Darunter kam – wie erwartet – eine Leiche zum Vorschein. Ein Zwerg; klein wie ein zehnjähriger Knabe, aber so muskulös, dass er zu Lebzeiten jeden Menschen locker mit einem einzigen Hieb von den Füßen fällen konnte. Die Kälte hatte ihn in einen Kokon aus Eis gehüllt und so gut konserviert, dass sein Körper nirgendwo verwest war, obwohl er sicherlich schon seit mehreren Wochen hier liegen musste. Und so wie die Wikinger, trug auch der Zwerg einen roten Mantel über seiner Rüstung. Allerdings war er keineswegs erfroren oder verhungert, sondern von irgendwas zerfetzt worden. Etwas, das so explosiv gewesen sein musste, dass es seinen Panzer wie ein Seidenkleid durchschlagen und einen schwarzen Krater in seine Brust gebrannt hatte. Sein Herz und die Lunge waren dabei vollständig zu Asche zerfallen, und seine Rippen ragten wie verkohlte Äste aus dem Körper hervor.

»Was hat ihn so zugerichtet?«, keuchte Tjure.

»Ich nehme an, dieselbe Waffe, die auch einige Zwerge in der Burg getötet hat«, antwortete Erik. Er betrachtete die Rüstung des Zwergs, die teilweise einfach geschmolzen war, als wäre sie von einem tausend Grad heißen Geschoss getroffen worden. Womit sich Erik plötzlich in seinem eigenen Kettenhemd schrecklich nackt und verwundbar vorkam.

»Was denkst du? Wer hat den Halbling getötet?«, fragte Ivar.

»Schwer zu sagen.« Erik hatte plötzlich wieder das Gefühl, beobachtet und verfolgt zu werden. Nur dass es jetzt zu einer leichten Panik ausartete, die Erik wie ein kaltes Fieber befiel und ihn unaufhörlich frösteln ließ. Er sah zurück in den Wald und klapperte dort jeden verdächtigen Schatten ab ... einfach nur, um sicherzustellen, dass dort niemand auf der Lauer lag und womöglich eine teuflische Waffe auf ihn richtete.

»Wir sollten zurückgehen und Thorhall von dem Fund erzählen«, sagte Tjure.

»Nein«, beschloss Erik. Er stemmte sich hoch. »Mein Vater kann warten.«

»Aber ...«

»Wir werden ganz bestimmt nicht wegen eines toten Zwergs umkehren, sondern zu den Bergen gehen und nach den Göttern suchen. Also bewegt euch!« Erik gab Ivar und Tjure jeweils einen Schubs in den Rücken, damit sie weiter den Pfad hinunterstolperten. Und zwar schön brav vor ihm – so wie Erik das wollte.

Ivar und Tjure murrten einen Protest und führten jeden Schritt so steifbeinig aus, als würden sie auf Stelzen laufen. Doch Erik meinte es so drakonisch, wie er es gesagt hatte: Er würde erst zu den anderen zurückkehren, wenn er die Berge erreicht und dort etwas gefunden hatte, womit er sich großes Ansehen verschaffen konnte. Egal wie viele Ängste er dafür überwinden oder welches Risiko er eingehen musste. Und es war ihm auch egal, ob es seinen Begleitern das Leben kostete.

Ihr Ziel lag ohnehin schon zum Greifen nahe.

Die ersten Felshänge des Gebirges streckten sich wie riesige Pranken in den Wald hinein und drängten ihn teilweise zurück, sodass sich Erik von den Bäumen nicht mehr ganz so eingekesselt fühlte. Trotzdem machte er regelmäßig – und in immer kürzeren Abständen – einen Schulterblick. Weil ihm seine Fantasie ständig vorgaukelte, jemand stünde direkt hinter ihm. Jemand oder etwas. Vielleicht sogar der Zwerg; verwandelt in einen grässlichen Untoten. Aber der Pfad war jedes Mal leer, sobald sich Erik umdrehte. Ganz im Gegensatz zu dem Wald neben ihm.

Kratsch! Kratsch!

»Hört ihr das auch?«, fragte Tjure.

Ivar reckte den Kopf in den Wind. »Ja, jetzt wo du es sagst.«

Kratsch! Kratsch!

Die beiden Wikinger stoppten und wandten sich zuerst in die eine, dann in die andere Richtung, um angestrengt zu lauschen. Nebenbei hoben sie ihre Fackeln, obwohl die Flammen inzwischen so stark geschrumpft waren, dass sie mehr Schatten als Licht in der Umgebung erzeugten.

»Was ist?«, herrschte Erik sie an. »Warum geht ihr nicht weiter?«

»Da drüben ist irgendwas«, meldete Tjure. Er stocherte seine Fackel nach links.

Für einen kurzen Moment musste Erik befürchten, dass Tjure mit dem Licht tatsächlich irgendein Wesen aus der Dunkelheit reißen würde. Doch in Wirklichkeit ...

»Da ist nichts«, stellte er fest.

Kratsch!

»Natürlich ist da was.« Tjure warf sich hastig nach rechts und schwenkte sein Licht auch dort über den Waldrand. Mit demselben Ergebnis.

»Siehst du«, bemerkte Erik erleichtert. »Da ist nichts.«

Tjure ließ sich davon nicht überzeugen und wirbelte gleich wieder nach links. Diesmal hätte er mit seiner Fackel beinahe Erik gestreift, wenn sein Kamerad nicht zur Seite gewichen wäre.

»Was soll das?«, zürnte Erik. »Willst du mich in Brand setzen?«

»Nein, natürlich nicht. Ich ...«

»Hör auf zu stottern und geh weiter! Ich will hier nicht festfrieren.«

»Tjure hat recht«, griff Ivar ein. »Hier ist irgendwas.«

Kratsch!

»Da!« Nun riss auch Ivar seine Fackel so schwungvoll herum, dass sie einen glühend roten Bogen in die Luft malte. »Hörst du? Dieses Knacken?«

»Das ist nur das Echo unserer Schritte«, behauptete Erik.

»Ist es nicht. Wir bewegen uns doch gar nicht.« Tjure winkte demonstrativ auf seine Stiefel.

Erik musste ihm widerwillig recht geben. Obwohl sie alle regungslos dastanden, hallte aus dem Wald ein eigenartiges Geräusch. *Kratsch!* Manchmal klang es tatsächlich wie ein wuchtiger Schritt. Ein andermal eher nach einem Ast, der umknickte, oder wie ein Raubtier, das sich gerade in seinem Abendessen verbiss. Aber ganz gleich, welche Ursache dieses Geräusch auch hatte ... es bewies den Wikingern eindeutig, dass sie hier nicht allein waren. Und wohl gleich Besuch bekamen.

Kratsch! Kratsch! KRATSCH!

Das letzte Knacken traf die Männer wie ein Pfeilschuss. Ivar und Tjure zuckten zusammen und hatten mit einer einzigen Bewegung ihre Schwerter parat. Auch Erik reagierte geistesgegenwärtig. Statt allerdings sein eigenes Schwert zu ziehen, riss er den Schild nach vorne, um einen Angriff damit abzuwehren.

Es kam keiner.

Der Wald war so leer und leblos wie immer.

Bis auf das Geräusch. Es hatte die Seite gewechselt und ertönte nun *hinter* den Wikingern. Und noch etwas war anders: Aus diesem Knacken wurde mehr und mehr ein Rascheln. Wie das von Sand, der über den Boden rieselt. Es bewegte sich hörbar in Schlangenlinien zwischen den Bäumen hindurch. Und dieses Rascheln wurde lauter, drohender und rückte so nahe an die Wikinger heran, dass sie es eigentlich längst hätten sehen müssen. Aber da war nichts. *Nichts!*

»Was geht hier vor?«, fragte Tjure.

»Ich wünschte, ich wüsste es«, erwiderte Ivar.

»Haltet die Klappe und löscht eure Fackeln«, befahl Erik.

»Wir sollen – *was*?«, erwiderte Tjure entsetzt.

»Du hast mich richtig verstanden. Wir bieten unserem Feind ein leichtes Ziel. Und nun macht diese verdammten Lichter aus!« Erik wollte nicht warten, bis Ivar und Tjure reagierten. Er schlug ihnen die Fackeln aus den Händen und presste sie mit dem Stiefel in den Schnee, sodass sie erloschen. Allzu dunkel wurde es dank des Monds jedoch nicht. Nur kälter. *Unheimlich* kalt.

»Geht in Stellung«, wies Erik seine Kameraden an. »Ivar, nach links. Tjure, du schützt unsere rechte Flanke. *Vorwärts!*« Im Normalfall hätte Erik nun die Deckung an ihrer Frontseite übernehmen müssen, aber er zog es vor, sich zwischen seine Kameraden zu schieben. Sicher war sicher.

Immerhin zückte er dabei endlich sein Schwert.

Die erhoffte Wirkung blieb jedoch aus.

Statt sich mit der Klinge etwas wehrhafter zu fühlen, kam sich Erik zunehmend hilflos vor.

Das Rascheln wurde jetzt ohrenbetäubend laut. Der Wald blieb dabei auch weiterhin vollkommen leer, und doch schien die Dunkelheit zwischen den Bäumen ständig in Bewegung zu sein und in viele kleine Schatten zu zerbrechen, die hierhin und dorthin huschten.

»Da!« Ivar stieß sein Schwert nach vorne.

Erik und Tjure warfen nervös die Köpfe herum und hielten Ausschau nach ... nun, nach *irgendwas* Gefährlichem. Einer feindlichen Klinge. Einem Wesen voller Krallen. Oder tatsächlich einem untoten Zwerg, der durch die Dunkelheit streunte.

Doch Ivars Schwert zeigte auf etwas völlig anderes.

Etwas, das Erik und Tjure mehr verwirrte als erschreckte.

Denn: Der Schnee im Wald bewegte sich! Es klang unglaublich, aber genau *das* passierte. All die vielen weißen Flocken, die auf dem Boden lagen, die Felsen bedeckten oder an den Ästen hingen, lösten sich aus ihrer Starre und folgten einer sonderbaren Kraft nach Norden, als würden sie von den Bergen magnetisch angezogen werden. Schon bald war der gesamte Schnee neben dem Pfad in Bewegung. Er drehte sich in dutzenden Strudeln im Kreis, teilte sich in zahllose Rinnsale auf, strömte über Wurzeln und Steine ... und erzeugte dabei dieses markante Rascheln.

Kratsch! Kratsch!

»Was zur Hölle geht hier vor?«, fragte Tjure noch mal.

Erik schüttelte nur ratlos den Kopf, während er den Schnee dabei beobachtete, wie er sich allmählich in einen reißenden Fluss verwandelte. Selbst die Luft darüber zog sich zu einem eisigen Nebelschleier zusammen, der schmerzhaft auf der Haut kratzte und die Sicht bis auf wenige Meter eintrübte.

Rückzug!, lag Erik auf der Zunge.

Er konnte den Befehl jedoch nicht mehr an seine Männer weitergeben. Denn im selben Moment sah er endlich, was der Schnee tat – und plötzlich setzten seine Gedanken einfach aus. Die weißen Rinnsale sammelten sich nämlich links und rechts am Wegesrand und türmten sich dort zu zwei hohen, schlanken Tornados in die Höhe, die sich immer schneller um ihre eigene Achse drehten. In ihrem Inneren musste ein Druck wie in einer Gewitterwolke herrschen, denn ab und zu blitzte es an einzelnen Stellen aufgrund der enormen Reibung, und die Schneeflocken klirrten wie tausende Glassplitter aneinander.

Erik, Ivar und Tjure hätten davor zurückweichen müssen. Doch dieses Schauspiel übte eine solche Faszination auf sie aus, dass sie sich jetzt erst recht nicht mehr von der Stelle rühren konnten.

Die Tornados wüteten noch rund eine Minute weiter und schienen sich immer mehr zu einem festen Gebilde zu verdichten. Irgendwann beruhigten sich die Schneeflocken endlich und faserten wie Wasserdampf auseinander. Jedenfalls die, die noch frei in der Luft schwebten – und das waren nicht mehr sonderlich viele. Denn die meisten Flocken hatten sich zu zwei Säulen verbunden, die langsam aus dem Nebel zutage kamen. Sie waren beide vollkommen identisch. Kreisrund, etwa zwölf Meter hoch und so kerzengerade, als hätte sie jemand mit einem Lot und Winkel exakt ausgerichtet. Ihre Oberfläche war absolut plan und wies nirgendwo den geringsten Makel auf.

Ein Kunstwerk, wie es wohl nur die Götter zustande brachten.

Aber noch war es nicht fertig.

In den Säulen entzündete sich plötzlich eine ungeheure Energie, die wie ein Blitz von ihren Spitzen bis hinab zu ihren Sockeln raste und sie von innen heraus zum Leuchten brachte. Erik, Ivar und Tjure mussten die Augen zusammenkneifen und ihre Arme schützend vor die Gesichter heben, um nicht geblendet zu werden. Trotzdem entging ihnen nicht, was die grellen Blitze taten.

Kratsch!, ertönte es wieder. *Kratsch-Kratsch!*

Mit jedem einzelnen Knacken sprengten die Blitze mehrere Kerben in die Außenseite der Säulen. Zuerst ergaben diese Linien keinen Sinn und verteilten sich in einer willkürlichen Ordnung über das Eis. Aber bereits wenige Sekunden später nahmen sie deutlich an Gestalt an, sodass Erik erkennen konnte, was diese Kerben darstellen sollten: Runen.

Die Blitze meißelten zahllose Runen in die Säulen.

Eine Botschaft. Eine Einladung. Oder eine Warnung der Götter.

Kratsch!

Schließlich war es vollbracht. Die Blitze entluden sich mit einem brutalen Schlag in den Boden. Die Runen blieben dagegen erhalten und pulsierten noch eine ganze Weile in einem gespenstischen Licht, ehe sie sich langsam verdunkelten.

»Axthieb und Schädelbruch«, keuchte Ivar. »Das glaube ich einfach nicht.«

Tjure nickte neben ihm apathisch, weil es ihm kein bisschen anders erging. »Was steht da?«, wollte er wissen.

Seine Frage richtete sich an Erik. Immerhin war er der Einzige in der Gruppe, der ein bisschen lesen und schreiben konnte. Er leckte sich über die rissigen Lippen, während er die Runen von oben nach unten studierte.

Alle Sterblichen seien gewarnt. Dies ist die Grenze, die euch beschieden ist, hieß es auf der linken Säule. Und auf der rechten stand: *Nur den Auserwählten ist es gestattet, sie zu überschreiten. Alle anderen finden den Tod.*

Aber das konnte Erik natürlich so nicht wörtlich vorlesen. Nicht, ohne Ivar und Tjure in die Flucht zu schlagen – und darum hielt er sich auch jetzt an Lektion drei: Nämlich betrügen, um sich einen Vorteil zu verschaffen.

»Es ist eine Aufforderung an uns, in die Berge zu kommen«, log er.

»Sicher?«, zweifelte Tjure.

»Ganz sicher«, bekräftigte Erik. »Und ihr wollt die Götter doch nicht warten lassen, oder?«

»Nun ... also ... wir ...«, zauderten Ivar und Tjure.

Erik würgte ihr Gestotter ab, indem er den beiden wieder einen Stoß gab. Seine Kameraden waren noch so steif vor Angst, dass sie beinahe der Länge nach in den Schnee gekippt wären, wenn sie sich nicht mit ihren Schwertern auf dem Boden abgestützt hätten. Erik verpasste ihnen sogleich den nächsten Schubs und trieb sie erbarmungslos vor sich her, auf die Säulen zu. So lange, bis sich Ivar und Tjure in ihr Schicksal ergaben und von selbst weitergingen. Ihre Blicke klebten unverändert auf den Runen. Natürlich konnten sie keine davon entziffern, aber je näher die Männer ihnen kamen, desto deutlicher schienen sie die Warnung dieser Schriftzeichen sehr wohl zu *spüren*.

Erik sorgte jedoch dafür, dass sie für keinen Moment zögerten ... und wenig später über die unsichtbare Grenze traten, die zwischen den Säulen verlief.

Nichts passierte.

Selbst dann nicht, als Ivar und Tjure noch fünf, sechs Meter hinter den Säulen durch den Schnee wankten. Irgendwann hielten sie inne, drehten sich um – und runzelten die Stirn, als sie bemerkten, dass Erik punktgenau vor den Säulen stehengeblieben war und sie wie Versuchskaninchen beobachtete. Scheiße, die beiden *waren* Versuchskaninchen für ihn!

»Ist alles in Ordnung?«, erkundigte sich Erik. »Fühlt ihr euch gut?«

»Warum sollten wir uns nicht gut fühlen?«, wunderte sich Ivar.

»Vergiss die Frage«, speiste Erik ihn ab. Er musterte noch mal die Runen neben sich, auch wenn ihre Warnung offensichtlich nur eine hohle Phrase war.

»Und nun?«, wollte Tjure wissen. Er sah sich unschlüssig um. Der Pfad windete sich vor ihm zwischen einigen Bäumen und Felsen hindurch, ehe er steil an der Bergflanke in die Höhe stieg. »Sollen wir etwa dort hinaufgehen ...?«

Es war das Letzte, was er in diesem Leben sagte.

Plötzlich raste etwas auf ihn zu.

So schnell, dass Erik und Ivar das Geschoss unmöglich erkennen konnten. Sie sahen lediglich einen goldgelben Schweif, der durch die Luft zischte und heißer als die Sonne war. Gleichzeitig schlug dieses Geschoss mit einer martialischen Wucht in Tjures Brust und zerfetzte so ziemlich alles darin, was sich zwischen seinen Rippen und der Wirbelsäule befand. Brennende Knochensplitter und verkohlte Fleischbrocken spritzten aus der Wunde hervor, und für einen Moment verschwand Tjure komplett unter beißendem Qualm. Dann wurde er meterweit nach hinten geschleudert und blieb im Schnee liegen. Mit offenen Augen. Einem blutüberströmten Gesicht. Sowie einem Krater in der Brust, der erschreckende Ähnlichkeiten mit der Wunde an dem toten Zwerg aufwies.

Erik und Ivar starrten erschüttert auf ihren Kameraden herab, der in der Kälte dampfte und zischte, als wäre er aus einem Ofen gezogen worden. Irgendwann sah Ivar zu Erik herum und öffnete den Mund, um ihm eine Frage zu stellen: *Was war das?* Er kam jedoch nicht mehr dazu.

Denn im nächsten Augenblick starb auch er.

In seine Brust schlug dasselbe glühende Geschoss, das bereits Tjure getroffen hatte. Ivar gab noch einen kurzen gequälten Laut von sich, während er rückwärts durch die Luft flog. Einen Moment später landete er tot neben Tjure im Schnee.

Schock.

Erik stand erschüttert da, ohne anfangs überhaupt zu begreifen, was geschehen war. Sein Herz klopfte wie verrückt, und trotzdem kam es ihm so vor, als wäre alles in ihm zum Stillstand gekommen. *Ivar und Tjure sind tot*, dämmerte es ihm irgendwann. *Sind ermordet worden. Von irgendeinem Fluch der Götter. Und ich bin der nächste.*

Erik geriet nun vollends in Panik. Er warf sich herum und schleuderte noch in der Drehung sein Schwert sowie den Schild davon. Dann floh er den Pfad hinunter.

Ganze fünf Schritte weit, ehe er wieder stoppen musste.

Vor ihm stürzte etwas Grelles, Goldfarbenes aus dem Himmel herab. Erik hob in einem Akt der puren Verzweiflung seine Hände, um sich zu schützen, auch wenn er natürlich wusste, dass es nichts nützte. Dass ihn dieses Geschoss jetzt ebenso in Stücke reißen würde, wie es das mit Ivar und Tjure getan hatte.

Doch er täuschte sich.

Das Geschoss bremste rechtzeitig ab und blieb wenige Meter vor ihm in der Luft hängen. Erik prallte dennoch zurück, als wäre er getroffen worden. Er strauchelte über seine eigenen Stiefel und kippte rücklings in den Schnee. Erst hier erkannte er, was da vor ihm schwebte. Er konnte es nur nicht *glauben.*

Es war ein Stern.

Ein Stern aus dem Himmel von Niflheim. Er maß höchstens einen Meter im Durchmesser, aber er war so unvorstellbar heiß wie eine Supernova.

»*Verschwinde!*«, schrie Erik. Er knetete hastig einen Schneeball zusammen und warf ihn auf den Stern, doch er verdunstete in der Hitze, lange bevor er sein Ziel erreichen konnte. »Hast du nicht gehört? *VERSCHWINDE!*«

Der Stern tat das genaue Gegenteil. Er rückte langsam auf Erik zu und trieb ihn damit stückchenweise nach hinten. Über die Grenzlinie, hinein in den verbotenen Bereich. Eigentlich wollte Erik gar nicht dorthin; wollte nicht so enden wie seine Kameraden, obwohl er es nicht verhindern konnte. Denn der Stern zischte jedes Mal böswillig, sobald Erik zögerte oder zur Seite weichen wollte.

»Es tut mir leid«, stöhnte er. »Verstehst du mich? Es tut mir leid, dass ich die Warnung missachtet habe.«

Der Stern zuckte noch ein bisschen näher auf ihn zu. Weit genug, dass Erik vollends über die Grenze robbte. Hier war Schluss für ihn. Seine Arme und Beine zitterten bloß noch kraftlos umher, und sein

Körper schmerzte von der Hitze und Kälte gleichermaßen. Keuchend brach Erik zusammen und machte sich auf sein Ende gefasst.

»Worauf wartest du?«, rief er. »Tu es endlich! Töte mich!«

Der Stern rührte sich nicht. Er zischte nur unselig.

»Jetzt mach schon!«, kreischte Erik. »Töte ...«

Kratsch!

Hinter ihm fuhr ein Schritt in den Boden.

Erik rollte sich halb herum. Seine Augen waren von dem Stern noch so geblendet, dass es eine ganze Weile dauerte, bis er etwas anderes als Flecken und Schlieren erkennen konnte. Doch dann sah er eine Gestalt, die sich gemächlich, fast würdevoll von den Bergen herab auf ihn zubewegte. Der Schnee ächzte unter ihren Stiefeln, als würde sich ganz Niflheim vor Schmerzen winden, und auch Erik spürte plötzlich einen Impuls durch seinen Körper strömen, der sich wie ein endloser Krampf anfühlte. Trotzdem gelang es ihm irgendwie, sich linkisch in die Höhe zu stemmen. Nebenbei blinzelte er hektisch mit den Augen, um sich endlich eine klare Sicht zu verschaffen. Doch diese Gestalt vor ihm blieb nur ein Schemen in der Dunkelheit. Erik erkannte lediglich, dass sie unweit größer als ein Mensch war. Einen königsblauen Mantel trug. Sowie ein Schwert besaß, das mit ihrem rechten Arm verwachsen war und auffällig im Sternenlicht glänzte, als bestünde seine Klinge aus reiner Helligkeit.

Die Gestalt sah beiläufig auf Ivar und Tjure herab, während sie an den toten Wikingern vorbeiging. Schließlich blieb sie vor Erik stehen und musterte ihn. Mit einer Schärfe, die Erik regelrecht sezierte, um alles – wirklich absolut *alles* – in seinem Inneren freizulegen. Seine Ängste, seine Schwächen, seine intimsten Gedanken. Und insbesondere seine schamlosen Lügen.

Erik ließ die Musterung über sich ergehen. Alles in ihm windete sich noch immer vor Krämpfen, aber er wagte es nicht, in Gegenwart dieser Gestalt einen Ton von sich zu geben oder sie in irgendeiner Weise zu reizen. Denn er war jetzt überzeugt davon, dass er soeben einen Gott von Niflheim gefunden hatte.

»Sei gegrüßt, Sterblicher«, sagte der Allmächtige mit einer Stimme, die freundlich klingen sollte und doch so herrisch war, dass Erik unter ihr halb in die Knie sackte. »Ich habe dich erwartet.«

»Mich?«, fragte Erik verdutzt.

Der Gott nickte. An seinem Kopf blitzte eine Krone auf, die ihm etwas Heiliges, Unschuldiges verlieh, obwohl er es keineswegs war. »Ich wusste, dass du kommen würdest, Erik Thorhallson.«

»Ihr ... Ihr kennt mich?«

»Ich weiß sehr vieles über dich. Was du getan hast. Was du tun wirst. Ja selbst, wovon du träumst«, verriet der Gott ihm. Etwas in seiner Miene änderte sich, wurde abfällig und strafend. »Und ich weiß auch, dass du ein Scharlatan bist.«

Erik blickte unweigerlich zu Ivar und Tjure. »Es ist nicht so, wie es aussieht, Herr. Ich wollte ...«

»*Schweig!*«, gebot der Gott ihm. »Ich bin nicht gekommen, um über dich zu richten. Ich bin hier, weil ich etwas für dich habe.«

Erik konnte seine Neugier nicht verhehlen und sah mit erhobenen Augenbrauen zu dem Gott auf, der dunkel und einschüchternd wie ein Racheengel über ihm thronte. »Und das wäre?«, forschte er.

»Ein Geschenk«, verkündete der Gott feierlich. »Eines, das die ganze Menschheit verändern wird.« Gleichzeitig leuchteten in seinem Gesicht zwei schmale Augen auf und ertränkten Erik in einem blauen, alles verzehrenden Licht.

24 »Kommst du zurecht?«, erkundigte sich Leif.

»Ja, ich denke schon«, beteuerte Haldor ihm, während er sich bemühte, auf seinen wackeligen Beinen zu bleiben. Was alles andere als leicht war. Denn Haldor schleppte einen Holzbalken mit sich, der rund sieben Meter in der Länge maß und annähernd so viel wog wie er selbst. Haldor hatte sich den vorderen Teil des Balkens über die Schulter gelegt; der hintere holperte dagegen über den Boden, womit Haldor ein bisschen wie Jesus wirkte, der sein eigenes Kreuz tragen musste.

Leif hätte ihm die Last ja gerne abgenommen, wenn er nicht selbst so vollbepackt gewesen wäre. Auf seinen Schultern ruhten gleich zwei Balken, die seine Kameraden von dem Wikingerschiff abmontiert hatten – und die Haldor und Leif nun durch den Wald bis zum Strand wuchten sollten. Um das Schiff dort wieder aufzubauen. Statt seinem Bruder also zu helfen, konnte Leif ihn nur ermutigen: »Halte noch ein bisschen durch. Wir sind gleich da. Ich höre bereits die Brandung am Ufer.«

»Willst du ... mich verschaukeln?« Haldor tapste linkisch in eine Vertiefung im Boden und tänzelte mehrmals von einer Seite zur anderen, um sich auszubalancieren. »Das sind gerade mal die ersten Teile. Bis wir das ganze Schiff in Einzelstücken durch den Wald transportiert haben, müssen wir wie oft laufen? Sechzig Mal? Achtzig?«

Wohl eher doppelt so oft, dachte Leif. Ihr Schiff war nicht sonderlich groß, und doch bestand es aus hunderten Planken, Sparren und eben diesen unhandlichen Balken. Mal ganz zu schweigen von der tonnenschweren Ladung, die garantiert auch nicht von selbst zum Strand marschieren würde.

»Ich wünschte, Vater hätte uns eine andere Arbeit zugeteilt«, klagte Haldor.

»Sieh es mal von der guten Seite«, sagte Leif. »Mit dieser Aufgabe entgehen wir wenigstens seinem Geschrei.«

Als hätte er es bestellt, brüllte Thorhall hinter ihnen auf der Lichtung los, um die Männer zu einem höheren Arbeitstempo anzuspornen.

Wenig später erreichten die beiden Brüder den Waldrand und machten sich an den Abstieg zum Strand. Das war der kniffligste Teil ihrer Strecke, weil sie sich auf der steilen, glitschigen Böschung nur allzu leicht die Knochen brechen konnten. Sie mussten ihre Stiefelfersen tief in den Schnee rammen und sich jeden Schritt umständlich ertasten, um einen möglichst sicheren Stand zu finden. Aber die Balken drückten gehörig in ihre Rücken und brachten sie trotz aller Vorsicht ins Rutschen.

»Halte den Balken von deinem Kopf fern«, wies Leif seinen Bruder an. »Wenn das Ding erst mal in Fahrt kommt, wird es dir glatt den Schädel spalten.«

»Glaub mir: Am liebsten würde ich mich auf den Balken setzen und ihn als Schlitten benutzen«, stöhnte Haldor, während er immer öfter von einem Fuß auf den anderen taumelte. »Soll ich dir verraten, woran ich die ganze Zeit denken muss? An das Schiffswrack, das Vater uns gezeigt hat. Und weißt du, was ich mich dabei frage? Ob sich die Zwerge vielleicht deshalb in ihrer Burg umgebracht haben, weil sie hier in Niflheim irgendwas Schreckliches erleben mussten? Etwas, das mit diesem Wesen zu tun hat, von dem sie angegriffen wurden.«

»Du kennst die Antwort wohl besser als ich«, sagte Leif.

Haldor stoppte abrupt und sah zu ihm herum. »Wovon sprichst du?«

Leif erwiderte den Blick seines Bruders. Aufmerksam, fast misstrauisch. »Ich spreche davon, was in der Burg vorgefallen ist. Von dem roten Licht in dem Nebenraum. Und davon, dass du wie paralysiert vor der Wand gestanden hast, als ich zu dir kam.« *Mit einem ebenso roten Funkeln in den Augen*, ergänzte Leif in Gedanken. »Jetzt kannst du es mir ja sagen. Uns hört niemand zu.«

»Was denn sagen?«

»Was hast du damals in dem Raum gesehen?«

»Wie kommst du darauf, dass ich etwas gesehen hätte?«

»Weil ich dich kenne, Haldor. Du hättest dich niemals freiwillig in einen Bereich der Burg gewagt, der gefährlich ist. Das Licht hat dich zu sich gerufen, richtig?« *Komm zu mir!* »Du konntest nichts dagegen tun und bist ihm willenlos gefolgt. Und jetzt sei ehrlich, Haldor: Was hast du in dem Raum gesehen?«

»Gar nichts.«

»Lüg mich nicht an. Als ich nach dir gesucht habe, hat dieses Licht noch in dem Raum geflackert. Du *musst* es gesehen haben.«

»Da war nichts. Ich schwöre es dir.«

»Ist das wirklich die Wahrheit?«

»Selbstverständlich ist sie das.« In Haldors Gesicht machte sich ein gekränkter Ausdruck breit. »Glaubst du etwa, ich würde dich anlügen? Ausgerechnet dich – der einzige Mensch, der zu mir hält?«

Leif umging die Frage. »Und was ist mit deinem Vorschlag, zu den Göttern zu segeln? Um unsere Familien aus dem Jenseits zu holen?«, erkundigte er sich stattdessen.

»Was soll mit dem Vorschlag sein?«

»Wann genau ist er dir in den Sinn gekommen? *Bevor* oder *nachdem* wir unser zerstörtes Dorf gefunden haben?«

»Warum bist du denn auf einmal so argwöhnisch? Willst du mir etwa unterstellen, ich hätte gewusst, was uns zuhause erwartet?«

»Nein«, sagte Leif, obwohl er sich diesbezüglich nicht sicher war. *Überhaupt nicht* sicher. Er konnte nun mal nicht vergessen, wie eigenartig sich Haldor während der Heimfahrt verhalten hatte: In sich gekehrt, apathisch, benommen. Wie jemand, der eine fürchterliche Nachricht erfahren musste und gezwungen wurde, darüber zu schweigen. »Ich habe allerdings den Eindruck, dass du nicht von selbst auf die Idee gekommen bist, zu den Göttern zu reisen. Jemand hat dir davon erzählt; dir vielleicht sogar befohlen, uns diesen Vorschlag zu unterbreiten. War es nicht so?«

»Sei mir nicht böse, Leif. Aber ich fürchte, du spinnst«, erwiderte Haldor. Er rückte seinen Balken auf der Schulter in eine bequemere Position und stiefelte weiter.

Leif sah ihm einen Moment lang nach, bevor er rasch wieder zu seinem Bruder aufholte und ihn am Oberarm festhielt. »Du kannst mir nichts vormachen«, sagte er säuerlich. »Weder mir noch Vater. Irgendwann wird er herausfinden, was du *wirklich* in der Burg erlebt hast – und ich muss dir wohl nicht sagen, welche Strafe dann auf dich wartet.« Er starrte Haldor eindringlich in die Augen. »Jetzt sei ehrlich! Du hast etwas in dem Raum gesehen, richtig? Etwas, das vieles von dem erklären könnte, was hier vorgeht.«

Haldor bemühte sich, Leifs Blick standzuhalten, obwohl dabei in seinem Gesicht gleich mehrere Muskeln zuckten. So wie meistens, wenn er nervös wurde. Er hätte jetzt wohl tatsächlich ein Geständnis abgelegt, doch plötzlich bemerkte er etwas neben sich, das ihm eine willkommene Ablenkung bot.

»He, sieh mal!«, rief er.

Leif ließ sich nicht hetzen. Er bedrängte Haldor noch eine ganze Weile mit seiner strengen Miene, bevor er sich umdrehte. Pünktlich in dem Moment, als eine Welle ein Holzteil an den Strand spülte ... und es sofort wieder hinaus ins Meer zerrte.

»Das ist das Ruderblatt von unserem Schiff«, erkannte Leif. Er ließ seine Balken nach links und rechts in den Schnee fallen und stürmte los, auf die Brandung zu. »Haldor, beeil dich! Wir müssen es aus dem Wasser fischen. Ohne das Blatt wird unser Schiff so manövrierunfähig wie ein Stück Treibgut sein.«

Haldor war nicht allzu versessen darauf, sich nasse Füße zu holen, und darum nahm er seinen Balken viel zögerlicher von der Schulter.

Bis dahin war Leif bereits beim Wasser angelangt. Er dachte nicht daran, seinen Mantel auszuziehen oder wenigstens den Saum nach oben zu krempeln; stattdessen watete er ungehemmt in die Brandung hinein. Die erste Welle riss ihn beinahe von den Füßen, und die zweite war immerhin noch stark genug, dass Leif von ihr weit zurückgeworfen wurde, ehe er auf dem spiegelglatten Eis wieder Halt fand und sich abermals nach vorne stürzte. Denn die dritte Welle spülte ihm das Ruderblatt praktisch direkt in die Hände. Gemessen an dem Wikingerschiff war es nicht mal sonderlich groß – höchstens wie eine Tischplatte –, aber mit den vielen Metallbeschlägen und Haltebolzen, wog das Blatt mehr als ein erwachsener Mann. Das konnte Leif jedoch nicht daran hindern, beherzt zuzupacken und es weit genug aus dem Wasser zu wuchten, dass es nicht mehr davontreiben konnte.

»Leif, warte! Ich bin schon da«, rief Haldor. Er hinkte gerade noch rechtzeitig herbei, um das Ruderblatt den letzten Meter über den Strand zu tragen, bevor Leif es zu Boden sinken ließ. »Oh Mann!«, stöhnte Haldor. »Da haben wir wohl den Fang des Tages gemacht, was?«

Leif äußerte sich nicht dazu.

»Ich habe gar nicht gewusst, dass sich das Ruderblatt von unserem Schiff gelöst hat«, plapperte Haldor munter fort. »Wie auch? Das Schiff steckt schließlich mit dem Heck voran im Schnee. Denkst du,

Vater wird uns dafür belohnen, dass wir es gefunden haben?« Über sein Gesicht rollte ein bitterer Ausdruck. »Falls ja, wird er natürlich nur *dich* belohnen. Mich dagegen wird er ... Leif?« Haldor brach ab, als ihm bewusst wurde, dass er mehr oder weniger ein Selbstgespräch führte. Denn sein Bruder hatte sich noch immer kein Stück gerührt. »Leif, was hast du?«

»Merkwürdig«, raunte Leif.

»Ich verstehe nicht.« Haldor musterte das Ruderblatt. Es hing voller Algen und Muscheln, doch nichts davon wirkte auch nur entfernt merkwürdig. Und so sah Haldor wieder zu seinem Bruder hinauf und schob die Augenbrauen fragend zusammen. »Leif ...?«

»Keine Sorge, mir geht es gut.« Leif befühlte seinen Mantel, der triefend nass vom Meerwasser geworden war. »Was denkst du, wie kalt es in Niflheim ist?«

»Keine Ahnung.« Haldor zuckte die Achseln. »Saukalt, würde ich sagen.«

Leif nickte zustimmend. »Das Wasser ist sogar kalt genug, dass es eigentlich zu Eis erstarren müsste. Und trotzdem kommt es mir so vor, als wäre es wärmer geworden.«

»Wärmer? Das Wasser?«

»Wohl eher diese ganze Welt.« Leif zog seinen Mantel von den Schultern und windete ihn aus. »Normalerweise müsste ich jetzt erbärmlich frieren, aber in Wirklichkeit kommt mir diese Eiseskälte eher wie eine laue Brise vor.«

»Du meinst, es wird Frühling? *In Niflheim?*«, fragte Haldor skeptisch.

»Nein.« Leif beobachtete die Feuchtigkeit auf seinem Mantel dabei, wie sie allmählich gefror und weiße, steinharte Krusten auf dem Stoff bildete. »Ich kann dir garantieren, dass sich die Temperaturen hier kein bisschen verändert haben. Aber unser Kälteempfinden hat es in der letzten Stunde auf jeden Fall.«

»Unser ...?«, stutzte Haldor.

»Dein Mantel«, erklärte Leif seinem Bruder. »Als wir heute Morgen bei dem Zwergenschiff waren, hast du ihn noch bis zum Kragen fest verschlossen. Doch jetzt trägst du ihn so offen, dass dein Wams darunter zu sehen ist.«

Haldor senkte den Kopf und betrachtete seine eigenen Klamotten. Er hob abermals – und fast schon ängstlich – die Augenbrauen, als hätte er wie im Rausch etwas getan, woran er sich nicht mehr erinnern konnte. »Mir ist wohl ein bisschen heiß bei der Arbeit geworden.«

Damit hat das nichts zu tun, dachte Leif. Auch er begutachtete ein zweites Mal seine Kleidungsstücke und wartete noch immer darauf, dass er gleich zu schlottern anfangen würde. So wie gestern, als er an diesem Strand erwacht war. Doch er spürte allenfalls ein leichtes Kribbeln auf der Haut.

»Das verstehe ich nicht«, klagte Haldor. Er wollte seinen Mantel bis oben hin wieder schließen, aber er ließ es bleiben. Weil er sofort darunter zu schwitzen anfing. »Woran liegt das?«

»Ich habe keine Ahnung«, sagte Leif. *Aber welche Ursache unser Wärmegefühl auch hat, es bedeutet sicherlich nichts Gutes. Es ist womöglich nur das erste Symptom von irgendwas, das mit uns geschieht.* Bis gerade eben hatte Leif diese seltsame Energie vergessen, die in allen Ecken und Winkeln dieser Welt schwelte, aber jetzt drängte sie sich wieder unter Hochdruck in seinen Verstand. Und sie schien noch intensiver geworden zu sein und sich mit jedem weiteren Augenblick wie eine schwarze Wurzel durch seinen Körper zu graben. Um sich endgültig und unwiderruflich in ihm zu verankern.

»Woran denkst du?«, fragte Haldor.

Leif hätte ihn natürlich an seinen düsteren Überlegungen teilhaben lassen können. Doch er zog es vor, sie für sich zu behalten. Obwohl er natürlich damit rechnen musste, dass Haldor schon selbst diese Energie bemerkt hatte. Sein Bruder war immerhin kein Dummkopf und besaß überaus empfindliche Sinne.

»Vergiss es«, wiegelte Leif ihn ab. »Wir sollten besser zurück zur Lichtung gehen. Bevor Vater ausrastet, weil wir zu lange trödeln.«

»Das wird er so oder so tun.«

»Mit deinem hellseherischen Talent könntest du glatt ein Druide werden.« Leif schlüpfte zurück in seinen Mantel, ohne ihn zu schließen, und marschierte mit Haldor los. Diesmal wählten die Brüder jedoch eine andere Route, um zu der Lichtung zu gelangen. Sie gingen bis zum Ende des Strands hinunter und folgten von dort aus dem dunklen Pfad durch den Wald. Es war ein Umweg von mindestens vierhundert Metern, aber die Strecke war um einiges flacher und weniger anstrengend. Schließlich mussten Haldor und Leif enorm mit ihren Kräften haushalten. Ein ganzes Schiff durch den Wald zu tragen – ohne dabei regelmäßig etwas essen zu können – brachte selbst den stärksten Wikinger an seine Grenzen.

Nach kürzester Zeit kam die Weggabelung in Sicht.

Der Holzpfahl steckte unverändert in ihrer Mitte.

Und davor lag ...

»*Verdammt!*«, fluchte Leif. Er hielt inne und stürmte nur eine Sekunde später bereits weiter. Geradewegs auf einen leblosen Körper zu, der halb im Schnee versunken war. »Verdammt ... *nein!*« Für einen Moment hoffte Leif inständig, dass er sich irrte; dass ihm seine Erschöpfung nur einen bösen Streich spielte. Aber je näher er dem Mann am Boden kam, desto stärker wurde seine schlimmste Befürchtung zur Gewissheit.

Erik.

Der Mann vor ihm war Erik.

Leif erkannte ihn sofort, obwohl sein Bruder bäuchlings im Schnee lag. Aber seine Kleidung sowie die blonde Mähne waren unverwechselbar und jagten ein kaltes Entsetzen durch Leifs Herz. Denn Erik war über und über mit Blut besudelt. Es hatte sein Haar zu dicken Strähnen zusammengeklebt, durchtränkte sein Kettenhemd, verteilte sich in einem grausigen Muster bis hinab zu seinen Stiefeln.

Leif hielt wenige Schritte vor seinem Bruder abermals inne. Weil er nur allzu gut wusste, was diese horrende Menge Blut bedeutete.

»Bei den Göttern!«, keuchte Haldor hinter ihm. Er schlug die Hände vor den Mund, als würde ihm gleich die Galle mitsamt dem Magen aus der Kehle schießen. »Ist das ...? *Leif, ist das etwa ...?*«

»Ich fürchte es.« Leif überwand endlich seinen Schrecken, kniete sich neben Erik nieder und streckte die Hand aus. Er wollte ihn nicht umdrehen; wollte nicht wissen, welche Verletzungen sein Bruder erlitten hatte. Aber Leif musste sich nun mal der Wahrheit stellen ... und darum wuchtete er ihn letztlich eben doch aus dem Schnee.

Jetzt gab es keinen Zweifel mehr.

Der Mann *war* Erik.

Auch wenn Leif dreimal in sein Gesicht blicken musste, um absolut sicher zu sein. Denn Erik war auch auf der Vorderseite über und über mit Blut bedeckt. Mehr Blut als ein Mann eigentlich besaß. Es schmatzte wie ein zäher Sirup in seiner Kleidung. Zog lange rote Fäden zwischen seinem Oberkörper und dem Boden. Sammelte sich in einer tiefen Lache im Schnee. Teilweise glänzte es sogar wie eine Kriegsbemalung auf seinem Gesicht. Und bei jeder Bewegung sickerten noch mehr Tropfen aus seinem Inneren hervor; so viele, dass Leifs Hand ständig von ihm abrutschte, als würde er einen Fisch festhalten wollen. Irgendwann gelang es ihm endlich, Erik auf den Rücken zu wenden, sodass der Kopf seines Bruders schlaff von einer Seite zur anderen rollte. Wobei ihm ein weiterer Schwall Blut aus dem Mund sprudelte.

Das war eindeutig zu viel für Haldor. Er krümmte sich nach vorne und würgte jetzt wirklich die pure Galle aus seiner Kehle.

Auch Leif spürte ein Zucken in sich. Allerdings war es keine Übelkeit, sondern sein Entsetzen, das immer stärker in seinem Bauch pochte. Denn Erik war furchtbar entstellt. Seine Augen waren zu weißen Blasen aufgequollen, als wären sie von einer unvorstellbaren Hitze gekocht worden. Sein Mund stand offen und dampfte in der Kälte. Und da war noch etwas, das Leif in dem vielen Blut beinahe übersehen hätte: Wunden! Eriks Körper war von mindestens einhundert Wunden durchlöchert, ja regelrecht *perforiert* worden. Alle davon waren gerade mal daumendick und doch absolut tödlich, weil sie in Erik jedes lebenswichtige Organ zerstört hatten.

»Ist er ...?«, stammelte Haldor. Er rieb sich mit dem Handrücken die Galle vom Mund, während er abermals zu Erik schielte. »Leif, nun sag schon! Ist er ...?«

»Ja, er ist tot«, bestätigte Leif, nun etwas gefasster. Um ganz sicherzugehen, legte er seine Finger auf Eriks Schlagader am Hals. Es überraschte ihn kein bisschen, was er dort fühlte, aber es erschütterte ihn dafür umso mehr. Weil ihm allmählich bewusst wurde, welche Folgen das alles für ihn und die anderen hatte.

»Bei den Göttern!« Haldors Gesicht verlor jegliche Farbe. Gleichzeitig krümmte er sich ein zweites Mal nach vorne und übergab sich in den Schnee, obwohl aus seinem Hals bloß noch feuchte Luft blubberte.

Leif untersuchte indes Erik und betastete mehrere Wunden an seiner Brust. Sie waren kreisrund und noch dazu an den Rändern verkohlt. Selbst das Kettenhemd war wie Pergament durchschlagen worden. Danach klapperte Leif alle übrigen Stellen an seinem Bruder ab; die Beine, die Arme, den Gürtel ... ständig auf der Suche nach irgendwelchen Spuren, die ihm mehr darüber verraten konnten, was Erik bei seiner Erkundungstour erlebt hatte. Oder wovon er getötet worden war.

»Sind das Dolchstiche an seinem Körper?«, fragte Haldor.

»Soweit ich das beurteilen kann, nicht.«

»Aber wenn es keine Klinge war ... was hat Erik dann so zugerichtet? Pfeile? Zähne? Krallen?«

»Falls es welche gewesen sind, müssen sie heiß wie ein Schmiedeeisen gewesen sein. Sonst wären seine Wunden nicht so verbrannt«, meinte Leif. »Und jetzt hör auf, Erik anzustarren, bevor du noch ohnmächtig wirst.«

Haldor drehte den Kopf zur Seite, aber Eriks Leiche übte einen so starken Bann auf ihn aus, dass er bereits einen Moment später schon wieder zu ihm sah. Und zwar so lange, bis seine Knie tatsächlich zu beben anfingen, als stünde er bloß noch einen Atemzug von einer Ohnmacht entfernt. »Seine Augen«, murmelte er. »Was ist mit seinen Augen geschehen?«

»Sieh nicht hin, Haldor.«

»Sie wirken, als hätte er in die leibhaftige Hölle geblickt.«

»Sieh nicht hin, verdammt!«

»Unser Bruder ist tot ... einfach tot ...« Haldors Stimme löste sich immer mehr zu einem unverständlichen Gebrabbel auf.

»*Haldor!*« Leif wurde wütend und schlug mit der Faust in den Schnee, um die Aufmerksamkeit seines Bruders zu gewinnen. »Du wirst jetzt zu Vater gehen, hast du verstanden?«

»Vater ...?«

»Hol ihn her. Und beeil dich!«

»Ja ... natürlich.« Haldors Blick verfing sich noch einmal an Eriks aufgequollenen Augen, ehe er davonhumpelte. Er wäre beinahe gegen den Holzpfahl gelaufen, wenn er nicht einen linkischen Haken zur Seite geschlagen hätte. Im Stolpergang hetzte er den hellen Pfad hinunter, der zur Lichtung führte. Nebenbei begann er nach Thorhall zu schreien, obwohl er sich damit nur die Luft zum Atmen raubte. »Vater! *Vater! VATER!*«

Leif sah ihm nach, bis Haldor hinter einer Biegung außer Sicht geriet.

Allein.

Die Einsamkeit und Stille klappten plötzlich wie ein Gebiss um Leif zusammen und ließen ihn nun doch wieder frieren. Wenn auch nicht vor Kälte, sondern weil er sich auf einmal furchtbar schutzlos fühlte. Er konnte gerade noch dem Drang widerstehen, Haldor zu folgen. Stattdessen zwang er sich zur Ruhe, schloss die Augen und massierte sich die Schläfen, hinter denen sich hunderte Emotionen und Gedanken zu einem verheerenden Unwetter zusammenbrauten. *Erik*, fragte er sich immer und immer wieder. *Warum hat es ausgerechnet Erik erwischt?*

Irgendwo raschelte etwas.

Kratsch!

Leif hätte das Geräusch wahrscheinlich überhört, wenn seine Sinne in dieser Stille nicht so angespannt gewesen wären. Er sprengte die Augen auf und musterte die gekrümmten Finger sowie das starre Gesicht seines Bruders. Und während er das tat, strömte eine brühwarme Hoffnung durch seine Brust. *Hat sich Erik gerade bewegt? Geatmet? LEBT ER NOCH?*

Nein, Erik konnte nicht mehr leben. Nicht mit dem hohen Blutverlust – und schon gar nicht mit den vielen Wunden im Leib. Trotzdem hielt dieses eigenartige Rascheln an.

Kratsch!

Jetzt hörte Leif es ganz deutlich. Das Geräusch kam nicht von seinem Bruder, sondern aus dem Wald. Ein leises Gleiten und Kratzen, als würde jemand eine lange Schleppe hinter sich über den Schnee ziehen.

Leif schnellte auf die Beine. Er wollte mit derselben Bewegung nach seiner Axt greifen, aber er hatte sie drüben beim Schiff gelassen. Um nicht ganz wehrlos dazustehen, hätte er wenigstens seinen Dolch ziehen können, aber seine Hand erlahmte auf halber Strecke dorthin.

Denn irgendwas bewegte sich vor ihm im Wald.

Ivar? Tjure?, wollte Leif rufen. *Seid ihr das?*

Sie waren es nicht. Weder sie noch irgendein anderer Mensch. Leif hätte beinahe behauptet, die Dunkelheit selbst wäre im Wald lebendig geworden. Jenseits der Bäume zog nämlich ein riesenhafter Schatten umher, der keinen Anfang und kein Ende besaß und sich zu einer pechschwarzen Wand auftürmte. Aber trotz seiner Größe glitt dieses Ungetüm nahezu schwerelos über den Boden und erzeugte dabei lediglich dieses dezente Rascheln; kaum lauter als ein bisschen Herbstlaub, das vom Wind durch die Gegend geblasen wird.

Kratsch!

Das Wesen hätte Leif in Panik versetzen müssen. Tief in seinem Inneren tat es das auch. Sein Puls jagte ihm wie brennendes Öl in den Kopf, und die Angst ballte sich zu einem Geschwür in seiner Magengrube zusammen. Aber dieses Wesen übte gleichzeitig auch eine lähmende Kraft auf ihn aus, die Leif davon abhielt, jetzt irgendeine Dummheit zu begehen. Statt also den Dolch zu ziehen, zu schreien oder zu fliehen, stand er einfach nur da und beobachtete den Schatten dabei, wie er gemächlich nach Norden glitt.

»Wo ist er?«

»Da vorne ... Vater.«

»Geht das etwas genauer?«

»Bei der Weg ... Weg ...«

»Hör auf, nach Luft zu japsen! Du wirst mir doch nicht den Gefallen tun und jetzt ersticken, oder etwa doch?«

Die Stimmen rissen Leif von dem Wesen los. Er blickte über die Schulter und entdeckte Thorhall, der über den hellen Pfad stürmte. Haldor dackelte wie ein Hund neben seinem Vater her. Auch die übrigen Wikinger hatten ihre Arbeit auf der Lichtung unterbrochen und folgten ihrem Stammesfürsten mit Fackeln und gezückten Waffen. Leif konnte nur mutmaßen, was Haldor ihnen erzählt hatte. Aber offensichtlich war es nicht alles gewesen, denn als die Männer das Blut und die Leiche im Schnee entdeckten, ging durch ihre Körper ein schockierter Ruck.

Thorhall dagegen rannte das letzte Stück bis zur Weggabelung, nur um dort abrupt vor Erik innezuhalten. Zehn Sekunden. Zwanzig. Dreißig. Und während dieser Zeit wartete Leif auf eine Reaktion von seinem Vater. Auf ein Muskelzucken. Auf einen Schrei. Oder gar auf eine Träne. Doch Thorhall stand nur unbewegt da und starrte auf seinen Erstgeborenen herab, als würde er bei dem Anblick nicht das Geringste empfinden. Bei den Wikingern sah das vollkommen anders aus. Sie trafen nacheinander bei der Weggabelung ein und postierten sich in einem Halbkreis hinter Thorhall. Mit Gesichtern, die von Fassungslosigkeit, Verwirrung und schierem Unglauben regelrecht verwüstet waren. Doch keiner wagte es, ein Wort zu sagen, um ihren Stammesfürsten ja nicht in seiner Andacht zu stören.

Irgendwann sah Thorhall zu Leif auf. Seine Augen waren rot gerändert, aber absolut trocken. »Was ist mit ihm geschehen?«, wollte er wissen.

Leif blieb ihm eine Antwort schuldig und sah stattdessen in den Wald zurück. Das Wesen war fort. Einfach so, ohne eine erkennbare Spur zu hinterlassen. *Als wäre es bloß ein Geist.*

»*Leif!*« Thorhall zeigte ungehalten auf Erik. »Was ist mit ihm geschehen?«

Leif schüttelte den Kopf. »Ich weiß so wenig wie du, Vater.«

»Und was ist mit Ivar und Tjure? Wo stecken diese Halunken?«, schrie Thorhall. »Warum haben sie meinen Sohn nicht verteidigt?«

»Das haben sie mit Sicherheit getan. Aber ich fürchte, ihre Klingen haben nicht ausgereicht, um Erik zu schützen. Oder sich selbst.« Leif schielte noch mal in den Wald. Die Dunkelheit zwischen den Bäumen wirkte leer und friedlich, und trotzdem fühlte Leif noch die Gegenwart dieses rätselhaften Wesens dort draußen. Er schüttelte sich. »Ich nehme an, Ivar und Tjure sind bei den Bergen geblieben.« *Als Futter für ein hungriges Ungeheuer.*

Thorhall schwang sich zu den Wikingern herum. »Ihr werdet die beiden suchen«, befahl er ihnen. »Und falls sie noch leben, bringt ihr sie unverzüglich zu mir. Sie werden ihr Versagen mit dem Leben bezahlen, das schwöre ich!«

Arvid, Halvar und Norwin wollten sofort losgehen, aber Leif fing sie mit einer Handbewegung ab.

»Wir sollten nichts überstürzen«, sagte er.

»Nichts überstürzen?«, entrüstete sich Thorhall. Er zeigte erneut auf Erik. »Sieh ihn dir an, Leif. *Sieh ihn dir verflucht noch mal an!* Mein Sohn – dein Bruder – wurde kaltblütig ermordet. Glaubst du, dass ich das einfach so hinnehme? Seine Leibwächter haben versagt, sind feige davongelaufen oder verstecken sich irgendwo. Und sein Mörder treibt sich da draußen herum. Wir müssen den Wald durchkämmen und sie alle jagen!«

»*Jarl!*«, skandierten die Wikinger.

»Jetzt werdet mal wieder vernünftig«, forderte Leif von ihnen. »Ist euch eigentlich klar, was das bedeutet? Wir haben nun den untrüglichen Beweis dafür, dass wir in diesem Wald nicht allein sind. Irgendjemand hat Eriks Leiche hierhergeschleppt. Und wir dürfen zurecht annehmen, dass dieser Jemand es nicht wegen seines schlechten Gewissens getan hat.« Er winkte ebenfalls auf Erik herab. »Das hier ist eine Warnung. Vielleicht auch ein Köder.«

»Ein Köder?«

»Ganz recht, Vater. Jemand will uns dazu bringen, dass wir in den Wald laufen. Womöglich mitten in eine Falle.«

»Erik wurde nicht hierhergeschleppt«, erkannte Grimar. »Es sieht vielmehr so aus, als wäre er von selbst zur Weggabelung gekrochen.« Er nickte auf den Pfad, der zu den Bergen führte.

»Scheiße«, entfuhr es Norwin. »Was ist denn das dort?«

Sein Aufschrei veranlasste die Wikinger dazu, die Köpfe zu wenden. Sie hatten sich alle viel zu sehr auf Erik konzentriert, wodurch sie erst jetzt die vielen Abdrücke und Blutflecken bemerken, die sich in Schlangenlinien über den Pfad zogen. Demnach musste Erik wirklich auf allen vieren bis zur Weggabelung gekrochen sein, bevor er hier tot zusammenbrach.

Und er war nicht allein zurückgekommen.

Etwa zwanzig Meter entfernt lag etwas in der Dunkelheit. Etwas Flaches, Kantiges. Etwas, das wie eine Holzkiste aussah, aber keine war.

Thorhall riss dem erstbesten Mann neben sich die Fackel aus der Hand und ging auf das Objekt zu. Leif bezeigte den Wikingern, dass sie bei der Gabelung bleiben sollten, bevor er sich seinem Vater anschloss. Sie marschierten nebeneinander her. Die Abdrücke und Blutspritzer am Boden beschrieben in jeder Einzelheit, wie mühsam sich Erik durch den Wald gequält hatte, um seinen Kameraden ein Geschenk der Götter zu bringen.

Irgendwann stieß das Fackellicht auf einen Gurt, der im Schnee lag. Erik hatte ihn bis kurz vor Schluss getragen, um seine Last ziehen zu können, denn das Leder glänzte von seinem Blut. Der Gurt selbst war natürlich an dem kastenförmigen Objekt befestigt. Das Fackellicht grub es ebenfalls langsam aus der Dunkelheit ... und enthüllte dabei etwas, das völlig surreal in dieser Landschaft wirkte.

Leif und Thorhall blieben verdutzt stehen.

»Ist es das, was ich denke?«, fragte der Stammesfürst.

»Ja«, nickte Leif, auch wenn er es kaum glauben konnte.

Vor ihnen lag eine Tür.

Sie war aus dunkelbraunem Holz gezimmert, gut zwei Meter lang, anderthalb breit und besaß einen massiven Rahmen, der sie ringsum einfasste. Die Tür selbst war schmucklos, ganz ohne eine Verzierung, aber auch ohne den geringsten Makel. Ihr Holz wies nirgendwo einen Kratzer oder eine leichte Unebenheit auf. Stattdessen war die Tür in jeder Hinsicht *perfekt*. Und genau diese schlichte Eleganz machte sie zu einem wahren Meisterstück, wie es wohl nur die Götter anfertigen konnten. Der einzige markante Punkt an ihr war lediglich der Knauf, der aus einem kupferfarbenen Metall geschmiedet worden war.

Leif fragte sich, was er wohl hinter dieser Tür finden würde, wenn er sie öffnete. *Schnee – oder doch etwas anderes?*

Thorhall schwenkte unterdessen seine Fackel über die Tür, um sie gründlich zu untersuchen. Sie hatte sich mit ihrer Vorderkante tief in den Boden gegraben und den Schnee zu einer Bugwelle aufgeschüttet. Vermutlich war das der Grund, warum Erik sie an dieser Stelle zurücklassen musste.

»Was soll das?«, fauchte Thorhall. »Was hat diese Tür hier zu suchen?«

»Ich habe nicht den blassesten Schimmer.« Leif betrachtete abwechselnd die Tür, die Spuren im Schnee sowie Eriks Leiche und versuchte, ihnen eine Bedeutung beizumessen. Doch er scheiterte auf ganzer Linie daran. »Offenbar wurde Erik mit dieser Tür aus den Bergen zurückgeschickt. Als Zeichen.«

»Als Zeichen wofür?«, fragte Thorhall.

»Dass er die Götter gefunden hat, nehme ich an.«

»Soll mich das etwa beeindrucken? Warum haben diese Heiligen ihm keinen Brief oder eine Truhe voller Gold mitgegeben? Und warum haben sie Erik ermordet? *Warum nur?*« Thorhall warf ebenfalls einen Blick zu der Leiche hinüber. In seinen Augen glänzte etwas, das nun doch einer Träne ähnelte. Eine Träne voller Zorn. »Ich will Blutrache«, sagte er. »Der Tod meines Erstgeborenen muss gesühnt werden. Wenn ich seinen Mörder in die Hände bekomme, wird er qualvoll sterben – egal, ob es nun ein Mensch oder ein Gott ist.«

»Vielleicht sollten wir darum beten, dass es niemals soweit kommt«, merkte Leif an.

»Willst du den Mörder deines Bruders etwa laufen lassen?«

»Ich will vor allem keinen Fehler machen. Solange wir nicht wissen, was Erik zugestoßen ist, müssen wir uns von dem Wald fernhalten. Sonst wird es uns ebenfalls das Leben kosten. In Ordnung, Vater?«

»Sag mir nicht, was ich zu tun habe.«

»Es ist nur ein Ratschlag«, beschwichtigte Leif ihn. »Irgendjemand hat uns eine Botschaft geschickt. Und ich finde, dass wir sie befolgen sollten – auch wenn wir erst ausknobeln müssen, was sie bedeutet.« Er wies bezeichnend auf die Tür.

Eine Tür! Leif konnte es nicht oft genug betonen. *Eine Tür wozu? Um ein Haus zu errichten? Oder irgendwo hinzugelangen?* Leif ahnte, dass er so schnell auf diese Frage keine plausible Antwort erhalten würde. Und trotzdem beschäftigte sie ihn immer mehr und ließ ihn nicht zur Ruhe kommen.

»Jarl!«, rief Baldur von der Weggabelung her. »Was sollen wir jetzt machen?«

Thorhall drehte sich so jäh um, dass der Schnee unter seinen Stiefeln aufspritzte, und stapfte zu den Männern zurück. »Ihr wisst, was wir jetzt machen«, wetterte er. »Mein Sohn ist tot! Er war ein Ehrenmann und tapferer Krieger, und deshalb werden wir ihn standesgemäß bestatten. So wie es die alten Traditionen von uns verlangen.«

»Standesgemäß?«, hakte Isbert nach. »Du meinst, wir sollen ihn verbrennen?«

»Wir können ihn nicht verbrennen«, stellte Leif klar.

Womit er Thorhall noch zorniger machte. »Natürlich können wir. Und wir *werden* es!«

»Dazu haben wir nicht genügend Holz, Vater. Wir benötigen jede einzelne Planke, um unser Schiff zu reparieren.«

»Ja, richtig«, pflichtete Baldur ihm bei. »Und zudem besteht noch die Hoffnung, dass wir Erik eines Tages wiederbeleben können, sobald wir Asgard erreichen. So wie unsere Frauen und Kinder.«

»Hör auf, zu träumen!«, schimpfte Thorhall. »Wir werden niemals nach Asgard gelangen und unsere Familien retten. Verstehst du? *Niemals!* Ebenso wenig, wie wir aus Niflheim fliehen können. Wir sitzen hier bis in alle Ewigkeiten fest – und genau deshalb werden wir das Einzige tun, was wir noch tun können. Was unsere Pflicht ist: Wir müssen Erik einäschern, damit seine Seele nach Walhalla gelangen kann.«

»Aber Thorhall, jetzt begreif doch ...«, erwiderte Baldur.

Thorhall beendete den Protest, indem er Baldur seine Faust ins Gesicht trieb und ihn so brutal nach hinten schmetterte, dass er Grimar und Snorre gleich mit von den Stiefeln riss. Die Männer blieben übereinander liegen und blinzelten zu Thorhall hinauf. Der Jarl stand mit der Fackel über ihnen und starrte vernichtend auf sie herab.

»Ich will keine Widerworte mehr hören«, fauchte er. »Wir werden Erik verbrennen; völlig egal, wie viel Holz wir dafür brauchen. Nehmt meinetwegen diese verdammte Tür oder die leeren Fässer und Kisten aus unserem Lager. *Und nun bewegt eure Ärsche!* In einer Stunde will ich hier ein Feuer sehen, das bis zu den Sternen hinaufreicht.«

Die Wikinger knirschten mürrisch mit den Zähnen und rebellierten stumm gegen seinen Befehl, aber letztlich wagte es keiner mehr, sich mit Thorhall anzulegen. Demütig wandten sie sich um und trotteten zur Lichtung zurück. Auch Baldur, Grimar und Snorre wollten sich aufrichten, doch Thorhall blockte sie ab, indem er einem von ihnen den Stiefel gegen die Brust rammte und sie damit alle drei zurück in den Schnee beförderte.

»Das gilt nicht für euch«, sagte er. »Ihr werdet ab sofort Wache schieben. Grimar und Snorre, ihr geht zum Lager und sichert die Umgebung nach Westen. Baldur, du wirst hier auf der Weggabelung bleiben und den Norden im Auge behalten. Falls ihr etwas Ungewöhnliches bemerken solltet, schlagt sofort Alarm.« Thorhall übte noch mehr Druck auf die Männer aus, um seine nachfolgenden Worte zu unterstreichen. »Und wehe, ihr enttäuscht mich oder wagt es ebenfalls, zu fliehen. Dann werdet ihr zusammen mit Erik brennen – und zwar *lebend*. Das garantiere ich euch.«

25 Für die nächste Stunde geriet Leif in ein Wechselbad der Gefühle. Es gab Momente, in denen er zutiefst betroffen über Eriks Tod war. Es gab Momente, in denen er eine Träne vergoss oder sich in die Faust beißen musste, um seinen Kummer zu unterdrücken. Und es gab fast doppelt so viele Momente, in denen er insgeheim froh war, dass Erik nicht mehr lebte. Leif schämte sich dafür, und trotzdem konnte er nichts an seinen Emotionen ändern. Weil Erik nun mal so cholerisch wie Thorhall gewesen war und ihre Sippe eines Tages in ein großes Unglück gestürzt hätte, sobald er zum neuen Stammesfürsten gekrönt worden wäre. Nun war zumindest diese Sorge gebannt, sodass sich Leif nie wieder damit herumquälen musste. Das alles änderte jedoch nichts an der Tatsache, dass er seinen Bruder, seinen besten Freund und treuesten Gefährten verloren hatte.

Allein deswegen hätte Leif alles dafür tun müssen, um Erik die letzte Ehre zu erweisen. Aber das konnte er nicht, ohne sich und den anderen Männern damit jegliche Lebensgrundlage zu rauben. Schließlich war jede Holzplanke für sie so wertvoll wie die Luft zum Atmen geworden. Hier in der Kälte. Hier in einer Welt, in der es sonst nichts gab, mit dem man ein Feuer entfachen oder das Schiff reparieren konnte. Darum hielt es Leif für unverantwortlich, auch nur ein einziges Stück Holz für einen Toten zu verschwenden. Und er war überzeugt davon, dass Erik das genauso gesehen hätte.

Sein Vater war da vollkommen anderer Meinung. Und leider war sie die einzige, die zählte. Thorhall hatte sich in dem Irrglauben verrannt, dass er Erik nach Walhalla schicken und seinen Tod rächen musste. Und er verfolgte beide Ziele mit fanatischer Entschlossenheit, ohne Rücksicht auf seine Männer zu nehmen.

Eine Weile klammerte sich Leif an die Hoffnung, dass Thorhall bald wieder zur Besinnung kommen würde. So wie nach allen Tobsuchtsanfällen. Aber wenn Leif ganz tief in die Augen seines Vaters blickte, sah er darin etwas Böses, Wahnsinniges heranwachsen. Etwas, das ihm zunehmend den Verstand raubte und womöglich ebenfalls von dieser seltsamen Energie herrührte, die überall in Niflheim schwelte.

Und je öfter sich Leif umsah, desto besorgter musste er feststellen, dass sich diese Verwandlung nicht nur auf Thorhall beschränkte. Auch bei den übrigen Männern entdeckte er immer mehr Anzeichen dafür, dass sich in ihnen etwas Fremdes eingenistet hatte. Noch war es nur ein winziges Samenkorn, das keiner der Männer bemerkte. Und doch grub es schon jetzt seine dunklen Triebe durch ihre Gedanken und sorgte dafür, dass die Männer sich veränderten. Alle hatten mittlerweile ihre Mäntel geöffnet, weil sie in der Eiseskälte kaum mehr froren. Und fast alle benahmen sich deutlich aggressiver, als Leif das von ihnen gewohnt war. Statt sich friedlich miteinander zu unterhalten, schrien sich die Männer immer öfter an oder schubsten sich gegenseitig aus dem Weg. Norwin fällte Isbert mit einem Kinnhaken sogar von den Füßen, als dieser versehentlich eine Holzplanke gegen seinen Rücken stieß. Und Halvar hätte Arvid wegen einer ähnlichen Bagatelle glatt mit einem Hammer erschlagen, wenn er nicht auf dem Eis ausgerutscht wäre.

Der Verfall ihrer Sippe hatte unwiderruflich begonnen und sorgte dafür, dass aus Freunden allmählich Feinde wurden. Und das machte Leif Angst. Mehr als alles andere. Er hatte plötzlich Angst vor seinem Vater. Angst vor seinen Kameraden. Und ganz besonders Angst vor sich selbst. Weil auch in ihm ein finsterer Zwilling heranwuchs, der Leif vielleicht schon bald seinen eigenen Willen aufzwingen würde.

Umso erstaunlicher war es, dass die Männer binnen kürzester Zeit ein Floß errichten konnten. Ein überaus schönes und pompöses sogar. Als Unterbau diente ihnen die ominöse Tür, die Erik aus den Bergen mitgebracht hatte. Mit handwerklichem Geschick konstruierten sie um den Rahmen ein Holzgerippe, das sie im Inneren mit einem Segeltuch auspolsterten – wodurch das Floß wie ein riesiges Vogelnest anmutete. Thorhall bestand überdies darauf, dass sie mehrere Wikingerschilde an dem Rumpf befestigten. Außerdem musste jeder Mann etwas Persönliches von sich opfern und es dem Floß beilegen, damit sich Erik in Walhalla an seine Kameraden erinnern konnte.

Leif hatte diesen Brauch schon früher albern gefunden. Doch jetzt empfand er es als reine Schikane, dass sich die Männer von den einzigen Habseligkeiten trennen mussten, die ihnen aus der Heimat geblieben waren. Thorhall ließ allerdings nicht mit sich verhandeln und gab sich erst zufrieden, als jede Halskette, jeder Ring und die eine oder andere Haarsträhne der Ehefrau in dem Floß verstaut waren. Auch Leif musste ein kleines Taschentuch hergeben, das Majvi ihm zum Hochzeitstag geschenkt hatte, um seinen Vater milde zu stimmen.

Und nun stand es da.

Das Floß ruhte keine zehn Meter vom Wasser entfernt am Strand. Bestückt mit allem, was kuschelig weich war und leicht brennen konnte. Die Wikinger hatten sich daneben in Reih und Glied aufgestellt, um sich von ihrem toten Kameraden zu verabschieden. Halvar hatte sogar notdürftig aus mehreren Holzlatten sowie einem Stück Leder eine Trommel gebaut, um die Trauerzeremonie musikalisch zu untermalen.

Es war alles vorbereitet.

Nur das Wichtigste fehlte noch: Erik.

»Geht und holt ihn«, befahl Thorhall.

»Ja, Vater.« Leif eilte mit Halvar und Norwin los, hinauf zur Lichtung.

Genau genommen war sie seit Neuestem vielmehr ein Friedhof. Die Wikinger hatten alle Leichen aus dem Schiff geholt und sie nebeneinander in den Schnee gebettet, um Platz für ihre Arbeiten zu schaffen. Majvi, Runa und Sven befanden sich ebenso in dieser grausigen Sammlung, wie die Frauen und Kinder aller anderen Männer. Über hundert Körper, die eng in Felle und Tücher verpackt waren und allmählich zu Eisblöcken gefroren.

Auch Erik lag hier für seine letzte Reise bereit.

Haldor war bei ihm geblieben, um ihn zu waschen, seine Haare zu bürsten und ihn frisch einzukleiden. Schließlich sollte Erik einen guten Eindruck machen, wenn er sich in Walhalla zu Odin an den Tisch setzte.

Allerdings war auf der Lichtung nichts so, wie es sein sollte.

Als Leif mit Halvar und Norwin aus dem Wald trat, kniete Haldor über Eriks Leiche und tat irgendwas an ihr. Hektisch und wild, so wie es ein Raubvogel tun würde, der über ein Stück Aas herfällt. Seine Hände rupften und zerrten an Eriks Körper, sodass sich der tote Wikinger unter den gewaltsamen Stößen schüttelte. Immer wieder blitzte dabei ein Metallstück zwischen Haldors Fingern auf, und einmal hätte Leif schwören können, dass unter den Haaren seines jüngeren Bruders ein rotes Licht flackerte. Eines, das Haldor unerbittlich antrieb und seine Hände noch hemmungsloser von einer Seite zur anderen steuerte, wobei sie mit dem Metallstück ein widerliches Kratzen von sich gaben.

Ritsch, Ratsch.

»Galle und Spucke«, flüsterte Norwin. »Was tut er da?«

Leif bedeutete seinen Begleitern, dass sie am Waldrand warten sollten. Er selbst überquerte zügig die Lichtung. Je näher er Haldor jedoch kam, desto stärker erlahmten seine Schritte. Am Ende blieb er hinter seinem Bruder stehen und belauerte ihn aus vier, fünf Metern Entfernung. Sofern es wirklich noch sein Bruder war, der da vor ihm saß. Denn Haldor gab eigenartige Geräusche von sich, die vielleicht ein Gebet oder ein Gesang sein sollten, aber die eher wie das Grunzen eines Tieres klangen. Geräusche, die Leif in ähnlicher Form schon einmal gehört hatte.

Damals, von Gunnar.

Als der Druide sein teuflisches Ritual abhielt.

Die Erinnerung sorgte dafür, dass Leif seine rechte Hand zur Faust ballte. Nur für alle Fälle. »Haldor?«, fragte er.

Sein Bruder stoppte abrupt und lauschte auf die Stimme in seinem Rücken. Lange gönnte er sich jedoch keine Pause. Nach nur einem Atemzug streckte Haldor abermals die Hände vor, um mit seinem Werk fortzufahren. Ein neues Kratzen ertönte – *Ritsch, Ratsch* –, gefolgt von einem weiteren Murmeln, das Haldor von sich gab.

»... muss es tun ... darf nicht warten ...«

»Haldor?«, wiederholte Leif.

Diesmal hielt sein Bruder nicht mehr inne. Im Gegenteil, seine Hand ruckte jetzt so fahrig zur Seite, dass irgendwas von dem Metallstück davonspritzte und genau vor Leifs Stiefeln landete. *Platsch!* Es war Blut. Dickes Blut, in dem winzige Hautfetzen klebten.

Leif war davon so überrascht, dass er weder Ekel noch Entsetzen verspürte. Er musterte den roten Spritzer nur eine fassungslose Sekunde lang, bevor er sich einen Ruck gab und vollends neben Haldor trat.

Er konnte es nicht glauben, was er dort sah.

Haldor hatte Erik nicht etwa neu eingekleidet, sondern bis zu den Knien ausgezogen. Aber damit nicht genug, denn Haldor hatte seinen toten Bruder überdies auch grässlich entstellt. Er hielt einen langen Nagel zwischen den Fingern und ritzte mit ihm tiefe Linien in die Haut, um die einzelnen Wunden an Eriks Körper miteinander zu verbinden. Keiner dieser Schnitte blutete noch nennenswert, und trotzdem glänzte das Fleisch in ihrem Inneren dunkelrot oder gab zuweilen ein feuchtes Schmatzen von sich. Und Haldor war noch lange nicht fertig, Erik in ein schauriges Mosaik zu zerteilen. Gerade rammte er den Nagel wieder in eine Wunde und zog ihn mit roher Kraft auf eine zweite zu, wobei er dieses ekelhafte Kratzen erzeugte.

Ritsch, Ratsch.

Leif starrte auf seine beiden Brüder herab, ohne zu wissen, über welchen er schockierter sein sollte. »Was tust du da?«, keuchte er irgendwann.

»... muss es tun ... darf nicht warten ...«, stammelte Haldor wieder. Seine Augen funkelten dabei zwar nicht rot, aber sie waren ganz matt geworden. Als würde Haldor gerade nur träumen. Trotzdem lenkte er den Nagel präzise von einem Punkt zum anderen, so wie er es früher mit einer Schreibfeder getan hatte. Danach zog er ihn aus Eriks Bauchdecke und wollte ihn sogleich in die nächste Wunde stochern, um sie mit einer anderen zu verbinden.

»Lass das!« Leif zerrte Haldor an der Schulter von Erik fort.

Haldor verlor den Nagel aus der Hand, aber seine Finger folgten trotzdem noch dem Drang, unbedingt eine Linie ziehen zu wollen, sodass sie einen blutigen Strich auf Leifs Hose malten. Was Leif nur noch wütender machte. Er verstärkte seinen Händedruck an Haldors Schulter, bis sie bedenklich knackte. Aber selbst das konnte seinen Bruder nicht zur Besinnung bringen. Haldors Finger zuckten rastlos durch die Gegend, als wären zwanzig, dreißig Dämonen in sie gefahren.

»*Haldor!*«, fauchte Leif. »Komm endlich zu dir!« Er sah sich schon dazu genötigt, seinem Bruder eine Ohrfeige zu geben. Aber dann blinzelte Haldor plötzlich zu ihm hoch. Seine Augen wirkten unverändert matt, fast schläfrig, doch sie füllten sich immerhin wieder mit etwas, das von einem klaren Verstand zeugte.

»Leif ...«, murmelte Haldor. »Gut, dass du da bist.«

»*Gut?* Willst du mich zum Narren halten?« Leif winkte entrüstet auf Erik herab. »Was zur Hölle hast du getan?«

Zuerst hatte es den Anschein, als könnte sich Haldor seine Tat selbst nicht erklären. Über seine Stirn wallten mehrere irritierte Runzeln, und sein Kehlkopf zuckte so heftig, als würde er sich gleich wieder übergeben müssen. Doch dann lächelte er auf einmal. Und zwar so fasziniert wie ein Junge, der gerade eine Abenteuergeschichte gelesen hatte.

»Ich musste es tun«, rechtfertigte er sich. »Wir haben nämlich einen wichtigen Hinweis übersehen.«

»Hinweis?«, hakte Leif nach.

»Die Wunden«, erklärte Haldor. »Ich habe mich die ganze Zeit über gefragt, warum sich Eriks Mörder die Mühe gemacht hat, so viele davon in seinen Körper zu stanzen. Wohl kaum, um ihn zu töten.« Seine Augen schillerten allmählich so sehr vor Faszination, dass sie beinahe doch einen roten Glanz bekamen. »Es ist eine Nachricht, Leif.«

»Eine Nachricht?«

Haldor nickte gewichtig. »Ich habe eine Weile gebraucht, um zu begreifen, wie man sie entschlüsseln kann – und was sie bedeutet.« Er windete sich aus Leifs Griff und robbte zu Erik zurück, um sich erneut über ihn zu beugen. Sein Blick zog von einem Schnitt zum anderen, als könnte er sie wie eine Geheimschrift lesen. »Dabei ist es eigentlich ganz einfach. Diese Wunden sind eine Sternenkarte.«

»Sterne?«

»Ein exaktes Abbild des Himmels von Niflheim. Siehst du diese Anhäufung von sieben Punkten auf Eriks Brust? Und diese drei Löcher an seiner Leiste?« Haldor zeigte auf die entsprechenden Stellen und streckte anschließend die Hand zum Firmament aus. Zu einem Bereich, der nördlich über dem Waldrand lag. »Es sind Fixpunkte, die der Sternenkarte eine feste Position am Himmel zuweisen. Damit wir lernen, worauf wir achten müssen.«

Leif wollte ihm eigentlich gar nicht länger bei seinem sinnlosen Geschwafel zuhören, und dennoch konnte er sich Haldors Erklärung nicht entziehen. Widerwillig sah er zum Horizont hinüber und glich die Sterne dort mit den Wunden an Eriks Körper ab. Er musste zugeben, dass zwischen ihnen durchaus eine frappierende Ähnlichkeit bestand. Und eine unheimliche noch dazu.

»Die Götter von Niflheim wissen, dass wir hier sind«, sagte Haldor. »Und sie versuchen, über die Sterne mit uns zu kommunizieren; uns Anweisungen zu geben.«

»Das kann ich mir nicht vorstellen«, meinte Leif skeptisch.

»Ich versichere dir: Sie tun es.« Haldor ließ sich kurz von dem Sternenlicht berieseln, als würde es ihm etwas zuflüstern. »Ist dir an dem Himmel etwa noch nichts Merkwürdiges aufgefallen?«

»Was soll mir daran aufgefallen sein?«

»Der Mond in Niflheim ändert niemals seine Position, aber die Sternbilder tun es. Sie ziehen gleichmäßig von einem Horizont zum anderen. Wie die Zeilen in einem Buch, verstehst du? Und die Götter haben uns eine Anleitung geschickt, wie wir sie lesen können. Wir müssen die Punkte auf Eriks Körper nur ...«

»Genug jetzt!«, fuhr Leif dazwischen. »Es ist mir völlig egal, was Eriks Wunden bedeuten oder welche Nachricht die Götter uns geschickt haben. Wenn Vater sieht, was du mit seinem Erstgeborenen getan hast, wird er dich vierteilen. *Ist dir das klar?*« Er sah zu Halvar und Norwin hinüber, die artig am Waldrand ausharrten. Die beiden konnten bestimmt nicht jeden Wortlaut von ihm und Haldor hören, aber sie hatten natürlich längst bemerkt, was mit Eriks Leiche geschehen war. Denn auch sie wirkten zutiefst bestürzt.

»Du wirst niemandem von der Nachricht und den Sternen erzählen. Verstanden?«, forderte Leif mit Nachdruck. »Und jetzt hilf mir, Erik für die Bestattung vorzubereiten! Und bete, dass Vater niemals erfährt, dass du ihn verstümmelt hast.«

Leif eilte zu dem Wikingerschiff, um dort nach einer neuen Kleidung für Erik zu suchen. Möglichst nach einem schweren Kettenhemd sowie einem dicken Fellmantel, um seine Schnittwunden zu verbergen. Das Schiff war jedoch leergeräumt, und alle wichtigen Gegenstände befanden sich mittlerweile im Lager. Es hätte zu lange gedauert, dorthinzulaufen, und so hastete Leif zu den anderen Leichen hinüber. Es kam ihm wie ein Frevel vor, sich an ihnen zu bedienen, aber es musste nun mal sein. In rascher Folge zog er zwei, drei Wolldecken von den toten Frauen und kam damit zu Erik zurück.

Haldor hatte unterdessen den Nagel aufgehoben – und wusste nichts Dümmeres, als damit noch mehr Linien in seinen toten Bruder zu ritzen. Was Leif endgültig zur Weißglut brachte. Er sprang auf Haldor zu und stieß ihm das Knie gegen den Oberkörper, sodass Haldor stöhnend in den Schnee kippte. »Willst du heute wirklich sterben?«, zischte Leif. Er kickte Haldor den Nagel aus der Hand und schleuderte ihm gleichzeitig die Wolldecken ins Gesicht. »Jetzt mach dich nützlich und hilf mir, Erik einzupacken. Schnell, beeil dich! Bevor Vater ...«

»*Leif!*«

Es war passiert.

Jetzt, in diesem Moment.

Leif zuckte zusammen und zerbiss einen Fluch auf den Lippen. Auch Haldor jagte der Schreck durch alle Glieder. Wahrscheinlich wurde ihm erst jetzt bewusst, was er getan hatte, denn er zappelte sich panisch auf die Knie und drapierte die Wolldecken über Eriks Körper, auch wenn es für eine derartige Kosmetik zu spät war.

Aus dem Wald platzten schwere, aufgebrachte Schritte hervor.

»*Leif!*«, brüllte Thorhall noch mal. Er rauschte wie ein Axthieb zwischen Halvar und Norwin hindurch und kam wutentbrannt auf seine Söhne zu. »Ist dir der Arsch eingefroren? Warum dauert das so lange? Ich warte am Strand auf euch.«

Leif wollte noch retten, was es zu retten gab. Er zwang ein unschuldiges Lächeln in sein Gesicht und ging los, um seinen Vater abzufangen. Doch Thorhall ließ sich nichts vormachen. Er war inzwischen nahe genug, dass er einen Blick auf Erik erhaschen konnte, und es dauerte nicht mal einen Wimpernschlag, bis ihm auffiel, dass sein Sohn in einem Schlachtfeld aus Blutspritzern und Hautstücken lag. Mehr Spuren brauchte Thorhall nicht, um zu begreifen, dass hier etwas Abscheuliches passiert war.

»Was habt ihr angerichtet?«, grollte er.

»Es ist nicht so, wie du denkst ...«, begann Leif unbeholfen, ehe sein Vater ihn aus dem Weg stieß.

Thorhall stapfte vollends auf Erik zu, riss die Wolldecken beiseite und starrte entgeistert auf das herab, was darunter zum Vorschein kam. Eine Sekunde, fast zwei. Dann fauchte sein Blick zu Haldor herum. Insbesondere zu seinen blutverschmierten Händen, die Thorhall alles bewiesen, was er wissen musste. Seine Augen wurden schwarz. So abgrundtief schwarz, als hätte der Zorn darin zwei bodenlose Gräber geschaufelt.

»Du ...«, knurrte Thorhall. Er zückte einen Dolch aus seinem Gürtel. »Du elendiger Krüppel! *Was hast du getan?*«

Haldor begann zu bibbern. »Lass mich erklären, Vater ...«

»Es gibt nichts zu erklären!« Thorhall stürzte auf ihn zu, packte Haldor am Haarschopf und zerrte ihn von Erik fort. »Ich habe es gleich bei deiner Geburt gewusst, dass es ein Fehler ist, dich leben zu lassen. Wenn es nach mir gegangen wäre, hätte ich dich noch mit der Nabelschnur im Meer ertränkt. Du kannst dich bei deiner Mutter bedanken, dass es nicht dazu gekommen ist. Aber – bei Odin und allen Heiligen von Asgard! – nun werde ich diesen Fehler wiedergutmachen!«

»Bitte tu es nicht, Vater«, winselte Haldor. Er strampelte mit den Beinen durch den Schnee und fingerte an seinen Haaren herum, doch ihm gelang es nicht, sich zu befreien. »Ich musste es tun. Die Götter ... sie haben uns eine Botschaft geschickt ...«

Thorhall interessierte sich nicht für sein Gebrabbel. Stattdessen zerrte er Haldor geradewegs auf das Schiff zu. Genauer gesagt zu einem Sparren, der dort wie ein offener Knochenbruch aus dem Rumpf ragte und groß genug war, um einen Taugenichts ans Holz zu nageln. »Wie konntest du es wagen, Eriks Leiche zu schänden?«, tobte er unterdessen weiter. »Erik ist im Tode noch tausendmal mehr wert, als du es in diesem Leben jemals sein wirst. Aber keine Sorge. Ich werde deinem unwürdigen Dasein jetzt ein Ende bereiten.«

»Vater, hör mir zu ... bitte, hör mir nur einen Augenblick lang zu ...«

Thorhall hatte ihm lange genug zugehört. Fast dreißig Jahre – und jeder einzelne Tag davon war für ihn die reinste Beleidigung gewesen. Deshalb zögerte er nun kein bisschen, Haldor mit dem Rücken so brutal gegen den Sparren zu rammen, dass das gesamte Wrack darunter erzitterte. Gleichzeitig holte er mit dem Dolch aus.

»Eine Nachricht, Vater!«, keuchte Haldor. Er reckte beide Hände schützend nach vorne, obwohl er mit ihnen natürlich niemals die Klinge von sich abwehren konnte. »Verstehst du? Die Wunden ... die Sterne ... sind Runen. Wenn man sie in einer bestimmten Reihenfolge liest, ergeben sie Wörter ... Sätze ... eine Anweisung der Götter. Das ist wie bei den Aufzeichnungen von Hipparchos, einem Astronom, von dem ich zuhause gelesen habe ...«

»*Schweig endlich!*«, zürnte Thorhall. Dann stach er zu.

»Er hat recht«, meldete sich Leif plötzlich.

Er sprach nicht einmal sonderlich laut, und doch wohnte seiner Stimme eine Härte inne, die Thorhalls Hand abrupt stoppte. Wenn auch nur wenige Zentimeter, bevor sein Dolch durch Haldors Brust gedrungen wäre.

Thorhall sah übellaunig herum.

Leif war neben Erik zu Boden gesunken und studierte die Schnitte in seiner Haut. Er hatte sie natürlich schon vorhin betrachtet, ohne jedoch ihre Bedeutung zu erkennen. Jetzt fügten sich die roten Linien allerdings zu einem klaren Bild vor seinen Augen zusammen. Eines, das ihn ebenso faszinierte wie Haldor. *Runen, natürlich!* Eriks Körper war über und über mit Schriftzeichen bedeckt, die sich von seinem Hals bis hinunter zum Schambereich zogen und in der Tat irgendeine Nachricht enthielten.

Eine, die Leif allerdings kaum entziffern konnte. Das Runen-Alphabet besaß zwar nur sechzehn Buchstaben, doch es gab keine festen Regeln, in welcher Reihenfolge sie geschrieben werden mussten. Viele Zeichen waren deshalb bunt miteinander vermischt oder standen gar auf dem Kopf, und nicht immer machten sie einen Sinn, wenn man sie stur in einer Linie zu lesen versuchte. Es gehörte eine Menge Übung dazu, um sie richtig interpretieren zu können. Leif musste gestehen, dass er diese Übung nicht besaß. Weder er noch sonst jemand in ihrer Sippe. Bis auf Haldor. Für ihn waren Runen das, was Hämmer und Sägen für seine Kameraden darstellten: nämlich Werkzeuge, die er blind beherrschte. Und genau die hatte er hier geschickt eingesetzt, um etwas zu entschlüsseln, was sonst für immer unentdeckt geblieben wäre.

Selbst Thorhall wurde auf einmal von der Neugier gepackt. Er ließ seinen Sohn los und ging zu Erik zurück, um die Linien genauer zu begutachten. Sein Zorn änderte sich dadurch kein bisschen, und doch begriff er recht schnell, dass er gerade beinahe den einzigen Menschen getötet hätte, der diese Runen entziffern konnte.

»Haldor, komm her und mach dein verdammtes Maul auf!«, forderte er. »Was steht da?«

Haldor kroch auf allen vieren durch den Schnee und beugte sich abermals über Erik. Sein Gesicht war ganz blass von der Todesangst geworden, und seine Gliedmaßen zitterten so enorm, dass er sich kaum aufrechthalten konnte. Sobald er jedoch die ersten Runen las, befiel ihn wieder eine eigenartige Ruhe. Fast so, als würde jedes Zeichen einen faulen Zauber in ihm bewirken. »Die Götter haben geschrieben: *Seid gegrüßt, Sterbliche. Wir heißen euch in unserem Reich willkommen. Ihr steht unter der Gnade von Tyr, dem Göttlichen.*«

»Gnade?«, raunzte Thorhall. »Ist das alles?«

»Nein, hier steht noch mehr.« Haldor war mit seinem Zeigefinger jeder Rune gefolgt, die er vorgelesen hatte. Nun richtete er ihn auf mehrere Buchstaben an Eriks Unterleib, die wesentlich kleiner, aber deswegen nicht weniger bedeutungsvoll waren. »Die Götter von Niflheim bieten uns ihre Hilfe an – sofern wir bereit sind, eine Gegenleistung für sie zu erbringen.«

»Welche Hilfe?«, wollte Thorhall wissen.

»Welche Gegenleistung?«, fragte Leif im selben Moment.

Inzwischen standen sie längst nicht mehr allein auf der Lichtung. Halvar und Norwin hatten sich Stück für Stück nähergeschlichen, um sie zu belauschen. Auch die anderen Männer stießen allmählich vom Strand zu ihnen und umkreisten Thorhall und seine Söhne. Sie wirkten natürlich alle erschüttert, als sie Eriks Verstümmelungen sahen, und doch achtete kaum jemand wirklich auf die Wunden. Stattdessen hingen sie wie gebannt an Haldors Lippen und schenkten ihm ihre volle Aufmerksamkeit.

»Die Götter wollen, dass wir einen Opferplatz für sie bauen«, berichtete Haldor ihnen. Er fischte den Nagel aus dem Schnee und verband mit ihm die letzten Wunden an Eriks Körper mit mehreren Linien.

Niemand hinderte ihn daran.

Selbst Thorhall wohnte diesem barbarischen Akt reglos bei und beobachtete, wie mit jedem neuen Schnitt weitere Zeichen auf der Haut zutage kamen. *Ritsch, Ratsch.* Irgendwann war Haldor fertig. Er legte den Nagel beiseite und studierte flüchtig die letzten Runen. Sie gaben ihm offenbar eine genaue Anweisung, was die Götter von ihnen verlangten. Denn Haldor begann sofort, mit den Händen kleine Objekte aus dem Schnee zu formen.

»Wir sollen Monolithen aus einem Felsen meißeln«, las er vor. »Acht Stück an der Zahl. Ein jeder muss vier Meter hoch und zwei breit sein. Anschließend müssen wir sie zu einem Kreis aufstellen und die Tür an seine Stirnseite postieren.« Nebenbei knetete er aus dem Schnee acht Quader sowie eine winzige Tür und ordnete sie auf dem Boden zu einem Modell an, um den Befehl der Götter zu veranschaulichen. »In der Mitte sollen wir einen Steintisch errichten. Drei Meter im Durchmesser, kreisrund, mit glatter Oberfläche.« Haldor platzierte auch davon eine Miniatur in sein Modell.

Zuletzt sah er mit leuchtenden Augen auf.

Die Männer starrten verdutzt zu ihm zurück.

»Ein Opferplatz?«, fragte Norwin. »Wofür?«

Haldor hatte sich diesen Teil der Nachricht wohl absichtlich bis zum Schluss aufgespart. Quasi als Appetithäppchen, um seinen Kameraden die Anweisung der Götter schmackhaft zu machen. Er tippte auf die letzten Runen, die schräg über Eriks Hüfte geschrieben waren. Runen, die selbst Leif lesen konnte, und die eine Hoffnung in seinem Herzen entfachten, an die er schon seit Wochen nicht mehr glaubte.

»Das hier bedeutet *Familie*«, verriet Haldor seinen Kameraden. Er hielt für einen andächtigen Moment inne und las noch mal alle Runen, die sich vor ihm ausbreiteten. »Wenn ich den Text richtig deute, werden die Götter unsere Familien wiederbeleben.«

»Sofern wir bereit sind, für sie den Opferplatz zu errichten«, merkte Leif an.

»Genau das ist ihre Bedingung, ja.« Haldor blinzelte zu Thorhall hinauf und warb bei ihm um neues Vertrauen. »Siehst du, Vater? Ich hatte recht. Ich musste Eriks Leiche schänden, sonst wäre diese Nachricht für immer verloren gewesen.«

Thorhall widerstrebte es zutiefst, ihm zuzustimmen. Aber am Ende blieb ihm nichts anderes übrig, als Haldors Behauptung mit einem Nicken abzusegnen. »Ich werde dein Leben noch mal verschonen. Aber wage es ja nie wieder, etwas Derartiges anzurichten. Hast du gehört? *Nie wieder!*«, zischte er. Sein Kopf ruckte zu den Wikingern herum. »Und nun tut, was die Götter von uns verlangen.«

»Aber Thorhall«, erwiderte Isbert. »Was ist mit der Bestattung? Wir haben uns so viel Mühe mit dem Floß gegeben ...«

»Vergesst die Bestattung«, entschied Thorhall. »Ihr habt doch die Nachricht der Götter gehört. Wenn wir diesen Opferplatz für sie bauen, bekommt ihr eure Familien zurück – und ich meinen Erstgeborenen. Also geht los und sucht nach Felsenbrocken, aus denen wir die Monolithen meißeln können. Und haltet Ausschau nach einer Stelle, die für einen solchen Platz geeignet wäre. *Vorwärts!*«

26 Es war schon erstaunlich, wie rasch sich die Dinge manchmal ändern konnten. Noch vor wenigen Minuten waren die Wikinger so aggressiv gewesen, dass sie jederzeit einen Kameraden verletzt oder gar getötet hätten. Aber nun machte sich unter ihnen eine Euphorie breit, die nicht weniger gefährlich war. Denn die Aussicht, bald wieder ihre Kinder in die Arme schließen und ihre Frauen küssen zu dürfen, berauschte die Männer von Kopf bis Fuß. Und so befolgten sie blind die Anweisung der Götter, ohne sie für einen Moment zu hinterfragen. Stattdessen schwärmten sie übereifrig in alle Richtungen aus, um zu tun, was ihnen die Herrscher von Niflheim aufgetragen hatten.

Leif erging es kein bisschen anders, obwohl er der Einzige war, dem diese Sache misshagte. Schließlich wusste er aus vielen Erzählungen, dass die nordischen Götter kriegerisch und hinterlistig waren. Und zudem klang es nur logisch, dass sie sicherlich noch weit mehr fordern würden, um die Toten aus dem Jenseits zu holen. Mehr als nur eine Opferstätte oder blinden Gehorsam. Aber – *verdammt!* – hier ging es immerhin auch um Leifs Familie. Um Majvi. Um Runa. Um Sven. Wenn es also eine Chance gab, sie zu retten, dann war selbst Leif bereit, jeden Preis dafür zu bezahlen. Wirklich absolut *jeden*. Sogar seine Seele, wenn es sein musste.

Deshalb nahm er seine Streitaxt zur Hand und zog ebenfalls los, um nach einem geeigneten Opferplatz zu suchen. Eigentlich wollte er das zusammen mit Haldor tun, aber sein Bruder hatte bereits die Lichtung verlassen und war allein nach Norden gegangen.

Leif beschloss, ihm zu folgen.

Zunächst erweckte Haldor den Eindruck, als würde er sich im Nachtlager verkriechen wollen. Doch als er die Weggabelung erreichte, duckte er sich zwischen die Bäume und kämpfte sich quer durch den Wald. Über Stock und Stein, unter scharfkantigen Ästen hindurch, vorbei an tiefen Erdspalten. Mit seiner Behinderung musste er sich besonders anstrengen, um in dem unwegsamen Gelände voranzukommen. Und sein Klumpfuß war es auch, der stets eine markante Spur in den Schnee ritzte: Nämlich eine fast endlos lange Kerbe, die seinen Weg nachzeichnete. Eine Spur, die Leif unmöglich verlieren konnte.

Aus diesem Grund ließ er sich anfangs weit zurückfallen und nutzte jede Deckung, um Haldor hinterherzuschleichen. Immer wieder legte sein Bruder eine Pause ein und sah sich argwöhnisch um, allerdings ohne Leif zu entdecken. Und jedes Mal hinkte Haldor zielstrebig weiter, in einem geradlinigen Kurs durch den Wald. Als gäbe es dort draußen irgendwas, das ihn magnetisch anzog.

Leif hielt sich noch so lange versteckt, bis sie sich mehrere hundert Meter weit von ihren Kameraden entfernt hatten. Dann pirschte er sich an seinen Bruder heran und trat urplötzlich neben ihn. Haldor drehte sich zu ihm um, aber er wirkte dabei keineswegs so erschrocken, wie Leif es erwartet hatte.

»Kannst du mir mal verraten, was du hier machst?«, fragte er.

»Einen Opferplatz suchen, natürlich«, antwortete Haldor.

»Ich bezweifle, dass du ihn suchen musst.«

»Was soll das nun schon wieder bedeuten?«

»Du weißt genau, wo wir diesen Platz finden werden. Stimmt's?« Leif starrte Haldor eindringlich an, obwohl er in der Dunkelheit bloß einen Schemen von ihm sehen konnte. »Noch bis gestern hättest du dir in die Hosen gemacht, wenn du allein durch diesen Wald gegangen wärst. Aber nun streunst du hier völlig bedenkenlos durch die Gegend. Findest du das nicht merkwürdig?«

»Ich habe mir schon gedacht, dass du mir folgst. Also was soll mir da schon passieren?«

»Lenk nicht vom Thema ab«, ermahnte Leif ihn. »Es muss einen guten Grund geben, weshalb du ausgerechnet hier entlanggehst. Also, was werden wir dort vorne finden?«

»Ich kann es dir nicht genau sagen«, meinte Haldor ausweichend. »Manche Runen sind selbst für mich schwer zu entziffern. Ich habe lediglich einen Hinweis gefunden, dass wir im Norden nach einer geeigneten Stelle suchen sollen, mehr nicht. Um den Opferplatz möglichst nahe bei den Göttern zu errichten.«

»Warum hast du das nicht schon vorhin auf der Lichtung erwähnt?«

»Weil ich mir nicht sicher war. Es hätte mich meine Glaubwürdigkeit gekostet, wenn ich unsere Kameraden in die falsche Richtung geschickt hätte.« Haldor nickte in den Wald hinaus. »Ich möchte die Sache erst überprüfen, bevor ich Vater und den anderen Bescheid gebe.«

Leif hätte sich mit dieser Erklärung abfinden können. Immerhin klang sie plausibel, und zudem sagte ihm ein Instinkt, dass er sich hier draußen besser jedes unnötige Wort verkneifen sollte. Aber er konnte einfach nicht stillbleiben. Denn sein Misstrauen war geweckt und rumorte immer stärker in ihm. »Und was hast du sonst noch aus den Runen erfahren?«, erkundigte er sich.

»Sonst noch?«

»Mir ist aufgefallen, dass es einige Zeichen an Erik gab, die du uns verschwiegen hast.«

»Ich habe sie nicht verschwiegen, sondern weggelassen, weil sie nur unbedeutende Phrasen sind. Die Götter benutzen einen überaus alten, komplizierten Dialekt. Ich musste ihn ein bisschen vereinfachen, sonst hätten unsere Kameraden kein Wort davon verstanden.« Haldor spürte wohl, dass er Leif damit nicht überzeugen konnte, und darum merkte er noch schnippisch an: »Du kannst die Zeichen ja selbst lesen, wenn du mir nicht glaubst.«

»Das würde ich gerne – wenn du sie nicht unkenntlich gemacht hättest.«

»Unkenntlich?«

»Einige Runen in Eriks Haut wurden zerkratzt. Fast so, als wolltest du sie vor uns verbergen.«

»Ich bin mit dem Nagel abgerutscht.«

»Ist das dein Ernst?«

»Worauf willst du eigentlich hinaus?«, fragte Haldor. »Denkst du, mir ist es leichtgefallen, was ich getan habe? Dass es mir Spaß gemacht hat, Erik derart zuzurichten? Er hat mich mein Leben lang schikaniert und verspottet, aber du darfst mir glauben, dass ich ihm niemals den Tod gewünscht habe. Oder dass ich mich an ihm rächen wollte.« Haldor blieb stehen und fasste beleidigt bei Leif nach: »Was hätte ich denn sonst tun sollen? Ich musste die Runen in Eriks Haut schneiden, um sie sichtbar zu machen. Vater hätte mir niemals geglaubt, wenn ich ihm nur davon erzählt hätte – und Erik würde jetzt brennend auf dem Floß über das Meer treiben.«

»Du hast ganz schön viel riskiert. Und beinahe wärst du dabei gestorben.«

»Ich bin schon vor langer Zeit gestorben, Leif. Wenn ich es recht bedenke, habe ich niemals wirklich gelebt. Ich bin nur ein Geist in unserer Sippe«, sagte Haldor bekümmert. »Letztlich mache ich das alles hier nur für euch. Mir könnte es egal sein, ob ihr eure Frauen und Kinder zurückbekommt. Denn ich werde in jedem Fall alleinbleiben, weil sich niemand für mich interessiert. Also welches Motiv hätte ich überhaupt, dir etwas zu verheimlichen? Oder dich und die anderen zu hintergehen?«

»Wohl keines«, musste Leif zugeben. »Trotzdem solltest du dich vorsehen. Nach allem, was du getan hast, wird Vater dir keinen einzigen Fehltritt mehr verzeihen. Oder eine Lüge.« Er rückte näher an

Haldor heran. »Und nun sei ehrlich: Gibt es irgendwas, das ich von der Nachricht noch wissen sollte?«

Haldor erwiderte seinen Blick. Mit einem Gesicht, das in der Dunkelheit so fremdartig wirkte, als stünde jemand ganz anderes vor ihm. Jemand, der längst nicht mehr so harmlos und unschuldig wie ein Bücherwurm war. »Du willst die Wahrheit wissen?«, sagte Haldor trotzig. »Von mir aus. Die Götter haben uns davor gewarnt, sich ihnen zu widersetzen. Sonst werden sie uns bestrafen.«

»Und das soll ich dir glauben?«

»Du kennst die Götter, Leif. Sie werden uns alle vernichten, wenn wir ihnen nicht gehorchen.« Haldor leckte sich über seine spröden Lippen, um eine kurze Bedenkzeit zu gewinnen. »Ich habe dir und den anderen diese Warnung allerdings nicht verschwiegen, um euch zu schützen.«

»Sondern?«

»Hast du gesehen, wie streitlustig unsere Kameraden geworden sind?« Haldor musste nicht auf eine Antwort warten. Er kannte sie bereits, und darum fuhr er nahtlos fort: »Ich wollte verhindern, dass sich ihre gereizte Stimmung noch mehr zuspitzt. Deshalb möchte ich schnellstens den Opferplatz errichten. Je früher die Männer ihre Familien zurückbekommen, desto geringer ist die Gefahr, dass einer von ihnen die Nerven verliert.« Jetzt war es Haldor, der etwas näher an Leif heranrückte. Seine Augen blitzten herausfordernd. »Das wäre doch in deinem Sinne, oder?«

Es gab für Leif nur eine Antwort, die er seinem Bruder geben konnte: »Ja.«

Haldor nickte. »Dann lass uns eine Stelle für den Opferplatz finden. Sie kann nicht mehr weit entfernt sein.«

Er wandte sich um und wollte loslaufen, doch im selben Moment ertönte irgendwo ein Rascheln.

Kratsch!

Haldor sah perplex auf seine Stiefel herab.

Leif ahnte, worüber sich sein Bruder wunderte, und schüttelte den Kopf. *Nein, das Geräusch kam nicht von dir.* Anschließend wandte er sich um und durchforstete die Dunkelheit. *Und es kam auch nicht von einem unserer Kameraden.*

Trotzdem bewegte sich etwas zwischen den Bäumen.

Ein Wesen, das wie eine schwarze Wand durch den Wald glitt und dabei dieses leise, kaum wahrnehmbare Rascheln erzeugte.

Für Leif war das keineswegs ein neuer Anblick. Und dennoch übte dieses Wesen die gleiche Angst und Faszination auf ihn aus wie vorhin, als er es bei der Weggabelung das erste Mal entdeckt hatte.

»Was ist das?«, wisperte Haldor.

»Solltest du das nicht am besten wissen? Wer von uns hat denn alles über Niflheim gelesen?«, sagte Leif in derselben gedämpften Lautstärke. Er schüttelte den Kopf, als Haldor etwas erwidern wollte. »Ich habe keine Ahnung, was dieses Ding ist. Aber wir sollten uns davon fernhalten.«

Ohne das Wesen aus den Augen zu lassen, berührte er Haldor am Arm und signalisierte seinem Bruder, dass er ihm folgen sollte. Danach drehte sich Leif um ... und stoppte jäh.

Auch hinter ihnen war die Dunkelheit lebendiger, als sie sein sollte. Sie strich so sanft wie ein Luftzug, aber so undurchdringlich wie eine Lawine zwischen den Bäumen hindurch und zog dabei immer engere Kreise um die Brüder. Denn sie kam näher. Nicht allzu schnell und auch nicht sonderlich weit, und trotzdem so unerbittlich, dass von ihr eine enorme Bedrohung ausging.

Haldor sah fieberhaft nach vorne und hinten, um einen Fluchtweg ausfindig zu machen. Es gab keinen. Dieses Wesen hatte sich zu einem Ring um sie geschlossen und bewegte sich rastlos im Kreis, während es sich bei jeder Drehung noch enger zusammenzog. Vielleicht so eng, bis es die Brüder irgendwann mit seiner Leibesmasse zerquetschen würde.

Haldor setzte zu einem Schrei an, doch Leif ließ es nicht zu. Er schüttelte abermals den Kopf – *sei still!* – und drückte Haldor schützend hinter sich. Natürlich wusste er, dass er seinen Bruder nicht wirklich schützen konnte, zumal dieses Wesen einfach *überall* war. Es schien weder Kopf noch Schwanz zu besitzen, weder Krallen noch Zähne, sondern war einfach nur ein endloses Nichts, das Stück für Stück näherkam. Noch zehn, elf Meter ... und es war hier.

»Was sollen wir tun?«, flüsterte Haldor. Er drehte sich noch immer hektisch von einer Seite zur anderen, sodass er sich beinahe selbst aus dem Gleichgewicht brachte. »Um Hilfe rufen?«

Nein, das wäre sinnlos, wusste Leif. Bis die anderen Männer hier waren, würde es zu spät sein. Und außerdem würden ihre Kameraden vermutlich ohnehin nicht ausreichen, um dieses Wesen zu töten oder es in die Flucht zu schlagen.

Es war jetzt nahe genug, dass Leif vereinzelt etwas an ihm erkennen konnte. An seinem Körper funkelten Schuppen im Mondlicht, die sich wellenförmig bewegten. Und manchmal kam es Leif so vor, als könnte er den Herzschlag dieses Ungetüms hören. Ein Herz, das die Größe eines Ochsen haben musste, und dessen Puls wie ein Erdbeben durch diesen gigantischen Körper strömte.

»*Leif!*«, meldete sich Haldor noch mal. Seine Stimme blieb nur ein Flüstern, aber sie war mit so viel Angst beladen, dass sie trotzdem ohrenbetäubend laut klang. »Nun sag schon! Was sollen wir tun?«

»Du wirst dich bereithalten«, wies Leif ihn an.

»Bereithalten? Wofür?«

»Um loszulaufen, wenn ich es dir sage.«

»Laufen? Du machst wohl Scherze! Ich habe einen Klumpfuß und kann ...«

»Du wirst trotzdem gleich so schnell laufen, wie du kannst.«

Haldor belauerte nervös seinen Bruder. »Was hast du vor?«

Leif hatte keine Zeit, ihm alles ausführlich zu erklären. Wenn er Haldor noch eine winzige Chance zum Überleben verschaffen wollte, musste er sich beeilen. Er beschwichtigte ihn deshalb mit einer knappen Geste, dann ballte er seine Hände um die Streitaxt zusammen und stapfte wagemutig auf das Wesen zu.

Haldor keuchte hinter ihm. »Bleib hier! *Das ist Wahnsinn!*«

Oh, es war erheblich mehr als das.

Wenn Leif es sich recht überlegte, war es glatter Selbstmord. Trotzdem wich er kein bisschen zurück, sondern stemmte die Axt zu einer Angriffspose nach oben. Sein heißer Atem dampfte in der Kälte und raubte ihm teilweise die Sicht, und sein Herz trommelte ebenso wuchtig wie das des Wesens. Eigentlich hätte er sich von da an die Heimlichtuerei sparen können, und dennoch verhielt er sich möglichst leise, während er sich bis auf Schlagdistanz an das Monstrum herantastete.

Es befand sich jetzt unmittelbar vor ihm.

Ein Körper, der so rund und massiv wie der eines Walfisches war. Und auch so finster, dass er selbst aus der Nähe beinahe unsichtbar gewirkt hätte, wenn da nicht diese großen Schuppen gewesen wären. Sie glänzten vereinzelt wie Perlmutt im Mondlicht, während sie sich unablässig dehnten und zusammenzogen, um dieses Wesen von der Stelle zu bewegen.

Leif stemmte seine Axt noch höher und sammelte Kraft für einen ersten Schlag.

»Jetzt, Haldor!«, rief er über die Schulter. »*Lauf!*«

Gleichzeitig stieß er seine Waffe vor.

Die Klinge zerhackte die Schuppen, drang in den Leib des Wesens ein und blieb in seinem Fleisch stecken. Jedenfalls hätte Leif es so erwartet. In Wahrheit glitt die Axt nur ins Leere und entwickelte dabei so viel Schwung, dass Leif von ihr nach vorne gerissen wurde. Er ließ seine Waffe intuitiv los und streckte beide Hände aus, um sich irgendwo festzuhalten. Aber da kam nichts! Nichts als die Dunkelheit, und so stolperte Leif immer weiter und weiter durch den Schnee ... bis der Boden urplötzlich unter ihm aufhörte.

Leif geriet in Panik und zappelte mit allen Gliedmaßen, um seinen Sturz zu verhindern. Zu spät. Die Schwerkraft saugte ihn unerbittlich in die Tiefe. Er hätte wohl geschrien oder wenigstens geflucht, aber kurz bevor er irgendwas davon tun konnte, landete er auch schon mit dem Rücken auf dem Boden und prellte sich dabei jeden einzelnen Knochen.

Stöhnend rollte er sich herum und blinzelte durch die Gegend. Soweit er das beurteilen konnte, lag er in einer Grube, die sich mitten durch den Wald zog. Auf den ersten Blick hätte sie ein ausgetrocknetes Bachbett sein können, aber das war sie nicht. Dafür wirkte sie viel zu gleichmäßig. Sie hatte einen Durchmesser von ziemlich genau vier Metern sowie eine halbrunde Form. Und noch etwas war an ihr ungewöhnlich: Diese Grube konnte keine paar Sekunden alt sein. Der Schnee in ihrem Inneren knackte leise, weil er von einem hohen Gewicht zusammengepresst worden war, und alle Äste in der Nähe wippten auf und ab, als wäre ein Orkan durch sie hindurchgerauscht.

Eine Spur, dämmerte es Leif. *Diese Grube ist eine Spur von dem Wesen, das hier über den Boden gekrochen sein muss.*

Der Gedanke katapultierte ihn zurück auf die Beine.

Er packte sofort seine Axt, die neben ihm lag, und drehte sich mit ihr im Kreis. Doch er fand nichts, das er hätte angreifen können; nichts, gegen das er sich verteidigen musste. Das Wesen war fort. Selbst Haldor war nirgendwo zu sehen. Nur das Mondlicht sickerte durch die Baumkronen und erzeugte überall im Wald hunderte Schatten, die jedoch alle harmlos waren.

Sicher?, zweifelte Leif.

Nein, er war sich überhaupt nicht sicher. Ganz im Gegenteil. Er fühlte sich immer stärker beobachtet und bedroht. Wie die Beute eines Ungeheuers eben.

Zeit für den Rückzug.

Leif wollte sich gerade umdrehen, aber im selben Moment sprang ihm etwas ins Auge, das ihn stutzig machte: Während sich die Grube in südlicher Richtung weit in die Ferne erstreckte, endete sie im Norden bereits nach wenigen Metern zwischen den Bäumen. Als hätte sich das Wesen genau hier wie ein Riesenwurm unter die Erde gegraben.

Misstrauisch ging Leif auf die Stelle zu und sah sich in seinem Verdacht sogleich bestätigt. Denn der Schnee war hier stark zerwühlt. Felsbrocken ragten wie übergroße Kieselsteine daraus hervor, und einige Wurzeln waren von einer unvorstellbaren Kraft zu braunem Mehl zermalmt worden. Leif tastete sich auf den letzten Metern bloß noch von einer Stiefelspitze zur anderen und taxierte jeden verdächtigen Schatten vor sich. Einige besaßen durchaus die Form von Augen, andere die von Reißzähnen. Auch wenn Leif natürlich wusste, dass er diese furchterregenden Dinge nur deshalb sah, weil seine Angst sie ihm vortäuschte.

Bis auf einen Schatten.

Er befand sich mitten in diesem Schuttberg und wirkte erheblich lebhafter als die anderen. Ein Schatten, der atmete, der zuckte ... und sich wohl nicht ganz einig darin war, ob er gleich zubeißen oder sich versteckt halten sollte.

Leif wollte erst gar nicht warten, bis sich dieses Wesen entschieden hatte. Er sprang unvermittelt nach vorne und rammte seine Axt auf das Ungetüm herab. Ihre Klinge bohrte sich widerstandslos in den Schnee und traf darunter irgendwas Hartes.

Klong!

Nein, so hörte sich weder ein Auge noch ein Muskel an. Dieser Schlag klang eher nach ...

Leif wischte den Schnee mit der Hand beiseite. Darunter kam ein weiterer Felsbrocken zum Vorschein. Er steckte so fest zwischen den Wurzeln, als hätte er sich schon seit Jahrtausenden nicht mehr von der Stelle gerührt.

Es dauerte einen Moment, bis Leif begriff, was das hieß: *Eine Falle! Verdammt, dieser Schuttberg dient nur dazu, mich abzulenken.*

Neben ihm knirschte wieder etwas im Wald.

Lauter und wuchtiger als zuvor; nicht mehr wie Schnee, sondern eher wie ein Baum, der umknickte. Gleichzeitig erfasste Leif einen weiteren Schatten aus dem Augenwinkel, der von rechts auf ihn zuraste. Er wirbelte die Axt nach oben, aber er musste im selben Moment einsehen, dass er sich besser auf den Boden hätte werfen sollen. Denn dieser Schatten war viel zu gigantisch, als dass Leif ihn mit der Axt abwehren konnte.

Dann wurde er auch schon getroffen.

An der Brust. Im Gesicht. Einfach *überall.*

Der Schlag fühlte sich an, als wäre Leif von zehn Pferden auf einmal getreten worden. Er flog im hohen Bogen nach hinten, schrammte an einem Felsen vorbei und landete ein zweites Mal auf dem Rücken. Seine Axt kreiselte ebenfalls durch die Luft – und hackte nur einen halben Meter neben seinem Kopf in den Boden. Leif achtete jedoch nicht darauf. Sein gesamter Schrecken galt voll und ganz dem, was aus dem Wald auftauchte.

Zwischen den Bäumen windete sich etwas Großes, nahezu unendlich Langes hindurch. Etwas, das sich in einer geschmeidigen Anmut über den Boden bewegte, als bestünde es bloß aus einer öligen Flüssigkeit. Das Mondlicht entblößte einen Kopf, der groß und klobig wie eine Kutsche war, und aus dessen Stirn zwei gebogene Hörner wuchsen. Darunter öffnete sich ein Maul, in dem armlange Zähne funkelten. Ein Maul, das zweifelsohne kräftig genug war, ein Zwergenschiff zu zerbeißen, und so widerlich nach verwestem Fleisch stank wie ein Massengrab. Abgerundet wurde dieses bizarre Aussehen von zwei Augen, die zwischen den Hörnern aufblitzten. Schmal und dünn wie Schwertklingen, und von einem weißen, fast himmlischen Licht erfüllt. Aber nichts an diesem Wesen war so erschreckend wie sein Körper. Er bestand aus einem einzigen Muskel, der die Kraft von tausend Männern besaß und von einem dicken Schuppenpanzer ummantelt wurde.

Das ist eine Drachenschlange, begriff Leif.

Die Erkenntnis befeuerte seine Panik von neuem. Er wirbelte herum, griff nach der Axt, spürte sie schon zwischen seinen Fingern. Doch die Drachenschlange ließ es nicht zu, dass Leif seine Waffe aus dem Boden zog. Sie bleckte ihr Maul noch etwas weiter und krümmte ihren Kopf zum Biss nach vorne.

Vergiss die Axt!, schrillte ein Instinkt in Leif. *Weg hier!*

Er rollte sich auf die andere Seite und versuchte, sich hochzustemmen. Es wäre ihm auch gelungen, wenn in seinem linken Unterarm nicht ein höllischer Schmerz explodiert wäre. Leif sackte gepeinigt zurück und winkelte ihn ins Licht. Er hatte sich wohl an dem Felsen verletzt, an dem er eben vorbeigeschrammt war. An seinem Unterarm glänzte ein blutiger Riss, der durch den Mantel und das Fleisch, bis hinab zu den Knochen reichte.

Auch das noch!

Leif schlug seine Hand auf die Wunde, um die Blutung zu stillen.

Aber er tat wesentlich mehr als das.

Denn irgendwas geschah. Ohne dass Leif es bewusst steuerte oder es verhindern konnte. Unter seiner Handfläche züngelte ein roter Funke hervor. Er war kaum dicker als ein Haar, und doch besaß er eine solche Energie, dass er die Luft in seiner Umgebung zum Dampfen brachte. Und diesem einen Funken folgten noch mehr. Zwei, vier, acht ... unzählige. Sie sprühten nicht nur unter Leifs Handfläche hervor, sondern zuckten überall aus seiner Wunde und verknüpften sich rasend schnell zu einem roten, knisternden Netz miteinander.

Was Leif natürlich noch panischer machte. Er schnellte vom Boden hoch und setzte alles daran, die Funken irgendwie zu ersticken. Zuerst, indem er mit der Hand hektisch über die Wunde klopfte; dann, indem er seinen Arm in den Schnee tunkte. Vergeblich. Das rote Gewitter tobte unverändert über seine Haut und nahm sogar noch zu, bis sein gesamter Unterarm wie eine Fackel loderte. Wenn auch nur für wenige Sekunden. Dann hörte dieser Funkenflug ebenso abrupt auf, wie er begonnen hatte.

Ungläubig starrte Leif auf seinen Arm herab.

Der Mantel war noch zerrissen und vom Blut durchnässt. Doch die Wunde darunter war geheilt. Einfach so, als wäre sie bloß ein schlechter Traum gewesen – und ohne die kleinste Narbe zu hinterlassen. Leif hätte sich darüber freuen können, aber in Wahrheit fürchtete er sich vielmehr davor.

Er war nicht der Einzige, dem es so ging.

Als er den Kopf hob, lauerte die Drachenschlange unverändert über ihm. Ihr Maul war noch angriffslustig gebleckt, aber in ihren Augen stand auf einmal ein besorgter Ausdruck. Vielleicht weil die Schlange diese Funken nicht zum ersten Mal sah. Und nur allzu gut wusste, was sie bewirken konnten.

»Was war das?«, fragte Leif.

Die Schlange erwiderte nichts darauf. Sie musterte ihn nur. Nicht unbedingt sein Gesicht oder seinen geheilten Arm; nein, ihr Blick reichte mindestens so tief in Leif hinein, wie es ihre Zähne vermocht hätten – und sie schien dabei irgendwas in ihm zu entdecken, das ihr imponierte. Denn plötzlich ging an der Schlange eine seltsame Verwandlung vor. Ihre feindselige Haltung entspannte sich zusehends, und auch ihr Maul schloss sich zu einem winzigen Spalt. Dann wandte sie sich um. Hastig, fast fluchtartig, und ohne einen einzigen Laut von sich zu geben. Bereits bei der nächsten Bewegung verschmolz sie wieder mit der Dunkelheit, als wäre sie ein Teil davon.

»Warte!«

Leif wankte ihr hinterher. Es war natürlich blanker Irrsinn, diesem Monstrum zu folgen – noch dazu, ohne die Axt mitzunehmen! –, und doch schleppte er sich bis zur anderen Seite der Grube. »Warte! Was war das eben? Wer bist du? Was geht hier vor ... *ach, verdammt!*«

Er kämpfte sich mit allen vieren die steile Böschung hinauf, zurück in den Wald. Aber dort gab es niemanden mehr, dem er hätte folgen können.

Die Drachenschlange war fort.

Auf dem Boden zeichneten sich noch einige Kerben ab, und kurz dahinter war der Schnee ebenfalls zerwühlt. Nur dass er jetzt *wirklich* so aussah, als wäre an dieser Stelle ein Ungetüm in den Boden getaucht. Hinab in die unergründlichen Tiefen von Niflheim.

Leif fluchte erneut, bevor er zurück zu seiner Axt ging. Als er sie aufheben wollte, sah er abermals auf seinen Unterarm herab. Er betastete mit der Fingerkuppe die Stelle, die eben noch eine Wunde gewesen war. Sie fühlte sich normal an und schmerzte selbst dann nicht, als Leif einen Druck auf sie ausübte. Und doch blieb seine Tat nicht folgenlos. Unter seiner Haut jagte nämlich ein weiterer Funke entlang und skizzierte eine rote Ader in das Fleisch. Ein Gefühl, das überraschend angenehm war. Fast so wie früher, als Majvi ihn gestreichelt hatte. Trotzdem zuckte Leif wie elektrisiert zusammen. Weil er ahnte, dass dieser Funke nichts Gutes bedeutete. *Überhaupt nichts Gutes.*

»Leif, wo steckst du?«

Durch den Wald humpelten Schritte. Jemand stöhnte, weil er über eine Wurzel stolperte. Und derselbe Jemand keuchte noch viel lauter, als er gegen einen Baum prallte. Kurz darauf torkelte Haldor ins Mondlicht. Er blieb am Rand der Grube stehen und entdeckte Leif unter sich.

»Odin sei Dank, du lebst!«, stellte er erleichtert fest. »Ich dachte schon ...« Haldor ließ seinen Satz in ein Kopfschütteln ausklingen. Seine Besorgnis dagegen hielt an. Erst recht, als er das Blut an Leifs Mantel bemerkte. »Bist du in Ordnung?«, erkundigte er sich.

»Alles bestens«, antwortete Leif. Was nicht einmal gelogen war. Abgesehen von dem Gefühl, dass irgendwas Unheimliches mit ihm passierte, ging es ihm blendend. Dank einer Energie, die ihn von innen heraus immer stärker beflügelte und Kräfte in ihm freisetzte, wie sie sonst wohl nur die Götter besaßen.

»Ich habe einen Schrei gehört«, sagte Haldor. Er forschte misstrauisch in den Wald hinaus. »Und den großen Schatten gesehen.«

»Ich war unvorsichtig und bin in diese Grube hier gefallen«, beschwichtigte Leif ihn. »Und was den Schatten anbelangt ... er war wirklich nur ein Schatten.«

Haldors Misstrauen kam deswegen nicht zur Ruhe. Erst recht nicht, als er die Grube etwas genauer in Augenschein nahm und ebenfalls feststellte, was sie war. Doch er äußerte sich nicht dazu, sondern straffte sich nur. »Wenn das so ist, können wir ja zu unseren Kameraden zurückgehen und ihnen ausnahmsweise mal eine gute Nachricht verkünden«, bemerkte er. »Ich habe nämlich eine Stelle für den Opferplatz gefunden ...«

27 In der Tat: Haldor hatte eine Stelle gefunden. Und zwar die schlechteste, die man sich vorstellen konnte. Sie lag einen halben Kilometer vom Nachtlager und der Lichtung entfernt, mitten im Nirgendwo. Dort wo die Bäume zu einem undurchdringlichen Gestrüpp miteinander verwachsen waren, und die Kälte und Dunkelheit wie schwarzes Eis in der Luft hingen. Tief versunken in einem gut dreißig Meter breiten Felstrichter, der sich fast senkrecht in den Boden grub und leicht zur Todesfalle werden konnte. Denn ohne einen Kletterhaken oder ein Seil schaffte es kaum ein Mensch, sich über die steilen Wände sowie den brüchigen Schnee wieder nach oben zu hangeln. Das Einzige, was diese Stelle so besonders machte, waren die vielen Felsbrocken, die es hier gab. Felsen, aus denen die Wikinger leicht die erforderlichen Monolithen meißeln konnten, ohne sie über weite Strecken durch den Wald transportieren zu müssen.

Aus diesem Grund segnete Thorhall die Stelle für den Opferplatz ab, nachdem er sie inspiziert hatte. Ihn kümmerte es letztlich auch nicht, welche Anstrengung es seine Männer kosten würde, den Platz hier zu errichten. Oder gar wie viele Leben. Ihn interessierte nur, wie er Erik wiederbeleben konnte – und dazu war ihm jedes Mittel recht. Er trommelte deshalb unverzüglich die Wikinger zusammen und gab ihnen die wichtigsten Befehle. Die Männer hätten eigentlich dringend eine Pause und etwas zum Essen nötig gehabt, doch keiner von ihnen protestierte gegen Thorhalls Anweisungen. Stattdessen begannen sie sofort mit ihrer Arbeit, weil auch sie von dem unbändigen Willen angetrieben wurden, ihre Familien aus dem Jenseits zu holen. Ein Wille, der stärker als jeder Hunger und jede Müdigkeit geworden war.

Als Erstes holten die Männer das Floß vom Strand. Sie zerlegten es in seine Einzelteile und fertigten aus den Holzplanken etliche Stufen, die sie in den steilen Hang des Felstrichters bohrten. Somit konnten die Männer etwas bequemer in die Höhe und Tiefe steigen. Trotzdem blieb die Arbeit auf der Baustelle eine Tortur sondergleichen und brachte die Männer mit jedem Augenblick ein bisschen mehr an ihre Grenzen.

Nachdem sie die Stufen befestigt hatten, teilten sie sich in zwei Gruppen auf. Alle Handwerker übernahmen die Steinmetzarbeiten und meißelten die Felsbrocken in Form. Alle Bauern und Fischer begradigten derweil den Boden und hoben die Fundamente aus, in denen die Monolithen später verankert werden konnten. Die Männer besaßen für keine dieser Arbeiten das passende Werkzeug, und dennoch hämmerten und klopften, hackten und schaufelten sie unermüdlich vor sich hin. Schon bald war der Felstrichter von dutzenden Geräuschen erfüllt und waberte im Licht zahlreicher Fackeln wie ein Vulkankrater. Und die Luft roch zunehmend nach Schweiß, feuchtem Haar und schlechtem Atem.

Haldor schweifte derweil rastlos über die Baustelle, obwohl er den Männern nur im Weg stand. Doch keiner von ihnen stieß ihn beiseite oder schrie ihn an. Wenn überhaupt, so fing sich Haldor bloß ein paar Seitenblicke ein, die jedoch nicht mal böswillig waren. Im Gegenteil. Seit er die Runenzeichen auf Eriks Leiche entziffert hatte, zollten ihm die meisten Männer einen Respekt, der beinahe an Ehrfurcht grenzte. Schließlich war jedem inzwischen klargeworden, dass sie ohne Haldor niemals mit den Göttern kommunizieren konnten.

Sogar Thorhall ließ seinen missratenen Sohn weitgehend in Ruhe und fauchte ihn nur gelegentlich an, damit Haldor nicht unter einen Felsbrocken geriet. Und das durfte man schon fast als echte Vaterliebe bezeichnen ...

Nur Leif beteiligte sich nicht an den Arbeiten.

Zum einen, weil er mit seinen linken Händen sowieso nichts zustandegebracht hätte – außer Trümmer und schiefe Löcher. Zum anderen hielt er sich aber auch deshalb von der Baustelle fern, weil er gerade viel zu sehr mit sich selbst beschäftigt war.

Er saß oberhalb des Felstrichters im Wald; gut versteckt zwischen den Bäumen und getarnt von der Dunkelheit, sodass die Männer ihn nicht sahen. Leif dagegen konnte von seiner erhöhten Position aus die Arbeiten bestens überwachen, während er sich regelmäßig mit seinem Dolch in den Daumen pikste. Jedes Mal blutete es – wer hätte das gedacht? Und jedes Mal dauerte es keine Sekunde, bis aus seinem Daumen ein roter Funke züngelte und den Schnitt wie durch Zauberei von der Haut radierte. Jedenfalls so lange, bis Leif sich den Dolch erneut in die Fingerkuppe rammte, um dieses Spiel von vorne zu beginnen. *Bluten. Funken sprühen. Geheilt sein.* Wirklich zufrieden war Leif damit nicht, wodurch er die Klinge noch tiefer in seinen Daumen bohrte, bis sie schmerzhaft gegen den Knochen stieß. Trotzdem blieb es dabei: *Bluten. Funken sprühen. Geheilt sein.*

Irgendwann wurde Leif mutiger und setzte seine Versuche an anderer Stelle fort. Wobei er ehrlich gesagt nicht einmal wusste, wozu diese Selbstverstümmelung dienen sollte. Vielleicht wollte er nur testen, wie weit seine Heilkräfte reichten. Vielleicht hoffte er aber auch, dass sie irgendwann nachließen, wenn er sie nur oft genug benutzte.

Also setzte er die Dolchklinge an seine Daumenwurzel und trieb sie einen ganzen Zentimeter tief in die Haut, um eine schnurgerade Linie über seine Handfläche zu ziehen. Und auch hier geschah das, was Leif erwartet und befürchtet hatte. Noch bevor er den Schnitt beenden konnte, zog sich die Wunde schon wieder zusammen und verheilte wie im Zeitraffer.

Leif winkelte seine Hand ins Mondlicht und betrachtete sie.

Er hatte sich im Laufe seines Lebens schon unzählige Male verletzt und so viele Narben an seinem Körper gesammelt, dass er einem Flickenteppich ähnelte. Aber von dem Schnitt gerade eben war rein gar nichts mehr zu sehen oder zu fühlen. Kein Schorf. Kein Wulst. Kein Schmerz. Nichts als rosafarbene Haut. Leif war nun wahrlich kein Druide, der etwas von Medizin verstand. Aber selbst er wusste, dass diese Heilkräfte keinen natürlichen Ursprung haben konnten, sondern ...

Ja genau, rätselte er. *Woher kommen sie? Von einer Magie, die es hier in Niflheim gibt? Oder von den Göttern?* Er konnte es sich nicht erklären. Aber er durfte zurecht annehmen, dass diese Kräfte ebenfalls ein Teil jener Verwandlung waren, die in ihm vorging. Genauso wie die Tatsache, dass er in der Kälte kein bisschen mehr fror. Inzwischen trug er seinen Mantel bloß noch, weil es zu auffällig gewesen wäre, wenn er ihn ausgezogen hätte.

Leif fragte sich, ob es nur ihm so ging oder ob seine Kameraden dieselben Kräfte entwickelten. Und welche unheimliche Dinge sie wohl sonst noch in ihrem Inneren ausbrüteten ...?

Sein Blick wanderte zu Snorre hinunter. Bis vor wenigen Stunden konnte sich der Fischer kaum rühren, weil er bei ihrem Schiffbruch schwer verwundet worden war. Doch jetzt hob er eifrig ein Fundament für die Monolithen aus, ohne die geringste Schwäche dabei zu zeigen. Und er war beileibe nicht der Einzige, der kerngesund wirkte. Keiner der Männer klagte darüber, dass er sich verletzte oder erschöpft fühlte, obwohl sie oft mit ihren Werkzeugen abrutschten und teils immense

Lasten tragen mussten. Aber dafür waren die Männer wieder so jähzornig, dass oft eine Kleinigkeit ausreichte, um sie zu reizen.

Norwin war das beste Beispiel dafür.

»Verschwinde!«, fauchte er auf einmal, als er einen Bauer namens Bertfried zur Seite stieß. Ganz kurz sah es so aus, als würde Norwin sogar seine Axt zücken und ihn erschlagen wollen. Leif fragte sich, was wohl passieren würde, wenn er es tat. Natürlich würde Bertfrieds Schädel bersten, Blut spritzen, das Hirn aus der Wunde quellen. *Aber was DANN? Würde sein Kopf wieder heilen? Einfach so?*

Die Vorstellung faszinierte Leif. Und erschreckte ihn noch viel mehr.

Er sah zu seinem Dolch zurück. Wahrscheinlich hätte er sich die Klinge mitten ins Herz rammen können und wäre trotzdem putzmunter durch die Gegend spaziert. Und diese Vorstellung faszinierte ihn nicht mehr, sondern entsetzte ihn bloß noch. Weil sie alles überstieg, was er mit seinem Verstand begreifen konnte, und ihm endgültig das Gefühl aufdrängte, dass irgendwas mit ihm geschah. Etwas, das ihn und seine Kameraden allmählich versklavte. Vielleicht um sie für eine weitere Aufgabe zu missbrauchen.

»Haldor!«, schrie Thorhall plötzlich. »Was ist mit der hier?« Er zeigte auf die Tür, die Erik aus den Bergen mitgebracht hatte.

Irgendwo zwischen den Männern tauchte Haldor auf. Er war ebenso schmutzig wie die anderen geworden, aber er machte einen rundum zufriedenen Eindruck. »Wir müssen sie an der Nordseite des Opferplatzes anbringen«, erklärte er. Gleichzeitig wies er zu einem knorrigen Baum hinüber, der am Rand der Baustelle wuchs.

Thorhall zog kritisch die Augen zusammen, weil es völliger Schwachsinn war, eine Tür an einem Baumstamm zu befestigen. Und doch war er bereit, an diesen Schwachsinn zu glauben, um etwas rückgängig zu machen, das nie hätte geschehen dürfen. Denn er nickte daraufhin nur grimmig und erteilte zwei Männern den Befehl, die Tür an die besagte Stelle zu hängen.

Leif beschattete seine Kameraden noch eine geraume Zeit. Wartete auf ein Wunder, auf die roten Funken. Doch er wartete vergeblich. Irgendwann sah er abermals zu seinem Dolch zurück. Er hätte sein albernes Experiment nun beenden können, aber er musste wissen, was es mit seinen sonderbaren Fähigkeiten auf sich hatte – und darum ging er nun aufs Ganze: Er krempelte seinen linken Mantelärmel nach oben, platzierte die Dolchspitze in seiner Armbeuge und trieb sie ins Fleisch.

Diesmal kamen zuerst die Schmerzen und dann das Blut.

Leif wollte die Klinge sofort zurückziehen, aber er konnte den Reflex gerade noch unterbinden. Stattdessen zog er den Dolch langsam abwärts über seinen Unterarm. Die Schmerzen nahmen zu und loderten wie Stichflammen durch seine Nerven. Tränen schossen ihm in die Augen, und durch seinen Hals jagte ein gellender Schrei. Aber Leif durfte keinen Laut von sich geben, musste den Versuch zu Ende führen. Die Klinge hatte nun beinahe seinen halben Unterarm aufgeschlitzt, sodass die beiden Fleischhälften zu einem hässlichen Spalt auseinanderklafften. Aus seinem Inneren spritzte Blut. Viel Blut. Genug, um daran zu sterben.

Leif musste schon befürchten, dass er es jetzt übertrieben hatte. Doch seine Heilkräfte ließen es nicht zu, dass er sich umbrachte, und nähten die Wunde in rasender Hast wieder zusammen. Trotzdem schnitt Leif weiter. Tiefer. Schneller. Brutaler. Er winkelte die Dolchklinge sogar im Zickzack von einer Seite zur anderen, damit sie möglichst viel Schaden anrichtete und mehrere Adern und Sehnen durchtrennte. *Hört auf!*, beschwor er die Funken. *Verschwindet und lasst mich einfach nur ein Mensch sein.* Ihm war schon ganz schlecht vor Schmerzen geworden, und seine Kehle fühlte sich so dick geschwollen an, dass sie nächstens platzen musste. Doch Leif erlaubte sich auch jetzt nicht, zu schreien.

Das übernahm schon jemand anderes für ihn.

Aus dem Wald fuhr plötzlich ein schrilles Kreischen.

Es dauerte höchstens zwei Sekunden, bevor es wieder verstummte. Aber sein Echo hallte noch ewig zwischen den Bäumen umher und elektrisierte die Dunkelheit mit einer greifbaren Angst.

Leif schrak herum.

Auch die Arbeiten auf der Baustelle brachen ab, und die Männer hoben alarmiert die Köpfe.

»Habt ihr das gehört?«, fragte einer von ihnen.

»Kam das aus unserem Nachtlager?«, ein anderer.

»Wohl eher von der Lichtung«, mutmaßte ein dritter Mann.

»Was steht ihr hier so rum?«, ärgerte sich Thorhall. »Seht nach, was da los ist!«

Noch während die Männer mit der einen Hand die Werkzeuge ablegten, zogen sie mit der anderen ihre Waffen oder griffen nach den Fackeln. Dann stiegen sie über die Holzstufen aus dem Felstrichter.

Leif musste sein Experiment nun doch zwangsläufig beenden. Er zog den Dolch aus seinem Unterarm und rieb die blutverschmierte Klinge im Schnee sauber. Als er den Dolch danach in die Lederscheide an seinem Gürtel steckte, hatte sich die Wunde bereits restlos aufgelöst. *Das ist verrückt*, dachte Leif noch, bevor er seine Streitaxt packte, die neben ihm an einem Baum lehnte. Danach stapfte er los, um sich seinen Kameraden anzuschließen.

Die Wikinger schlugen sich mit ihren Fackeln und Waffen eine Bresche durchs Unterholz und eilten zügig nach Osten. Der Kreischlaut war natürlich bis dahin längst verhallt, aber dafür gab es im Wald zahlreiche Spuren, die die Männer auf Kurs hielten. Bereits nach kurzer Zeit stießen sie auf etwas, das vor ihnen im Schnee lag. Etwas, das in einen Stofffetzen gehüllt war und ebenfalls blutete. *Ein Arm*. Der rechte Arm eines Mannes, der mitsamt dem Gelenk aus der Schulter gerissen worden war.

Die Wikinger reihten sich schockiert um den Fund auf.

»Scheiße«, krächzte Norwin. »Gehört dieser Arm etwa ...?«

»Das tut er«, bestätigte Halvar.

Bis dahin war Leif bereits weitergelaufen und folgte dieser grausigen Spur, die er von nun an gar nicht mehr verlieren konnte. Denn keine zwanzig Meter hinter dem Arm steckte eine Axt im Schnee. Eine Hand klammerte sich an ihren Stiel. Auch sie war mit einer solchen Gewalt vom Körper abgetrennt worden, dass sie völlig zerfleddert aussah. Und wiederum nur wenige Schritte später folgten noch ein zerbeulter Wikingerhelm sowie der Fetzen eines Mantels. Schließlich stolperte Leif hinaus auf die Weggabelung ... und stoppte dort vor dem Rest des Mannes, dem all diese Körperteile und Gegenstände gehört hatten.

Es war Baldur.

Seine Leiche lag vor dem Holzpfahl. Zumindest die obere Hälfte davon. An seiner linken Schulter klaffte ein hässliches Loch. Um seinen rechten Arm stand es nicht besser, denn er endete in einem blutigen Stumpf. Sein Kopf saß noch an Ort und Stelle, aber er war nahezu bis zur Unkenntlichkeit zerquetscht worden. Und sein Unterleib fehlte mitsamt den Beinen komplett, wodurch sich sein Blut und Gedärm großflächig über den Boden verteilten. Als hätte Baldur den Schlachtruf der Wikinger ein bisschen zu wörtlich genommen.

»Scheiße«, stöhnte Norwin noch mal, als er hinter Leif aus dem Wald trat. Gefolgt von allen anderen Männern, die sich nach und nach zwischen den Bäumen hervor auf die Weggabelung kämpften.

Leif näherte sich zaghaft Baldurs Überresten. Es war keine vier Stunden her, dass er an derselben Stelle die Leiche seines Bruders finden musste. Aber diese hier überstieg alles, was Leif ertragen konnte.

Denn an Baldur gab es keinen Knochen mehr, der am Stück geblieben war, und sein gesamter Körper wirkte so verworren, als hätte ihn jemand durchgekaut und wieder ausgespuckt.

»Was ist mit ihm geschehen?«, keuchte Grimar.

»Seht euch nur diese Wunden an«, murmelte Halvar.

»Wo sind seine Beine?«, plapperte dagegen Norwin. »Kann jemand seine Beine sehen?«

»Schluss mit diesem weibischen Getue!«, schimpfte Thorhall. Er stieß mehreren Männern den Ellbogen in die Leiste, um sie wieder zur Besinnung zu bringen. »Ihr werdet euch sofort aufteilen und die Gegend absichern. Norwin, du nimmst dir eine Handvoll Männer und siehst auf der Lichtung nach dem Rechten. Halvar, du gehst mit drei Leuten ins Lager. Die anderen kontrollieren den Wald. Baldurs Mörder muss noch in der Nähe sein. *Jetzt bewegt euch schon!*«, fügte Thorhall ungehalten hinzu.

Aber selbst damit konnte er die Männer nicht aus ihrer Schockstarre reißen. Sie blieben einfach fest mit dem Boden verwurzelt und starrten entgeistert auf ihren toten Kameraden herab.

Thorhall ärgerte sich nicht länger über sie und kam stattdessen zu Leif. Es wäre natürlich pietätvoll gewesen, wenn er etwas Mitfühlendes gesagt hätte, aber Thorhall rümpfte bloß die Nase, als er Baldur betrachtete. »So eine Schweinerei. Jemand muss ihn überrascht haben, während er hier Wache gehalten hat.«

»Vermutlich«, nickte Leif, obwohl die Spuren ihm etwas anderes erzählten. Demnach hatte Baldur sich kurz aber heftig gegen seinen Mörder gewehrt, ehe er zerfetzt worden war.

»Das muss ein Bär gewesen sein«, sinnierte Thorhall weiter. »Merkwürdig, dass es hier keine Abdrücke von ihm gibt.«

»Das war kein Bär.«

»Du meinst, es waren die Götter?«

»Wenn sie es gewesen wären, hätten sie sicherlich auch auf Baldur eine Nachricht für uns hinterlassen. So wie bei Erik. Aber das hier«, Leif ließ seinen Finger über mehreren Bisswunden an Baldurs Körper kreisen, »ist ein vollkommen anderes Muster.«

»Aber wenn ihn weder ein Bär noch die Götter getötet haben, wer dann?«, stutzte Thorhall.

»Ich habe keine Ahnung«, behauptete Leif. Obwohl er es in Wahrheit *sehr wohl* wusste. Und Thorhall hätte es eigentlich auch wissen müssen, immerhin hatte er ähnliche Bissspuren schon einmal gesehen – bei dem Zwergenschiff am Strand.

Aber Leif hütete sich davor, die Drachenschlange zu erwähnen. Weil er die Männer nicht noch mehr in Unruhe versetzen wollte. Oder seinen Vater gar dazu anstiften, mal wieder einen Racheplan zu schmieden.

»Wir müssen die Wachen verstärken«, sagte Thorhall pragmatisch. »Mindestens drei Mann pro Gruppe. Obwohl ich eigentlich keine Hand auf der Baustelle entbehren kann. Ich will diesen Platz schnellstens fertigstellen, damit wir ...«

»Das muss warten«, unterbrach Leif ihn.

»Warten?« Thorhall schüttelte widerspenstig den Kopf. »Der Bau kann nicht warten. Du hast doch gehört, was die Götter von uns verlangen. Wenn wir ihre Forderung nicht erfüllen, werden wir unsere Familien nie zurückbekommen!«

»Die Götter können uns aber auch ebenso wenig dazu zwingen, dass wir Übermenschliches leisten.« Leif sah zu den Männern hinüber. Der Schreck hing ihnen noch pfundweise in den Gesichtern. Aber mehr als das, litten die meisten soeben vor allem an Hunger und trauerten um ihren verlorenen Kameraden. »Wir müssen uns ausruhen«, sagte Leif.

»Das kommt überhaupt nicht infrage. Ich will ...«

»Sieh dir deine Männer an, Vater!« Leif versetzte Thorhall einen Stoß gegen die Schulter, sodass dieser widerwillig den Blick wandte. »Wenn sie nicht schlafen und etwas essen, wird es bald niemanden mehr geben, der diesen beschissenen Opferplatz baut. Also gönn den Männern eine Pause!«

»Wie kannst du dir anmaßen, mir Befehle zu geben?«

»Tu es einfach«, antwortete Leif kühl. »Bevor ich das für dich übernehme. Denn seit neuestem bin ich dein ältester Sohn – und damit auch dein rechtmäßiger Nachfolger.«

Thorhall blähte empört die Backen auf. Er ließ die Luft jedoch sogleich wieder entweichen, als er einsehen musste, dass Leif recht hatte. »Von mir aus«, gab er nach. »Eine Stunde Schlaf könnte uns allen nicht schaden. Aber damit das klar ist: Danach will ich wieder volle Leistung sehen! Und sammelt endlich Baldurs Körperteile ein und bringt sie zu den anderen Toten, bevor sie noch mehr wilde Tiere anlocken.«

Er schwang sich herum und stapfte davon.

Die meisten Männer schlossen sich ihm an und trotteten zum Nachtlager. Nur Arvid, Halvar und Norwin konnten sich dazu überwinden, Baldurs Leiche fortzuschaffen. Während einer von ihnen losging, um den Arm sowie die abgerissene Hand aus dem Wald zu holen, packten die zwei anderen Männer ihren toten Kameraden und schleiften ihn zur Lichtung. Wobei sie natürlich eine blutrote Linie über den Schnee malten und unterwegs das eine oder andere Organ von Baldur verloren.

Nachdem sich die Männer entfernt hatten, trat hinter ihnen Haldor aus dem Wald hervor. Es hätte Leif nicht gewundert, wenn sein Bruder wieder mal bleich gewesen wäre oder sich im hohen Bogen übergeben hätte. Doch Haldor wirkte noch nicht mal betroffen über das Gemetzel auf der Weggabelung. Er konzentrierte sich ohnehin weniger auf Baldurs Leiche, als vielmehr auf die Spuren im Schnee. Es waren nicht sonderlich viele; nur ein paar einzelne Kerben und Rillen, die zwischen den Fußstapfen der Männer nahezu vollständig untergingen. Und doch konnte Haldor sie deutlich erkennen. Denn er las diese Spuren mindestens so flüssig und leicht, wie er es bei den Sternzeichen getan hatte.

Irgendwann richtete Haldor seinen Blick auf Leif, um ihm klarzumachen, dass sein Geheimnis keines mehr war. Dass auch er wusste, *wer* Baldur zerstückelt hatte.

Schließlich setzte sich Haldor ebenfalls in Bewegung und humpelte zum Lager.

Leif blieb als Einziger auf der Weggabelung zurück. Er starrte den Pfad hinunter, der sich zu den Bergen erstreckte, und hatte dabei das vertraute Gefühl, von etwas beobachtet zu werden. Etwas, das schon bald wieder morden würde, weil es nun Appetit auf Menschenfleisch bekommen hatte.

28 Leif hatte seinen Kameraden aus der Seele gesprochen, was die Pause betraf. Die Männer waren inzwischen nicht mehr nur müde, sondern dermaßen ausgemergelt, dass sie sich nahezu wie Sterbenskranke zum Lager schleppten. Dort sackten sie so tief in den Schnee, als hätten sie sich in ihre eigenen Gräber gelegt. Im Normalfall hätten sie sofort ein Feuer in ihrer Mitte entfachen müssen, um sich zu wärmen, aber keiner der Männer tat es. Im Gegenteil, viele von ihnen streiften sich die roten Mäntel ab und saßen teils nur mit ihren dünnen Hemden bekleidet da. Ohne zu frieren, zu zittern oder nach kürzester Zeit blaue Lippen zu bekommen. Denn die Kälte konnte ihnen nichts mehr anhaben und kratzte höchstens noch wie eine laue Herbstbrise über ihre Körper.

Der Hunger quälte sie dafür umso mehr. Und es gab nicht wenige Männer, die aus lauter Verzweiflung an einem Stück Holz nagten, nur um dieses lästige, teils sogar schmerzhafte Knurren unter ihren Rippen zu besänftigen.

Was für die Moral natürlich nicht gerade förderlich war.

Niemand verlor auch nur ein einziges Wort oder gab ein anderes Geräusch von sich, und dennoch bebte die Luft im Lager regelrecht von all den vielen Ängsten und Sorgen der Männer. Sie hätten längst schlafen müssen, aber keiner von ihnen brachte ein Auge zu. Stattdessen saßen sie apathisch da, hingen ihren trübsinnigen Gedanken nach und warfen immer wieder einen Blick in den Wald, sobald es dort ein Geräusch gab. Selbst wenn es bloß der Wind war, der durch die Bäume heulte. Ein Eiszapfen, der klirrte. Oder Schnee, der von den Ästen rieselte. Aber manchmal ertönte in der Dunkelheit auch ein unheimliches Rascheln – *Kratsch!* –, das die Männer jedes Mal zusammenzucken ließ.

»Baldur«, flüsterte Snorre nach einiger Zeit. »Warum hat es ausgerechnet Baldur erwischt? Er war ein gutherziger Mensch, der nie etwas Unrechtes getan hat.«

»Muss es dafür etwa einen Grund geben?«, erwiderte Norwin. »Es hätte jeden von uns treffen können, wenn er an Baldurs Stelle gewesen wäre.« Er sah einmal durch die Runde. »Wirklich absolut *jeden* von uns. Und vermutlich wird es das auch irgendwann.«

Kratsch!, hallte es wieder aus dem Wald. Als wollte ihm etwas dort draußen zustimmen.

»Jetzt mal den Teufel nicht an die Wand«, schüttelte sich Arvid.

»Ich sage nur die Wahrheit. Nennt mich einen Verrückten, aber hier geht irgendwas Seltsames vor. Und damit meine ich nicht, dass bereits vier unserer Kameraden ermordet wurden.« Norwins Blick wanderte abermals in den Wald und verdüsterte sich dabei immer mehr vor Misstrauen. »Irgendwas ist hier. Etwas, das uns jagt.«

Kratsch!

»Unsinn«, behauptete Thorhall sogleich, um keine Panik aufkommen zu lassen.

»Norwin hat recht«, entgegnete Halvar ihm. »Wir sind hier nicht allein. Seit wir in Niflheim angekommen sind, fühle ich mich ...«

»... verfolgt. Von einem großen Schatten, der durchs Unterholz streift«, beendete Isbert den Satz. Er nickte und schielte ebenfalls beklommen in die Dunkelheit. »Ich weiß, was du meinst. Ich habe ihn auch gesehen.«

»Man kann den Schatten nicht nur sehen«, entfuhr es Arvid. Er strich mit der Hand über den Schnee. »Ich spüre ihn sogar manchmal unter mir. Als würde er sich wie ein riesiger Troll durch die Erde wühlen.«

»Unsinn«, sagte Thorhall erneut und viel schärfer. Er saß mal wieder auf der Holzkiste am Rand des Lagers, um über seinen Männern zu thronen. »Baldur wurde von irgendeinem wilden Tier getötet, nichts weiter.«

»Es war kein Tier«, erwiderte Norwin. »Jedenfalls keines, das ich kenne.«

»Schluss mit diesem Unsinn! Es *war* ein Tier«, bekräftigte Thorhall mit einer Härte, die keinen Widerspruch mehr duldete. »Aber so ein dummer Unfall wird nicht noch mal geschehen, das garantiere ich euch.«

»Wie kannst du dir so sicher sein?«, fragte Halvar.

»Weil wir von nun an besser aufpassen werden. Baldur wurde sicherlich nur deshalb getötet, weil er unvorsichtig war oder eingeschlafen ist«, erklärte Thorhall. »Darum wird ab sofort niemand mehr allein durch den Wald gehen. Selbst nicht zum Pissen. Ihr werdet kleine Gruppen bilden und euch gegenseitig beschützen. Habt ihr verstanden?«

Jarl!, hätten die Männer daraufhin sagen müssen. Doch die meisten nickten nicht einmal, sondern senkten nur die Köpfe und fixierten einen Punkt am Boden.

»Wir sollten dieses Tier töten«, meinte Halvar. »Zur Sicherheit.«

»Wir haben keine Zeit, auf Hasenjagd zu gehen«, stellte Thorhall klar. »Die Götter wollen, dass wir den Opferplatz fertigstellen – und genau das werden wir tun. Und nun seid ruhig und schlaft endlich!«

»Seine Beine«, stieß Grimar plötzlich hervor. Er schien geistig noch immer auf der Weggabelung zu stehen und Baldurs Leiche zu betrachten. »Was ist bloß mit seinen Beinen passiert?«

»Sie wurden gefressen«, antwortete Norwin. »Was denkst du denn?«

Natürlich sagte er damit nur das, was alle Männer insgeheim bereits wussten. Und dennoch schauderten sie zusammen und warfen noch mehr furchtsame Blicke in den Wald, als gäbe es dort irgendwo ein riesenhaftes Gebiss zu entdecken. Womöglich mit zwei haarigen Beinen, die zwischen den Zähnen steckten.

»Schon merkwürdig«, murmelte Halvar, gerade als sich wieder eine Stille über die Männer herabsenkte.

»Was meinst du?«, fasste Norwin nach.

»Ich finde es merkwürdig, dass die Götter diesen Mord an Baldur zugelassen haben. Das ergibt doch keinen Sinn! Ich meine ... sie haben uns in ihr Reich geholt, uns eine Nachricht geschickt und uns angewiesen, einen Opferplatz zu bauen. Also warum sollten sie es zulassen, dass uns irgendwas jagt oder tötet?«

»Vielleicht weil dieses Tier mächtiger als die Götter ist«, merkte Isbert an.

Halvar runzelte die Stirn. »Welches Tier sollte das sein?«

»Warum fragen wir nicht denjenigen, der es wissen müsste?«, schlug Norwin vor. Er drehte sich zu Haldor um, der sich wieder mal zwischen die Holzkisten gepfercht hatte. »Dann lass mal hören!«, forderte Norwin von ihm. »Welches Tier in Niflheim ist mächtig genug, dass selbst die Götter nichts dagegen ausrichten können?«

Haldor starrte ihn an. Mit einem Gesicht, aus dem jegliche Nervosität und Unsicherheit verschwunden war, und dem jetzt eher etwas Dunkles, Verschlagenes innewohnte. Er wollte Norwin schon antworten, aber dann bemerkte er Leif, der ihm gegenüber auf der anderen Seite des Lagers saß.

Tu es nicht, beschwor ihn sein Bruder mit einem Kopfschütteln.

In Haldors Augen blitzte es arglistig. Er hätte nichts lieber getan, als den Männern von dem Drache zu erzählen – und sei es nur, um ihnen einen weiteren Schrecken einzujagen; um ihnen all das heimzuzahlen, was sie ihm jahrelang mit ihren Beleidigungen und Schikanen angetan hatten. Doch letztlich behauptete Haldor nur: »Ich weiß es nicht, welches Tier sich im Wald herumtreibt. In den Sagen über Niflheim wird nichts dergleichen erwähnt.«

Die Männer hätten zu jeder anderen Zeit skeptisch darauf reagiert. Aber nicht jetzt. Ihre Ehrfurcht vor Haldors Wissen war ungebrochen, und deshalb zweifelten sie seine Behauptung für keine Sekunde an.

Kratsch!

»Was war das?« Grimar schnellte alarmiert auf die Beine.

»Nichts«, beruhigte Thorhall ihn. »Nur ein Ast, der im Wind geknackt hat.«

Kratsch!, hallte es sogleich wieder aus dem Wald. Näher als bislang, und auch so impulsiv, dass dieses Rascheln nicht nur zu hören, sondern tatsächlich wie eine leichte Erschütterung im Boden zu spüren war.

»Das war kein Ast«, flüsterte Grimar gehetzt. Er riss sein Schwert vom Gürtel und fuchtelte es nach links und rechts. »Das ist dieses Tier!«

Auch Arvid und Snorre richteten sich auf, und alle anderen Männer legten zumindest die Hände griffbereit an ihre Waffen. Die Anspannung im Lager wuchs ins Unermessliche, während sich die Männer mit allen Sinnen auf die Dunkelheit fokussieren. Sie konnten nichts darin entdecken. Nichts als ein paar vage Umrisse, die kurz zwischen den Bäumen auftauchten und sofort wieder verschwanden ...

Kratsch!

... ehe sie an einer anderen Stelle ein zweites Mal erschienen und sich noch ein bisschen näher an das Lager heranschlichen. Nahe genug, dass die Männer allerlei Bewegungen im Wald zu erkennen glaubten. Das Gleiten und Wogen eines riesigen Körpers, zum Beispiel. Aber auch irgendwas Langes, Spitziges, das an Zähne erinnerte. Und schließlich ...

Kratsch!

... fuhr etwas zwischen den Bäumen hervor und fiel über die Männer her.

Es war tatsächlich nur der Wind.

Eine raue Sturmböe, die den Schnee vom Boden aufwirbelte und das Eis an den Bäumen zum Klirren brachte, aber die eben vollkommen harmlos durch das Lager streifte.

»Da habt ihr es«, spöttelte Thorhall. »Da draußen gibt es nichts, weswegen ihr euch in die Hosen pissen müsst. Und nun setzt euch!«

Arvid, Grimar und Snorre sanken zögerlich in den Schnee zurück, aber es dauerte ewig, bis die Männer auch ihre Waffen losließen. Oder aufhörten, in der Dunkelheit irgendwelche Gespenster zu sehen.

»Schlaft endlich«, ermahnte Thorhall sie. »Andernfalls könnt ihr zurück auf die Baustelle gehen und weiterarbeiten.«

»Wozu?«, platzte es säuerlich aus Norwin hervor. »Wozu sollten wir überhaupt noch unsere Kräfte an dem Opferplatz verschwenden? Wir werden ihn ohne Nahrung niemals fertig bekommen.«

»Er hat recht«, sagte Halvar. »Wir stehen alle kurz vor dem Hungertod. In wenigen Stunden werden wir uns nicht mal mehr auf den Beinen halten, geschweige denn unsere Werkzeuge benutzen können.«

Die übrigen Männer nickten beipflichtend.

»Wir werden schon etwas Nahrhaftes finden«, war Thorhall zuversichtlich. »Dieser Wald mag seit undenkbar langer Zeit ausgestorben sein, aber er ist trotz allem voller Wurzelknollen, wenn wir nur tief genug graben.«

»Wurzelknollen?«, raunzte Halvar. »Und das soll uns satt machen?«

»Wir haben in so manchem Winter zuhause schon weit Schlimmeres gegessen, um zu überleben«, erinnerte Thorhall ihn. »Und genau das werden wir jetzt wieder tun, um den Opferplatz zu vollenden. Egal wie viel Anstrengung es uns kostet oder wie groß unser Hunger noch wird. Wir werden den Göttern geben, was sie von uns möchten – damit sie uns geben, weswegen wir zu ihnen gekommen sind.«

»Ihr könnt den Schnee essen«, verkündete Haldor auf einmal.

Verblüffung. Verwirrung. Ungläubiges Staunen.

Die Wikinger saßen einen zeitlosen Moment lang da und blinzelten auf die weißen Flocken herab, in denen sie saßen. Danach drehten sie sich erneut zu Haldor um und starrten ihn mit Gesichtern an, die ihn wohl für verrückt erklären sollten. Dabei hätte eigentlich jeder schon selbst auf die Idee kommen müssen, den Schnee zu essen – und sei es bloß, um seinen Durst zu stillen. Immerhin war der Schnee die einzige Süßwasserquelle weit und breit. Und trotzdem hatten die Männer den Schnee bislang nicht angerührt, weil sie vor lauter Arbeitseifer kaum auf die Bedürfnisse ihres Körpers geachtet hatten.

»Was soll das nützen?«, fragte Thorhall. »Der Schnee ist nur gefrorenes Wasser. Wir können uns nicht von ihm ernähren.«

In Haldors Wangen bildeten sich zwei Grübchen, als würde er sich über den Irrglauben seines Vaters lustig machen. »Der Schnee in Niflheim ist wesentlich mehr als das«, erklärte er.

»Du kannst mich mal!«, spuckte Norwin aus. »Ich fresse doch keinen Schnee. Ich will Brot, ein saftiges Spanferkel und Met.«

Haldors Augen blitzten gehässig. »Probier den Schnee einfach«, sagte er. »Ich verspreche dir, du wirst dich wundern. Ihr werdet euch *alle* wundern.«

Die Männer widersetzten sich Haldor zunächst aus reinem Trotz. Aber die Erfahrung hatte sie nun mal gelehrt, dass sie ihm durchaus vertrauen konnten. Snorre war schließlich der Erste, der sich ein Herz fasste und mit den Fingerspitzen eine kleine Prise Schnee vom Boden nahm. Er zierte sich merklich, sie in seinen Mund zu schieben; beinahe so, als müsste er eine Tollkirsche essen. Doch dann steckte er sich den Schnee eben doch zwischen die Lippen und kaute hohl auf ihm herum, bis er zerschmolzen war.

Alle Wikinger beobachteten neugierig Snorre und warteten auf eine Reaktion. Darauf, dass er grün anlief, würgte, erstickte oder sich gar in ein Fabelwesen voller Krallen und Warzen verwandelte. Und tatsächlich: Snorres Gesicht änderte sich. Es zuckte zuerst irritiert, ehe es sich überrascht aufhellte.

»Und ...?«, forschte Grimar, als er die Spannung nicht mehr aushielt.

»Haldor hat recht«, antwortete Snorre. »Der Schnee schmeckt ungewöhnlich. Nicht nach Wasser, sondern ... salzig, würzig ... wie ein pikantes Stück Fleisch.« Er nahm sofort eine zweite, größere Kostprobe vom Boden, um seine Behauptung zu überprüfen. Der eiskalte Schnee prickelte natürlich unangenehm im Mund, aber er stillte auch sofort ein bisschen seinen Hunger, als hätte Snorre in eine Schweinekeule gebissen. So wirklich traute er diesem Wunder dennoch nicht. Er saß lange da und hielt sich vorsorglich den Bauch, weil er wohl mit einem Krampf oder einer Übelkeit rechnete. Irgendwann gab er jedoch Entwarnung und sah erstaunt zu Haldor zurück.

»Ich verstehe das nicht«, sagte er. »Wie ist das möglich?«

»Die Götter kümmern sich um uns«, erklärte Haldor. »Sie haben uns Kleidung gegen die Kälte gegeben. Nahrung gegen den Hunger. Und sie werden uns noch viel mehr schenken, solange wir ihre Forderungen erfüllen.« Er machte eine Kopfbewegung, die schon beinahe Befehlscharakter besaß. »Also greift zu! Es ist genug Essen für alle da. Genug, dass wir wieder zu Kräften kommen können.«

Die Männer blieben zunächst noch vorsichtig. Aber ihr Hunger war nun mal stärker und zwang sie am Ende doch, auf Haldor zu hören. Anfangs tunkten sie ihre Hände nur zaghaft in den Schnee und leckten ihn mit der Zungenspitze von den Fingern, aber dann bekamen sie immer größeren Appetit. Von da an stopften sie sich den Schnee gierig in ihre Münder, um sich nach vielen Wochen endlich mal wieder satt zu essen.

»Unglaublich!«, schmatzte Arvid.

»Ja, gelobt seien die Götter«, stimmte Halvar ihm zu.

Auch Thorhall verfiel dieser Fressorgie. Er rutschte von der Holzkiste herunter, zwängte sich mit den Ellbogen zwischen seine Männer und warf sich einen Bissen nach dem anderen in den Rachen.

Leif hielt sich dagegen vornehmlich zurück, obwohl der Hunger auch in seinem Bauch längst zu einem Folterknecht geworden war. Doch er traute dem Schnee nicht. Weder ihm noch den Göttern. Und wenn Leif ehrlich war, traute er Haldor gerade ebenso wenig. Denn irgendwas an seinem Bruder hatte sich verändert. Da lag plötzlich so ein heimtückisches Lächeln in seinem Gesicht, während er die Wikinger beobachtete. Ein Lächeln, das eine ganz neue Facette an Haldor offenbarte und ihn wieder mal seltsam fremd erscheinen ließ. Und nicht nur das. Denn je tiefer Leif in die Augen seines Bruders blickte, desto deutlicher entdeckte er darin wieder dieses rote Leuchten. Es war seit jenem Tag in der Zwergenburg nicht wirklich stärker geworden, aber es schien immer radikaler alles Gute in Haldor auszulöschen und ihn zu einer ernsthaften Gefahr zu machen.

Genug!

Leif wollte seinen düsteren Überlegungen nicht länger folgen, weil er eine Heidenangst davor hatte, wohin sie ihn führen würden. Stattdessen sprang er ruckartig auf die Beine und wandte sich um.

»Wo willst du hin?«, fragte Thorhall sogleich. Sein Bart und die Haare waren ganz weiß vom Schnee geworden. Und seine Mundwinkel trieften vom Schmelzwasser, wie sie es früher sonst nur bei einem Saufgelage getan hatten.

»Ich muss pinkeln«, erklärte Leif.

»Du wirst nicht allein gehen.« Thorhall nickte zwei Männern auffordernd zu, die vor ihm durch den Schnee robbten. »Arvid und Norwin werden dich begleiten.«

»Ich weiß deine Fürsorge zu schätzen, Vater. Aber ich brauche keine Kindermädchen«, wies Leif ihn ab. Er schulterte seine Axt. »Ich kann gut auf mich selbst aufpassen.«

Leif stiefelte davon. Und zwar schnell genug, dass es einer Flucht gleichkam. Vermutlich war es sogar eine, denn Leif hielt es keine Minute länger im Lager aus und wollte einen möglichst großen Abstand zu den Männern gewinnen. Ungeachtet dessen, wie riskant es auch sein mochte, allein durch die Dunkelheit zu laufen. Hauptsache, er blieb in Bewegung; Hauptsache, er beschäftigte seine Beine, um sich von seinen rastlosen Gedanken abzulenken. Eine Weile konzentrierte er sich deshalb einzig auf den Schnee, der unter seinen Stiefeln knirschte, und saugte die Luft so tief in seine Lunge, bis ihm die Brust spannte. In der Hoffnung, dass er sich mit jedem Atemzug ein bisschen mehr von seinen Sorgen reinwaschen konnte. Aber das blieb leider ein unerfüllter Wunsch.

Und so stürmte Leif immer hastiger durch den Wald, um alles hinter sich zu lassen, was ihn quälte. Er fühlte sich hilflos und verloren; war gestrandet in einer Welt, aus der es kein Entrinnen gab, und umgeben von seinen Kameraden, die vielleicht schon bald zu seinen Feinden werden würden. Und Leif konnte absolut nichts dagegen tun! Nichts, als weiter durch diese Wildnis zu irren und zu hoffen, dass er irgendwo ein bisschen Trost fand.

Am Ende gab es nur einen Ort, zu dem er gehen konnte. Leif hatte es bislang vermieden, ihn zu besuchen. Doch jetzt eilte er sehnsüchtig darauf zu, um sich wenigstens für einen Augenblick der Illusion hinzugeben, dass er nicht völlig einsam war.

Irgendwann erreichte er die Lichtung.

Eriks Leiche lag unverändert neben dem Schiffswrack. Ebenso wie die zerstückelten Überreste von Baldur sowie natürlich die vielen Frauen und Kinder. Leif wurde es ganz flau, während er an den leblosen Körpern vorbeilief. Er konnte keines ihrer Gesichter sehen, weil sie alle zugedeckt waren. Und doch wusste er intuitiv, welche arme Seele sich unter dem jeweiligen Fell oder Tuch befand. *Merle. Sigrun. Wiebke. Freyda. Gertrud. Johanna.* Die Namen strichen wie ein Klagelied in Leifs Gedanken vorüber und erfüllten ihn mit einer solchen Schwermut, als würde ein Anker an seinen Schultern zerren. *Svenja. Ylva. Hedda.*

Und mittendrin in diesem Leichenfeld lagen ...

Majvi. Runa. Sven.

Leif stoppte, ließ die Axt fallen und kniete sich neben seiner Frau nieder. Irgendein naiver Teil in ihm wartete darauf, dass Majvi ihn mit ihrer fröhlichen Stimme begrüßen oder umarmen würde. Doch sie rührte sich kein bisschen, und unter ihrem Leichentuch dröhnte eine Stille hervor, die so abgrundtief laut war, dass sich Leif am liebsten die Hände vor die Ohren geschlagen hätte. Lange Zeit saß er einfach nur da. Schluchzte leise vor sich hin. Starrte auf Majvi und seine Kinder herab. Die Leichentücher von Runa und Sven waren vom Frost so weiß wie junge Robben geworden, aber selbst sie konnten nicht verbergen, dass die Köpfe der beiden Kinder fehlten. Dass ihr Mörder ihnen jegliche Identität gestohlen hatte.

Leif spürte, wie der Zorn durch seine Adern schoss.

Heiß und feurig genug, um diese sonderbare, magische Kraft in ihm noch ein bisschen mehr zu einer Waffe zu schmieden. Doch Leif durfte es nicht zulassen, dass sie ihn beherrschte, und darum kämpfte er sie konsequent nieder und sah rasch zu Majvi zurück. Zu ihrem Gesicht, das sich schemenhaft unter dem Tuch abzeichnete.

»Du fehlst mir. Mehr als jemals zuvor«, flüsterte Leif mit brüchiger Stimme. »Du warst immer die Klügere von uns beiden, hast für jedes Problem eine Lösung gewusst. Und gerade könnte ich einen Ratschlag von dir wirklich gut gebrauchen. Denn ich weiß allmählich nicht mehr weiter.«

Leif hielt inne. Hoffte wieder mal auf eine Reaktion von Majvi. Natürlich vergeblich.

»Ich würde zu gerne an das Versprechen der Götter glauben. Daran, dass wir bald wieder eine Familie sein werden. Aber je länger ich in dieser Welt zubringe, desto mehr zweifle ich daran, dass dieser Traum in Erfüllung gehen wird ... und desto stärker muss ich befürchten, dass die Götter uns nicht aus reinem Wohlwollen zu sich geholt haben. Sie planen irgendwas mit uns. Noch habe ich keine Ahnung, was es sein könnte. Ich weiß nur, dass es nichts Gutes bedeutet. Dass es ein Fehler war, hierherzukommen. Und dass es ein noch viel größerer Fehler ist, den Opferplatz zu bauen. Ich kann mir nicht erklären, wozu er dienen soll. Aber er wird uns sicherlich nicht das schenken, wonach wir uns am meisten sehnen.«

Leif hielt ein zweites Mal inne. Lauschte auf die Stille. Sie hatte ihm so vieles zu sagen, und trotzdem verstand er kein einziges Wort davon.

»Was soll ich nur tun? Weiter an ein Wunder glauben und den Göttern dienen, so wie es die anderen tun? Soll ich mich dagegen wehren? Oder mich besser von einer Klippe in den Tod stürzen? *Bitte Majvi ... sag es mir!*«

Seine Frau schwieg ihn an. So wie es die Toten meistens zu tun pflegten. Und doch schwang in dieser Stille eine leichte Anklage mit. Eine, die Leif bewusst machte, dass alles niemals so weit gekommen wäre, wenn er auf sein Bauchgefühl statt auf seinen Vater gehört hätte.

»Es tut mir leid. So unendlich leid, dass ich dich und die Kinder im Dorf zurückgelassen habe. Ich wünschte, wir wären nach Süden gesegelt. Ich wünschte, ich wäre niemals mit den Männern aufgebrochen, um nach Asgard zu reisen. Ich wünschte ... wünschte ...« Leifs Stimme versagte, als ihm bewusst wurde, wie sinnlos seine Reue war. Und wie ohnmächtig er all jene Dinge hinnehmen musste, die in der Vergangenheit lagen. Weil er sie nun mal nicht ändern konnte.

Leif legte seine Hand auf Majvis Brust. Das Leichentuch war noch geschmeidig, aber alles darunter so hart wie ein Stein geworden. Ein schreckliches Gefühl. Eines, das sich wie ein Pflock in Leifs Herz bohrte. Trotzdem ließ er seine Hand auf Majvi ruhen, um ihr nahe zu sein. So nahe, wie er ihr in diesem Leben nun mal noch kommen konnte.

Irgendwas geschah.

Durch Leifs Arm lief ein Kribbeln. Es fühlte sich wie ein harmloser Reflex an, der seine Muskeln zucken ließ und seine Nerven in Schwingung versetzte. Doch dieses Kribbeln war weit mehr als das. Es steigerte sich rasend schnell zu einem kräftigen Impuls, der bis in seine Handfläche schoss und sich dort zu einer wahren Explosion entlud. Denn unter Leifs Hand sprühten dieselben roten Funken hervor, mit denen er sich vorhin geheilt hatte. Und im ersten Verdacht glaubte er, dass sie das jetzt wieder tun würden: heilen. Dass sie in Majvis Herz eintauchten und es zum Schlagen brachten.

Poch-Poch.

Deshalb wagte Leif es nicht, seine Hand zurückzuziehen.

Im Gegenteil. Er presste sie noch fester auf Majvis Brust und sah fasziniert dabei zu, wie sich aus seinen Fingern immer mehr, immer längere Funken wie rote Krallen bogen. Sie durchdrangen ungehindert das Leichentuch, bohrten sich in Majvis Körper ... und taten etwas in ihm. Etwas, das sich wirklich wie schwache Herzschläge anfühlte.

Poch-Poch.

Sie lebt!, fieberte Leif. *Ich kann Majvi mit dieser Kraft ... mit dieser Göttermacht ... zum Leben erwecken!*

Er wollte gerade auch noch seine zweite Hand auf sie legen, als urplötzlich etwas zwischen den Funken auftauchte. Etwas Weißes, Gebogenes, Hartes.

Eine Rippe.

Aus Majvis Brust richtete sich eine Rippe wie ein Grashalm in die Höhe, bis sie senkrecht in der Luft stand.

Leif starrte sie perplex an, ohne einen Schrecken dabei zu empfinden oder zu verstehen, was die Göttermacht gerade mit Majvi anrichtete. Erst als neben der einen Rippe noch eine zweite und dritte aus der Brust schnellte, begann er zu begreifen. Er riss seine Hand von Majvi herunter, um die Funken zu stoppen. Doch sie zogen sich wie eine klebrige, rotglühende Masse zwischen seiner Hand und Majvi in die Länge, um auch weiterhin die Rippen aus ihrem Fleisch zu lösen. So lange bis – *Plopp!* – der gesamte Brustkorb ein Stück weit aus Majvis Oberkörper federte!

Leif prallte entsetzt nach hinten und schlug mehrere Rollen über den Boden. Die Funken zuckten durch die Luft und versuchten unentwegt, Majvis Körper zu erreichen; ihr noch mehr Knochen aus dem Leib zu ziehen. Was Leif endgültig in Panik versetzte. Er ballte seine Hand zusammen und rammte sie in den Schnee, um sie wie eine brennende Fackel zu löschen. Doch die Göttermacht wütete unablässig weiter. Sie hatte gerade erst Appetit bekommen; fauchte und zischte tobsüchtig, und feuerte so viele Salven aus Leifs Arm, dass der Schnee unter ihm zu dampfen anfing.

Hör auf! Ich flehe dich an ... HÖR AUF!, beschwor Leif sie.

Er sah sich schon dazu genötigt, nach seiner Axt zu greifen und sich den Arm abzutrennen. Doch dann gelang es ihm endlich, die Göttermacht zu bändigen. Sie zog sich widerwillig in sein Inneres zurück und rüttelte dort noch mehrmals wie eine tollwütige Bestie an ihrer Kette, bevor sie sich beruhigte. Um zu lauern. Um auf die nächste Gelegenheit zu warten, sich einen Knochen zu holen.

Leif kauerte ewig auf dem Boden.

Ihm war ganz schwindelig vor Angst geworden, und übel von den vielen Rollen, die er über den Boden geschlagen hatte. Aber mehr als das fühlte er sich wieder mal berauscht von dieser sonderbaren Macht, die selbst jetzt noch seinen ganzen Körper unter Strom setzte, als wäre er von einem Blitz getroffen worden.

Irgendwann richtete er sich auf, zog seine Hand aus dem Schnee und betrachtete sie. Eigentlich hätte sie verbrannt sein müssen, doch sie war nicht einmal gerötet oder mit Blasen übersät, sondern wirkte vollkommen gesund.

Ein Traum, dachte Leif. *Das war nur ein Albtraum, so wie ich ihn schon einmal von Majvi und den Knochen gehabt habe.*

Er täuschte sich.

Als er den Kopf zu Majvi drehte, erwartete ihn das pure Grauen. Denn die Funken hatten seine Frau schrecklich entstellt. Alles an ihrem Oberkörper wirkte verschoben und verdreht, als wäre auch Majvi in das Gebiss der Drachenschlange geraten. Und aus dem Leichentuch ragte noch immer ihr nackter Brustkorb mitsamt einem Teil der Wirbelsäule hervor. Alle Knochen daran waren makellos sauber, ganz ohne Blut, Fleisch oder Haut, und glänzten wie poliertes Elfenbein.

Was habe ich getan?, erschauderte Leif. Er fürchtete sich plötzlich vor sich selbst. Vor dem, wozu er offensichtlich imstande war. Wozu die Göttermacht ihn gezwungen hatte. *Himmel, was habe ich nur getan?*

Er kroch auf Händen und Knien zu Majvi hinüber, obwohl er wusste, dass er ihr nicht mehr zu nahekommen durfte. Trotzdem rutschte er ein zweites Mal an ihre Seite und streckte die Hände nach ihr aus, um ... richtig: *Um was zu tun?* Ihre Knochen zurück in den Körper zu schieben? Oder sie noch mehr zu verstümmeln? Um ihr gar das *ganze Skelett* aus dem Leib zu reißen?

Das Verrückte war, dass Leif womöglich alles mit der Göttermacht tun konnte, was er wollte. Er musste sich ihr einfach hingeben, und schon würde sie ihm all seine Wünsche erfüllen. Es war fast kinderleicht. Leif musste es eben nur *wollen*.

Durch seinen Arm lief ein neues Kribbeln, und seine Finger glühten wieder rot auf.

Tu es, zirpte die Göttermacht in ihm. *Benutz mich, dann wird deine Trauer vorbei sein.*

Leif fühlte, wie er schwach wurde. Wie seine Hand zu Majvi sank. Wie er plötzlich ein irrsinniges Verlangen danach bekam, ihre Knochen zu berühren.

Sind sie nicht wunderschön?, sang die Göttermacht durch seinen Verstand.

Oh ja, das waren die Knochen. Schöner als jeder Edelstein, den Leif je gesehen hatte, und so glatt wie die Haut einer jungen Frau.

Sie können alle dir gehören, bezirzte die Göttermacht ihn. *Du musst sie dir nur nehmen.*

Leif spürte, wie in ihm ein dunkles Verlangen heranwuchs. Er hätte tatsächlich bloß zupacken müssen, um diese bezaubernden Knochen zu erbeuten. Sie zu sammeln, zu behüten und zu pflegen. Um etwas Großes, Einzigartiges aus ihnen zu erschaffen.

»*Nein!*«

Leif zog seine Hand gerade noch zurück, kurz bevor der erste Funke aus ihr züngeln konnte. Er krampfte für etliche Sekunden alle Muskeln in sich zusammen, um wieder Herr über seine eigenen Sinne zu werden. Dann schaufelte er hastig den Schnee vom Boden und bedeckte damit Majvis Oberkörper, damit niemand seine frevelhafte Tat bemerken konnte. Schließlich stemmte er sich auf die Füße und wankte rückwärts von seiner Frau davon. Er hob im Vorbeigehen seine Streitaxt auf und schüttelte mehrmals seine rechte Hand. Nirgendwo an ihr knisterte mehr ein Funke, aber seine Finger kribbelten noch immer, als wären sie von einem fremden Willen befallen worden.

Was habe ich getan?, dachte er unaufhörlich. *Was habe ich nur getan?*

Er machte einen letzten Stolperschritt nach hinten, ehe er sich umdrehte ... und jäh innehielt.

Haldor stand vor ihm.

Leif hätte beinahe einen Schrei ausgestoßen oder die Axt geschwungen, und für einen kaum messbaren Moment schien sein Herz einfach stillzustehen. »Haldor«, keuchte er. »Was ... machst du hier?«

»Dasselbe könnte ich dich fragen«, erwiderte sein Bruder. Er legte den Kopf schräg und musterte Leif. Insbesondere sein blasses Gesicht. »Alles in Ordnung? Du siehst aus, als wärst du dem Tod begegnet.«

»Alles bestens. Ich musste nur kurz für mich allein sein«, behauptete Leif.

Haldor spähte an ihm vorbei zu Majvi. Ein Lächeln verzerrte seine Lippen, bis die Zähne darunter aufblitzten. »Sie fehlt dir, was? Mir fehlt sie auch. Majvi war die einzige Frau im Dorf, die sich nie über mich lustig gemacht hat. Manchmal umarmte sie mich sogar, wenn ich euch besuchen kam.« Sein Blick kehrte zu Leif zurück und wurde stechend. »Warum hast du eigentlich gerade so getobt?«

Leif schob grimmig seine Augenbrauen zusammen. »Hast du mich etwa belauscht?«

»Was heißt da belauscht? Ich konnte dich durch den halben Wald hören.« Haldor hob die Hand, als Leif etwas erwidern wollte. »Du musst dich mir gegenüber nicht rechtfertigen, wenn du um Majvi und deine Kinder trauerst. Alle Männer haben sich in den letzten Stunden das eine oder andere Mal heimlich zu ihren Familien geschlichen. Auch wenn dazu kein Anlass besteht. Immerhin wird alles wieder gutwerden, sobald der Opferplatz fertig ist.«

»Ich denke nicht, dass ...«

»Und genau darum bin ich hier«, fuhr Haldor ungehemmt fort. Er seufzte, als Thorhall wieder mal etwas durch den Wald brüllte. »Vater hat mich nämlich zu dir geschickt. Er will, dass wir weiterarbeiten. Und diesmal sollst du uns dabei helfen.«

29 Der Bau des Opferplatzes ging zügig voran; jetzt, da die Männer frisch gestärkt waren und keinen Hunger mehr leiden mussten. Im Nu meißelten sie die Steinblöcke zurecht und hoben die letzten Fundamente aus. Danach gingen sie dazu über, die Monolithen mithilfe von Flaschenzügen, Rollen und bloßer Muskelkraft in die Löcher zu betten. Diese Arbeit war trotz allem kaum zu bewältigen und mit so vielen Rückschlägen verbunden, dass die Wikinger ewig brauchten, den Platz zu errichten. Zwischendurch legten sie in regelmäßigen Abständen weitere Pausen ein, aßen etwas, schliefen, reparierten ihre Werkzeuge, haderten so manches Mal mit dem, was sie hier taten. Aber sie alle waren willens genug, die Götter nicht zu enttäuschen, und ließen nicht locker, bis ihr Werk vollbracht war.

Da standen sie nun.

Acht Monolithen, die wie bei Stonehenge in einem perfekten Kreis angeordnet waren. Jeder von ihnen überragte einen Menschen um gut das Doppelte und besaß keinerlei Verzierung. Aber dafür strahlten diese Monolithen ein solches Gewicht aus, dass man sich in ihrer Gegenwart wie erdrückt fühlte.

Zuletzt errichteten die Wikinger im Zentrum des Opferplatzes einen Tisch. Auch er war aus Stein gefertigt und hatte die Form eines Weinkelchs; mit einem breiten Fuß, einem schlanken Mittelteil sowie einer ebenso breiten Oberfläche. Vielleicht war es nur Zufall – vielleicht auch nicht –, dass der Tisch groß genug war, um einen Menschen darauf zu legen. Leif ahnte jedenfalls Böses. Er hatte noch nie mit eigenen Augen gesehen, wie ein Mensch geopfert wurde, aber er wusste vom Hörensagen, dass die Götter zuweilen ein junges Leben forderten. Damit sie gnädig waren. Damit sie einer Sippe eine reiche Ernte bescherten. Oder aber auch, wenn man von ihnen eine Hilfe wollte, die man mit Gebeten oder dem Blut eines Tieres nicht aufwiegen konnte. Die Frage war nur: Wie viele Leben würden die Götter wohl fordern, um den Wikingern im Austausch ihre Frauen und Kinder zurückzugeben ...?

Leif scheute sich davor, diese Zahl zu berechnen.

Weil sie ihn maßlos erschreckt hätte.

Am Ende machten sich die Wikinger an den Feinschliff und räumten alles beiseite, was bei ihren Arbeiten an Schutt angefallen war. Sie fegten den Opferplatz penibel sauber, kehrten sämtliche Krümel von den Monolithen herunter und polierten das Eis am Boden so glatt, dass es die Umgebung wie ein Spiegel reflektierte.

Fertig.

Irgendwann hielten die Männer inne und sahen sich andächtig um, als könnten sie es selbst nicht fassen, was sie hier geschaffen hatten. Noch waren die Monolithen ganz gewöhnliche Steine, von denen absolut nichts Magisches oder Übersinnliches ausging. Und doch geschah irgendwas mit ihnen. Sie schienen wie ein Segel die Macht der Götter einzufangen, die überall in der Luft hing, und sie auf einen bestimmten Punkt zu bündeln. Nicht etwa auf den Tisch oder die Wikinger, sondern auf diese ominöse Tür, die an der Spitze des Opferplatzes stand.

Die Wikinger konnten nur raten, wohin sie führte.

Wohin soll diese Tür schon führen? Zu dem Baumstamm natürlich, an dem sie befestigt ist, dachte Leif.

Ja, das klang logisch und so wunderbar beruhigend, dass sich Leif störrisch an diese Theorie klammerte. Er hätte natürlich so mutig sein und sie überprüfen können. Aber weder er noch seine Kameraden wagten es, die Tür zu öffnen. Sie wagten es nicht einmal, an ihr zu lauschen. Weil diese Tür weit mehr als nur ein Holzbrett war. Viel mehr. Vermutlich ein Werkzeug, schlimmstenfalls eine Waffe, die gerade von der Göttermacht ihren letzten Schliff bekam. Um sie einsatzfähig zu machen.

»Und was jetzt?«, hauchte Arvid in die erschöpfte Stille.

Seine Frage galt natürlich Thorhall. Der Stammesfürst konnte sie jedoch nicht beantworten und leitete sie postwendend an Haldor weiter. Dieser saß auf einem großen Felsbrocken unweit der Tür, wodurch er sich optisch über den Männern erhob. Er hatte sich eine Holzplanke besorgt und benutzte sie als Zeichenbrett, indem er mit einem Nagel allerlei Runen in ihre Oberfläche ritzte. Immer wieder sah er dabei zu den Sternen hinauf – und zwar zu jenem Bereich am Himmel, der schon auf Eriks Leiche erwähnt worden war. Die Sternbilder dort wanderten gleichmäßig nach Westen, während im Osten neue nachrückten. Und Haldor verpasste kein einziges davon und schrieb sie fleißig mit, als würden die Götter ihm durch die Sterne neue Anweisungen diktieren.

Ritsch, Ratsch.

Seinen Bewegungen wohnte etwas Hypnotisches, Willenloses inne, und auch sein Blick wirkte dabei seltsam leer. Als wäre Haldors Verstand bereits durch die Tür gegangen. An einen Ort, der unermesslich weit von hier entfernt lag.

»Haldor!« Thorhall trat herrisch auf ihn zu, obwohl er dadurch seinen Kopf weit in den Nacken legen musste, um zu seinem Sohn hinaufblicken zu können. »Jetzt lass dein knabenhaftes Stimmchen hören! Was sollen wir tun?«

Haldors einzige Reaktion bestand aus einer knappen Geste – *ich bin gleich soweit* –, bevor er die nächste Rune in die Planke kratzte. Dumm nur, dass ihm der Nagel dabei aus den Fingern rutschte und von dem Felsbrocken herab in den Schnee klimperte.

Doch keiner der Wikinger lachte über sein Missgeschick.

Sie standen alle wie eine Jüngerschar da und verhielten sich möglichst leise. Denn es war unheimlich, wie Haldor die Sterne las und manchmal die Lippen bewegte, als würde er mit jemandem reden. Jemand, den kein Mensch hören oder sehen konnte, aber der Haldor voll und ganz vereinnahmte. Er war zweifellos zum Sprachrohr der Götter geworden – und damit auch irgendwie zum mächtigsten Mann der Sippe.

Thorhall wollte sich trotzdem von ihm nicht länger hinhalten lassen. Er verschränkte die Arme vor der Brust und trommelte mit dem

Stiefel auf den Boden, um Haldor seinen ganzen Unmut zu zeigen. Es verging allerdings noch ein langwieriger Moment, ehe sich Haldor aus dem Bann der Sterne befreite und zu seinem Vater sah. Im Normalfall hätte er ängstlich den Kopf gesenkt oder demütig die Schultern eingezogen, aber jetzt starrte er Thorhall mit einer Überlegenheit an, die fast schon an Arroganz grenzte.

»Die Sterne berichten, dass die Götter überaus zufrieden mit unserer Arbeit sind«, verkündete er.

»Das will ich doch schwer hoffen«, murrte Thorhall. »Dann nehme ich an, dass die Götter nun auch ihren Teil der Abmachung einhalten und unsere Familien wiederbeleben.«

»Nicht so schnell«, bremste Haldor ihn. »Noch fehlt etwas Entscheidendes.«

»Fehlen?« Norwin sah demonstrativ über den Opferplatz. »Was soll hier denn fehlen? Es ist alles so, wie die Götter es wollten.«

»Nein, nicht ganz. Die Götter verlangen, dass ein weiterer Mann zu ihnen in die Berge kommt. Um ein zweites Geschenk in Empfang zu nehmen«, berichtete Haldor. Er wies mit dem Finger auf die entsprechende Stelle am Firmament. Zugegeben, es war reichlich Fantasie nötig, um in den goldenen Punkten dort oben ein Schriftzeichen zu erkennen. Aber wenn man sich nur lange genug auf eine Sternengruppe fixierte und sie mit gedachten Linien verband, ähnelten sie durchaus einigen Runen, die Haldors Behauptung bestätigten.

»Wir sollen noch mal zu den Göttern?«, vergewisserte sich Isbert. »Um so zu enden, wie Erik, Ivar und Tjure?«

Seine Kameraden schüttelten sich reihum bei dieser Vorstellung.

»So steht es in den Sternen«, bejahte Haldor. »Ein einzelner Mann. Ohne Begleitung, ohne Waffen, nur mit dem roten Mantel bekleidet. Um den Göttern seine Loyalität zu beweisen.«

Thorhall wirkte keineswegs glücklich darüber, doch er akzeptierte die Forderung mit einem grimmigen Nicken. »Nun gut. Ihr habt es gehört.« Sein Blick peitschte zu den Wikingern herum. »Wer von euch meldet sich freiwillig für diese ehrenvolle Aufgabe?«

Niemand reckte seine Hand in die Höhe. Niemand rief ein inbrünstiges »*Jarl!*« oder trat entschlossen vor. Alle standen nur betreten da und versuchten, zwischen ihren Kameraden unterzutauchen. Weil niemand vergessen konnte, was die Götter mit Erik getan hatten. Seine Wunden, das viele Blut, die gargekochten Augen.

»Ich frage euch noch mal: Wer meldet sich freiwillig?«

Bedrücktes Schweigen.

»Wollt ihr die Götter etwa erzürnen?«, rief Thorhall. Er strich mit dem Finger durch die Luft und wies nacheinander auf die Monolithen. »Wozu haben wir den ganzen Aufwand hier betrieben, wenn wir jetzt vor dem letzten Schritt kneifen? Ohne das Geschenk der Götter werden wir nie unsere Familien wiedersehen. Also, wer von euch geht in die Berge?«

Noch mehr Schweigen.

»Niemand?«, fasste Thorhall nach.

Leif räusperte sich auffällig. »Genau genommen musst *du* gehen, Vater«, sagte er.

Mit dieser Meinung stand er übrigens nicht allein da. Er erntete nahezu aus jedem Gesicht eine Zustimmung, auch wenn keiner der Männer nickte oder so töricht war, sich laut zu äußern.

»*Ich?*«, machte Thorhall, allerdings mehr empört als erschrocken.

»Du bist der Jarl. Es ist deine Aufgabe, mit den Göttern zu verhandeln – und uns notfalls vor ihnen zu beschützen«, erklärte Leif. Er schüttelte im selben Augenblick den Kopf, um erst gar keine Diskussion aufkommen zu lassen. Schließlich kannte er die faulen Ausreden seines Vaters zu Genüge. »Aber wenn du nicht Manns genug bist, in die Berge zu gehen, werde ich es eben tun.«

»Wirst du nicht«, erwiderte Thorhall.

»Du hast nach einem Freiwilligen verlangt.« Leif breitete seine Arme aus. »Bitte, hier bin ich.«

»Du wirst nicht gehen«, bekräftigte Thorhall. »Ebenso wenig Haldor. Auch wenn dein Bruder der beste Mann wäre, mit den Göttern zu reden – immerhin tut er das schon die ganze Zeit über. Aber ich habe bereits Erik verloren. Jetzt wird ein anderer Vater seinen Sohn hergeben. Oder ein Sohn seinen Vater. Und wenn sich keiner von euch aus freien Stücken dazu meldet, werde ich eben einen Mann für diese Aufgabe bestimmen.« Er gab den Wikingern eine kurze Bedenkzeit, bevor er scharf die Luft einsog. »Von mir aus. So sei es.« Sein Blick walzte mit unverminderter Strenge über die Männer hinweg; von links nach rechts, wieder ein Stückchen zurück ... bis er zuletzt bei einem Gesicht stoppte, das zwischen Halvar und Norwin hervorlugte.

»Arvid«, verkündete Thorhall.

Der Wikinger erschrak vor seinem eigenen Namen und sah hilfesuchend zu den anderen Männern. Aber die dachten natürlich nicht im Traum daran, ihm beizustehen. »Das kann nicht dein Ernst sein, Thorhall. Warum ausgerechnet ich?«, protestierte Arvid.

»Weil ich es so beschlossen habe.« Thorhall winkte zu den Bergen. »Also vorwärts!«

»Was? *Jetzt?*«

»Du kannst natürlich vorher noch baden und dich kämmen, wenn du möchtest«, sagte Thorhall sarkastisch. »*Natürlich jetzt!* Was denkst du denn?«

Arvid starrte beklommen in die Dunkelheit hinaus. Vor allem zu den vielen Schemen, die darin umherstreunten. »Und was, wenn mir dieses Tier begegnet, das Baldur gefressen hat?«, zauderte er.

»Das wird es nicht. Die Götter werden es nicht zulassen, dass dir etwas geschieht.« Thorhall hatte mit einer blitzartigen Bewegung sein Schwert im Griff und rammte es nach vorne. Halvar und Norwin konnten der Klinge gerade noch mit einer beherzten Drehung ausweichen, aber Arvids Muskeln waren vor Angst so weich geworden, dass er kaum einen Zentimeter von der Stelle kam. Das Schwert hätte ihn glatt durchstoßen, wenn Thorhall es nicht im allerletzten Moment zur Seite gewinkelt hätte. Er verkeilte die Spitze an dem Knauf von Arvids eigenem Schwert und hebelte es aus der Lederscheide, sodass es neben dem Wikinger zu Boden klimperte. Anschließend fischte er auf ähnliche Weise noch einen Dolch aus Arvids Gürtel, um den Wikinger vollends zu entwaffnen, bevor er ihm zuletzt den Helm mit einem sanften Streich vom Kopf fegte. Wodurch Arvid jetzt tatsächlich bloß noch den roten Mantel trug. Auch wenn das gute Stück so löchrig und schmutzig wie eine Arbeitsschürze geworden war.

»Geh jetzt«, befahl Thorhall. Er drückte die flache Klinge gegen Arvids Oberarm, um ihn zu einem ersten Schritt zu zwingen. »Und wehe, du kommst mit leeren Händen zurück oder versuchst zu fliehen. Dann wirst du der Erste sein, den wir auf diesem Opferplatz hinrichten ...«

30 Jetzt hieß es warten. Darauf, dass Arvid zurückkehrte. Darauf, dass die Wikinger noch ein Geschenk von den Göttern bekamen. Vielleicht auch darauf, dass die Drachenschlange über sie herfiel oder jemand von ihnen die Nerven verlor. Ganz abwegig war das Letztere übrigens nicht. Die meisten Männer hatten sich wieder ins Nachtlager verzogen. Um etwas zu essen. Um sich auszuruhen. Aber vor allen Dingen, um zu streiten oder sich durch die Gegend zu schubsen. Viele kleine Rangeleien, die im Einzelnen vollkommen harmlos waren, aber die in ihrer Summe jederzeit zu einer Katastrophe ausarten konnten. Denn die Göttermacht schwelte in jedem einzelnen Mann und steigerte seine Aggressivität. Noch drehte keiner von ihnen durch oder war bereit, mit seinen Drohungen ernst zu machen. Aber das würde nicht mehr lange so bleiben.

Denn die Vorzeichen standen eindeutig auf Krieg. Irgendwann würde einer der Männer seine Waffe ziehen und etwas Furchtbares damit anrichten. Vielleicht gleich. Vielleicht erst in einer Stunde. Oder morgen. Wie gesagt: Sie mussten eben nur darauf warten.

Und Leif zog es vor, das keinesfalls im Lager zu tun.

Er brauchte Abstand, musste allein sein, nachdenken. Eigentlich hätte er das am besten an Majvis Seite tun können, aber er wollte seiner Frau mit einer unvorsichtigen Berührung nicht noch mehr Knochen aus dem Leib reißen. Deshalb machte er einen großen Bogen um die Lichtung und begab sich stattdessen zur Weggabelung. Er lehnte sich dort mit dem Rücken gegen den Holzpfahl und starrte zu den Bergen hinüber. Ohne dabei zu ahnen, dass er diese eintönige Aussicht schon bald ganze tausend Jahre lang ertragen musste ...

Ein Rundblick bestätigte ihm, dass niemand in seiner Nähe war. Anschließend winkelte er die rechte Hand an und fokussierte sich auf die Göttermacht. Leif musste sich inzwischen nicht mal mehr anstrengen, sie zu beschwören. Ein simpler Wille genügte, und schon – *Wosch!* – entzündete sich ein Funke zwischen seinem Daumen sowie dem Zeigefinger. Er zuckte einmal hin und her, bevor er zur nächsten Lücke sprang, sodass er nun zwischen dem Zeige- und Mittelfinger knisterte. Von da an zog der Funke weiter. *Wosch!* Zum Ringfinger. *Wosch!* Zum kleinen Finger. Leif wollte ihn anschließend wieder mit bloßer Gedankenkraft zurück zum Daumen lenken, aber noch konnte er ihn nicht gezielt steuern, sodass der Funke nur über seine Handfläche irrte. Leif war jedoch überzeugt, dass es ihm mit ein bisschen Übung schon bald gelingen würde, seine Kräfte zu beherrschen. Um sich mit ihnen noch schneller zu heilen. Um sich zu wehren. Aber ganz sicher auch, um zu kämpfen und zu morden.

Nein!

Leif ballte die Hand zusammen und würgte den Funken ab.

Die Göttermacht reizte ihn allerdings sogleich, seine Fähigkeiten ein zweites Mal zu testen. Ehe sich Leif versah, faltete er seine Faust wieder auseinander, entzündete den nächsten Funken und ließ sich ewig davon berieseln, wie das rote Licht über seine Handfläche tanzte. Fast so, als würde es ihm eine Geschichte erzählen. *Komm! Komm zu mir! Gib dich mir hin. Wir beiden können Großes zusammen erreichen.*

Leif gab sich der Göttermacht natürlich *nicht* hin.

Weil er eindringlich vor ihr gewarnt worden war.

Er musste plötzlich an den Traum denken, den er auf dem Wikingerschiff gehabt hatte. Daran, was Majvi mit den Knochen seiner Kinder tat. Und was sie zu ihm sagte: *Die Göttermacht wird auch dich in Versuchung führen. Dich und die anderen Männer.* Lange Zeit hatte Leif diesen Traum als Spinnerei abgetan, doch rückblickend betrachtet war er vielmehr eine Vision dessen gewesen, was passieren wird. Und was Leif tun musste, um eine Katastrophe zu verhindern. *Du wirst der Göttermacht nicht gehorchen,* mahnte Majvi ihn. Klar und deutlich, als stünde sie neben ihm. *Hörst du, Leif! Du bist ein guter Mensch, kein Mörder. Du wirst gegen die Göttermacht ankämpfen und tun, was nötig ist, um viele andere zu retten. Versprichst du mir das?*

»Ich verspreche es dir«, flüsterte Leif. Er klappte seine Hand erneut zusammen, um den Funken zu ersticken. Und diesmal hielt er sie eisern geschlossen.

Deswegen wurde es auf der Weggabelung keineswegs dunkel.

Links im Wald blitzte ein ähnlich rotes Licht auf.

Es war höchstens so groß wie ein Glühwürmchen, und doch setzte es einen markanten Nadelstich in die Dunkelheit. Leif wandte den Kopf und blinzelte mehrmals, in der Annahme, dass ihm seine Augen einen Streich spielten. Doch das Flackern im Wald blieb und pulsierte immer heller darin umher.

Leif hob seine Axt auf, die neben ihm lag, und duckte sich vorsichtig zwischen die Bäume. Er musste nicht allzu weit gehen. Bereits nach wenigen Metern entdeckte er Haldor vor sich. Sein Bruder saß auf einem umgekippten Baumstamm und hielt den Kopf gesenkt, als würde er meditieren. Die Finger seiner rechten Hand waren gekrümmt, und auch zwischen ihnen leuchtete es rot. Mit dem einzigen Unterschied, dass Haldor gleich sieben, acht Funken auf einmal entfacht hatte, die vergnügt über seine Haut zuckten und ihn völlig in Trance versetzten. Denn dieses rote Licht war heimelig wie ein Lagerfeuer, tröstend wie ein guter Freund, und mächtiger als jede Waffe, die ein Mensch jemals aus Holz oder Stahl gebaut hatte.

»Du kannst es auch?«, fragte Leif. Wobei er weit weniger betroffen oder überrascht klang, als er dachte. Weil er insgeheim schon damit gerechnet hatte.

»Wir können es wohl alle«, sagte Haldor seelenruhig, ohne dabei aufzublicken. »Die Männer reden jedoch nicht darüber, weil sie glauben, dass diese Gabe irgendein Hexenzauber ist.«

»Und was glaubst *du*?«, wollte Leif wissen.

»Ich denke, diese Gabe wird uns dabei helfen, die Forderungen der Götter zu erfüllen. Sie ist ein weiteres Geschenk von ihnen; vermutlich das größte, das sie uns geben können.«

Leif musste neidlos anerkennen, dass Haldor schon wesentlich mehr Erfahrung damit hatte, die Göttermacht zu benutzen. Sein Bruder krümmte nämlich die Finger noch ein bisschen mehr, worauf sich alle Funken in seiner Handfläche zu einer Kugel verbanden. Sie hatte gerade mal die Größe einer Haselnuss, aber sie steckte so voller Energie, dass sie sicherlich den stärksten Brustpanzer durchschlagen konnte. Mitsamt dem Oberkörper eines Mannes.

So wie es den Zwergen widerfahren ist, begriff Leif. Ein hauchzarter Schauder lief ihm über den Rücken, während ihm allmählich bewusst wurde, was sich damals in der Burg am Schwarzstrand zugetragen hatte. Und wovon viele Halblinge getötet worden waren.

»Faszinierend, nicht?«, flüsterte Haldor. Er ließ die winzige Blitzkugel zwischen seinen Fingern kreisen, als wäre sie ein dressiertes Haustier. »Ich habe diese Gabe zum ersten Mal bemerkt, als ich die Zeichen auf Eriks Leiche fand. Seitdem fühle ich mich auf einmal so ... stark.«

»Ich weiß«, seufzte Leif.

»Ich habe mich noch nie stark gefühlt; war immer bloß der Schwächling und ewige Verlierer. Aber jetzt kommt es mir so vor, als könnte ich es mit den kräftigsten Männern im Kampf aufnehmen.« Die Kugel sauste im Slalom zwischen Haldors Fingern hindurch.

»Hör auf damit«, sagte Leif.

»Ich habe mir schon überlegt, ob ich meinen Klumpfuß damit heilen soll. Er hängt seit meiner Geburt wie ein Bleiklotz an mir und schränkt mich in allem ein, was ich tue. Aber jetzt bin ich vielleicht in der Lage, mich von ihm zu befreien.«

»Hör auf«, wiederholte Leif.

»Die Göttermacht würde mir ein normales Leben ermöglichen. Stell dir das mal vor! Ich könnte gesund werden. Zu einem richtigen Mann heranwachsen; groß wie ein Bär und voller Muskeln, die man selbst unter dem dicksten Fellmantel noch sehen kann. Dann wäre ich in der Lage, endlich eine Frau kennenzulernen, sie zu heiraten, eine eigene Familie zu gründen ... und müsste nie wieder allein sein.« Die Blitzkugel schien sich mit Haldors Träumen aufzuladen, denn sie wurde schneller und schneller und jagte bald wie ein Irrlicht zwischen seinen Fingern hindurch. »Wäre das nicht toll?«

»Nun hör schon auf!« Leif konnte es nicht mehr länger mit ansehen. Er trat vor und ballte seine Hände um die Finger von Haldor zusammen. Ganz so einfach, wie er das geplant hatte, gelang es ihm jedoch nicht, die Blitzkugel zu löschen. Sie schwirrte noch sekundenlang in seiner Faust umher und drohte damit, ihm die Haut zu versengen, ehe sie sich auflöste. Leif atmete einmal tief durch, sammelte sich und presste auch weiterhin seine Finger um die von Haldor zusammen. Fest genug, als müsste er seinen Bruder aus einem reißenden Fluss ziehen. »Mir ist bewusst, wie verlockend diese Macht für dich ist«, sagte er. »Aber du darfst sie nicht benutzen. Oder ihr gehorchen.«

»Warum nicht?«

»Sie ist ein Fluch.«

In Haldors Gesicht spiegelten sich Skepsis und Trotz wider. »Und wenn schon! Ich kann sie beherrschen.«

»Es wird nicht lange dauern, bis die Göttermacht *dich* beherrscht. Gerade dir müsste das eigentlich klar sein. Du bist doch von uns allen der Klügste, oder nicht?« Leif suchte Haldors Blick. Die Augen seines Bruders wirkten im Dunkeln groß und schwarz wie Brandwunden, und dennoch verkörperten sie das einzige Stück Familie, das Leif noch liebte. »Es wird bald etwas Furchtbares geschehen. Ich habe keine Ahnung, was genau es ist; ich weiß nur, dass es viele Leben kosten wird.«

Als hätte Leif es beschworen, hallten aus dem Lager mehrere Schreie, weil sich wieder mal einige Männer wegen irgendeiner Kleinigkeit stritten. Sie brüllten hasserfüllt, stießen sich von den Füßen, fauchten wie Tiere. Es hätte bloß noch das Waffenklirren gefehlt, um Leifs Befürchtung wahrwerden zu lassen.

»Du bist mein Bruder, Haldor«, fuhr er fort. »Wir beide hatten schon immer eine enge Bindung – und gerade deshalb müssen wir zusammenhalten. Falls die Sache hier eskaliert, können wir nur überleben, wenn wir uns gegenseitig schützen. Aber dazu müssen wir uns vertrauen.« Leif leckte sich über die Lippen, bevor er Haldor die alles entscheidende Frage stellte: »Kann ich dir denn vertrauen?«

»Natürlich.«

»Sicher?«

»Selbstverständlich. Hast du nicht eben gesagt, dass ich dein Bruder bin?«

Leif begnügte sich mit dieser Antwort, auch wenn die Zweifel unablässig an ihm nagten. »Gut, dann kannst du mir ja verraten, welche Botschaft die Götter dir vorhin mithilfe der Sterne geschickt haben.«

»Ich habe dir und den anderen doch bereits erklärt, dass sie zufrieden mit unserer Arbeit sind und ...«

Leif hob mahnend den Finger. »Wenn ich dir vertrauen soll, dann sei ehrlich zu mir! Ich bin nicht gut im Lesen, aber auch ich habe das eine oder andere Zeichen am Himmel entziffert. Die Götter haben uns vor irgendwas gewarnt, richtig?«

Haldor fühlte sich ertappt und nickte widerstrebend. »Sie haben uns angewiesen, vorsichtig zu sein. Weil sich Nidhögg hier in der Gegend herumtreibt.«

»Nidhögg?«

»Die Drachenschlange, der wir im Wald begegnet sind.«

»Du hast sie auch gesehen?«

»Nicht direkt, aber ihre Spuren waren ja wohl kaum zu *über*sehen.« Haldor legte eine nachdenkliche Pause ein. »Den Sagen nach ist Nidhögg ein uraltes Wesen, das die Weltesche Yggdrasil bewacht und jeden Eindringling jagt, der sich nach Niflheim verirrt. Die Götter haben uns davor gewarnt, ihm zu nahezukommen oder uns gar mit ihm anzufreunden.«

»Warum sollten wir das tun?«

»Nidhögg tötet nicht alle seine Opfer, sondern manipuliert sie zuweilen mit einem faulen Zauber. Um dafür zu sorgen, dass sie ihm dienen und allerlei Gräueltaten begehen. Deshalb habe ich nichts davon erzählt. Weil ich unsere Kameraden sonst nur noch nervöser gemacht hätte. Und am Ende wäre erst recht niemand in die Berge gegangen, um das Geschenk der Götter entgegenzunehmen.« Haldor legte den Kopf schräg und forschte in Leifs Miene. »Du glaubst mir doch, oder?«

»Habe ich einen Grund, es nicht zu tun?«

Haldor umging die Frage, indem er in die Richtung sah, in der sich das Nachtlager befand. Die Schreie dort hielten an. Ebenso wie die cholerische Stimmung. »Falls sich unsere Situation wirklich zuspitzen sollte, können wir uns niemals gegen alle Männer verteidigen«, überlegte er. »Also was schlägst du vor?«

»Wir müssen aus Niflheim fliehen.«

»Wie denn – ohne Schiff?«

»Ich arbeite daran.«

»Mit deinen zwei linken Händen?«

Leif lächelte humorlos. »Dann wird es wohl Zeit, dass ich mein handwerkliches Geschick verbessere. Allerdings werde ich unsere Flucht nicht allein vorbereiten können. Du wirst mir dabei helfen müssen. Auch auf die Gefahr hin, dass Vater uns erwischt und bestraft. Wärst du trotzdem bereit, dieses Risiko einzugehen?«

»Nichts lieber als das. Aber ...«

»Aber?«

»Ich denke, dass mir ein anderer Weg beschieden ist.« Haldors Blick wanderte hinauf zu den Bergen, die sich mystisch und drohend am Horizont erhoben. »Vater hatte recht, als er sagte, dass ich der beste Mann wäre, um zu den Göttern zu gehen. Und vielleicht sollte ich das auch tun.«

»Unsinn.«

»Es wäre für mich die einzige Möglichkeit, meinen Mut zu beweisen und zu einem wahren Krieger zu werden. Zu einem *Einherier*«, sinnierte Haldor. »Nur so könnte ich jemals nach Walhalla kommen. Andernfalls sterbe ich eines Tages wie die Alten und Schwachen in einem Bett und ende in der Vergessenheit.«

»Das wirst du nicht.«

»Du kennst unsere Religion, Leif. Nur die Krieger leben nach ihrem Tod weiter, alle Frauen, Kinder und die Kranken nicht. Und deshalb muss ich in die Berge.«

Leif packte Haldor am Oberarm. »Du wirst keinen Fuß dorthinsetzen, hast du verstanden?«

»Ich werde keine Wahl haben, wenn die Götter mich zu sich rufen.«

»Selbst dann wirst du ihnen nicht gehorchen«, befahl Leif. »Ich werde uns hier irgendwie rausbringen. Ich verspreche es dir. Aber dazu musst auch du deinen Beitrag leisten. In Ordnung? ... Haldor?« Er schüttelte ihn einmal kräftig. »*Haldor?*«

Sein Bruder verweigerte ihm eine Antwort. Er sah ihn nicht einmal mehr an, sondern konzentrierte sich auf einen Punkt in der Dunkelheit. Aus gutem Grund.

Kratsch!

Im Wald bewegte sich plötzlich etwas. Brach mit hohem Tempo durch das Unterholz. Kam direkt auf die Brüder zu.

Haldor wollte aufspringen, doch Leif schubste ihn auf den Baumstamm zurück und bedeutete ihm, dass er sich leise verhalten sollte. Danach drehte er sich um, hob die Axt über die Schulter und ging diesem Was-auch-immer entgegen. Es konnte nicht allzu weit entfernt sein – höchstens zehn, elf Meter –, und gab dabei immer lautere Geräusche von sich, während es durch den Schnee stürmte. *Kratsch! Kratsch! Kratsch!* Trotzdem konnte Leif nirgendwo etwas entdecken. Keinen Schatten, keine Augen, keine Zähne.

Aber hier MUSS etwas sein!, beharrte er. *Es sei denn ...*

Leif kam ein furchtbarer Verdacht. Sein Blick schweifte über den Boden, suchte nach Wellen oder Rissen, die sich im Schnee bildeten; nach irgendwas Großem jedenfalls, das sich unter der Erde bewegte. Aber auch hier konnte er nichts dergleichen entdecken. Und doch kam dieses Geräusch näher und näher, stand praktisch schon unmittelbar vor ihm.

Kratsch!

Leif hatte lange genug gezögert. Vermutlich *zu* lange. Jetzt wirbelte er die Axt auf gut Glück in die Dunkelheit hinaus – und hätte beinahe einen Volltreffer gelandet. Vor ihm schoss nämlich eine Gestalt zwischen den Bäumen hervor. Sie tauchte um eine Winzigkeit unter der Axtklinge hindurch und prallte ungebremst gegen Leif. Dieser war dem Ansturm nicht gewachsen. Er taumelte rückwärts und kippte zusammen mit der Gestalt auf mehrere Wurzeln herab. Der Aufprall raste ihm mit einem lähmenden Schmerz durch sämtliche Glieder, aber Leif schaffte es dennoch, sich von seinem Gegner zu befreien und erneut die Axt zu schwingen, um ...

»Halt!«, fuhr Haldor dazwischen.

Leif stoppte – wenn auch erst in allerletzter Sekunde – und blinzelte seinen Bruder verstört an.

Sieh doch!, bedeutete Haldor ihm mit einem Nicken.

Leif senkte den Blick ... und begriff seinen Irrtum.

Die Gestalt war nicht Nidhögg oder irgendeine andere Kreatur aus der Unterwelt. Stattdessen erkannte Leif vor sich schwarze Haare, einen buschigen Vollbart sowie eine Haut, die gespenstisch im Mondlicht glänzte. Dennoch benötigte er einen zähen Moment, bis sich all diese Einzelheiten in seinem Gedächtnis zu einem klaren Gesicht zusammenfügten.

»Arvid ...?«, stutzte er.

Die Gestalt hob den Kopf, als ihr Name fiel. Es *war* eindeutig Arvid, auch wenn er nicht mehr jenem Mann ähnelte, den Leif zeitlebens kannte. Seine Augen waren vollkommen ausgebleicht und starrten blind ins Leere – wodurch es nahezu einem Wunder gleichkam, dass er überhaupt den Weg zurück zu seinen Kameraden gefunden hatte. Auch der Rest seines Körpers wies erschreckende Parallelen zu dem von Erik auf. Denn er war übersät mit blutigen Löchern, als wäre er durch einen höllischen Hagelsturm gelaufen.

»Bei Odin«, stöhnte Leif. Er legte die Axt beiseite und streckte die Hände nach Arvid aus, um ihn zu stützen. Doch der Wikinger ließ es nicht zu. Als er Leifs Finger auf seinem Körper spürte, setzte in ihm ein Abwehrreflex ein. Er schleuderte beide Fäuste von sich, rollte sich herum, keuchte vor Angst und Schmerz gleichermaßen.

»Beruhig dich! Ich bin's, Leif.«

Arvid wehrte sich weiter. Er wollte sich sogar auf die Beine stemmen, doch Leif hinderte ihn daran, indem er ihn grob zu Boden drückte. »Jetzt beruhig dich endlich! Du bist in Sicherheit. Dir kann nichts mehr passieren, hörst du?«

»Sicherheit ...«, murmelte Arvid, als hätte dieses Wort jegliche Bedeutung für ihn verloren. So wie alles andere auch. Bis auf seine Angst. Sie peitschte unbarmherzig durch seine Arme und Beine und ließ sie rastlos zucken.

»*Schssst*«, machte Leif. »Es ist alles gut.«

»Sicher ... Sicher ...«

»Ja, du bist in Sicherheit.« Leif beugte sich tief über Arvid herab und blickte ihm in die Augen. Sie waren zu einer weißen Kruste erstarrt und vollkommen ausdruckslos geworden, aber darunter zogen etliche Schlieren wie ein Eidotter umher. Schlieren, die womöglich mal Pupillen gewesen waren, denn sie versuchten unablässig, irgendwas zu fokussieren. »Arvid, was hast du in den Bergen erlebt? Hast du die Götter getroffen?«, fragte Leif.

»Götter ...«, brabbelte Arvid wie von Sinnen. »... war bei den Göttern ...«

»Was haben sie gesagt?« Leif krallte seine Hände noch strammer in Arvids Oberkörper, um ihn bei Bewusstsein zu halten. Denn er spürte, wie der Wikinger allmählich in einen finsteren Abgrund glitt, aus dem es keine Rückkehr geben würde. »Arvid? Konzentrier dich! Was haben die Götter gesagt? Was haben sie dir angetan?«

»Götter ...«, murmelte Arvid mit schwindender Kraft. »Geschenk ...«

»Was für ein Geschenk?«, meldete sich Haldor.

Arvids Augen folgten seiner Stimme und rollten in den Höhlen herum, aber sie konnten Haldor in der Dunkelheit nicht richtig anpeilen. Eigentlich war Arvid bis dahin längst tot, und doch floss durch seinen rechten Arm ein allerletzter Impuls. Einer, der ihn einfach nicht ruhen ließ, bis er ihn ausgeführt hatte. Er zitterte seine Hand ein mageres Stück aus dem Schnee und wies mit ihr zur Weggabelung hinüber. »Geschenk ...«, nuschelte er ein letztes Mal, dann erschlaffte er abrupt und lag still.

Haldor und Leif wandten die Köpfe in die bezeigte Richtung. Der Schnee auf der Weggabelung war noch von Baldurs und Eriks Blut besudelt, und auch Arvid hatte ihm einige Spritzer verliehen. Zwischen den roten Flecken steckte aber auch etwas im Boden, das vorhin noch nicht dagewesen war. Etwas, das Arvid aus den Bergen mitgebracht hatte. Ein Geschenk der Götter. Ein Werkzeug, mit dem die Wikinger den Opferplatz sowie diese geheimnisvolle Tür benutzen konnten.

»Ist das ein ...?«, flüsterte Haldor.

Leif nickte matt. *Ja, das ist es.*

Er konnte einfach nicht glauben, was dort vorne im Schnee lag.

31 Ein Schild.

Die Götter hatten den Wikingern einen Schild geschenkt. Es war kein gewöhnlicher Schild, wie man ihn in einer Schlacht benutzte. Nein, dieser Schild hier war viel eleganter und so perfekt, wie ihn kein Waffenschmied auf Erden jemals hätte bauen können. Ein Schild, der nicht zum Kämpfen diente, sondern eine Art Reliquie war. Er besaß eine exakt kreisrunde Form und wies nirgendwo einen Kratzer, eine Delle oder eine Unwucht auf – und schon allein das bezeugte, mit welchem übermenschlichen Geschick er gefertigt worden war. Hinzu kam, dass der Schild aus einem sonderbaren Metall bestand. Es glänzte wie Kupfer in einem rostroten Stich, war schwer wie Blei und härter als Stahl; ein Schild, den keine Klinge, kein Pfeil, ja vermutlich nicht einmal ein Blitz durchschlagen konnte.

Was diesen Schild jedoch so besonders machte, waren die Runen. Hunderte kleine Schriftzeichen, die in seine Außenseite graviert waren und sich in konzentrischen Kreisen von der Mitte bis zum Rand erstreckten. Und jedes einzelne davon fing das Mondlicht wie die Facette eines Edelsteins ein und changierte in den buntesten Farben.

»Gelebt ... gelobt ... geliebt ist ... *bei meinem Arsch, in welchem verworrenen Dialekt ist dieser Text geschrieben?*«, schimpfte Thorhall. Er stand auf dem Opferplatz und studierte den Schild, der vor ihm auf dem Steintisch lag. So wie alle anderen Männer, die sich ringsum versammelt hatten und sich von diesem mystischen Geschenk immer stärker in seinen Bann ziehen ließen. Sie hatten sich bereits hoffnungslos in dem Funkeln und Glitzern der Runen verloren und schienen bloß noch auf die Stimme des Schilds zu lauschen.

Ja, richtig: Der Schild besaß eine eigene Stimme!

Keine, die man mit den Ohren wahrnehmen konnte, und doch war diese Stimme klar und deutlich zu verstehen und übertrug sich auf telepathische Weise direkt in die Köpfe der Männer. *Kommt zu mir! Benutzt mich!*

Auch Leif hörte sie.

Es war dieselbe Stimme wie die der Göttermacht. Dieselbe, die ihn dazu verführen wollte, seine Kräfte zu benutzen, um mit ihnen irgendwas Böses anzurichten ... und darum hütete er sich auch davor, dieser Stimme zu gehorchen. Im Gegensatz zu seinen Kameraden. Sie ließen sich bereitwillig von ihr umgarnen und wiegten manchmal den Oberkörper hin und her, als wollten sie zu dieser hypnotischen Stimme sogar tanzen.

Kommt! Benutzt mich!

Leif hatte es befürchtet, dass seine Kameraden so empfänglich für diesen Zauber sein würden. Darum war er von Anfang an dagegen gewesen, den Schild zu ihnen zu bringen. Wenn es nach ihm gegangen wäre, hätte er dieses verdorbene Geschenk ins Meer geworfen. Aber Haldor sah das radikal anders. Als er den Schild auf dem Pfad entdeckt hatte, war er sofort losspaziert und hatte ihn wie ein übereifriger Junge zu seinem Vater gebracht. Leif hatte unterwegs mehrmals versucht, ihn davon abzubringen. Um ehrlich zu sein, hatte er sogar überlegt, ob er ihm den Schild gewaltsam aus den Händen reißen sollte. Doch Haldor war stur seinen Weg gegangen. Vielleicht hatte er es bloß getan, um sich von Thorhall ein Lob zu verdienen. Vielleicht tat er es aber auch, weil der Schild es ihm mit seiner Stimme befohlen hatte.

Kommt! Benutzt mich!

Nun war es zu spät, etwas daran zu ändern. Nun hatte der Schild alle Wikinger wie eine Leibgarde um sich geschart und raubte ihnen in jedem Augenblick mehr den Verstand. Um sie gefügig für das zu machen, was dieser Schild offenbar mit ihnen vorhatte.

»*Haldor!*«, rief Thorhall. »Jetzt sag schon! Was steht da?«

Auch Haldor lehnte sich über den Schild, wobei er sich weit auf die Zehenspitzen stellen musste. »Diese Runen sind eine Anleitung für ein Ritual«, entzifferte er.

»Welches Ritual?«

»Um diesen Platz hier zu benutzen.« Haldor legte den Kopf schräg, damit er auch jene Runen lesen konnte, die von ihm am weitesten entfernt waren. »Die Götter verlangen von uns, dass wir ihnen Opfer bringen. Wenn wir bis zum Julfest genug davon gesammelt haben, werden sie sich gnädig zeigen und uns das geben, was wir uns wünschen.« Haldors Augen strahlten freudig zu Thorhall und seinen Kameraden hinauf. »Seht ihr? Es ist alles genau so, wie ich es aus den Sternbildern gedeutet habe.«

Wirklich begeistert war jedoch keiner der Männer darüber. Im Gegenteil, in ihren Mienen machte sich eine große Ernüchterung breit.

»Bis zum Julfest?«, warf Snorre ein. »Zur Wintersonnenwende? Das ist ja erst in ...«

»Ungefähr vier Wochen«, kam Norwin ihm mit seinen Berechnungen zuvor. »Was mehr als genug Zeit ist, um ausreichend Opfer zu besorgen.« *Woher auch immer.*

Norwin sah zu der Tür hinüber, die an dem Baumstamm hing. Hinter ihren Holzbohlen war es nach wie vor still, aber es genügte bloß eine kleine Prise Fantasie, um trotzdem die abscheulichsten Dinge aus der Tür zu hören. Ein Fauchen. Ein Kratzen. Das Nagen und Schmatzen namenloser Albträume, die womöglich dort eingesperrt waren und nur darauf warteten, entfesselt zu werden.

Norwin schüttelte sich beklommen. »Und ihr seid euch sicher, dass Arvid von den Göttern ermordet wurde? Nicht von diesem Tier, so wie Baldur?«, fasste er nach.

»Davon gehe ich aus, ja«, bestätigte Leif. »Er starb pünktlich in dem Moment, nachdem er Haldor und mir den Schild überbracht hatte.«

»Das verstehe ich nicht«, wunderte sich Grimar. »Arvid hat doch getan, was die Götter wollten. Also warum haben sie ihn ermordet?«

»Vermutlich weil Arvid etwas in den Bergen gesehen hat, von dem er niemandem erzählen sollte. Vielleicht haben die Götter ihn aber auch deshalb getötet, weil sich diese Unheiligen selten an ihre eigenen Versprechen halten.« Leif zuckte säuerlich die Achseln. »Keiner von uns kann wissen, warum Arvid letztlich sterben musste. Du kannst ihn ja selbst fragen, wenn du möchtest. Seine Leiche liegt gleich neben der Weggabelung.«

Grimar blieb natürlich, wo er war. Und das nicht nur, weil es völlig bescheuert gewesen wäre, sich mit einer Leiche zu unterhalten, sondern auch, weil er keinesfalls allein in den Wald gehen wollte. Denn die Schatten zwischen den Bäumen waren gerade besonders lebhaft und zogen sich immer enger zu einer schwarzen Schlinge um den Opferplatz zusammen. Es war Nidhögg, die Drachenschlange. Er streunte dort draußen umher, beobachtete das Treiben der Männer, suchte sich schon den nächsten Leckerbissen. Noch wagte er allerdings keinen Angriff, weil es selbst für ihn gefährlich gewesen wäre, sich mit rund dreißig Wikingern auf einmal anzulegen. Aber allein seine Blicke waren schon tollwütig genug und schienen die Männer der Reihe nach zu zerfleischen.

»Vergessen wir Arvid«, entschied Thorhall gleichgültig. Er nickte Haldor zu. »Was ist nun mit dem Ritual?«

»Soweit ich die Runen deuten kann, ist es nicht allzu kompliziert«, antwortete Haldor. »Wir müssen lediglich die Beschwörungsformel auf dem Schild lesen. Dann werden wir die Möglichkeit erhalten, auf die Jagd zu gehen. Um bis zum Julfest so viele Opfer für die Götter zu erbeuten, wie wir können.«

Das war eine Aufgabe, die Thorhall regelrecht in Ekstase versetzte. Er nickte tatfreudig. »Dann lasst uns beginnen.«

»Moment!«, fuhr Leif dazwischen. »Findest du nicht, dass wir schon genug Opfer gebracht haben?«

»Du hast doch gehört, was die Götter von uns verlangen«, erwiderte Thorhall. »Oder willst du deine Familie etwa nicht zurückbekommen?«

Leif forschte tief in sein Inneres hinein und lauschte auf sein Gewissen, obwohl es auf diese Frage nur eine vernünftige Antwort geben konnte: »Nicht, wenn ich zum Mörder werden muss, damit ich wieder Ehemann und Vater sein darf.«

»Du und deine Moral!«, ärgerte sich Thorhall. »Wenn du dein Weib und deine Rotzgören erst mal wieder in den Armen hältst, wird es dir scheißegal sein, wie viele Menschen du dafür abschlachten musstest.«

»Vielleicht«, räumte Leif ein. »Und trotzdem möchte ich nicht das Blut von Unschuldigen an meinen Fingern kleben haben.« Er wandte sich zum Gehen.

Doch er konnte nicht gehen.

Die Wikinger rückten vor Leif zusammen, bis es zwischen ihnen keine Lücke mehr gab. Und in ihren Augen funkelte es. Drohend, streitlustig, kaltblütig. Ein Funkeln, das zu allem bereit war, wenn man es zu sehr reizte.

Leif drehte sich wieder zu seinem Vater um. *Was soll das?*, beschwerte er sich mit einer entrüsteten Miene.

»Die Götter wollen, dass jeder von uns auf Opferjagd geht«, erklärte Thorhall. »Wenn du dich weigerst, könnte das schlimme Konsequenzen für uns alle haben – und dazu führen, dass keiner von uns je seine Familie wiedersieht. Oder ich meinen Sohn.«

»Du hast noch zwei Söhne, Vater. Genügt das etwa nicht?«, merkte Leif an.

Thorhall überging seinen Einwurf. »Unseren Gesetzen zufolge ist jeder, der die Sippe nicht verteidigt, ein Feind und muss gerichtet werden«, sagte er. Gleichzeitig tastete er nach seinem Schwert, um eine stumme Warnung auszusprechen. »Deshalb frage ich dich ganz offen: Gehörst du noch zu unserer Sippe oder nicht?«

Leif wollte sich von Thorhall nicht erpressen lassen. Weder von ihm, seinen Kameraden und schon gar nicht von den Göttern. *Du bist kein Mörder, sondern ein guter Mensch*, hörte er Majvi wieder im Geiste. Und wenn das bedeutete, dass er hier und jetzt sterben musste ... nun, dann würde es eben so sein. Aber Leif würde es seinem Vater und den anderen nicht leichtmachen, versprochen!

Die Streitaxt zuckte erregt in seiner Hand.

Es war alles für einen Kampf angerichtet. Noch eine allerletzte Provokation, und ...

Kommt! Benutzt mich!

Die Stimme jagte wie ein Fleischerhaken in die Köpfe der Männer und zerrte ihre Blicke zu dem Schild zurück. Und diese Stimme bewirkte noch viel mehr, denn sie löschte die Feindseligkeit der Wikinger von einem Moment auf den anderen einfach aus. Ihre Gesichter stumpften wieder zu einem apathischen Ausdruck ab, ihre Hände an den Waffen wurden schlaff, und ihre Ohren vollkommen hörig für das, was der Schild ihnen zu sagen hatte. Obwohl er seine Worte ständig nur wiederholte.

BENUTZT MICH!

»Worauf wartest du?« Thorhall gab Haldor einen Schubs. »Tu es! Beginn mit dem Ritual.«

Darauf hatte Haldor nur gewartet. Er wuchtete den Schild ohne erkennbare Anstrengung von dem Tisch herunter, obwohl dieser Metallklotz gut und gerne einen halben Zentner wog. Aber die Göttermacht verlieh Haldor genug Kraft, dass er den Schild mühelos in den Händen drehen und die Runen studieren konnte. Um die magische Formel gleich fehlerfrei vortragen zu können.

Keiner der Männer wagte es, ihn dabei zu stören oder Haldor in irgendeiner Weise zu drängen. Selbst Leif wohnte dieser Szene aufmerksam bei.

»Lofaoir séu guoir!«, verkündete Haldor irgendwann mit einer feierlichen Betonung. *Lobet die Götter.* »Vio heiorum pig. Vio bráum pig. Vio leggjumst undir pitt vald.« *Ihr seid mächtig. Ihr seid allwissend. Wir unterwerfen uns Eurer Gnade.*

Es war ein uralter nordischer Dialekt, den die Wikinger nur zu einem Bruchteil verstanden. Sogar Haldor schien nicht immer zu wissen, was genau die Formel bedeutete, und doch machte er inbrünstig weiter, als würde der Schild ihm jedes Wort genauestens vorsagen.

»*Leyfou okkur ao koma til pin. Leyfou okkur ao pjóna per. Ao gefa lif okkar i hendurnar.*« *Lasst uns Euch dienen. Lasst Euren Willen durch unsere Hände wahrwerden. Wir ergeben uns Eurer Macht.*

Irgendwas geschah.

Etwas überaus Merkwürdiges.

Die Runen auf dem Schild flackerten auf einmal und schienen sich mit einer leuchtend roten Flüssigkeit zu füllen. Und mit jedem weiteren Wort, das Haldor vortrug, entfesselten sie ihre Macht ein bisschen mehr. Eine Macht, die so mannigfaltig in ihrer gesamten Art war, dass sie die Männer zugleich erregte, als auch ängstigte, ja teilweise sogar quälte.

»*Pess vegna opnar petta hlio fyrir okkur*«, betete Haldor unterdessen weiter. *Öffnet für uns das Portal.* »*Gefou okkur aogang ao riki pinu.*« *Zeigt uns, wohin wir für Euch gehen sollen.*

Die Macht steigerte sich noch mehr. Sie jagte mit der Wucht einer Orkanböe über den Opferplatz und lud ihn mit einer Energie auf, die wie Starkstrom zwischen den Monolithen zu sirren begann. Gleichzeitig zuckten aus ihren Seitenflächen allerlei Funken hervor, und überall in der Umgebung breitete sich ein Geruch nach Ozon und heißem Stein aus.

»Was ist das?«, flüsterte Grimar aufgeregt.

»Sei still!«, zischte Thorhall.

Doch Grimar konnte nicht still sein. Denn die Funken an den Monolithen wurden größer und schlossen sich zu einem Netz aus rotem knisterndem Licht zusammen, sodass kein Wikinger mehr den Opferplatz verlassen konnte. Aber das war wohl nur ein Nebeneffekt, denn hauptsächlich dienten diese Funken einem ganz anderen Zweck: Sie brannten in rasender Hast etwas in die Außenseite der Steinquader. Runen ... Wörter ... noch mehr Beschwörungsformeln, die diesem Opferplatz endgültig so viel Magie einflößten, dass sie greifbar in der Luft hing.

»Lieber Himmel ... was ist das?«, rief Grimar noch mal.

»Ich schwöre, wenn du nicht sofort still bist, wird meine Klinge dich zum Schweigen bringen!«, brüllte Thorhall.

Aber selbst er konnte seinen Sohn nicht mehr übertönen. Haldor gelangte nun offenbar zum Höhepunkt der Beschwörung, denn seine Stimme wurde schneller, hitziger und so berauscht, als würde er im

Fieberwahn sprechen. »*Pvi ao pú ert ráoamenn vio erum*«, rief er. *Auf dass wir reiche Beute für Euch machen.* »*Opna okkur! Opna okkur!*« *Öffnet es! Öffnet das Portal!*

Die Funken zwischen den Monolithen wuchsen zu immer größeren Blitzen heran. Sie zischten ohrenbetäubend laut und dampften in der Kälte, bis sich ein Nebelteppich über dem Opferplatz ausbreitete. Die Macht des Schildes hatte nun offenbar ihre volle Stärke erreicht, und doch wiederholte Haldor unaufhörlich die letzten Worte der Formel.

»*Opna okkur! Opna okkur!*«

Noch schneller und so frenetisch, als würde sein Leben davon abhängen.

»*Opna okkur! Opna okkur!*«

»Haldor!«, schrie Leif über den Lärm hinweg.

»*OPNA OKKUR!*«

»Haldor!« Leif trat auf ihn zu und rüttelte an seiner Schulter. Es erschreckte ihn, wie starr Haldor geworden war. Jeder Muskel in seinem Körper hatte sich bis zum Zerreißen angespannt und bebte unter einer bestialischen Kraft. Trotzdem gelang es Leif mit knapper Not, Haldor zur Besinnung zu bringen. Sein Bruder murmelte noch zwei-, dreimal die beiden Worte – *Opna okkur!* –, ehe er verstummte und irritiert zu Leif aufsah, als würde er ihn allen Ernstes fragen: *Ist was passiert?*

Leif konnte seinem Bruder nicht antworten.

»Vorsicht!«, rief er bloß.

Dann riss er Haldor auch schon von dem Tisch fort.

Sein Bruder japste einen Schrei aus der Kehle und ließ den Schild fallen. So wie ihm erging es auch allen anderen Männern. Sie zuckten erschrocken zurück, federten in die Knie oder rissen schützend die Hände über die Köpfe. Und selbst das rettete ihnen kaum das Leben. Denn gleichzeitig schossen sämtliche Blitze von den Monolithen zu dem Tisch herüber und schlugen mit einer urgewaltigen Wucht in seine Oberfläche. Die Druckwelle brachte den gesamten Felstrichter zum Beben und löste überall an seinen Hängen kleine Lawinen aus, die bis hinab zum Rand des Opferplatzes rollten. Aber darauf achtete niemand. Alle Blicke galten ausschließlich den Blitzen, die kreuz und quer über den Steintisch rasten ... und dabei irgendwas erschufen. Etwas, das womöglich von einem fernen Ort hierher teleportiert wurde.

Leif glaubte, zwischen den grellroten Lichtern irgendwas zu erkennen. Berge. Wiesen. Wälder. Sowie eine Küste. Dinge, die unmöglich existieren konnten. Schon gar nicht in diesem winzigen Ausmaß. Und trotzdem waren sie da vorne auf dem Tisch. Anfangs schwirrten sie nur lose durch die Gegend, aber dann fügten sie sich nach und nach zu einem festen Objekt zusammen. Beinahe so, als würde eine Explosion rückwärts laufen.

Bereits nach wenigen Augenblicken war es vollbracht.

Die Blitze jagten noch mehrmals über den Tisch, bevor sie sich nacheinander auflösten. Aber sie ließen etwas für die Wikinger zurück. Ein unförmiges Gebilde, das sich über die gesamte Fläche des Tisches erstreckte und sich langsam aus dem Nebel schälte.

Die Männer richteten sich zaghaft auf und traten näher. Um einen Blick auf das zu werfen, was Haldor mit dem Schild beschworen hatte.

Eine Landschaft.

Auf dem Tisch stand das Modell einer Landschaft. Es war keineswegs nur eine plumpe Nachbildung, die jemand aus Lehm oder Sand gefertigt hatte, sondern die lebensechte Miniatur einer Insel. Beinahe so, als wäre sie von der Erde geraubt und auf ein Millionstel ihrer Größe verkleinert worden. Dabei war die eigentliche Sensation eine ganz andere. Denn die Wikinger kannten diese Insel nur zu gut.

»Ist das unsere Heimat?«, mutmaßte Halvar.

Sie war es, eindeutig.

Obwohl die Männer ihre Heimat nie aus der Vogelperspektive gesehen hatten, erkannten sie die vertrauten Umrisse sofort wieder. Denn was da vor ihnen stand, war die Südküste Islands. Mit schneebedeckten Bergen und Vulkanen, die sich schwarz und rußig wie Schornsteine in die Höhe türmten. Mit saftig grünen Wiesen, tausenden Bäumen sowie einem Netz aus Bächen und Flüssen, die in einem satten Azur in der Landschaft schillerten. Und immer wieder zeigten sich dazwischen die Spuren von menschlicher Zivilisation. Kleine Dörfer oder ganze Städte, als wären sie wie bunte Kieselsteine über diese Landschaft gestreut worden.

Leif entdeckte Vik, das auf der Miniatur nur unweit größer als eine Handfläche war und doch so detailreich wirkte, dass sich die Stadt kein bisschen vom Original unterschied. Etwas weiter westlich ragte der Schwarzstrand mit der Zwergenburg auf. Und im Osten lag ...

»... unser Dorf«, murmelte Norwin ergriffen.

Der Anblick löste in jedem von ihnen ein Gefühl von Heimweh und Trauer aus. Vor allem deshalb, weil das Dorf ebenso verbrannt war, wie die Männer es in Erinnerung hatten.

Thorhall hingegen rümpfte nur verdrossen die Nase. »Und jetzt?«, maulte er. »Was sollen wir mit dem Ding anfangen?«

»Ich denke, wir müssen wählen«, sagte Isbert. Er stocherte seinen Finger nach vorne. Diesmal erwies es sich als wahrer Glücksfall, dass er schielte. So verfehlte er nämlich einen orangefarbenen Kristall, der knapp über dem Modell in der Luft schwebte und mit einem dünnen Lichtstrahl einen Punkt unter sich markierte.

Thorhall musterte ihn skeptisch. »Was denn wählen?«

»Wohin das Portal uns bringen soll«, dämmerte es Leif. Er sah zu der Tür hinüber. Sie hatte sich kein bisschen verändert, und doch machte sie den Eindruck, als würde sich hinter ihr ein immer größerer Druck anstauen und sie gleich aus dem Rahmen sprengen. »Die Götter überlassen uns die Entscheidung, wo wir unsere Opfer jagen möchten.«

»Dafür gibt es nur einen geeigneten Ort«, meinte Norwin. Er streckte die Hand nach dem Kristall aus und schob ihn so leicht wie eine Spielfigur über die Landschaft, auf Vik zu.

»Warte!« Thorhall stoppte ihn, bevor der Kristall die Stadt erreichte.

Norwin sah den Stammesfürsten verwundert an.

»Die Götter lassen uns nicht grundlos die Wahl. Sie wollen, dass wir mit voller Leidenschaft an unsere Aufgabe herangehen und kein Erbarmen zeigen. Wir sollten uns deshalb ein Ziel aussuchen, an dem wir unserem Hass freien Lauf lassen können.« Thorhall schob den Kristall nun selbst über das Modell. Der Lichtstrahl bewegte sich fort von Vik, strich über Felshügel und Strände, bis weit in den Nordosten hinauf. Thorhall musste den halben Tisch umrunden, damit er an die gewünschte Stelle gelangen konnte, und als er sie erreicht hatte, nahm sein Gesicht barbarische Züge an.

So wie bei den meisten Männern, als sie begriffen, wohin das Portal führen sollte.

»Es ist an der Zeit, unserer Pflicht nachzukommen. Um uns an denjenigen zu rächen, die unsere Familien geschändet und ermordet haben«, erklärte Thorhall. Er schob den Kristall zu einem unscheinbaren Dorf, das sich mitten in einem Wald versteckte. »Björn Edmundson«, stieß er mit größter Abscheu hervor. »Er und seine Sippe haben den Tod verdient. Und genau deshalb sind sie das passende Opfer für die Götter.«

»*Jarl!*«, riefen die Wikinger. Sie stießen ihre Waffen in die Luft, um zu beweisen, *wie* leidenschaftlich sie an diese Aufgabe herangehen würden.

Mehr Zustimmung brauchte Thorhall nicht.

Er platzierte den Kristall punktgenau vor Björns Dorf.

Im selben Moment erbebte die Tür am Rand des Opferplatzes, als hätte sie einen Fußtritt bekommen. Aus ihrem Holz züngelten weitere Funken hervor, die in einer roten Welle einmal quer über das gesamte Türblatt liefen, es aus seiner Starre lösten, vielleicht sogar mit einer anderen Welt verbanden. Denn als die Funken wenig später wieder versiegten, wirkte die Tür nicht mehr länger wie eine Attrappe, sondern strahlte plötzlich eine ungeheure Lebendigkeit aus. Hinter ihr wurden auf einmal Geräusche laut, die so vollkommen anders als alles waren, was es hier in Niflheim gab: Musik. Stimmen. Sowie das Gelächter zahlreicher Frauen und Männer, die in der Nähe des Portals sitzen mussten, obwohl Niflheim unvorstellbar weit von ihnen entfernt lag.

Langsam und vollkommen lautlos schwang die Tür einen Spaltbreit auf. *Kommt!*, bezirzte sie die Wikinger. *Kommt und holt, was euch zusteht! Nehmt Rache an den Mördern eurer Frauen und Kinder. Opfert sie den Göttern – und ihr werdet wieder mit euren Familien vereint sein.*

Thorhall lächelte böse, während er nach seinem Schwert griff.

»Vorwärts«, sagte er.

32 Die Blutrache war ein heiliges Gut bei den Wikingern und wurde immer dann vollzogen, wenn einer Sippe großes Unrecht widerfahren war. Leif hatte nie viel von dieser Tradition gehalten – so wie übrigens von den meisten Bräuchen, die sich seine Vorfahren oft im Vollrausch ausgedacht hatten. Er war nun mal ein sanftmütiger Mensch; jemand, der seine Gefühle gut unter Kontrolle hatte und sich zu keiner impulsiven Tat hinreißen ließ. Vielleicht hätte er sogar irgendwann seinen Frieden damit gefunden, dass Majvi und die Kinder von Björn Edmundson ermordet worden waren. Aber als sich nun das Portal öffnete und den Wikingern die Möglichkeit verschaffte, Blut mit Blut zu vergelten, wurde Leif eben doch für einen winzigen Augenblick von seinen Rachegelüsten überwältigt. Und so trat er zusammen mit seinen Kameraden auf diese geheimnisvolle Tür zu, die gerade sachte im Wind hin- und herschwang.

Lange Zeit standen die Wikinger nur da und belauerten sie mit großem Misstrauen und noch mehr Aberglauben.

Thorhall gab Leif schließlich ein herrisches Zeichen mit dem Schwert. *Jetzt mach schon! Sieh nach, was uns dahinter erwartet!*

Leif seufzte. Als ob er es nicht geahnt hätte, dass die Drecksarbeit mal wieder an ihm hängenblieb! Er zögerte jedoch nicht, sondern pirschte sich die letzten Meter auf die Tür zu. Vorsichtig schob er seine Axt nach vorne, verhakte ihre Klinge an der Türkante und suchte einen halbwegs festen Stand auf dem glatten Boden. Dann hebelte er die Tür mit einer jähen Bewegung auf und duckte sich über die Schwelle.

Er hatte mit allem gerechnet, was hinter dem Portal zum Vorschein kommen würde. Nur nicht mit dem, was er in Wirklichkeit sah.

Island.

Die Tür führte tatsächlich nach Island, als läge es gleich in einem Nebenzimmer. Das war natürlich völlig absurd und viel zu fantastisch, als dass Leif es im ersten Moment glauben konnte. Und schon gar nicht begreifen. Doch ihm genügte ein einziger Blick sowie ein kurzer Atemzug, um sich Gewissheit zu verschaffen. Denn die Welt jenseits dieser Tür sah nicht nur wie seine alte Heimat aus, sondern roch auch so vertraut, dass es Leif ganz warm ums Herz wurde.

Dabei unterschied sie sich kaum von Niflheim.

In Island hatte schließlich der Winter begonnen. Und so waren die Bäume auch hier vollkommen kahl, und auf dem Boden lag knietiefer Schnee. Selbst der Wind fühlte sich ähnlich kalt an und drückte die Temperaturen bis weit unter den Gefrierpunkt. Der Nachthimmel war jedoch ein gänzlich anderer als der in Niflheim. Die Sterne wirkten bloß wie Pünktchen am Firmament, und der Mond war im Vergleich zu seinem Bruder in der Unterwelt lächerlich klein und düster. Aber gerade *das* überzeugte Leif davon, dass alles hinter der Tür echt war.

Ich kann nach Hause gehen, dämmerte es ihm. *Mit nur EINEM Schritt!*

Und genau den machte er jetzt.

Leif hob den rechten Stiefel und platzierte ihn behutsam hinter der Tür auf dem Boden von Island. Es war wirklich so leicht, als hätte er nur ein anderes Zimmer betreten. *Und verrückt. So VOLLKOMMEN verrückt.* Ihn überrollte eine Gänsehaut, als ihm bewusst wurde, dass er gerade etwas erlebte, was noch kein anderer Mensch vor ihm getan hatte. In den ersten Sekunden stand er einfach zwischen den beiden Welten und versuchte, sich an diese bizarre Situation zu gewöhnen, bevor er vollends durch die Tür trat. Er richtete sich dahinter zur vollen Größe auf, schloss die Augen und atmete tief durch. Die Luft roch ähnlich wie in Niflheim nach Salzwasser und pappigem Schnee. Aber sie war mit so viel Leben geschwängert, dass sie Leifs Heimweh von einem Moment auf den anderen stillte. *Es ist einfach unfassbar. Ich bin endlich wieder zuhause!*

»Was siehst du?«, fragte Thorhall in seinem Rücken.

Es wäre zu umständlich gewesen, ihm alles zu erklären. Leif kürzte die Sache deshalb ab, indem er beiseitetrat und Thorhall eine freie Sicht durch das Portal gewährte. Bei den ersten Schritten benahm sich Leif noch so linkisch, als müsste er durch einen Traum wanken, der jederzeit platzen konnte. Dann fasste er jedoch Vertrauen in seine Umgebung und watete durch den Schnee bis zu einem Hügel hinüber.

Unterdessen rotteten sich die Wikinger hinter ihm noch enger um das Portal zusammen. Thorhall schickte zuerst Haldor und kurz darauf Isbert durch die Tür. Erst als er sicher war, dass ihm keine Gefahr drohte, wagte sich auch Thorhall auf die andere Seite. Gefolgt von allen übrigen Männern. Viele von ihnen fielen sofort auf die Knie, als sie ihre Heimat unter den Stiefeln spürten, oder küssten gar den Schnee. Und es gab nicht wenige Männer, denen dabei eine Freudenträne über die Wange rollte.

Leif versteifte sich dagegen vor Anspannung, je näher er dem Hügel kam. Dahinter drangen nämlich die Stimmen und das Gelächter unzähliger Menschen hervor. Zusammen mit einem Feuerschein, der gelbe und rote Kleckse in den Nachthimmel malte. Als Leif den Hügel erreichte, sank er auf alle viere herab, kroch die Böschung hinauf und spähte auf die andere Seite.

Da lag es. Keine hundert Meter von ihm entfernt, mitten auf einer großen Lichtung im Wald.

Björns Dorf.

Es bestand aus etwa fünfzig Häusern und Ställen, die so eng ineinander verschachtelt waren, dass man oft das eine Gebäude nicht vom anderen unterscheiden konnte. Allerdings hatte Björn sein Dorf noch zusätzlich zu einer Festung ausgebaut. Um die Häuser verlief ein hoher Palisadenzaun sowie ein breiter Wassergraben, der das Dorf praktisch zu einer Insel machte. Dahinter erhoben sich drei Wachtürme, von denen man die gesamte Umgebung überblicken konnte. Der einzige Zugang zum Dorf führte über eine Brücke, die jedoch mit einem massiven Tor verschlossen war.

Eigentlich hätten die Bewohner um diese Uhrzeit schlafen müssen. Stattdessen herrschte in dem Dorf eine ausgelassene Stimmung. Im Zentrum brannten mehrere Lagerfeuer und befleckten die Häuser mit ihrem zuckenden Licht. In den Gassen tummelten sich allerlei Frauen und Kinder, die lachten und zu der Musik einer Fidel tanzten. Und die Männer stießen mit ihren Trinkhörnern an, jubelten lautstark oder rissen derbe Witze.

»Und?«, informierte sich Thorhall. »Wie ist die Lage?«

Leif hatte gar nicht bemerkt, dass sein Vater zu ihm auf den Hügel gekrochen war. Er ließ sich seine Überraschung jedoch nicht ansehen, sondern konzentrierte sich stur auf das Treiben im Dorf. Auch wenn er durch den Zaun lediglich ein paar magere Ausschnitte davon erkennen konnte. »Es wird schwierig werden, in die Siedlung zu gelangen«, meinte er. »Björn und seine Leute haben aufgerüstet. Als ich das letzte Mal hiergewesen bin, gab es nur einen einzigen Wachturm, und der Graben war kaum größer als eine Saatfurche.«

»Ja, schon möglich«, nickte Thorhall. Seine Augen zogen sich berechnend zusammen. »Diese Aasgeier haben wohl gerochen, dass wir zu ihnen kommen.«

»Ohne schweres Gerät werden wir das Dorf jedenfalls nicht stürmen können«, gab Leif zu bedenken.

»Es wird auch so klappen.«

»Wird es nicht.« Leif machte einen Schulterblick zu seinen Kameraden. Sie hatten sich hinter ihnen in Stellung gebracht; wirkten entschlossen und hungerten nach Rache. Aber all das konnte nicht darüber hinwegtäuschen, wie unterlegen sie waren. »Björn hat mindestens dreißig Männer mehr. Sie werden uns abschlachten, noch bevor einer von uns über den Zaun klettern kann.«

»Nein, werden sie nicht. Du vergisst, dass seine Männer betrunken sind. So wie ich es damals auf dem Dorfplatz vermutet habe. Du erinnerst dich?«

»Diese Vorhersage war nun wirklich keine Kunst«, erwiderte Leif unbeeindruckt. »Björn und seine Leute haben an jedem Abend irgendwas zu feiern. Selbst wenn es bloß die Dunkelheit ist.«

»Und wenn schon. Das Überraschungsmoment steht auf unserer Seite.« Thorhall nickte zum Dorf. »Von den drei Wachtürmen ist nur einer besetzt – und der einzige Mann dort oben starrt den Weibern so tief in den Ausschnitt, dass er keinen Blick mehr für die Umgebung erübrigt.«

»Wir sollten uns die Sache trotzdem überlegen.« Leif beobachtete die Schatten mehrerer Kinder, die über eine Hausfassade geisterten ... und verspürte dabei immer mehr Skrupel. »Vielleicht wäre es besser, wenn wir bis morgen warten. Wir könnten Björn und seinen Männern auflauern, wenn sie zu ihrem Schiff am Strand gehen.«

»Nein, können wir nicht. Weil wir keine Ahnung haben, wie lange das Portal offenbleibt. Und zudem sitzen Björns Leute gerade so richtig schön in der Falle. Wenn wir es geschickt anstellen, können wir sie in die Enge treiben und dafür sorgen, dass keiner entkommt.«

»Du willst doch nicht ernsthaft die Frauen und Kinder töten?«

»Du kennst die Antwort darauf«, erklärte Thorhall abgebrüht. Er wollte sich hochstemmen, aber Leif hielt ihn am Arm fest.

»Nur die Männer«, ermahnte er seinen Vater. »Die Frauen und Kinder werden wir nicht anrühren, hörst du?«

»*Zum Teufel damit!*« Thorhall schüttelte sich los. »Haben Björn und seine Halunken etwa deine Familie verschont? Oder die Frauen, Töchter und Söhne deiner Kameraden? Es ist unsere Pflicht, für jedes geraubte Leben ein anderes zu nehmen. Und zudem benötigen wir nun mal möglichst viele Opfer für die Götter. Also beweg deinen Kadaver aus dem Schnee und mach dich nützlich, bevor ich die Beherrschung verliere!« Er schwang sich nun endgültig auf die Beine und gab den Wikingern ein Zeichen.

Darauf hatten die Männer nur gewartet. Sie brachten ihre Waffen in Stellung und rüsteten sich zum Angriff.

Leif verwünschte seinen Vater innerlich. *Dieser bornierte Idiot wird uns noch alle in den Tod führen!* Er war drauf und dran, seine Kameraden einfach im Stich zu lassen und zu fliehen. Warum auch nicht? Wenn er von hier aus nach Osten ging, würde er nach wenigen hundert Metern auf die Küste stoßen. Und wenn er sich nach Südwesten durch den Wald schlug, konnte er bereits zum Tagesanbruch sein ehemaliges Dorf erreichen und von dort aus weiter nach Vik ziehen. Leif wäre sogar bereit gewesen, zurück nach Niflheim zu gehen. Hauptsache, er konnte sich von Björns Sippe fernhalten und musste keine Unschuldigen töten.

Worauf wartest du dann noch? Verschwinde endlich!

Leif sah zum Portal. Er hatte noch gar keinen Blick dafür verschwendet, wo genau es sich eigentlich befand. Umso erstaunter war er darüber, dass sich das Portal in einem Felsbrocken geöffnet hatte, der wie ein altes Relikt im Schnee versunken lag. Hinter der Türschwelle zeigte sich unverändert der Opferplatz, obwohl er viel größer als der Felsen war und weit über seine Grenzen hinausragte. Ein surreales Bild; eines, das jeder Logik und Mathematik trotzte.

Bong!

Ein Schneeball flog gegen Leifs Helm.

Als er sich umdrehte, entdeckte er Thorhall am Fuß des Hügels. Sein Vater gestikulierte herrisch mit der Hand. *Komm sofort her! Wird's bald?*

Leif musste seinem Befehl wohl oder übel folgen. Er zwang sich auf die Beine und stakste zu seinen Kameraden hinunter. Ein kurzer

Blick zum Dorf gab ihnen die Sicherheit, dass sie bislang unentdeckt geblieben waren. Dann zogen sie los und traten zwischen den letzten Bäumen hervor, auf die Lichtung hinaus.

Sie kamen wie eine zweite Nacht. Lautlos wie ein Schatten. Schnell wie der Wind. Und tödlich wie ein Wolfsrudel. Die Wikinger hatten diese Art des Angriffs schon zigmal geübt, sodass sie nun voll in ihrem Element waren und nahezu unsichtbar mit ihrer Umgebung verschmolzen. Jeder wusste genau, was er zu tun hatte; jeder verstand sich blind mit dem jeweils anderen. Und so wechselten sie kein einziges Wort miteinander, während sie zu der Brücke schlichen. Grimar, Norwin und Snorre legten dabei jeweils einen Pfeil auf ihren Bogen und visierten den Zaun an, um jeden Späher sofort zum Schweigen zu bringen. Die anderen Männer hielten ihre Helme und Klingen möglichst in Bodennähe, damit sich kein verräterisches Licht auf ihnen spiegeln konnte.

Kurz bevor sie die Brücke erreicht hatten, glitten sie hinter einer Schneewehe in Deckung, loteten die Umgebung aus, musterten das Tor. Es war höher und massiver als gedacht; ein tonnenschweres Bollwerk, das selbst dem Aufprall eines Rammbocks locker standhalten konnte. Und ganz sicher auch den Schlägen und Tritten einer Handvoll Männer.

»Ich habe es dir gesagt«, wisperte Leif seinem Vater zu. »Ohne schweres Gerät werden wir uns an dem Tor die Zähne ausbeißen.«

»Überlass das mir«, speiste Thorhall ihn ab.

»Worauf du dich verlassen kannst«, giftete Leif. »Ich habe schon viel zu oft für dich und die anderen den Kopf hingehalten. Jetzt wird es Zeit, dass du dir mal selbst die Finger schmutzig machst.«

»Leck mich«, fauchte Thorhall. Er gab Norwin einen Wink.

Der Wikinger verstand, was er tun sollte, und richtete seinen Bogen auf den Wachmann, oben im Turm. Norwin kniff sein linkes Auge zu, zielte mit dem rechten und atmete ganz flach, um kein bisschen zu wackeln; dann ließ er die Bogensehne auch schon los. Der Pfeil sirrte davon, flog knapp über den Zaun hinweg – und jagte dem Wachmann quer durch den Hals. Ein Meisterschuss! Der Mann gurgelte Blut und versuchte zu schreien, um seine Leute zu warnen. Doch der Pfeil hatte alles in seiner Kehle zerstört, womit der Mann einen Laut von sich geben konnte. Er röchelte noch mehrmals nach Luft, bevor er tot zusammenbrach und hinter der Brüstung liegenblieb.

Von nun an war das Dorf blind.

Und Thorhall konnte ungestört zum zweiten Akt des Angriffs übergehen.

Er stieg auf die Brücke und duckte sich zu dem Tor. Anfangs sah es ganz so aus, als würde er sich mit Anlauf auf die andere Seite schwingen wollen, aber dann blieb er genau vor dem dünnen Spalt stehen, der zwischen den beiden Torflügeln klaffte. Thorhall linste rasch durch ihn hindurch und stellte sicher, dass niemand in der Nähe war. Dann legte er seine Hand auf den Spalt; und zwar ziemlich genau an der Stelle, an der sich der Querbalken befand, mit dem das Tor verriegelt war.

»Was tut er da?«, wunderte sich Snorre.

»Ich weiß es nicht«, murrte Norwin.

Leif wusste es dafür umso besser. Weil er es von seiner Position aus als Einziger deutlich sehen konnte.

Unter Thorhalls Handfläche glühte ein rotes Licht auf. So schwach, dass es sich kaum von dem Feuerschein im Dorf abhob, und doch heiß und zerstörerisch genug, um den Querbalken zu durchtrennen. Bereits nach wenigen Sekunden gab das Holz ein wehleidiges Knacken von sich, und keinen Augenblick später brach der Balken entzwei und flog aus seiner Schiene, sodass die beiden Torflügel ein minimales Stück nach innen aufglitten.

Thorhall drehte sich zu seinen Männern um.

Das rote Licht in seiner Hand war erloschen, aber dafür strahlte die Mordlust in seinen Augen umso heller und fieberte dem Moment entgegen, an dem er gleich den ersten Schädel zertrümmern durfte. Er wirbelte sein Schwert in die Höhe und rief aus voller Kehle: »Blut und Gedärm!«

»*Blut und Gedärm!*«, skandierten die Wikinger im Chor.

Dann rannten sie über die Brücke, auf das Tor zu. Unterwegs reckten auch sie ihre Waffen in die Höhe, sodass die vielen Klingen wie ein silbernes Gewitter über ihren Köpfen funkelten. Thorhall geduldete sich noch so lange, bis die Männer ihn beinahe erreicht hatten. Anschließend wandte er sich um und versetzte den Torflügeln jeweils einen Stiefeltritt, sodass sie nach links und rechts aufflogen und den Wikingern den Weg ins Dorf ebneten.

Die Einwohner bekamen davon zunächst gar nichts mit, sondern feierten arglos weiter. Erst als die Wikinger auf sie zustürmten, hielten die Frauen, Männer und Kinder in allem inne, was sie taten. Niemand rührte sich mehr, lachte, sprach ein Wort. Auch die Musik brach mitten im Refrain ab, und selbst die Lagerfeuer erweckten ganz den Anschein, als würden ihre Flammen für eine zähe Sekunde lang in Schockstarre verfallen.

Dann stimmte eine Frau einen Schrei an.

Wenn auch nur kurz.

Halvar benötigte keine zehn Schritte, um zu ihr zu gelangen – und trennte ihr mit einem einzigen Schwerthieb den Kopf von den Schultern!

Das versetzte Björns Sippe schlagartig in Panik.

Alle Frauen und Kinder warfen sich herum und flohen in ihre Häuser. Die Männer hingegen taumelten zu ihren Waffen und stemmten sich den Angreifern entgegen. Von da an nahm das Chaos seinen Lauf und weitete sich explosionsartig über das gesamte Dorf aus. Überall ertönten weitere Schreie. Manche aus Angst, einige vor Anstrengung, aber die meisten vor Schmerz. Klingen hämmerten in einem ungleichen Rhythmus gegeneinander und sprühten Funken durch die Nacht. Becher und Teller zerbarsten unter den Stiefeltritten der Männer. Irgendwo kippte ein Fackelständer um und setzte einen Ochsenkarren daneben in Brand. Und es verging kaum ein Augenblick, in dem nicht ein weiterer Einwohner unter dem brutalen Hieb eines Wikingers zusammensackte und in seinem eigenen Blut landete.

Vermutlich geschahen sogar noch weitaus schlimmere Dinge, die Leif allerdings in dem Getümmel gar nicht erfassen konnte. Er wankte zwar ebenfalls auf das Dorf zu, zögerte aber bei jedem Schritt ein bisschen mehr, um sich möglichst lange von dem Kampf fernzuhalten.

Haldor war da weitaus flinker, trotz seiner Behinderung. Er windete sich geschickt an Leif vorbei und entfachte zwischen seinen Fingern eine Blitzkugel. Leif ließ es jedoch nicht zu, dass sich sein Bruder in dieses sinnlose Gemetzel stürzte. Er schlug ihm die flache Hand auf die Brust und stoppte ihn abrupt, sodass Haldor mit seinen Beinen noch mehrmals ins Leere trat, ehe er zum Stillstand kam.

»Was soll das?«, beschwerte sich Haldor. Er versuchte, seinen Bruder von sich fortzustoßen. Doch Leif konterte den Hieb sofort mit doppelter Wucht, indem er Haldor spielend leicht nach hinten schubste. Dem hatte Haldor nichts entgegenzusetzen. Er flog in den Schnee und tauchte bis zur Nasenspitze darin unter, als wäre er in einen Bottich voller Seifenschaum geflogen. Die Blitzkugel in seiner Hand zischte kläglich, ehe sie erlosch.

»Du bleibst hier!«, befahl Leif. Er verzichtete darauf, drohend den Zeigefinger zu heben, aber sein strenger Ton hatte fast dieselbe Wirkung. »Ich habe keine Lust, dich noch einmal zu retten – so wie auf der Kogge.«

»Aber ich ...«

»Keine Diskussion, Haldor. Bleib hier oder ich werde dir zum ersten Mal im Leben sehr, sehr wehtun. Ich schwöre es!«

Damit wandte sich Leif um und hastete vollends in das Dorf.

Thorhall stand unverändert am Eingang und überwachte das Kampfgeschehen. Er brüllte seinen Männern fortwährend eine Anweisung zu oder säbelte sein Schwert zu allen Dorfbewohnern herum, die fliehen wollten. Seine Klinge triefte schon vor Blut, und der Boden vor ihm war mit den Körpern von drei Frauen und zwei Kindern gepflastert, die der Stammesfürst heldenhaft abgeschlachtet hatte. Aber damit gab er sich natürlich nicht zufrieden. Er wollte noch mehr morden und verstümmeln – und deshalb konnte Thorhall es kaum erwarten, bis Leif bei ihm ankam. »Da bist du ja endlich«, maulte er. »Bleib hier und bewach den Ausgang. Das wirst du wohl selbst mit deinem zarten Gemüt hinbekommen, oder?«

»Keine Sorge. Frauen und Kinder zu erschlagen ist meine Spezialität«, sagte Leif sarkastisch.

»Das freut mich zu hören. Und nun entschuldige mich.« Thorhall sah fieberhaft durch das Dorf, um sich einen passenden Gegner auszusuchen. »Ich möchte mich ein bisschen vergnügen.«

»Warte!« Leif bekam seinen Vater gerade noch am Handgelenk zu fassen, bevor er loslaufen konnte. »Warum hast du mir nichts davon erzählt?«

»Erzählt?«

»Von der Göttermacht. Den Blitzen.« Leif winkte auf den zerborstenen Holzbalken am Boden. »Seit wann besitzt du diese magischen Kräfte?«

Thorhall lächelte boshaft. »Ich nehme an, so lange wie du. Aber im Gegensatz zu dir scheue ich mich nicht davor, sie zu benutzen. Und jetzt sei ein braver Junge und benutz wenigstens die hier, verstanden?« Er schnipste mit seiner freien Hand gegen Leifs Streitaxt. Gleichzeitig befreite er sich aus dem Klammergriff seines Sohns. »Wir dürfen keine Zeugen entkommen lassen. Sonst werden sie allerlei Lügen über uns verbreiten und die anderen Sippen gegen uns aufstacheln.«

»Es ist immer wieder erstaunlich, worüber du dir Sorgen machst, Vater.«

»Ich wusste, dass du mich verstehst.«

Irgendwo in ihrer Nähe brüllte einer von Björns Männern auf.

Thorhall fühlte sich von ihm provoziert. Er lief augenblicklich los und verwickelte den Mann in einen Nahkampf.

Leif verlor seinen Vater nach kürzester Zeit außer Sicht.

Was nicht weiter verwunderlich war, denn das Dorf hatte sich in ein Inferno aus Flammen, Klingen und zahllosen Körpern verwandelt, die überall durch die Gegend huschten. Die Männer standen oft so dicht gedrängt beisammen, dass sie keinen Schritt mehr voneinander weichen konnten und alles niederschlugen, was sich in ihrer Nähe befand. Besonders Leifs Kameraden benahmen sich dabei weniger wie Menschen, als vielmehr wie Tiere. Sie durchstießen Brustkörbe, zerschmetterten Köpfe, trennten reihenweise Arme und Hände ab, und kannten nicht einmal Gnade mit denen, die blutend und flehend auf dem Boden knieten. Ihre Brutalität lag natürlich vor allem an dem Hass, den sie für Björns Sippe verspürten. Immerhin hatten diese Männer ihre Familien ermordet – also welcher Ehemann und Vater wäre da nicht der Raserei verfallen? Aber auch die Göttermacht trug ihren Teil zu diesem Massaker bei und raubte den Wikingern zusehends den Sinn für Ehre und Recht, bis nichts Menschliches mehr in ihnen vorhanden war.

Auch Leif konnte sich nicht mehr vor dem Kampf drücken.

Links neben ihm stolperte eine junge Frau aus einer Gasse hervor. Sie sah fast ununterbrochen zu den Männern hinüber, sodass sie kaum einen Blick für das erübrigte, was vor ihr lag. Wenige Schritte bevor sie gegen Leif geprallt wäre, fuhr sie jedoch zu ihm herum und blieb wie angewurzelt stehen.

Leif stemmte die Axt in die Höhe, sodass sie einen dünnen Schatten über das Gesicht der Frau warf. Um jene Stelle zu markieren, an der ihre Klinge den Schädel gleich in zwei Hälften spalten würde.

Worauf wartest du?, zischte die Göttermacht in Leif. *Schlag zu! Tu, was diese Bastarde verdient haben! RÄCHE MAJVI UND DEINE KINDER!*

Wahrscheinlich hätte er genau das getan.

Doch kurz bevor Leif seine Axt in das Gesicht der Frau stoßen konnte, wurde sie von einem Pfeil getroffen, der hinter ihr aus der Dunkelheit schoss. Er jagte quer durch ihren Rücken, sodass die Metallspitze zwischen ihren Brüsten wieder zum Vorschein kam. Vermutlich spürte die Frau dabei noch nicht mal einen Schmerz. Sie starrte den Pfeil in ihrem Körper einfach nur perplex an und würgte ein Rinnsal Blut aus dem Mund, dann stürzte sie zwischen die anderen toten Frauen und Kinder zu Boden.

Leif kam es so vor, als hätte er sie selbst ermordet. Er stand eine zeitlose Weile mit der erhobenen Axt da und beobachtete, wie das Blut aus der Brust der Frau sickerte; dann senkte er seine Waffe und taumelte von dem Tor davon.

Bei Odin! Was ist bloß mit uns geschehen?

Er sah erneut zu seinen Kameraden hinüber. Sah, wie sie ihrem Zorn freien Lauf ließen, wie ihre Atemzüge in der Kälte dampften und ihre Augen rot flackerten. Inzwischen hatten sie eine erschreckende Überlegenheit gewonnen und attackierten Björns Männer mit so vielen Hieben, dass von ihren Gegnern tatsächlich bloß noch Blut und Gedärm übrigblieb.

Wie konnten wir es nur so weit kommen lassen?

Leif wankte unaufhörlich durch das Halbdunkel. Eigentlich hätte er das Dorf am liebsten verlassen, aber seine Beine trugen ihn beharrlich zwischen die Häuser. Er strauchelte über etliche Leichen, fühlte sich elend und verloren, erkannte seine eigenen Freunde nicht wieder.

Wohin soll das alles noch führen? Wie können wir diese Tat jemals wieder gutmachen? Sag es mir, Odin! WIE?

Plötzlich ragte vor ihm eine Tür in einer Hauswand auf.

Ohne darüber nachzudenken, trat Leif durch sie hindurch und fand sich dahinter in einer Wohnstube wieder. Hier war die Welt noch in Ordnung. Nirgendwo schillerte ein Tropfen Blut oder lag ein zerstückelter Körper. Stattdessen begrüßte die Stube ihn mit einer Behaglichkeit, wie Leif sie seit Wochen nicht mehr erlebt hatte. Links gab es mehrere Betten. In der Mitte stand ein Esstisch. Rechts befand sich eine Kochstelle. Leif schwenkte zur Vorsicht seine Axt mehrmals hin und her, auch wenn er sich hier drin gegen niemanden verteidigen musste. Denn er war allein. Abgesehen von mehreren Schatten, die ein Kaminfeuer im hinteren Bereich der Wohnstube erzeugte.

Leif wankte darauf zu, lehnte sich mit beiden Armen gegen den Kaminsims und schloss die Augen. Die Flammen spuckten ihm eine Hitze entgegen, die zuerst angenehm, aber dann immer lästiger, ja beinahe *schmerzhaft* wurde.

Leif war es egal.

Er versuchte inständig, alles um sich herum auszublenden. Aber der Kampflärm drang durch alle Wände und machte ihn rasend vor Verzweiflung. »Was soll ich nur tun?«, flüsterte er. »Bitte, sag es mir, Majvi! *Wie kann ich diesen Wahnsinn beenden?*«

Seine Frau konnte ihm auch jetzt keinen Ratschlag geben.

Trotzdem erhielt Leif eine Antwort.

Als er die Augen wieder öffnete, starrten ihm zwei Gesichter entgegen. *Das ist nur eine Halluzination*, vermutete er.

Aber er täuschte sich. Der Feuerschein hauchte immer wieder über zwei Köpfe, die auf dem Kaminsims lagen. Sie waren bereits stark verwest und so schrumpelig wie faulige Äpfel geworden, und trotzdem wiesen sie noch menschliche Züge auf. Der rechte Kopf gehörte einem Jungen. Sein Mund war zu einem fransigen Loch geworden, die Augen tief in die Höhlen gesunken, das blonde Haar zu einer wirren Mähne zerzaust. Der linke Kopf stammte von einem Mädchen und hatte sich bräunlich verfärbt, als wäre er zu Leder erstarrt. Nur die Haare leuchteten noch wie zu Lebzeiten in einer roten Farbe. Haare, die dieses Mädchen von seiner Mutter geerbt hatte. Von Majvi ...

Himmel!

Ein eiskaltes Entsetzen sprudelte durch Leifs Hals, zusammen mit einer ätzenden Übelkeit. Er stieß sich von dem Kaminsims ab und sprang vor diesem grausigen Fund zurück.

Sind das etwa ...?

Sie waren es. Eindeutig.

Leif hatte soeben die Köpfe von Runa und Sven gefunden, die einer von Björns Männern als Jagdtrophäe mit nach Hause genommen und zur Zierde auf seinen Kamin gestellt hatte.

Das darf nicht wahr sein!

Das Entsetzen pochte immer stärker in Leifs Kehle. Sein Herz zuckte, als würde es alle Qualen noch einmal durchleben, die Leif beim Tod seiner Familie erdulden musste. Seine Hände ballten sich um die Axt zusammen, bis sie zu zittern anfingen. Und da war Hass. So viel Hass, dass es Leif schwindelig davon wurde. Denn plötzlich wollte auch er morden, wollte massakrieren und Björn alles heimzahlen, was er seiner Familie angetan hatte. Ganz einfach, weil Runa und Sven ihm gar keine andere Wahl ließen. Sie starrten Leif mit ihren matten Augen sehnsüchtig an, als hätten sie seit Wochen auf genau diesen Moment gewartet. Darauf, dass ihr Vater endlich zu ihnen kam und sie rettete.

Tu es!, weinte Runa in seiner Fantasie. *Es ist deine Pflicht!*

Und Sven heulte: *Räche uns! Räche uns, Vater!*

Leif spürte, wie er jegliche Hemmungen verlor. Beinahe so, als hätte er sich eine zentnerschwere Kette vom Körper gestreift. Er wirbelte herum ... und stoppte praktisch in derselben Bewegung schon wieder.

Vor ihm stand ein Mädchen.

Runa?, überlegte Leif. Er verwarf den närrischen Verdacht jedoch sofort wieder. Das Mädchen war nicht seine Tochter, auch wenn es ihr frappierend ähnelte. Es war ungefähr zwölf Jahre alt, hatte dieselbe drahtige Statur, dieselben roten Haare, denselben aufsässigen Blick. Und noch etwas hatte das Mädchen mit Runa gemein: Es hielt ein Schwert in den Händen. Ein *echtes* Schwert, das ihm eigentlich viel zu groß war. Aber das Mädchen hatte die Klinge geschickt austariert und schien zu allem entschlossen zu sein. Denn es zeigte keinerlei Furcht vor Leif. Stattdessen sah es ihn feindselig an.

Leif starrte im gleichen Maße zu dem Mädchen zurück, während seine Kinder hinter ihm mit ihren imaginären Stimmen weiter im Chor schrien: *Räche uns! RÄCHE UNS!* Die Axt bebte in seinen Händen, und sein Bauch wurde endgültig zur Säuregrube; brodelte vor Hass und Tobsucht. Es wäre sein gutes Recht gewesen, wenn er sich jetzt von diesem Mädchen ebenfalls den Kopf geholt hätte.

Aber da war noch eine dritte Stimme in ihm.

Jene Stimme, die ihn bislang vor allen Gräueltaten bewahrt hatte.

Du bist ein guter Mensch, hörte er Majvi sagen. *Versprich mir, dass du kein Leid über andere bringen wirst.*

Leif kämpfte sekundenlang mit sich. Wankte zwischen Gut und Böse umher, bis er sich innerlich vollkommen zerrissen fühlte. Dann schwang er die Axt mit einem brachialen Hieb nach vorne – und hackte sie vor dem Mädchen in den Boden. *Womms!* Er atmete tief durch und schloss noch mal kurz die Augen, um sich zu sammeln. Danach sah er zu dem Mädchen zurück. Es war in die Knie gefedert und etwas blass um die Nase geworden, aber es funkelte Leif selbst jetzt noch feindselig an.

»Steck das Schwert weg, Kleine«, sagte er. »Ich will dir ...«

Weiter kam er nicht.

Das Mädchen lief mit einem wilden Aufschrei los und stieß das Schwert nach oben, um es Leif in die Brust zu rammen. Er versuchte noch, seine Axt aus dem Boden zu ziehen, doch die Klinge hatte sich fest zwischen den Holzbohlen verkantet. Dann musste Leif seine Waffe auch schon loslassen und rückwärts davonspringen. Er riss seinen Dolch aus dem Gürtel und parierte mit ihm den ersten Schwerthieb des Mädchens. Seine Klinge war natürlich erheblich kleiner, aber mit viel mehr Kraft beladen, sodass es ihm recht leicht gelang, das Schwert von sich abzublocken. Doch das Mädchen ließ sich davon nicht einschüchtern. Es taumelte nicht einmal, sondern windete sich mit einer katzenhaften Leichtigkeit an seinem Dolch vorbei und setzte zu einem zweiten Hieb an.

Leif machte einen weiteren unbeholfenen Tapser nach hinten, um dem Angriff auszuweichen. Er wäre glatt in dem Kaminfeuer gelandet, wenn ihn die Hitze im Rücken nicht gewarnt hätte. In letzter Sekunde tänzelte er zur Seite, sodass die Schwertklinge ins Leere glitt. Gleichzeitig winkelte er sein Bein an und trat gegen die Hände des

Mädchens. Sie fuhren wie erwartet auf, wodurch das Schwert ein Rad durch die Luft schlug und mitten im Feuer landete. Auch das Mädchen hätte ein Flammenbad genommen, weil es von seinem eigenen Schwung nach vorne gerissen wurde. Leif konnte es jedoch gerade noch verhindern, indem er beide Arme um das Mädchen schlang und es gegen seine Hüfte presste.

Deswegen wurde die Kleine allerdings nicht zahmer. Sie hatte zwar ihr Schwert verloren, nicht aber ihren Kampfgeist. Denn sie trat mit ihren Füßen sofort gegen Leifs Beine, stieß ihre Fäuste in seinen Unterleib, biss nach seinen Armen. Und als das nichts nützte, zückte auch sie einen Dolch aus ihrem Gürtel, um ihn in Leifs Gesicht zu bohren.

Leif löste rechtzeitig eine Hand von dem Mädchen und stoppte die gegnerische Klinge – wenn auch nur wenige Zentimeter, bevor sie zwischen seine Augen gefahren wäre. Das Mädchen gab sich trotzdem nicht geschlagen. Es rüttelte energisch an Leifs Griff und windete sich in seinem Arm, um sich irgendwie zu befreien.

»*Schssst*«, machte Leif. »Beruhig dich!«

»Lasst mich los«, keifte das Mädchen.

»Das werde ich, versprochen. Aber zuerst musst du dich beruhigen.«

»Ihr habt mir gar nichts zu befehlen!«

»Jetzt versteh doch: Ich will dir nichts tun, sondern dich beschützen.«

»Pah, dass ich nicht lache! Wovor denn beschützen?«

»Vor meinen Kameraden. Wenn du weiter so ein Gezeter machst, werden sie dich hören und dir Furchtbares antun.« Leif musste der Kleinen nicht näher erläutern, was er damit meinte. Draußen kreischte die nächste Frau auf ... und verstummte sofort wieder, als sie hörbar von einer Schwertklinge aufgeschlitzt wurde.

Aber selbst das konnte das Mädchen nicht schockieren. Und noch weniger besänftigen. Natürlich nicht! In seinen Adern floss schließlich echtes Wikingerblut. »Warum solltet Ihr mich beschützen wollen?«, zweifelte es. »Ihr gehört doch auch zu diesen Monstern da draußen.«

»Nicht alle von uns sind Monster«, verteidigte sich Leif. Er schielte zu den Köpfen seiner Kinder hinüber. Es kam ihm wie ein Verrat vor, dass er vermutlich gerade die Tochter jenes Mannes schützte, der seine Familie getötet hatte. Und doch verspürte Leif keinerlei Rachegelüste mehr, weil er nun mal kein Mörder sein wollte. »Wie ist dein Name, Mädchen?«

»Wozu ist das wichtig? Tötet mich einfach – aber erspart es mir, mich weiter zu begrapschen!«

Draußen näherten sich wuchtige Schritte.

Begleitet von Thorhalls Stimme. »Leif, wo steckst du?«

Leif wägte alle Möglichkeiten ab, die ihm blieben, um das Mädchen vor der Entdeckung zu bewahren. Am Ende musste er sich mit einer Notlösung behelfen. Er zerrte das Mädchen mit sich, ging zu seiner Axt und hebelte sie aus dem Boden; danach eilte er in die dunkelste Ecke, die es in der Wohnstube gab. Dort presste er sich mit dem Mädchen an die Wand und beobachtete die offene Haustür. Bereits nach kurzer Zeit stiefelte Thorhall an ihr vorbei ... und ging weiter die Straße hinunter.

Leif atmete verhalten aus.

Auch das Mädchen entspannte sich, blieb jedoch wachsam.

»Glaub mir endlich: Ich will dir nichts tun«, wiederholte Leif eindringlich. »Also, wie heißt du?«

»Annika Björndóttir.«

»Du bist die Tochter des Jarls?«

»Und wenn es so wäre, was geht Euch das an?«

»Allmählich verstehe ich, von wem du dein Temperament hast«, erwiderte Leif. Er schüttelte den Kopf, um jedes weitere bissige Wort von Annika zu unterbinden. »Hör mir zu! Du wirst dich jetzt dort verstecken, wo du dich die ganze Zeit schon verkrochen hast. Meine Kameraden und ich werden bald abziehen, und dann möchte ich, dass du nach Nordwesten läufst. Zu Finn Anderson und seiner Sippe.«

»Anderson?«

»Ich weiß, es ist ein weiter Weg dorthin – und ein gefährlicher noch dazu. Aber Finn wird dich bei sich aufnehmen. Bei ihm bist du sicher. Denn ich fürchte, von deiner Sippe wird niemand überleben.«

Wie recht Leif doch hatte. Der Lärm im Dorf ebbte so schnell ab, wie er aufgebrandet war. Wo eben noch siebzig, achtzig Männer gekämpft und gut doppelt so viele Frauen und Kinder geschrien hatten, erklangen jetzt bloß noch vereinzelt ein paar Stöhnlaute ... aber dafür umso öfter das Gelächter der Sieger.

»Wirst du es schaffen, zu Finn Anderson zu laufen?«, vergewisserte sich Leif.

Annika nickte knapp.

»Gut. Ich werde dich jetzt loslassen – und du wirst dich benehmen, verstanden?«

Das zweite Kopfnicken folgte.

Leif musste Annika vertrauen. Er zögerte einen letzten Moment, dann öffnete er seinen Griff an ihr. Annika federte von ihm davon, als wäre sie von einer Bogensehne geschossen worden, und schleuderte Leif noch einen wüsten Blick entgegen. Anschließend steckte sie den Dolch in ihren Gürtel und lief los. Allerdings nicht zum Bett oder zu einem anderen Versteck, so wie Leif es ihr aufgetragen hatte. Nein, sie eilte direkt auf die Tür zu.

»Annika ... nicht!«, fauchte Leif erbost. »Meine Kameraden werden dich töten!«

Das Mädchen hörte nicht auf ihn. Es wandte bloß einmal trotzig den Kopf über die Schulter, ehe es ins Freie sprang ... und von einem Fausthieb an der Schläfe getroffen wurde. Annikas Kopf flog dabei so weit in den Nacken, bis ihre Halswirbel knirschten, und aus ihrer Kehle drang ein ersticktes Röcheln. Dann prallte sie gegen den Türrahmen, rutschte an ihm herab zu Boden und blieb bewusstlos liegen. Um Platz für Thorhall zu machen, der sich in die Wohnstube bückte. Auf seinem Kettenhemd sowie dem Mantel hatten sich noch mehr Blutflecken gesammelt, und auch an seinem Schwert klebten mal wieder etliche Hautfetzen. Ihm genügte ein rascher Blick, um zu erkennen, dass es hier drin niemanden mehr gab, den er hätte niederschlagen müssen. Anschließend wollte sich Thorhall schon wieder zurückziehen, aber dann entdeckte er zufällig Leif in der Ecke.

»Da bist du«, erkannte er. »Was hast du hier drin getrieben?«

»Ich habe Runa und Sven gefunden.« Leif zeigte zum Kamin.

Thorhall bemaß die beiden Köpfe auf dem Sims. Falls ihn der Anblick seiner Enkel betroffen machte, ließ er es sich nicht anmerken. Er rümpfte lediglich die Nase. »Wirklich tragisch«, meinte er. »Dann pack sie ein und lass uns gehen. Schnell! Und nimm diese Göre mit. Sie ist ein hervorragendes Opfer für die Götter.« Er stieß seinen Stiefel gegen Annika.

»Wozu die Eile?« Leif horchte nach draußen. Einige seiner Kameraden lachten gerade erneut auf. »Es klingt doch, als hätten wir gewonnen.«

»Ja, das haben wir. Aber irgendwas stimmt hier nicht.« Thorhall würgte einen Mundvoll Spucke auf den Boden. Er war mit Blut durchsetzt. »Manche von uns fühlen sich krank, seit sie durch das Portal gegangen sind. Vielleicht vertragen sie die Luft unserer Heimat nicht mehr. Und wenn ich ehrlich sein darf, ging es mir bis gerade eben auch noch wesentlich besser. Wir sollten deshalb unverzüglich nach Niflheim zurück.«

33

Thorhall und seine Männer verließen das Dorf so, wie Björn Edmundson ihres verlassen hatte: als brennendes Schlachtfeld. Aus jedem Haus und jedem Stall schlugen riesige Flammensäulen empor, die das Dorf bis zum Morgengrauen zu einem schwarzen Krater einäschern würden. Zusammen mit allen, die darin gewohnt hatten. Denn von Björns Sippe hatte kaum jemand überlebt. Die Straßen waren mit den Leichen von nahezu zweihundert Mädchen und Jungen, Frauen und Kriegern gepflastert. Und Björn selbst hing – ganz nach alter Tradition – festgenagelt an einem Holzbalken. Ausgeweidet bis auf die letzte Darmschlinge, und enthauptet von Thorhalls Schwert.

Leif konnte nur hoffen, dass Odin ihnen diese frevelhafte Tat irgendwann verzeihen würde. Er selbst konnte es nicht.

Seine Kameraden dagegen waren mit sich und ihrem Gewissen absolut im Reinen. Sie hatten ihre Familien gerächt und überdies reiche Beute gemacht. Björns Vorratskammern waren bis zum Dachgiebel vollgestopft mit Nahrungsmitteln – und nichts davon roch faulig oder trug einen einzigen Schimmelfleck an sich. Womit die Wikinger jetzt vor lauter Fässern, Kisten und Säcken kaum laufen konnten, während sie zurück zum Portal gingen. Snorre scheuchte sogar eine meckernde Schafherde vor sich her, und Norwin, Halvar sowie Grimar zerrten jeweils eine junge Frau als Kriegsbeute mit sich.

Das war allemal genug, um den Göttern von Niflheim ein üppiges Opfer darzubieten. Und damit auch genug, um ihre Familien wiederzubeleben. Dachten jedenfalls die Männer.

Selbst Leif stapfte keineswegs mit leeren Händen aus dem Dorf. Zum einen hatte er sich die Köpfe seiner Kinder an den Gürtel gehängt, um sie endlich zu ihren Körpern zurückzubringen. Zum anderen trug er Annika über der Schulter mit sich. Das Mädchen war noch immer bewusstlos, stöhnte allerdings hin und wieder gequält. Es widerstrebte Leif zutiefst, Annika mit nach Niflheim zu nehmen und dort womöglich den dunklen Mächten auszusetzen. Aber ehrlich gesagt war das momentan nicht seine einzige Sorge. Und schon gar nicht seine größte.

Denn Thorhall hatte recht: Irgendwas stimmte hier nicht.

Leif hatte es eine Zeitlang für eine harmlose Erschöpfung gehalten, aber inzwischen musste er zugeben, dass er sich merkwürdig fühlte, seit er durch das Portal nach Island getreten war. Begonnen hatte alles mit leichten Kopfschmerzen und einem flauen Magen; nichts, was einen Wikinger aus den Stiefeln werfen konnte. Aber zu diesen beiden ersten Symptomen hatten sich schon bald ein halbes Dutzend weitere gesellt. Schwindel, zum Beispiel. Übelkeit, Fieber, Gliederschmerzen. Ein Zustand, als würde sich eine Erkältung, wenn nicht gar eine Seuche in Leif breitmachen. Allmählich fühlte er sich bloß noch jämmerlich schwach, ja geradezu dem Tode geweiht, sodass jeder weitere Schritt zu einem Kraftakt sondergleichen für ihn wurde.

Seinen Kameraden ging es keineswegs besser.

Immer wieder brach einer der Männer zusammen, sodass ihm die anderen helfen mussten. Und immer wieder würgte einer von ihnen blutigen Schleim aus dem Mund, rang nach Luft oder krümmte sich unter einem garstigen Schmerz zusammen. Vermutlich wären die Männer über kurz oder lang besinnungslos in den Schnee gekippt, wenn sie nicht rechtzeitig das Portal erreicht hätten. Als sie nämlich über die Schwelle nach Niflheim traten, ließen ihre Beschwerden schlagartig nach, als hätten die Männer sie wie ein Kleidungsstück abgelegt.

»Was hat das zu bedeuten?«, wunderte sich Thorhall. Er stapfte zusammen mit Leif als Letzter auf das Portal zu.

»Wonach sieht es denn aus?«, antwortete Leif pikiert. Er spuckte ebenfalls einen blutigen Tropfen in den Schnee und musste sich kurz an einem Baum abstützen, um nicht das Gleichgewicht zu verlieren. Als er danach weiterging, war ihm so elend zumute, dass er sich kaum mehr auf den wackeligen Beinen halten konnte. »Die Götter haben uns nicht nur übermenschliche Kräfte verliehen, sondern auch an die kurze Leine gelegt. Um sicherzustellen, dass wir nach Niflheim zurückkommen.«

Thorhall sah ihn an. Vermutlich sollte sein Gesicht skeptisch wirken, aber es war in den letzten Minuten so bleich geworden, dass es jetzt eher einer Totenmaske ähnelte. »Warum sollten die Götter das tun?«, stutzte er.

»Warum wohl?«, ärgerte sich Leif. »Sie haben Angst, dass wir ihnen nicht mehr dienen wollen und stattdessen hier in Island bleiben. Aber genau das sollten wir tun.« Er blieb demonstrativ stehen.

Thorhall ging das letzte Stück bis zum Portal weiter, ehe auch er innehielt. »Was hast du vor?«, erkundigte er sich lauernd.

»Ich werde nicht mit euch kommen«, verkündete Leif.

»Und ob du das tun wirst. Andernfalls wirst du sterben.« Thorhall zeigte auf Leifs Nase, aus der gerade ein Blutfaden sickerte.

Leif wischte ihn mit dem Handrücken ab und betrachtete ihn nachdenklich. Es war beängstigend, wie schnell sein körperlicher Zerfall voranschritt, und irgendwie wunderte sich Leif auch darüber, dass die Göttermacht ihn nicht davor schützte. Aber mehr als das hatte die Aussicht, dass er bald sterben durfte, auch etwas Befreiendes an sich; war wie eine Absolution, die ihn von all seinen Ängsten und Nöten erlöste.

»Vielleicht wäre es besser so«, sinnierte er. »Was immer mit uns geschieht, wird von Moment zu Moment schlimmer.«

»Sei nicht albern«, wiegelte Thorhall ihn ab. »Wir haben doch beinahe geschafft, was wir erreichen wollten.« Er zeigte mit dem Daumen durch das Portal. »Wir müssen den Göttern bloß noch die Opfer bringen, dann können wir mit unseren Familien nach Hause gehen.«

Ich fürchte, die Götter werden uns nicht so einfach ziehen lassen, dachte Leif. *Nicht jetzt, wo sie gerade erst Gefallen daran gefunden haben, dass wir für sie jagen. Und wenn ich mir einige unserer Kameraden so ansehe, gefällt es auch ihnen, dass sie neuerdings im Namen der Götter brandschatzen und töten dürfen.*

Er blickte an seinem Vater vorbei nach Niflheim. Seine Kameraden tummelten sich auf dem Opferplatz und waren noch ganz betrunken von dem Sieg, den sie über Björns Sippe errungen hatten. Sie lachten, tätschelten sich die Schultern und übertrumpften sich gegenseitig mit ihren Heldengeschichten. Einige gönnten sich auch einen üppigen Schluck Met aus einem der Fässer oder bissen herzhaft in ein gepökeltes Stück Fleisch. Und Norwin, Halvar und Grimar pressten den entführten Frauen jeweils einen gewaltsamen Kuss auf die Lippen.

Leif empfand dabei pure Verachtung für seine Kameraden. Für sie und die Götter, die irgendein perfides Spiel mit ihnen trieben. Eines, das Leif noch nicht durchschaut hatte, aber bei dem er intuitiv spürte, dass es schon bald in einem ewigen Albtraum enden würde.

»Mein Entschluss steht fest«, sagte er. Gleichzeitig machte er einen Schritt rückwärts von dem Portal fort, auch wenn diese Bewegung mit unendlich vielen Schmerzen verbunden war. »Ich werde hierbleiben. Lebwohl, Vater.«

Er wandte sich ab.

Thorhall war mit einem Satz bei ihm und krallte seine Hand in Leifs Oberarm. Der Griff allein wäre locker zu ertragen gewesen, aber Thorhall entfachte überdies noch mehrere Funken in seiner Hand, die tief in Leifs Haut schnitten und ihm das entsetzliche Gefühl gaben, gleich seinen Arm zu verlieren.

»Ich werde nicht zulassen, dass du feige davonläufst oder die Götter zornig machst«, knirschte Thorhall durch seine Zähne. »Wenn sie unbedingt wollen, dass wir nach Niflheim zurückkommen, dann werden wir uns ihrem Willen beugen.«

»Wir haben uns ihnen schon viel zu lange gebeugt«, erwiderte Leif.

»Irgendwann muss Schluss sein. Du wirst mich jedenfalls nicht dazu zwingen können, zurück in die Unterwelt zu gehen.«

»Die Herausforderung nehme ich an.« Thorhall jagte noch mehr Funken in Leifs Oberarm. Allerdings nicht, weil er ihn damit quälen oder verletzen wollte, sondern um ihn abzulenken. Im selben Moment griff er nämlich mit seiner zweiten Hand nach Annika, pflückte sie von Leifs Schulter und schwang sich mit ihr herum.

»Vater ... nicht!« Leif stürzte hinter Thorhall her, um ihn zu stoppen. Seine Beine waren jedoch so plump und hölzern wie Stelzen geworden, und sein Kreislauf geriet sofort ins Schlingern, wodurch Leif bloß einen linkischen Tapser durch den Schnee machte. Und es kostete ihn noch zwei, drei ähnliche Stolperschritte mehr, ehe er sich wieder ausbalanciert hatte.

Sein Vater kämpfte mit ähnlichen Problemen, und doch hastete er erstaunlich schnell auf das Portal zu und trat mit Annika auf die andere Seite.

Verdammt!

Leif war drauf und dran, das Mädchen seinem Schicksal zu überlassen. Aber dann fiel sein Blick auf ihr Gesicht ... und plötzlich spürte er, wie sein Herz unendlich schwach wurde. Er konnte Annika nicht aufgeben. Nicht hier, in Niflheim. Nicht jetzt, wo sie einen Beschützer und Ersatzvater brauchte. Und schon gar nicht, weil sie ihn mit jeder winzigen Facette an seine Tochter erinnerte – und darum begab sich Leif letztlich doch nach Niflheim.

Um augenblicklich wieder gesund zu werden.

Er hatte noch kaum die Tür durchschritten, da verkehrte sich seine Erschöpfung ins absolute Gegenteil und berauschte ihn mit einer Kraft, die wie ein Orgasmus durch seinen Körper strömte.

Thorhall lächelte arglistig, als Leif die Schwelle überquerte. *Warum nicht gleich so?*, feixte er.

Anschließend trug er Annika zu dem Steintisch. Die Wikinger hatten rings um seinen Sockel alle Beutestücke aufgebahrt. Die Schafe durften dabei natürlich auch nicht fehlen und standen zwischendrin. Selbst die Frauen lagen gefesselt ganz oben auf den Opfergaben und zuckten widerspenstig umher. Thorhall legte Annika zu ihnen auf einen Getreidesack. Danach nahm er noch die eine oder andere Verbesserung an diesem hübschen Arrangement vor, indem er die Fässer und Kisten penibel geraderückte. Nun war alles angerichtet und von der Jungfrau bis zum Lamm für jeden Geschmack etwas dabei. Die Götter hätten sich ihre Gaben bloß holen müssen.

Aber sie rührten nichts davon an.

Thorhall und seine Männer standen eine kleine Ewigkeit da und warteten darauf ... nun, dass irgendwas passierte. Darauf, dass wieder ein Blitz über die Monolithen zuckte. Darauf, dass sich die Sterne am Himmel verschoben. Oder dass irgendwas anderes Übernatürliches geschah, bei dem die Opfergaben vielleicht davonschwebten oder sich in einen Feuerball auflösten. In Wahrheit blieb es auf dem Platz einfach nur still.

Leif lachte hämisch. »Da habt ihr es! Die Götter wollen euer Blutgeld nicht.«

Die Wikinger starrten ihn übellaunig an. Ihr Ärger verlagerte sich jedoch recht schnell auf Haldor, der ebenso händeringend auf ein Wunder wartete wie alle anderen.

»Jetzt sag schon!«, forderte Norwin. »Was ist hier los?«

»Ich ... ich ...«, *weiß nicht*, lag Haldor auf der Zunge. Er hütete sich jedoch davor, das laut zu sagen, weil es ihm nur noch mehr Ärger eingebracht hätte. Stattdessen wandte er fluchtartig den Kopf zu dem Schild, der an einem der Monolithen lehnte. Dieser konnte ihm leider auch nicht erklären, warum die Götter ihre Opfergaben nicht wollten, und deshalb irrte Haldors Blick rastlos weiter. Von dem Schild zu dem Modell auf dem Steintisch, und von dort hinauf zu den Sternen. Aber egal, wohin er auch sah; egal wie krampfhaft er nach einer Erklärung suchte ... er wirkte nur noch verwirrter dabei.

»Vielleicht sind es zu wenige Opfer?«, sinnierte er. »Ihr müsst bedenken, dass wir mit ihnen über hundert Seelen aus dem Jenseits holen wollen.«

»Es sind nicht zu wenige«, erwiderte Thorhall. Er starrte mit unergründlicher Miene auf die drei Frauen herab, die vor ihm schluchzten und in der Kälte bibberten. »Wir haben bereits alle Opfer hier, die wir benötigen. Wir müssen sie nur freilegen.«

»Von welchen Opfern sprichst du?«, forschte Isbert.

»Oh, ihr wisst genau, wovon ich spreche.« Thorhall sah unter seinen buschigen Augenbrauen hervor und vereinnahmte seine Männer mit einem Ausdruck, der so listig wie unheimlich war. »Ich denke, es ist an der Zeit, dass wir offen miteinander reden und nicht mehr so tun, als müssten wir uns gegenseitig etwas verschweigen.«

»Was denn verschweigen?«, stellte sich Halvar dumm.

Thorhall lächelte tadelnd. »Du kannst mir nichts vormachen. Weder du noch ein anderer von euch. Wir haben soeben ein Dorf überfallen – und dabei keinen einzigen Mann verloren. Scheiße, wir haben nicht mal einen Kratzer davongetragen. Aber das liegt nicht etwa daran, weil ihr alle erstklassige Kämpfer seid oder weil Björns Leute betrunken waren. Nein, der Grund ist ein völlig anderer. Seht euch nur an!« Er winkte ausladend durch die Runde, worauf die Wikinger ihre blutigen Klamotten musterten. »Viele von euch haben so viele Stichwunden und Pfeilschüsse erlitten, dass es für zehn Tode gereicht hätte. Und trotzdem steht ihr alle hier und erfreut euch bester Gesundheit. Denn die Götter haben uns ihre Macht verliehen und dafür gesorgt, dass wir unverwundbar werden.«

Mit diesen Worten hob Thorhall seine rechte Hand, krümmte die Finger und erzeugte eine Blitzkugel zwischen ihnen. Das rote Flackern schien den gesamten Opferplatz in Brand zu setzen. Aber die Einzigen, die davor erschraken, waren die Frauen. Die Wikinger hingegen betrachteten das gleichmäßige Pulsieren in Thorhalls Hand mit einem wissenden Blick.

»Jeder von uns hat diese Kräfte entwickelt«, fuhr Thorhall fort. »Ist es nicht so, Norwin?«

Der besagte Wikinger zierte sich kurz, bevor er ebenfalls den Arm hob und zwischen seinen Fingern ein rotes Licht entfachte.

»Was ist mit dir, Halvar?«, rief Thorhall. »Ich nehme an, du wirst in Zukunft kein Feuer mehr brauchen, um ein Stück Eisen zum Glühen zu bringen.«

Der Schmied wirkte ertappt. Aber auch er reckte seine Hand in die Höhe und zeigte Thorhall seine magische Gabe. So wie alle anderen. Denn plötzlich lief eine wahre Kettenreaktion von einem Mann zum nächsten, und bei jedem leuchtete es rot in der Hand auf. *Wosch! Wosch! Wosch-Wosch!* Als die Welle bei Haldor anlangte, ließ er ebenfalls eine Blitzkugel verspielt um seine Handfläche kreisen. Nur Leif weigerte sich, sein Können unter Beweis zu stellen, und stand wie eine dunkle Zahnlücke zwischen all den flackernden Lichtern.

»Schön ... sehr schön«, schnurrte Thorhall. »Ich nehme an, dass sich jeder von euch gefragt hat, wozu diese Macht nützlich ist. Soll sie uns heilen? Vor der Kälte schützen? Oder dient sie uns als Waffe?« Er pumpte die Blitzkugel in seiner Handfläche unaufhörlich mit Energie voll, bis sie zu einem faustdicken Geschwür heranwuchs. Eines, das immer lauter zischte ... und Thorhall wie mit einer geheimnisvollen Sprache alles verriet, was er über seine Kräfte wissen musste. »Ich werde euch sagen: Diese Macht verleiht uns die Fähigkeit, das zu sammeln, wonach es die Götter *wirklich* begehrt.«

Thorhalls Gesicht verfinsterte sich, obwohl das rote Licht noch immer wie ein Feuersturm darauf tobte. Dann rammte er seine Hand mit der Blitzkugel auf die Frau herab, die genau vor ihm auf den Getreidesäcken lag. Sie krümmte sich zur Seite, um dem Angriff zu entgehen, aber sie reagierte viel zu lahm. Im selben Moment hämmerte Thorhalls Hand auch schon gegen ihre Brust. Der Stoß reichte aus, ihr sämtliche Rippen zu prellen und die Luft aus ihrer Lunge zu treiben, aber die Blitzkugel verlieh dem Hieb überdies ein tödliches Karat. Sie zerstob bei dem Aufprall in dutzende Funken, die kreuz und quer über den Oberkörper der Frau spritzten, als hätte jemand mit einem Schürhaken in die Glut eines Lagerfeuers geschlagen. Und die Funken zogen weiter; verteilten sich im Zickzack über die Arme, den Bauch sowie die Beine der Frau und bohrten sich unaufhaltsam in ihr Fleisch.

Die Frau keuchte zuerst vor Entsetzen, dann vor Schmerz.

»Herr ... bitte!«, flehte sie. »Lasst mich ... oh bitte ... *lasst mich leben!*«

Thorhall achtete nicht auf ihr Gewinsel, sondern feuerte noch mehr, noch heißere Salven aus roter Energie in die Frau; so viele, bis ihr Körper zu leuchten anfing und ein Duft nach verschmortem Fleisch die Luft schwängerte. Aber Thorhall hatte nicht vor, die Frau einzuäschern, obwohl er es locker hätte tun können. Stattdessen weichte er sie nur stark genug auf, dass er in ihre Brust greifen und etwas daraus hervorziehen konnte.

Ihre Knochen.

Thorhall löste ihr gesamtes Skelett so leichtfertig aus dem Körper, als würde er nur die Gräten aus einem gekochten Fisch entfernen. Dem Gesetz der Schwerkraft folgend, hätten die einzelnen Knochen sofort auseinanderfallen müssen, doch sie blieben auf wundersame Weise an einem Stück.

Die Frau kauerte derweil unverändert auf dem Getreidesack, während noch einzelne Funken über ihre Haut zuckten. Nirgendwo an ihr war eine Verletzung oder ein Tropfen Blut zu sehen, aber ihr Körper hatte ohne die Knochen jegliche Festigkeit verloren und fiel sofort zu einer glibberigen Masse zusammen. Womit ihr Todesurteil besiegelt war. Das Schicksal ließ ihr gerade noch ein paar Sekunden Zeit, um ihr eigenes Skelett zu betrachten. Um zu sehen, wie ihre Knochen glänzten und ihr nackter Schädel auf sie herabgrinste. Und die Frau fand sogar noch die Zeit, sich eine letzte Frage zu stellen, obwohl ihr Kopf zu einem feuchten Schwamm geworden war: *Wie ist das möglich?*

Dann starb sie.

Durch ihre Muskeln ebbte ein kurzer Krampf, weil sie von ihrem eigenen Gewicht erstickt wurde, und ihr Herz pochte noch drei-, viermal unter der Haut, während es immer tiefer und tiefer in den Bauch rutschte ... und schließlich stehenblieb.

Aber das bekam niemand mit.

Alle auf dem Opferplatz richteten ihr Augenmerk auf das Skelett, das Thorhall gerade von links nach rechts schwenkte, als würde er damit ein weiteres Ritual zelebrieren wollen. In gewisser Hinsicht tat er das auch. Denn das Skelett löste genau die Reaktionen aus, die er damit bezwecken wollte. Die zwei verbliebenen Frauen begannen nun ebenfalls zu kreischen und schüttelten sich hysterisch in ihren Fesseln. Bei den Wikingern setzte dagegen allmählich das Begreifen ein. Ihre Mundwinkel hoben sich wie die Lefzen eines Tieres, und in ihre Augen trat etwas Fremdes, abgrundtief Böses. Als würde die Göttermacht zum allerersten Mal ihr wahres Gesicht zeigen.

Leif hatte es schon seit Stunden geahnt, wozu diese Macht wirklich diente. Genau genommen seit dem Moment, als er Majvi den Brustkorb aus dem Leib gerissen hatte. Doch nun bekam er die endgültige Bestätigung dafür, welche Opfer die Götter von ihm und seinen Kameraden verlangten. *Was* sie jagen sollten, um wieder glücklich mit ihren Familien vereint zu sein.

Denn plötzlich flackerten sämtliche Sterne am Himmel so blendend weiß auf, dass es im Wald nahezu taghell wurde. Als hätten die Götter irgendwo dort oben gierig gelächelt.

Und Thorhall lächelte ebenso gierig mit.

»Da seht ihr es«, rief er mit gewichtiger Stimme. »Die Götter wollen keine Nahrungsmittel oder Schmuckstücke, sondern Knochen. *Menschenknochen*. Nun, dann sollen sie eben welche bekommen. So viele, dass sie sich einen Palast daraus bauen können.« Er legte das Skelett so behutsam vor sich auf einen Getreidesack, wie man sonst nur einen Säugling in die Wiege betten würde, und strich liebevoll mit den Fingerkuppen über diese organischen Formen. Anschließend wandte er sich zu den beiden anderen Frauen um.

»Nein«, wimmerten sie, als ihnen klar wurde, welche Absicht hinter seinem Blick steckte. »Nein, Herr!« Sie strampelten noch heftiger in ihren Fesseln, um sich irgendwie aufzurichten, aber sie konnten sich gerade mal einen jämmerlichen halben Meter weit von der Stelle winden, ehe Thorhall auf sie zutrat. Er schaufelte die eine Frau mit der linken, die andere mit der rechten Hand in die Höhe, als würden sie nicht das Geringste wiegen.

»Nein, Herr ... *habt Erbarmen!*«, flehten die Frauen.

Natürlich hatte Thorhall kein Erbarmen. Er hatte es schon in seinem früheren Leben nie gehabt, als er mit eiserner Hand über sein Dorf herrschte, und er besaß es hier in Niflheim erst recht nicht.

Unter seinen Handflächen blitzte es wieder.

»Vater, halt!« Leif sprang vor, um ihn von seiner barbarischen Tat abzubringen.

Zu spät.

Thorhall verstärkte die Energie in seinen Händen und raubte – *Wosch! Wosch!* – den Frauen so routiniert die Knochen, als hätte er nie etwas anderes getan. Ihre Körper sackten schlaff zu Boden und fielen dort zu einem unförmigen Haufen zusammen. Die Skelette hingegen ragten wie zwei obskure Flügel neben Thorhall auf. Er ließ seine furchterregende Erscheinung einen Moment lang auf Leif sowie die anderen Männer wirken, um ihnen zu demonstrieren, wie mächtig er geworden war. Danach legte er die Knochen zu den anderen auf den Getreidesack ... und wandte sich dem vierten und letzten Opfer zu: Annika.

»*Vater, HALT! Nicht das Mädchen!*« Leif hatte kurz gestoppt, aber nun warf er sich ein zweites Mal nach vorne, um Thorhall aufzuhalten.

Dabei hatte Annika seine Hilfe gar nicht nötig.

Sie musste wohl heimlich erwacht sein, denn sie sprengte urplötzlich die Augen auf, zog den Dolch aus ihrem Gürtel und stach ihn nach vorne. Thorhall hätte ihm ausweichen können, aber er lächelte bloß arrogant und machte eine grobe Handbewegung, um Annika den Dolch aus den Fingern zu schlagen. Er unterschätzte jedoch, wie unglaublich geschickt sie mit der Waffe war.

Annika änderte rasend schnell ihren Angriff, winkelte den Dolch zur Seite – und rasierte Thorhall mit der Klinge einen langen, tiefen Schnitt in die Hand. Der Stammesfürst zuckte reflexartig zurück. Und noch während er das tat, rammte Annika den Dolch erneut nach vorne. Sie hätte Thorhall beinahe die Klinge zwischen die Rippen gebohrt, wenn er nicht so dick gepanzert gewesen wäre. So prallte der Dolch nur mit einem hellen *Klirr* gegen sein Kettenhemd. Annika war jedoch so klug und versuchte keinen dritten Stoß mehr. Stattdessen federte sie hastig von dem Getreidesack herunter zu Boden. Obwohl das Eis dort spiegelglatt war, kam sie ohne nennenswerte Mühe darauf zum Stehen und fuchtelte den Dolch gleich wieder zu einer Abwehrhaltung nach oben.

Thorhall starrte den Schnitt auf seiner Hand verdutzt an. Wenn auch nicht lange. Die Göttermacht heilte die Verletzung binnen weniger Sekunden, sodass Thorhall höchstens zwanzig Tropfen Blut verlor. Plus sein Ego natürlich – und das war für ihn weitaus dramatischer. Denn er fühlte sich von Annika zutiefst gedemütigt.

»Du verfluchtes Balg!«, wetterte er. »Wie kannst du es wagen, mich ...«

Annika spuckte ihm ins Gesicht.

Einen grünen, fetten Klumpen mitten ins Auge, sodass Thorhall einen weiteren Stolperschritt rückwärts machte und beinahe auf den Steintisch geflogen wäre. Annika sonnte sich allerdings keine halbe Sekunde lang in ihrem Erfolg, bevor sie herumwirbelte und loslief. Ihr erstes Ziel war natürlich das offene Portal, doch Halvar und Norwin traten ihr sofort in den Weg und versperrten ihr den einzigen Zugang nach Hause. Und wieder reagierte Annika so spontan und selbstsicher, dass Leif ihr nur bewundernd dabei zusehen konnte. Sie wechselte von einem Schritt auf den anderen die Richtung und stürmte zu den Monolithen hinüber.

»Haltet es!«, kreischte Thorhall. »*Haltet dieses beschissene Balg!*«

Die Wikinger gaben ihr Bestes. Sie sanken in die Hocke und breiteten die Arme aus, als wollten sie ein Ferkel fangen – ohne zu ahnen, dass sie Annika damit erst recht die Flucht ermöglichten. Denn das Mädchen nahm Anlauf, stieß sich vom Boden ab und landete mit dem rechten Fuß auf Grimars Kopf sowie mit dem linken auf Snorres Schulter. Die beiden Männer klappten unter dem Aufprall zusammen, aber sie verliehen Annika noch genug Halt, damit sie zwischen den Monolithen hindurch bis zum Rand des Opferplatzes segeln konnte. Dort platschte sie butterweich in den Schnee und kletterte mit einer spinnenhaften Leichtigkeit die Böschung hinauf.

»Haltet es! *Ihr sollt das Balg halten!*«, schrie Thorhall unaufhörlich.

Die Wikinger stemmten sich hoch und hetzten hinter Annika her, aber es war völlig utopisch, das Mädchen einholen zu wollen. Die meisten Männer rutschten bereits nach wenigen Metern auf dem Schnee zurück und rissen ihre Kameraden gleich mit in die Tiefe. Ein paar andere hangelten sich über die Holzstufen in die Höhe, aber auch die boten ihnen nur wenig Halt und zerbrachen teilweise unter ihren wuchtigen Tritten. Annika dagegen schwebte förmlich mit sieben, acht Klimmzügen den steilen Felstrichter nach oben. Noch eine Handvoll mehr, und sie konnte im Wald untertauchen.

So weit wollte Thorhall es natürlich nicht kommen lassen.

Er streckte die Hand nach ihr aus, erschuf eine Blitzkugel – und feuerte sie ab. Die Kugel zischte über die Monolithen hinweg und zog einen glühend roten Schweif hinter sich her, bevor sie knapp neben Annika in die Böschung fuhr und eine Fontäne aus Eissplittern und dampfiger Hitze in die Luft sprengte. Annika wurde von der Druckwelle zur Seite geworfen und glitt zwei, drei Körperlängen nach unten. Die Wikinger hätten sie nun vielleicht überwältigen können, aber sie hielten allesamt verblüfft inne und sahen zu Thorhall herum.

Pünktlich in dem Moment, als dieser eine zweite Blitzkugel in seiner Hand formte und ...

»*Nicht!*«

Leif war endlich bei ihm und drückte den Arm seines Vaters gewaltsam nach unten, sodass der Schuss vor den Monolithen in den Boden jagte und auch dort einen Krater ins Eis stanzte. Sehr zum Ärger von Thorhall natürlich. Er gaffte seinen Sohn erbost an und hatte sogleich die dritte Kugel in der Hand, aber Leif ließ es auch jetzt nicht zu, dass er Annika damit tötete.

»Nicht schießen«, ermahnte er seinen Vater. »Du verletzt ihre Knochen.«

Thorhall knirschte genervt mit den Zähnen, als er einsehen musste, dass er gerade beinahe sein kostbarstes Opfer zerfetzt hätte.

Leif rannte derweil los, boxte sich zwischen seinen Kameraden hindurch und machte sich selbst an den Aufstieg. Bis dahin war Annika natürlich längst die letzten Meter in die Höhe gekrochen. Sie spähte einmal flüchtig über die Schulter, dann hastete sie in den Wald.

Leif erreichte nur wenig später ebenfalls die ersten Bäume am Rand des Felstrichters. Trotzdem war Annika nirgendwo mehr zu sehen oder zu hören. Einzig ihre Abdrücke im Schnee verrieten, wohin sie gegangen war: Nach Süden, zu dem dunklen Pfad, über den man zur Weggabelung gelangen konnte. Für Leif wäre es zu aufwendig gewesen, Annika in diese Richtung zu folgen. Deshalb entschied er sich für eine Abkürzung und stürmte quer durch den Wald.

Sein Plan ging auf.

Er erreichte die Weggabelung im selben Moment, als Annika dort ankam. Sie hatte ihren Dolch eingesteckt und torkelte mehr rückwärts als vorwärts durch den Schnee, um nach ihren Verfolgern Ausschau zu halten. Dadurch konnte sich Leif unbemerkt an sie heranschleichen. Er hielt sich in den Schatten verborgen und bewegte sich nur auf den Stiefelspitzen, damit er kein Geräusch von sich gab. Kurz bevor er Annika erreicht hatte, steckte er seine Axt in den Boden, um beide Hände freizuhaben; dann sammelte er Schwung und ...

»Ich hab dich!«

Snorre hechtete urplötzlich aus dem Wald hervor und warf sich auf das Mädchen zu. In Annika liefen sämtliche Reflexe Amok, während sie wieder nach ihrem Dolch tastete und ihre zweite Hand zur Faust ballte. Trotzdem konnte sie es nicht verhindern, dass Snorre seinen Arm um ihren Unterbauch schnürte und ihr mit einem brutalen Ruck jegliche Kraft aus den Gliedern presste.

»Jetzt gehörst du mir!«, triumphierte er mit einem irren Lachen.

»Lasst ... mich los!«, japste Annika aus der Kehle. Sie versuchte fortwährend, sich von Snorre zu befreien; rüttelte störrisch an seinem Arm und stieß ihre Ferse gegen seine Schienbeine. Aber der Wikinger konterte jede Gegenwehr mit noch mehr Brutalität und drückte seinen Arm tief genug in Annikas Unterbauch, dass ihr die Innereien fast in die Kehle schwappten. »Ich warne Euch ... ich werde Euch töten, wenn Ihr mich ... nicht sofort loslasst ...«

»Oh, darauf freue ich mich schon«, höhnte Snorre. Er streichelte über Annikas Kopf. »Du bist wohl eine ganz wilde Stute, was? Aber so habe ich es am liebsten. Jung, unschuldig und voller Feuer.«

»Du hast sie gehört, Snorre. Lass sie los«, griff Leif ein. Gleichzeitig zog er seine Axt aus dem Schnee und trat zwischen den Bäumen hervor ins Mondlicht.

Die Reaktionen von Annika und Snorre hätten nicht unterschiedlicher sein können. Beide waren über seinen Auftritt überrascht, aber während im Gesicht des Mädchens eine leichte Hoffnung aufkeimte, zogen sich Snorres Augen grimmig zusammen.

»Verschwinde!«, fauchte er. »Ich habe das Mädchen gefangen, also ist es meine Beute.«

»Annika ist die Beute von *niemandem*. Und wenn man's genau betrachtet, habe ich sie zuerst gefangen«, stellte Leif klar. »Also nimm deine dreckigen Pfoten von ihr.«

»Ich denke nicht mal daran. Ihre Knochen gehören mir. *MIR ganz allein!*«, schrie Snorre. »Mit ihnen bekomme ich meine Frau zurück. Oder meinen Sohn. Vielleicht auch beide.«

»Du wirst Annika nichts antun«, erwiderte Leif. »Und soll ich dir verraten, warum? Weil wir kein Leben gegen das andere eintauschen werden. Hast du verstanden?«

Nein, Snorre verstand nicht. Er war für Leifs Worte gar nicht mehr zugänglich, sondern hörte bloß noch auf die Göttermacht, die mit hunderten Stimmen durch seinen Verstand brüllte: *Nimm sie! NIMM IHRE KNOCHEN!*

Snorre sah gierig auf Annika herab. »Ich könnte mir ihre Rippen gleich hier und jetzt holen«, sinnierte er.

»Wag es ja nicht, sie anzurühren«, sagte Leif. Er unterstrich seinen Befehl, indem er die Axt drohend anhob.

»Wie hat dein Vater das gerade gemacht?«, plapperte Snorre weiter, ohne Leif zu beachten. Er spreizte die Finger seiner freien Hand und ließ zwischen ihnen so viele Funken aufsprühen, dass die Luft in ihrer Nähe zu wabern anfing.

Leif verstärkte den Griff an seiner Axt. »Snorre, ich warne dich. Lass das Mädchen los, oder ich werde dich dazu zwingen.«

»Du hast mir gar nichts zu befehlen!«, keifte Snorre. Er richtete seine Hand wie eine geladene Armbrust auf Leif. »Es geht hier um meine Familie. Begreifst du das nicht? *Meine Familie!* Und nun hau ab und such dir dein eigenes Opfer für die Götter!«

»Du weißt, dass ich das nicht tun kann.« Leif sah zu Annika, sah ihre hilflosen Augen, ihre roten Haare, zu all den vielen wundervollen Dingen, die ihn an seine Tochter Runa erinnerten ... und fühlte sich dabei umso entschlossener, sie zu verteidigen. Denn er reckte die Axt noch ein bisschen höher. Vielleicht hätte er sich besser mit einer Blitzkugel bewaffnen sollen, aber er durfte der Göttermacht nicht noch mehr Raum in sich bieten, als er ihr ohnehin schon gewähren musste. Sonst würde er ihr bald ebenso verfallen wie seine Kameraden.

»Jetzt verschwinde endlich!«, schrie Snorre. Die Funken in seiner Hand krümmten sich zu einer Kugel zusammen. »Ich mein's ernst. Du bist zwar Thorhalls Sohn – aber ich schwöre dir, wenn du mir zu nahekommst, werde ich dich ...«

Der Boden neben der Weggabelung explodierte.

So jäh und heftig, als wäre ein Komet in den Wald geschlagen. Zehn, zwölf Kubikmeter Schnee stoben in die Luft und verwandelten sich in einen eisigen Tornado, der sich immer höher und höher über der Weggabelung auftürmte. In seinem Inneren schob sich etwas aus dem Boden hervor. Etwas Monströses, Wurmartiges, das mit Schuppen gepanzert war.

In Snorres Gesicht platzte ein fassungsloser Ausdruck, während er den Kopf in den Nacken legte und zu diesem Ungetüm hinaufstarrte. Gleichzeitig machte er die Blitzkugel in seiner Hand zu einem Schuss bereit und setzte zu einem Schrei an, doch er konnte nichts davon mehr zu Ende führen, was er begonnen hatte.

Denn das Wesen senkte sich rasend schnell zu ihm herab, klappte sein Maul um Snorres Oberkörper zusammen und riss ihn in die Luft.

Annika kreischte, als sie von Snorre mitgezogen wurde. Sie konnte sich jedoch mit einer wilden Drehung aus seinem Griff winden, sodass sie zwei, drei Meter in die Tiefe fiel ... und in Leifs Armen landete. Die beiden torkelten ein Stück nach hinten und kippten schließlich in den Schnee.

Snorre dagegen stieg über ihnen immer weiter in die Höhe. Seine Beine hingen aus dem Maul des Wesens und strampelten hysterisch umher. Vermutlich kreischte Snorre auch, aber das ging in dem Lärm völlig unter. Denn das Wesen gab ein kehliges Grunzen von sich, gefolgt von einem fleischigen Schmatzen. *Ratsch!* Kurz darauf stürzten Snorres Beine in die Tiefe und landeten auf der Weggabelung.

Annika und Leif lagen reglos da und starrten die beiden abgebissenen Körperteile konsterniert an. Schließlich hoben sie wieder die Köpfe. Passend in dem Moment, als sich der aufgewirbelte Schnee lichtete und ihnen einen freien Blick auf denjenigen gewährte, der dahinter zum Vorschein kam.

Nidhögg.

Annika und Leif fühlten sich von seinem Aussehen wie gelähmt, denn Nidhöggs Schädel thronte finster und unheimlich zwischen den Baumwipfeln; mit Hörnern, die sich wie die Stoßzähne eines Mammuts nach vorne bogen. An seinen Zähnen klebte Snorres Blut. Darüber blitzten zwei Augen auf. Schmal und lang wie Schnittwunden und mit einem weißen Licht beseelt, als hätte die Kälte darin zu leuchten begonnen. Am beeindruckendsten war jedoch Nidhöggs Körper. Er wirkte massig und voller zerstörerischer Kraft, und besaß am Rücken einen Stachelkamm, mit dem er sich mühelos durch das Erdreich winden konnte. Und seine Schuppen waren nicht einfach nur ein grauer Panzer; nein, sie wirkten vielmehr wie die Pailletten eines Kleides und changierten in den buntesten Farben, als würde durch ihr Inneres ein Regenbogen schweifen.

Annika ließ sich von dieser Schönheit jedoch nicht blenden. Sie schlüpfte aus Leifs Armen und wollte fliehen, doch Leif zog sie sofort zurück. »Bleib hier«, flüsterte er ihr beruhigend zu.

»Hierbleiben? Seid Ihr verrückt?« Annika wagte einen zweiten Anlauf, sich auf die Beine zu stemmen, aber Leif hielt sie eisern fest.

»Der Drache wird uns nichts tun«, versprach er ihr.

»Woher wisst Ihr das?«

»Weil er uns sonst längst getötet hätte«, erklärte Leif nüchtern, ohne Nidhögg aus den Augen zu lassen. Und der Drache ließ ihn nicht aus den Augen. Er starrte intensiv auf Leif herab und musterte ihn mit Sinnen, die jede noch so kleine Gefühlsregung wahrnehmen konnten. Insbesondere alles, was Leif in seinem Herz mit sich trug – seine Besonnenheit, seine Fürsorge und Liebe. Daraufhin entspannte sich Nidhögg merklich, und seine Augen füllten sich mit einem Ausdruck, der zwar noch immer misstrauisch wirkte, aber lange nicht mehr so angriffslustig.

»Wer ist das?«, flüsterte Annika.

»Nidhögg. Er ist der Wächter von Niflheim.«

»Nif ...?« Das restliche Wort blieb Annika im Hals stecken. Sie hatte ihrer Umgebung offenbar bis jetzt noch keine große Aufmerksamkeit geschenkt. Doch nun flog ihr Blick zu den Bäumen hinüber, wanderte zu den Sternen hinauf und entdeckte zuletzt den riesenhaften Mond am Himmel ... und langsam setzte in ihr die Erkenntnis ein, dass sie sich keineswegs mehr zuhause in Island befand.

Nidhögg starrte derweil noch einen zeitlosen Moment auf Annika und Leif herab, als müsste er sich von der Reinheit ihrer Seelen überzeugen. Dann machte er eine Geste mit seinem Kopf; wies zuerst auf das Mädchen und zeigte anschließend mit der Kinnspitze nach Osten, bevor er sich wieder unter die Erde verzog. Er war kaum von der Oberfläche verschwunden, da schien eine Sturmböe über die Weggabelung zu fegen. Eine recht *seltsame* Böe, denn sie erfasste alles, was Nidhögg eben umgeworfen oder zerwühlt hatte. Den Schnee, die Felsbrocken, ja selbst zwei entwurzelte Bäume. Und sie alle bewegten sich wie durch Zauberei rückwärts auf das Loch im Boden zu und verschlossen es so lückenlos, dass nur eine plane, weiße Fläche davon übrigblieb.

Annika und Leif lagen noch ewig da und versuchten zu begreifen, was eben passiert war. Sie dämmerten erst wieder zu sich, als aus dem Wald neue Geräusche hallten.

Schritte. Stimmen. Sowie die Keuchlaute von mehreren Männern, die offenbar kamen, um nach Leif und Snorre zu suchen. Oder nach einem Mädchen, das wunderschöne Knochen besaß.

»Beeil dich!« Leif wühlte sich aus dem Schnee, hob seine Axt auf und streckte Annika die Hand entgegen. »Wir müssen gehen.«

Annika dachte jedoch nicht daran, nach seinen Fingern zu greifen oder sich von selbst aufzurichten. Sie verschränkte nur störrisch die Arme vor der Brust. »Wohin denn gehen?«

»Wir müssen ein sicheres Versteck für dich suchen.« *Und wenn ich es mir recht überlege, auch eines für mich.* Leif spähte in den Wald. Jenseits der Bäume zeichneten sich die ersten Umrisse seiner Kameraden in der Dunkelheit ab. Er hätte nie gedacht, dass sie ihm jemals so viel Angst bereiten würden. Aber jetzt taten sie es, weil sie nun wirklich zu seinen Feinden geworden waren. So wie Leif es schon seit Stunden befürchtet hatte.

»Also komm schon!« Er wackelte mit den Fingern und lächelte auf Annika herab, um für ein wenig Vertrauen bei ihr zu werben. »Du wirst dich doch vor einem so großen Kerl wie mir nicht fürchten. Oder ...?«

Sein Spott traf genau den richtigen Ton bei Annika. In ihrem Gesicht erwachte durchaus ein wenig Vertrauen, und auf ihren Lippen zeigte sich ebenfalls ein Lächeln. Ein überaus freches sogar, bei dem Leif ganz kurz das Gefühl hatte, seine Tochter Runa wäre tatsächlich wieder zum Leben erwacht.

34 Leif hätte sich beinahe selbst gratulieren können. Immerhin war er gerade zum dritten Mal Vater geworden – und das, ohne mit einer Frau zu schlafen oder sich während der Geburt die Ohren zuhalten zu müssen, damit er von dem Geschrei nicht taub wurde. Er hatte allerdings ganz vergessen, dass es wesentlich leichter war, Vater zu werden als einer zu sein. Denn Annika benahm sich keineswegs pflegeleicht, sondern stolzierte wie eine Meckerziege neben ihm her und löcherte ihn mit argwöhnischen Blicken.

»Um mal eines klarzustellen«, sagte sie. »Ich fürchte mich nicht vor Euch.«

»Schon klar«, antwortete Leif wortkarg, während er Annika schnellstens von der Weggabelung fortführte. Trotzdem machte er sich nicht viel vor, dass er seinen Kameraden allzu lange entkommen konnte. Ihre Schreie näherten sich in rasender Hast, und zudem hinterließ Annika eine verräterische Fußspur im Schnee, die sich deutlich von den Abdrücken der Wikinger unterschied. Leif erwog eine Weile, ob er Annika tragen sollte. Aber damit hätte er sich wohl mehr Kratzwunden und Prellungen von ihr eingefangen, als er mithilfe der Göttermacht je hätte heilen können. Und so entschied er sich für das notwendige Übel und ließ Annika munter neben sich herstapfen. Damit sie ihm auch weiterhin auf die Nerven gehen konnte.

»Jetzt mal raus mit der Sprache!«, drängte sie ihn. »Wie ist es möglich, dass wir in Niflheim sind? Was hat es mit dieser Tür und dem Steinkreis auf sich? Oder mit den Knochen, die Eure Kameraden so fanatisch sammeln wollen? Und was ist mit diesem Drache namens Ni ... Ni ...«

»Nidhögg«, half Leif aus.

»Sag ich doch.« Annika reckte erwartungsvoll das Kinn zu ihm nach oben. »Also, ich höre?«

Leif seufzte lustlos und warf bei dieser Gelegenheit einen Blick über die Schulter. Die Weggabelung war nicht mehr zu sehen, aber die Geräusche verrieten ihm, dass seine Kameraden soeben dort eintrafen und sich um Snorres abgebissene Beine versammelten.

Gut so. Fürchtet euch vor dem grausigen Anblick. Rätselt, was passiert ist. Vermutet, dass auch ich und das Mädchen von dem Drache gefressen wurden – und dann zieht euch zum Opferplatz zurück! Leif ahnte natürlich, dass nicht mal die Hälfte seiner Wünsche in Erfüllung gehen würden; immerhin war er hier in Niflheim und nicht im Land der Blumenfeen. Und darum seufzte er ein zweites Mal, bevor er zurück zu Annika sah. Nur um feststellen zu müssen, dass sie ihr Kinn noch immer nach oben reckte und ihn mit ihrer Ungeduld bedrängte.

»Du hast ziemlich viele Fragen«, klagte er. »Zu viele, als dass ich dir alle auf die Schnelle beantworten könnte. Denn das ist ...«

»Halt! Wartet!«, unterbrach Annika ihn. »Sagt jetzt bloß nicht: *Das ist eine lange Geschichte.*«

»Aber genau das ist sie: lang, tragisch und überaus kompliziert.«

»Ihr könnt sie mir trotzdem erzählen. Ich bin nicht so dumm, wie man das von einem Mädchen gemeinhin behauptet.«

»Nein, bist du nicht«, bestätigte Leif mit wehmütiger Stimme. *Du bist meiner Tochter ähnlicher, als ich je für möglich gehalten hätte. Vor allem was den Sturkopf betrifft.*

»Habe ich das vorhin richtig verstanden?«, fasste Annika nach. »Der Irre, der die Feuerkugeln auf mich abgeschossen hat, ist Euer Vater?«

»Es sind keine Feuer- sondern Blitzkugeln«, berichtigte Leif sie. »Aber ja, du hast recht: Thorhall ist mein Vater.«

Annika nickte, weil sie diesen Namen bestens kannte. Sie war immerhin alt genug, um zu wissen, dass ihre beiden Sippen früher miteinander befreundet waren – und ihr Vater einen Raubüberfall auf Thorhalls Dorf verübt hatte. Sie verlor allerdings kein Wort darüber oder ließ sich ein Bedauern anmerken. Stattdessen musterte sie Leif abermals mit einem Seitenblick. Ihn, seinen Helm und die Axt, die trotz allem noch jungfräulich sauber geblieben war. Aber ganz besonders betrachtete sie die schrumpeligen Köpfe, die an seinem Gürtel baumelten und bei jeder Bewegung taktvoll zusammenstießen.

»Ich habe Euch noch gar nicht nach Eurem Namen gefragt«, fiel ihr ein. »Wie soll ich Euch nennen? Thorhalls Sohn? Blonder Hüne? Axtschwinger? Held im Kettenhemd?« Sie bleckte die Zähne, um ihren folgenden Worten die nötige Schärfe zu verleihen. »Verlangt bloß nicht von mir, dass ich ›edler Prinz‹ zu Euch sage ...«

Eindeutig: Dieses Mädchen war zweifelsohne die Tochter von Björn Edmundson; so bissig und tollwütig, als wäre sie unter Wölfen aufgewachsen.

»Ich heiße Leif«, stellte er sich vor.

»Leif«, wiederholte Annika, als würde sie nach einer Bedeutung hinter diesem Namen schürfen. Ihr Blick streifte abermals die Köpfe an seinem Gürtel. »Waren das Eure Kinder?«

»Schon möglich«, erwiderte Leif zugeknöpft.

»Wie hießen sie?«

»Was interessiert dich das?«, fauchte Leif. »Sie sind tot.«

»Ihr seid ganz schön empfindlich für einen Wikinger.«

»Das wärst du auch, wenn du deine Tochter und deinen Sohn verloren hättest. Und außerdem: In welchem Gesetz steht geschrieben, wie empfindlich ein Wikinger sein darf?«

Annika spürte, dass sie Leif nicht weiter reizen sollte, und darum antwortete sie etwas diplomatischer: »Ich kann verstehen, dass Ihr zornig seid.«

»Kannst du nicht.«

»Ich bin auch zornig, weil Ihr mein Dorf überfallen und mich hierher in diese frostige Einöde verschleppt habt.«

»Trotzdem kannst du mich nicht verstehen.«

»Weil es kompliziert ist?«

»Weil es ...« Leif brach ab, suchte nach den richtigen Worten und schüttelte zuletzt genervt den Kopf. »Können wir das Thema einfach ruhen lassen? Ich möchte nicht darüber sprechen.«

Annika spitzte die Lippen zur nächsten giftigen Antwort, aber im selben Moment entdeckte sie etwas, das ihre Aufmerksamkeit voll und ganz beanspruchte. Vor ihnen tauchte nämlich die Lichtung mit dem Schiffswrack und den Leichen auf. »Beim Arsch von Odin!«, staunte Annika. »Was ist denn hier geschehen? Gehört das etwa auch zu Eurer Geschichte?«

»Ja«, meinte Leif zynisch. »Und zwar zum tragischen Teil.«

»Ist das etwa Eure gesamte Sippe, die hier liegt?«

»So ist es. Wie du siehst, hat dein Vater mit seinen Männern ganze Arbeit geleistet und fast alle Menschen ermordet, die ich jemals gekannt und geliebt habe.«

Annika nickte erneut, während sie vor den Leichen stehenblieb. Sie wirkte dabei weit weniger bestürzt, als man das von einem Mädchen hätte erwarten können. Was Leif übrigens kein bisschen wunderte. Ihr abgebrühtes Gemüt war eindeutig die Handschrift von Björns Erziehung. Der Mistkerl hatte zeitlebens die Mädchen in seinem Dorf noch brutaler behandelt, als Thorhall die Jungen in seiner Sippe.

»Ich wusste nicht, dass es so viele waren«, sagte Annika, während sie die Fellbündel am Boden betrachtete. Insbesondere die kleinen, in denen sich die Kinder befanden.

Leif äußerte sich nicht dazu, sondern eilte unverzüglich zu seiner Familie und bettete die Köpfe neben die Körper von Runa und Sven, um sie endlich wieder zu vereinen. Er wäre gerne länger bei ihnen geblieben und hätte in Erinnerungen geschwelgt, aber er durfte keine Zeit verlieren. Also raffte er sich sofort wieder hoch und begab sich zu dem Schiffswrack hinüber.

Seine Kameraden hatten den Rumpf bekanntlich zum größten Teil leergeräumt, sodass Leif nur ein paar wenige Dinge darin aufstöbern konnte. Und nichts davon war wirklich brauchbar. Trotzdem klemmte er sich in rascher Folge mehrere Holzplanken, einen Hammer sowie ein Segeltuch unter den Arm, und zupfte eine Handvoll Nägel aus dem Rumpf, die sich dort gelockert hatten. Zuletzt machte er einen Abstecher zu Eriks Leiche und zerrte ihm den Fellmantel von den steifen Schultern, ehe er schließlich zurück zu Annika ging.

»Hier, zieh den an«, sagte er. »Der Mantel ist dir zwar viel zu groß, aber er wird dich vor der Kälte schützen.«

»Danke, ich komme zurecht«, wies Annika ihn trotzig ab.

»Tust du nicht. Wenn du dich nicht bald aufwärmst, werden dir deine Knochen vor lauter Zittern noch selbst aus dem Leib springen. *Und jetzt nimm den Mantel!*«, verlangte Leif mit Nachdruck.

Annika sträubte sich einen letzten Moment. Dann riss sie den Mantel aus Leifs Fingern, zog ihn an und knöpfte ihn bis zum Kragen zu. Es war jedoch ein Trugschluss zu glauben, dass sie dadurch mit Frieren aufhören würde. Nicht hier in Niflheim, wo die Kälte so barbarisch und schneidend war, dass wohl selbst die Toten unter ihr litten.

»Was ist mit Euch?«, wunderte sie sich. »Solltet Ihr Euren Mantel nicht auch schließen, damit Ihr Euch keinen Schnupfen holt?«

»Die Kälte kann mir nichts anhaben. Die Macht der Götter schützt mich vor ihr«, meinte Leif.

»Was denn für eine Macht?«, fragte Annika.

Da ihre Zeit knapp bemessen war, kürzte Leif seine Erklärung ab, indem er einen einzelnen Funken zwischen seinem Daumen und dem Zeigefinger erzeugte. Womit er sich fast das gesamte Vertrauen gleich wieder verspielte, das er sich bei Annika erworben hatte.

»Ihr seid auch ein Hexer?«, keuchte sie erschrocken.

»Bin ich nicht.« Leif schüttelte sich den Funken wie einen roten Grashüpfer von der Hand, sodass er mit einem *Pflopp* in den Schnee fuhr.

»Aber Ihr seid Thorhalls Sohn«, protestierte Annika. »Also gehört Ihr ...«

»Beruhig dich!«, unterbrach Leif sie. Er wies mit einer Kopfbewegung in den Wald, um Annika zu verdeutlichen, dass jeder Schrei die Wikinger umso schneller zu ihnen locken würde. Danach fuhr er etwas sanftmütiger fort: »Ich sagte doch schon: Meine Geschichte ist kompliziert. Aber um ehrlich zu sein: Ja, ich beherrsche diese Magie ebenfalls, auch wenn ich sie am liebsten wieder loswerden würde.«

Annika belauerte ihn misstrauisch. »Wenn ich es mir recht überlege, seid vor allem *Ihr* kompliziert«, bemerkte sie. »Ich weiß absolut nichts über Euch, aber eines habe ich inzwischen begriffen: Offenbar hat mein Vater Eure Kinder ermordet ... und vielleicht noch einige Familienmitglieder mehr. Ihr hättet allen Grund, mich zu hassen, mich zu quälen oder mir meine Knochen einzeln aus dem Leib zu reißen. Also warum helft Ihr mir?«

»Weil ich jemandem versprochen habe, kein Blut zu vergießen«, verriet Leif ihr. Er schielte zu Majvi hinüber.

Annika folgte seinem Blick. Sie konnte natürlich nicht wissen, wer in dem Fellbündel lag, aber sie spürte sehr wohl die Liebe, die Leif mit dieser Person verband. Über ihr Gesicht huschte ein teilnahmsvoller Ausdruck, ehe sie sich wieder zu Leif umwandte. »Ihr seid anders als alle Männer, die ich kenne«, sagte sie.

»So wie du das betonst, muss ich mich wohl dafür schämen.«

»Ihr solltet euch eher in Acht nehmen.«

»Weshalb?«

»Ihr seid eine solche Rarität, dass ich euch am liebsten ausstopfen und an die Wand hängen würde«, scherzte Annika. Ihr Blick flog auf die Utensilien, die Leif wie ein fliegender Händler unter seine Achsel geklemmt hatte. »Was habt Ihr eigentlich mit dem Plunder vor?«

»Ich kann dich momentan nicht nach Hause bringen«, erklärte Leif. »Wir müssen warten, bis das Portal unbewacht ist und meine Kameraden sich im Nachtlager ausruhen. Bis dahin werde ich dir einen Unterschlupf bauen.«

»Das würdet Ihr wirklich tun?«

»Versprich dir nicht allzu viel davon. Mein Palast wird keineswegs gemütlich werden – und zudem habe ich zwei linke Hände. Aber«, betonte Leif zuversichtlich, »ich kann zumindest dafür sorgen, dass dir der Wind nicht die Haut vom Leib frisst.« Er zeigte auf Annikas Gesicht. Obwohl sie durch das raue Klima in Island einiges gewohnt war, litt sie immer stärker unter der Polarkälte von Niflheim. Zwischen ihren Haarsträhnen bildeten sich allmählich die ersten Eiskristalle, ihre Haut wirkte fleckig und spröde vom Frost, und ihre Lippen färbten sich zusehends blau.

»In Ordnung«, gab Annika nach. »Wo sollen wir meinen Unterschlupf errichten?«

»Im Osten, denke ich.« Leif spähte zu einer Baumreihe hinüber, die sich wie eine braune Sichel um die halbe Lichtung schmiegte. Das Unterholz war dort extrem dicht bewachsen und mit seinen spitzigen Ästen so verwildert wie ein Dornengebüsch.

Annikas Begeisterung hielt sich darüber in Grenzen. »Warum nach Osten?«

»Weil Nidhögg es uns vorhin so gezeigt hat.«

»Vertraut Ihr dem Drache etwa?«

»Ich habe keinen Grund, es nicht zu tun. Nidhögg hat mir jetzt schon zweimal seine guten Absichten bewiesen, obwohl er mich locker hätte töten können. Und zudem dürfen wir annehmen, dass er sich bestens in dieser Welt auskennt. Wenn also jemand weiß, wo du am sichersten bist, dann wohl er.«

Wirklich überzeugt war Annika von seinen Argumenten nicht. Hier ging es schließlich um einen *Drache* und nicht um einen Schoßhund! Aber Annika bekam praktisch im selben Moment noch einen weiteren Grund, warum sie nach Osten gehen sollten: In der Ferne ertönten wieder die Schritte und Stimmen der Wikinger. Demnach hatten sich die Männer nun lange genug an Snorres haarigen Beinen sattgesehen und abergläubige Theorien darüber gesponnen, von wem er zerfleischt worden war. Jetzt schwärmten sie in alle Richtungen aus und begannen damit, den Wald im näheren Umkreis zu durchkämmen.

»Wenn ich es mir recht überlege, klingt Osten ganz vernünftig«, fand Annika.

»Du bist wirklich ein kluges Mädchen«, spöttelte Leif. Er wollte losmarschieren, doch er stoppte mitten in der Drehung wieder. »Ach, da wäre noch etwas«, fiel ihm ein.

»Ich soll Euch unauffällig folgen? Nicht so viel plappern? Oder Euch das Händchen halten, wenn wir gleich in den finsteren Wald gehen?«, riet Annika.

Leif machte eine Kopfbewegung, die ein halbes Nicken und ein halbes Schütteln war. *Ja ... nein ... auch* ... Herrgott, dieses Mädchen machte ihn ganz konfus! Beim nächsten Mal sollte er besser einen Jungen entführen. Die waren wesentlich zahmer.

»Sei nicht so förmlich«, antwortete er schließlich. »Wir sind hier nicht am Königshof. Und zudem waren einige deiner Tanten und Großtanten meine Cousinen ... was uns praktisch zu Verwandten macht.«

»Und das bedeutet jetzt was genau?«

»Duz mich einfach.«

»Das klingt ja fast wie ein Heiratsantrag«, meinte Annika. »Ich muss dich allerdings warnen. Mein Vater wollte mich schon mit drei Männern aus unserem Dorf verloben – und keiner von denen hat es länger als einen Tag mit mir ausgehalten, bevor sie die Flucht ergriffen haben.«

»Es wird bald noch einen vierten geben«, murmelte Leif.

Dann machte er sich auf den Weg und drang mit Annika in unbekanntes Terrain vor. Bereits nach wenigen Metern schlossen sich die Bäume zu einem hölzernen Gefängnis um sie zusammen und bestätigten das, was Annika gerade im Scherz gesagt hatte: Denn dieser Teil des Waldes *war* finster. Stockfinster, wodurch Leif und seine junge Freundin bei jedem Schritt höllisch aufpassen mussten, dass sie sich nicht verliefen oder gegen ein Hindernis prallten. Eine Weile tasteten sie sich wie Schlafwandler voran und orientierten sich an den paar wenigen hellblauen Punkten, die das Mondlicht wie Brotkrumen auf den Boden streute.

Nach einiger Zeit stießen Annika und Leif auf einen dürren Pfad, der sich wie eine Narbe durch das Unterholz zog. Hier kamen sie zwar schneller vorwärts, aber keineswegs leichter. Besonders Leif blieb mit seinen breiten Schultern an etlichen Bäumen hängen oder sackte so tief in den weichen Schnee, dass er sich oft das Knie dabei verdrehte. Erschwerend kam hinzu, dass er ihre Fußstapfen verwischen musste, um seine Kameraden nicht auf ihre Fährte zu locken. Er schlüpfte dazu aus seinem roten Mantel und wickelte in die untere Hälfte mehrere Holzplanken ein, um den Stoff zu beschweren. Danach zog er ihn wie einen Besen hinter sich her.

»Du scheinst wohl doch keine zwei linke Hände zu haben, was?«, erkannte Annika.

Leif hätte ihr Lob beinahe genießen können, aber dann ...

Ratsch!, machte der Mantel, als er sich an einer Wurzel verhakte und an der Seite einriss. Wodurch er fortan bloß noch sporadisch den einen oder anderen Stapfen verwischte.

»Sag nichts«, knurrte Leif.

»Würde ich nie wagen«, gelobte Annika. Sie grinste frech.

Leif schnaubte nur mürrisch darüber, während er weiter nach Osten stapfte. Jedenfalls nahm er an, dass es Osten war, auch wenn der Pfad einige recht abenteuerliche Kurven machte. Wichtig war jedoch, dass die Lichtung immer weiter hinter ihnen zurückfiel, und auch die Stimmen der Wikinger schon bald in der Ferne verklangen. Leif spähte dennoch regelmäßig über die Schulter, um Ausschau nach einem Verfolger zu halten, und überwachte ebenso aufmerksam das Gebiet vor ihnen. Ständig in der Hoffnung, dass zwischen den Bäumen etwas auftauchen würde, das ihnen helfen konnte. Eine Höhle, zum Beispiel. Ein weiteres Schiffswrack. Oder auch nur ein Fels, der schräg aus dem Boden ragte und ihnen ein Obdach bot. *Doch da kam nichts!* Nicht das Geringste. Abgesehen von dieser trostlosen Dunkelheit, die sich ins Endlose erstreckte ... und vermutlich noch einige Kilometer darüber hinaus.

»Bist du dir sicher, dass der Drache uns wirklich nach Osten geschickt hat?«, zweifelte Annika irgendwann.

»Ganz sicher«, behauptete Leif. Er widersprach sich im gleichen Moment selbst, indem er immer unschlüssiger in den Wald sah.

»Wir sollten vielleicht besser querfeldein gehen«, meinte Annika. Sie wies nach rechts zwischen die Bäume. »Andernfalls werden wir nie unser Ziel erreichen. Was immer es auch für eines sein mag.«

»Wie kommst du darauf?«

»Weil der Mond in unserem Rücken steht – und das bedeutet im Umkehrschluss, dass wir uns momentan eher nach Norden bewegen.«

Leif musste zugeben, dass Annika recht hatte. »Du kennst dich mit Navigation gut aus, was?«

»Mein Vater hat mir vieles beigebracht. Ich bin sein einziges Kind und sollte eines Tages die Stammesfürstin unserer Sippe werden.«

»Ja, ich habe davon gehört. Björn soll angeblich mehrere Frauen gehabt haben, aber keine konnte ihm einen Jungen schenken. Oder wenigstens ein weiteres Mädchen.«

Annika ergründete Leifs Miene, auch wenn sie davon nur ein paar schwarze Umrisse ausloten konnte. »Mein Vater ist tot, nicht wahr? Er – und meine gesamte Sippe.«

Leif standen unwillkürlich die Bilder von Björns enthaupteter Leiche vor Augen. »So ist es«, bestätigte er.

Annika presste ihre Lippen zu einem blassen Strich zusammen. Eine Geste, die weder Hass noch Trauer beinhaltete, sondern einfach nur eine tiefe Verbitterung. »Ich schätze, wir haben nichts anderes verdient – nach allem, was mein Vater in deinem Dorf angerichtet hat.«

»Hast du eine Ahnung, warum er und seine Männer das getan haben?«

»Wegen der Fäulnis. Unsere komplette Ernte ist verdorben und jedes Vieh bei lebendigem Leib verschimmelt.« Annika schnipste mit den Fingern. *Klack.* »Einfach so. Von einem Moment auf den anderen, ohne erkennbaren Grund. Das alles war sehr ...«

»... mysteriös«, beendete Leif den Satz. Er nickte grimmig. »Ich weiß, was du meinst. Bei uns geschah dasselbe.«

»Ich habe davon gehört, ja. Euch drohte ebenso der Hungertod wie uns«, bestätigte Annika. »In unserem Dorf brach deswegen die Panik aus. Viele wollten fliehen oder den Göttern ein Kind opfern, um sie milde zu stimmen. Mein Vater war jedoch strikt dagegen und hat beschlossen, mit den Männern auf Raubzug zu gehen. Um neue Nahrungsmittel zu besorgen.«

Auch das kam Leif so bekannt vor, als würde Annika seine eigene Geschichte erzählen.

»Die Männer haben sich diese Entscheidung keineswegs leicht gemacht«, beteuerte sie ihm. »Besonders die Frauen haben dagegen protestiert und meinem Vater ewig ins Gewissen geredet, es nicht zu tun. Aber letztlich hat er sich durchgesetzt und ist mit den Männern in See gestochen. Dabei hätten sie das gar nicht tun müssen. Denn kaum waren sie fort, machte irgendein Zauber die Fäulnis rückgängig.« *Klack.* Obwohl Annika diesmal nicht mit den Fingern schnipste, kam ihre Nachricht wie ein Knall. »Das Getreide, das Obst und Gemüse ... alles wurde wieder genießbar. Selbst die Tiere heilten wie durch Hexerei und erwachten kerngesund zum Leben.«

Leif blieb abrupt stehen. »Selbst die Tiere?«, fasste er ungläubig nach.

»So wahr ich hier stehe«, gelobte Annika. »Aber das ist noch nicht alles. Ich habe erfahren, dass sich etwas Ähnliches auch in deinem Dorf zugetragen hat. Mein Vater berichtete uns, dass eure Nahrungsmittel frisch und makellos gewesen sind, als er sie mit seinen Männern stahl.«

»Ja, das ist mir bekannt«, nickte Leif. »Die Fäulnis war offensichtlich nur ein riesengroßer Schwindel.«

In Annikas Gesicht reifte zum ersten Mal ein wenig Angst heran. »Ein Schwindel? Wozu?«, fragte sie.

»Ich weiß es nicht«, sagte Leif, obwohl das nicht der vollen Wahrheit entsprach. Irgendwo tief in seinem Inneren gärte durchaus ein Verdacht; einer, der nicht skandalöser und erschütternder hätte sein können. Und das nicht erst seit gerade eben, sondern schon seit Wochen. Ziemlich genau seit dem Moment, als Leif auf dem Schiffsdeck die Getreidekörner gefunden hatte und dabei feststellen musste, dass sie nicht mehr faulig waren.

Sein Blick wanderte nach Norden, zu den Bergen, obwohl er sie aufgrund der Bäume nur ansatzweise sehen konnte. Aber dafür *spürte* er diese felsigen Giganten umso besser. Denn sie waren zum Symbol für alles Böse in dieser Welt geworden und bestärkten Leif in seinem Verdacht, dass die Fäulnis nur auf einer riesengroßen Lüge basierte. Und dass er und seine Kameraden vielleicht nicht ganz so versehentlich in Niflheim gestrandet waren, wie sie bislang dachten.

»Leif?« Annika berührte seinen Unterarm. »Was hast du?«

»Nichts. Ich musste gerade nur an etwas denken.« Leif schüttelte den Kopf, um alle weiteren Fragen von Annika zu unterbinden. »Lass uns weitergehen. Je mehr Abstand wir zwischen Thorhall und den anderen gewinnen, desto besser.«

So leicht hätte Annika sich natürlich nicht von ihm abspeisen lassen und ihn sofort wieder mit ihrer Neugier bedrängt. Aber wie es der Zufall so wollte, verlagerte sich ihr Augenmerk bereits nach wenigen Metern auf etwas anderes. Vor ihnen erhob sich nämlich ein sonderbarer, halbrunder Umriss in den Himmel, der Annika und Leif dazu einlud, näherzukommen. Was sie auch bereitwillig taten. Die beiden folgten dem letzten Ausläufer des Pfads und gelangten dadurch zu einem Hügel, auf dessen Oberseite sich ein Steinbogen befand. Er war gut fünfzehn Meter breit, fast ebenso hoch, und so exakt geformt, dass dieser Bogen unmöglich von Mutter Natur erschaffen worden sein konnte. Er wirkte vielmehr wie der Eingang von etwas, das irgendwann in ferner Zukunft hinter ihm errichtet werden sollte.

Annika und Leif stiegen zu ihm hinauf. Ihre Anstrengung lohnte sich, denn als sie vor dem Steinbogen innehielten, verstanden sie endlich, warum Nidhögg sie nach Osten geschickt hatte.

Unter ihnen lag ein Talkessel.

Er war nicht allzu groß, maß höchstens dreihundert Meter im Durchmesser, und erinnerte mit seiner kreisrunden Form an einen Vulkankrater. An seiner Nordseite schraubte sich ein hoher, schlanker Fels wie ein Turm in den Himmel; alle anderen Seiten wurden von Steinwänden und Bäumen umringt. Die größte Sensation war jedoch etwas anderes. Etwas, das Leif in Niflheim niemals für möglich gehalten hätte: ein Bach! Ein *heißer* Bach, der in sanften Windungen durch den Talkessel strömte. Entlang seiner Ufer wogten zahllose Nebelschwaden umher, und die Luft darüber flirrte vor Hitze, als würden zahllose Geister auf dem Wasser tanzen.

»Nun ja«, meinte Annika trocken. »Jetzt muss ich immerhin nicht mehr frieren ...«

Leif konnte die Freude leider nicht mit ihr teilen. Als er sich nämlich an den Abstieg machte und den Talkessel betrat, umfing ihn ein bizarres Gefühl. Offenbar hatten die Kälte und Wärme ihre Rollen für ihn getauscht. Die eisigen Temperaturen konnten Leif bekanntlich nichts mehr anhaben, aber dafür traf ihn dieses tropische Klima in dem Tal umso härter. Und mit jedem Schritt, den er sich tiefer in diese dampfige Waschküche vorwagte, ätzte die Hitze immer unangenehmer über sein Gesicht und peinigte ihn mit einem fiesen Schmerz, sodass er gleich mehrmals ins Wanken geriet.

»Sag bloß, du bist erschöpft?«, stichelte Annika ihn.

»Ich doch nicht! Es liegt an der Wärme.«

»Was ist mit ihr?«

»Ich bin sie scheinbar nicht mehr gewohnt«, behauptete Leif. Auch wenn er ahnte, dass weit mehr dahintersteckte. Denn die Göttermacht hatte wohl schlimmere Folgen für ihn, als er bislang befürchten musste. Trotzdem erlaubte er sich keine Schwäche und tauchte unerbittlich in diese stickige Nebelsuppe ein, bis er das Bachufer erreicht hatte. Das Wasser plätscherte unter ihm emsig über Kies und kleine Gesteinsbrocken, während es gleichmäßig nach Südwesten floss. Um sich dort irgendwo ins Meer zu ergießen.

»Hier muss es eine heiße Quelle geben«, erkannte Annika. »Merkwürdig. In den Sagen über Niflheim wurde nie etwas dergleichen erwähnt.«

»In dieser Welt gibt es so einiges, was so manchen Geschichtsschreiber überraschen würde«, unkte Leif. Er musste sich immer stärker zusammenreißen, dass er nicht stöhnte. Denn die Hitze am Bachufer mauserte sich für ihn allmählich zur reinsten Folter, als würde ihm jemand die Haut wie eine Apfelschale vom Leib ziehen.

Umso mehr beeilte er sich, für Annika eine Unterkunft zu errichten. Er ließ seine Utensilien auf den Boden fallen und machte sich ans Werk. Ganz so unbegabt stellte er sich dabei nicht einmal an. Er verbog zwar hin und wieder einen Nagel oder schlug mit dem Hammer ins Leere, aber er machte erstaunlich schnell Fortschritte. Im Nu rammte er die vier längsten Holzplanken schräg in den Schnee, sodass sie zwei parallel zueinanderliegende Dreiecke ergaben. Um sie zu stabilisieren, verband er sie mit mehreren Querstreben. Schließlich bespannte er sie mit dem Segeltuch, wodurch eine Art Zelt entstand.

Annika sah ihm kritisch bei seiner Bastelei zu.

»Ich habe dich gewarnt, dass es kein Palast wird«, sagte Leif fast schon trotzig.

»Du hast allerdings nichts davon erwähnt, dass du mir eine Hundehütte bauen willst.«

»Das Zelt ist besser als nichts«, fand Leif. »Ich werde versuchen, Thorhall und meine Kameraden von diesem Gebiet fernzuhalten. Sobald die Luft rein ist, komme ich zurück und hol dich, um dich nach Hause zu bringen. Und falls du Hunger hast, kannst du den Schnee essen. Du wirst mir das sicherlich nicht glauben, aber er ist ...« Leif hielt inne, als er bemerkte, dass er ein Selbstgespräch führte.

Annika stand zwar noch neben ihm, aber sie konzentrierte sich auf einen Punkt in der Ferne.

»Annika?« Leif griff vorsorglich nach seiner Axt, die er neben sich in den Schnee gelegt hatte, und schloss sich ihrem Blick an. Er kniete jedoch viel zu tief auf dem Boden, sodass die Nebelschwaden seine Sicht auf wenige Meter begrenzten. »Hast du was entdeckt?«

Annika streckte wortlos den Zeigefinger aus. Er zitterte nervös. So wie alles an ihr.

Leif schwang sich alarmiert auf die Beine und kniff die Augen zusammen, um durch den Nebel etwas zu erkennen. Er musste sich jedoch einen langwierigen Moment gedulden, bis er wusste, was Annika so in Unruhe versetzte.

Nidhögg.

Der Drache war wieder da!

Er hatte sich unterhalb des Steinbogens zusammengerollt und starrte zu ihnen herüber. Aus seinen Nüstern dampfte der Atem, und die Schuppen an seinem Leib leuchteten unverändert in den buntesten Farben, als würden sie seine Stimmung widerspiegeln. Nun, wenn es nach den vielen Lila- und Pinktönen ging, befand sich Nidhögg wohl gerade in Balzlaune ...

Leif begriff, was der Drache ihm damit signalisieren wollte.

Langsam, fast willenlos, ging er auf ihn zu.

Auch Annika setzte sich in Bewegung, doch Leif blockte sie sofort ab. »Du bleibst hier und versteckst dich.«

»Du hast mir gar nichts zu befehlen!«, erwiderte Annika.

»Ich mein's ernst. Bleib hier und verhalte dich absolut ruhig.« Leif schob Annika bis zum Zelt zurück und schenkte ihr zum Abschied ein Lächeln, ehe er sich Nidhögg behutsam näherte. Vielleicht tat er dem Drache ja unrecht, weil er ihm noch immer misstraute. Aber angesichts dessen, was Nidhögg mit Baldur und Snorre getan hatte, hielt Leif ein bisschen Vorsicht durchaus für angebracht.

Auch Nidhögg beschnüffelte ihn schon von weitem, als hätte er noch nicht ganz entschieden, ob er Leif nun fressen oder ihn freudig begrüßen sollte. Einige seiner Schuppen färbten sich jedenfalls rot und verrieten, dass er dieser Begegnung ebenfalls nicht traute.

»Immer mit der Ruhe. Ich will dir nichts tun«, rief Leif ihm entgegen. Als Zeichen seines guten Willens senkte er die Axt auf Hüfthöhe herab. Gleichzeitig erreichte er den Hügel und machte sich an den Aufstieg. »Und du willst mir auch nichts tun. Habe ich recht?«

Drei rote Schuppen von Nidhögg hellten sich zu einem Gelb auf.

Leif verstand das Zeichen und fühlte sich dazu ermutigt, die nächsten Schritte zu machen. »Du kennst mich, nicht wahr? Und ich kenne dich. Du bist Nidhögg.« Er konnte es selbst nicht fassen, was er tat. Sprach er gerade ernsthaft mit einem *Drache*? Das war mit Abstand das Verrückteste, was er jemals getan hatte. Aber es zeigte durchaus seine Wirkung.

Denn nahezu alle Schuppen an Nidhögg wurden jetzt grün.

Es war faszinierend, wie er mittels der Farben kommunizierte. Vorausgesetzt natürlich, sie bedeuteten wirklich das, was Leif vermutete. Er hatte mittlerweile den halben Hügel erklommen und befand sich keine fünfzehn Meter mehr von dem Drache entfernt. Jeder Instinkt warnte ihn davor, noch näherzukommen. Doch Leif ignorierte sie und verließ sich einzig auf die bunten Schuppen. Keine von ihnen war mehr rot. Nidhöggs gesamter Körper bestand bloß noch aus grünen und gelben Schlieren, als wollte er eine Blumenwiese nachahmen. Oder ein leichtsinniges Opfer anlocken ...

»Du verstehst mich. Ist es nicht so?«, erkannte Leif.

Nun wurden alle Schuppen an Nidhögg so strahlend grün, dass es in Leifs Augen schmerzte. Aber das Farbenspiel tat auch etwas anderes: Es raubte Leif jegliche Vorsicht, sodass er noch ein Stück höher kletterte. Und noch eines. Und noch ein halbes. An Nidhögg leuchtete wieder eine einzelne Schuppe rot auf, als wollte er sagen: *Stopp, das reicht!*

Doch Leif missachtete seine Anweisung und machte den nächsten Schritt. Nur leider war das ein Schritt *zu viel.*

Nidhögg fühlte sich von seinem stürmischen Auftritt überrumpelt – und plötzlich schaltete alles an ihm auf Verteidigung um. Er schnellte so weit in die Höhe, dass er mit seinem Schädel beinahe den Steinbogen zertrümmert hätte. Seine Augen zogen sich zusammen, aus seinen Nüstern zischte eine Atemwolke. Und durch sein Schuppenkleid raste eine Feuersbrunst aus hellroten und dunkelroten Farben, die ihm nicht nur ein bedrohliches Aussehen verliehen, sondern auch eine lodernde Hitze verströmten.

Leif machte einen unkontrollierten Satz rückwärts und wirbelte die Axt nach oben, aber mit der hastigen Bewegung brachte er sich erst recht aus dem Gleichgewicht. Er geriet zuerst ins Rutschen, dann ins Taumeln und kippte schließlich mit rudernden Armen in den Schnee. Da lag er nun. Wie ein Käfer mit Bart und zerzausten Haaren, und streckte alle viere von sich.

Nidhögg hätte bloß noch zubeißen müssen. Aber er tat es nicht. Er starrte Leif nicht mal böse an. Stattdessen wechselte der Drache seine Farbe schlagartig von Rot nach Braun. Was immer das auch bedeuten mochte. Vielleicht: *Auf Wiedersehen und bis bald.* Denn Nidhögg drehte sich einfach um, glitt über die Vorderseite des Hügels hinab zum Wald und tauchte dort kopfüber in den Boden.

»Halt!« Leif zappelte sich umständlich aus dem Schnee und rannte los, um Nidhögg aufzuhalten. Was ihm natürlich nicht gelang – und das, obwohl Leif ebenfalls kopfüber den Hügel hinuntersegelte. »Jetzt warte endlich! Wir müssen reden!«, schrie er, während er zu der Stelle humpelte, an der sich Nidhögg in die Tiefe gegraben hatte. Der Schnee dort war noch zerwühlt und türmte sich in hüfthohen Wellen über dem Boden auf, aber von dem Drache fehlte jede Spur. »Du weißt, was hier geschieht, oder? Was die Götter vorhaben. Warum sie mir und meinen Kameraden so viel Macht verleihen und uns dazu zwingen, Knochen für sie zu sammeln. Also wozu das Ganze? Was haben die Götter ... *ach, verdammt!*«

Leif blieb fluchend stehen, als sich der Schnee vor ihm auf wundersame Weise wieder glättete und jede Unebenheit ausradierte, die Nidhögg hinterlassen hatte. Nach wenigen Sekunden war der Spuk vorbei, und der Boden erstrahlte so weiß und ebenmäßig wie ein Bettlaken. *Himmel, Arsch und Zwirn!* Bei allen mörderischen Kreaturen, die es in Niflheim gab, musste Leif ausgerechnet einen schüchternen Drache treffen. *Das darf doch nicht wahr sein!*

»Komm zurück!« Leif stampfte mit dem Fuß auf den Boden. »Verstehst du nicht? Wir müssen reden. Du musst mir sagen, was hier vorgeht.«

Geht, geht, geht, hallte seine Stimme durch den Wald, ehe sie von der bleiernen Stille wieder verschluckt wurde.

»Verdammte Scheiße!«, ärgerte sich Leif. Er konnte wahrlich von Glück reden, dass er nicht zu den Christen gehörte. Sonst hätte er sich bei den vielen Flüchen zigmal bekreuzigen und um Vergebung bitten müssen. Odin war da viel nachsichtiger, was das betraf. Und so tobte sich Leif noch eine ganze Weile aus, indem er schimpfte und wetterte und noch mehrmals wutentbrannt auf den Boden trat.

Irgendwann gab er schließlich auf und wandte sich um.

Kratsch!

Ein Rascheln stoppte ihn nach der ersten Bewegung wieder.

Gleichzeitig leuchteten links neben ihm, zwischen den Bäumen, zwei Augen auf. Nidhögg war tatsächlich zurückgekehrt und hatte seinen Kopf aus dem Schnee gestreckt, um Leif eine letzte Botschaft zu überbringen. Er nickte dazu wieder auffällig in eine Himmelsrichtung. *Geh dorthin.* Allerdings nicht mehr nach Osten, sondern nach Norden. Zu den Bergen. Zu jenem Bereich von Niflheim, der bislang für jeden Menschen zur Todesfalle geworden war. *Wenn du mit mir reden willst, geh dorthin,* wiederholte Nidhögg.

Dann zog er sich endgültig in den Boden zurück.

Er bewegte sich so knapp unter der Oberfläche entlang, dass sich der Schnee über seinem Rücken wölbte und die Bäume ins Wanken gerieten. Natürlich tat er das nicht grundlos. Er wollte Leif damit die Möglichkeit geben, ihm zu folgen. Nidhögg stoppte sogar in regelmäßigen Abständen und winkelte den Kopf weit genug in die Höhe, dass seine Augen wie zwei Grubenfeuer unter dem Schnee aufloderten, um seine Einladung zu wiederholen. *Komm mit mir, wenn du Antworten möchtest.*

Leif stand wankelmütig da und überlegte ewig, ob er den Drache tatsächlich begleiten sollte. Aber dafür besaß er zu wenig Mut. Viel zu wenig.

35 Immerhin war Leif mutig genug, um zurück zu seinen Kameraden zu gehen. Und das sollte durchaus etwas heißen. Thorhall und seine Männer waren nämlich von der Göttermacht noch aggressiver geworden. Sie hatten sich alle neben dem Schiffswrack auf der Lichtung versammelt, schrien sich an, irrten blindwütig umher oder bedrohten sich gegenseitig mit ihren Blitzkugeln.

Den Mittelpunkt dieses Tumults bildeten Gustaf und Janne.

Die beiden Wikinger waren bislang so unauffällig gewesen, dass die anderen Männer beinahe ihre Namen vergessen hatten. Jetzt lenkten sie jedoch alle Blicke auf sich. Denn Gustaf und Janne standen sich breitbeinig gegenüber und stritten lautstark miteinander. Ihre Zähne waren gefletscht, ihre Muskeln gespannt, über ihre Finger loderten rote Funken. Und immer wieder stieß einer von ihnen die Hand in die Luft, um den jeweils anderen zu einem Ausfallschritt zu nötigen.

Eigentlich hätte Thorhall den Streit unterbinden müssen. Aber er wohnte ihm nur unbeteiligt bei und lechzte ebenso nach Blut und Tod wie alle anderen Männer.

Nun, sie sollten auch beides bekommen.

Janne sprang plötzlich nach vorne, um seinen Gegner zu überwältigen. Gustaf reagierte geistesgegenwärtig und drehte sich nach rechts, doch ganz so einfach konnte er Janne nicht austricksen. Sein Kamerad warf sich sofort herum, krallte die Hände in Gustafs Kettenhemd und riss ihn mit sich. Die beiden grunzten tobsüchtig, während sie einen linkischen Tanz durch den Schnee vollführten. Schweiß und Speichel tropfte von ihren Gesichtern, und ihre Hände flackerten so glühend rot, als würden sich die beiden mit Fackeln bekämpfen.

Plötzlich geschah es.

So schnell, dass es bereits nach einer Sekunde schon wieder vorbei war. Gustaf feuerte einen armdicken Blitz in Jannes Brust, sodass sein gesamter Körper hell aufleuchtete und so geschmeidig wie zerlaufene Butter wurde. Weich genug, dass Gustaf ihm die Knochen aus dem Leib ziehen konnte. Janne schrie, nein, *kreischte* vor Angst und Schmerz gleichermaßen. Er fuchtelte mit den Händen und versuchte in einem verzweifelten Akt, seine Knochen irgendwie festzuhalten. Aber dieser groteske Kampf dauerte nur einen Augenblick, ehe Gustaf seinen Kameraden mit einem Fußtritt von sich fortstieß.

Ratsch!, machten Jannes Knochen dabei, als sie sich vollends aus ihm lösten und ihm jegliche Stütze raubten. Dann sackte er haltlos in sich zusammen und blieb wie ein nasser Lappen auf dem Boden liegen. Sein Gesicht dellte sich ein. Aus seinem Mund schwappte Blut, und seine Augen versanken mit einem ekelhaften Schmatzen in den Höhlen.

Gustaf stand derweil über ihm und hielt sein Skelett in der Hand.

Entsetzen. Schock. Panik.

Seine abscheuliche Tat hätte mindestens eines dieser Gefühle bei den Wikingern auslösen müssen. Doch die Männer starrten Gustaf und seine Jagdtrophäe nur gebannt an. Selbst Thorhall lächelte darüber. Lächelte wie jemand, der immer größeren Gefallen an diesen wunderschönen Knochen fand. Wer wusste schon? Vielleicht wären er und seine Männer jetzt alle übereinander hergefallen und hätten sich gegenseitig massakriert. Die ersten von ihnen liebäugelten jedenfalls schon mit den Knochen ihrer Kameraden und brachten sich in Lauerstellung. Das änderte sich jedoch abrupt, als Leif aus dem Wald trat und sich den Männern näherte. Sie nahmen ihn sofort ins Kreuzfeuer ihrer Blicke und begrüßten ihn mit einer Kälte, die nichts Gutes oder Menschliches mehr an sich hatte.

»Wo warst du?«, fragte Thorhall.

»Wo soll ich schon gewesen sein?«, gab Leif im selben übellaunigen Ton zurück. »Ich habe das Mädchen verfolgt.«

»Du meinst wohl, du hast es verloren«, stellte Thorhall fest.

»Die Kleine ist bei ihrer Flucht von einer Klippe gestürzt.« Leif winkte in die angebliche Richtung und gab sich dabei so herzlos, wie er nur konnte. In der Hoffnung, dass er seinen Vater damit überzeugen würde. »Ich wollte wenigstens noch ihre Knochen retten, aber das Meer hat sie zu schnell in die Tiefe gerissen.«

»Hat es das, ja?«, meinte Thorhall kritisch. »Und welche Ausrede fällt dir zu Snorre ein?«

»Snorre?«, gab sich Leif unwissend.

Thorhall zeigte auf zwei Beinknochen, die neben ihm im Schnee lagen. Eines musste Leif seinen Kameraden lassen: Sie waren überaus gründlich. Denn sie hatten die Knochen so penibel aus Snorres Beinen geschält, dass nicht mal der kleine Zeh an ihnen fehlte. »Das Raubtier hat wieder zugeschlagen und Snorre erwischt. So wie zuvor schon Baldur«, berichtete Thorhall.

»Verflucht«, sagte Leif mit gespielter Betroffenheit. »Ausgerechnet Snorre.«

»Ja, es ist wirklich ein Jammer«, murrte Thorhall. Er verpasste Snorres Beinen einen abfälligen Tritt. »Allerdings reichen die paar wenigen Knochen niemals, um die Götter zufriedenzustellen. Wir werden noch mehr besorgen müssen. *Viel* mehr.«

Leif sah zu seinen Kameraden. In ihren Händen leuchtete es nirgendwo mehr rot, aber ihre Gesichter wirkten noch alle ganz betrunken von der Göttermacht und waren bereit, jederzeit etwas Böses zu tun.

»Das Portal steht noch offen«, fuhr Thorhall fort. »Ich nehme an, dass es sich erst zum Julfest in vier Wochen wieder schließen wird. Genug Zeit also, damit wir ein weiteres Dorf überfallen können.«

»Von welchem Dorf sprichst du?«, warf Norwin ein.

»Das von Finn Anderson und seiner Sippe.«

»Aber wir können das Dorf unmöglich erreichen!«, warf Grimar ein. »Es liegt eine halbe Tagesreise von dem Portal entfernt; abgeschieden in einer fast uneinnehmbaren Bucht. Und das Portal lässt sich nicht an einen anderen Ort verschieben. Das haben wir vorhin mehrmals versucht.«

»Er hat recht«, meldete sich nun auch Isbert. »Wir können nicht lange aus Niflheim fortbleiben. Diese seltsame Krankheit würde uns alle ins Grab bringen, noch bevor wir Finns Dorf erreicht hätten.«

Die anderen Männer teilten seine Befürchtung und nickten zustimmend.

»Ist das so?«, sagte Thorhall unbeeindruckt. »Nun, dann werden wir uns eben beeilen müssen. Wir nehmen das Schiff von Björn Anderson und segeln damit zu Finns Dorf. Wenn der Wind günstig weht, können wir es in weniger als zwei Stunden erreichen.«

»Aber selbst das wäre zu riskant!«, protestierte Grimar.

»Es interessiert mich nicht, wie riskant es ist oder wie viele von euch dabei krank werden«, walzte Thorhall seinen Einwand nieder. »Mein Entschluss steht fest. Und nun schert euch zum Opferplatz zurück!« Er versetzte Grimar und Isbert einen Stoß, sodass die beiden linkisch über den Schnee torkelten. Auch Gustaf bekam einen groben Hieb gegen die Schulter, wodurch Jannes Skelett in seiner Hand wie ein Porzellangeschirr klapperte.

»Dasselbe gilt für dich, Leif«, fügte Thorhall hinzu, nachdem sich alle Männer in Bewegung gesetzt hatten.

Außer Leif. Er stand unverändert da und beobachtete seine Kameraden. Es dauerte einen zähen Moment, bis ihm klar wurde, warum er das tat. Aber dafür kam die Erkenntnis so jäh und brutal, als hätte jemand in seinem Kopf auf einen Amboss geschlagen.

»Haldor ...«

Leif musterte seine Kameraden ein zweites Mal. Und sicherlich hätte er es auch ein drittes oder viertes Mal tun können – doch an dem Ergebnis änderte es rein gar nichts.

»Wo ist Haldor schon wieder?«, erkundigte sich Leif.

Thorhall zuckte die Achseln. »Keine Ahnung. Vielleicht sitzt er auf dem Opferplatz und träumt in die Sterne?«

Leif gab sich mit dieser Antwort nicht zufrieden. »Wo hast du Haldor zuletzt gesehen?«

»Woher soll ich das wissen? Vorhin war er jedenfalls noch bei uns, als wir Snorre auf der Weggabelung gefunden haben, und danach ...« Thorhall zerbrach sich nicht länger den Kopf darüber, wohin es seinen ungeliebten Sohn verschlagen hatte. Stattdessen zuckte er abermals gleichgültig mit den Schultern.

Das genügte jedoch, um in Leif einen schrecklichen Verdacht ins Rollen zu bringen. »Auf der Weggabelung, sagst du?«

»Ich denke schon.« Thorhall verstand die Aufregung nicht, die sich in Leif anbahnte, und schüttelte den Kopf. »Warum ist das wichtig?«

Leif verweigerte ihm eine Antwort, weil sich seine Gedanken gerade um ganz andere Dinge drehten. Er erinnerte sich auf einmal daran, wie begeistert Haldor von der Göttermacht gewesen war. Und was sein Bruder zu ihm gesagt hatte, als sie sich im Wald miteinander unterhielten: *Vielleicht sollte ich auch zu den Göttern in die Berge gehen. Das wäre für mich die einzige Möglichkeit, meinen Mut zu beweisen und ein wahrer Krieger zu werden.* Insgeheim hatte Leif ja gehofft, dass er seinem Bruder diese törichte Idee ausreden konnte. Aber jetzt musste er mit dem Allerschlimmsten rechnen.

»Nein«, keuchte Leif.

Dann stürmte er auch schon los und windete sich im Slalom zwischen seinen Kameraden hindurch.

»Wo willst du hin?«, schrie Thorhall ihm nach.

Leif verschwendete keine Zeit damit, es seinem Vater erklären zu wollen. Er rannte einfach weiter und erreichte wenig später die Weggabelung. Atemlos blieb er auf ihr stehen und sondierte alle Spuren, die es im weiten Umkreis gab. Der Schnee war mittlerweile von den Stiefeln der Männer zu einer Kraterlandschaft zerpflügt worden, sodass es völlig utopisch gewesen wäre, eine bestimmte Fährte aus den vielen Abdrücken lesen zu wollen. Und die Blutflecken von Arvid, Baldur, Erik und Snorre trugen ihren Teil dazu bei, dass dieses Chaos noch verwirrender aussah.

Allerdings galt das nicht für Haldors Abdrücke.

Er hatte mit seinem Klumpfuß zahllose Kerben in den Schnee geritzt, die sich deutlich von allen anderen Stapfen unterschieden. Die meisten von ihnen zentrierten sich um den Holzpfahl; führten zur

Lichtung oder ins Nachtlager. Aber leider nicht alle. Da gab es tatsächlich eine Spur – und zwar die jüngste –, die wie ein letzter Gruß nach Norden führte.

»Oh nein«, stöhnte Leif. Er wankte neben der Spur her und betete bei jedem Meter darum, dass sie gleich abbrechen würde; dass Haldor irgendwo jammernd im Schnee lag oder umgekehrt war. Doch seine Fußstapfen zogen sich weiter und immer weiter, störrisch den Bergen entgegen. »Nein, nein, *NEIN!* Das ist nicht gut. Das ist ...«

»Leif!«

»... gar nicht gut ...«

»Leif!«

»... verdammt Haldor, warum ...«

»*Leif!*«

»... hast du nicht auf mich gehört? *Warum?*« Leif hastete noch schneller neben der Spur her und wäre in letzter Konsequenz wohl ebenfalls in die Berge gelaufen, wenn Thorhall ihn nicht zurückgerissen hätte.

»Leif, komm endlich zu dir! Was soll dieser Unfug?«

»Lass mich los!« Leif stieß seine Faust durch die Luft, allerdings ohne Thorhall dabei zu treffen. »Haldor ist zu den Göttern gelaufen. Sie werden ihn umbringen!«

»Und wenn schon«, sagte Thorhall. »Wir brauchen ihn nicht mehr – jetzt, wo der Opferplatz gebaut und das Portal geöffnet ist.«

»Was redest du da? Natürlich brauchen wir Haldor! Er ist mein Bruder ... dein Sohn! *Und jetzt lass mich los!*« Leif stieß erneut seine Faust nach vorne und rammte sie diesmal wirklich zwischen Thorhalls Rippen. Sein Vater steckte den Treffer jedoch weg, ohne dabei die Miene zu verziehen. »Wenn wir uns beeilen, können wir ihn noch einholen.«

»Können wir nicht. Haldor hat einen Vorsprung von über einer Stunde. Selbst mit seiner Behinderung ist er inzwischen unerreichbar fern. Und zudem wäre es viel zu gefährlich, ihm zu folgen. Das Raubtier treibt sich noch irgendwo da draußen herum.« Thorhall durchforstete die Dunkelheit mit einem Blick, dem fast etwas Ängstliches innewohnte.

»Es ist kein Tier, sondern ein Drache«, sagte Leif. »Und das weißt du, habe ich recht?«

»Selbstverständlich weiß ich das. Denkst du, ich habe vergessen, was dieses Monster mit dem Zwergenschiff gemacht hat?«, grollte Thorhall. Er sah verstohlen zu der Weggabelung zurück, um sicherzustellen, dass niemand sie belauschte. »Trotzdem würde ich unsere Männer gerne in dem Glauben lassen, dass sich hier nur ein Bär herumtreibt. Wenn bekannt wird, dass uns offenbar ein Drache jagt, werden sie sonst endgültig den Verstand verlieren.«

»Ja, das haben wir zum größten Teil dir zu verdanken«, giftete Leif. »Aber ich kann dich beruhigen: Der Drache wird mir nichts tun. Also entschuldige mich bitte. Ich muss meinen Bruder retten.« Er wollte abermals loslaufen, und wieder hielt Thorhall ihn unnachgiebig zurück.

»Du bleibst hier, verstanden?«

»Fürchtest du dich etwa, dass du auch deinen dritten und letzten Sohn verlieren könntest?«, stichelte Leif ihn.

»Mach dich nicht lächerlich«, erwiderte Thorhall barsch. »Haldor ist es einfach nicht wert, dass wir unser Leben für ihn aufs Spiel setzen. Er hat sein Schicksal gewählt, und dabei sollten wir es belassen. Ich musste mich lange genug mit ihm herumärgern und habe mir größte Mühe gegeben, einen anständigen Mann aus ihm zu machen. Vielleicht haben die Götter ja mehr Glück mit ihm. Und wenn nicht, sind wir diesen Taugenichts endlich los und sparen uns dazu noch ein Wikingerbegräbnis für ihn.«

Leif hasste seinen Vater für diese herzlose Aussage. Mehr noch: Er hätte ihn am liebsten dafür getötet. Gleich hier, mit einer Blitzkugel. Doch er würgte dieses dunkle Verlangen sofort wieder ab, bevor es ihn überwältigen konnte. Stattdessen spähte er abermals den Pfad hinunter. Er konnte Haldor nirgendwo entdecken, und doch sah er ihn im Geiste bildhaft vor sich. Sah, wie sich Haldor mit seinem lahmen Fuß durch den Schnee kämpfte; wie er taumelte, sich an den Bäumen abstützte und so manches Mal in die Knie brach ... und trotzdem schleppte er sich verbissen weiter.

Warum tust du das?, fragte Leif ihn in Gedanken. *Du weißt doch, was die Götter mit dir anrichten werden, wenn du zu ihnen gehst. Also warum rennst du jetzt in dein eigenes Verderben? WARUM NUR?*

»Gehen wir«, beschloss Thorhall.

Er zerrte Leif streng mit sich.

Alle anderen Männer hatten sich bis dahin bereits auf dem Opferplatz eingefunden, und fast jeder bediente sich nach Herzenslust an den Nahrungsmitteln aus Björns Dorf. So ein Schluck Met war genau das Richtige, um die heißen Gemüter abzukühlen, und ein Bissen von einem Brotlaib schmeckte nun mal um Welten besser als der Schnee. Thorhall ließ die Männer gewähren und maßregelte sie selbst dann nicht, als sie ihre Trinkhörner ein zweites oder drittes Mal in das Fass tunkten. Immerhin füllte der Met nicht nur die hungrigen Bäuche, sondern stärkte auch ungemein die Moral.

Als Leif den Opferplatz betrat, streifte sein Blick zufällig das Modell auf dem Steintisch. Offensichtlich hatte einer der Männer den orangefarbenen Kristall verschoben, um ein anderes Ziel auf dieser magischen Karte anzupeilen. Jetzt schwebte der Kristall viel weiter südlich über der Landschaft – knapp vor den Toren von Vik –, aber das Portal hatte sich deswegen kein bisschen von der Stelle gerührt. Genau so, wie Grimar es gesagt hatte. Die Tür stand unverändert offen und führte zu Björns ehemaligem Dorf. Leif konnte nur raten, warum die Götter ihnen nicht mehr Bewegungsfreiheit gaben. Vielleicht weil sie ihnen trotz allem misstrauten oder kein allzu großes Aufsehen mit dem Portal erregen wollten. Vielleicht gab es aber auch einen anderen Grund, den nur die Götter mit ihrer allmächtigen Weisheit verstanden. Jedenfalls erfüllte es Leif ein bisschen mit Genugtuung, dass seine Kameraden mit dem Portal nicht kreuz und quer durch ganz Island reisen konnten, um noch leichter auf Opferjagd zu gehen.

»Seid ihr fertig?«, rief Thorhall durch die Runde.

»*Jarl!*«, grölten die Männer. Manche hoben dabei ihre Trinkhörner so fahrig an, dass der Met über den Rand spritzte.

»Habt ihr alle genug gefressen und gesoffen, um wieder bei Kräften zu sein?«

»*Jarl!*«

»Wollt ihr neue Knochen erbeuten, um die Götter zufriedenzustellen?«

»*Jarl!*«, skandierten die Männer immer frenetischer.

Das war die reinste Musik für Thorhall. In seinem Gesicht zog erneut dieses böse, verschlagene Lächeln auf, als er spürte, dass die Männer noch gewissenloser geworden waren. »Dann geht durch das Portal und macht das Schiff startklar! In einer Stunde will ich aufbrechen«, wies er sie an. »Leif, du begibst dich solange mit Halvar und Norwin zu Björns Dorf. Vielleicht haben wir Glück und können noch einige Knochen aus den verbrannten Häusern retten.«

»Danke, ich verzichte«, winkte Leif ab.

Thorhall schob seine Augenbrauen lauernd zusammen. »Was willst du damit sagen?«

»Ich werde den Göttern nicht mehr dienen. Und schon gar nicht werde ich mich länger von ihnen täuschen lassen.« Leif betrachtete die Knochen der Frauen, die neben dem Steintisch aufgebahrt waren. Sie wirkten wie der Anfang eines Albtraums, aus dem es nie ein Erwachen geben würde. Es sei denn, Leif beendete ihn. *Irgendwie.*

Als er zu seinen Kameraden zurückblickte, sah er sich fast dreißig Gesichtern gegenüber, die vor Zorn flackerten, als würden sie »*Ketzer!*« oder »*Verräter!*« brüllen. Leif stand jedoch zu seinem Entschluss. Er musste es tun; musste den Göttern abschwören und sich gegen seine Kameraden stellen, bevor es bald keine Zukunft mehr für all die vielen tausend anderen Familien in seiner Heimat gab.

»Ist dir klar, was das bedeutet, wenn du keine Knochen sammelst?«, herrschte Thorhall ihn an. »Ist dir das *wirklich* klar?«

»Das ist es.« Leif sah abermals zu den Knochen. Ihre Totenschädel waren natürlich vollkommen ausdruckslos, und dennoch konservierten sie noch so viel Angst und Schmerz in ihren Mienen, dass sich Leif umso entschlossener fühlte, diesen Irrsinn zu stoppen. Egal wie viel Anstrengung es ihn kostete oder welche Folgen es für ihn hatte. »Weißt du, Vater, mir ist inzwischen vieles bewusst geworden. Der Tod ist schrecklich, und eine Familie zu verlieren die reinste Hölle. Aber was wir hier anrichten, ist noch viel grausamer – und mit nichts zu entschuldigen. Es war vielleicht rechtens, dass wir Björns Dorf überfallen und die Mörder unserer Familien bestraft haben. Aber es wäre ein Verbrechen, wenn wir jetzt auch die Sippe von Finn Anderson abschlachten würden, nur um ihre Knochen zu stehlen.«

»Es ist nun mal der Wille der Götter«, erwiderte Thorhall.

»Scheiß auf die Götter! Begreifst du denn nicht, was hier vorgeht?«, zürnte Leif. Er zeigte auf die Skelette der Frauen. »Diese Knochen beweisen ja wohl mehr als genug, dass die Götter von Niflheim keine Wohltäter sind. Wie kannst du dir da nur einbilden, dass sie uns helfen wollen oder unsere Frauen und Kinder aus dem Jenseits holen?«

»Weil sie es uns versprochen haben.«

»Wach endlich auf, Vater! Wir sind Teil einer schamlosen Intrige geworden. Die Götter haben uns von Anfang an belogen, um uns hierher nach Niflheim zu locken – und diese Unheiligen manipulieren uns mit jedem Augenblick ein bisschen mehr. So lange, bis wir alle zu ihren Sklaven geworden sind. Wir müssen uns endlich gegen sie wehren, bevor wir vollends alles verlieren, was wir noch haben. Besonders unseren Verstand.«

»Niemand kann sich gegen die Götter wehren«, erklärte Thorhall.

»Vielleicht hast du recht«, musste Leif unumwunden zugeben. »Aber wir sind Wikinger. Wir haben uns bislang nie vor einem Kampf gescheut, egal wie aussichtslos er sein mochte. Und zudem sind wir eine Sippe. In unseren Adern fließt dasselbe Blut – und genau das können wir zu unserem Vorteil nutzen. Denn wir halten selbst in der größten Not zusammen.«

»Sehr richtig«, schloss Thorhall. »Und deswegen wirst du uns dabei helfen, möglichst viele Knochen zu sammeln. Also geh durch das Portal und mach, was ich dir aufgetragen habe!«

»Du kannst mich nicht dazu zwingen, Vater.«

»Wetten doch?« Thorhall hob die rechte Hand und formte darin eine Blitzkugel. »Geh durch das Portal.«

Leif trat demonstrativ einen Schritt zurück.

Die Blitzkugel in Thorhalls Hand zischte, als hätte er einen Tropfen Zorn in sie hineingeschüttet. »Geh durch das Portal. Das ist meine letzte Warnung.«

»Du wirst mich nicht töten«, meinte Leif. »Wenn du es tust, hast du erst recht keinen Sohn mehr.«

»Ich werde Erik bald wiederhaben«, war Thorhall überzeugt. »Da kann ich auf so einen Feigling wie dich getrost verzichten.« Er richtete seine Hand auf Leifs Kopf. »Du solltest mich also besser nicht herausfordern. Und nun entscheide dich! Leb gemeinsam mit uns weiter – oder stirb als Feind.«

Leif zog noch eine dritte Möglichkeit in Betracht. Denn er spürte gerade selbst ein heißes Kribbeln über seinen Unterarm laufen. Es war ein berauschendes Gefühl; eines, das ihn dazu verführen wollte, sich ebenfalls mit einer Blitzkugel zu bewaffnen. *Tu es!*, sang die Göttermacht durch seinen Kopf. So lieblich wie ein Mädchen, so sanft wie der Kuss einer Frau, und doch so drakonisch, als würde sie Leif mit ihrer Stimme in eiserne Ketten legen. *Tu es endlich! Bekämpfe deinen Vater! Töte ihn! HOL SEINE KNOCHEN! Es ist ganz leicht. Du musst dich mir nur hingeben.*

Und ja: Ganz kurz gab sich Leif dieser Versuchung hin, sodass über seine Hand der erste Funke züngelte. Aber dann ballte er seine Finger zusammen und würgte ihn wieder ab. Gleichzeitig schielte er heimlich zu dem Schild hinüber, der an einem Monolithen lehnte. Er war der Schlüssel von allem. Mit seiner Hilfe würde es Leif womöglich gelingen, das Portal zu schließen und dafür zu sorgen, dass niemand mehr auf einen Raubzug gehen konnte.

Hör auf zu denken!, ermahnte er sich. *Mach es einfach!*

Leif ließ seine Streitaxt fallen, um beide Hände freizuhaben; dann warf er sich auch schon herum und hechtete auf den Schild zu.

Thorhall zögerte nicht lange und feuerte die Blitzkugel auf ihn ab.

Leif sah sie aus dem Augenwinkel kommen und rollte sich noch in der Luft zur Seite; trotzdem raste der Schuss nur haarscharf an ihm vorbei und brannte einen Krater in den Boden. Leif schlug genau daneben auf das Eis. Seine Schulter kreischte vor Schmerz, und irgendwas in seiner Hüfte knackte widerlich. Währenddessen rutschte Leif ungebremst weiter und versuchte irgendwie, den Schild zu erreichen. Er konnte ihn schon an seinen Fingerspitzen fühlen; hätte bloß noch zugreifen müssen ... aber er verpasste ihn um eine Winzigkeit. Kurz darauf prallte er mit der Leiste gegen einen Monolithen und stöhnte gequält, aber er zwang sich sofort wieder auf die Füße. Dann nämlich, als er bereits das nächste rote Flackern in Thorhalls Hand bemerkte.

Leif wollte ihm mit einem Schuss zuvorkommen. Er musste jedoch im selben Moment einsehen, dass er seinen Vater hier und jetzt nicht bekämpfen konnte – und ihn schon gar nicht besiegen. Stattdessen suchte er sein Heil in der Flucht. Er duckte sich zwischen den Monolithen hindurch und kletterte mit allen vieren den Felstrichter hinauf.

Wosch! Wosch!

Thorhall jagte ihm zwei Blitzkugeln hinterher, die neben ihm in den Schnee fuhren und so viel Hitze erzeugten, dass sie wie Geysire eine meterhohe Säule aus Wasser und heißem Dampf in die Luft spuckten. Leif verlor den Halt und glitt ein Stück weit zurück in die Tiefe. Und zwar beinahe in die Schussbahn einer dritten Kugel hinein, die hinter ihm in die Böschung hackte. Doch Leif gelang es irgendwie, der Schwerkraft zu trotzen, und strampelte sich hartnäckig in die Höhe, bis er wieder halbwegs festen Boden unter den Stiefeln hatte.

»Ja, lauf nur!«, schrie Thorhall ihm nach. »Lauf – und lass dich hier nie wieder blicken!« Er packte seine gesamte Wut in eine weitere Blitzkugel und schleuderte sie Leif hinterher, bevor er sich zu dem Schild bückte, ihn aufhob und sich zu den Wikingern umdrehte. »Grimar, Halvar und Norwin!«, bellte er. »Ihr drei werdet hierbleiben und das Portal bewachen.«

»Hierbleiben?«, erwiderte Norwin. »Aber wir wollen ...«

»*Keine Widerrede!* Wir müssen sicherstellen, dass die Tür noch offensteht, wenn wir von unserem Raubzug zurückkommen. Ab sofort gehört Leif nicht mehr zu unserer Sippe. Ich erkläre ihn für vogelfrei – und damit hat er alle Rechte verwirkt, die er besitzt. Wenn er sich dem Opferplatz noch einmal nähert, werdet ihr ihn unverzüglich töten.« Thorhall hob drohend den Finger. »Und ich rate euch, mich nicht zu enttäuschen. Ansonsten werden eure Knochen die nächsten sein, die wir den Göttern opfern. Habe ich mich verständlich ausgedrückt?«

Grimar, Halvar und Norwin senkten zerknirscht die Köpfe.

»*Jarl*«, murmelten sie einstimmig.

Thorhall quittierte ihre Antwort mit einem strammen Nicken, bevor er sich den übrigen Männern widmete. »Vorwärts! Lasst uns Knochen jagen ...«

36 Es war passiert. Jetzt, in diesem Augenblick. Leif hatte nicht nur seine Familie verloren, sondern auch all seine Freunde, Brüder und Verwandten; kurzum jeden Menschen, der ihm jemals etwas bedeutet hatte. *Und er konnte nichts dagegen tun!* Außer ohnmächtig dabei zusehen, wie seine Kameraden durch das Portal traten, um einem zweiten Dorf den Tod zu bringen. Diese Situation war so unfassbar, dass sich Leif lange Zeit weigerte, sie zu glauben. Er fühlte sich einsam, hilflos und verzweifelt; wollte am liebsten schreien oder gar weinen. Aber er durfte sich deswegen nicht entmutigen lassen. Er hatte es Majvi versprochen, dass er sich immer für das Gute einsetzte – und bei allem, was ihm heilig war, er würde sich an diesen Schwur halten! Auch wenn er dafür das größte Opfer bringen musste, das ein Ehemann und Vater nur bringen konnte. Aber es war nun mal notwendig, bevor seine Kameraden noch halb Island entvölkerten.

Und so machte sich Leif auf den Weg, um Böses mit Bösem zu bekämpfen. Im Laufschritt irrte er von dem Opferplatz davon, quer durch den Wald. Er hielt beide Hände nach vorne gestreckt, um gegen kein Hindernis zu prallen; trotzdem fing er sich unterwegs so viele Schürfwunden ein, dass sein Körper zeitweise voller roter Funken war, die ihn gleich wieder heilten. Leif bekam davon jedoch kaum etwas mit. Er fixierte sich ausschließlich auf das, was er gleich tun musste; auf das, was ihm beinahe das Herz zerriss.

Irgendwann taumelte er auf die Lichtung hinaus und blieb vor dem Schiffswrack stehen. Sein Blick kreiste unwillkürlich über die vielen Leichen in den Fellbündeln, und auf einmal überkamen ihn so viele Skrupel, dass er an allem zweifelte, was er tun wollte. Aber dann blendete Leif seine Bedenken restlos aus – und schlug die Götter mit ihren eigenen Waffen. Sie wollten Opfer? Wollten Knochen? Wollten, dass er zum Jäger und Sammler wurde?

Bitte, das könnt ihr haben!

Leif ging entschlossen zu seiner Familie und sank neben ihr in die Hocke. Er wischte den Schnee von Majvis Brust herunter und legte die Rippen frei, die er versehentlich schon aus ihrem Körper gezogen hatte.

Nun würde er seine Tat vollenden.

Dazu ließ er beide Hände über Majvi schweben.

Ihm war bewusst, dass er gerade mit dem Feuer spielte; dass die Göttermacht umso leichter seinen Verstand vergiften konnte, wenn er sie benutzte. Und Leif war auch bewusst, dass es kein Zurück mehr geben würde, sobald er Majvi erst mal alles genommen hatte, was sie zum Leben brauchte.

Doch er MUSSTE es tun!

»Bitte entschuldige«, flüsterte er. Seine Hände zitterten wankelmütig. »Ich hätte dich und die Kinder liebend gerne gerettet. Aber um das zu tun, müsste ich ebenfalls zum Mörder werden. Und das kann ich nicht. Niemals. Das verstehst du doch, oder?«

Majvi blieb still. Nur die Göttermacht sang ihr altbekanntes Lied in seinem Kopf: *Tu es! JETZT!*

Leif gehorchte ihr. Das erste und einzige Mal in seinem Leben. Er bedeckte Majvis Körper mit einem Gewittersturm aus hunderten Funken, die ihre Kleidung, die Haut und das Fleisch flüssig machten, und die Knochen wie Treibgut an die Oberfläche spülten. Leif fiel es überraschend leicht, weil die Göttermacht ihn alles lehrte, was er wissen musste. Sie führte seine Hände zielsicher über Majvis Körper, überwachte jeden einzelnen Funken, sorgte dafür, dass er für keinen Moment nachlässig wurde.

Dann war es auch schon vollbracht.

Leif griff zu und fischte die Knochen aus seiner Frau. Es war ein grässliches Gefühl. Eines, das Leif bis ins Mark hinein schockierte und alles zerstörte, was er jahrelang mit viel Liebe behütet hatte. Gleichzeitig kippte er nach hinten zu Boden und robbte hastig von Majvi fort, obwohl er dem Schrecken nicht entrinnen konnte. Denn er hielt das Skelett seiner Frau unverändert fest und schleifte es neben sich her. Majvis Knochen klapperten gespenstisch dabei. Ihr Schädel wippte auf und ab, als würde sie ihm etwas sagen wollen. Und aus ihren Augenhöhlen starrte Leif etwas Anklagendes, Entsetztes entgegen; etwas, das eine heiße Übelkeit in ihm heraufbeschwor.

Leif rollte sich herum und würgte bittere Galle aus dem Mund.

Ich habe sie umgebracht!, winselte er. *Bei Odin! Ich habe soeben meine eigene Frau endgültig ermordet!*

Aber noch hatte er es nicht überstanden.

Noch lag das Schlimmste vor ihm.

Er setzte sich schwerfällig auf und betrachtete Majvis Skelett, das neben ihm lag. Bei dem Anblick schäumte sofort die nächste Übelkeit durch seine Kehle. Leif ließ es jedoch nicht zu, dass er schwach wurde. Stattdessen kroch er zu seinem Sohn Sven hinüber. Jeder Zentimeter bis dorthin fühlte sich so qualvoll an, als würde er sich durch Glasscherben bewegen, aber Leif kannte keine Gnade mit sich. *Er musste es einfach tun. Musste! MUSSTE!* Und so legte er auch Sven widerwillig die Hände auf die Brust und holte seine Knochen. Ebenso wie die seiner Tochter Runa. Er löste sogar die Schädelknochen aus ihren abgetrennten Köpfen und bettete sie zu den anderen Gebeinen in den Schnee. Aber danach war Leif noch lange nicht fertig – *oh nein!* –, denn er zog beharrlich weiter über die Lichtung, um alle Knochen zu holen, die es auf ihr gab. Die von seiner Mutter Sigrun. Die seiner Schwägerin Wiebke. Die seines Neffen Tinus. Ja, selbst die zarten Knochen von Merle. Er holte absolut *alle!*

Leif wollte sogar das morsche Gerippe von Olle stehlen, aber als er den Dorfältesten berührte, durchzuckte ihn ein eigenartiger Ekel. Vielleicht weil die Göttermacht intuitiv spürte, dass diese uralten Knochen krank waren.

Leif ließ Olle deshalb in Ruhe und machte dafür umso fanatischer an anderer Stelle weiter. Alles erschien ihm so unwirklich, als würde er nur träumen, aber gleichzeitig fühlte sich Leif auch so wach und präsent wie niemals zuvor in seinem Leben. Bei den ersten Frauen und Kindern verabscheute er sich noch zutiefst dafür, was er hier anrichtete. Doch nach einiger Zeit stumpfte er so sehr ab, dass sich ein seltsamer Automatismus in ihm breitmachte, als wäre er zu einer seelenlosen Maschine geworden. Von da an zog er eine halbe Ewigkeit von einer Leiche zur nächsten, entnahm ihre Knochen und warf sie hinter sich auf einen Haufen.

Er kam erst wieder zur Besinnung, als seine Hand ins Leere fuhr, weil er das Ende der Lichtung erreicht hatte. Benommen sah er sich um. Hinter ihm türmte sich ein Berg aus Knochen, Rippen und Schädeln von beachtlicher Größe auf; rund zwanzigtausend Einzelstücke, die im Mondlicht eine morbide Schönheit besaßen.

Aber noch war Leif nicht fertig, und darum wankte er zur letzten Leiche hinüber, die er bislang verschont hatte: Erik. Sein Bruder lag abseits der anderen Toten, in der Nähe des Schiffswracks. Ohne seinen Fellmantel wirkte er beinahe nackt, und die Runenzeichen an seinem Körper waren vom Frost zu weißen Narben verblasst.

Leif stand eine Weile einfach da und starrte auf Erik herab. Er hatte seinen Bruder oft beneidet und bewundert. Eines hatte er jedoch nie getan: ihn gehasst. *Ehrlich, noch nie!* Aber in diesem Moment tat er es, weil Erik letztlich schuld daran war, dass alles so weit kommen musste.

Warum?, fragte Leif ihn stumm. *Warum musstest du dich immer auf Vaters Seite stellen? Warum hast du nicht ein einziges Mal zu mir gehalten? Zusammen hätten wir uns gegen Thorhall behaupten und unsere Sippe in Sicherheit bringen können. Also sag es mir, Erik: WARUM?*

Leif wusste, dass er nie eine befriedigende Antwort darauf erhalten würde. So wie auf die meisten Fragen, die sich in ihm angesammelt hatten. Und darum ließ er seinem Hass irgendwann freien Lauf und riss auch Erik die Knochen so stürmisch aus dem Körper, dass sich sein Bruder in alle Richtungen drehte und krümmte.

Danach suchte Leif das größte Segeltuch, das er in der Umgebung noch finden konnte. Er breitete es auf dem Boden aus, bettete alle Knochen darauf und schnürte das Tuch zu einem Bündel um sie zusammen. Es war fast drei Meter hoch und so massig wie zwei ausgewachsene Ochsen. Eigentlich viel zu schwer, um es zu bewegen, und doch stemmte sich Leif mit Leibeskräften gegen das Bündel und rollte es durch den Schnee. Die Knochen im Inneren klapperten in den hellsten Tönen oder brachen teilweise unter dem Gewicht der anderen entzwei. Und immer wieder drückten die vielen Hände, Füße oder toten Gesichter gegen den Stoff, als würden sie sich gegen diese grobe Behandlung wehren.

Leif nahm darauf keine Rücksicht.

Er konnte es gar nicht, denn sobald das Bündel erst mal in Fahrt war, rollte es fast so leicht wie ein Wagenrad über die Lichtung, wodurch Leif es eher bremsen statt schieben musste. Mit gezielten Stößen bugsierte er es zum Waldrand und lenkte es zwischen die Bäume. Hier geriet das Bündel wieder ins Stocken, verkantete sich an den Wurzeln oder riss an der einen oder anderen Stelle auf, sodass etliche Knochen ins Freie glitten. Leif machte sich jedoch nicht die Umstände, sie aufzuheben. Denn es blieben trotz allem genug übrig, um das zu tun, was er mit ihnen vorhatte.

Nach einigen hundert Metern kam ein leises Plätschern in Hörweite.

Leif steuerte darauf zu, wuchtete das Bündel über einen niedrigen Hügel – und fand dahinter jenen heißen Bach, den er schon in dem Talkessel entdeckt hatte. Mit dem einzigen Unterschied, dass der Bach hier ein stärkeres Gefälle besaß, wodurch sein Wasser im hohen Tempo bis hinunter zur Küste raste. Und damit war er wie geschaffen für eine Flucht aus Niflheim ...

Leif schob das Bündel vollends bis ans Ufer, zückte seinen Dolch und schlitzte das Segeltuch auf. Die Knochen und Schädel prasselten in einem heillosen Durcheinander unter dem Stoff hervor und verteilten sich im weiten Umkreis im Schnee. Manche platschten sogar ins Wasser und wurden von dem Bach fortgeschwemmt, aber Leif bemühte sich auch jetzt nicht, sie festzuhalten. Ganz einfach, weil ihm schlichtweg die Zeit dazu fehlte. Er wusste nicht, wie lange er gebraucht hatte, um die Knochen auf der Lichtung zu sammeln. Lange genug jedenfalls, dass seine Kameraden vermutlich schon wieder auf dem Rückweg zum Portal waren.

Also beeil dich!

Leif suchte die größten Knochen, die er finden konnte, und machte sich daran, sie miteinander zu verbinden. Die Arbeit war ebenso anstrengend und belastend wie der Knochenraub selbst, aber Leif erlaubte sich keine Pause und stückelte die Körperteile sorgfältig zusammen. Um ehrlich zu sein versprach er sich nicht viel davon. Er war bekanntlich ein lausiger Handwerker und konnte zuhause nicht einmal fehlerfrei einen Hühnerstall bauen. Doch mit den Knochen verhielt es sich anders. Hier benötigte er keine Nägel oder Seile, um die einzelnen Bauteile zu befestigen; ein winziger Funke genügte, und schon klebte ein Knochen am anderen, als wären sie miteinander verwachsen.

Entsprechend zügig kam Leif voran.

Er fügte Schädel an Ellen, Speichen an Hüften, Rippen an Beinknochen, und stopfte zuletzt die Wirbelsäulen in alle Fugen, um sie abzudichten. Und während der Knochenhaufen dabei Stück für Stück kleiner wurde, wuchs sein Bauwerk zu einer beachtlichen Größe an. So lange, bis es ...

»*Was tust du da?*«, schrillte eine Stimme hinter ihm.

Leif schrak so jäh herum, dass er beinahe eine Blitzkugel aus seiner Hand geschleudert hätte. Er konnte sich gerade noch mäßigen, als er den Kopf hob.

Annika stand auf dem Hügel. Sie starrte mit einem Gesicht zu ihm herab, das vor Empörung beinahe überlief.

»Ich habe dir doch gesagt, dass du in deinem Versteck bleiben sollst«, ärgerte sich Leif.

»Ja, ich kann mich daran erinnern«, antwortete Annika lapidar. »Aber ich wollte mich vergewissern, dass du überhaupt noch lebst. Ich habe Schreie gehört.«

»Ich hatte einen Streit mit meinem Vater.«

»Klang eher, als hättest du einen Krieg angezettelt.«

»Das gehört in unserer Familie zum Alltag.« Leif atmete einmal tief durch, um seinen Groll abflauen zu lassen. »Wie du siehst, bin ich wohlauf. Und nun geh zurück in dein Versteck, bevor dich jemand sieht!«

Annika tat das genaue Gegenteil: Sie kam den Hügel herab und musterte ein zweites Mal die Knochen, wobei ihre Empörung merklich nachließ. Aber dafür nahm ihre Verwunderung sprunghaft zu. »Du hast meine Frage nicht beantwortet: Was tust du da?«

»Was nötig ist«, erklärte Leif wortkarg. Er stand auf und trat beiseite, sodass Annika einen unverblümten Blick auf das werfen konnte, was er geschaffen hatte.

»Du meine Güte. Das ... das ist ...« Annika brach ihr Gestotter ab und kräuselte irritiert die Stirn. »Was zur Hölle soll das sein?«

»Ein Schiff«, erklärte Leif. »Ein *Knochenschiff*.«

Nun ja, streng betrachtet war es kein Schiff, sondern ein Ruderboot. Und noch strenger betrachtet, war es eher eine gruselige Nussschale. Leif hatte aus den Knochen einen gut vier Meter langen Rumpf gezimmert, der gerade mal Platz für zwei Menschen bot – sofern sie die Beine anwinkelten und die Schultern einzogen. Die Seitenwände waren übertrieben hoch und mit dutzenden Totenschädeln verstärkt, damit sie dem rauen Seegang trotzen konnten. Am Bug und dem Heck ragte jeweils ein gekrümmter Steven auf, den Leif aus zahllosen Wirbelsäulen geformt hatte. Und von den Seitenwänden hingen zwei Riemen aus allerlei Knochenresten herab, als wären es obskure Füße. Was dem Boot allerdings noch fehlte, war ein Segelmast. Leif hatte bereits die erforderlichen Knochen dafür zurechtgelegt, aber es würde ganz schön knifflig werden, sie alle so an dem Boot zu befestigen, dass sie den Stürmen auf dem offenen Meer standhielten.

»Ein Knochenschiff«, murmelte Annika. Sie wurde plötzlich von ihrer Neugier gepackt und wagte sich noch ein Stückchen näher, um diese makabere Konstruktion zu betrachten. »Ein Schiff – wozu?«

»Um aus Niflheim zu fliehen«, erklärte Leif ihr. »So wie die Dinge liegen, können wir unmöglich durch das Portal nach Hause gelangen. Thorhall lässt es neuerdings von mehreren Männern bewachen. Deshalb werden wir unser Glück über den Seeweg versuchen müssen.«

»Wir?« Annika sah zu ihm auf und himmelte ihn mit demselben Blick an, wie sie es schon einmal getan hatte. Ein Blick, der in Leif so viele Vatergefühle auslöste, dass es ihm ganz warm wurde. »Soll das bedeuten, du würdest mich mitnehmen?«

»Selbstverständlich. Genau genommen habe ich das Schiff nur für dich gebaut.«

»Für mich?«

»Ich kann Niflheim nicht auf Dauer verlassen. Die Götter haben mir und meinen Kameraden zwar viel Macht verliehen, aber gleichzeitig auch dafür gesorgt, dass wir krank werden, sobald wir zu lange auf der Erde bleiben.« Leif hob die Hand, um Annika jegliche Besorgnis zu nehmen. »Du hingegen bist noch nicht von der Göttermacht befallen worden. Und solange sich daran nichts ändert, besteht die Hoffnung, dass wir dich heil nach Hause bringen können.«

»Aber wenn du mich begleitest, wirst du sterben«, bemerkte Annika.

Leif lächelte bitter. Lächelte wie ein Mann, der nichts mehr zu verlieren hatte, abgesehen von seiner zerschundenen Seele. »Ein Teil von mir ist schon vor vielen Wochen gestorben. Und der andere wartet bereits sehnsüchtig auf den Tod. Du kannst mir glauben, dass ich mir längst das Leben genommen hätte, um mich von meinem Leid zu erlösen. Aber zuerst muss ich vieles von dem wiedergutmachen, was meine Kameraden und ich angerichtet haben. Und da wäre deine Rettung doch ein perfekter Anfang, findest du nicht ...?«

Annika fasste endlich ein bisschen Vertrauen in seinen Plan und lächelte ebenfalls. Allerdings nicht lange, bevor sie nachhakte: »Warum bist du eigentlich so überzeugt davon, dass wir über den Seeweg nach Hause kommen?«

»Weil es die Zwerge auch tun wollten.«

»Die Zwerge?«

»Sie waren bereits vor uns in Niflheim. Unten am Strand liegt ein Schiffswrack von ihnen. Offensichtlich wollten sie ebenfalls über das Meer nach Hause fliehen, bevor sie von Nidhögg getötet wurden.«

»Getötet? Warum?«

»Aus demselben Grund, warum Nidhögg es auf meine Kameraden abgesehen hat.«

»Und der wäre?«

»Ich bin mir noch nicht ganz sicher. Aber wir dürfen annehmen, es hat etwas damit zu tun, dass Nidhögg der Wächter von Yggdrasil ist. Seine Aufgabe besteht darin, alles zu jagen und zu vernichten, was der Weltesche gefährlich werden könnte.« Leif wandte den Kopf nach Südwesten. Er konnte das Meer von seiner Position aus nicht sehen, aber sehr wohl riechen und hören. Vermutlich lag es keine zweihundert Meter entfernt; gleich hinter der nächsten Baumreihe. »Ich habe das Schiff hier im Wald gebaut, damit es meine Kameraden nicht finden. Wenn die Zeit reif ist, werden wir es in den Bach setzen und uns von dem Wasser ins Meer spülen lassen. Vielleicht haben wir Glück, und die Strömung und der Wind stehen uns günstig – dann können wir in wenigen Stunden den Horizont erreichen.«

»Und dann?«, fragte Annika. »Was erwartet uns dort?«

»Ich habe keine Ahnung«, gestand Leif. »Vielleicht unsere Heimat. Vielleicht noch mehr Wasser oder ein Abgrund, der uns in die ewige Finsternis reißt. Aber egal, was es ist – schlimmer als das hier kann es wohl kaum werden.« Er machte eine Geste, die so ziemlich alles einschloss, was Niflheim an Schrecken und Verderben zu bieten hatte.

Wirklich begeistert war Annika trotzdem nicht von seiner Idee. Sie träumte eine ganze Weile in den Wald hinaus und schauderte dabei mehrmals zusammen, ehe ihr Blick zu dem Knochenschiff zurückkehrte. »Ich hoffe, du hast recht«, sagte sie. »Dass es hinter dem Horizont nicht schlimmer für uns wird, meine ich.«

Das hoffe ich auch, dachte Leif. Laut gab er sich dagegen weitaus optimistischer. »Du musst dir keine Sorgen machen. Es wird zwar keine Spazierfahrt, und wir werden uns bei dem stürmischen Seegang bestimmt hundeelend fühlen – aber es wird klappen. Ganz sicher.«

»Dein Wort in Odins Ohren«, sagte Annika kritisch. Sie musterte unaufhörlich das Schiff. Allein die Vorstellung, sich in diesen schwimmenden Sarg zu setzen, war schon gruselig genug. Aber das Wissen, mit ihm auf einen unbekannten – und womöglich sogar *endlosen* – Ozean hinauszusegeln, war noch weitaus furchterregender. Dennoch nickte Annika irgendwann, um Leifs Plan abzusegnen. Ganz einfach deshalb, weil sie nun mal keine andere Wahl hatte, wenn sie überleben wollte.

»Hast du dem Schiff schon einen Namen gegeben?«, fragte sie.

»Ja ... ich meine ... nein«, gestand Leif. Er musste plötzlich an Runa denken. An das Holzschiffchen, mit dem sie zuhause im Wasser gespielt hatte. Und er dachte natürlich daran, wie sie es *nannte*. »Es heißt *Naglfar*«, verkündete er.

»Wie das legendäre Schiff der Götter«, bemerkte Annika. Sie segnete auch das mit einem Kopfnicken ab. »Ein passender Name für so ein hässliches Ding. Aber warum Knochen? Warum hast du das Schiff nicht aus Holz gebaut?«

»Weil sich Holz in dieser Kälte nicht zum Schiffsbau eignet. Es ist zu spröde und wäre gerissen.« Leif tätschelte die Totenschädel neben sich. »Knochen hingegen sind weitaus robuster und viel leichter zu verarbeiten. Der ideale Werkstoff, sozusagen.«

»Auch wenn du dazu alle Leute aus deinem Dorf verstümmeln musstest?«

»Sie waren ohnehin schon tot«, erklärte Leif. »Und außerdem musste ich es tun, um meine Kameraden endlich zur Besinnung zu bringen.«

»Ich verstehe nicht.«

»Das wirst du irgendwann, ganz sicher.«

»Auf diese Geschichte bin ich jetzt schon gespannt.« Annika seufzte. »Wir werden ohnehin bald viel Zeit haben, ausführlich miteinander zu plaudern, wenn wir erst mal in See gestochen sind.«

»Ja, so wird es sein.« Leif hob einen Totenschädel vom Boden auf und drückte ihn Annika in die Hand. »Und weil du schon mal hier bist, kannst du dich gleich nützlich machen. Such alle großen Knochen zusammen und pack sie ein. Ich werde unterwegs einen Mast aus ihnen bauen. Wenn du damit fertig bist, wirst du den halben Rumpf mit Schnee füllen, damit wir genug Proviant an Bord haben.«

Annika stolperte Leifs Worten um mehrere Gedanken hinterher. Denn es dauerte sicherlich fünf Sekunden, bis sie begriff, worauf er hinauswollte: »Ich soll das Schiff fertigbauen? *Allein?*«

»Du sollst nur alles für unsere Abfahrt vorbereiten«, verbesserte Leif sie. »Damit wir schnellstens fliehen können, wenn ich zurückkomme.«

»Und was machst du?«

»Was ich tun muss«, orakelte Leif. Er sah abermals in den Wald hinaus, während sein Gesicht immer kämpferische Züge annahm. »Ich darf nicht zulassen, dass meine Kameraden noch mehr Menschen opfern.«

»Du willst sie töten?«, erkannte Annika. *Das ist doch verrückt!*, besagte ihr entrüsteter Ton.

»Ich weiß«, antwortete Leif, als hätte er ihren letzten Satz wirklich gehört. »Aber ich muss es zumindest versuchen. Sonst wird kein Mensch in unserer Heimat mehr sicher sein, und meine Kameraden werden sich schon bald in wahre Dämonen verwandeln.«

»Ich fürchte, das ist schon passiert ...«

Annika musste nicht hinzufügen, was sie damit meinte.

Leif hörte es bereits selbst.

Der Wind trug vom Opferplatz etliche Geräusche zu ihnen heran. Welche, die nicht unbedingt nach Menschen klangen, sondern eher nach wilden Kreaturen, die brüllten und fauchten und teuflisch lachten. Offenbar kehrten die Männer gerade von ihrem Raubzug zurück und hatten reiche Beute gemacht.

Was Leif umso mehr in seinem Entschluss bestärkte, sie alle zu vernichten. Er nickte Annika zum Abschied zu und wollte schon losgehen, aber er konnte nicht mal einen ersten Schritt machen.

Denn gleichzeitig geschah irgendwas.

Etwas absolut *Katastrophales*.

Es begann damit, dass sich das Mondlicht änderte. Bislang war es in einer gleichmäßigen blauweißen Farbe vom Himmel gefallen, aber jetzt flackerte es auf einmal so unruhig wie eine Kerzenflamme im Wind. Und nur einen Moment später folgte ein Donnerschlag, als hätte jemand mit einem gigantischen Klöppel gegen das Himmelszelt gehämmert und es wie eine Glocke zum Läuten gebracht. Ein Donner, der immer lauter statt leiser wurde. Er dröhnte in einem endlosen Stampfen und Wummern über ganz Niflheim hinweg und ließ selbst das Gebirge im Norden erzittern.

Annika und Leif federten in die Knie und pressten die Hände gegen die Ohren, um von dem Lärm nicht taub zu werden. Vielleicht hätten sie sich besser an einen Baum klammern sollen, denn der Schnee unter ihren Füßen vibrierte wie bei einem Erdbeben und entzog ihnen jeglichen Halt, sodass die beiden immer tiefer in ihn einsanken.

»Leif!«, rief Annika. Ihre Stimme wurde von dem Donnerhall komplett verschluckt, wodurch sie noch zusätzlich nach oben nickte, um sich mit Leif zu verständigen. *Sieh nur!*

Und ob Leif es sah. Er konnte es nur nicht *glauben*.

Der Mond!

Dieser riesige Trabant, der bislang unbewegt über Niflheim geschwebt hatte, zerbrach gerade in zwei Teile. Von seinem Südpol her fraß sich ein kilometerbreiter Spalt bis zum Äquator hinauf und verästelte sich unterwegs in zahllose Risse, die die Oberfläche des Mondes immer weiter zerpflügten und hunderte Gesteinsbrocken ins All schleuderten. So lange, bis die gesamte Südhalbkugel zu einem gigantischen Mosaik zersplittert war, in dem nichts mehr eine feste Ordnung besaß. Alle Trümmerstücke drehten sich wie wild im Kreis oder tänzelten in einem kosmischen Ballett über den Himmel, und sie alle erzeugten dabei noch weitere Donnerschläge, weil sie oft mit brutaler Kraft zusammenstießen. Das änderte sich erst, als die Trümmer irgendwann von der Gravitationskraft des Mondes erfasst wurden und zurück zu seiner Unterseite schwebten, wo sie sich zu einem langen glitzernden Band sammelten. Eines, das ein wenig an den Schweif einer Sternschnuppe erinnerte.

Annika und Leif kauerten noch minutenlang in ihrer gebückten

Haltung und beobachteten dieses obskure Schauspiel. Erst als es sich halbwegs beruhigt hatte, richteten sich die beiden zaghaft auf und nahmen die Hände von den Ohren.

»Was hat das zu bedeuten?«, wollte Annika wissen.

»Frag mich was Leichteres«, antwortete Leif. »Ich habe es inzwischen aufgegeben, für alle Rätsel in dieser Welt eine Erklärung finden zu wollen. Vielleicht ist es ein Zeichen der Götter. Vielleicht drehen diese Unheiligen aber auch genauso durch wie meine Kameraden. Oder ...«

»Oder – was?«

Leif zuckte mit den Schultern. »Oder irgendjemand war gerade sehr ungeschickt und hat aus Versehen den Mond zerstört.«

Er hätte mit Annika sicherlich noch länger das Spektakel am Himmel verfolgt, wenn die Schreie auf dem Opferplatz nicht gewesen wären. Falls sich Leif einen Vorteil verschaffen wollte, musste er jetzt zuschlagen. Solange seine Kameraden noch ganz euphorisch waren und gar nicht begriffen, welchen heimtückischen Plan er für sie ausgeheckt hatte.

»Kann ich mich darauf verlassen, dass du dich um das Schiff kümmerst?«, vergewisserte er sich.

»Keine Bange«, beruhigte Annika ihn. »Ich segle schon nicht ohne dich davon. Es wäre ziemlich langweilig, wenn ich mir meine eigenen Geschichten auf hoher See erzählen müsste.«

»Wenn ich zurück bin, werde ich noch eine Geschichte mehr zu erzählen haben«, versprach Leif ihr. Er wandte sich zum Gehen, aber er stoppte praktisch in derselben Bewegung schon wieder. »Da wäre noch etwas: Bitte beeil dich, wenn's geht. Ich fürchte, wir werden gleich ziemlich schnell von hier verschwinden müssen.«

Danach entzündete er in seiner rechten Hand eine Blitzkugel und ging los. Um zu tun, was immer er tun musste, um seine Kameraden aufzuhalten.

37 Leif hatte nicht übertrieben, als er sagte, dass er mit Annika gleich schnell von hier verschwinden musste. Denn was er vorhatte, würde seine Kameraden sehr, sehr zornig machen. Doch genau das war ja seine Absicht. Sie in blinde Raserei versetzen, damit sie zu keinem klaren Gedanken mehr fähig waren. In der Hoffnung, dass Leif sie dann umso leichter überlisten konnte, um das Portal zu schließen.

Zumindest in der Theorie.

Praktisch hingegen würde natürlich vieles anders laufen – und nur das wenigste so wie geplant. Aber darüber machte sich Leif keine Gedanken. Seine Entschlossenheit war ungebrochen und steigerte sich immer mehr zum Hass, während er zurück zur Lichtung eilte.

Dort trat er auf Erik zu und wuchtete ihn mit der linken Hand aus dem Schnee. Ohne die Knochen fühlte sich sein Bruder erheblich leichter an, aber er war trotzdem noch schwer genug, um Leif beinahe in die Knie zu zwingen. Nach drei, vier Anläufen gelang es ihm jedoch, Erik über seine Schulter zu legen und weiter zu den anderen Leichen zu taumeln. Leif spürte einen leichten Widerwillen, als er seine Hand mit der Blitzkugel auf eine tote Frau richtete, die ganz außen in der Reihe lag. Doch er erlaubte sich kein Zögern, kein Zurückweichen. Wozu auch? Er hatte den Frauen und Kindern ohnehin schon die Knochen gestohlen, also gab es für ihn keinen Grund mehr, jetzt noch zimperlich zu sein.

Er feuerte die Blitzkugel ab.

Sie schlug mit einer infernalischen Wucht in die Frau, sodass sich ihr Körper wie elektrisiert aufbäumte und schüttelte. Die steifen Gliedmaßen knackten schaurig, und aus der Schusswunde an der Brust spritzten Haut und massenhaft Blut hervor, das in der Hitze zu rotem Nebel verdampfte. Und genau *diese* Hitze bewirkte noch etwas anderes. Etwas, das Leif genau so beabsichtigt hatte. Denn kaum war die Frau in den Schnee zurückgesunken, gab sie ein dumpfes *Woppp* von sich, als hätte man ein Stück Zunder in eine Glut geworfen. Gleichzeitig züngelten aus ihrem Körper die ersten Flammen hervor. Anfangs drohten sie gleich wieder zu erlöschen, aber nur wenig später fachte ein Windstoß sie schlagartig zu einem Feuer an, das sich rasch ausbreitete. So lange, bis die gesamte Leiche unter einem gelben und roten, zuckenden Licht versank.

Die Hitze traf Leif mit einem stechenden Schmerz, obwohl er gut fünf Meter von der Frau entfernt stand. Aber er war mittlerweile so empfindlich gegen Wärme geworden, dass sich die Flammen für ihn so anfühlten, als würden sie sich durch sein eigenes Fleisch brennen. Trotzdem quälte er sich auf die Frau zu und gab ihr mit dem Stiefel einen Schubs, sodass sie herumrollte – und mit der Brust gegen eine zweite Leiche stieß, die unmittelbar neben ihr lag. Die Flammen griffen bereitwillig auf die neue Nahrung über und schlugen so blendend grell in den Himmel hinauf, dass Leif gepeinigt zurückweichen musste.

Immerhin konnte er den Dingen nun ihren Lauf lassen.

Buchstäblich.

Denn die Flammen wanderten weiter, in gleichmäßiger Hast von einer Frau zur anderen, von einem Kind zum nächsten. Um alles zu verschlingen, was von Leifs Sippe noch übrig war. *Woppp! Woppp! Woppp!* Inzwischen brannten schon über zehn, elf Leichen. Und das Feuer setzte seinen Weg unaufhaltsam fort und näherte sich allmählich Majvi, Runa und Sven.

»Es tut mir leid«, flüsterte Leif ihnen zu. »So unendlich leid.«

Anschließend lief er mit Erik auf der Schulter davon. Er wollte nicht zusehen, wie seine Familie von den Flammen eingeäschert wurde. Es war schon grässlich genug, dass er es hören musste.

Woppp!, machte es hinter ihm, gerade als er den Rand der Lichtung erreichte. *Das war Runa*, wusste er. *Woppp!*, donnerte es, als Leif durch den Wald hastete. *Sven.* Und kurz bevor er die Weggabelung überquerte, traf ihn das dritte *Woppp* in den Rücken. *Majvi.* Ein Geräusch, bei dem ihm kurz das Herz stehenblieb und seine Augen unter einem Tränenschleier versanken. Denn von diesem Moment an wusste Leif, dass seine Familie nun unwiderruflich verloren war, und selbst die Götter sie nicht mehr zurück ins Leben holen konnten.

Trotzdem hastete Leif konsequent weiter, bis er den Felstrichter im Wald erreicht hatte. Dort ging er im Schutz der Dunkelheit in Stellung und sah auf den Opferplatz hinab.

Es war alles so, wie er es befürchtet hatte.

Seine Kameraden waren von ihrer Jagd zurückgekehrt. Offenbar gerade noch rechtzeitig, denn die meisten sahen aus, als wären sie an der Pest sowie an einem Dutzend weiterer Seuchen erkrankt. Ihre Gesichter trieften vom Fieberschweiß und wirkten von den Schmerzen wie zernarbt. Ihre Gliedmaßen zitterten erbärmlich; ihre Haut war so blass geworden, dass sie beinahe zu leuchten schien. Und es gab nicht wenige Männer, die aus ihren Ohren, den Nasen und Mündern bluteten. Halvar, Grimar und Norwin – die bekanntlich hiergeblieben waren, um das Portal zu bewachen – halfen ihren Kameraden tatkräftig, um wieder auf die Beine zu kommen. Sie zerrten die Männer zum Steintisch hinüber und spendierten ihnen einen Schluck Met aus einem Trinkhorn. Dabei war Niflheim für die Männer die beste und einzige Medizin, die sie brauchten. Es dauerte nämlich nur kurze Zeit, ehe diese mysteriöse Krankheit nachließ und die Männer ihre alte Stärke zurückgewannen.

Den Schluck Met nahmen sie natürlich trotzdem, auch wenn das gute Gebräu in der Kälte fast schon komplett zu Eis gefroren war.

Schließlich hatten die Männer einiges zu feiern.

Jeder von ihnen schleppte zahllose Knochen mit sich. Wahrscheinlich alle, die es im Dorf von Finn Anderson zu holen gab; ein grausiges Sammelsurium aus hunderten Schädeln, Brustkörben und Wirbelsäulen. Noch bevor sich die Männer recht erholt hatten, gingen sie auch schon dazu über, ihre Beutestücke zu bewundern. Sie nahmen die Knochen nacheinander in die Hände und hielten sie ins Licht. Ihre Gesichter strahlten dabei vor Erregung, als hätten sie nie etwas Schöneres gesehen. Und trotzdem waren die Männer nicht zufrieden, denn sie schielten immer wieder arglistig zu ihren Kameraden, weil sie offenbar mit dem Gedanken spielten, ihnen einfach die Beute zu entreißen, um noch mehr Knochen zu besitzen.

Thorhall war von allen am erfolgreichsten gewesen. Er zerrte ein Fellbündel mit sich, das kaum durch das Portal passte, und die Gebeine von mindestens dreißig Menschen enthielt. Schwer atmend blieb er hinter der Türschwelle stehen. Auch sein Gesicht war zu einer wirren Maske aus Blut, Schweiß und krankhaftem Wahn geworden. Und auch er funkelte gierig auf die Knochen seiner Männer herab, als würden sie ihm zuflüstern: *Nimm uns. Benutz uns. Wir könnten ALLE dir gehören!*

Das ermutigte Leif endgültig, diesen Horror hier und jetzt zu beenden. Er trat zwischen den Bäumen hervor und postierte sich am Rand des Felstrichters.

Keiner der Männer bemerkte ihn. Sie hatten es ja noch nicht einmal bemerkt, dass der halbe Mond zerbrochen war, weil sie sich viel zu sehr an den Knochen ergötzten. Nun, das sollte sich gleich ändern ...

»Es ist vorbei!«, rief Leif in die Tiefe.

Und siehe da: Die Männer schraken abrupt zu ihm hoch. In der ersten Sekunde wirkten sie einfach nur überrascht, aber bereits in der zweiten kniffen sie wachsam die Augen zusammen. Dann nämlich, als sie die Leiche auf Leifs Schultern sahen und sich fragten, was er mit ihr vorhatte.

Leif ließ sie nicht lange im Unklaren. Er warf Erik vor sich in den Schnee und gab ihm einen Fußtritt, sodass sein Bruder über die steile Böschung in die Tiefe schlitterte. Er verdrehte sich unterwegs wie ein leerer Mantel in alle Richtungen, sodass er völlig verknotet am Opferplatz ankam und zwischen den Monolithen hindurch bis auf die Eisfläche rutschte. Erst dort kam er zum Stillstand und blieb zufällig so liegen, dass er mit seinem schwammigen Gesicht und den blutigen Augenhöhlen in die Menge starrte.

Das war selbst für die Wikinger zu viel.

Sie prallten angewidert nach hinten. Auch Thorhall zuckte zusammen, während er seinen Erstgeborenen fassungslos anstarrte. Es verging eine kleine Ewigkeit, bis er begriff, dass Erik keinen einzigen Knochen mehr besaß. Aber dann durchfuhr Thorhall ein Zorn, als wäre er mit Schwarzpulver befeuert worden, und sein Blick fegte erneut zu Leif nach oben.

»Was hast du getan?«, empörte er sich.

»Was getan werden musste, um dich und die anderen zur Besinnung zu bringen«, antwortete Leif. »Aber nun ist es vorbei. Ihr müsst den Göttern nicht mehr gehorchen oder ihnen ein Opfer bringen. Denn es gibt niemanden mehr, den ihr retten könnt.«

Woppp!

Pünktlich in diesem Moment gingen hinter ihm die restlichen Leichen in Flammen auf. Gleichzeitig stieg über dem Wald ein Feuerball empor und tauchte den Himmel in ein loderndes Rot. Thorhall und die Männer konnten auf dem Opferplatz sicherlich nur einen Bruchteil davon sehen, und doch begriffen sie auf Anhieb, woher dieses Feuer kam.

»Verfluchte Scheiße«, zürnte Thorhall. »*Was hast du getan?*«

»Was getan werden musste«, wiederholte Leif. »Wir wollten die Götter besuchen, um unsere Familien zu retten. Erinnerst du dich? Aber wir können sie nicht retten. Wir können nicht mal mehr uns selbst retten. Seht euch an!« Er winkte anklagend auf den Opferplatz herab, der über und über mit Knochen bedeckt war. »Seht nur, wozu die Götter euch getrieben haben! Ihr seid zu ihren Todesboten geworden, weil ihr euch störrisch an eine Hoffnung klammert, die niemals wahrwerden wird. Und genau deshalb musste ich euch die Augen öffnen. Denn nun gibt es niemanden mehr, den ihr für eure Opfergaben aus dem Jenseits freikaufen könnt.«

Woppp!, hallte es wie ein Amen durch den Wald.

»Also lasst uns diese Sache ein für alle Mal beenden«, fuhr Leif fort. »Wir müssen das Portal vernichten und der Göttermacht abschwören. Und dann werden wir alle wie anständige Männer sterben, so wie wir es schon vor vielen Wochen mit unseren Familien hätten tun sollen.«

Leif sah erwartungsvoll auf seine Kameraden herab. Er verlangte ganz bestimmt keinen Applaus oder einen Jubel von ihnen, aber er wäre schon froh gewesen, wenn sie ihm zugenickt hätten. In Wirklichkeit feindeten sie ihn nur an. Und Thorhalls Gesicht wurde zu einem wahren Hexenkessel, in dem es vor Boshaftigkeit und Rachsucht nur so brodelte.

»Worauf wartet ihr?«, kreischte er schließlich. »*Tötet ihn!*«

Sein Befehl sprach den Wikingern aus der Seele. Sie entzündeten reihum eine Blitzkugel in ihren Händen, dann stürzten sie sich brüllend nach vorne und kletterten die Böschung hinauf.

Leif ergriff dagegen die Flucht und duckte sich zurück in den Wald. Aus einer Intuition heraus schlug er einen Bogen nach links und steuerte auf die Weggabelung zu. Er kannte mittlerweile fast jede Bodenwelle und Wurzel hier auswendig, sodass er nicht ein einziges Mal ins Stolpern kam und sich getrost einen Schulterblick erlauben konnte. Seine Kameraden erreichten soeben hinter ihm die Oberseite des Felstrichters und verloren wertvolle Zeit, indem sie sich nach allen Seiten umsahen. Gut die Hälfte von ihnen ließ sich von dem Feuer ködern und rannte zur Lichtung; vielleicht um dort noch zu retten, was es zu retten gab. Die anderen Männer hingegen folgten Leif.

Er hatte jedoch nicht vor, sich mit ihnen eine Hetzjagd oder gar einen offenen Kampf zu liefern. Ihm war bewusst, dass er dabei nur verlieren konnte. Sein Ziel war es schließlich, sie vom Opferplatz fortzulocken – und das gelang ihm ausgezeichnet.

Leif rannte deshalb gerade noch so lange weiter, bis er einen großen Vorsprung gewonnen hatte. Dann streckte er seine Hände aus, packte den erstbesten Ast über sich und schwang sich an ihm nach oben. Er hätte an dem eisverkrusteten Holz beinahe den Halt verloren, und der Ast selbst knackte wehleidig unter seinem Gewicht. Doch Leif belastete ihn nicht lange genug, dass der Ast brechen konnte. Er griff sogleich nach einem zweiten darüber und kurz darauf nach einem dritten und vierten, um sich wie an einer Leiter bis in die Baumkrone hinaufzuhangeln. Die blattlosen Äste boten ihm natürlich nur eine geringe Deckung, aber die Dunkelheit tarnte ihn beinahe genauso gut.

Hoffentlich.

Er hätte ohnehin nichts mehr daran ändern können.

Die Schritte seiner Kameraden kamen näher, und nur wenig später hetzten sie unter dem Baum vorbei. Ihre Helme und Kettenhemden glänzten wie ein Fluss aus geschmolzenem Silber, und die Blitzkugeln befleckten ihre Gesichter mit dämonischen Farben. Leif kauerte sich über ihnen so eng wie möglich an den Baumstamm, krallte seine Hände um die Äste und fixierte seine Kameraden mit einem beschwörenden Blick.

Geht weiter! Geht einfach weiter!

Das machten die Wikinger tatsächlich. Sie setzten ihren Weg ungehemmt fort und tauchten nach wenigen Metern in dem dichten Gehölz unter.

Leif wartete noch so lange, bis ihre Schritte verhallt waren, bevor er ...

Wosch!

Eine Blitzkugel raste ganz unverhofft aus dem Wald und schlug unter seinen Füßen in den Baumstamm. Leif konnte nicht mehr schnell genug darauf reagieren. Die Baumkrone kippte einfach zusammen mit ihm zur Seite, schlug einen halben Salto durch die Luft und krachte auf den Boden. Ihre Äste zerstoben bei dem Aufprall zu Spreißeln und winzigen Eisstücken, und manche von ihnen hätten sich glatt in Leifs Brust gebohrt, wenn sein Kettenhemd nicht so robust gewesen wäre. Er kam trotzdem nicht ganz ungeschoren davon. Seine linke Schläfe hämmerte bei der Landung gegen den Stamm, und seine Knie stießen ebenfalls gegen irgendein hartes Hindernis, sodass er aus beiden Seiten von seinen Schmerzen in die Zange genommen wurde. Doch zum Jammern blieb ihm keine Zeit.

»Da vorne ist der Drecksack!«

Norwin?, überlegte Leif. *Ist das Norwin? Oder Halvar?*

Völlig egal, wer das war – Leif musste hier weg, und zwar sofort! Denn hinter ihm knirschten bereits die Schritte seiner Kameraden durch den Schnee, und mindestens vier von ihnen nahmen Leif ebenfalls mit einer Blitzkugel ins Visier.

Er dachte nicht lange darüber nach, was er tat. Stattdessen wühlte er sich zwischen den Ästen hervor und rannte blindlings los.

Ziemlich genau in dem Moment, als mehrere Geschosse in die umgekippte Baumkrone fuhren und sie vollends in eine Splitterwolke verwandelten. Leif zog die Schultern ein und senkte den Kopf, um von ihr nicht getroffen zu werden. Nebenbei windete er sich in Schlangenlinien zwischen den Bäumen hindurch und hetzte zum Opferplatz zurück. Er konnte sein Ziel noch immer erreichen, musste sich nur beeilen, musste das Portal zerstören und ...

Wosch!

Eine weitere Blitzkugel setzte seinem Plan ein jähes Ende.

Leif sah sie gerade noch rechtzeitig aus dem Augenwinkel und warf sich zu Boden; dann raste die Kugel auch schon knapp über ihn hinweg und sprengte einen zweiten Baum auseinander. Und wieder blieb Leif nicht genug Zeit, sich zu erholen. Denn die Stimmen und Schritte seiner Verfolger kamen rasch näher, kesselten ihn ein, zogen sich zu einer akustischen Schlinge um ihn zusammen.

Leif richtete sich halb auf und sondierte seine Lage.

Um es kurz zu machen: Es sah schlecht aus. Sehr schlecht. Hinter ihm bewegten sich die Umrisse von acht oder neun Männern. Gleiches galt für den Bereich vor ihm. Auch hier brachten sich mindestens fünf Wikinger in Stellung, um ihm den Weg zum Opferplatz zu versperren, und links zeichneten sich weitere Schemen in der Dunkelheit ab, in deren Händen es rot gewitterte.

Hast du dir das so vorgestellt?, fragte sich Leif.

Nein, natürlich nicht! Hier lief *überhaupt nichts* mehr so, wie er es wollte.

Sein Plan wurde sogar endgültig zum Desaster, als aus drei Seiten noch mehr Blitzkugeln durch den Wald flogen. Sie strichen oft nur haarscharf an ihm vorbei und rahmten ihn in ein Chaos aus grellem Licht und feuriger Hitze. Leif zerbiss einen Fluch auf den Lippen und irrte im Zickzack aus der Schusslinie. Im ersten Affekt wollte er noch irgendwie zum Opferplatz gelangen, aber die Blitzkugeln hackten immer öfter vor ihm in den Boden. Die nächste oder übernächste hätte ihn wohl getroffen, wenn Leif sich nicht zurückgezogen hätte. Er wandte sich widerwillig um, erkannte irgendwo zwischen seinen Kameraden eine Lücke und stürmte darauf zu.

Es wurde knapp. Verdammt knapp.

Alle paar Sekunden zischten noch mehr rote Salven an ihm vorbei, und immer wieder versuchten seine Kameraden, nach ihm zu greifen. Leif stöhnte, torkelte von einem Fuß auf den anderen, und schleuderte oft genug selbst seine Fäuste nach links oder rechts, um seine Gegner abzuwehren. Am Ende war es trotzdem nur reines Glück, dass er diesen Spießrutenlauf überstand und irgendwann auf dem Pfad landete, der zur Weggabelung führte.

Geradewegs vor einer kleinen Gestalt.

Schlag zu! Schieß! Töte sie!, brüllten seine Reflexe.

Leif tat jedoch nichts davon.

»Annika ...?«, keuchte er, als er die Gestalt erkannte. Kurz bevor er wütend nachfasste: »Was machst du hier? Ich habe dir doch gesagt, dass du bei der Naglfar bleiben sollst!«

»Ich dachte, dass du vielleicht meine Hilfe brauchen könntest«, sagte Annika. Sie hatte ihren Dolch gezogen und sah an Leif vorbei in den Wald. Die Dunkelheit darin pulsierte regelrecht vor Leben und spuckte immer mehr Männer aus, die schwer bewaffnet und mies gelaunt waren. »Aber wenn ich gewusst hätte, welchen Ärger du hier anzettelst, wäre ich doch besser bei dem Knochenschiff geblieben ...«

Leif hätte gerne etwas Bissiges erwidert, aber er musste sich seine Schmeicheleien verkneifen, weil die Wikinger ihnen bedrohlich nahekamen. Stattdessen packte er Annika am Handgelenk und zerrte sie mit sich. Gerade noch rechtzeitig, denn im nächsten Moment fuhren hinter ihnen zwanzig, dreißig Blitzkugeln zwischen den Bäumen hervor und zerbombten jene Stelle, an der die beiden eben noch gestanden hatten. Immerhin wirbelten die Geschosse dabei so viel Schnee auf, dass sie den Wikingern kurzzeitig die Sicht raubten.

Annika und Leif machten das Beste daraus, um einen kleinen Vorsprung zu gewinnen. Das hieß ... eigentlich war es nur Leif, der mit weit ausgreifenden Schritten über den Pfad stürmte. Annika hingegen war seinem hohen Tempo nicht gewachsen und berührte nur ab und zu den Boden mit ihren Stiefelspitzen, während sie die meiste Zeit eher wie eine Fahne hinter Leif durch die Luft flatterte. Sie beschwerte sich jedoch nicht darüber. Im Gegenteil, sie musste heilfroh sein, dass Leif sich so ungestüm benahm. Denn mittlerweile tummelten sich die Wikinger einfach *überall* und ließen nichts unversucht, die beiden Freunde in die Enge zu treiben.

Das musste auch Leif erkennen. Er hielt permanent Ausschau nach einer weiteren Lücke und knobelte zahllose Ideen aus, wie er zur Naglfar gelangen konnte. Aber alle Wege dorthin waren blockiert. Besonders auf der Lichtung wimmelte es nur so von Männern, Flammen und etlichen Rauchsäulen, die die Luft mit dem Gestank nach verbranntem Fleisch schwängerten. Und immer wieder entdeckte Leif auch seinen Vater, der wie ein Höllenfürst durch das Feuer marschierte, um Jagd auf den letzten Erben zu machen, der von seiner Familie noch lebte.

Nein, es war *absolut unmöglich*, die Naglfar zu erreichen.

Wenn überhaupt, dann gab es für Leif bloß noch einen Zufluchtsort, zu dem er mit Annika fliehen konnte. Er hatte sich ewig davor gescheut, dorthinzugehen, aber nun ließ es sich einfach nicht mehr vermeiden.

Und darum bog er auf der Weggabelung nach Norden ab.

»Warte!« In Annika regte sich plötzlich Widerstand. »Wir müssen da lang!« Sie fuchtelte ihren Dolch nach rechts. »Das Knochenschiff steht dort drüben.«

Leif schüttelte den Kopf. »Wir können nicht mehr zu ihm gelangen.«

»Aber wir *müssen*! Es ist unsere einzige Möglichkeit, zu entkommen«, protestierte Annika.

»Irrtum. Es gibt vielleicht eine zweite.« Leifs Blick wanderte den blutbeschmierten Pfad entlang, bis hinüber zu den Bergen. Offengestanden fehlte ihm noch immer der nötige Mut, diesem Pfad bis zu seinem Ende zu folgen. Aber Leif musste es nun mal tun, wenn er überleben wollte.

»Nein«, stöhnte Annika, als sie begriff, welche wahnwitzige Idee ihm gerade durch den Kopf spukte. »Das kann nicht dein Ernst sein. Du willst zu diesem Drache? *Zu Nidhögg?*«

»Hast du etwa Angst?«

»Angst?« Annika zauderte tatsächlich kurz, ehe sie starrköpfig das Kinn hob. »Willst du mich beleidigen? Ich bin eine Wikingerfrau. Ich habe niemals Angst!«

»Gut. Ich habe sie dafür umso mehr.« Leif straffte sich und sah ein letztes Mal zu ihren Verfolgern zurück, bevor er sich wieder den Bergen widmete. Diesem finsteren Bollwerk, das voller Rätsel und Tod steckte, aber trotzdem die einzige Hoffnung verkörperte, die Annika und Leif jetzt noch besaßen. Denn falls sie es geschickt anstellten, würden sie vielleicht in einigen Stunden mit Verstärkung hierher zurückkehren ...

»Lass uns gehen und einen Freund besuchen«, sagte Leif. »Damit er uns endlich ein paar Antworten geben kann.«

38 Annika und Leif folgten dem Pfad in die Berge, ohne zu wissen, was sie dort erwartete. Welche Gefahren auf sie lauerten. Ob sie freundlich oder feindselig empfangen werden würden. Und ob sie am Ende vielleicht genauso grausam sterben mussten wie alle Leichtsinnigen, die diesen Weg schon bestritten hatten. Es war ein Fußmarsch ins Ungewisse. Ein ständiger Kampf gegen die Angst. Verbunden mit dem Gefühl, etwas zutiefst Verbotenes zu tun; in ein Gebiet vorzudringen, das für keinen Sterblichen bestimmt war. Aber am allermeisten war dieser Weg eine ewig lange Tortur, die Annika und Leif alles abverlangte, was sie noch an Ausdauer und Willenskraft besaßen. Und das war ehrlich gesagt nicht mehr viel – und entschieden zu wenig, um ihr Ziel erreichen zu können.

Trotzdem rafften sich die beiden stets zu einem neuen Schritt auf, egal wie beschwerlich der vorherige auch gewesen sein mochte. Schon allein deswegen, weil sie unmöglich mehr zurückgehen konnten. Thorhall verfolgte sie noch eine ganze Weile und gab regelmäßig einen Schuss auf sie ab. Keine Blitzkugel kam Annika und Leif gefährlich nahe, und dennoch bewies jede einzelne davon, wie unermesslich zornig Thorhall war. Nach einiger Zeit verlor er jedoch die Lust daran, den beiden hinterherzujagen; zumal er sowieso keine Chance hatte, sie jemals einzuholen. Deshalb blieb er letztlich auf dem Pfad stehen und brüllte Annika und Leif noch etwas Verwünschendes hinterher, bevor er den Rückzug antrat. Vielleicht um Erik zu betrauern. Vielleicht aber auch, um weiter der Göttermacht zu frönen und noch mehr Knochen zu sammeln. Aber ganz sicher nicht, um sich in Gnade zu üben. Denn Thorhall jagte auch weiterhin etliche Blitzkugeln in die Bäume, um seinem Zorn freien Lauf zu lassen.

Annika und Leif verschwendeten jedoch keinen Gedanken mehr an diesen Hitzkopf. Ihre Zukunft lag jetzt vor ihnen. Irgendwo in dem Bergmassiv, das sich wie eine dunkle Kathedrale am Horizont erhob. Seine Felswände ragten teils drei Kilometer senkrecht in die Höhe. Die Gletscher hingen wie gigantische Reißzähne an seinen Flanken, und immer wieder rauschte ein Nebel über den Berg hinweg, der so arktisch kalt sein musste, dass er jedes Lebewesen binnen eines Atemzugs gefrieren lassen konnte. Und absolut nichts von diesen aufgezählten Dingen wirkte einladend oder versprach Annika und Leif eine sichere Zuflucht.

Und dennoch gingen sie eisern darauf zu.

Einzig von der Hoffnung getragen, dass sie irgendwo dort vorne auf ihren schuppigen Freund stoßen würden, der sie schon einmal beschützt hatte – und gerade vielleicht wieder über sie wachte. Auch wenn nichts danach aussah. Der Wald wurde dunkler und dunkler, und auch der Pfad versank so tief im Unterholz, dass sich das Mondlicht irgendwo über ihm in den Baumkronen verlor. Und es wurde einsam hier draußen. Eine Einsamkeit, die regelrecht in der Seele schmerzte. Als wäre dieser Teil von Niflheim von einem Fluch befallen worden, der jegliches Leben wie ein nimmersatter Vampir einfach in sich aufsaugte.

Leif traute der Sache jedenfalls immer weniger.

Vielleicht hätte er sich ein bisschen wohler gefühlt, wenn er seine Axt bei sich gehabt hätte. So musste er eben mit seinem Dolch vorliebnehmen, um nicht völlig mit nackten Händen dazustehen. Aber selbst die Klinge verlieh ihm nicht jenes behagliche Gefühl, das er sich gewünscht hätte. Und darum forschte er noch aufmerksamer in die Dunkelheit hinaus, um jede mögliche Gefahr früh zu erkennen.

»Warum der Dolch?«, kreuzte Annika plötzlich durch seine Gedanken.

»Was meinst du?«

»Warum hast du dich mit dem Dolch bewaffnet und nicht mit einer Blitzkugel, so wie deine Kameraden?«

Leif zuckte die Achseln. »Was gibt es an dem Dolch auszusetzen? Er ist solide und eine perfekte Waffe für den Nahkampf.«

»Ja, aber sicherlich nicht so tödlich wie eine Blitzkugel.« Annikas Stimme bekam einen neckischen Klang. »Sag bloß, du fürchtest dich vor deiner Gabe ...?«

»Nein«, erwiderte Leif hastig. Vielleicht einen Tick *zu* hastig, um überzeugend zu sein. »Aber ich sollte sie nicht öfter anwenden, als nötig ist. Sonst macht sie mit mir dasselbe wie mit meinen Kameraden.«

»Und das wäre?«

»Ich habe keine Ahnung.«

»Aber einen Verdacht«, wusste Annika.

Leif wollte sie zuerst mit einer Lüge beschwichtigen, aber am Ende blieb er doch bei der Wahrheit. Weil Annika ihm schon mehrfach bewiesen hatte, dass sie auch schlechte Nachrichten bestens verkraften konnte. »Ich denke, die Göttermacht bereitet meine Kameraden auf etwas vor. Vielleicht verwandelt sie die Männer auch in irgendwas Böses«, sagte er. »Etwas, das wir uns selbst in den finstersten Träumen nicht ausmalen können.«

»Warum sollte sie das tun?«

»Ich weiß es nicht – und was das betrifft, habe ich nicht mal einen Verdacht«, fügte Leif noch hinzu. »Aber ich gehe jede Wette ein, dass Nidhögg es uns erklären kann.«

Annika schüttelte sich neben ihm. Allerdings nicht vor Angst, sondern weil die Temperaturen hier draußen dermaßen sanken, als würden in diesem Wald gleich zwei Winter auf einmal herrschen. Um sich wenigstens ein bisschen Abhilfe zu verschaffen, hauchte Annika regelmäßig in ihre Hände, obwohl der warme Atem längst nicht mehr ausreichte, um ihre steifen Finger aufzutauen. Danach raffte sie den Mantel so eng um ihren Hals zusammen, bis sie sich mit ihm beinahe erdrosselte. Viel half auch das nicht, denn ihre Beine schlotterten oft so stark, dass sie kaum mehr aufrecht gehen konnte.

»Scheiße ist das kalt«, bibberte sie. »Sag bloß, du frierst noch immer nicht?«

»Kein bisschen«, bekannte sich Leif.

Und das war längst nicht alles. Um ehrlich zu sein, verspürte Leif mittlerweile weder Durst, Hunger noch Müdigkeit. Er erinnerte sich nicht mal mehr daran, wann er zuletzt gepinkelt hatte! Was im Umkehrschluss nur eines bedeuten konnte: Nämlich, dass auch er sich verwandelte. Vielleicht nicht ganz so schnell wie seine Kameraden, und doch würde er bald nicht mehr derjenige sein, der er sein *wollte.*

»Es gibt einen Wetterwechsel«, erkannte Annika mit einem Blick in den Himmel.

»Ja, das ist mir auch schon aufgefallen. Aber wie sagt man so schön? Ein Unglück kommt selten allein.« Leif sah nach Westen. Zwischen den Baumkronen erhaschte er vereinzelt ein paar Wolken, die sich vor die Sterne schoben. Noch waren sie unbedeutend klein und schwebten weit vor der Küste über dem Meer. Aber sie wuchsen beständig an und schickten bereits ihre ersten Vorboten übers Land. Denn die Windböen strichen oft wie Sensenklingen durch die Bäume und rochen verdächtig nach Neuschnee. »Die Götter bereiten wohl alle Zutaten für ein dramatisches Finale vor«, meinte Leif zynisch. Er sah zu Annika zurück, die unaufhörlich neben ihm fröstelte. Um ihr wenigstens ein bisschen zu helfen, legte Leif seinen Arm um ihre Schulter und drückte sie an sich, damit die Kälte sie bloß noch von einer Seite peinigen konnte.

Annika wehrte sich nicht dagegen, sondern schmiegte sich bereitwillig an ihn, um sich zu wärmen. Und Leif wiederum wärmte sich an dem Gefühl, vielleicht doch noch eine kleine Familie zu haben.

»Was denkst du?«, fuhr Annika nach einer Schweigepause fort. »Warum erhalte ich nicht auch diese Göttermacht?« Sie winkelte ihre Hand an und bemühte sich, einen Funken in ihr zu erzeugen. Doch zwischen ihren Fingern blieb es dunkel.

»Weil du noch nicht lange genug in Niflheim bist. Bei mir haben diese Kräfte erst nach anderthalb Tagen ihre erste Wirkung gezeigt.«

»Vielleicht wollen die Götter mir ihre Macht aber auch gar nicht geben.«

»Ja, diesen Verdacht hatte ich auch schon«, gestand Leif.

»Aber warum sollten sie das tun?«, forschte Annika. »Was unterscheidet mich von dir und den anderen Männern?«

»Ist die Frage ernst gemeint?«

»Und ob sie das ist. Ich bin zwar wesentlich kleiner, aber mit der Göttermacht wäre ich ebenfalls unbesiegbar und könnte auf Knochenjagd gehen. Also warum bekomme ich sie nicht?«

»Ich schätze, auch darauf wird Nidhögg die passende Antwort wissen«, war Leif zuversichtlich. *Vorausgesetzt, wir erreichen ihn lebend.*

Er sah argwöhnisch den Pfad hinunter, der sich in einem milchweißen Band durch die Wildnis zog. Die Fußstapfen von Erik, Ivar, Tjure und Haldor waren auf ihm bestens zu erkennen. Und keiner von ihnen wirkte, als hätten die Männer vor etwas fliehen oder gegen jemanden kämpfen müssen. Was Leif praktisch die Garantie dafür gab, dass diese Strecke sicher war. Trotzdem fühlte er sich *alles andere* als sicher. Denn von den Bergen strahlte eine immer größere Bedrohung aus, die ihn mindestens so sehr frieren ließ, wie es Annika in der Kälte tat.

Seine Stieftochter spannte währenddessen schon wieder ihre Hand an und versuchte, einen Funken zu entfachen. Leif musste allmählich befürchten, dass es ihr sogar gelingen würde. Deshalb legte er seine eigene Hand um die von Annika und ballte sie mit sanftem Druck zusammen.

»Lass es«, befahl er. »Du solltest froh sein, dass die Götter dich von ihrer Macht verschonen.«

»*Froh?*« Annika lachte unecht. »Wenn ich deine Gabe hätte, müsste ich mich zumindest nicht wie ein Eiszapfen fühlen.«

»Du solltest trotzdem froh sein.«

»Warum? Damit ich den Verstand nicht verliere? Glaub mir, das geschieht auch so in dieser beschissenen Welt, ganz ohne die Göttermacht.«

»Worüber beschwerst du dich eigentlich? Du hättest dir das alles ersparen können, wenn du auf mich gehört und dich in der Wohnstube deiner Eltern versteckt hättest.«

»He, ich bin eine Jugendliche. Da gehört es zum guten Ton, genau das Gegenteil von dem zu machen, was die Erwachsenen von mir verlangen.« Annika sah zu Leif nach oben und studierte sein Gesicht. Es bestand in der Dunkelheit zwar bloß aus grauen Schattierungen, und dennoch reichten diese paar wenigen Flecken, damit Annika seine Gefühle ergründen konnte. »Hast du mich deshalb nicht getötet? Weil ich dich an deine Tochter erinnert habe?«, fragte sie.

»Unter anderem«, antwortete Leif wortkarg.

Annika spürte, dass ihn dieses Thema belastete. Sie legte eine weitere Pause ein, in der nur ihre Stiefel durch den Schnee raschelten – *Kratsch! Kratsch!* –, bevor sie behutsam anmerkte: »Du hast mir noch immer nicht verraten, wie deine Tochter hieß.«

»Ist das wichtig? Sie ist Vergangenheit – und dabei sollten wir es belassen.«

Annika musterte ihn wieder. In ihrem Blick schwang sowohl etwas Besorgtes als auch etwas Einfühlsames mit. »Ich finde es übrigens sehr mutig von dir, dass du die Leichen deiner Sippe verbrannt hast, um damit Schlimmeres zu verhindern«, eröffnete sie ihm. »Und es tut mir leid, dass es so weit kommen musste. Ehrlich, ich verabscheue es, was mein Vater und seine Männer deinem Dorf angetan haben.«

»Schon gut. Du kannst ja nichts dafür.« Leif überlegte kurz, bevor er noch hinzufügte: »Inzwischen glaube ich sogar, dass *überhaupt kein Mensch an dieser Misere schuld ist.*«

»Wie meinst du das?«

Leif setzte zu einer Antwort an, aber er verkniff sich jeden Ton, weil er plötzlich etwas Sonderbares bemerkte. Die Fußstapfen von Haldor änderten sich nämlich. Bislang hatten sie sich gleichmäßig über den linken Rand des Pfads bewegt, doch nun wechselten sie in einer diagonalen Linie zum rechten hinüber. Warum auch immer. Der Schnee war dort kein bisschen trittfester oder flacher, sodass Haldor auf dieser Seite nicht leichter vorangekommen war. Aber Leif glaubte aus seinen Spuren eine leichte Hast, vielleicht sogar eine große Furcht zu lesen. *Irgendwas ist hier geschehen,* wusste er. *Irgendwas, das Haldor in Unruhe versetzt hat. Ein Geräusch. Ein Schatten. Etwas, dem er ausweichen wollte. Und dann ...?*

Leif sah angestrengt in die Ferne und hoffte, dass er seinen Bruder irgendwo entdeckte. Aber da gab es nur die Fußstapfen, mehr nicht. Sie wirkten jetzt deutlich tiefer und erzählten Leif davon, dass Haldor ab hier sein Tempo beträchtlich gesteigert hatte. *Es fragt sich nur, warum. Weil er auf jemanden zugelaufen war? Oder von etwas gejagt wurde?*

»Du kannst mich loslassen«, rauschte Annika abermals durch seine Gedanken.

»Was?«

»Meine Hand.« Annika ruckte an Leifs Faust, die sich noch um ihre Finger ballte. »Du kannst mich loslassen. Ich gelobe hoch und heilig, dass ich nicht noch mal versuchen werde, die Göttermacht zu benutzen. Zumindest nicht in der nächsten Minute ...«

»Ja, natürlich.« Leif öffnete seine Hand, ohne Annikas Scherz zur Kenntnis zu nehmen. Er fokussierte sich einfach viel zu sehr auf die Fußstapfen.

Gerade kam er an einer Stelle vorbei, an der Haldor gestürzt sein musste. Im Schnee klaffte der Abdruck seines gesamten Körpers. Haldor hatte sich danach jedoch sofort wieder in die Höhe gestrampelt und war weitergegangen. Allerdings sehr viel mühsamer als davor, denn sein Klumpfuß hatte eine Wellenlinie in den Schnee geritzt, und auch die Stapfen von seinem gesunden Bein zeugten immer mehr von Anstrengung.

»Was genau ist eigentlich dein Plan?«, erkundigte sich Annika.

»Mein Plan?«

»Wir werden irgendwann zur Küste zurückkehren müssen, um Niflheim zu verlassen.« Annika zeigte mit dem Daumen über ihre Schulter. »Selbst wenn Nidhögg uns begleitet, werden wir nicht so einfach an deinen Kameraden vorbeigehen können. Falls es nämlich stimmt, was du vermutest, werden sie bis dahin von der Göttermacht noch stärker geworden sein und uns gewaltig unter Druck setzen. Dreißig Männer mit übermenschlichen Kräften gegen einen scheuen Drache, einen verträumten Wikinger und ein stures Mädchen ... das könnte nicht allzu gut für uns ausgehen.«

»Mach dir deswegen keine Sorgen. Ich bin ein guter Kämpfer.«

»Mit einem Dolch?«, zweifelte Annika. »Sei mir nicht böse, aber vielleicht solltest du doch besser mit den Blitzkugeln üben. Damit wir für den Ernstfall gewappnet ...«

Kratsch!

Leif hielt so jäh inne, dass der Schnee unter seinen Stiefeln aufspritzte. Denn vor ihm kam etwas in Sicht, das er schon die ganze Zeit erwartet hatte.

Am Wegesrand erhob sich ein kleiner Schneehügel, aus dem zwei Arme, Beine sowie ein Kopf hervorlugten.

»*Haldor!*«

Leif ließ Annika stehen und rannte auf den leblosen Körper zu. Es schien ewig zu dauern, bis er die kurze Strecke überwunden hatte und neben dem Körper auf die Knie fiel. Die Angst stockte ihm bis dahin schon im Hals, und sein Herz war so schwer geworden, dass es wie eine Bleikugel gegen die Rippen klopfte. Erst recht als Leif den roten Mantel sowie die Fellstiefel sah, die teilweise aus dem Schnee ragten.

»Haldor?«, fragte er, obwohl er nicht ernsthaft mit einer Antwort rechnete. Gleichzeitig wischte er bereits hastig mit seinen Händen den Schnee von dem Toten herunter.

Kratsch! Kratsch!

Hinter ihm näherte sich Annika mit vorsichtigen Schritten.

»Leif?«, hauchte sie.

»Es ist nicht Haldor«, murmelte Leif, wenn auch mehr zu sich selbst. Er hatte den Kopf der Leiche freigelegt und blickte auf ein bärtiges Gesicht herab, das ihn mit seelenlosen Augen anstarrte. Ein gruseliges Bild, ja, und doch atmete Leif erleichtert auf. »Es ist nur ein Zwerg.«

»Leif?«, fragte Annika noch einmal, und viel nervöser.

Leif achtete jedoch nicht auf sie, weil seine Gedanken gerade um ganz andere Dinge kreisten. *Wenn Haldor nicht hier liegt ... wo ist er dann?* Er verlor das Interesse an dem Zwerg und ging wieder dazu über, die Fährten im Schnee zu lesen. Den Fußstapfen zufolge war auch Haldor über den Zwerg gestolpert – und zwar im wahrsten Sinne des Wortes –, aber er hatte sich nicht die Umstände gemacht, den Halbling zu untersuchen. Die Abdrücke im Schnee belegten zweifellos, dass Haldor nach seinem zweiten Sturz sofort weitergelaufen war.

Ja, weil er eindeutig gejagt wurde, wusste Leif. *Aber gejagt von wem? Nidhögg? Den Göttern? Oder von einem Feind, den wir noch gar nicht kennen?*

Leif federte so jäh in die Höhe, dass er Annika beinahe umgestoßen hätte, und eilte weiter an Haldors Fußstapfen entlang. Sie beschrieben teils wirre Muster im Schnee, eierten nach links, nach rechts und drehten sich sogar einmal im Kreis, als wäre Haldor hier von irgendwas überrascht worden. Die Dramatik in diesen Stapfen war erschreckend und so plastisch, dass Leif seinen Bruder bildhaft vor sich sehen konnte. Und schließlich ...

»*Nein!*«

... schließlich ...

»*Verdammt, nein!*«

... brachen Haldors Fußstapfen mitten auf dem Pfad ab. Einfach so, als hätte er sich von einem Schritt auf den anderen in Luft aufgelöst. *Oder als wäre er von etwas gefressen worden*, ergänzte Leif. Er hielt vor dem letzten Abdruck inne und versuchte aus ihm zu erfahren, was hier geschehen war. Doch er scheiterte auf ganzer Linie daran. Denn nirgendwo gab es Blut. Nirgendwo eine Kampfspur, einen Kleidungsfetzen, *nichts*, das diese dramatische Geschichte logisch zu Ende führte. Offenbar hatte sich Haldor an dieser Stelle wirklich in Luft aufgelöst, so unglaublich – und un*heimlich* – das klingen mochte.

»Haldor, wo steckst du?«, schrie Leif.

Sein Echo verhallte praktisch sofort zwischen den Bäumen, und die Stille schloss sich danach nur noch dichter um ihn zusammen. Trotzdem wirkte der Wald keineswegs mehr so ausgestorben wie noch vor wenigen Minuten. Durch sein Inneres streunte eine eigenartige Präsenz, die sich so vertraut anfühlte, als würde Haldors Seele wie Staub überall in der Luft schweben ... aber die gleichzeitig auch so bedrohlich war, dass sich Leifs Finger automatisch um den Dolch spannten.

»Leif?«, flüsterte Annika wieder.

Doch Leif ignorierte sie auch jetzt. Er drehte sich hektisch im Kreis, klapperte einen Schemen nach dem anderen in der Dunkelheit ab, suchte nach einem verkrüppelten Fuß oder einem bleichen Gesicht. Nach *irgendwas* eben, das seinem Bruder ähnelte. Aber da gab es nur diese Präsenz, die ihn immer stärker mit dem Gefühl bedrängte, dass er schleunigst umkehren sollte. Bevor mit ihm dasselbe passierte wie mit seinem Bruder.

»Haldor, kannst du mich hören?«

Leif hätte sich wohl noch öfter um seine eigene Achse gedreht oder wäre gar in den Wald gelaufen, um nach seinem Bruder zu suchen.

Annika hielt ihn jedoch davon ab, indem sie besorgt fragte: »Was ist das?« Sie zitterte ihren Finger in die Höhe und wies mit ihm auf Leifs Hand, die er um den Dolch geballt hatte.

Leif reagierte endlich auf sie und senkte den Blick. Anfangs konnte er nichts Auffälliges entdecken. Das änderte sich jedoch, als er seine Hand ins Mondlicht winkelte. Sie war innerhalb kürzester Zeit fleckig geworden, um nicht zu sagen: *verwest*. Und seine Fingerspitzen hatten sich so schwarz verfärbt, als wären sie bereits abgestorben.

»Was zum ...?«, stutzte Leif.

Er tat das Erstbeste, was wohl jeder aus Reflex getan hätte: Er rieb die Hand über seine Hose, als könnte er die Verwesung wie einen Schmutzfleck von sich abwischen. Was natürlich nicht klappte. Im Gegenteil. Mit der groben Bewegung raspelte er sich die Haut von den Fingern, wodurch darunter das nackte Fleisch zutage kam. Auch das sah nicht mehr allzu frisch aus und verströmte einen aasigen Geruch. Und diese sonderbare Verwesung setzte sich fort, indem sie unablässig dunkelblaue Linien über die gesamte Hand zeichnete und sich zu immer größeren Flecken ausweitete. Was Leif zusehends panisch machte. Er wollte die Hand noch kräftiger über seine Hose reiben, doch Annika hinderte ihn daran.

»Nicht!«, mahnte sie. »Du machst es nur schlimmer.«

Leif musste ihr recht geben, auch wenn seine Hand noch mehrmals zuckte, ehe er sie wieder halbwegs im Griff hatte.

»Ist das die Fäulnis?«, erkundigte sich Annika. »Dieser Fluch, der auch in unseren Dörfern gewütet hat?«

»Das kann ich mir nicht vorstellen. Wenn es die Fäulnis wäre, hätte sie dich ebenso befallen.« Leif gestikulierte zum Beweis auf Annikas makellose Haut, ehe er sich wieder seiner zerfledderten Hand widmete. Gleichzeitig beschwor er notgedrungen die Göttermacht in sich, sodass etliche rote Funken über seine Finger strömten. Doch anders als erwartet, heilte kein einziger von ihnen seine Verletzungen. Im Gegenteil, die Funken beschleunigten die Verwesung eher noch zusätzlich. Was letztlich nur eines bedeuten konnte ...

»Ich denke, diese Verwesung ist ein weiteres Zeichen dafür, dass ich mich verwandle«, befürchtete Leif.

»So wie deine Kameraden?«

Leif nickte bedächtig, während er einen weiteren Funken über seine Hand jagte. Auch er hinterließ überall graue Flecken auf der Haut.

»Was willst du dagegen tun?«, fragte Annika.

»Ich kann nichts tun«, musste Leif frustriert einsehen. »Aber vielleicht kann Nidhögg mir helfen. Also komm, bevor aus mir noch ein wandelnder Untoter wird.«

Er wartete erst gar nicht auf Annikas Zustimmung, sondern marschierte zügig los. Nebenbei musterte er seine linke Hand. Sie war noch größtenteils unversehrt, aber auch an ihr bildete sich ein Netz aus dunklen Linien. Als würde die Fäulnis wie schwarzes Blut durch seine Adern zirkulieren.

Ein beklemmender Anblick.

Einer, der Leif zum ersten Mal *richtig* Angst machte. Für einen Moment erwog er sogar, ob er sich mit dem Dolch die Hände abtrennen sollte, bevor die Fäulnis auf seinen restlichen Körper übergreifen konnte. Aber wenn er seinem Bauchgefühl glauben durfte, war das bereits geschehen ...

»Tut es weh?«, wollte Annika wissen. Sie hatte sich wieder an seine Seite gesellt und beäugte unentwegt seine Hand.

»Nein«, sagte Leif. Und das wunderte ihn trotz allem, weil diese Fäulnis eigentlich *höllisch* hätte schmerzen müssen. Doch seine Hand brannte oder juckte nicht einmal; selbst dann nicht, als Leif sie gewaltsam zusammenkrampfte. »Nein, es tut nicht weh. Um ehrlich zu sein, fühlt es sich irgendwie ... befreiend an.« *Als wäre mein Körper nur ein unnötiger Ballast, den ich langsam von mir abstreife.*

Leif konnte diesen verstörenden Gedanken nicht länger verfolgen, weil Annika und er im nächsten Moment das Ende des Pfads erreichten. Und damit auch die beiden Eissäulen, die sich links und rechts wie riesenhafte Wächter in den Himmel erhoben. Es waren jene Säulen, die bereits Erik, Ivar und Tjure entdeckt hatten, als sie zu den Bergen gehen wollten. Und so wie die drei Männer, blieben auch Annika und Leif ehrfürchtig vor den Säulen stehen und musterten die Runen, die in ihr Eis graviert waren.

»Es sieht wohl so aus, als wären wir in einer Sackgasse gelandet«, meinte Annika. Sie zeigte auf die linke Säule. »Der Inschrift zufolge dürfen wir diese Grenze nicht überschreiten.«

»Du kannst lesen?«, wunderte sich Leif.

»Mindestens so gut, wie du angeblich kämpfen kannst. Ich habe dir doch gesagt, dass mein Vater mir vieles beigebracht hat.« Annika sah sich unschlüssig um. »Und was sollen wir jetzt machen?«

»Wir werden weitergehen, natürlich.«

»Du kannst wohl *überhaupt nicht* lesen, was?«, wetterte Annika. Sie zeigte zu der rechten Säule. »Hier steht klipp und klar, dass es nur den Auserwählten gestattet ist, diese Grenze zu überschreiten.«

»Das sind wir doch oder etwa nicht?«

»Ich bin mir sicher, die Götter würden uns wohl eher als *Abtrünnige* bezeichnen.«

Leif zuckte die Achseln. »Und wenn schon. Was kümmern mich die Götter? Nidhögg hat uns eingeladen, in die Berge zu kommen – und damit sind wir sehr wohl Auserwählte.«

Was das betraf, hegte Annika immer größere Zweifel. »Muss ich dich eigentlich noch mal daran erinnern, dass dieser schuppige Wurm ein *Drache* ist? Vermutlich kennt er diese Eissäulen nicht einmal. Oder weiß, was Runen sind.«

»Du solltest ihn nicht unterschätzen«, erwiderte Leif. »Ich wette mit dir, dass in Nidhöggs Schädel ein klügerer Verstand wohnt, als in meiner dicken Rübe und deinem hübschen Köpfchen zusammen.«

Er sah ihre Diskussion für beendet an – und überschritt die unsichtbare Grenze zwischen den beiden Säulen.

Nichts passierte.

Es gab keinen Blitz, der vom Himmel fuhr. Keine Falle, die zuschnappte. Ja, nicht mal ein lausiges Stolperseil, das über den Boden gespannt war. Und das erstaunte selbst Leif. Um ganz sicherzugehen, machte er einen zweiten und dritten Schritt, bevor er noch mutiger wurde und ganze fünf Meter weit nach vorne stapfte. Schließlich drehte er sich zu Annika um und grinste sie spöttisch an. »Was habe ich dir gesagt? Wir sind wohl doch Auserwählte.«

Annika wartete trotzdem noch sekundenlang auf eine Reaktion. Erst dann tastete sie sich auf den Stiefelspitzen an den Säulen vorbei und schlich zu Leif ... wo sie sofort wieder abrupt stoppte.

Denn vor ihnen lagen zwei weitere Leichen.

Ivar und Tjure.

Die beiden Wikinger wirkten zerstückelt und verkohlt. Der Wind hatte jedoch bereits ein dünnes Schneehäubchen über sie geblasen, sodass die schlimmsten Details verdeckt blieben.

»So viel zum Thema *Auserwählte*«, bemerkte Annika zynisch.

Leif befasste sich nicht lange mit seinen ehemaligen Kameraden, sondern widmete sich rasch etwas anderem. Vor ihnen erhoben sich nämlich die ersten Ausläufer der Berge. Scharfkantige Felsen, steile Klippen sowie zahlreiche Eisflächen, die wie riesige Kristalle im Mondlicht glitzerten. Dazwischen windete sich ein weiterer Pfad in steilen Serpentinen in die Höhe und verlor sich irgendwo unterhalb der Gipfel in den Nebelschleiern. Ein Pfad, den eigentlich niemand lebend bezwingen konnte. Und dennoch hatte ihn jemand erst kürzlich benutzt. In dem Schnee zeichneten sich die Umrisse von breiten Stiefeln ab, die unmöglich von einem Menschen stammen konnten. Viel interessanter war allerdings etwas anderes: Denn alle Stapfen, die zurück in die Berge führten, waren merklich tiefer. Weil sie offenbar eine große Last schultern mussten.

»Getragen«, dämmerte es Leif.

»Was meinst du?«

»Mein Bruder Haldor.« Leif ließ seinen Blick nachdenklich über die Abdrücke gleiten und stückelte sich aus ihnen ebenfalls eine Geschichte zusammen. Eine, die völlig absurd klang und dennoch wahr sein musste. »Es sieht so aus, als hätten die Götter meinen Bruder in die Berge getragen.«

Annika runzelte die Stirn. »Warum hätten sie das tun sollen?«

»Ich habe keine Ahnung.« Leif hätte ebenso gut sagen können: *Es gefällt mir nicht*. Denn genau so hörte es sich an. Weil er nun mal wusste, dass die Götter *niemals* einen Menschen auf Händen tragen würden. Es sei denn, sie hatten etwas Bestimmtes mit ihm vor. Etwas, das sich womöglich schon bald als neue Gefahr erweisen konnte ...

Was Leif umso mehr darin bestärkte, sich endlich ein paar Antworten zu holen.

Er lotste Annika mit einer Geste nach rechts.

Denn Nidhögg hatte hier überall seine markanten Spuren für sie hinterlassen. Und das war recht ungewöhnlich. Normalerweise verschwanden alle Abdrücke auf magische Weise, die der Drache im Schnee hinterließ, aber *diese* Spur hier hatte er offenbar ganz bewusst so gelegt, dass sie erhalten blieb. Felsbrocken, zum Beispiel, die unter seinem Gewicht zerbrochen waren. Oder Bäume, die er entwurzelt hatte, um seine beiden Gäste zu sich zu führen. Annika und Leif mussten dieser Einladung nur folgen – und zwar einen ganzen Kilometer weit nach Westen, am Fuß der Berge entlang. Der Wald wich hier zunehmend einer unwirtlichen Landschaft aus Geröllmassen und Nebelranken, die wie Geister durch die Dunkelheit schwebten. Und von den Felshängen rauschten oft so harte Sturmböen herab, dass sie mit der Wucht einer Lawine auf das Flachland prallten und alles zerstampfen, was ihnen in die Quere kam. Annika und Leif mussten so manches Mal in Deckung gehen, um nicht davongeblasen zu werden, aber sie verloren Nidhöggs Spuren niemals aus den Augen.

Irgendwann gelangten sie zu einer Höhle.

Sie ragte wie ein offenes Geschwür in der Bergwand auf. Ihr Eingang war so stark zerklüftet, als wären ihr Reißzähne gewachsen. Dahinter war es stockdunkel, wodurch Leif nicht das Geringste im Inneren ausloten konnte. Aber immer wieder suhlten sich aus der Höhle heiße Dampfschwaden hervor und umkreisten die letzten Spuren von Nidhögg, die genau vor dem Eingang endeten.

Leif konnte nicht gerade behaupten, dass ihm irgendwas davon behagte. Auch Annika erschauderte abermals unter ihrem Mantel. Nur dass jetzt die Kälte nicht daran schuld war.

»Du musst da nicht reingehen«, sagte Leif. »Wenn du möchtest, kannst du hier draußen warten, bis ich zurückkomme.« *Falls ich zurückkomme.*

»Um mir noch mehr Frostbeulen zu holen?« Annika schüttelte vehement den Kopf. »Ich bin ganz bestimmt nicht versessen darauf, einen Drache zu besuchen. Aber in seiner bescheidenen Hütte ist es nun mal erheblich wärmer als hier draußen. Also komm schon! Bringen wir die Sache hinter uns.« Sie zupfte an Leifs Kettenhemd und ging wagemutig auf die Höhle zu.

Womit sie Leif natürlich in Zugzwang brachte. Er musste einen kurzen Sprint einlegen, um Annika zu überholen und sich schützend vor sie zu stellen. Danach wagte er sich mit ihr Meter für Meter in die Unterwelt von Niflheim hinein.

Die Dunkelheit umfing sie augenblicklich wie ein schwarzer Käfig und schnürte sich so eng um sie zusammen, dass die beiden Freunde sie kaum durchdringen konnten. Und diese Dunkelheit war tatsächlich warm, fast siedend heiß. Die Felswände schwitzten in diesem tropischen Klima vor Feuchtigkeit. Von den Tropfsteinen an der Decke nieselte ein Regenschauer herab, und auf dem Boden hatten sich großflächige Pfützen gesammelt, die unter den Stiefeltritten von Annika und Leif verräterisch laut platschten. Bereits nach kurzer Zeit blieb das spärliche Mondlicht hinter den beiden zurück, wodurch sie sich umständlich mit ihren Händen vorantasten mussten ... und trotzdem noch häufig genug gegen irgendein Hindernis stießen. Erschwerend kam hinzu, dass sich die Höhle in einem steilen Winkel nach unten neigte und ihr Boden nicht nur tückisch glatt, sondern auch so porös war, dass sich des Öfteren kleine Gesteinsbrocken von ihm lösten.

Leif sah sich schon dazu genötigt, eine Blitzkugel zu entfachen, um ihnen den Weg zu leuchten. Aber diese Idee hatte bereits jemand anderes. Denn im selben Moment glühte vor ihnen ein rotes Licht auf. Es war kaum mehr als ein schwacher Dunst, und trotzdem ließ es etliche Schatten über die Wände tanzen. Die meisten stammten natürlich von den Tropfsteinen und Felskanten. Aber einige dieser Schatten gehörten auch allerlei Dingen, die besser in der Dunkelheit verborgen geblieben wären.

Leichen!

Die Höhle war zu einem Friedhof für dreißig Zwerge geworden. Sie alle verstreuten sich im weiten Umkreis über den Boden; waren zerbissen und zerstückelt. Und jeder von ihnen trug ebenfalls einen roten Mantel oder klammerte sich noch an eine Waffe. Anders als der Zwerg im Wald, waren die Halblinge hier jedoch stark verwest und in der Hitze so gargekocht, dass ihr Fleisch teilweise dampfte oder dicke Blasen warf.

»Warum werde ich den Verdacht nicht los, dass wir uns gerade durch eine Speisekammer bewegen?«, flüsterte Annika.

»Ich bezweifle, dass Nidhögg seine Opfer frisst. Er zerbeißt sie nur und spuckt sie wieder aus«, beruhigte Leif sie.

»Das macht ihn deswegen noch lange nicht zum Kuscheltier.« Annika betrachtete einen Zwerg neben sich, dessen Schädel völlig zerquetscht aussah. Auch sein übriger Körper trug die Bissspuren von Nidhöggs Zähnen. »Warum hat er die Zwerge nicht gefressen? Weil sie noch widerlicher schmecken als riechen?«

Leif schüttelte den Kopf. »Ich denke, Nidhögg hat sie nicht gejagt, um seinen Hunger zu stillen, sondern weil er sie nur unschädlich machen wollte. Siehst du, wie fleckig die Haut der Zwerge ist?«

»Ja ... und was soll das bedeuten?«

Leif winkelte zur Erklärung seine faulige Hand ins Licht.

Annika verstand. »Die Zwerge haben sich auch verwandelt?«

»Sie haben dasselbe durchlitten wie wir. Mit dem einzigen Unterschied, dass Nidhögg sie rechtzeitig stoppen konnte, bevor die Situation eskaliert ist. Doch jetzt ...«

»Jetzt?«, forschte Annika, als Leif seine Überlegungen nicht zu Ende führte.

»Das werden wir gleich erfahren«, vertröstete er sie.

Danach stieg er mit Annika über drei, vier Zwerge hinweg und drang noch tiefer in die Höhle vor. Sein Blick galt unablässig dem roten Licht. Es bewegte sich irgendwo in der Ferne zwischen den Felsen umher; blähte sich auf und fiel wieder in sich zusammen, als käme es von einem Blasebalg.

Es atmet, wusste Leif. Er wurde noch vorsichtiger und zögerte fast nach jedem Schritt. Über den Boden waberten immer mehr Dampfschwaden, und die Luft bekam ein süßliches Aroma, als würde ganz Niflheim im Inneren wie ein Tierkadaver gären. Nidhögg hätte sich wahrlich keinen schrecklicheren Ort aussuchen können, um sie zu treffen. Aber immerhin war der Drache hier. Er saß genau da vorne und zählte jeden Meter mit, den Annika und Leif ihm näherkamen. Denn an seinem Leib glühten noch mehr Schuppen in diesem düsteren Rot auf, um seinen Gästen den Weg zu weisen. Sie mussten nur einen letzten Tropfstein umrunden, dann waren sie am Ziel und hielten nebeneinander inne. Um einen ersten Blick auf das zu werfen, was unterhalb der Berge versteckt lag.

»Ich fasse es nicht«, stammelte Annika. »Wo zur Hölle sind wir?«

»Genau dort, fürchte ich«, antwortete Leif. »In der Hölle von Niflheim ...«

39 Vor Annika und Leif breitete sich ein Saal von schier unermesslicher Dimension aus. Größer als das Kolosseum in Rom, kreisrund wie eine Manege im Zirkus, und noch viel beeindruckender als so manche Kathedrale der Christen. Es begann schon damit, dass der Boden mit heißem Wasser überflutet war, von dem sich zahllose Dampfschwaden in die Höhe kringelten. Darüber spannte sich ein Deckengewölbe, das bis hinauf in die Gipfel der Berge reichte. Und in die Wände war eine Tribüne mit Sitzbänken gemeißelt, die sich von einer Seite der Höhle bis zur anderen erstreckte. Jeder Platz auf ihr war mit hunderten – *ach was!* – tausenden Gestalten besetzt. *Gespenster*, um genau zu sein. Verlorene Seelen, gefallene Krieger, Opfer der Götter. Einige von ihnen waren Menschen oder Zwerge, aber die überwiegende Mehrheit stammte aus weit entfernten Welten des Universums. Es waren Wesen mit Fellen, mit Hörnern und teils so fremdartigen Gesichtern, dass Leif sie gar nicht beschreiben konnte. Alle diese Wesen hatten jedoch eines gemeinsam: Sie waren vor undenkbar langer Zeit einen grausamen Tod gestorben, ohne jemals Ruhe zu finden. Und nun saßen sie hier und starrten gebannt ins Zentrum des Saals.

Zu Nidhögg.

Der Drache hatte sich im Wasser zusammengerollt und markierte die einzige Lichtquelle hier drin. Seine Augen strahlten wie schmale Sonnen, und über seinen Körper strömten dunkelrote Schlieren. Sie alle hellten sich jedoch rasch zu einem freundlichen Grün auf, um Annika und Leif zu begrüßen. Und natürlich auch, um ihnen zu zeigen, dass sie zu ihm kommen sollten.

Leif blieb dennoch vorsichtig. Er konnte einfach nicht vergessen, was Nidhögg mit Baldur und Snorre getan hatte – und ihm genügte ein flüchtiger Blick auf die armlangen Reißzähne, um zu wissen, was Nidhögg auch Annika und ihm Furchtbares antun konnte. Doch dem Drache lag nichts ferner als das. Ihm wohnte etwas vollkommen Sanftmütiges, Friedfertiges inne; etwas, das im scharfen Kontrast zu seinem monströsen Aussehen stand.

Und so gingen Annika und Leif am Ende doch auf ihn zu. Auch wenn sich alles in ihnen dagegen sträubte, den Saal zu betreten.

Besonders für Leif war jeder Schritt mit einem fiesen Schmerz verbunden, den die Hitze in ihm auslöste. Sie brannte wie Feuer auf seiner Haut, ätzte in seinen Augen und raubte ihm den Atem. Alles in ihm bettelte danach, ins Kalte zurückzuweichen, aber Leifs Wille war stärker. Er quälte sich mit Annika einen flachen Hang hinunter, stieg in das knietiefe Wasser und watete auf Nidhögg zu. Eine Weile klammerte er sich dabei noch an seinen Dolch, bis er sich eingestehen musste, wie närrisch dieses Verhalten war. Selbst seine Streitaxt wäre gegen den Drache nur ein lächerlicher Holzspreißel gewesen, sodass Leif den Dolch irgendwann einsteckte. Danach signalisierte er Annika, dasselbe mit ihrer Waffe zu tun.

Nidhögg dankte es ihnen, indem er seine grünen Schuppen noch heller färbte. Gleichzeitig richtete er sich ein Stück auf und kam seinen Gästen würdevoll entgegen. Obwohl er sich kaum schneller als ein Ruderboot bewegte, schwappten unter seinem Leib etliche Wellen davon, die sich bis zu den Wänden ausbreiteten. Schließlich blieb er wenige Meter vor Annika und Leif stehen und bemaß sie ausgiebig von Kopf bis Fuß. Auch die beiden Freunde belauerten den Drache mit einem gesunden Misstrauen.

Leif blieb dabei nicht verborgen, dass die Seelen auf der Tribüne ebenfalls etwas lebhafter wurden. Sie schienen allesamt aus einem ewig langen Traum zu erwachen und ihre Besucher neugierig zu beobachten. Mit Augen, die so schwarz und bodenlos waren, als würden sie wie winzig kleine Tunnel geradewegs ins Jenseits führen.

Irgendwann widmete sich Leif wieder Nidhögg und breitete die Arme zu einer erwartungsvollen Geste aus. »Da sind wir. So wie du es wolltest«, sagte er. Zugegeben, das war keine originelle Begrüßung, aber eine bessere fiel ihm auf Anhieb nicht ein. Es passierte ihm schließlich nicht jeden Tag, dass er sich mit einem Drache unterhielt.

Nidhögg nickte sachte mit dem Kopf, bevor sein Blick zu dem Appetithäppchen wanderte, das neben Leif stand.

»Das ist Annika Björndóttir«, stellte er seine Stieftochter vor. »Und ich bin Leif Thorhallson. Aber ich schätze, das weißt du bereits, richtig? Du weißt *alles* über uns.« Er atmete einmal tief durch, um seine Aufregung zu bezähmen, ehe er nachfasste: »Also, warum hast du uns hierher in dein Versteck geführt?«

Nidhöggs Schuppen blitzten in einem bunten Feuerwerk, als wollten sie alle Gedanken und Gefühle widerspiegeln, die Leif gerade bewegten.

»Du hast recht«, bestätigte er. »Ich habe viele Fragen. Aber vor allem will ich eines wissen: Was geht hier vor?«

Nidhögg antwortete ihm bereitwillig – und auf eine Weise, die Annika und Leif vor Faszination regelrecht lähmte. Denn der Drache windete seinen Körper in einem großen Bogen um die beiden Freunde, sodass sie vollkommen von ihm eingeschlossen wurden. Gleichzeitig flackerten seine Schuppen wieder. Allerdings strömten nun keine bunten Schlieren mehr über sie hinweg. Stattdessen bildeten sich überall auf seinem Körper kleine Farbflächen, die immer mehr Tiefe und Profil bekamen, als würde ein Maler ein riesiges Bild auf eine Leinwand pinseln. Nach und nach zeigten die Schuppen ein beeindruckendes Panorama, das sich rings um Annika und Leif erstreckte. Mit saftig grünen Wiesen, Feldern, Bäumen sowie einer schroffen Küste, die den Horizont säumte.

»Was ist das?«, staunte Annika.

»Unsere Heimat«, sagte Leif ergriffen. Er wies mit der Kinnspitze auf eine Stelle, an der sich ein Feldweg über einen flachen Hügel krümmte. »Dort vorne lag das Dorf meiner Sippe.«

Als wollte Nidhögg ihm zustimmen, setzte sich das Bild langsam in Bewegung und glitt im Tiefflug über den Feldweg. Neben Annika und

Leif rauschten Bäume sowie mehrere Felsen vorbei, wodurch sie unwillkürlich ein bisschen zusammenrückten, als müssten sie befürchten, an einem Hindernis hängenzubleiben. Sie glaubten sogar, den Wind auf der Haut zu spüren, die salzige Luft zu riechen, die Vögel zwitschern und die Grillen zirpen zu hören ... und für einen kurzen, aber intensiven Moment wurde dieser Effekt so real, dass Leif überzeugt davon war, er wäre wieder zuhause. Dann überquerte das Bild den Hügel. Dahinter tauchte – wie erwartet – sein Heimatdorf auf. Es war unbeschädigt und von einer Idylle beseelt, die Leif einen Stich ins Herz versetzte. Die Frauen zogen geschäftig durch die Straßen, die Männer arbeiteten in den Werkstätten, die Kinder tollten vor den Häusern umher. Und irgendwo links davon, jenseits der Dächer, konnte Leif auch einen Blick auf die Landzunge sowie sein eigenes Haus erhaschen.

Nidhögg gewährte ihm eine langwierige Sekunde, um in seinen Erinnerungen zu schwelgen. Dann legte sich das Bild in eine Kurve, schwenkte nach rechts und entfernte sich von dem Dorf, um tiefer ins Hinterland vorzudringen. Es überflog abermals einen Hügel sowie mehrere Wiesen ... und stoppte schließlich vor einem Getreidefeld, das wie Gold im Sonnenlicht glänzte. *Baldurs* Feld. Jenes Feld, auf dem das verheerende Unglück begonnen hatte.

Mittendrin stand Imke und erntete mit einer Sichel die Gerste. Aber da war noch etwas anderes. Etwas, das Imke von ihrer Position aus unmöglich sehen konnte, aber das aus der Vogelperspektive nun offensichtlich wurde: Am Feldrand sprühten mehrere Funken auf, als hätte ein unsichtbarer Blitz zwischen die Kornähren geschlagen. Nicht etwa aus dem Himmel, sondern aus der Erde. *Aus der Unterwelt.*

Annika runzelte die Stirn. »Was soll das bedeuten?«

»Es bedeutet, dass wir uns geirrt haben«, flüsterte Leif.

»Wobei geirrt?«

»Einfach in allem.« Leif sah dabei zu, wie die Funken auf dem Feld sogleich wieder verglühten. Aber sie hinterließen überall schwarze Flecken, die rasend schnell aufquollen und dafür sorgten, dass die Kornähren in der Umgebung verwesten. So wie es Leifs Körper allmählich tat. »Die Fäulnis war nicht das Werk von einem Druiden oder den Hexenmeistern der Zwerge. Sie kam von den Göttern aus Niflheim.«

Nidhögg nickte ein zweites Mal, um seine Vermutung zu bestätigen. Währenddessen änderte sich das Bild auf seinem Körper wieder, indem es nun senkrecht in den Himmel stieg. Dadurch ermöglichte es Annika und Leif einen besseren Überblick und offenbarte ihnen etwas, das vom Boden aus niemals zu sehen gewesen wäre. Denn Baldurs Feld war längst nicht das einzige, das sich nach und nach schwarz färbte. Überall auf den Feldern und Wiesen im weiten Umkreis bildeten sich ähnliche dunkle Flächen, als würde ein Schwelbrand unter der gesamten Ostküste von Island wüten.

»Die Götter?«, wunderte sich Annika. »Warum hätten sie unsere Felder und die Tiere verfluchen sollen?«

»Um uns genau dorthin zu treiben, wo sie uns haben wollten«, erkannte Leif. Er schnaubte verdrossen. »So langsam verstehe ich auch, was Gunnar vorhatte ...«

»Gunnar?«

»Unser Druide. Er hat in seinem Krähennest ein Ritual abgehalten, während die Fäulnis auf unseren Feldern wütete.« Leif erinnerte sich an die untoten Frettchen, Hühner und Ratten, die ekstatisch um Gunnar gelaufen waren. Und er hörte natürlich das wirre Gestammel des Druiden in seinen Ohren: *Sie rufen uns! Sie sind ganz nah! Oh Odin, ich muss sie alle töten.*

»Wir waren so dumm«, ärgerte sich Leif. »Gunnar wollte uns nicht schaden. Er hat wohl erkannt, was die Götter von Niflheim vorhaben – und darum wollte er offenbar einen Zauber beschwören, um sie daran zu hindern. Aber mein Bruder Erik musste Gunnar ja unbedingt töten, wodurch er uns den einzigen Schutz geraubt hat.«

»Ich verstehe immer noch nicht«, klagte Annika. Sie drehte sich laufend im Kreis, um die Bilder auf Nidhöggs Körper aus allen Winkeln zu betrachten. »Welches Interesse hätten die Götter aus Niflheim daran gehabt, uns in eine Hungersnot zu stürzen?«

»Diese Not war nur ein Mittel zum Zweck«, erklärte Leif ihr. Er fixierte sich unablässig auf sein Dorf, obwohl es aus der aktuellen Perspektive kaum größer als ein Suppenteller war. »Diese Bastarde wollten unsere beiden Sippen in eine Falle locken und haben sie geschickt gegeneinander ausgespielt.«

»Welche Falle?«

»Die Götter wussten, dass wir zu einem Raubzug aufbrechen würden, um neue Nahrungsmittel zu suchen. Und sie wussten auch, dass wir dadurch unsere Familien schutzlos zurücklassen müssen.« Leifs Stimme bebte merklich vor Erregung, während er dieses ungeheuerliche Komplott immer besser durchschaute. »Vermutlich haben die Götter deinen Vater dazu gebracht, dass er ausgerechnet meine Sippe überfällt und ermordet.«

»Wie sollen die Götter das getan haben?«

»Mit einer List, einem faulen Zauber ... *irgendwas* eben. Diese Aasgeier besitzen viele Möglichkeiten, einen Menschen zu manipulieren. Und dein Vater war für sie ein geeigneter Kandidat, um eine Gräueltat zu begehen.« Leif zeigte auf die Drachenhaut. Dort stachen soeben zwei Schiffe von der Küste ins Meer. Eines davon gehörte Thorhall und setzte Kurs auf Südwesten, um nach Vik zu gelangen. Das zweite Schiff stand unter dem Kommando von Björn Anderson und segelte gezielt auf Leifs Dorf zu. Ein Schiff voller kampferprobter Wikinger, die entschlossen genug waren, über einhundert Frauen und Kinder niederzumetzeln.

Für Leif war dieser Anblick kaum zu ertragen. Über seine Wangen rollten ein paar feuchte Perlen, ohne dass er wusste, ob es nur Schweiß oder doch Tränen waren. Und aus seinen Eingeweiden kochte ein Zorn hoch, der ihn fast innerlich zerriss. Aber dieser Zorn richtete sich in erster Linie nicht einmal gegen die Götter, sondern gegen sich selbst. Leif hatte von Anfang an gespürt, dass sie keineswegs grundlos – und schon gar nicht *zufällig* – hier in Niflheim gestrandet waren. Und nun bekam er die endgültige Gewissheit dafür, dass er besser auf seinen Bauch hätte hören sollen.

»Das alles war eine Intrige«, fuhr er fort. »Die Götter haben dafür gesorgt, dass wir unsere Frauen und Kinder verlieren. Denn sie waren der Köder, um uns nach Niflheim zu locken. Sonst hätten wir niemals diese beschwerliche Reise auf uns genommen.« Leif hielt kurz inne, um seinen Zorn ein bisschen abklingen zu lassen, bevor er abermals zu Nidhögg aufsah. »Warum?«, wollte er von ihm wissen. »Warum haben die Götter es ausgerechnet auf meine Sippe abgesehen?«

Die Drachenschuppen kräuselten sich, als hätte man einen Stein in einen See geworfen. Die Landschaft zerlief wieder kurz zu vielen bunten Schlieren, ehe sie sich zu einem neuen Bild vereinten. Eines, das Leif erschaudern ließ. Denn plötzlich fand er sich mitten auf dem Dorfplatz seiner Heimat wieder. Vor ihm stand die große Halle, in der die Männer das Thing abgehalten hatten. Daneben reihten sich die Häuser seiner Kameraden aneinander. Links hinter ihm tauchte der Hafen mit der Fischhalle auf, in dessen Dachstuhl sich Haldors Schreibstube befunden hatte. Und rechts erschien eine Straße, die hinaus zur Landzunge führte; so detailreich und lebensecht, dass Leif fast schon loslaufen wollte, um nach Hause zu gelangen.

Aber das war längst nicht alles.

Denn nach und nach füllte sich das Dorf mit immer mehr Leben. Aus den Häusern und Straßen traten achtzig, neunzig Menschen hervor und schlenderten über den Dorfplatz, als wären sie niemals tot gewesen. Leif sah Baldur, der mit seiner Frau Imke und seiner Tochter Merle vergnügt hinunter zur Küste spazierte. Er sah Erik, der mit seinem Sohn Tinus den Schwertkampf übte. Und Leif sah all die vielen anderen Männer, die mit ihren Frauen scherzten, mit ihren Kindern spielten, ihnen ihre ganze Fürsorge und Liebe schenkten.

»Ich verstehe«, sagte er.

»Du Glückspilz«, maulte Annika. »Ich verstehe *rein gar nichts.*«

»Wir waren das passende Opfer für die Götter«, erklärte Leif ihr. »Sie hätten deine Sippe niemals dazu bewegen können, nach Niflheim zu reisen. Björn war dafür viel zu kaltblütig. Falls die Frauen und Kinder in seinem Dorf ermordet worden wären, hätte er einfach mehrere Dutzend Weiber entführt, um wieder Söhne und Töchter mit ihnen zu zeugen. Meine Kameraden und ich dagegen ... wir waren weitaus friedlicher. Für uns gab es nichts Wichtigeres als unsere Familien, und wir hätten sie auch niemals ersetzen können. Genau diese Schwäche nutzten die Götter aus. Weil sie wussten, dass wir alles tun würden, um dieses furchtbare Gemetzel rückgängig zu machen.«

Leif sah noch mal wehmütig zu seiner Landzunge hinüber.

Annika folgte seinem Blick und verzog dabei abfällig das Gesicht. Weil es genau so war, wie Leif es eben gesagt hatte: Sie stammte aus einer kriegerischen Sippe, die nicht allzu viel von Liebe und Zuneigung hielt. »Aber wozu das Ganze?«, fragte sie irgendwann. »Warum wollten euch die Götter in die Unterwelt locken? Etwa weil sie sich hier so allein fühlten?«

Leif musste keine Erklärung dafür finden. Nidhögg übernahm das für ihn. Seine Schuppen wechselten abermals das Bild und schienen Annika und Leif einen Blick in alle Winkel von Niflheim zu gewähren. Denn sowohl im Osten als auch im Norden und Westen zeigte der Drachenkörper eine winterliche Landschaft, aus der unheimliche Türme ragten. *Knochen*türme. Manche von ihnen besaßen eine vertraute Architektur, mit geraden Mauern und spitzigen Dächern. Aber die meisten Türme wirkten dermaßen fremdartig oder schrullig, dass sie jeglicher Schönheit entbehrten. Aber sie alle bezeugten ausnahmslos, wie grausam die Götter waren, und mit welcher gnadenlosen Härte sie vorgingen, um zu bekommen, was sie wollten.

»Ist es das, was ich denke?«, fragte Annika.

»Ja«, bestätigte Leif, während er unablässig die Ereignisse auf der Drachenhaut verfolgte. »Diese Knochen sind Opfergaben. Die Götter beziehen vermutlich ihre Macht aus ihnen.«

Vor jedem Turm erschienen auf einmal mehrere Wesen. Es waren die Abbilder jener Seelen, die ringsum auf den Tribünen versammelt saßen. Und sie alle begannen damit, sich gegenseitig zu bekämpfen. Mit Schwertern, mit Äxten oder mit irgendwelchen futuristischen Waffen, die es auf der Erde erst in vielen hundert Jahren geben sollte. Aber vor allem jagten sich diese Wesen mit Blitzkugeln, um sich gegenseitig ihre Knochen zu stehlen ... und ihre Türme noch höher zu bauen.

Leif verstand auch jetzt, welche Botschaft hinter diesen Bildern steckte.

»Ein Wettstreit«, dämmerte es ihm. »Die Götter holen stets zwanzig oder dreißig Männer aus einer anderen Welt nach Niflheim und lassen sie gegeneinander kämpfen. So lange, bis bloß noch der Stärkste übrigbleibt.«

Er sah sich in seiner Vermutung bestätigt, als alle Wesen nacheinander tot in den Schnee sanken. Am Ende blieb tatsächlich bloß noch eines von jeder Rasse übrig. Wesen, die grässlich entstellt waren, die rote Mäntel trugen und denen derselbe Wahnsinn anhaftete, den Leif bereits von seinen Kameraden kannte.

»Knochenmänner«, entfuhr es Annika. Mit einer Betonung, die wie Eiswasser über ihren Nacken prickelte.

Leif nickte zustimmend. »Die Knochenmänner sind perfekte Jäger. Unverwundbar, übermenschlich stark, absolut skrupellos. Wie geschaffen, um ständig neue Opfer für die Götter zu erbeuten – und sie damit noch mächtiger zu machen.«

Er sollte auch mit dieser Vermutung recht haben.

Denn die Bilder auf Nidhöggs Körper liefen wie ein endloser Albtraum weiter. Die Knochenmänner traten gerade allesamt durch ein Portal, das sich in der Nähe ihrer Türme öffnete. Und jeder von ihnen kehrte wenig später mit Schädeln und Rippen zurück. Genug um noch mehr Türme zu errichten. Binnen kürzester Zeit sprossen neben den ersten Bauwerken weitere abscheuliche Gebilde in die Höhe ... zwanzig, hundert, eine ganze Stadt. Annika und Leif standen ewig da und verfolgten dieses gruselige Schauspiel mit gebanntem Blick. Überall auf der Drachenhaut herrschte ein ständiges Kommen und Gehen, ein Sammeln, Jagen und Bauen. Wie in einem Bienenstock, in dem jedes Insekt stupide seine Arbeit verrichtet.

»Allmählich ergibt es einen Sinn«, sagte Annika.

»Was meinst du?«

»Warum die Fäulnis uns nicht alle getötet hat. Und warum die Nahrungsmittel wieder genießbar wurden, nachdem die Männer zu ihrem

Raubzug aufgebrochen sind.« Annika wies reihum auf mehrere Portale. »Man kann den Göttern vieles vorwerfen – aber nicht, dass sie dumm sind. Sie haben dafür gesorgt, dass die Frauen und Kinder in den Dörfern weiterleben. Zumindest für eine gewisse Zeit.«

»Ja, damit wir sie später jagen können«, erkannte Leif. »Sie und ihre Knochen ...«

Annika nickte, während sie noch eine ganze Weile das abartige Treiben auf Nidhöggs Haut beobachtete. »Und was jetzt?«, wollte sie schließlich wissen. »Wie geht es weiter?« Sie stellte diese Frage gewiss nicht zum ersten Mal, aber nun verlangte sie unausweichlich nach einer Antwort.

Leif presste seine Lippen zusammen, während er scharf nachdachte. »Dieser Irrsinn muss enden«, sagte er. »Die Götter haben schon in zu vielen Welten für Elend und Leid gesorgt. Dasselbe werden sie auch auf der Erde machen, wenn sie erst mal einen passenden Knochenmann auserkoren haben. Das darf nicht geschehen!«

»Du meinst, wir sollen deinen Vater und die anderen Männer töten?«

»Nicht du«, erwiderte Leif.

»Warum nicht?«

Leif lächelte spöttisch. »Ich will dich ja nicht beleidigen, aber du wärst ein gefundenes Fressen für jede Klinge.« Er kniff Annika neckisch in den Bizeps, der sich unter dem Mantel so weich und flauschig anfühlte, als wäre er mit Daunenfedern gefüllt. Danach wandte sich Leif wieder an Nidhögg. »Wir beide werden das erledigen.«

Auf dem Gesicht des Drachen schlug sich kurz ein schwermütiger Ausdruck nieder, dann wich er Leifs Blick aus und senkte den Kopf.

»Was soll das heißen?«, empörte sich Leif. »Dass ich allein gegen meine Kameraden antreten soll? Wie stellst du dir das vor? Ich bin nur ein einfacher Mensch, aber du ... du bist der Wächter von Niflheim. Es ist deine Aufgabe, für Recht und Ordnung in dieser Welt zu sorgen, nicht meine!«

Nidhögg wagte es nicht, ihm in die Augen zu blicken, aber dafür änderte sich das Bild auf seinem Schuppenkleid wieder. Die Knochentürme und fremdartigen Wesen lösten sich auf, als wären sie von einem Schneesturm überrollt worden, und dahinter kamen Thorhall und die anderen Wikinger zutage. Vermutlich war es eine Vision dessen, was sich gerade unten an der Küste abspielte, denn die Männer hatten ebenfalls begonnen, sich gegenseitig zu bekämpfen. Der Wald ähnelte einem Schlachtfeld und war erfüllt mit hunderten Blitzkugeln, die wild durch die Gegend schossen. Dazwischen rannten immer wieder etliche Männer umher, die zu einem Abbild des Todes geworden waren. Mit halb skelettierten Gesichtern und Körpern, aus denen endlos viele Funken züngelten oder Knochen ins Freie ragten.

»Willst du mir damit sagen, dass du nichts mehr gegen meine Kameraden ausrichten kannst, weil sie zu mächtig geworden sind?«, wetterte Leif weiter. »Aber warum hast du sie dann nicht schon früher getötet? Als sie noch gewöhnliche Menschen waren?«

In Nidhöggs Miene trat plötzlich ein vollkommen anderer Ausdruck. Einer, den Leif bei einem Drache niemals erwartet hätte: Angst. Gleichzeitig reckte Nidhögg den Kopf nach oben und spähte zu dem Deckengewölbe des Saals hinauf. Seine Nüstern zuckten, weil er offenbar irgendwas witterte.

Leif war jedoch viel zu wütend, um darauf zu achten. »Jetzt sag schon!«, forderte er. »Warum hast du nicht schon früher etwas gegen meine Kameraden unternommen?«

»Er hat es versucht, denke ich«, nahm Annika den Drache in Schutz. »Aber dann musste er sich zurückziehen. Weil er offenbar selbst gejagt wurde.«

»Gejagt? Von wem?«

Annika gestikulierte auf die Schuppen.

Leif bemerkte, dass sich das Bild wieder geändert hatte und nun einen Ort zeigte, an dem er erst vor einer Stunde vorbeigekommen war: Die beiden Eissäulen am Ende des Pfads. Zwischen ihnen thronte eine Gestalt. Eigentlich war sie bloß ein finsterer Schatten innerhalb der Dunkelheit, als hätte sich dort alles Böse von Niflheim versammelt. Er hatte etwas entfernt Menschliches an sich; besaß eine athletische Figur, einen Kopf mit langem Haar sowie einen rechten Arm, der in eine Schwertklinge mündete. Und diese Gestalt strahlte etwas unbeschreiblich Herrisches, Mächtiges aus; etwas, bei dem Leif ehrfürchtig in die Knie sinken wollte, obwohl diese Gestalt nur eine Illusion war.

»Ist das ein ...?«, flüsterte er.

»Ja, ein Gott von Niflheim«, bestätigte Annika.

Die beiden sahen dabei zu, wie vor ihnen ein epischer Kampf begann. Denn auf dem Bild schoss plötzlich Nidhögg aus dem Boden hervor und attackierte den Gott mit allem, was er an Hörnern und Zähnen besaß. Doch der Gott wusste sich zu verteidigen. Er bewegte sich mit einem unglaublichen Elan über den Schnee oder machte gewaltige Sprünge durch die Luft, als könnte er zeitweise die Schwerkraft einfach ausschalten. Und während er das tat, ließ er jeden Angriff des

Drachen ins Leere laufen oder blockte so manchen Biss mit seiner Schwertklinge ab. Nebenbei hob er immer wieder seine linke Hand, krümmte die Finger und riss mit ihnen mehrere Sterne vom Himmel, um sie mit infernalischer Wucht gegen Nidhögg zu schleudern. Keines der Geschosse konnte seine Drachenhaut durchschlagen, aber sie trafen ihn brutal genug, dass Nidhögg im hohen Bogen nach hinten geworfen wurde ... und sich letztlich gepeinigt unter die Erde zurückziehen musste.

»Er hat wohl lange Zeit versucht, die Pläne der Götter zu durchkreuzen«, erkannte Annika. »Denk nur mal an die Zwerge! Sie waren vor uns hier, haben sich verwandelt, sind auf Knochenjagd gegangen. Doch Nidhögg konnte sie besiegen. Er hat sie getötet, ihr Schiff zerstört und womöglich auch alles andere vernichtet, was die Zwerge bis dahin in Niflheim erschaffen hatten. Und dasselbe hätte er auch bei deinen Kameraden getan.«

»Aber dann sind ihm die Götter auf die Schliche gekommen«, führte Leif die Erzählung fort.

»So ist es«, bestätigte Annika. »Offensichtlich sorgen sie dafür, dass Nidhögg deinen Kameraden nicht mehr zu nahekommen kann. Und darum muss er jetzt weiterziehen. Um die Götter von hier fortzulocken ... und vielleicht auch, um andere Wesen in Niflheim davor zu bewahren, ein ähnliches Schicksal zu erleiden. Es liegt also ganz allein an dir, Leif, seine Arbeit zu Ende zu bringen und die Menschen in unserer Heimat zu schützen. Ist es nicht so?«, vergewisserte sie sich bei dem Drache.

Nidhögg nickte ihr anerkennend zu. *So ist es.*

Leif hätte sich geehrt fühlen können, dass er die Rolle des Drachen übernehmen sollte. Stattdessen machte sich in ihm eine schreckliche Hilflosigkeit breit – in Anbetracht dessen, welche unlösbare Aufgabe ihm bevorstand. »Warum ich?«, fragte er matt. »Warum hast du dafür nicht meinen Bruder Erik auserwählt? Er war der Krieger in unserer Familie und hätte meine Kameraden viel besser aufhalten können. *Also warum ICH?*«

Über die Drachenhaut fegten noch mehr Schlieren. Anders als davor, erschufen sie jedoch kein neues Bild mehr. Stattdessen wurden die Schuppen grau, dann silberfarben und zuletzt so glänzend wie ein Spiegel, wodurch Leif sich seinem eigenen Zwilling gegenübersah. Rechts von ihm stand Annika; ein bleiches Mädchen in einem Mantel, der wie ein Brautkleid von ihr herabhing. Aber darauf achtete Leif nicht wirklich. Denn hinter Annika sickerten noch vier weitere Personen aus dem Silber hervor: zuerst Runa, gefolgt von Sven und Haldor. Schließlich tauchte neben Leif auch Majvi auf. So plastisch und echt, dass er beinahe dem Reflex erlegen wäre, sie in seine Arme zu ziehen.

»Darum hat Nidhögg dich für diese Aufgabe auserwählt – und keinen anderen«, sagte Annika sanftmütig und verträumt, als würde sie einen poetischen Vers vortragen. »Weil es genau so ist, wie ich es dir schon mal gesagt habe: Du bist anders als die übrigen Männer. Du hast dich der Göttermacht widersetzt und mich beschützt, obwohl ich die Tochter deines Feindes bin.« Plötzlich tat Annika etwas, das Majvi bereits auf ähnliche Weise getan hatte: Sie legte ihre Hand auf seine Brust. »Du bist ein guter Mensch und hast dich immer selbstlos für andere stark gemacht. Nur deshalb hat Nidhögg dir nie etwas getan. Ihm ist von Anfang an klar gewesen, dass du der Einzige bist, der an seiner Seite gegen die Götter kämpfen kann.«

Leif blickte erneut zu den Seelen auf der Tribüne hinüber. Sie beobachteten ihn mit Mienen, in denen eine große Hoffnung und eine noch größere Erwartung lag. Eine, die Leif niemals erfüllen konnte. Zuletzt richtete er sich wieder an Nidhögg. »Was du von mir verlangst, ist unmöglich! Hörst du? *Unmöglich!*«, protestierte er.

Die Drachenhaut verfinsterte sich merklich und zog sich wie eine Dämmerung um die Spiegelbilder von Leif sowie seiner Familie zusammen.

»Er will dir damit sagen ...«

»Ich weiß, was er mir sagen will«, unterbrach Leif Annika. »Wenn ich meine Kameraden nicht aufhalte, werden sie immer mehr Knochen für die Götter sammeln und dabei ganz Island entvölkern. Nidhögg vergisst nur, dass ich mich ebenfalls in einen Knochenmann verwandle.« Er zeigte dem Drache seine verweste Hand. »Wenn ich meine Kameraden bekämpfe, werde ich die Göttermacht benutzen müssen – und dann wird sie umso leichter die Kontrolle über mich erlangen.«

Nidhögg war das durchaus bewusst. Aber er schien dieses Risiko bereitwillig eingehen zu wollen, denn sein Gesicht nahm strenge, fast martialische Züge an.

»Du musst es trotzdem versuchen«, sagte Annika, als wäre sie zur Stimme des Drachen geworden. »Ohne dich werden sonst tausende Familien sterben.«

Leif sah sich mit einer Entscheidung konfrontiert, die er niemals treffen wollte. Er hatte sich bis jetzt aus allem rausgehalten und es vermieden, seine Hände in Blut zu baden. Doch nun sollte er seinen Schwur brechen, den er Majvi gegeben hatte. Sollte zum Mörder werden und seine Kameraden – ja sogar seinen eigenen Vater! – töten, um die Menschheit vor den Mächten der Unterwelt zu bewahren. Konnte er das überhaupt? Konnte er das *wirklich*? Leif wusste es nicht, und er bezweifelte auch stark, dass es für diese Gewissensfrage eine klare Antwort gab. Eines stand jedenfalls fest: Egal, was er tun würde ... am Ende konnte er nur verlieren. Sei es nun sein Leben oder seinen freien Willen, wenn er die Göttermacht zu intensiv benutzte und ihr dabei ebenfalls verfiel.

Also: Konnte er es tun?

Leif zögerte seine Entscheidung noch einen Moment lang hinaus, indem er auf Nidhögg zuging. Er hob die Hand und berührte Majvis Gesicht auf dem Körper des Drachen. *Unglaublich.* Leif hatte erwartet, dass er bloß die harten, rauen Schuppen fühlen würde. Doch offensichtlich imitierte Nidhögg nicht nur das Aussehen von Majvi, sondern auch ihre Haut, ihr Haar, ihre Wärme. Praktisch alles, was dazu beitragen konnte, sie so lebendig wie möglich wirken zu lassen.

Was soll ich nur tun?, fragte Leif seine Frau im Stillen. *Zum Monster werden, um andere Monster zu besiegen? Fliehen? Mich selbst töten, damit ich nicht zur Gefahr für andere werde? Sag es mir, Majvi: WAS SOLL ICH TUN?*

Der Bereich um Majvis Kopf färbte sich plötzlich rot.

Anfangs war es nur ein einziger Tupfen, der auf der Drachenhaut wie Öl zerlief. Leif dachte deshalb zuerst, es wäre eine Botschaft seiner toten Frau. Doch dieses Rot weitete sich rasch aus, verschluckte nacheinander Majvi, Runa, Sven sowie Haldor, und strömte zuletzt auch über Annikas Zwilling hinweg. So lange, bis der gesamte Drachenkörper von einem Feuerlicht erfüllt war, das alarmierend flackerte.

Rot, hallte es in Leif nach. *ROT!*

Erst dann begriff er, was diese Farbe bedeutete.

Er wollte aufschreien, sich herumwerfen, in Deckung gehen.

Aber Nidhögg kam ihm zuvor.

Der Drache stieß ein Brüllen aus seiner Kehle, das nicht nur den Saal zum Beben brachte, sondern auch Annika und Leif von den Füßen riss. Gleichzeitig schnellte er herum, fletschte die Zähne und starrte abermals zu dem Deckengewölbe hinauf. Selbst die Seelen schraken von den Sitzplätzen hoch und weiteten ihre Augen zu noch größeren schwarzen Löchern, während auch sie etwas an der Decke erfassten. Etwas, das selbst die Toten entsetzte. Denn im nächsten Moment wichen die Seelen hastig zurück und tauchten in den Felswänden unter, sodass der Saal binnen kürzester Zeit leer war.

»Was haben die denn?«, wunderte sich Annika.

»Frag mich was Leichteres. Aber was es auch sein mag ... es riecht verdächtig nach Ärger«, befürchtete Leif. Er stemmte sich aus dem Wasser und zog bei dieser Gelegenheit Annika gleich mit in die Höhe. Danach gab er die Frage des Mädchens an Nidhögg weiter. »Was ist los? Stecken wir in Schwierigkeiten?«

Der Drache knurrte nur feindselig, ohne dabei die Decke aus den Augen zu lassen. Und je länger er sie fixierte, desto schneller wallten die roten Schlieren wie Pulsschläge über seine Haut. *Poch-Poch. Poch-Poch.* Viele von ihnen wurden von Hass oder Zorn befeuert, aber die meisten zeugten von einer Angst, die sich mit jedem weiteren Pulsschlag verstärkte. *Poch-Poch.* Bis sie zur trommelnden Panik wurde, die Nidhögg wie ein kleines Kind erzittern ließ.

Leif folgte seinem Blick, aber er konnte nicht das Geringste über ihnen erkennen. Kein Licht, keinen Schatten, rein gar nichts. »Jetzt sag schon!«, verlangte er unwirsch. »Was ist los?«

Vielleicht hätte Nidhögg es ihm jetzt endlich erklärt.

Aber etwas anderes kam ihm zuvor.

Hoch oben an der Decke – knapp unterhalb der Berggipfel – gewitterte es auf einmal, als würde dort eine Sturmfront aufziehen. Anfangs erloschen diese grellen Lichter sogleich wieder, aber mit jeder Wiederholung ätzten sie sich wie Säure ein bisschen tiefer durch die Dunkelheit und kündigten irgendwas Bedrohliches an. Etwas, das rasch näherkam. Denn schon bald wurden aus den einzelnen Lichtern gewaltige Blitze, die die Luft dort oben zum Kochen brachten und einen beißenden Gestank nach Ozon verströmten. Einige hackten sogar etliche Felsbrocken entzwei, sodass hunderte Steinsplitter wie ein Hagelschauer auf den Boden herabprasselten.

Eigentlich wäre das der beste Moment für Annika und Leif gewesen, zu fliehen. Aber sie wichen keinen lausigen Schritt zurück. Sie waren nicht mal in der Lage, ihre Blicke abzuwenden. Denn innerhalb des Gewittersturms bewegte sich jemand. Ein menschenähnliches Wesen, das wie ein Racheengel zwischen den Blitzen hindurch in die Tiefe schwebte.

Annika und Leif wären wohl einfach stehengeblieben, bis dieses Wesen sie erreicht hatte. Doch Nidhögg bewahrte sie vor diesem tödlichen Fehler. Er warf den Kopf zu ihnen herum und stieß abermals ein Knurren aus. Eines, das die beiden bis in ihr Zwerchfell hinein spürten. *Worauf wartet ihr? Geht endlich!*, verlangte der Drache.

Ganz so leicht konnten sich Annika und Leif selbst jetzt nicht aus dem Bann dieses Wesens lösen. Es hatte inzwischen die halbe Stre-cke vom Berggipfel herab überwunden und schwebte allmählich tief genug über ihren Köpfen, dass sie die ersten Details an ihm ausloten konnten. Einen königsblauen Mantel, zum Beispiel. Langes, blondes, ja fast schlohweißes Haar. Sowie einen rechten Arm, der unterhalb des Ellbogens in eine Schwertklinge überging.

Es war ein Gott.

Derselbe Gott, den Leif vor wenigen Minuten auf Nidhöggs Haut gesehen hatte. Und so wie vorhin, durchzuckte ihn bei dem Anblick auch jetzt ein ehrfürchtiger Impuls, sodass er beinahe auf die Knie ge-sunken wäre. Denn dieser Gott war mächtig. Mehr noch: Er war ein-fach *ALLES*. Der König von Niflheim, der Herr über das Leben und den Tod, womöglich sogar der Schöpfer aller Welten. Ein Gott, in des-sen Gegenwart sich Leif nur wie ein unbedeutender Krümel vorkam.

»Wer ist das?«, flüsterte Annika neben ihm.

»Tyr ... schätze ich. Der höchste Gott von Niflheim«, antwortete Leif. »So erzählen es sich jedenfalls die Sagen.«

Annika lag bereits die nächste Frage auf der Zunge, aber das Mäd-chen konnte sie leider nicht mehr stellen.

Nidhögg hatte ihnen nun lange genug Zeit gelassen, sich von selbst in Bewegung zu setzen. Jetzt half er ihnen auf die Sprünge, indem er seinen Schwanz durch die Luft peitschte. Er hätte Annika und Leif locker durch den gesamten Saal schmettern können, aber er begnüg-te sich damit, mit seinem Schwanz nur ins Wasser zu schlagen. Und selbst das erzeugte eine solche Druckwelle, um die beiden nach hinten stolpern zu lassen.

Worauf wartet ihr?, wiederholte Nidhögg mit einem Knurren. *Geht! SOFORT!*

Annika und Leif wankten steifbeinig los, aber die beiden hielten nach wenigen Metern schon wieder inne, als die ersten Blitze den Saal erreichten. Sie ergossen sich wie Flüsse aus purer Energie in sein In-neres und verästelten sich über die Wände, wo sie knisterten und zuck-ten, und rußschwarze Kerben in das Gestein brannten. Dann passierte es: Einer dieser Blitze schoss auf Nidhögg zu und bohrte sich wie ein Speer in seinen Rücken! Der Drache brüllte vor Schmerz und Wut gleichermaßen. Mit einer ungestümen Drehung gelang es ihm kurz, sich aus dem Blitz zu winden und eine halbe Rolle durchs Wasser zu schlagen. Aber noch ehe er sich wieder hochstemmen konnte, rasten sieben, acht neue Blitze auf ihn herab und durchdrangen mühelos sei-nen Schuppenpanzer, verbissen sich in seinem Leib, taten irgendwas

... Furchtbares darin. Denn Nidhögg brüllte immer wilder, immer tob-süchtiger, während er sich von einer Seite zur anderen warf, um den Blitzen irgendwie zu entgehen.

In einem letzten klaren Moment sah er noch einmal zu Annika und Leif herüber. *Jetzt geht schon!*, forderte er. *Und vergesst niemals, was ich euch aufgetragen habe!*

Dann wurde er von den Blitzen endgültig eingesponnen.

Leif hätte ihm gerne geholfen, aber er wusste natürlich, wie aus-sichtslos das gewesen wäre. Stattdessen packte er Annika an der Hand und zerrte sie mit sich. »Komm schon!«

Er stürmte mit ihr zum Ausgang des Saals, so schnell er konnte. Gleich mehrere Blitze hefteten sich an ihre Fersen und fuhren hinter ihnen ins Wasser, sodass es entweder hoch in die Luft spritzte oder zu einer heißen Wolke verdampfte. Leif musste mehrmals einen Haken nach links oder rechts schlagen, um dem Bombardement zu entgehen, aber letztlich erreichte er unbeschadet mit Annika die Höhle, die nach draußen führte. Die Felswände boten ihnen einen guten Schutz, sodass die beiden noch mal kurz stehenbleiben und über ihre Schulter blicken konnten.

Der Saal war hinter ihnen zu einem riesigen Brandherd geworden, in dem alles vor Energie brodelte und zischte, ja teilweise sogar explo-dierte. Mittendrin windete sich Nidhögg in einem bizarren Todestanz umher, während sich die Blitze immer brutaler durch seinen Körper gruben. Sie trennten die Knochen von seinem Fleisch, lösten seine Muskeln und Sehnen voneinander, machten die Schuppen so dünnflüs-sig, als würde der Drache schmelzen. Leif ahnte, was gleich geschah. Er hatte etwas Ähnliches schon mehrmals gesehen – und noch öfter selbst getan. Und genau so kam es letztlich auch: In Nidhögg gab es ein hässliches, fleischiges *Ratsch*, dann sprang sein gesamtes Skelett unter hohem Druck ins Freie.

Sein schlaffer Körper rollte sich zusammen und schlitterte durch den halben Saal, bis er gegen die Wand prallte. Die Schuppen leuch-teten noch einmal auf, ehe sie verglühten, und der leere Kopf fiel wie ein undichter Ballon in sich zusammen.

Leif rechnete damit, dass Nidhögg tot war.

Aber er irrte sich. Wie mit vielem.

Das Drachenskelett hing unverändert zwischen den Blitzen, als hätte es sich in einem riesigen Spinnennetz verfangen. Und es *lebte*. Seine Knochen, die Wirbel, ja selbst der Schädel krümmten sich un-verändert von einer Seite zur anderen; vielleicht weil die Göttermacht seine Seele in dem Skelett gefangen hielt. Doch egal wie hartnäckig sich Nidhögg auch wehrte ... er hatte niemals eine Chance, seinem Schicksal zu entrinnen. Denn er war jetzt eine Geisel der Götter; war dazu verdammt, ihnen auf ewig zu dienen. Und darum schnürten sich die Blitze immer enger um ihn zusammen und zerrten ihn unerbittlich nach oben.

Hinauf zu Tyr.

Der Gott bewegte gleichmäßig seine Arme, um die Blitze zu lenken. Kurz bevor Nidhögg ihn erreicht hatte, senkte Tyr den Kopf zu Leif und starrte ihn vernichtend an. *Sieh genau hin*, bedeutete er dem Wikinger. *Sieh, was ich mit denjenigen tue, die sich meinem Willen widersetzen.* Nebenbei schnürte er die Blitze noch enger um Nidhögg zusammen, sodass die ersten Knochen unter dem Druck knackten oder Risse bekamen. Nidhögg brüllte wieder. Ohne Stimmbänder konnte er natürlich keinen Ton mehr von sich geben, und trotzdem hörte Leif ihn klar und deutlich in seiner Fantasie. Währenddessen hoben die Blitze den Drache höher und höher, immer weiter zu den Berggipfeln hinauf ... bis er schließlich zusammen mit den meisten Blitzen in der Dunkelheit verschwand.

Leif sah ihm fassungslos hinterher; nicht ahnend, dass er den Drache erst in tausend Jahren wiedertreffen würde. Um gemeinsam mit ihm gegen einen Knochenturm zu kämpfen.

Tyr behielt währenddessen Leif im Blick. Irgendwann streckte er sein Schwert aus und zeigte mit ihm nach Süden. *Und nun geh zurück zu deiner Sippe!*, befahl die Geste. *Tu, was getan werden muss. Sei ein Jäger. Ein Mörder. Werde zum Knochenmann und bringe mir Opfer! VIELE Opfer.*

Ja, das würde Leif.

Er würde alles tun, was getan werden musste.

Allerdings bezweifelte er, dass Tyr irgendwas davon gefiel.

40

Leif hastete von den Bergen davon, zurück nach Süden. Um zu beenden, was Nidhögg begonnen hatte. Um zu morden. Um sich gegen die Götter zu erheben. Aber vor allem, um die Menschen in seiner Heimat zu beschützen. Es fragte sich nur, ob Leif genug Zeit blieb, all diese hehren Ziele zu erreichen. Denn seine Verwandlung schritt mindestens so rasch voran, wie er gerade durch den Wald stürmte. Aber Leif würde es nicht zulassen, dass sie ihn zu einem Knochenmann machte! Nicht bevor er zumindest das Portal zerstört hatte, damit niemand mehr aus der Unterwelt zur Erde gelangen konnte. Und darum stapfte er schneller und immer schneller über den Pfad.

Sehr zum Leidwesen von Annika. Sie wankte hinter Leif her und bibberte wieder mal am ganzen Leib, weil sie noch völlig durchnässt war und nun in der Kälte umso stärker fror. »Dann lass mal hören«, keuchte sie. »Wie willst du deine Kameraden bekämpfen?«

»Ich muss noch eine passende Strategie ausknobeln.«

»Du solltest dich damit beeilen. Allzu lange wird es nicht mehr dauern, bis wir bei ihnen sind.« Annika legte einen Sprint ein und schaffte es für wenige Meter, zu Leif aufzuholen. Gerade lange genug, um ihn wieder mal mit einem Seitenblick zu mustern. »Und du bist dir sicher, dass du diese Aufgabe allein erledigen willst?«

»Haben wir das Thema etwa nicht schon abgehakt?«

»Nun ja ... ich hatte gehofft, dass du es dir noch mal überlegen würdest.« Annika lächelte burschikos. »Du willst mich zwar nicht kämpfen lassen, aber ich kann dir dabei helfen, deine Kameraden in einen Hinterhalt zu locken. Oder eine Falle für sie zu bauen.«

»Das ist nett gemeint, aber es dauert zu lange, um so etwas vorzubereiten.«

»Der Tod dauert noch viel länger«, konterte Annika. Sie bemaß Leif abermals mit einem Blick, in dem jetzt eine immer größere Besorgnis aufkeimte. »Und genau *das* wirst du bald sein – tot –, wenn du dich einfach blindwütig auf deine Kameraden stürzt. Das ist dir doch klar, oder?«

»Du hast recht. Ich werde bald tot sein«, gab Leif unumwunden zu. »Allerdings erst, nachdem ich den Göttern gehörig in die Suppe gespuckt habe.«

»Du darfst nicht sterben!«, protestierte Annika. »Du hast mir versprochen, dass du mich nach Hause bringen wirst.«

»Dieses Versprechen werde ich auch halten.«

»Wie denn? Indem du mich in das Knochenschiff setzt und dann aufs Meer hinaustreiben lässt?«

»Das klingt doch nach einem narrensicheren Plan, findest du nicht? Und überhaupt: Wovor hast du eigentlich solche Angst? Ich dachte, du kannst segeln?«

»Ich habe keine Angst vor dem Meer. Ich fürchte mich nur davor, allein ins Unbekannte fahren zu müssen. Wer weiß schon, was mich dort erwartet? Und außerdem ...«, zögerte Annika, »... möchte ich nicht noch einen Menschen verlieren.« Sie blieb abrupt stehen. »Das kannst du mir nicht antun! Jetzt, da du zu meinem zweiten Vater geworden bist.«

Kratsch!

Leif stoppte ebenfalls und drehte sich zu Annika um. Sie sah ihn mit feuchten Augen an. Augen, die unbedingt erwachsen und stark sein wollten, und dennoch wie die eines kleinen Mädchens wirkten, das sich nach ein bisschen Halt sehnte. Leif fühlte sich davon zutiefst berührt. Also kehrte er zu Annika zurück und kniete sich vor ihr nieder.

»Und du bist zu meiner zweiten Tochter geworden«, eröffnete er ihr. »Aber genau aus diesem Grund will ich dich mit allen Mitteln schützen. Das verstehst du doch, oder?«

»Hör auf, mich zu beschwichtigen. Ich bin eine junge Frau und kein Kind mehr, dem man über den Kopf streicheln muss.«

»Nein, das bist du nicht«, stimmte Leif ihr zu. »Du hast denselben sturen Willen wie Runa.«

»Wer ist Runa?«

»Meine Tochter. Du wolltest doch immer wissen, wie sie hieß, oder etwa nicht?« Leif streifte Annika eine Haarsträhne hinters Ohr, um jede Facette in ihrem Gesicht zu bewundern. Ihm war zuvor schon aufgefallen, dass sie Runa frappierend ähnelte, aber inzwischen hatte Annika mit ihr weit mehr als nur das Aussehen gemein. Viel mehr. »Bis gestern hätte ich es niemals für möglich gehalten, dass ich je wieder für ein Mädchen ... eine junge Frau ... derart tiefe Gefühle empfinden könnte wie für Runa. Aber heute weiß ich, dass man selbst in der Unterwelt jemanden lieben kann. Ich könnte es mir nie verzeihen, wenn dir etwas zustoßen würde. Und darum ist es mein oberstes Ziel, dich nach Hause zu bringen. Du hast nämlich auch eine Aufgabe, die du unbedingt erledigen musst.«

»Was für eine Aufgabe?«

»Du wirst die Menschen in unserer Heimat vor den Göttern warnen und dafür sorgen, dass diese Bastarde nie wieder jemanden nach Niflheim locken können.«

»Vorausgesetzt, die Menschen hören mir überhaupt zu.«

»Mit deiner großen Klappe wirst du schon dafür sorgen, dass dich alle Frauen und Männer beachten«, war Leif überzeugt.

Annika ließ sich davon jedoch nicht trösten. Ihre Mundwinkel zuckten lediglich ein bisschen, aber der Impuls war zu schwach, um daraus ein neues Lächeln zu formen. »Und wohin soll ich gehen, wenn ich zurück nach Hause komme?«, fragte sie. »Ich habe keine Sippe mehr, zu der ich zurückkehren kann. Wenn ich nicht achtgebe, lande ich entweder in Gefangenschaft oder auf dem Sklavenmarkt.«

»Gnade dem, der dich als Sklavin verkaufen will«, scherzte Leif. »Der arme Kerl wird sicherlich keine Freude an dir haben.«

Annika lächelte jetzt doch. Und das überaus zynisch sogar. »Nein, wird er nicht.«

»Genau das wollte ich von dir hören.« Leif nickte ihr zu. »So selbstbewusst und kämpferisch, wie du bist, wirst du sicherlich schon bald eine neue Familie finden. Oder gar deine eigene Sippe gründen ...«

Annika versuchte auch jetzt, sich von seinem Optimismus anstecken zu lassen. Was ihr allerdings zunehmend schwerer fiel. Erst recht, als sie über Leifs Schulter spähte und den Himmel musterte. »Es wird ganz schön ungemütlich in dem Knochenschiff werden«, sagte sie.

Leif folgte ihrem Blick und musste ihr recht geben. Er hatte bereits auf dem Weg in die Berge ein Unwetter bemerkt, das sich von Westen her auf das Land zubewegte. Nun war dieses dunkelgraue Monstrum über der Südküste in Stellung gegangen und drohte damit, alles zu zermalmen, was ihm zu nahekam. In den tiefhängenden Wolken blitzte und grollte es zwar nicht, aber sie peitschten dafür immer öfter Graupel, Schnee und Windböen über den Wald.

»Ja, in dem Schiff wird es ungemütlich werden«, bestätigte Leif. »Allerdings wird es hier an Land noch viel schlimmer, das kann ich dir versichern.«

»Vielleicht sollte ich besser durch das Portal nach Hause gehen«, merkte Annika an.

»Das ist leider unmöglich. Wir müssen damit rechnen, dass sich auf dem Opferplatz besonders viele Männer herumtreiben. *Zu viele*, als dass ich dich vor ihnen schützen könnte.« Leif sah zu Annika zurück und schnitt eine Grimasse. Ohne dabei zu wissen, ob sie aufmunternd oder wehmütig sein sollte. »Ich wünschte, wir hätten uns unter anderen Umständen getroffen. Und ich wünschte, du hättest meine Tochter Runa kennengelernt. Ihr beide hättet euch bestens verstanden. Aber nun liegt es an dir, ihr Erbe anzutreten und mich dabei zu unterstützen, die Menschheit zu retten.« Er neigte den Kopf zur Seite und sah Annika tief in die Augen. »Würdest du das für mich tun?«

Annika antwortete ihm, indem sie sich um seinen Hals warf.

Obwohl Leif insgeheim auf so eine Reaktion gehofft hatte – darauf, dass er ein letztes Mal ein bisschen Zuneigung von einer Tochter spüren durfte –, kam Annikas Umarmung für ihn völlig überraschend. Er musste sich auf seinen Füßen ausbalancieren, um nicht rücklings in den Schnee zu stürzen. Gleichzeitig legte auch er seine Arme um Annika und wiegte sich mit ihr einen zeitlosen Moment hin und her. Keiner von ihnen sagte währenddessen etwas. Keiner schluchzte oder zitterte, obwohl die Windböen rasant zunahmen und die ersten Schneeflocken vom Himmel pusteten. Doch Annika und Leif ließen sich von nichts davon stören, sondern konzentrierten sich einzig auf diese tiefe Verbundenheit, die zwischen ihnen herrschte. Es war ein allerletztes Innehalten, bevor sie sich dem finalen Kampf, vielleicht auch dem Tod stellen mussten – und darum genossen sie jeden Atemzug, den sie noch in Frieden und Zweisamkeit verbringen durften. Um Kraft für das zu schöpfen, was sie gleich erwarten mochte.

Annika befreite sich schließlich als Erste aus der Umarmung ... und spannte sich im selben Moment alarmiert an. »Leif?«, flüsterte sie, während sie wieder etwas hinter seiner Schulter betrachtete. »Sieh nur!«

Leif fühlte sich von ihrer Nähe noch wie betrunken, sodass er seine Sinne erst mal sortieren musste, bevor er abermals den Kopf wenden konnte. Immerhin erkannte er auf Anhieb, was Annika so nervös machte. Die Windböen drückten die Äste an den Bäumen auseinander, wodurch das Mondlicht stellenweise bis auf den Boden fiel und dort etwas erhellte, das eben noch im Dunkeln verborgen gewesen war: eine Leiche. Sie gehörte nicht dem toten Zwerg, den Annika und Leif bereits vorhin entdeckt hatten, sondern einem Menschen. Und sie wirkte auf eine Art und Weise unheimlich, die auch Leif schlagartig alarmierte.

Er richtete sich auf und schob Annika hinter sich.

Dann tastete er sich behutsam auf den Toten zu.

Es war ein Wikinger, so viel stand fest. Aber das war nicht einmal das Erschreckende an diesem Fund, sondern vielmehr, wie dieser Mann sterben musste. Jemand hatte ihm gewaltsam die Knochen entnommen und seinen Körper dabei regelrecht in Stücke gerissen, sodass die meisten Gliedmaßen bloß noch an einzelnen Muskelfasern hingen.

Leif sank neben dem Toten herab und drehte seinen Kopf ins Licht. Es war Gustaf. Zumindest vermutete Leif das anhand der Kleidung sowie der braunen Haare. Denn sein Kamerad hatte sich beinahe bis zur Unkenntlichkeit verändert. Mal abgesehen davon, dass sein Gesicht ohne den Schädelknochen eingefallen war, schälte sich seine Haut großflächig vom Fleisch und hatte sich so braun wie ein alter Schorf verfärbt.

»Was ist mit ihm passiert?«, fragte Annika.

»Genau das, was Nidhögg uns prophezeit hat.« Leif forschte in den Wald hinaus. Bis auf das Heulen des Windes war es still, und dennoch nahm Leif plötzlich zahllose Dinge in seiner Umgebung wahr, die ihm nicht behagten. »Wir müssen uns vorsehen. Meine Kameraden streunen hier offensichtlich durch die Gegend.«

»Wenn das so ist, sollten wir nicht länger auf dem Pfad bleiben, sondern uns durch den Wald schleichen«, meinte Annika. »Zwischen den Bäumen haben wir wesentlich mehr Deckung.«

Leif nickte, während er zurück zu Gustaf sah. Eigentlich wollte er es vermeiden, das zu tun, weil ihm sein Kamerad wie ein Blick in seine eigene Zukunft vorkam. Aber er konnte nun mal nicht anders, als seine Hand mit Gustaf zu vergleichen ... und er stellte dabei eine entsetzliche Ähnlichkeit fest. Denn seine Haut war ebenfalls aufgeplatzt und zeigte darunter die weißgelben Sehnen und Knochen, die sich wie Zugseile zwischen dem Fleisch bewegten.

Schnell, bevor Annika irgendwas davon sehen konnte, schob Leif seine Hand unter den Ärmel des Kettenhemds. Natürlich sah Annika die Verwesung trotzdem. Als er den Kopf zu ihr hob, lag in ihrem Gesicht noch mehr Besorgnis, wenn nicht gar eine leichte Angst.

Aber Leif bemerkte darin auch etwas anderes.

Rot.

Auf Annikas blasser Haut spiegelte sich ein rotes Licht wider.

Scheiße ... ROT!

Leif wollte Annika zur Seite stoßen, herumwirbeln, sich verteidigen, doch er reagierte für all das viel zu langsam. Links neben ihm blitzte urplötzlich ein Licht zwischen den Bäumen auf, das auf ihn zuschoss. Im nächsten Moment wurde Leif auch schon an der Schulter getroffen und in die Höhe gerissen. Und noch bevor er den Kopf einziehen oder die Arme ausbreiten konnte, jagte bereits eine zweite Blitzkugel aus dem Wald. Sie verfehlte ihn zwar um eine Winzigkeit, aber allein ihre Druckwelle reichte aus, dass Leif eine Rolle rückwärts schlug und mit voller Wucht zurück in den Schnee flog.

Schmerzen und Schwindel stürzten wie mit hunderten Zähnen über ihn her und zerfleischten sein Bewusstsein. Wahrscheinlich wäre er sogar ohnmächtig geworden, wenn Annika nicht aufgeschrien hätte.

Leif hob den Kopf.

Alles vor seinen Augen drehte und verzerrte sich zu einem kruden Bild, das einfach keine festen Formen annehmen wollte. Trotzdem erkannte er Annika, die gerade über den Pfad rannte. Sowie einen hünenhaften Wikinger, der hinter ihr aus dem Wald sprang.

Ist das Thorhall?, überlegte Leif. Er konnte es nicht genau erkennen, und außerdem hatte sich auch dieser Wikinger radikal verändert. Nicht nur, was sein Aussehen betraf, sondern auch – und ganz besonders – sein Wesen, sein Charakter, einfach *alles*, was ihn früher mal zu einem Menschen gemacht hatte. Denn jetzt war dieser Mann bloß noch ein wildes Tier, das auf Beutefang war.

»Vorsicht«, stöhnte Leif. »Annika ... hinter dir!«

Seine Warnung kam zu spät.

Der Wikinger holte mit einem einzigen Satz zu Annika auf, schlang seinen linken Arm um ihre Brust und hob sie in die Luft. Annika keuchte erstickt und schlug hysterisch mit ihren Fäusten um sich. Doch der Wikinger würgte jede Gegenwehr von ihr sofort ab, indem er seinen Arm gewaltsam auf ihre Rippen presste.

»Leif!« Annika streckte flehend die Hand nach ihm aus. »Hilf mir!«

Leif hätte nichts lieber getan als das. Er krallte seine Hände in den Boden und gab sein Bestes, um sich auf die Füße zu stemmen. Aber die Göttermacht hatte die Wunde an seiner Schulter noch nicht vollständig geheilt, wodurch Leif nur unnütz durch den Schnee zappelte. Und zudem gab ihm der Wikinger nicht genug Zeit, sich zu erholen. Er feuerte eine dritte Blitzkugel auf ihn ab. Leif drehte sich instinktiv nach rechts, um ihr zu entgehen, doch der Wikinger traktierte ihn weiter mit einer nicht enden wollenden Salve. Leif konnte die ersten drei, vier Kugeln noch halbwegs mit dem Arm von sich abfälschen, aber die fünfte bohrte sich wie ein Axthieb in seine Leiste und katapultierte ihn bis zur anderen Seite des Pfads hinüber. Die Welt begann sich abermals vor seinen Augen zu drehen, sodass er jegliche Orientierung verlor. Wenn auch nur kurz, bevor er hart im Schnee landete.

Kratsch!

Ganz in seiner Nähe gab es ein Knacken. Eines, das Leif schon tausendmal gehört hatte, aber das ihn jetzt maßlos erschreckte.

Kratsch!

Denn dieses Knacken ertönte direkt neben ihm. Vor ihm. Sowie unter seinem Bauch. Ein gleichmäßiges Mahlen und Reißen, das sich rasend schnell in alle Richtungen ausbreitete.

Leif zuckte hoch und sah gerade noch, wie unter ihm etliche Risse über den Boden strömten und ihn in viele kleine Bruchstücke zerteilten. *Ein Schneebrett*, dämmerte es ihm. *Ich bin auf einem verdammten Schneebrett gelandet.*

Dann zerbrach der Boden auch schon zu einem Chaos aus eisigem Nebel und weißen Flocken, sodass Leif ungebremst in die Tiefe stürzte. Er raste eine steile Böschung hinunter, schrammte gegen allerlei Hindernisse und tauchte oft genug in den Schnee ein, dass er jegliches Gefühl für oben und unten verlor. Ab und zu griff er mit den Händen in dieses Durcheinander hinaus, um sich irgendwo festzukrallen. Aber alles, was er berührte, zerbröselte unter seinen Fingern ebenfalls zu eisigem Staub.

Schließlich prallte er gegen einen Baumstamm.

Sein Helm und das Kettenhemd fingen die gröbste Wucht ab, und trotzdem kam es Leif so vor, als würden ihm die Knochen aus dem Leib springen – ganz ohne die Göttermacht. Aus seinem Magen schwappte eine siedend heiße Übelkeit herauf, und die Schmerzen rasten in einem verheerenden Tornado durch seinen Kopf und schienen sein Bewusstsein in alle Richtungen davonzufegen.

Irgendwo über ihm hallte ein Schrei durch den Wald.

Annika.

Ich muss ihr helfen!

Leif bot alles auf, was er noch an Kraft und Willen besaß, und quälte sich gegen seine Schmerztiraden hoch. Nur leider war es zu wenig. *Viel* zu wenig, um zurück auf die Beine zu kommen. Seine Ellbogen begannen noch bei der ersten Bewegung zu zittern, ehe sie einfach unter ihm wegklappten. Auch sonst fühlte sich jede einzelne Faser in seinem Körper so an, als hätte sie jegliche Festigkeit verloren, sodass Leif erschöpft zurück in den Schnee sackte.

Über ihm irrte der nächste Schrei durch die Dunkelheit. Voller Angst, voller Verzweiflung, voller Tränen. Es war der Schrei einer Tochter, die dringend ihren Vater benötigte; ein Schrei, der Leif beinahe das Herz zerriss, weil er schon seine erste Tochter nicht retten konnte und jetzt nicht wieder versagen wollte.

Ich muss ihr helfen!

Leif winkelte die Beine an und versteifte jeden Muskel, um sich irgendwie aufzurichten. Aber er konnte sich nicht mal einen lausigen Meter weit über den Boden schleppen. Sein Körper schien plötzlich Tonnen zu wiegen, und seine Gedanken ertranken zusehends in einer Finsternis, die klebrig und zäh wie Öl war.

Mit einem verschwommenen Blick spähte er noch einmal nach oben. Er sah ein rotes Blitzen zwischen den Bäumen. Sah den Wikinger, der über den Pfad wankte. Und er sah natürlich Annika, die mit allen Gliedmaßen strampelte, sich wehrte und verzweifelt nach ihm rief.

Muss ... ihr ... helfen!, dachte Leif ein letztes Mal.

Dann gingen in seinem Kopf endgültig die Lichter aus.

41 *Kälte. Wind. Wasser.*

Es passierte Leif nicht zum ersten Mal, dass er von diesen drei Dingen in Niflheim geweckt wurde. Von einer Kälte, die sich so scharf wie hundert Glasscherben anfühlte. Von einem Wind, der gespenstisch durch den Wald heulte. Und von Wasser, das sich unter Leif gesammelt hatte und unangenehm auf seiner Haut ätzte. Aber anders als bei seinem ersten Erwachen am Strand, bemerkte Leif jetzt noch etwas anderes. Etwas, das ihn letztlich aus seinem traumlosen Schlaf riss.

Ein Rascheln.

Überall in der Umgebung ertönte ein lautes, aufdringliches Rascheln. Wie das von dutzenden Schritten, die Leif aus allen Seiten einkesselten.

Er hob abrupt den Kopf und hatte mit einem einzigen Griff seinen Dolch in der Hand. Es war jedoch niemand hier, gegen den er sich hätte verteidigen müssen.

Benommen sah er sich um.

Er lag noch immer am Fuß der Böschung, über die er so elegant mit etlichen Pirouetten und Saltos in die Tiefe geschlittert war. Alles andere hatte sich drastisch verändert – und das nicht unbedingt zum Guten. Denn das Unwetter war jetzt zu einem Orkan herangereift und hing so tief über dem Wald, dass man förmlich danach greifen konnte. Der Mond schimmerte vereinzelt noch durch dieses graue Gewölbe, und die Wolken bewegten sich davor wie eine zähflüssige Schlacke umher. Aus ihrem Inneren wirbelten Millionen und Abermillionen Schneeflocken, als würde man sie aus einem Federkissen schütteln. Die größten von ihnen hätten locker einen Wikingerschild bedecken können, und die kleinsten füllten noch immer eine ganze Handfläche aus. Und sie waren hart, ja teilweise so scharf wie ein Sägeblatt, wodurch sie hörbar über die Bäume kratzten und dabei dieses bedrohliche Rascheln erzeugten.

Aber das Wetter war nicht das einzige, das sich geändert hatte, während Leif ein unfreiwilliges Nickerchen hielt. So wie's aussah, war die Göttermacht nämlich fleißig gewesen und hatte die Schusswunden an seinem Körper geheilt. Jetzt zeugten bloß noch die verbrannten Löcher in Leifs Klamotten davon, dass er von mehreren Blitzkugeln getroffen worden war.

Kugeln, hallte es in seinem Gedächtnis nach. Das Wort löste eine Kettenreaktion in ihm aus, denn plötzlich erinnerte er sich auch an alle anderen Dinge, die sich kurz vor seiner Bewusstlosigkeit zugetragen hatten. *Der Wikinger. Der Überfall im Wald. Sowie natürlich ...*

»Annika!«

Leifs Blick jagte die Böschung hinauf. Er konnte in dem Unwetter nicht allzu viel erkennen, und auch seine Ohren waren ihm keine große Hilfe, weil die Schneeflocken jedes Geräusch dämmten. Abgesehen von dem Rascheln natürlich. Ein Instinkt verriet ihm allerdings, dass sich niemand in seiner Nähe befand.

»Annika?«, rief Leif trotzdem noch mal.

Er bekam auch jetzt keine Antwort. Und gerade *das* machte ihm entsetzliche Angst. Denn über ihm blieb es einfach nur leer, dunkel und so abartig still wie in einem offenen Grab.

»Annika?« *Komm schon! Gib mir ein Lebenszeichen! Einen Schrei. Ein Stöhnen. Einen fiesen Spruch. IRGENDWAS!*

Leif hoffte eine volle Minute lang.

Vergeblich.

Die Stille über ihm hielt an; nahm sogar noch zu, bis sie so bleiern wurde, dass Leif sie wie eine Steinplatte auf der Brust spüren konnte. Und das war der Moment, an dem seine Angst in eine böse Vorahnung umschlug.

Er wühlte sich aus dem Schnee und kletterte die Böschung hinauf. Kaum zu fassen: Die Göttermacht hatte ein wahres Wunder vollbracht und nicht nur seine Verletzungen geheilt, sondern seine Glieder noch dazu mit einer fast unerschöpflichen Energie aufgeladen. Die war auch dringend nötig, denn Leif fand auf dem frischen Pulverschnee nur mäßigen Halt und rutschte oft meterweit wieder in die Tiefe.

Trotzdem kam er dem Pfad allmählich näher.

Leif wollte eigentlich gar nicht wissen, was ihn dort erwartete; was der Wikinger mit Annika gemacht hatte. Dennoch schrak er für keine Sekunde zurück, sondern zog sich mit einem beherzten Klimmzug das letzte Stück nach oben und lugte wachsam über den Rand des Pfads.

Da lag sie, keine sechs Meter von ihm entfernt.

Annika!

Oh nein.

Der Anblick war für Leif das reinste Déjà-vu und versetzte ihn in jenen schrecklichen Moment zurück, als er seine Frau und die beiden Kinder auf dem Feldweg gefunden hatte.

Nein! Verdammt ... NEIN!

Leif wankte wie fremdgesteuert auf Annika zu.

Das Schneegestöber hielt sie weitgehend bedeckt, sodass Leif lediglich ein paar Schemen erkennen konnte. Die Arme. Die Beine. Die

Umrisse eines Kopfes. Sie alle lagen unter dem Mantel verborgen, den Annika getragen hatte, und doch waren sie deutlich zu sehen.

»Annika?«, flüsterte Leif. Selbstverständlich wusste er, dass ihm das Mädchen keine Antwort mehr geben konnte. Und doch brannte irgendwo in seinem Kopf eine winzige Hoffnung. Auch wenn sie mit jedem Schritt kleiner wurde, den er sich Annika näherte.

Sie ist tot, dämmerte es ihm. *Weil ich sie nicht schützen konnte, obwohl ich es ihr versprochen habe.*

Kurz bevor Leif das Mädchen erreichte, fegte eine Sturmböe über den Pfad. Sie blies die Schneeflocken in der Luft weit genug auseinander, dass sich Leifs Sicht erheblich besserte. Und diese Sturmböe tat noch mehr für ihn: Sie packte Annikas Fellmantel an einem losen Zipfel – und schlug ihn mit einem jähen Ruck beiseite. Darunter kam jedoch kein Mädchen zum Vorschein, sondern bloß ein kleiner Schneehaufen.

Leif seufzte erleichtert.

Annika ist nicht hier. Vielleicht lebt sie sogar noch!

Seine Freude trübte sich allerdings sofort wieder ein.

Aber wenn Annika nicht hier ist ... wo steckt sie dann?

Leif sah nach rechts, nach links, durchforstete angestrengt den Wald. Das Schneegestöber hatte sich natürlich wieder zu einem weißen Vorhang um ihn geschlossen, wodurch sein Blick keine drei, vier Körperlängen weit reichte. Auch die Spuren auf dem Boden waren von dem Unwetter allesamt verwischt worden, sodass Leif sie nicht mehr lesen konnte. Aber das musste er auch nicht. Er konnte sich schon denken, wohin Annika von dem Wikinger verschleppt worden war. Und nun wurde es Zeit, dass Leif zu ihr ging und seine Bestimmung erfüllte. Denn er war die letzte Hoffnung für das Mädchen – sowie für alle Menschen.

So?, zweifelte er. *Bin ich das wirklich?*

Leif blickte auf den Dolch herab und betrachtete sein eigenes Spiegelbild auf der Klinge. Die Dunkelheit maskierte große Teile seines Gesichts und verschonte ihn davor, allzu viele Einzelheiten von sich betrachten zu müssen. Er hätte sich ohnehin kaum wiedererkannt. Die Fäulnis hatte auf seinen Kopf übergegriffen und ihn zu etwas entstellt, das nichts Freundliches, nichts Schönes mehr an sich hatte, sondern zu einer Ausgeburt der Hölle geworden war. Und darum waren seine Zweifel mehr als berechtigt: *Bin ich wirklich die letzte Hoffnung für die Menschen?* Wie viel Gutes steckte überhaupt noch in ihm? Und wie lange konnte er damit das Böse bekämpfen, ohne dabei selbst böse zu werden?

Leif wusste es nicht.

Sein eigener Körper war ihm seltsam fremd geworden, und auch durch seine Gedanken streunte etwas Finsteres, Teuflisches. Als würde in seinem Kopf ein zweites Bewusstsein heranwachsen, das schon bald die Kontrolle über ihn erlangen würde.

Also, kannst du es tun?, fragte er sich wieder. *Das Böse bekämpfen?*

Vermutlich wäre er noch ewig dagestanden, um eine befriedigende Antwort darauf zu finden. Jemand anderes nahm ihm die Entscheidung jedoch ab.

Von Südwesten hallte ein Kreischlaut herauf.

Annika.

Leif verfolgte das Echo dabei, wie es von einer Seite des Waldes in die anderen geisterte, bevor es von dem Schneefall verschluckt wurde. Auf den ersten Schrei folgte leider kein zweiter, aber das war auch nicht nötig. Leif hatte tatsächlich ein Lebenszeichen bekommen – und mehr brauchte er nicht, um endgültig zu einem Krieger zu werden, obwohl er nie einer sein wollte. Doch nun ließ ihm das Schicksal keine Wahl mehr. Nun musste er seinen Schwur brechen, den er Majvi gegeben hatte und zum Mörder werden, um wenigstens das Leben eines einzelnen Mädchens zu retten.

Und darum stapfte er los, den Pfad hinunter.

Noch auf den ersten Metern steckte Leif den Dolch zurück in seinen Gürtel und bediente sich einer ganz anderen Waffe. Der *einzigen* Waffe, die mächtig genug war, um sich gegen die Wikinger behaupten zu können.

In seiner Hand blähte sich eine Blitzkugel auf und drehte sich schneller und schneller im Kreis, bis sie zu einem roten Ring zerfloss. Die Schneeflocken in seiner Nähe schimmerten in dem Licht, als bestünden sie aus gefrorenem Blut, und immer wieder zischte ein langer Funke in die Nacht hinaus, wenn die Kugel von einer Sturmböe getroffen wurde. Doch Leif erübrigte für all das keinen Blick. Er fokussierte sich voll und ganz auf jenen Bereich, der vor ihm lag.

Irgendwann kam die Weggabelung in Sicht.

Neben dem Holzpfahl lag Isbert.

Der ehemalige Steuermann war auf dieselbe Art ermordet worden wie Gustaf. Irgendjemand hatte ihn barbarisch zerfleddert, um seine Knochen zu entwenden. Immerhin hatte sein Mörder ihm die beiden Schielaugen gelassen, sodass Isbert selbst im Tode noch mit einem Silberblick ins Nichts starrte.

Leif schritt an ihm vorbei, ohne sich um seinen ehemaligen Kameraden zu kümmern, und hielt sich hinter der Weggabelung rechts.

Ihn erwartete ein Schlachtfeld.

So wie Nidhögg es ihm gezeigt hatte.

Die Bäume entlang des Pfads trugen Brandspuren oder waren von etlichen Blitzkugeln gleich ganz zerhackt worden. Auf dem Boden glänzten Blutpfützen. Im Schnee steckte so manches zerbrochene Schwert, und daneben kauerten weitere Wikinger. Tot. Ermordet. Knochenlos. Ihre eingefallenen Gesichter rahmten Leif aus beiden Seiten in einen Tunnel des Grauens und ließen ihn an allem teilhaben, was seine Kameraden im Augenblick ihres Todes verspürt hatten. Die Schmerzen, die Mordlust, den unbändigen Willen, Knochen zu sammeln.

Aber auch das berührte Leif kein bisschen.

Für ihn waren die Leichen nur Brotkrumen, denen er folgen musste, um zu seinem Ziel zu gelangen. Denn noch war dieser morbide Wettstreit nicht vorbei.

In der Ferne schrie wieder jemand.

Allerdings war es jetzt nicht mehr der Schrei eines Mädchens, sondern das Gebrüll mehrerer Männer. Gleichzeitig sausten etliche Blitzkugeln durch die Dunkelheit, fuhren in den Boden oder schwirrten wie Irrlichter in der Luft umher.

Leif beschleunigte seine Schritte.

Er trat frühzeitig von dem Pfad herunter, duckte sich zurück in den Wald und machte sich das Schneegestöber zunutze, um sich unauffällig an den Kampf heranzuschleichen. Vor ihm tauchte das Nachtlager auf. Jedenfalls das, was früher mal das Lager gewesen war. Jetzt ähnelte es eher einem Horrorkabinett, in dem sich sieben Wikinger ein erbittertes Gefecht lieferten. Sie traktierten sich gegenseitig mit ihren Blitzkugeln, rammten die Fäuste und Stiefel in ihre Körper, stießen sich zu Boden. Meistens heilten ihre Verletzungen sogleich wieder, die sie sich zufügten. Doch manchmal zerrte einer von ihnen auch seinem Gegner mit einem gewaltsamen Ruck einen Knochen aus dem Leib. Zwei Wikinger humpelten deshalb bloß noch auf einem Bein durch die Gegend, während sie das andere wie eine übergroße Wollsocke hinter sich herzogen. Dasselbe galt für so manchen Arm, der schlaff aus einem Mantel oder Kettenhemd baumelte.

Eine bizarre Szene.

Ein ständiges Angreifen, Rauben und Ausweichen, bei dem keiner der Wikinger die Oberhand zu gewinnen schien. Und während die

Männer mit jeder Sekunde gebrechlicher wirkten und teils nur noch von einem halben Skelett aufrecht gehalten wurden, sammelten sich zu ihren Füßen immer mehr Knochen an. Eine Elle hier. Eine Speiche da. Sowie das eine oder andere Schienbein. Und dazwischen verteilten sich so viele Rippen und Wirbel, dass der Boden wie ein Kiesstrand aussah.

Leif ließ keine Gnade mit seinen Kameraden walten und fiel wie aus dem Nichts über sie her. Die ersten beiden Männer bekamen jeweils eine Blitzkugel von ihm zu spüren und sackten tot zusammen. Und noch während die anderen perplex ihre Köpfe wandten, fischte Leif ein herrenloses Schwert aus dem Schnee und fällte mit ihm die nächsten zwei Männer von den Füßen. Ab da realisierten die übrigen Wikinger endlich die Gefahr. Der menschliche Teil in ihnen wollte vor Leif zurückweichen, aber die Göttermacht peitschte sie unerbittlich nach vorne.

KNOCHEN!, schrillte sie. Laut genug, dass ihre Stimme nahezu wie ein Donnerschlag zu hören war. *HOLT SEINE KNOCHEN!*

Der erste Wikinger stürzte sich blindwütig auf Leif zu.

Es war Grimar.

In seinem Gesicht klebten Blut und Hautfetzen, und seine Augen waren zu eitrigen Beulen geworden, mit denen er eigentlich gar nichts mehr sehen konnte. Dennoch bewegte er sich mit einer erstaunlichen Präzision vorwärts und ließ dabei zahlreiche Funken über seinen Unterarm laufen.

Leif kam ihm mit einem Angriff zuvor, indem er Grimar eine Blitzkugel in den Leib jagte und ihn zwischen die Holzkisten schleuderte. Mit demselben Elan wirbelte er das Schwert zu Halvar herum. Der Schmied setzte gerade ebenfalls zu einem Schuss an und hielt beide Hände von sich gestreckt. Leifs Klinge war jedoch schneller und durchtrennte ihm die Kehle. Halvar gurgelte Blut und geriet ins Wanken, aber er dachte nicht daran, einfach umzukippen. Stattdessen reckte er seine Hände noch höher und bestückte sie mit einer Ladung aus roter Energie. Doch Leif ließ es nicht zu, dass Halvar einen Schuss auf ihn abfeuern konnte. Er versetzte ihm einen Fußtritt in den Unterleib und sorgte dafür, dass Halvar in die spitzigen Knochen am Boden fiel. Einige davon durchdrangen sein Kettenhemd, bohrten sich in seinen Rücken, die Lunge und das Herz. Halvar schnappte noch einmal mit einem sterbenden Reflex nach Luft, dann war auch für ihn der Wettstreit vorbei.

Bis dahin hatte sich Leif bereits seinem letzten Gegner zugewandt.

Norwin.

Der Wikinger wirkte sichtlich nervös darüber, wie zügig Leif die anderen ermordet hatte. Aber auch Norwin musste der Göttermacht gehorchen, obwohl er kaum noch stehen konnte. Sein linkes Schienbein fehlte; ebenso wie die Knochen in seinem rechten Unterarm. Und seine Schulterblätter ragten wie zwei Fledermausflügel aus seinem Rücken hervor und zwangen ihn zu einer gebeugten Haltung. Trotzdem humpelte er unversehens los und schwang seinen Arm nach vorne. Über seine Finger strömten ebenfalls rote Funken, die sich rasch zu einer Kugel zusammenballten.

Leif hätte ihn mit einem einzigen Hieb niederstrecken können. Aber so einfach wollte er Norwin nicht nach Walhalla kommen lassen.

Also stürmte er dem Wikinger entgegen, bohrte ihm das Schwert durch den Bauch und lief weiter – immer weiter –, um seinen Kameraden mit der Klinge an den nächstbesten Baumstamm zu nageln. So wie es die alte Tradition verlangte. So wie es dieser Irre *verdient* hatte. Norwin wehrte sich natürlich, so gut er konnte, indem er die Blitzkugel aus seiner Hand feuerte und sein gesundes Bein zu einem Tritt nach oben winkelte. Für Leif waren seine Angriffe jedoch bloß harmlose Zuckungen, die er lässig mit einem Arm von sich abschirmen konnte, während er mit dem anderen die Klinge ein wenig in Norwins Unterleib drehte. Nicht viel; höchstens zwei, drei Grad. Der Schmerz, den er damit auslöste, war jedoch um ein Zehnfaches größer und überschwemmte Norwins Körper mit einem lähmenden Gefühl.

»Wo ist sie?«, herrschte Leif ihn an. »Wo ist Annika?«

Seine Frage versickerte einfach in Norwins Schädel, weil der Wikinger viel zu sehr damit beschäftigt war, sich zu befreien. Er nestelte verbissen an dem Schwert herum und versuchte ebenso fieberhaft, eine neue Blitzkugel zu formen.

»Rede endlich!« Leif winkelte die Schwertklinge noch mehr zur Seite. Er musste nicht befürchten, dass er Norwin damit umbrachte, obwohl er ihm mit jeder Bewegung mehrere Adern durchtrennte. Aber die Göttermacht nähte wie eine übereifrige Schneiderin die frischen Verletzungen sofort zusammen, sodass sich Norwins Blutverlust in Grenzen hielt. Die Schmerzen hingegen summierten sich in seinem Schädel vollends zu einem weißglühenden Inferno, das ihn zittern und stöhnen ließ ... aber auch ein wenig zur Vernunft brachte.

»Wo ist das Mädchen?«, wiederholte Leif. Er verzichtete darauf, noch mal die Schwertklinge zu drehen, aber er spannte seine Hand deutlich genug an, um Norwin zu zeigen, dass er es jederzeit *konnte*.

»... Mädchen ...«, stammelte der Wikinger.

»Ja, richtig. Das Mädchen. Wo habt ihr es hingebracht?«

In Norwins Gesicht arbeitete es. Er hatte sichtlich seine Mühe damit, Leifs Worten zu folgen und ihnen einen Sinn beizumessen. Aber am Ende waren es wieder mal die Schmerzen, die seinem Verstand auf die Sprünge halfen. »Eisklippe ...«, druckste er heraus.

Leifs Blick wanderte nach Südwesten. Er konnte die Klippe vom Nachtlager aus unmöglich sehen, und trotzdem nahm er in der Ferne genug Dinge wahr, die ihn erschaudern ließen.

»Thorhall hat ... das Mädchen entführt«, flüsterte Norwin. »Er hat sich auf der Klippe verschanzt ... hat alle Knochen vom Opferplatz mitgenommen ... und jeden getötet, der sich ihm nähern wollte.« Norwin hustete einen Schwall Blut in seinen Bart. Als er danach wieder das Wort ergriff, war er kaum mehr zu verstehen. »Du musst ... dich vor ihm in Acht nehmen.«

»Keine Sorge«, erwiderte Leif kühl. »Das werde ich.«

»Nein!«, zischte Norwin. Ihm gelang es irgendwie, mit seinen knochenlosen Fingern nach Leifs Hand zu greifen. Sie waren natürlich viel zu weich, sodass sie sich nirgendwo festklammern konnten. Aber die bloße Berührung reichte aus, um Leif sofort ein zweites Mal frösteln zu lassen.

»Du musst dich in Acht nehmen!«, wiederholte Norwin eindringlich. In seinen Augen zog eine Angst auf, die fast ebenso finster wie der Tod war. »Thorhall ist böse ... so unglaublich böse.«

»Keine Sorge, ich werde vorsichtig sein«, versprach Leif ihm.

Dann jagte er seinem Kameraden eine Blitzkugel ins Herz und erlöste ihn von seinen Qualen. Norwin keuchte ein letztes Mal, bevor er zusammensackte und nur noch von der Schwertklinge an dem Baum gehalten wurde.

Leif verspürte trotz allem ein leichtes Bedauern darüber und seufzte schwer. »Es tut mir leid, mein alter Freund. Ich wünsche dir eine gute Reise nach Walhalla.« Er tätschelte Norwin die Schulter. »Wir sehen uns sicherlich bald wieder. Aber zuerst muss ich etwas Wichtiges erledigen.«

Er zog weiter.

Nicht nach Südwesten, zur Eisklippe. *Noch* nicht. Stattdessen begab er sich in die entgegengesetzte Richtung. Der Wald wirkte einsamer als jemals zuvor – was der Tatsache geschuldet war, dass jetzt niemand mehr in ihm lebte. Alle waren tot. Alle lagen blutüberströmt und verstümmelt im Schnee. Umrahmt von ihren eigenen Knochen und gezeichnet von der Göttermacht. Jetzt gab es bloß noch Annika und Leif.

Sowie seinen Vater, der zum Sieger dieses Wettstreits – und damit zum ersten Knochenmann der Menschen – werden würde, wenn Leif ihn nicht daran hinderte.

Aber er würde nicht mit leeren Händen zu seinem Vater gehen.

Da gab es etwas, das Leif unbedingt wiederhaben wollte.

Deshalb begab er sich zum Opferplatz. Dort war es genau so, wie Norwin es geschildert hatte. Die Monolithen standen noch wie gewohnt in ihren Fundamenten und reckten sich trotzig dem Unwetter entgegen. Die Knochen fehlten allerdings, und die Nahrungsmittel lagen überall verstreut oder hatten sich von den Blitzkugeln entzündet, sodass sie vereinzelt brannten. Auch die erbeuteten Schafe aus Björns Dorf waren abgeschlachtet worden und zierten wie ein grausiges Bankett den Boden. Selbst der Steintisch hatte einen Schlag abbekommen und hing etwas schräg, wodurch das Modell von Island jederzeit von ihm herunterrutschen konnte. Gleiches galt für das Portal. Es trug mehrere schwarze Narben, weil es von etlichen Schüssen gestreift worden war. Die Tür stand allerdings unverändert offen und wankte sachte im Wind umher, als würde sie Leif dazu einladen wollen, zurück in seine Heimat zu gehen. Um sich ebenfalls Knochen zu holen.

Aber nichts lag ihm ferner als das.

Das Einzige, was Leif holen wollte, war seine Streitaxt.

Sie lag noch genau dort, wo er sie verloren hatte: Auf dem Boden zwischen den Monolithen. Leif hob sie auf und wog sie nachdenklich in seinen Händen. Natürlich war ihm bewusst, dass ihm die Axt nicht gegen seinen Vater helfen konnte. Aber darum ging es ihm auch nicht. Diese Axt war weit mehr als nur eine Waffe; sie war zu einem Talisman, vielleicht sogar zu einem Freund für Leif geworden. Und sie verlieh ihm genau so viel Mut, wie er brauchte, um seine Aufgabe bis zum bitteren Ende durchzustehen.

»Wir beide haben Großes miteinander vor«, sagte Leif zu ihr. »Bist du bereit dazu?«

Die Axtklinge schimmerte im Feuerlicht, als hätte sie gelächelt.

»Gut, ich habe nichts anderes von dir erwartet.« Leif umschloss die Axt mit beiden Händen und biss grimmig die Zähne zusammen. Dann machte er sich auf den Weg zur Eisklippe.

Um sich dem schwersten Kampf seines Lebens zu stellen.

42 Leif hatte gewusst, dass alles auf diesen einen Punkt hinauslaufen würde. Von frühester Kindheit an war ihm klargewesen, dass eines Tages der Augenblick kam, an dem er aus dem Schatten seines Vaters treten musste. Es hatte Zeiten gegeben, in denen er auf diesen Moment hingefiebert hatte, und Zeiten, in denen er sich davor fürchtete. Denn Thorhall hatte ihn von klein auf mit strenger Hand erzogen, ihm mehr Prügel als Liebe geschenkt und nichts als bedingungslosen Gehorsam von ihm verlangt. Und bislang hatte Leif all diese Erniedrigungen still ertragen. Weil Thorhall nun mal der Stammesfürst war; ein Mann, der keinerlei Widerspruch duldete und jeden Fehltritt gnadenlos bestrafte. Deshalb klang es jetzt umso irrsinniger, dass Leif seinem eigenen Vater die Stirn bieten sollte.

Aber davon ließ er sich nicht abschrecken.

Weil dieser Konflikt nun mal unvermeidlich, ja längst überfällig war. Leif hätte Thorhall schon viel früher Grenzen setzen müssen, um diese Situation erst gar nicht eskalieren zu lassen. Doch jetzt gab es keine Ausrede, kein feiges Zurückweichen mehr. Jetzt war die Zeit reif, dass Leif endlich Stärke bewies und seinem Vater alles heimzahlte, was er ihm angetan hatte. Auch wenn das zwangsläufig bedeutete, dass er Thorhall töten musste.

Ein Gedanke, der jeden Schritt zur Eisklippe zum reinsten Kreuzgang machte und Leif so viele Gewissensbisse bescherte, dass er sich ganz elend fühlte. Aber gleichzeitig hatte dieser Weg auch etwas ungemein Befreiendes an sich. Denn egal wie dieser Kampf ausgehen mochte; egal ob Leif siegte oder verlor ... danach würde er endlich seinen Frieden finden und mit allem abschließen können, was ihm so viel Kummer bereitete.

Den ersten Kampf gewann Leif jedenfalls schon mal.

Je weiter er sich der Klippe näherte, desto mehr Widerstand bot ihm das Unwetter. Die Sturmböen raubten ihm zunehmend den Atem. Die Schneeflocken kratzten oft so scharf über sein Gesicht, dass sie rote Striemen auf der Haut hinterließen. Und die Kälte verdichtete sich vor ihm zu einer gläsernen Wand, die Leif kaum mehr durchdringen konnte. Offenbar fuhren die Götter alle Geschütze auf, die sie besaßen, um ihn zurückzudrängen. Doch Leif marschierte eisern voran, ohne ein einziges Mal zu zögern.

Es lohnte sich.

Die Bäume lichteten sich irgendwann vor ihm und entließen ihn hinaus auf die Eisklippe. Hier war nichts mehr so, wie er es in Erinnerung hatte, und alles noch viel schlimmer, als er es befürchten musste.

Die Klippe war nämlich zum Prellbock der Naturgewalten geworden. Das Meer krachte mit haushohen Wellen gegen sie und spritzte oft bis zu ihrer Oberseite hinauf. Der Wind rasierte das Eis vom Boden und wirbelte es wie Sand in die Luft, und immer wieder flackerte es darüber am Himmel, als würden auch die Wolken gleich riesige Blitzkugeln abfeuern wollen.

Eine bessere Kulisse hätte sich Thorhall gar nicht wünschen können. Besonders nicht für das, was er auf der Klippe errichtet hatte.

Auf ihrer äußersten Spitze thronte etwas Großes, Unförmiges. Ein gruseliges Gebilde, das sich lange Zeit in dem Schneetreiben versteckte, sodass Leif es nicht recht sehen konnte. Und doch erkannte er die Formen auf Anhieb wieder. Sie ähnelten denen, die er schon bei Nidhögg entdeckt hatte. Mit dem einzigen Unterschied, dass sie jetzt keine Visionen mehr waren, sondern grausame Realität.

Leif tastete sich langsam darauf zu und geriet dabei von einem Schreckmoment in den anderen. Denn immer wieder riss das Schneegestöber vor ihm auf und gewährte ihm einen kurzen Blick auf das, was ihn gleich erwartete. Dennoch traf ihn das Entsetzen mitten ins Mark, als er schließlich das Ende der Klippe erreichte und abrupt innehielt.

Vor ihm stand ein Knochenturm.

Streng betrachtet war es eher ein verkrüppelter Baum, der sich aus dem Eis erhob. Ganze fünf Meter hoch; mit einem Fundament aus Arm- und Beinknochen, die zu einer Spirale miteinander verdrahtet waren. Darüber stapelten sich Brustkörbe und Totenschädel in einer chaotischen Ordnung, ehe sie an der Spitze in ein Gewirr aus zwanzig, dreißig Wirbelsäulen übergingen, die sich wie Äste in den Himmel streckten. Und dieser Turm wirkte auf eine Art und Weise lebendig, die unheimlich war. Die Wirbelsäulen an seiner Spitze krümmten sich immer wieder zu meterlangen Klauen zusammen. Die Brustkörbe zuckten, als würde unter ihren Rippen noch ein Herz schlagen, und aus den Totenschädeln kam ein wehklagendes Heulen. *Hilf uns!*, bettelten manche von ihnen. *Erlöse uns!*, flehten die anderen. *Rette mich aus diesem Albtraum!*, wimmerten einige wenige. Natürlich wurden diese Stimmen nur von dem Sturm erzeugt, der durch die hohlen Knochen pfiff ... und doch klangen sie so täuschend echt, dass Leif ihre Hilferufe beinahe befolgt hätte.

Wenn Thorhall nicht gewesen wäre.

Er stand vor seinem Turm und schob soeben behutsam einen weiteren Schädel in eine Lücke. Sein Mantel trug das Blut etlicher Wikinger an sich, und die Kapuze hing tief über sein Gesicht herab und tarnte es mit einem stockfinsteren Schatten. Leif zweifelte sogar in der allerersten Sekunde daran, ob es sich bei diesem Mann wirklich um Thorhall handelte – und nicht um jemand anderes. Denn Thorhalls Hände waren vollständig skelettiert und unterschieden sich kaum mehr von seinen Beutestücken.

Er stoppte plötzlich.

Hob den Kopf. Witterte. Spürte seinen Sohn hinter sich. Dann drehte er sich um und bemaß Leif unter der Kapuze hervor mit etwas, das keine Augen mehr waren, sondern bloß noch zwei seelenlose Abgründe. »Was sagt man dazu?«, säuselte er. »Wenn das nicht mein verlorener Sohn ist. Ich hätte nicht erwartet, dich lebend wiederzusehen.«

»Das war schon immer dein Fehler«, erwiderte Leif. Der Sturm heulte so laut, dass er schreien musste, um sich mit seinem Vater zu verständigen. »Du hast mich stets unterschätzt.«

»Ich habe mich in vielerlei Hinsicht in dir *geirrt*«, korrigierte Thorhall ihn verdrossen. Gleichzeitig schritt er auf Leif zu. »Du warst größer und stärker als Erik, und weitaus klüger als diese Missgeburt Haldor. Eine Zeitlang habe ich gehofft, dass aus dir mein Nachfolger werden könnte. Wenn du nicht so eine verdammt weiche Ader hättest! Manchmal dachte ich schon, du wärst nicht mein Sohn, sondern meine Tochter.«

»Siehst du, Vater. Und schon irrst du dich wieder.« Leif breitete demonstrativ die Arme aus. »Denn wie du erkennen kannst, war ich Manns genug, um zu dir zu gelangen.«

Thorhall blieb eine Körperlänge von Leif entfernt stehen. Unter seiner Kapuze waberte es, als hätte sich dort all das Böse zu einer schwarzen Glut entzündet. Währenddessen sah Thorhall angestrengt in das Unwetter hinaus und überflog alles, was sich darin bewegte.

»Mach dir keine Hoffnungen. Die anderen Männer sind tot«, erklärte Leif.

»Hast du sie ermordet?«

»Ein paar. Die meisten haben sich jedoch gegenseitig umgebracht.«

Thorhall rümpfte abfällig die Nase. »Ja, das dachte ich mir schon. Sie waren der Göttermacht einfach nicht würdig. Aber wir beide sind es. Sonst wären wir jetzt nicht mehr hier.«

»Wir sind *gar nichts*«, erwiderte Leif aufbrausend. »Sieh uns an, Vater! Sieh nur, was aus uns geworden ist!« Er winkte mit der Axt auf sein Gesicht und schwenkte die Klinge anschließend zu Thorhalls Händen.

Der Jarl betrachtete seine skelettierten Finger, aber der Anblick schien ihm mehr zu schmeicheln, als ihn zu erschrecken. »Aus uns ist genau das geworden, was die Götter wollten«, rechtfertigte er sich. »Sie haben uns zu sich nach Niflheim geholt, damit sie uns weit mehr als nur unsere Familien schenken können: Nämlich die Macht, unsterblich und übermenschlich zu sein.«

»Einen Scheiß haben die Götter!«, wetterte Leif. »Hast du es etwa noch immer nicht begriffen? Bist du schon so borniert, dass du die Wahrheit nicht erkennen kannst?«

»Mäßige deine Zunge!« Thorhalls Hand zuckte. Noch blieb es in ihr dunkel, aber die Luft zwischen seinen Fingern knisterte bereits verdächtig.

Leif ignorierte die Warnung jedoch. Schließlich waren die Zeiten, in denen er sich von seinem Vater einschüchtern ließ, endgültig vorbei. »Wir sind auf eine Lüge hereingefallen«, sagte er.

»Wovon sprichst du?«

Leif atmete tief durch, um seine Erregung abklingen zu lassen, ehe er sachlich erklärte: »Ich war in den Bergen und habe dort mit eigenen Augen gesehen, was die Götter in Niflheim treiben. Und wozu sie uns bringen wollen. Dabei hätten wir all das schon vor Wochen selbst erkennen müssen.«

»Wovon sprichst du, verdammt?«, wiederholte Thorhall.

»Von den Zwergen.«

»Was soll mit ihnen sein?«

»Erinnerst du dich an die Burg am Schwarzstrand? An die Halblinge, die Selbstmord begangen haben?«, fragte Leif. »Wir haben lange gerätselt, was den Zwergen widerfahren ist, doch nun kenne ich die Antwort. Die Götter haben zuerst versucht, die Halblinge nach Niflheim zu locken; vermutlich mit demselben Trick wie uns: Indem sie alle Vorräte der Zwerge verfaulen ließen und ihnen falsche Hoffnungen machten. Die Zwerge müssen viele Wochen vor uns hier gestrandet sein. Sie haben ebenfalls einen Opferplatz errichtet und ein Portal nach Hause geöffnet. Und sie haben sich so lange bekämpft, bis einer von ihnen zu einem Knochenmann wurde. Danach ist er in die Zwergenburg eingedrungen, um seine eigene Sippe zu töten und ihre Knochen zu erbeuten.«

Leif erinnerte sich an Wilbur, den schwerverletzten Zwerg in der Burghalle. Sowie natürlich daran, was der Halbling ihm erzählt hatte: *Er ist gekommen ... in jeder Nacht ... und hat sie gestohlen.* Damals hatte Leif keine Ahnung gehabt, was Wilbur meinte, doch jetzt wusste er es mit erschreckender Klarheit.

»Die Zwerge haben alles versucht, sich vor dem Knochenmann zu schützen, aber selbst ihre stärksten Krieger konnten nichts gegen ihn ausrichten. Darum wollten sie fliehen. Sie haben ihre Schiffe beladen und tonnenweise Vorräte aus Vik gekauft, um sich für eine lange Reise zu rüsten. Aber kurz bevor sie in See stechen konnten, kam der Knochenmann zurück, um sie an der Flucht zu hindern. Die Zwerge sahen letztlich keinen anderen Ausweg mehr, als sich umzubringen. Sonst wären sie alle einen noch viel schlimmeren Tod gestorben.« *Und Nidhögg hat letztlich den Knochenmann der Zwerge ermordet*, ergänzte Leif in Gedanken. *Um dafür zu sorgen, dass der Zwerg an keinem anderen Ort mehr jagen konnte.*

»Eine rührselige Geschichte«, lästerte Thorhall. »Aber was kümmern mich diese Winzlinge? Sie sind Vergangenheit. Wir dagegen sind die Zukunft von Niflheim. Wir können aus dieser Welt ein strahlendes Juwel machen und mithilfe der Götter mächtiger werden, als wir es je zu träumen wagten.«

Leif schüttelte frustriert den Kopf. »Du und deine verfluchte Macht! Gibt es eigentlich noch etwas anderes, das dich im Leben interessiert? Die Macht, von der du gerade schwärmst, ist nichts weiter als ein Werkzeug, das die Götter uns geliehen haben. Ebenso wie *wir* nur Werkzeuge sind. Die Götter benutzen uns – und sie werden immer mehr Knochen von uns fordern, wenn wir nichts dagegen unternehmen. Und genau das werden wir tun! Wir müssen alles vernichten, was wir in Niflheim erschaffen haben, und uns dann selbst töten. So wie die Zwerge.«

»Ich denke nicht mal daran«, erwiderte Thorhall.

»Es ist der einzige Weg.« Leif schielte zu dem Knochenturm hinüber und erinnerte sich abermals an das, was er bei Nidhögg gesehen hatte. »Wenn wir die Sache jetzt nicht beenden, wird es bald nur noch Angst und Tod für die Menschen auf der Erde geben.«

Thorhall trat einen großen Schritt von Leif zurück. Ein besseres Bekenntnis zu den Göttern hätte er wohl kaum geben können. »Ich habe nicht vor, hier *irgendwas* zu beenden«, stellte er klar. »Die Götter haben uns auserwählt, damit wir ihnen dienen. Und das werde ich tun.«

»Du dienst ihnen nicht, Vater. Du hast ihnen deine Seele verkauft – und rein gar nichts als Gegenleistung dafür erhalten.«

Unter Thorhalls Kapuze zuckte es verärgert, um seinem Sohn zu zeigen, dass er sich diesen despektierlichen Ton nicht länger bieten lassen würde. »Ich werde mich trotzdem nicht umbringen, nur damit zuhause irgendwelche Schwächlinge überleben können. Im Gegenteil. Ich bin eben erst dabei, etwas Einmaliges zu erschaffen.«

»*Etwas Einmaliges*?«, zürnte Leif. »Indem du Knochen sammelst, allein auf dieser Klippe wohnst und an diesem hässlichen Turm baust? Soll das etwa deine Zukunft sein? Das sind ja wirklich tolle Aussichten, Vater!«

In Thorhalls Gesicht zuckte es wieder. *Vorsicht! Übertreibe es nicht*, mahnte er seinen Sohn damit. Anschließend drehte er sich halb zu dem Turm um und bemaß ihn mit einer Faszination, als würde er eine nackte, vollbusige Frau bewundern. »Es geht nicht um den Turm, sondern darum, in Niflheim etwas völlig Neues aufzubauen. Teil einer Geschichte zu werden, die man sich bis in alle Ewigkeiten erzählen wird«, verdeutlichte er.

»Du wirst nur Teil einer Tragödie sein, mehr nicht.« Leif musterte seinen Vater. Zumindest jene Bereiche an ihm, die noch entfernt menschlich waren. »Ich erkenne dich nicht wieder. Du hast früher nie von jemandem einen Befehl angenommen. Also warum lässt du dich jetzt von den Göttern für etwas missbrauchen, bei dem du genau weißt, dass es falsch ist?«

»Weil es sich gut anfühlt. Je mehr Opfer ich den Göttern bringe, desto stärker werde ich«, rechtfertigte sich Thorhall. Er senkte den Kopf und sah dabei zu, wie mehrere Funken um seine Finger kreisten. »Du kennst mich lange genug, um zu wissen, dass ich mich nie mit dem zufriedengegeben habe, was ich besaß. Ich wollte mehr, als nur der Anführer eines erbärmlichen Dorfes sein. Mehr, als nur über ein paar Bauern und Fischer zu herrschen. Mehr, als nur den Familienvater für drei Söhne zu spielen, von denen mich zwei ständig enttäuscht haben.« Thorhall ballte seine Hand zusammen, sodass die Funken darin verpufften. »Die Götter geben mir die Möglichkeit, mir mein eigenes Reich an der Südküste von Niflheim aufzubauen. Wer weiß? Vielleicht errichte ich eine kleine Siedlung oder eine ganze Stadt aus Menschenknochen? Oder entführe eine Horde Weiber, damit ich mit ihnen eine neue Sippe gründen kann.«

»Das wirst du nicht«, sagte Leif. Auch wenn sich seine Stimme dabei furchtbar stumpf und wehrlos anhörte.

»Ich werde tun, was immer die Götter von mir verlangen. Und soll ich dir verraten, warum? Weil es für mich kein Zurück mehr gibt ...«

Thorhall streifte die Kapuze von seinem Kopf, um Leif zu beweisen, dass er mit seiner Behauptung recht hatte. Denn was unter dem Stoff zutage kam, war die Fratze eines Mannes, der zum Spiegelbild seiner eigenen Gräueltaten geworden war. An Thorhalls Schläfen hingen bloß noch einzelne Haarbüschel herab. An seinen Wangen sowie dem Kinn blitzte der nackte Totenschädel hervor, und alles andere an seinem Kopf wirkte so verschroben, als hätte man ihm die Haut abgezogen und falsch herum wieder aufgeklebt. Leif hatte natürlich eine ähnliche Verwandlung schon bei den anderen Männern gesehen. Verdammt, selbst sein eigenes Gesicht war nicht mehr taufrisch! Aber Thorhalls Aussehen überstieg all das um ein Vielfaches und war die Vollendung dessen, was die Göttermacht von Anfang an bezweckt hatte: nämlich einen von ihnen in einen Knochenmann zu verwandeln.

Thorhalls Mundwinkel kräuselten sich amüsiert, als er bemerkte, welche schockierende Wirkung er auf Leif hatte. »Wie du siehst, gibt es tatsächlich kein Zurück mehr für mich. Denn ich führe jetzt ein anderes Leben.« Er nickte in den Himmel hinauf. »Bevor das Unwetter vorhin die Sterne verdeckt hat, haben die Götter uns eine weitere Botschaft geschickt. Sofern ich sie richtig deuten konnte, wird sich das Portal bald schließen und für ein ganzes Jahr ruhen, um seine Kräfte zu regenerieren. Aber bereits im nächsten Winter wird es sich an einem anderen Ort wieder öffnen. Um an neue, unverbrauchte Opfer zu gelangen. Ich muss nur den Schlüssel richtig anwenden ...« Er wies auf einen Gegenstand, der seitlich an dem Knochenturm lehnte.

»Der Schild«, erkannte Leif.

Das kupferfarbene Metall bezirzte ihn vom ersten Blickkontakt an. *Komm! Komm zu mir!*, lockte es ihn.

Leif wollte schon willenlos darauf zugehen, doch Thorhall hielt ihn zurück, indem er ihm seine Hand gegen die Brust knallte.

»Der Schild ist nicht das Einzige, was ich besitze«, eröffnete er seinem Sohn. »Ich habe noch etwas anderes, das dich viel mehr interessieren dürfte.«

»Etwas?« Leif wusste zuerst nicht, worauf sein Vater anspielte. Sein Zorn hatte ihn dermaßen geblendet, dass er kurzzeitig vergessen hatte, warum er überhaupt auf die Eisklippe gekommen war. Doch jetzt raste die Erinnerung in sein Gedächtnis zurück, als wäre sie von einer Armbrust abgefeuert worden. »Annika«, dämmerte es ihm. Er sah sich auffällig nach allen Seiten um und stellte betroffen fest, dass außer ihm und Thorhall niemand sonst auf der Klippe war. »Wo ist Annika?«

Thorhall lächelte verschlagen.

»Sag schon!«, fauchte Leif. »Wo ist Annika?«

»Ich habe sie nicht getötet, falls du das befürchtest. Dein Findelkind dient mir zu einem viel höheren Zweck.«

»Was meinst du damit?« Leif krallte nun ebenfalls seine Hand in Thorhalls Brust und hob mit der anderen drohend die Axt. »Jetzt rede endlich! *Was hast du mit dem Mädchen gemacht?*«

Thorhall ließ sich von ihm nicht bedrängen. Er windete sich aus Leifs Griff und drehte sich abermals zu dem Turm um. »Ist er nicht beeindruckend?«, sagte er. »Einen besseren Altar hätte ich für die Götter der Unterwelt nicht errichten können. Aber weißt du, was diesem Turm bis eben noch gefehlt hat? Eine Seele.«

»Seele?«, plapperte Leif nach.

Im selben Moment fing er eine Bewegung aus dem Augenwinkel ein.

Ihm war bereits vorhin aufgefallen, dass der Turm lebendiger wirkte, als er sein sollte. Doch nun erwachte dieses unheimliche Bauwerk immer mehr aus seiner Totenstarre. Aus dem Fundament lief ein Impuls bis in die obersten Spitzen hinauf, der alle Knochen zum Ächzen und Beben brachte. Von da an lockerten sie sich immer mehr, kratzten aufeinander, verschoben sich ... bis sie schließlich an der Vorderseite des Turms nach links und rechts zur Seite klappten. Um Leif das zu zeigen, was im Inneren eingebettet war.

Annika!

Das Mädchen steckte von den Füßen bis zur Schulter zwischen den Knochen. Teilweise schien es auch mit ihnen verwachsen zu sein, denn sein Körper hatte sich gräulich verfärbt und wirkte bloß noch wie eine bizarre Figur, die aus einem Steinblock gemeißelt worden war. Gleiches galt für Annikas Gesicht. Es hatte sich zu einer androgynen Fläche verzogen, die nichts Mädchenhaftes mehr besaß; ganz ohne Haare, ohne Nase und Mund. In seiner Mitte gab es lediglich noch die beiden Augen, aber selbst sie waren so matt wie Muschelschalen geworden.

Leif hätte sich gerne eingeredet, dass Annika in diesem Zustand nichts mehr spürte. Dass sie das Bewusstsein verloren hatte oder tot war. Doch das stimmte nicht. Annika lebte – und sie begriff in jeder einzelnen Sekunde, was mit ihr geschah. Aus ihrem Blick schrie etwas Panisches, aber zugleich auch ungemein Tobsüchtiges. Etwas, das alles in ihrem Kopf ausradierte, was sie einst so liebenswert gemacht hatte.

Aber das Schrecklichste war etwas ganz anderes.

Ringsum an ihrer Brust, den Schultern sowie der Leiste hatten sich graue Tentakel gebildet, die sich zwischen die Knochen schlängelten.

Und sie alle gaben Annika die Fähigkeit, den Turm zu steuern. Denn die Knochen, Schädel und Wirbel verzogen sich weiter. Alle diese Bewegungen waren so tapsig und unbeholfen wie die eines Kleinkindes, das erst noch das Laufen lernen musste. Aber sie wurden mit jeder Wiederholung zielsicherer. Und irgendwie auch bedrohlicher.

»*Bei Odin!*«, stöhnte Leif.

Irgendein Nerv in Annika schlug auf seine Stimme an, sodass sie plötzlich den Kopf zu ihm drehte. Ihr rechtes Auge glänzte vor Verzweiflung. *Hilf mir! Bitte Leif, hol mich hier raus!*, flehte es. Ihr linkes Auge hingegen zog sich feindselig zusammen, als würde es einem ganz anderen Verstand gehören. Ein Verstand, der sie mehr und mehr versklavte.

Leif fuhr zu Thorhall herum. »Was hast du getan?«

»Was nötig war«, erklärte sein Vater. »Ohne eine Seele ist der Turm wertlos. Ein Knochenhaufen, mehr nicht. Aber *mit* einer Seele wird er zu einer Waffe, die mir dabei hilft, noch mehr Opfergaben zu sammeln.«

»Du kranker Irrer! *Was hast du getan?*« Leif konnte sich nicht mehr länger beherrschen und stürzte impulsiv auf seinen Vater zu. Noch beim Absprung wirbelte er die Axt zu einem Aufwärtshieb nach vorne, um Thorhall den Kopf von den Schultern zu schlagen.

Aber dazu kam es nicht.

Weil der Turm es verhinderte.

Seine Wirbelknochen zuckten blitzartig auf Leif zu, wickelten sich um die Axt und rissen sie aus seinen Händen. Gleichzeitig versetzte der Turm ihm einen Hieb gegen den Oberkörper und schleuderte ihn zu Boden.

Thorhall lachte hämisch. »Was habe ich dir gesagt? Der Turm ist eine Waffe.«

Leif hätte ihm gerne widersprochen, aber als er noch mal zu Annika sah, musste er erkennen, dass sein Vater recht hatte. Er suchte eine erbitterte Sekunde lang in ihrem Gesicht nach etwas Freundlichem, Vertrautem. Doch alles, was er darin fand, war nur eine emotionslose Kälte. Als hätte er jetzt endgültig jede Bedeutung für Annika verloren.

»Es musste wohl so kommen«, rief Thorhall. »Die Götter haben nach dem Stärksten von uns gesucht, obwohl sie es gar nicht hätten tun müssen. Ich war schon seit jeher der kräftigste, mutigste Mann in unserer Sippe und allen anderen weit überlegen.«

»Du täuschst dich, Vater. Mal wieder ...«

Leif stieß sich mit den Händen und Füßen aus dem Schnee und warf sich abermals auf Thorhall zu. Sein Vater sah den Angriff natürlich kommen und schwang lässig die Fäuste, um ihn abzuwehren. Doch es war tatsächlich so, wie Leif es behauptet hatte: Thorhall täuschte sich. Denn er hatte nicht bedacht, wie unendlich wütend sein Sohn war. Und genau *diese* Wut gab Leif ihm nun zu spüren. Er bohrte Thorhall den Kopf in den Unterleib und trieb seinen Vater vor sich her, auf den Rand der Klippe zu. Es hätten keine drei Schritte mehr gefehlt, um ihn in den Abgrund zu stoßen, aber kurz bevor es so weit war, fing sich Thorhall wieder. Er rammte seinen rechten Stiefel in den Schnee und wirbelte Leif mit einer gewaltsamen Drehung zur Seite – wodurch beinahe Leif in die Tiefe gestürzt wäre, wenn er sich nicht so verbissen an Thorhall geklammert hätte.

Von da an verstrickten sich die beiden immer mehr in einen wirren Tanz; taumelten nach links oder rechts, attackierten sich oder wichen ihrem Gegner geschickt aus. Es war bestimmt nicht die erste Situation, in der sie ihre Kräfte miteinander maßen. Aber anders als in den vielen Jahren zuvor, war es jetzt keine harmlose Rangelei zwischen Vater und Sohn mehr, sondern ein gnadenloser Kampf, der am Ende mindestens einen Toten fordern würde.

Leif ließ nichts unversucht, seinen Vater zu überwältigen. Doch Thorhall war einfach zu mächtig geworden. Er blockte alle Paraden von Leif noch im Ansatz ab und konterte sie mit doppelter Härte, indem er unablässig seine Fäuste nach vorne stieß. Schon bald wurde es Leif von den vielen Treffern schwindelig und übel, und seine Sicht ertrank mehr und mehr unter einem Tränenschleier.

Irgendwann gelang es ihm zumindest, sich kurz von seinem Vater zu lösen und den Kopf zu Annika zu wenden. »Komm schon!«, forderte er sie auf. »Erinnere dich an mich! *Hilf mir!*«

Annika sah ihn zwar an, aber sie rührte keinen Knochen. Als wäre es ihr egal, wer von den beiden Männern gewann. Hauptsache es war der Stärkere.

»Annika, verflucht! Du kannst mich doch nicht völlig vergessen haben!«, rief Leif. Dann musste er sich schon wieder ducken, um dem nächsten Schlag von Thorhall auszuweichen. Aber damit war er keineswegs außer Gefahr. Sein Vater traktierte ihn mit immer schnelleren, immer brutaleren Angriffen, die Leif kaum mehr von sich abwehren konnte. Geschweige denn erwidern. Und so wankte er bloß noch linkisch umher oder krümmte sich vor Schmerzen, während Thorhall ihn von einer Seite der Klippe zur anderen stieß.

Leif sah sich zum Äußersten genötigt.

Er musste etwas tun, das er aus tiefstem Herzen verabscheute. Etwas, das ihn ebenfalls in jenen dunklen Wahnsinn führen würde, den er gerade so inständig bekämpfen wollte: Er musste die Göttermacht benutzen. Nicht nur ein bisschen, um eine Blitzkugel zu erzeugen oder eine Wunde zu heilen. Nein, er musste sich ihr voll und ganz hingeben, um selbst zu einem gewissenlosen Monster zu werden.

Im Grunde war es ganz leicht. Er musste es einfach nur *wollen*.

Alles Weitere erledigte die Göttermacht für ihn.

Noch ehe sich Leif besinnen konnte, geriet sein gesamter Körper in Brand. Aus seinen Armen, den Beinen, der Brust, einfach aus *jeder Stelle* leckten rote Funken hervor, die ihn schützten und zugleich mit Kräften beflügelten, die er sich bislang nicht einmal vorstellen konnte. Einige davon verbanden sich auch zu kleinen Blitzkugeln und jagten in Thorhalls Leib. Anfangs gelang es seinem Vater noch recht gut, sich vor ihnen zu schützen oder sie gar mit derselben Wucht zu kontern, aber bereits nach kürzester Zeit erlangte Leif die Oberhand über ihn.

Denn sein Zorn wuchs. Und wuchs. Und wuchs mit jeder Blitzkugel mehr.

Wosch! Wosch! Wosch!

Gleichzeitig verlor er aber auch zusehends die Kontrolle über sich und wurde von der Göttermacht völlig berauscht. Und das fühlte sich gut an. So unglaublich gut, dass sich Leif bereitwillig dieser Macht hingab, während er sich mit Thorhall ein letztes Gefecht lieferte. Sie schleuderten sich durch die Gegend, stürzten zu Boden, rissen sich mit demselben Schwung wieder auf die Füße und ließen nichts unversucht, den anderen niederzuringen. Irgendwann krallten sie ihre Hände fest genug in ihre Kettenhemden, dass sie sich Auge in Auge gegenüberstanden. Mit verzerrten Mienen, gefletschten Zähnen sowie zahllosen Blitzen, die um ihre Körper zuckten. Das Unwetter tobte über ihren Köpfen, als würde es ihnen zujubeln wollen. Die Schneeflocken zogen sich zu einem weißen Zwinger um sie zusammen, aus dem es kein Entrinnen mehr gab, und die Sturmböen peitschten auf Leif und Thorhall herab, um ihre Tobsucht immer mehr anzustacheln.

Tu es!, schrillte die Göttermacht in Leif. *Töte ihn! JETZT!*

Er spürte, dass er es konnte. Dass er bloß noch einen lächerlichen Impuls davon entfernt stand, Thorhall die Knochen aus dem Körper zu ziehen. Aber er spürte nun mal auch, wie er sich in einem erschreckenden Tempo verwandelte. Seine Arme und Hände waren binnen weniger Sekunden so faulig geworden, als wären sie um tausend Jahre gealtert. Und diese Verwandlung reichte bis tief in seinen Verstand hinein, um ihn mit denselben finsteren Gedanken zu vergiften, mit denen sie bereits Thorhall verseucht hatte ... wenn er der Göttermacht noch länger gehorchte.

Tu es!, forderte sie unnachgiebig. *Töte ihn! TÖTE IHN!*

Leif hätte es getan, ganz sicher.

Aber dann erhaschte er noch mal einen Blick auf Annika. Erinnerte sich daran, was er ihr versprochen hatte. Und daran, dass er alles tun wollte, um die Menschen in seiner Heimat zu schützen. Aber das konnte er nur, wenn er die Göttermacht nicht länger benutzte, egal wie verführerisch sie war.

Aufhören! Halt! STOPP!

Leif stemmte sich mit aller Willenskraft gegen die dunklen Mächte in sich ... und schaffte es tatsächlich, sie zu unterdrücken. Gerade lange genug, um wieder zu Sinnen zu kommen. Aber leider auch so lange, dass Thorhall ihn zu Fall bringen konnte. Er prellte Leif mit einem Stiefeltritt die Beine unter dem Körper weg und schoss gleichzeitig eine Blitzkugel gegen sein Kettenhemd, sodass Leif eine Rolle rückwärts schlug und mit dem Rücken auf dem Boden landete.

»Ich wusste, dass du es nicht fertigbringen würdest, mich zu töten«, höhnte Thorhall. »Es ist wirklich ein Jammer! Mit deinen Fähigkeiten hättest du die ganze Welt erobern können. Aber jetzt sieh dich an!« Er winkte abfällig auf Leif, der dampfend und stöhnend im Schnee lag. »Du stehst dir immer nur selbst im Weg. Weil du viel zu gutmütig bist, um etwas konsequent zu Ende zu bringen. Und genau *diese* Schwäche wird dich nun das Leben kosten, mein Sohn ...«

Thorhall richtete eine Blitzkugel auf ihn. Es war eine besonders große Kugel, und hell genug, dass sie wie eine neonrote Sonne strahlte.

Leif tat nichts, um sich zu verteidigen. Er konnte es gar nicht. Sein Körper lag unter einem tonnenschweren Berg aus Schmerzen begraben, und außerdem hätte jede Gegenwehr dazu geführt, dass die Göttermacht von neuem in ihm aufloderte. *Es ist vorbei*, begriff er nüchtern. *Ich habe versagt. Habe alle enttäuscht. Annika, Nidhögg, Majvi ... und letztlich auch mich selbst. Weil ich einfach nicht bereit dazu war, Böses zu tun, um Böses zu bekämpfen. Und nun werden viele Frauen und Kinder für meine Feigheit büßen müssen.*

Thorhall gewährte ihm einen letzten Augenblick, um sich dieser Erkenntnis bewusst zu werden. Dann feuerte er die Blitzkugel auf ihn ab.

Doch sie traf nicht.

Thorhall krümmte sich im selben Moment gequält nach hinten, wodurch er Leif mit seinem Schuss knapp verfehlte. Gleichzeitig gab es ein hässliches Knirschen, als sich irgendwas Hartes, Spitziges in seinen Rücken grub. Tief genug, dass es an seiner Brust wieder ins Freie drang und dabei eine Wolke aus Blut, Haut und Knochen davonspritzte.

Thorhall blinzelte verwirrt an sich herab.

Auch Leif konnte nicht fassen, was aus dem Körper seines Vaters ragte.

Es war eine Wirbelsäule.

Sie gehörte zu dem Knochenturm und hatte Thorhall mittig aufgespießt. Und nun spannte sie sich wie ein Muskel an, um ihn so weit in die Höhe zu wuchten, dass Thorhall den Boden unter seinen Stiefeln verlor. Er stöhnte vor Schmerz und würgte Blut aus dem Mund, während er benommen den Kopf zu Annika drehte.

Sie erwiderte seinen Blick. Und das, obwohl sie ihn nach menschlichem Ermessen gar nicht mehr sehen *konnte*. Ihr Gesicht war jetzt vollständig zu einer grauen, steinernen Maske geworden, in der sich bloß noch zwei flache Kuhlen an jener Stelle abzeichneten, an der sich eben noch ihre Augen befunden hatten. Und trotzdem starrte sie Thorhall an; starrte geradewegs in seine verdorbene Seele hinein.

»Was ... soll das?«, gurgelte er aus dem Hals. Durch seine Arme und Beine jagten etliche Reflexe, aber sie alle endeten bloß in einem hilflosen Zucken. »Lass mich ... sofort runter!«

Annika studierte ihn noch einen Moment lang so eindringlich, als könnte sie alles überschauen, was Thorhall in Zukunft anrichten würde. Danach wandte sie den Blick zu Leif. Natürlich konnte sie auch ihn nicht mehr wirklich sehen, aber dafür umso besser fühlen. Denn tief in ihrem Inneren schien sie sich doch noch an ihn zu erinnern und wie einen Vater zu lieben. Stark genug, dass sie sich gegen alles Böse stemmen konnte, das von ihr Besitz ergriffen hatte.

Ich habe es dir ja gesagt, bedeutete sie ihm mit einem Kopfnicken. *Wir stehen das gemeinsam durch.*

Gleichzeitig schwang sie alle übrigen Wirbelsäulen an dem Turm durch die Luft und bohrte sie nacheinander in Thorhalls Körper. Er keuchte unter jedem einzelnen Stich auf, obwohl die Göttermacht alles daransetzte, jede Wunde sofort zu heilen. Aber Annika durfte kein Risiko eingehen. Wenn sie Thorhall vernichten wollte, musste sie ebenfalls sterben – und darum grub sie sich mit dem Turm aus dem Boden. Langsam und unbeholfen, aber mit konsequenter Kraft. Aus dem

Schnee platzten immer mehr Knochen und meterlange Wurzeln hervor, und der Turm selbst knarrte unter jeder einzelnen Erschütterung mit einem Geräusch, als würden sämtliche Totenschädel an ihm aufheulen. Es war ein Martyrium sondergleichen, das so anstrengend wie eine Geburt und so qualvoll wie ein Tod auf der Folterbank war. Doch Annika ließ nicht locker und rüttelte unnachgiebig an jedem einzelnen Knochen, bis sie sich mit dem Turm komplett aus dem Eis gelöst hatte. Dann rutschte sie schwerfällig aber zielstrebig auf den Rand der Klippe zu.

Leif ahnte, was sie vorhatte.

Und Thorhall ebenso.

Doch er reagierte anders als erwartet. Statt entsetzt oder panisch zu sein, lächelte er Leif boshaft an. »Damit ist es ... nicht vorbei«, stammelte er zum Abschied. »Für dich hat es gerade erst begonnen. Denn nun wirst du mein Erbe antreten und zum Knochenmann werden müssen ...«

Auch Annika nahm von Leif Abschied. Stumm und doch voller Zuneigung. *Lebwohl und vergiss mich niemals.* Währenddessen ließ sie die Streitaxt los, die sie noch mit einer Wirbelsäule umklammert hielt, sodass die Waffe in den Schnee fiel.

Dann stürzte sich Annika mit Thorhall von der Klippe.

»*Annika!*« Leif hechtete auf sie zu und warf beide Arme nach vorne, obwohl es vollkommen aussichtslos war, Annika festhalten zu wollen. Er griff ohnehin um Haaresbreite ins Leere und landete so knapp vor der Klippenkante im Schnee, dass sein Kopf über den Abgrund hinausragte.

Annika hingegen fiel.

Und fiel immer weiter.

Ganze achtzig, neunzig Meter senkrecht nach unten. Sie presste Thorhall eng an ihre Seite und drehte sich mit ihm einmal um die Achse. Schließlich wurden die beiden von einer Welle erfasst und gegen die Klippe geschmettert. Leif glaubte, in dem Wasser allerlei Knochenstücke zu sehen. Sowie den Körper eines Mädchens, der an dem steinharten Eis zermalmt wurde. Aber das konnte ebenso gut nur eine Einbildung gewesen sein, denn als sich die Welle auflöste, waren Annika und Thorhall verschwunden.

Leif kauerte noch ewig im Schnee und starrte erschüttert auf das Meer hinab, das soeben seine zweite Tochter verschlungen hatte. Aus seinen Augen flossen so viele Tränen, dass sie binnen kürzester Zeit zu einer Eiskruste in seinem Bart gefroren. Sein Herz raste vor Verzweiflung, und in seinem Kopf drehten sich alle Gedanken bloß noch um ein einziges Wort, das viel zu unfassbar und scheußlich klang, als dass Leif es glauben wollte.

Tot.

Annika, mein Vater, meine Brüder, meine Kameraden ... SIE SIND ALLE TOT!

Und als wäre das nicht schon furchtbar genug, geschah im selben Moment noch etwas anderes. Der Sturm ließ schlagartig nach, als hätten die Götter ihn mit einem einzigen Handstreich abgeschaltet. Auch die Wellen schrumpften merklich zusammen, bis sich das Meer nahezu vollständig beruhigt hatte. Lediglich die Schneeflocken tanzten noch durch die Luft, aber selbst sie konnten die Stille nicht mehr zurückdrängen, die sich mit einem unermesslichen Gewicht auf ganz Niflheim herabsenkte. Dabei war diese Stille nur der Vorbote eines noch viel größeren Unheils. Eines, das langsam aus allen Ecken und Winkeln hervorkroch und Leif wie ein kaltes Fieber erfasste: nämlich die Einsamkeit.

Es passierte ihm wahrlich nicht zum ersten Mal, dass er sich in dieser verfluchten Welt allein und verloren fühlte. Aber jetzt war die Einsamkeit nicht nur ein lästiges Anhängsel, sondern so erdrückend, dass sie Leif die Eingeweide zusammenschnürte. Er war der letzte Überlebende seiner Sippe, der letzte Mensch in Niflheim, der Auserkorene der Götter. Aber Leif würde kein Knochenmann werden! *Niemals!* Nicht solange er noch Herr über seine eigenen Sinne war und alles zerstören konnte, was er und seine Kameraden erschaffen hatten.

Also beeil dich!

Er richtete sich auf, griff nach seiner Streitaxt und streckte die zweite Hand nach etwas anderem aus, das halb im Schnee versunken lag: der magische Schild. Leif wollte auch ihn aufheben, doch plötzlich fuhr ihm eine Stimme wie ein Pferdetritt ins Gesicht.

»Lass ihn liegen!«

Leif stoppte seine Hand wie befohlen und sah herum. In einem Schreckmoment befürchtete er, sein Vater hätte den Sturz überlebt. *Nein, das ist unmöglich.* Und trotzdem war die Stimme keineswegs eine Halluzination gewesen, denn vor ihm bewegten sich Schritte über die Eisklippe.

Kratsch! Kratsch!

Gleichmäßig und voller Elan.

Je näher sie kamen, desto deutlicher zeigten sich in dem Schneetreiben die Umrisse eines Mannes. Sie waren muskulös und ehrfurchtgebietend groß. Ein Mann mit langem Haar, einem glattrasierten Gesicht sowie einem königsblauen Mantel über den Schultern, der ihm etwas Adeliges, um nicht zu sagen *Göttliches* verlieh.

Leif nahm unwillkürlich Haltung an, obwohl er viel lieber seine Axt in Stellung gebracht hätte. Aber die bloße Gegenwart des Mannes zwang ihm eine Ehrfurcht auf, die er einfach nicht ignorieren konnte. Und so ließ er die Axt gesenkt und sah stattdessen nervös dabei zu, wie sein Besucher vollends aus dem Schneegestöber trat.

Kratsch! Kratsch!, ertönten die letzten Schritte, beinahe wie Trommelschläge. Dann hielt der Mann inne.

Leif konnte nicht glauben, wer da vor ihm stand.

43

»H-Haldor?«, krächzte Leif.

Sein Bruder lächelte ihm entgegen. Allerdings war es jetzt nicht mehr das Lächeln eines Bücherwurms, sondern das eines Mannes, der um Jahre gereift wirkte.

»Überrascht?«, fragte Haldor.

Und ob Leif überrascht war! Er wusste jedoch nicht, ob im guten oder im schlechten Sinn. Er hatte geglaubt, dass Haldor für alle Zeiten verloren war. Hatte seine Fußstapfen gefunden, die voller Qual und Zwang in den Norden führten. Hatte um ihn getrauert, ihn im Geiste blutend und heulend irgendwo in den Bergen gesehen. Verdammt, Leif hatte ihn für tot gehalten! Doch jetzt musste er feststellen, dass Haldor noch lebte und sich ebenfalls verändert hatte. So radikal, als wäre er in einem neuen, viel *stärkeren* Körper wiedergeboren worden.

»Ich verstehe nicht.« Leif schüttelte den Kopf und winkte auf Haldor, um all seine Betroffenheit und Verblüffung in eine einzige Geste zu packen. »Was ist mit dir passiert?«

Haldor lächelte noch mehr. Womit er endgültig unter Beweis stellte, dass er keinesfalls mehr derjenige war, den Leif zeitlebens gekannt hatte. Denn diesem Lächeln wohnte ein eigenartiger Schliff inne. Einer, der nicht unbedingt böse war, aber so schrecklich fremd, dass es fast schon bedrohlich wirkte. Und damit deckte sich dieses Lächeln mit Haldors gesamtem Aussehen. Anstelle seiner zerrissenen Hose, dem Wams und den löchrigen Stiefeln, trug er nun ein frisches Leinenhemd sowie einen ähnlichen Mantel wie Tyr.

Gleiches galt für sein Gesicht.

Es war makellos rein und schien von innen heraus regelrecht in einem heiligen Licht zu leuchten. Seine langen Haare waren gewaschen und gekämmt, und noch dazu mit einem Diadem geschmückt. Einzig seine Augen ruinierten dieses himmlische Aussehen und flackerten wieder in einem teuflischen Rot, das Leif bereits schon mehrmals bei ihm beobachtet hatte. Nur dass Haldor es jetzt nicht mehr kaschierte, sondern es offen, ja regelrecht stolz zur Schau stellte.

Er gab Leif ausreichend Zeit, sich an seinem neuen Aussehen zu ergötzen, bevor er irgendwann einen Schritt nach vorne machte. *Kratsch!* Eine Bewegung, die beinahe einem Angriff gleichkam. »Wie ich sehe, hast du Vaters Platz eingenommen«, bemerkte er.

»Habe ich nicht. Ich habe unserem alten Herrn nur eine Abreibung verpasst, die längst überfällig war«, erwiderte Leif.

»Ja, das war sie«, stimmte Haldor ihm unumwunden zu. »Um ehrlich zu sein, bin ich froh, dass du zum Knochenmann wirst – und nicht Vater. Er hätte eine solche Ehre einfach nicht verdient.«

»Hast du mir eben nicht zugehört? Ich habe Vaters Platz nicht eingenommen. Und ich werde erst recht zu keinem Knochenmann!«, stellte Leif klar.

Haldors Lippen verzogen sich zu einem spöttischen Strich, als wüsste er es besser. »Immerhin ist deine Verwandlung beinahe abgeschlossen«, sagte er zufrieden. Er studierte die Flecken in Leifs Gesicht. »Dein neues Aussehen steht dir übrigens ausgezeichnet.«

»Und dir steht diese Arroganz nicht«, erwiderte Leif gepresst. »Nun sag schon! Was ist mit dir passiert?«

»Ich bin dem Ruf der Götter gefolgt. So wie ich es dir angekündigt habe«, berichtete Haldor. »Der Weg in die Berge war für mich überaus beschwerlich. Aber ich musste zu meinem Glück nur die halbe Strecke gehen, bevor mich die Götter in Empfang nahmen und hinauf zu den Gipfeln trugen. Dort haben sie sich lange mit mir unterhalten.« Haldor machte noch einen Schritt auf Leif zu. *Kratsch!* »Sie haben mir viele Dinge gezeigt. Welche, die waren – und welche, die sein werden.« *Kratsch!* »Sie haben mich auch geheilt. Mich von all meinen Gebrechen befreit, mich auf eine stattliche Größe wachsen lassen und aus mir einen wahren Mann gemacht.« Er winkelte sein rechtes Bein an. Der Klumpfuß war verschwunden, denn Haldor konnte sein Bein problemlos biegen und krümmen, bevor er es mit demonstrativer Kraft zurück auf den Boden rammte. »Und zuletzt haben die Götter mich frisch eingekleidet. Sie haben mich wie einen Sohn behandelt, der endlich mal geliebt und wertgeschätzt wird.«

Haldor trat noch ein Stück vor und stand seinem Bruder nun direkt gegenüber. Nahe genug, dass sich Leif unwillkürlich anspannte, weil

Haldor ebenso groß geworden war wie er selbst. Und womöglich um einiges kräftiger.

»Verrate mir mal eines«, sagte Leif säuerlich. »Was musstest du den Göttern versprechen, damit sie so nett zu dir waren und dir ein hübsches Mäntelchen geschenkt haben?«

»Nichts, was du ihnen nicht auch versprochen hättest.«

»Einen Faustschlag und eine Beleidigung?«

Haldor lächelte Leifs Sarkasmus einfach fort. Danach schob er sich an ihm vorbei und bückte sich zu dem Schild. Er hob ihn auf, wischte den Schnee von ihm herunter und betrachtete sein Spiegelbild auf dem kupferfarbenen Metall. »Vater hatte recht«, sagte er nachdenklich. »Du solltest besser dein Schicksal annehmen. Niemand kann sich den Göttern widersetzen. Ich bin jedenfalls bereit, meine Aufgabe zu erfüllen, die die Götter mir angedacht haben. Und sie werden mich dafür reichlich belohnen.«

Leif betrachtete Haldor sowohl mit einem besorgten als auch mit einem misstrauischen Blick. Wobei er nicht mehr wirklich das Gefühl hatte, seinen Bruder anzusehen, sondern nur eine Hülle. Denn alles, was Haldor einst so liebenswert gemacht hatte – seine Ruhe, seine Weisheit sowie die drollige, unbeholfene Art – existierte nicht mehr. Jetzt wirkte er wie eine jüngere Kopie von Thorhall. Und wie eine gefährlichere noch dazu.

»Du wusstest es«, sagte Leif. »Seit wir in der Zwergenburg waren, wusstest du, was geschehen wird. Richtig?«

»Nicht alles«, bekannte sich Haldor, ohne von dem Schild aufzublicken. »Aber ja, du hattest von Anfang an recht. Ich habe in der Burg tatsächlich etwas gesehen. Als ich in den Nebenraum gekommen bin, habe ich ein Portal nach Niflheim entdeckt. Es stand offen. Ich bin neugierig darauf zugegangen und habe dahinter einen zerstörten Opferplatz gefunden, den die Zwerge wohl unten an der Küste errichtet hatten. Und ich habe Tyr getroffen.«

»Tyr«, wiederholte Leif mit einem Schaudern. Ihm standen plötzlich wieder die Bilder vor Augen, wie Nidhögg von dem Gott angegriffen und verstümmelt wurde.

»Tyr hat mir damals verraten, dass unser Dorf angegriffen und zerstört werden wird. Er sagte, dass wir mit unseren toten Familien nach Niflheim kommen sollen, weil es nur hier eine Rettung für sie gibt. Und er befahl mir auch, mit niemandem über unsere Begegnung zu sprechen. Danach hat er das Portal geschlossen – kurz bevor du zu mir in den Nebenraum gekommen bist.«

»Oh, ich schätze, dieser Bastard hat noch weit mehr getan«, spöttelte Leif. »Tyr hat dich mit irgendeinem faulen Zauber verhext. Sonst wärst du noch in der Zwergenburg in Panik geraten. Und zudem konnte er dir auf diese Weise heimlich Befehle geben, damit du uns über das Meer bis in die Unterwelt führen kannst. War es nicht so?«

Haldor ging auf keine dieser Anschuldigungen ein, sondern strich nur versonnen mit den Fingern über den Schild. »Ich habe mich strikt an Tyrs Anweisung gehalten. Aber nun besteht kein Grund mehr, dieses Geheimnis länger zu wahren. Denn ich habe meine erste Aufgabe erfüllt.«

»Deine *erste*?«, hakte Leif nach.

Haldor wandte endlich den Kopf zu ihm. »Die Götter haben große Pläne mit uns. Wir beide sind für sie von unschätzbarem Wert und können ...«

»*Hör auf damit!*«, wetterte Leif. »Diesen Schwachsinn musste ich mir schon von Vater anhören, und ich sage dir dasselbe wie ihm: Ich werde mich von den Göttern nicht benutzen lassen. Und du solltest es auch nicht.«

Haldor sah ihn an. Lange, ausgiebig, mit einer leichten Wehmut im Blick. »Erinnerst du dich daran, was du mir vor einiger Zeit versprochen hast, als wir das Schiff vor der Küste von Vik überfallen haben? Du hast gesagt, dass ich irgendwann etwas Großes vollbringen werde. Und dass ich nur auf meine Chance warten müsste, um sie im passenden Moment zu ergreifen.« Er winkte mit dem Schild. »Das hier ist meine Chance, Leif. Die Götter bieten mir die Möglichkeit, etwas wahrhaft Einzigartiges zu tun.«

»Was hast du vor?«, fragte Leif lauernd.

»Die Götter lassen mich nach Hause gehen. Ich darf mein Leben fortführen und mir all meine Träume erfüllen – sofern ich dafür sorge, dass künftig immer neue Besucher nach Niflheim kommen. Der Schild wird den Menschen die Möglichkeit geben, einmal im Jahr das Portal zu öffnen. Und wenn das geschieht, wirst du sie hier empfangen. Um ihre Knochen zu holen und einen neuen Turm zu bauen. Einen, der weit prächtiger ist als diese stümperhafte Ruine, die Vater erschaffen hat.«

»Ich werde gar nichts.«

»Du wirst deine Meinung bald ändern«, antwortete Haldor. Und so, wie er das betonte, kam es schon fast einer Prophezeiung gleich. »Bereits in wenigen Stunden wird deine Verwandlung zum Knochenmann abgeschlossen sein, und dann wirst du es kaum erwarten können, endlich jagen zu dürfen. Und nun lebwohl, Bruder! Ich fürchte, dass wir uns erst in Walhalla wiedersehen werden.« Er klemmte sich den Schild unter die Achsel und schwang sich tatfreudig herum.

Leif hämmerte ihm die Hand gegen die Brust. Vielleicht hätte er besser seine Axt dazu benutzen müssen, denn Haldor fühlte sich lange nicht mehr so zerbrechlich an wie früher.

»Wo willst du hin?«, fragte Leif.

»Habe ich das eben nicht schon erklärt?« Haldor winkte noch mal mit dem Schild und wollte sich danach wieder in Bewegung setzen, aber Leif ließ es nicht zu.

»Du wirst nirgendwo hingehen.«

»Das hast du nicht zu entscheiden.«

»Komm endlich zu dir, Haldor! Was ist bloß aus deinem klugen Verstand geworden? Dieser Schild wird Tod und Verderben über die Menschen bringen. Das weißt du doch, oder?«

Haldor schwieg ihn an. Ein Schweigen voller drohender Ungeduld, als hätte er einen Pfeil auf eine Bogensehne gespannt und würde nun direkt auf Leifs Kopf zielen.

»Gib mir den Schild, Haldor.«

»Bedaure, das ist mir leider nicht gestattet.«

»Das war keine Bitte.« Leif griff nach dem Schild, um ihn aus Haldors Händen zu reißen. Und wieder musste er erschüttert feststellen, dass sein Bruder keineswegs mehr ein lahmer Krüppel war. Haldor packte nämlich rasend schnell Leifs Arm und drehte ihn so barsch zur Seite, dass ein widerliches Knacken in seinem Ellbogen ertönte.

»Du solltest mich in Ruhe lassen. Ich stehe unter dem Schutz der Götter – und sie werden äußerst ungehalten, wenn du ihre Pläne durchkreuzt«, warnte Haldor ihn. »Also hör auf, mich bekehren zu wollen. Akzeptier es endlich, dass ich jetzt ein anderes Leben führe.«

Leif stöhnte, während er alles daransetzte, seinen Arm aus Haldors Griff zu befreien. »Jetzt begreif doch endlich ... dass ich dir nur helfen möchte ...«

»Ich bin nicht länger auf dich angewiesen. Ich habe gelernt, für mich selbst zu sorgen«, verkündete Haldor. Er stellte seine Behauptung sogleich unter Beweis, indem er Leifs Arm so weit verdrehte, dass seine Knochen beinahe aus dem Gelenk sprangen. Dann stieß Haldor ihn mühelos davon. Leif strauchelte meterweit durch den Schnee und versuchte dabei irgendwie, in der Senkrechten zu bleiben. Aber seine Beine konnten sich gar nicht schnell genug bewegen, wie sein Oberkörper nach hinten kippte, sodass er letztlich doch zu Boden sackte.

Haldor sah ihn einen Moment an. Mit Augen, die wieder rot schimmerten, als würde er eine allerletzte Warnung aussprechen wollen. *Lass mich zufrieden oder du wirst es bereuen!* Anschließend stapfte er los, von der Eisklippe herunter.

»Haldor, nein!«

Leif quälte sich hoch und lief ihm hinterher, auch wenn er keine Chance hatte, seinen Bruder einzuholen. Denn Haldor beschleunigte sofort sein Tempo und lief so blitzartig davon, dass der Schnee unter seinen Stiefeln aufwirbelte. Bereits nach kürzester Zeit hatte er den Wald erreicht und windete sich im Zickzack zwischen den Bäumen hindurch.

Leif ahmte es ihm nach, so gut er konnte; trotzdem fiel er Meter um Meter hinter seinem Bruder zurück. »Haldor! Warte ... *verdammt!*«

Selbstverständlich wartete Haldor nicht.

Aber das war genau genommen auch gar nicht nötig.

Leif konnte sich schon denken, wohin sein Bruder wollte – und er machte sich seinen einzigen Vorteil zunutze, den er noch besaß: seine Orientierung. Er hielt sich links und schlug mit der Axt eine Bresche durchs Unterholz, um eine Abkürzung nach Norden zu nehmen. Leif hätte keinen Hosenknopf darauf verwettet, dass er vor Haldor bei dem Portal eintreffen würde. Doch als er nach wenigen Minuten den Felstrichter erreichte und die Böschung hinunterschlitterte, fand er den Opferplatz vollkommen verlassen vor.

Irgendwo über ihm, im Wald, knackten allerdings mehrere Äste.

Leif wusste, was das bedeutete, und beeilte sich umso mehr, seinem Bruder den einzigen Fluchtweg nach Hause zu versperren. Mit Anlauf warf er sich gegen das Portal und schmetterte es zu. Er rechnete damit, dass er die Tür zusätzlich mit einem Felsbrocken verbarrikadieren musste, aber das erwies sich als unnötig. Denn kaum war das Portal geschlossen, glitten hunderte rote Funken über die Holzbohlen hinweg und verschweißten die Tür fest mit dem Rahmen.

Aber noch war Leif nicht fertig, und darum hastete er unverzüglich weiter zu dem Steintisch. Er packte seine Axt mit beiden Händen und ließ sie auf das Modell von Island niederfahren. Es hätte ihn nicht gewundert, wenn die Klinge einfach davon abgeprallt wäre, weil das Modell vielleicht von einem Zauber beschützt wurde. Zu seinem Erstaunen drang die Axt jedoch ungehindert durch dieses Miniaturwunder; zerhackte die Berge, zerstampfte die Dörfer, Felder und Wiesen, und wütete wie ein verheerendes Erdbeben entlang der Küste. Der orangefarbene Kristall, der über dem Modell schwebte, bekam ebenfalls einen Seitenhieb ab und polterte mit einem hellen *Ping-Ping* davon. Auch die zwei Hälften des Modells rutschten nach links und rechts von dem Tisch herunter und zersplitterten auf dem Boden wie ein Keramikteller.

Schwer atmend, aber zufrieden, lehnte sich Leif auf die Axt und sah die Böschung hinauf.

Haldor trat soeben zwischen den Bäumen hervor und starrte in die Tiefe. Anders als gedacht, war er jedoch weder erschrocken noch wütend über das, was Leif getan hatte. Wenn überhaupt, dann schien Haldor eher ein bisschen genervt zu sein. Er wandte sich jedenfalls rasch wieder ab und begab sich zurück in den Wald. Nach Südosten, seinen Geräuschen zufolge.

Was hat er vor? Leif hätte es eigentlich egal sein können, wohin sich Haldor verkrümelte; jetzt da sein Bruder diese Welt nicht mehr verlassen konnte. Aber dann traf Leif die Erkenntnis. *Er will doch nicht ...?*

»Verdammt!«

Leif rannte abermals los und fluchte so lange weiter, bis ihm die Luft ausging. Und das war früher der Fall, als er dachte. Die steile Böschung verlangte ihm nämlich einiges ab, obwohl er alle trittfesten Stellen bestens kannte und kaum mehr abrutschte. Er hätte sich auch gar keine Verzögerung leisten dürfen, denn Haldor hatte einen beachtlichen Vorsprung gewonnen. Als Leif in den Wald stürmte, konnte er seinen Bruder nirgendwo mehr sehen. Nur seine Schritte knirschten in der Ferne durch den Schnee und bewegten sich genau in jene Richtung, die Leif befürchtet hatte.

Zur Naglfar.

Leif konnte nur raten, woher sein Bruder von dem Knochenschiff wusste. Aber er durfte zurecht annehmen, dass die Götter es ihm verraten hatten. Und nun würde Haldor das Schiff gleich missbrauchen, um doch zur Erde zu gelangen.

»Verdammt!«, wetterte Leif noch mal. *Wie konnte ich bloß so töricht sein und das Schiff bauen? Oder es im Wald stehenlassen, ohne es zu sichern?*

Es wäre sinnlos gewesen, sich länger über diesen Fehler zu ärgern. Und darum beschleunigte Leif sein Tempo und lieferte sich mit Haldor ein zweites, noch riskanteres Wettrennen durch den Wald. Er schlug mit der Axt alle Äste beiseite, die sich ihm in den Weg streckten, und trat bloß mit den Stiefelspitzen auf den Boden, um nirgendwo an den Wurzeln hängenzubleiben. Seine eigenen Keuchlaute übertönten schon bald die Schritte von Haldor, sodass Leif nicht mehr genau bestimmen konnte, wo sich sein Bruder befand. Aber manchmal erhaschte er vor sich einen Schemen, der sich so geschmeidig wie eine Fledermaus durch die Dunkelheit bewegte.

»Haldor!«

Leif nahm eine weitere Abkürzung, indem er den Pfad und die Weggabelung umging und einfach geradeaus zur Lichtung rannte. Auch wenn der Wald in diesem Bereich fast nur aus Stolperfallen sowie etwa tausend Möglichkeiten bestand, sich übel zu verletzen. Trotzdem, es lohnte sich. Als Leif wenig später die Lichtung erreichte, lief Haldor höchstens noch dreißig Meter vor ihm.

Und der Abstand verringerte sich bei jedem Schritt ein bisschen mehr.

Denn sein Bruder hatte allmählich größte Mühe damit, sich auf den Beinen zu halten. Die Götter hatten zwar seinen Klumpfuß geheilt und ihm die Schnelligkeit eines Rehs verliehen, aber ihm leider seine Tollpatschigkeit gelassen. Und so geriet Haldor immer öfter ins Straucheln, sodass er seine neu gewonnenen Kräfte meist dazu verwenden musste, sich mit beiden Armen auszubalancieren.

»Haldor!«, schrie Leif erneut. »Bleib stehen!«

Dann feuerte er eine Blitzkugel ab.

Sie hätte Haldor in den Rücken getroffen, wenn er nicht zufällig wieder ins Taumeln geraten wäre. So verfehlte die Kugel ihn um eine Handbreit und fuhr in den Boden. Der aufgewirbelte Schnee bot Haldor eine hervorragende Deckung, sodass er am Ende der Lichtung zwischen den Bäumen untertauchen konnte.

Leif schoss noch drei weitere Kugeln ins Blaue, bevor er sich ebenfalls zurück in den Wald begab. Seine Axt verhakte sich an einem Baumstamm und hätte ihn beinahe zu Fall gebracht, aber davon ließ sich Leif nicht aufhalten. Stattdessen rannte er unvermindert weiter, bis er einen Hügel erreichte und mit allen vieren auf seine Oberseite kletterte. Dahinter lagen mehrere Knochen und Schädel im Schnee, zusammen mit einem zerrissenen Segeltuch. Aber die Naglfar fehlte. Wo sie hätte sein müssen, gab es jetzt nur eine frische Kerbe im Boden, die genau in dem heißen Bach endete.

Irgendwo plätscherte es.

Leif zuckte nach rechts. Er sah gerade noch, wie die Naglfar über das Wasser schunkelte und soeben durch eine Biegung glitt. Zusammen mit Haldor, der in dem Rumpf kauerte und den Schild fest an sich presste.

Im ersten Affekt wollte Leif wieder eine Blitzkugel auf ihn abfeuern, aber der Wald gab ihm kein freies Schussfeld mehr. Also wankte er notgedrungen von dem Hügel herunter und lief neben dem Bach her. Der Schnee war in Ufernähe so schwammig geworden, dass er stellenweise unter Leifs Füßen wegbrach, und die dampfige Hitze des Wassers verbrühte ihm schon bald das Gesicht. Doch Leif blendete all das aus und fixierte sich einzig auf die Naglfar. Sie nahm immer mehr Fahrt auf, pflügte durch Stromschnellen und kratzte über allerlei Felsen im Wasser. Ihr Bug schaufelte regelmäßig eine Welle in die Höhe, und der Rumpf neigte sich in den vielen Kurven so weit zur Seite, dass die Naglfar nach allen Naturgesetzen hätte kentern müssen.

Aber das tat sie nicht.

Leif hatte wohl zum ersten Mal in seinem Leben etwas gebaut, das ein Meisterstück war. Denn die Naglfar umschiffte alle Hindernisse, als würde sie sich auf Schienen bewegen, und richtete sich nach jeder Schaukelbewegung wieder kerzengerade im Wasser auf. Schon bald entfernte sie sich so rasant von Leif, dass er sie immer öfter aus den Augen verlor.

»*Haldor, verdammt!*«, stöhnte er voller Zorn und noch mehr Verzweiflung.

Dann schanzte die Naglfar über einen Wasserfall hinaus, der sich von einer Klippe herab ins Meer ergoss – und trudelte zehn, zwölf Meter in die Tiefe. Sie hätte theoretisch beim Aufprall in ihre Bestandteile zerspringen müssen. In Wahrheit landete sie so sanft wie ein Laubblatt auf dem Wasser und kreiselte einmal über die raue Brandung, als müsste sie sich erst an diese neuartige Umgebung gewöhnen. Aber bereits beim nächsten Wellenschlag setzte sie Kurs auf das offene Meer.

»Haldor!«

Leif folgte dem Knochenschiff, so weit er konnte. Er hangelte sich an der Klippe entlang, zwängte sich zwischen den Bäumen hindurch, kletterte Felsen hinauf und rutschte an ihrer Rückseite wieder hinunter. Es war natürlich vollkommen aussichtslos, die Naglfar noch einholen – geschweige denn *stoppen* – zu wollen, aber Leif durfte jetzt nicht aufgeben.

»Haldor!«

Er stürzte über eine Wurzel und schlug sich das halbe Gesicht an einem Stein blutig, aber die Wunde war bereits wieder verheilt, noch ehe er sich zurück auf die Füße gestemmt hatte.

»Komm zurück! Hörst du? *Du sollst zurückkommen!*«

Zuletzt taumelte Leif auf ein Felsplateau hinaus, das sich wie ein Balkon über dem Meer erhob und das Ende seiner Verfolgungsjagd markierte. Und irgendwie auch das Ende seiner Hoffnung. »Jetzt begreif es doch! Du wirst sie töten! *Du wirst alle Familien in unserer Heimat töten, wenn du ihnen den Schild bringst!*«

Haldor ignorierte ihn.

Er tunkte soeben die beiden Riemen, die an dem Knochenschiff befestigt waren, ins Wasser und paddelte mit ihnen von der Küste davon. Um zurück zur Erde zu fahren und den Menschen einen Schlüssel nach Niflheim zu bringen.

»Haldor!«, kreischte Leif ein letztes Mal, obwohl seine Kehle schon ganz heiser geworden war. »Wenn du etwas Großes vollbringen willst, dann wirf den Schild ins Wasser!«

Immerhin: Haldor wandte endlich den Kopf über die Schulter. Er war in der Dunkelheit bloß noch ein Schatten, und dennoch sah Leif ganz deutlich, wie sein Bruder ihm zulächelte. Um sich für alles zu bedanken, was Leif für ihn getan hatte. Um sich für immer zu verabschieden. Und natürlich auch, um Leif alles Gute für das zu wünschen, was ihm in Niflheim bevorstand. Dann glitt Haldor mit der Naglfar über den nächsten Wellenkamm ... und verschwand. Einfach so, als wäre er durch das Meer in eine andere Welt gefallen.

Leif starrte ihm ewig nach. Er spürte noch den Zorn im Bauch, die Verzweiflung im Herzen und die Tränen in den Augen. Aber vor allem wurde ihm mit erschütternder Klarheit bewusst, dass er jetzt in Niflheim gefangen war – und doch zu einem Knochenmann werden würde.

44 Für Leif war der Kampf vorbei. Er hatte seine eigene Sippe verbrannt, seine Kameraden getötet, sich gegen die Götter erhoben. Stets in der Absicht, dieses Grauen zu beenden oder wenigstens ein einziges Leben zu retten.

Doch nun hatte er alles verloren.

Das Einzige, was ihm jetzt noch blieb, war eine Zukunft, die sich von Minute zu Minute mehr zu einem Albtraum entwickelte. Denn Leif hatte die Göttermacht viel zu stark beansprucht, um sich gegen seine Kameraden zu wehren und Thorhall zu besiegen – und nun schwang diese Macht wie ein Pendel mit doppelter Wucht zu ihm zurück und verlangte Tribut für ihre teuflischen Dienste. Sie befiel immer schneller seinen Verstand und knebelte jeden freien Willen darin. Die ersten

Gedanken hatten sich schon gegen ihn verschworen, als würden sie ein eigenes bösartiges Bewusstsein entwickeln. Und nun drängten sie seine Erinnerungen und Gefühle – alles, was Leif zu einem gutmütigen Menschen machte – unerbittlich in den Hintergrund. Denn diese Gedanken wurden herrischer, rücksichtsloser, absolut übermächtig.

Knochen!, flüsterten sie Leif zu. *Sammle Knochen!*

Und ja: Leif *würde* Knochen sammeln! In wenigen Stunden würde er sich dem Willen der Götter beugen müssen und tun, was sie von ihm verlangten. Weil er ihnen nicht mehr entrinnen konnte und in der Unterwelt festsaß.

Das darf nicht geschehen!

Das darf einfach nicht geschehen!

Aber was sollte Leif dagegen tun? Was *konnte* er überhaupt tun?

Er wusste es nicht, und darum zog er sich nach einiger Zeit von der Klippe zurück und streunte ziellos durch den Wald. Er machte sich keine Illusionen, dass er irgendwo einen Fluchtweg finden würde. Ohne den magischen Schild bestand für ihn keine Möglichkeit mehr, das Portal zu öffnen. Und auch sonst war es ihm nicht gestattet, Niflheim zu verlassen. Denn die paar wenigen Knochen seiner Kameraden würden nicht reichen, ein zweites Schiff zu bauen. Selbst Nidhögg konnte ihm nicht mehr helfen. Niemand konnte das. Eben weil Leif vollkommen allein war. Hier gab es bloß noch ihn und die Göttermacht, die sich in einem endlosen Strudel um seinen Verstand drehte.

Knochen!, sang sie unablässig. *SAMMLE KNOCHEN!*

Wenn überhaupt, dann blieb Leif nur eine Möglichkeit, seinem Schicksal zu entgehen.

Selbstmord.

Er musste sich töten, solange er noch über sich und sein Handeln frei bestimmen konnte. Leif hätte sich dazu einfach von der Eisklippe ins Meer stürzen können. Oder sich seine Axt in den Leib rammen. Oder eine Blitzkugel durch seinen Kopf jagen. Scheiße, Leif hätte sich noch viel Schlimmeres angetan – wenn es nur etwas genützt hätte! Aber er musste zurecht befürchten, dass die Göttermacht ihn von jeder Verletzung gleich wieder heilen würde, bevor er daran starb. Denn er war der Auserwählte. Der erste Knochenmann der Menschen. Ein perfekter Jäger, um Tyr und den anderen Göttern neue Opfer zu beschaffen und für sie einen Turm zu bauen.

Nein, Leif konnte nicht fliehen.

Nicht nach Hause, nicht in den Tod, *nirgendwo hin.*

Trotzdem musste er dafür sorgen, dass er niemals zu einer Gefahr für die Menschen in seiner Heimat wurde. Er hatte auch schon eine Idee, wie er das bewerkstelligen sollte, auch wenn er sich tierisch davor fürchtete. Aber es war nun mal notwendig.

Und darum tat er auch jetzt, was getan werden musste.

Im Stechschritt kehrte er zur Lichtung zurück. Dort fischte er einen Hammer aus dem Schnee und zog mehrere Nägel aus dem Rumpf des Wikingerschiffs, bevor er weiter zur Weggabelung ging. Der Schneefall hatte das Blut und die Fußstapfen seiner Kameraden komplett mit einem jungfräulichen Weiß überdeckt, und auch die Leichen waren vollständig begraben worden, als wollte das Unwetter alle Spuren der Wikinger auslöschen. Um einen Neuanfang zu schaffen.

Leif nahm sich daran ein Beispiel und versuchte, mit allem abzuschließen, was passiert war. Jetzt sehnte er sich bloß noch nach Frieden und Erlösung.

Als Erstes ging er zum Rand der Weggabelung und hob mit den Händen eine schmale Grube im Schnee aus, um seine Axt in sie zu betten. Sie war der einzige Freund, den er noch besaß, und darum wollte Leif sie möglichst nahe bei sich haben. Er berührte zum Abschied ihre blutüberströmte Klinge, dann schüttete er die Grube zu.

Anschließend begab er sich zu dem Pfahl und griff nach der Holzplanke, die Haldor an die Spitze genagelt hatte. Leif riss sie ab und wog sie nachdenklich in der Hand. *NIFLHEIM*, stand in Runenschrift darauf. Bis vor kurzem war dieser Name mit unendlich vielen Hoffnungen verknüpft gewesen, aber jetzt kam er Leif nur wie der pure Hohn vor.

Zum Teufel damit!

Er warf die Planke zu Boden und trat mit der Stiefelferse darauf. Leider zerbrach das Holz nicht, sondern knackte nur ein bisschen. Leif kümmerte sich nicht weiter darum. Stattdessen bettete er den Hammer und die Nägel in den Schnee ... und zögerte. Denn nun kam er zu dem grausamsten Teil seines Plans. Nun stand ihm eine Tat bevor, die selbst den mutigsten Wikinger erschaudern ließ.

Bist du dir wirklich sicher, dass du das tun willst?

Natürlich war sich Leif *NICHT* sicher.

Aber die Göttermacht ließ ihm keine Wahl. Sie flüsterte immer herrischer durch seinen Kopf. *Knochen!* Und das mit zahllosen Stimmen auf einmal. So vielen, dass sie sich alle zu einem Echo vereinten, das weder Anfang noch Ende hatte, und mit jeder Wiederholung lauter wurde. *Knochen! Knochen! SAMMLE KNOCHEN!* Leif würde sich ihnen nicht mehr lange widersetzen können. Wenn er also nicht auch noch seinen Verstand verlieren wollte, musste er es jetzt tun. *Jetzt – und keine Minute später!*

Er legte die Hände auf seine Brust.

Annika ... Majvi ... Odin ... steht mir bei.

Sein Herz trommelte vor Panik. Kalter Schweiß floss ihm über den Nacken, und aus seinen Eingeweiden zog eine Übelkeit herauf, die ihn eindringlich vor dem warnte, was er vorhatte. Aber Leifs Entschluss stand fest. Er musste die Göttermacht loswerden – und das gelang ihm wohl nur, wenn er seinen eigenen Körper von sich abstreifte. Zusammen mit allem, was diese finstere Magie verdorben hatte.

Also entzündete er in seinen Handflächen mehrere Blitze und jagte sie in seinen Brustkorb. Schon der erste Impuls war die pure Hölle und bescherte ihm Schmerzen jenseits aller Vorstellungskraft. Und alle folgenden Salven steigerten sich zu einem Brüllen und Kreischen in seinem Schädel, das ihn völlig besinnungslos machte.

Aufhören!, winselte irgendwas in ihm.

Doch Leif durfte nicht aufhören. Nicht für eine Sekunde! Stattdessen feuerte er noch mehr Blitze in seine Brust; so viele, bis sein gesamter Körper damit ausgefüllt war und zu schmelzen anfing. Seine Haut, das Fleisch und die Muskeln schienen daraufhin wie heißes Kerzenwachs von den Knochen zu tropfen. Ein bizarres Gefühl. Und es wurde noch viel entsetzlicher. Denn schon bald konnte Leif durch das Kettenhemd greifen und mit den Fingerkuppen seine Rippen berühren. Er wollte sofort vor ihnen zurückzucken ...

Aufhören!

... aber er würgte den Reflex konsequent ab und schob seine Hände tiefer und tiefer in sich hinein. Ihm wurde schwindelig und speiübel, und sein Bewusstsein färbte sich für einen kurzen Moment so schwarz, wie es zumeist nur der Tod war. Doch er starb nicht. Die Schmerzen rissen ihn rechtzeitig in die Wirklichkeit zurück, damit er fühlen konnte, wie sich seine Hände um die Rippen ballten – und sie nach vorne zogen.

Leif hatte etwas Ähnliches schon bei seiner Sippe getan. Aber sich selbst die Knochen zu rauben war um ein Vielfaches schrecklicher. Ein Zustand, der etwas Ewiges, nicht enden Wollendes an sich hatte, obwohl er in Wahrheit nur wenige Augenblicke dauerte.

Und so zerrte Leif weiter an seinen Knochen.

Sie lösten sich nahezu widerstandslos von seinem Gewebe und glitten langsam aus ihm hervor. An seiner Brust kamen die ersten Rippen zutage, als würden sie sich wie gelbweiße Maden aus der Haut wühlen. Der Anblick hätte Leif nun endgültig in eine tiefe Ohnmacht geschleudert, wenn er nicht so verdammt entschlossen gewesen wäre. Denn noch war es nicht vorbei. Noch hingen die meisten Knochen an ihrem Platz, sodass Leif unnachgiebig an ihnen rüttelte, bis er sich selbst aus dem Gleichgewicht brachte. Er wankte auf den Beinen umher und prallte rücklings gegen den Holzpfahl.

Aufhören!, heulte wieder irgendwas in ihm.

Aber das bekam Leif gar nicht mehr mit. In seinem Körper gab es so viele andere Geräusche, die ihn vollkommen betäubten. Ein widerliches Bersten, ein trockenes Knacken sowie ein ekelhaftes Schmatzen, das immer dann ertönte, sobald sich irgendwas in ihm lockerte oder zerriss.

Leif spürte, wie seine Kräfte schwanden. Er wollte tatsächlich aufgeben, aber dann passierte es. So plötzlich, dass Leif davon völlig überrascht wurde, obwohl er genau auf *diesen* Moment hingearbeitet hatte: Sein gesamtes Skelett sprang mit einem feuchten *Ratsch* aus dem Körper! Leif geriet dadurch noch mehr ins Taumeln und drehte sich einmal im Kreis. Irgendwie gelang es ihm, sich dabei die letzten Hautfetzen von seinen Händen und Unterarmen zu schütteln. Dann kippte er nach vorne in den Schnee.

Da lag er nun.

Losgelöst von seinem Fleisch und nackt bis auf die Knochen.

Aber auch das bekam Leif anfangs kaum mit. Er steckte eine halbe Ewigkeit mit dem Gesicht voran im Schnee, ohne sich zu rühren. Und etwa genauso lange konnte er unmöglich begreifen, was mit ihm geschehen war. Sein Kopf fühlte sich so verworren an, als wären sämtliche Gedanken darin zersplittert. Alles andere an ihm war seltsam leer und taub geworden. Wo eben noch die Schmerzen gewütet hatten, herrschte jetzt eine sanfte Ruhe. Und wo eben noch die Muskeln auf seinen Körper drückten, machte sich nun eine sonderbare Leichtigkeit breit. Gleichzeitig schlichen sich immer mehr Eindrücke an Leif heran, die ihn zunehmend besorgten. Er fühlte rein gar nichts mehr an den Händen, dem Gesicht, den Beinen. Ja, er spürte noch nicht mal einen Herzschlag oder eine Atmung in seiner Brust. Sein Körper schien keinerlei Leben mehr zu besitzen ... und trotzdem war er keineswegs tot.

Ein unheimlicher Moment, bei dem Leif ein bisschen Angst vor sich selbst bekam.

Er harrte noch eine ganze Weile im Schnee aus und hoffte darauf, dass er vielleicht doch sterben durfte. Aber das tat er nicht. Das würde er wohl niemals. Er war zu einem Untoten geworden, für den das Alter und die Zeit jegliche Bedeutung verloren hatte.

Schließlich musste er sich doch der grausigen Wahrheit stellen.

Er hob zaghaft den Kopf.

Die beruhigende Nachricht war: Er konnte sehen. Nicht mit seinen Augen, aber sehr wohl mit seinem Verstand. Als hätte er die Gabe entwickelt, seine Umgebung mit zehn, zwanzig anderen Sinnen wahrzunehmen. Und die zweite beruhigende Nachricht lautete: Er konnte hören. Aber damit fanden die guten Nachrichten ein jähes Ende.

Denn Leif entdeckte vor sich eine Hand.

Eine *skelettierte* Hand.

Es dauerte einen Moment, bis ihm bewusst wurde, dass sie kein Beutestück von seinen Kameraden war. Nein, diese Hand gehörte *ihm*. Ihre Finger krümmten sich mit einem wehleidigen Knirschen zusammen und entspannten sich wieder.

Leif sah ihnen kurz bei ihren Bewegungen zu, ehe sein Blick allen anderen Knochen folgte, die an dieser Hand angewachsen waren. Der Elle und Speiche. Dem Ellbogen. Sowie dem Oberarm. Der rationale Teil in Leif weigerte sich zu glauben, was er sah, und beharrte störrisch darauf, dass er eigentlich tot sein müsste. Mausetot. Und trotzdem setzte in ihm langsam aber sicher die Erkenntnis ein, dass er wohl erreicht hatte, was er wollte.

Irgendwann stemmte Leif sich hoch. Es gelang ihm nicht.

Ohne seine Muskeln und Sehnen musste er seine Gliedmaßen erst mal neu koordinieren, damit sie das taten, was er von ihnen wollte. Er strampelte eine volle Minute lang nur unbeholfen über den Boden, bis er ein wenig Übung gewonnen hatte; dann setzte er sich Stück für Stück auf und zog sich an dem Holzpfahl in die Höhe. Seine Knochen bebten unter der Belastung und sprangen oftmals aus ihren Gelenken, sodass Leif umknickte und seine Einzelteile wieder in Form rücken musste. Aber schließlich kam er halbwegs auf beiden Beinen zum Stehen.

Er sah an sich herab, betrachtete seine Knochen und Rippen ... und fühlte sich dabei irgendwie erleichtert. Denn er hatte wohl nicht nur seinen Körper von sich abgestreift, sondern die Göttermacht mit dazu – so wie erhofft.

Richtig, mein Körper!

Leif drehte sich um.

Keine vier Meter von ihm entfernt lagen seine menschlichen Überreste. Die Arme und Beine hatten sich in alle Richtungen verdreht, sein

Gesicht war zerknautscht, seine eigenen Augen starrten ihn an. Und aus allen Körperöffnungen sickerte Blut. Leif hätte darüber schockiert sein müssen, aber er verspürte nur ein großes Bedauern. Schließlich war er mit diesem Körper aufgewachsen, hatte mit ihm gearbeitet, gekämpft und zigmal mit einer Frau geschlafen. Nun lag er einfach da. Wie ein leerer Kokon, aus dem ein hässlicher Schmetterling geschlüpft war.

Leif trauerte ihm allerdings nicht lange nach.

Bereits im nächsten Moment wankte er zu seinem Körper, sank neben ihm herab und betrachtete sein eigenes, halb verwestes Gesicht. *Hallo, alter Freund. Du hast doch sicherlich nichts dagegen, wenn ich mir ein paar Sachen von dir borge?*

Leif rechnete natürlich nicht mit einer Antwort.

Deshalb machte er sich unverzüglich daran, seinen Körper auszuziehen. So ganz ohne Knochen boten ihm die Arme und Beine keinerlei Widerstand, wodurch er sie praktisch wie Wolle aus den Klamotten schieben konnte. Nacheinander streifte Leif seinem Körper das Kettenhemd, die Fellhose sowie die Stiefel ab und stülpte sie über seine Knochen, damit sie nicht mehr ganz so nackt und unzivilisiert wirkten. Zum Schluss griff Leif nach dem Helm und krönte mit ihm seinen Totenschädel.

Na bitte! Sitzt doch fast so perfekt wie früher.

Leif hätte darüber gelacht, wenn es ihm noch möglich gewesen wäre. Aber er hatte leider auch seine Stimme verloren, sodass er nur in Gedanken einen sarkastischen Laut von sich geben konnte.

Danach packte er seinen Körper unter den Achseln und schleifte ihn zu einer Kuhle im Wald hinüber. Er bettete ihn vorsichtig in die Vertiefung, faltete seine Hände auf den Bauch und schloss die leblosen Augen. Allerdings wollten sie nicht geschlossen bleiben und sprangen immer wieder auf, um Leif vorwurfsvoll anzublicken.

Keine Sorge, ich werde dich schon standesgemäß bestatten, versprach Leif seinem Körper. *Das bin ich dir und mir schuldig. Immerhin hat uns beide viel miteinander verbunden, richtig?*

Leif wollte gerade losgehen und Holz für ein ordentliches Feuer besorgen. Doch als er zum ersten Schritt ansetzte, wurde er plötzlich von etwas getroffen.

Knochen!

Diese Stimme.

Diese grässliche Stimme der Göttermacht war wieder da. Und zwar lauter und tyrannischer als jemals zuvor.

KNOCHEN!

Leif schrak zu seinem Körper herum und wünschte sich sehnlichst, dass die Stimme nur aus dem toten Fleisch kommen würde. Doch sie war viel näher; ertönte direkt aus seinem hohlen Schädel.

Sammle Knochen!

Leif hatte natürlich gehofft, dass er die Göttermacht zusammen mit seinem Körper losgeworden war. Doch nun musste er feststellen, dass sie sich untrennbar mit seiner Seele verbunden hatte. Um auch weiterhin dafür zu sorgen, dass er seine Aufgabe erfüllte. Aber Leif würde ihr nicht gehorchen. *Nie wieder!*

Also ließ er seinen Körper liegen und wankte zu dem Holzpfahl zurück.

Die Göttermacht wollte ihn davon abbringen und hinüber zum Nachtlager zerren, damit er dort die Knochen seiner Kameraden holte. Und tatsächlich: Leif machte einen Bogen nach rechts, zum Pfad. Er hatte sich jedoch sofort wieder im Griff und angelte den Hammer sowie die Nägel aus dem Schnee, die er vorsorglich mitgebracht hatte. Für den Fall, dass sein Plan schiefging und er sich selbst unschädlich machen musste. So wie jetzt ...

Knochen!, verlangte die Göttermacht mit drakonischer Härte. *Sammle endlich Knochen!*

Leif musste sich beeilen, wenn er ihr noch widerstehen wollte.

Er presste sich mit dem Rücken gegen den Pfahl, setzte den ersten Nagel an seine Wirbelsäule und schwang den Hammer. Viel versprach er sich nicht davon. Umso erstaunter war er, dass sein erster Schlag den Nagel perfekt traf und ihn zentimetertief zwischen die Wirbel rammte.

Ein Schmerz züngelte durch seine Knochen.

So unerwartet und heftig, dass Leif beinahe den Hammer fallen gelassen hätte und seinen Unterkiefer aufklappen musste, um einen stummen Schrei von sich zu geben. Er hätte nicht gedacht, dass er in seinem Zustand überhaupt noch einen Schmerz empfinden konnte, aber offensichtlich war nicht alles in ihm so gefühllos geworden, wie man das gemeinhin von einem Untoten hätte erwarten können.

Leif ließ den Schmerz kurz abflauen, bevor er den Nagel vollends in seine Wirbelsäule schlug, um sie an dem Holzpfahl zu fixieren. Aber damit war es keineswegs vorbei. *Oh nein!* Leif besaß insgesamt vierzehn Nägel – vierzehn kleine Helfer, die ihn davor bewahren würden, auf die Jagd zu gehen –, und so kreuzigte er sich Stück für Stück selbst, indem er die Nägel nacheinander durch seine Wirbel bohrte.

Er musste zwischendurch etliche Pausen einlegen, weil er vor Schmerzen kaum noch den Hammer halten konnte. Und jedes Mal kostete es ihn mehr Überwindung, den nächsten Nagel in seinen Rücken zu treiben. Aber er tat es. Beharrlich und furchtlos, weil ihm jeder einzelne Hammerschlag das Gefühl verlieh, wieder Herr über seinen Verstand zu werden.

Schließlich war es vollbracht.

Leif versenkte den letzten Nagel mit einem kräftigen Hieb in seiner Wirbelsäule – und zwar ohne, dass ein einziger davon krumm geworden wäre. Danach machte er eine erste Belastungsprobe und rüttelte an seinen Knochen. Seine Arme und Beine klapperten lose umher, und auch sein Schädel wippte vor und zurück. Doch seine Wirbelsäule hing fest an dem Pfahl, egal wie vehement Leif sich zu befreien versuchte. *Gut so.* Um ganz sicherzugehen, klopfte er noch einmal mit dem Hammer auf jeden Nagel, dann schleuderte er ihn unerreichbar weit davon. Und den Dolch in seinem Gürtel sogleich hinterher, damit Leif keine Möglichkeit mehr hatte, sich von dem Pfahl zu lösen.

Zuletzt sank er erschöpft in sich zusammen und versuchte, endlich Ruhe zu finden. Es gelang ihm nicht wirklich. Denn die Göttermacht kreischte und tobte unablässig in ihm weiter – *Knochen! SAMMLE KNOCHEN!* –, und zupfte wie ein verrückter Puppenspieler an seinen Gliedmaßen, um ihn von dem Holz zu reißen.

Aber Leif würde sich ihrem Willen nicht beugen, sondern die Göttermacht so lange bekämpfen, bis sie ihn endlich zufriedenließ. Und erst recht würde er keine Knochen sammeln, keinen Turm bauen, zu keinem Mörder werden.

Versprochen.

EPILOG

Leif hing eintausend und sechsunddreißig Jahre an dem Pfahl.

Jahre, die zu Äonen wurden und Leif viel Zeit zum Nachdenken gaben. Jahre, in denen er oft wochenlang schlief und von Dingen träumte, die ihn innerlich vollkommen zerrütteten. Jahre, in denen er aus Langeweile die Schneeflocken am Boden zählte, sich die Rostflecken von seinem Kettenhemd kratzte oder Selbstgespräche mit seinen eigenen Gedanken führte. Aber es waren auch Jahre, in denen er ausgiebig die Sternzeichen am Himmel las, um all jene Ereignisse zu verfolgen, die sich andernorts in Niflheim abspielten. Jahre, in denen sich Leif nach einer Tochter sehnte, die wie Annika und Runa war. Und es gab natürlich Jahre, in denen er einen Krieg gegen all die bösen Geister in seinem Inneren führte. So erbittert, bis die Göttermacht irgendwann tatsächlich verstummte. Aber meistens wurde diese ewig lange Zeit an dem Holzpfahl von drei Gefühlen geprägt: Hass, Reue und Verzweiflung.

Allerdings nicht von Einsamkeit.

Denn es passierte genau das, was Leif befürchtet hatte.

Haldor brachte den magischen Schild zur Erde – und setzte damit ein Unglück in Gang, das immer mehr Menschen ins Verderben lockte. Was dabei aus Haldor wurde, wusste Leif nicht. Vielleicht starb sein Bruder gleich nach der Heimkehr an dieser mysteriösen Krankheit, die jeden Besucher von Niflheim befiel. Vielleicht durfte Haldor aber auch seine große Liebe finden, heiraten und eine Familie gründen, so wie es ihm die Götter versprochen hatten. Wie gesagt: Leif wusste es nicht. Er sah Haldor jedenfalls nie wieder oder hörte ein Sterbenswort von ihm.

Aber dafür traf er jede Menge andere Menschen.

Schon im nächsten Winter, kurz vor dem Julfest, folgten die ersten Frauen und Männer dem Lockruf des Schildes und öffneten das Portal nach Niflheim. Natürlich erlagen auch sie schon bald dem verlogenen Zauber dieser Welt. Anfangs versuchte Leif noch, die Menschen zu warnen und zurück nach Hause zu schicken, bevor es zu spät war. Doch die Frauen und Männer verhöhnten ihn nur, hielten ihn für ein makaberes Kunstwerk oder wurden aus seinen Gesten einfach nicht schlau. Und so bestritten sie letztlich denselben Werdegang, den bereits die Wikinger vor ihnen durchlebt hatten: Sie ließen sich von der Göttermacht verführen, entwickelten dunkle Kräfte und bekämpften sich gegenseitig, bis der Sieger zum Knochenmann wurde.

Leif konnte sich noch gut an seinen Nachfolger erinnern.

Ein Mann namens Walle Eriksson.

Er war nicht unbedingt eine helle Leuchte, aber durchaus bereit, den Göttern zu dienen und für sie den ersten richtigen Knochenturm der Menschheit zu bauen. Ein stattliches Monument von über zwanzig Metern Höhe, an dem er drei Jahrzehnte lang arbeitete. Als Walle irgendwann sein Werk beendet hatte, zog er gemeinsam mit seinem Turm in die Berge. *Traumwandeln*, nannten die Sterne diesen feierlichen Anlass.

Von da an nahm der Zyklus seinen verhängnisvollen Lauf.

Ein Knochenmann folgte dem nächsten, ein Turm dem anderen. Zwischendurch gab es sogar immer wieder eine Knochen*frau*, die ebenso fleißig und skrupellos ihr Bauwerk errichtete wie ihre männlichen Genossen. Oft konnte Leif es ihnen nicht einmal verübeln, was sie taten. Viele Frauen und Männer waren einfach zu berauscht von ihrer Macht oder zu feige, sich gegen die Götter zu stellen. Andere wollten überhaupt nicht mehr nach Hause, weil sie vor einem Krieg oder einer Seuche geflohen waren und sich in Niflheim sicher fühlten. Und dann gab es da noch jene Frauen und Männer, die sich hier endlich frei entfalten konnten und sich als wahre Visionäre entpuppten. Sie brachten frische Ideen mit und veränderten die alten Abläufe, um die Knochenjagd noch effizienter zu machen.

Dazu zählte auch ein Kerl namens James McAllistor, der vor etwa dreihundert Jahren aus Britannien gekommen war. Er hatte die wahnwitzige Idee, in Niflheim ein Dorf zu errichten. Offensichtlich war das zu dieser Zeit zu einem Volkssport geworden: Alles zu kolonisieren, was man erobern und entdecken konnte. Jedenfalls errichtete McAllistor am Ufer des heißen Bachs etliche Hütten und entführte dutzende Menschen nach Niflheim. Einerseits, um nicht länger allein in dieser öden Welt ausharren zu müssen. Andererseits aber auch, um die Dorfbewohner als Köder zu benutzen und mit ihnen noch mehr arglose Besucher nach Niflheim zu locken.

Was für ein schrulliger Kauz!, konnte Leif dazu nur sagen.

Vor allem deshalb, weil McAllistor das Dorf so furchtbar britisch gestaltet hatte, dass es selbst dem König von England peinlich gewesen wäre. Mit einer Kirchenglocke, die stets zur vollen Stunde läutete. Mit einem Cricket-Platz sowie zahllosen englischen Fähnchen, die auf den Dächern wehten. Und natürlich mit dem obligatorischen Fünf-Uhr-Tee, der den halben Wald mit einem Geruch nach Hagebutte und Pfefferminz schwängerte.

Zu dieser Zeit hätte Leif niemals gedacht, dass es noch schlimmer kommen könnte. Aber genau das tat es.

Als McAllistor irgendwann seinen Turm fertiggestellt hatte und mit ihm ebenfalls in die Berge wanderte, folgte ihm nur wenig später der nächste Wahnsinnige. Bis dahin musste der magische Schild bis nach Russland gelangt sein, denn durch das Portal kam ein Mann namens Igor Petrow in die Unterwelt. Ein ruchloser Sadist. Er terrorisierte nicht nur die Dorfbewohner und zwang sie, noch mehr Häuser zu bauen. Nein, er war auch der erste Knochenmann, der sich für Leif interessierte. Petrow kam immer wieder zu ihm an den Holzpfahl, verhörte ihn, folterte ihn und belegte Leif mit einem Fluch, damit er alle Besucher nicht mehr so leicht warnen konnte.

Über zwanzig Jahre lang musste Leif diese Schikanen erdulden. Bis Petrow ganz unverhofft von der Eisklippe stürzte und sich an einem Felsen den Hals brach. Was für ein Jammer aber auch – wo er doch kurz davorstand, seinen Turm zu vollenden.

Sein Nachfolger war Alfons Tanner.

Ein Uhrmacher aus der Schweiz.

Er läutete die nächste Evolutionsstufe ein. Denn Tanner errichtete nicht nur ein zweites Portal und benutzte es als Köder, damit sich noch mehr arglose Opfer nach Niflheim verirrten. Nein, er sorgte überdies auch dafür, dass die Portale beweglich wurden, um seine Knochenjagd auf ein viel größeres Gebiet auszuweiten. Aber der Uhrmacher hatte noch eine ganz andere perfide Idee: Er schmolz den magischen Schild ein und fertigte aus ihm fünfundzwanzig Adventskalender. Jeder einzelne von ihnen war wie ein Schlüssel, mit denen die Menschen fortan viel leichter ein Portal öffnen und in die Unterwelt reisen konnten.

Ungefähr zur gleichen Zeit gelangte auch die moderne Technik nach Niflheim.

Die Besucher kamen bald nicht mehr mit Fackeln in diese dunkle Welt, sondern mit Taschenlampen. Statt Schwerter trugen sie neuerdings Revolver oder Pistolen bei sich. Und manch einer war doch glatt mit einem winzigen Kasten bewaffnet, der leuchten und musizieren konnte, und den die Besucher immer liebevoll *Smartphone* nannten.

Am verrücktesten waren jedoch oft die Klamotten. Irgendwie kamen Kettenhemden immer mehr aus der Mode und wurden zuerst von Pluderhosen, später von Frack und Zylinder abgelöst. Bis schließlich die ersten Besucher mit knallbunten Hawaiihemden und Bluejeans nach Niflheim spazierten. Also mal ehrlich! Wie tief musste die Menschheit inzwischen gesunken sein, um Hosen einen Namen zu geben? Und überhaupt: Seit wann trugen Frauen eigentlich keine Röcke mehr?

Nun denn.

Leif kümmerte es herzlich wenig, wie sich die Menschen kleideten. Er war schließlich bloß ein klappriges Skelett, das an einem Holzpfahl hing und die Besucher oft nur heimlich beobachtete. Er sah sie alle kommen und gehen, viele auch sterben. Die Frauen. Die Männer. Die Opfer und Jäger. Sowie natürlich die Türme. Und je länger dieser Kreislauf andauerte, desto weniger Hoffnung hatte Leif, dass sich daran jemals etwas ändern würde. An manchen Tagen musste er sogar befürchten, dass dieser Irrsinn so lange weiterging, bis ganz Niflheim von Millionen Knochentürmen bevölkert war.

Aber dann trat eines Tages wieder ein Mann durch das Portal.

Er trug einen alten Skianzug und erschrak beinahe zu Tode, als er Leif auf der Weggabelung entdeckte. Wen wunderte das? Leif war bis dahin zu einem rostigen, eisverhangenen Gespenst zerfallen, das kaum mehr eine Ähnlichkeit mit einem Menschen besaß. Eigentlich wollte er sich mit dem Mann im Skianzug gar nicht näher befassen und ihn genauso ignorieren wie die vielen Besucher davor.

Doch das konnte Leif nicht.

Vielleicht war es Intuition, vielleicht Einbildung oder reines Wunschdenken ... aber Leif spürte vom ersten Augenblick an, dass dieser Mann etwas ganz Besonderes war. Denn er verkörperte alles, worauf Leif seit tausend Jahren gewartet hatte. Ein Mann, der sich nicht so leicht von der Göttermacht bezirzen ließ, sondern neugierig und misstrauisch durch diese eisige Welt forschte, um mehr über ihre Geheimnisse zu erfahren.

Am ersten Tag hielt sich Leif noch zurück und beobachtete den Fremden heimlich aus seinen dunklen Augenhöhlen.

Heute dackelte der Mann im Skianzug jedoch ein zweites Mal zur Weggabelung. Er benahm sich genauso ungeschickt wie gestern und stolperte so oft über den Schnee, dass Leif ihm fast schon seinen Holzpfahl als Krückstock anbieten wollte.

»Guten Abend«, grüßte der Mann ihn. »Du hängst mal wieder nur gelangweilt herum, was?«

Leif äußerte sich nicht dazu. Er musterte den Mann nur ausgiebig, um ganz sicher zu sein, dass er sich nicht in ihm täuschte.

»Du hast doch bestimmt nichts dagegen, wenn ich dir eine Weile Gesellschaft leiste, oder?«, fuhr der Mann zaghaft fort. Nebenbei nestelte er einen Fotoapparat aus einem Rucksack, den er mitgebracht hatte, und machte mit ihm einige Aufnahmen von dem Mond sowie den Sternen. »Mein Name ist übrigens Ben«, stellte er sich vor. »Ben Rösner. Hättest du was dagegen, wenn ich dich Wickie nenne?«

Leif war es egal, wie der Mann ihn nennen wollte. Er hatte von den Besuchern schon so viele Namen erhalten, dass er eine ganze Hauswand benötigt hätte, um sie alle darin einzumeißeln. Darum antwortete er Ben mit eisigem Schweigen und funkelte ihn unverändert von dem Holzpfahl herab an. Um *wirklich absolut sicher* zu sein, dass er diesem Fremdling vertrauen konnte.

Ben schoss derweil noch mehr Fotos von dem Himmel und dem Wald. Auch wenn er dabei so stark zitterte, dass die Aufnahmen vermutlich alle verwackelt waren. Irgendwann fiel sein Blick auf Leif ... und plötzlich tat er etwas, das bislang kein Besucher vor ihm gewagt hatte: Er richtete den Fotoapparat mutig auf Leifs Schädel, sah durch das Objektiv und legte den Finger auf den Auslöser.

»Dann lächle mal für mich, Wickie!«, forderte er.

Und Leif, der neuerdings Wickie hieß, lächelte tatsächlich!

Er klappte den Mund auf, breitete die Arme aus und warf sich für Ben in eine schaurig-lässige Pose. Weil er deutlich spürte, dass dieser Moment der Anfang einer innigen Freundschaft war.

Und vielleicht auch der Beginn eines großen Wandels in Niflheim.

Lust auf mehr Fantasy-Thriller?

Auf den nachfolgenden
Seiten finden Sie
weitere Titel des Autors.

 Besuchen Sie auch
seine Homepage:
www.thomaspaul-autor.de

 Folgen Sie ihm
auf Instagram:
thomas_paul_autor

Die komplette Niflheim-Saga

Buch 1

Das Leben von Ben Rösner ändert sich abrupt, als er in seiner Pfandleihe einen unheimlichen Adventskalender erhält. Durch Zufall findet er heraus, dass der Kalender ein magisches Portal öffnen kann, das ins eisige Niflheim führt – die Unterwelt der nordischen Götter.

Ben wagt sich in dieses sagenumwobene Reich und beschließt, es zu erforschen. Er stößt dabei auf ein uraltes Wesen, das für die Götter einen Turm aus Menschenknochen baut.

Umfang: 616 Seiten (Taschenbuch)

Erhältlich als:
Taschenbuch (ISBN: 9783752605389)
eBook (ISBN: 9783758390050)

Buch 2

Ein Jahr ist vergangen, seit Ben Rösner den Knochenturm vernichtet hat und mit dem untoten Wikinger Leif zu einer Reise durch Niflheim aufgebrochen ist.

Auf der Flucht vor einem Rudel Frostwölfe werden die beiden Freunde von einer Frau namens Sanja gerettet. Von ihr erfährt Ben, dass es nur eine Möglichkeit gibt, wie er nach Hause gelangen kann: Er muss die Götter von Niflheim besuchen, die bei der Weltesche Yggdrasil wohnen.

Umfang: 608 Seiten (Taschenbuch)

Erhältlich als:
Taschenbuch (ISBN: 9783758370359)
eBook (ISBN: 9783758338496)

Buch 3

Der Krieg gegen die Götter von Niflheim hat begonnen.

Ben Rösner begibt sich mit seiner Freundin Sanja und dem Riesen Wieland auf die Suche nach Verbündeten, die ihnen in diesem schweren Kampf helfen. Dabei stoßen sie auf ein geheimnisvolles Artefakt, das von einer weiteren Göttin erzählt, die sich irgendwo in der Unterwelt verstecken soll. Eine Göttin, die vielleicht alles zum Guten wenden kann.

Umfang: 600 Seiten (Taschenbuch)

Erhältlich als:
Taschenbuch (ISBN: 9783759730763)
eBook (ISBN: 9783759781390)

Buch 4

Das Prequel der Niflheim-Saga

Der Wikinger Leif Thorhallson lebt mit seiner Familie in einem kleinen Dorf an der Küste. Durch einen Fluch wird die gesamte Ernte seiner Sippe vernichtet. Um im Winter nicht den Hungertod zu sterben, müssen die Wikinger zu einem Raubzug aufbrechen und neue Nahrungsmittel erbeuten.

Dabei kommen sie mit ihrem Schiff weit vom Kurs ab und landen in Niflheim, der Unterwelt der nordischen Mythologie. Doch die Kälte ist nicht die tödlichste Gefahr hier. Denn die Götter haben finstere Pläne mit den Männern ...

Umfang: 510 Seiten (Taschenbuch)

Erhältlich als
Taschenbuch und eBook

Weitere Infos und Leseproben unter:
thomaspaul-autor.de

Der Schwarze Mann

Er lauert unter den Betten.
Er hat tausende Kinder zu sich ins Dunkle geholt.
Nun ist er hier. Bei uns. Und unglaublich hungrig.

Das Grauen kommt an einem Freitag nach Ronbuch. In der kleinen Stadt im Schwarzwald taucht ein geheimnisvoller Zirkus auf, der sich im Park niederlässt. Was zu Anfang wie eine nette Abwechslung wirkt, entpuppt sich schon bald als wahrer Albtraum. Denn der Zirkus hält den Schwarzen Mann gefangen – ein Dämon, der über Angst und Schrecken herrscht.

Bei einem Unfall kann der Schwarze Mann fliehen und taucht im Wald unter. Schon bald verschwinden die ersten Kinder, mehrere Erwachsene sterben. Wenig später wird die gesamte Stadt von einer mysteriösen Dunkelheit eingekesselt, damit niemand mehr entkommen kann. Die Lage scheint aussichtslos. Nur die Polizistin Carolin Pfeiffer stellt sich dem Schwarzen Mann entgegen und setzt alles daran, die entführten Kinder zu retten. Sie kann jedoch nicht ahnen, dass der Zirkus noch ein zweites schreckliches Geheimnis hütet. Eines, das ganz Ronbuch zu vernichten droht ...

Erhältlich als Taschenbuch und eBook
ISBN: 9783751998024

Grünes Eis

15. April 1912,
irgendwo im Nordatlantik.

Ryan Moore flüchtet beim Untergang der RMS Titanic mit sechs Passagieren auf ein Rettungsboot. Sie treiben weit auf den Ozean hinaus, ohne Hoffnung, jemals gefunden zu werden. Da ihr Boot leckgeschlagen ist und ebenfalls zu sinken droht, müssen sich Ryan und die Passagiere auf den Eisberg retten, mit dem die Titanic kollidiert ist.

Dort ist es keineswegs so friedlich, wie es scheint.

Schon bald verschwinden die ersten Frauen und Männer. Andere erkranken schwer und beginnen damit, sich zu verändern. Als dann noch seltsame Lichter im Wasser auftauchen, begreift Ryan endgültig, dass sie nicht allein auf dem Eisberg sind und in Lebensgefahr schweben.

Er beschließt, zusammen mit den übrigen Passagieren den Berg zu erkunden. In seinem Inneren stoßen sie auf eine uralte Welt, die ein schreckliches Geheimnis hütet. Eines, das nach tausend Jahren aus seinem Winterschlaf erwacht ist und nun die ganze Menschheit bedroht ...

Erhältlich als Taschenbuch und eBook
ISBN: 9783753492070

Germelshausen

Das vergessene Dorf

**Es ist auf mysteriöse Weise verschwunden.
Es kehrt alle hundert Jahre zurück.
Und es hütet ein schreckliches Geheimnis.**

Beim Bau einer neuen Autobahn finden Arbeiter im Thüringer Wald ein Dorf, das seit dem Mittelalter verschollen ist. Doch die Einwohner sind längst nicht so tot, wie anfangs vermutet, denn auf Ihnen lastet ein uralter Fluch.

Als die Nacht aufzieht, bricht ein wahrer Albtraum los. Die toten Seelen erheben sich aus ihren Gräbern und verlangen Gerechtigkeit für das, was ihnen widerfahren ist.

Der Polizist Finn Boldt macht sich mit seiner Freundin Sara daran, die Vorfälle in dem Dorf zu untersuchen. Bei ihren Ermittlungen geraten die beiden immer tiefer in ein Netz aus Intrigen und unheimlichen Ereignissen. Doch Sara und Finn bleibt nur wenig Zeit. Falls es ihnen nicht gelingt, die Einwohner bis zum Sonnenaufgang von ihrem Fluch zu erlösen, müssen sie sterben ...

**Erhältlich als Taschenbuch und eBook
ISBN: 9783751998017**